Soutien-gorge rose et veston noir

De la même auteure

Volte-face et malaises, Libre Expression, 2012 ; collection « 10 sur 10 », 2015.

Deux folles et un fouet, en collaboration avec Jessica Barker, Trécarré, 2010.

Gin tonic et concombre, Libre Expression, 2008 ; collection « 10 sur 10 », 2015.

Soutien-gorge rose et veston noir, Libre Expression, 2004 ; collection « 10 sur 10 », 2015.

Rafaële Germain

Soutien-gorge rose et veston noir

Roman

Catalogage avant publication de Bibliothèque et Archives nationales du Québec et Bibliothèque et Archives Canada

Germain, Rafaële, 1976-
    Soutien-gorge rose et veston noir
    (10/10)
    Édition originale : Outremont, Québec : Libre expression, 2004.
    ISBN 978-2-8972-2010-5
    I. Titre. II. Collection : Québec 10/10.

PS8589.R473S68 2015   C843'.6   C2015-940580-7
PS9589.R473S68 2015

Direction de la collection : Marie-Eve Gélinas
Mise en pages : Annie Courtemanche
Couverture : Clémence Beaudoin

Remerciements
Nous reconnaissons l'aide financière du gouvernement du Canada par l'entremise du Fonds du livre du Canada pour nos activités d'édition.
Nous remercions le Conseil des Arts du Canada et la Société de développement des entreprises culturelles du Québec (SODEC) du soutien accordé à notre programme de publication.
Gouvernement du Québec – Programme de crédit d'impôt pour l'édition de livres – gestion SODEC.

Les Éditions internationales Alain Stanké
Groupe Librex inc.
Une société de Québecor Média
La Tourelle
1055, boul. René-Lévesque Est
Bureau 300
Montréal (Québec) H2L 4S5
Tél. : 514 849-5259
Téléc. : 514 849-1388
www.10sur10.ca

Dépôt légal – Bibliothèque et Archives nationales du Québec et Bibliothèque et Archives Canada, 2015

ISBN : 978-2-8972-2010-5

Distribution au Canada
Messageries ADP inc.
2315, rue de la Province
Longueuil (Québec) J4G 1G4
Tél. : 450 640-1234
Sans frais : 1 800 771-3022
www.messageries-adp.com

Diffusion hors Canada
Interforum
Immeuble Paryseine
3, allée de la Seine
F-94854 Ivry-sur-Seine Cedex
Tél. : 33 (0)1 49 59 10 10
www.interforum.fr

À mes deux éminences, la grise et la blonde,
André Bastien et Véronique Forest.

When I was just a little girl
I asked my mother
« What will I be ?
Will I be pretty ? Will I be rich ? »
Here's what she said to me :
« Qué sera, sera. »

Quand j'étais petite, je ne demandais jamais à ma mère
si j'allais être jolie, ou si j'allais devenir riche.
Mais je lui demandais souvent si j'allais un jour trouver
le grand amour. Et ma mère me répondait :
« Qué sera, sera. » – littéralement.
Elle le chantait, pour être exacte.
« Qué sera, sera » : ce qui sera, sera. Il s'agissait donc
d'attendre, et de voir où la vie me mènerait.

Chapitre 1

« J'ai une annonce à vous faire », a dit Stéphanie en se levant. Elle a jeté un coup d'œil circulaire autour de la cour, mais à part moi, qui la regardais fixement avec un air abruti, personne ne semblait l'avoir entendue.

La journée avait plutôt mal commencé – je m'étais réveillée à quatorze heures, un peu étonnée d'être dans mon lit, et sans aucun souvenir de comment je m'y étais rendue. J'avais un mal de tête terrible, une vague nausée et la nette impression d'être couchée dans un nuage de vapeurs d'alcool, sans compter les dommages collatéraux d'usage : cheveux ternes et secs, sentiment lancinant de culpabilité et d'angoisse par rapport à ce que j'avais pu dire et faire la veille, et une morsure d'origine inconnue sur ma cuisse gauche. Au moins, il n'y avait pas un étranger ronflant à côté de moi, c'était toujours ça de pris, comme aurait dit ma mère.

Au bout d'une heure, je m'étais traînée jusqu'à la cuisine pour me faire frire quelques tranches de bacon, que je comptais arroser d'un grand verre de Gatorade – du gras, du sel, des électrolytes : le remède idéal contre la gueule de bois. Je m'étais assise sur la machine à laver, regardant tour à tour le bacon et le liseré tout effiloché de ma vieille robe de chambre, et portée comme toujours en ces matins-là à l'introspection, j'avais réfléchi (quoique mollement) à ce que j'étais devenue : 28 ans, célibataire (irrémédiablement, joyeusement et fièrement célibataire), recherchiste pigiste, vivant dans un quatre et demie pas vraiment moderne avec trois chats et un bac à recyclage rempli de bouteilles vides de Gatorade – aucune de ces bouteilles, il faut dire, n'ayant été consommée dans un contexte sportif.

À seize heures, j'étais encore en train de digérer mon bacon quand je suis arrivée chez Stéphanie, à Verdun, pour sa maudite épluchette de blé d'Inde annuelle. Elle avait décoré la cour selon une thématique assez douteuse, avec des ballots de foin et des nappes à carreaux – l'idée étant sans doute de créer un effet « retraite champêtre » qui, malheureusement, se mariait plutôt mal avec la ruelle sordide qui passait juste derrière sa clôture, et où un chat pouilleux jouait avec une canette de bière vide.

Stéphanie devait avoir invité à peu près tout le monde qu'elle connaissait : une cinquantaine de personnes s'entassaient sur la pelouse, avec une bière dans une main et un blé d'Inde dans l'autre. Les rires fusaient de partout, les pelures de blé d'Inde revolaient et la conversation allait bon train – bref, ce n'était pas un public facile pour la pauvre Stéphanie, qui essayait encore d'attirer l'attention en toussotant.

« A-HEM ! » a-t-elle finalement crié en levant son verre. Elle a attendu quelques secondes, puis a fait un geste découragé qui cherchait à signifier à son unique audience – moi – que, vraiment, de nos jours, il n'était plus possible de se faire entendre à sa propre épluchette sans avoir à hurler, puis elle s'est mise à taper frénétiquement sur son verre avec la lame de son couteau.

Les gens se sont enfin retournés vers elle, l'air visiblement contrarié. J'ai entendu une voix, derrière moi, demander : « Qu'est-ce qui lui prend, à elle ? » S'est ensuivi un brouhaha amusé et vraiment très peu attentif qui a fait crier à Stéphanie, maintenant d'une humeur exécrable : « HEY ! J'ai une CÂLISSE d'annonce à faire ! » Un silence légèrement ahuri s'est installé dans la cour.

« Bon ! a fini par dire Stéphanie. Je suis contente que vous soyez ici ce soir. » Des regards amusés se sont échangés. Depuis quand notre amie parlait-elle comme un intervenant dans un congrès d'orthodontie ? « Je suis contente que vous soyez ici, a repris Stéphanie, parce que, ce soir, Charles et moi aimerions vous annoncer une grande, grande nouvelle. »

Oh ! mon Dieu, me suis-je dit. Elle est enceinte. Mais elle avait un grand verre de vin dans une main, ce qui rendait cette explication peu plausible. Un nouvel emploi, peut-être ? Une maison en banlieue ?

« Charles et moi, a dit Stéphanie, on va se marier. »

QUOI ? Tous les yeux se sont tournés vers moi. Apparemment, j'avais parlé à haute voix. J'ai pris un air un peu idiot : « J'ai renversé mon verre. Oups. » Et je me suis penchée vers le sol, où il n'y avait, évidemment, absolument rien.

Il y a eu un bref temps mort, puis une explosion selon moi fort exagérée de joie, d'applaudissements et de cris stridents de filles. Pourquoi, me suis-je demandé, pourquoi est-ce que les filles sont toujours surexcitées quand une d'entre elles se marie ?

« Chloé ? » Je me suis retournée pour apercevoir Charles, tout souriant, qui tirait doucement sur ma manche. « Tu avais l'air dans la lune, m'a-t-il dit. Es-tu contente pour nous ? » Cher Charles. Il était, lui, au bord de l'extase. « J'en reviens pas, a-t-il baragouiné. J'en reviens pas qu'elle ait dit oui ! »

Je lui ai souri gentiment. Stéphanie et moi avions rencontré Charles à l'université – il était en fait notre professeur et, dès le premier cours qu'il nous avait donné, Stéphanie, avec ses longs cheveux noirs et son petit côté ingénu, lui était tombée dans l'œil. Elle avait d'abord été flattée par l'intérêt que lui portait cet homme plus âgé et si cultivé, puis, lentement, elle avait été séduite. Ils s'étaient dragués timidement et subtilement, les relations entre professeurs et étudiants n'étant pas très bien vues, puis ils avaient commencé à se fréquenter, selon la version officielle du moins, quand Stéphanie était devenue chargée de cours.

« J'en reviens pas ! » a répété Charles. Il avait 49 ans, soit vingt de plus que Stéphanie, et l'allure... d'un petit monsieur, avec sa bedaine rebondie, sa calvitie, et sa réserve apparemment inépuisable de débardeurs bruns. C'était d'ailleurs ce qui expliquait son air constamment ébahi quand il regardait Stéphanie, et que j'avais toujours trouvé très touchant : même après sept ans, il n'en revenait pas et se considérait comme le plus chanceux des hommes.

Je lui ai mis une main sur l'épaule. « C'est... c'est super, Charles. Je suis contente pour toi. » *J'étais* contente pour lui. Vraiment. Mais je n'ai pas eu le temps d'élaborer. Stéphanie était à côté de nous et tirait Charles par le bras.

« Oublie ça, mon toutou. Chloé est pas contente pour nous. Tu l'as entendue, non ? Crier son "quoi ?".

Chloé te le dira pas, parce qu'elle nous aime bien, mais elle trouve que le mariage, c'est ridicule. Hein, Chloé ?

— ...

— C'est bien ce que je pensais. Et là, elle attend juste de trouver Juliette ou Antoine pour pouvoir parler contre nous. Est-ce que j'ai tort ? »

Elle avait, en fait, parfaitement raison. Je me suis donc contentée de sourire bêtement et d'ânonner « ben non, ben non... » en attendant qu'elle et Charles s'en aillent. Ils sont finalement partis, me laissant plantée là avec mon verre de vin et mon lendemain de veille. J'étais en train de me demander si mon estomac allait être capable de supporter un blé d'Inde quand j'ai senti une main sur mon épaule.

« Pas fucking croyable, hein ? »

Je me suis retournée et j'ai poussé un petit cri de joie en apercevant Antoine. Il était habillé tout en noir, comme d'habitude, et portait un veston malgré la chaleur. Il est incroyable, ai-je pensé. Non seulement il ne donne jamais l'impression d'avoir chaud, mais même dans une épluchette de blé d'Inde il a l'air à sa place en veston.

« Oh ! Allô mon chéri ! »

Il m'a fait son petit sourire en coin, celui qui m'avait fait craquer, des années auparavant. Je l'ai embrassé sur la joue, en me disant que je ne remarquais presque plus à quel point il était beau avec son air un peu fendant.

« Hé boy, a dit Antoine en se reculant un peu. T'as l'air du diable.

— Ah, ça va, hein... je suis assez poquée comme ça, pas nécessaire de tourner le fer dans la plaie. » Antoine, lui, n'avait jamais l'air du diable, même après avoir passé quatre jours consécutifs complètement saoul dans un motel de Val-d'Or avec une danseuse prénommée Belinda.

« Très subtile, ton intervention de tout à l'heure », a-t-il dit. Puis il a répété mon « quoi ? » sur un ton moqueur.

« Ah, je sais, ai-je soupiré. Mais quand même. Faut pas m'annoncer des choses pareilles quand je suis dans cet état-là.

— Mais oui, mais qu'est-ce que tu veux... Ils vont tous finir par se marier. Toute la maudite gang. Même Juliette. »

Il a pointé un doigt en direction de notre amie Juliette, qui discutait dans un coin avec son nouveau chum, un grand nono de 21 ans qui prétendait être un artiste conceptuel et dont je ne me souvenais jamais du prénom.

« Comment il s'appelle, déjà ? ai-je demandé à Antoine.

— Je sais pas, je m'en rappelle jamais. Fido ? Il la suit toujours comme un chien de poche. »

Je me suis mise à rire, mais Antoine m'a fait signe d'arrêter : Juliette et Fido s'approchaient de nous. Ils formaient un drôle de couple, tous les deux : Juliette avait dix ans de plus que Fido, et, avec ses cheveux courts et ses vêtements toujours maculés de peinture, elle avait l'air beaucoup plus virile que lui, avec ses longs foulards colorés et ses boucles blondes. Antoine et moi, d'ailleurs, étions convaincus que Fido était gay, ce qui enrageait Juliette.

« Je sais pas pourquoi elle s'entête toujours à avoir des chums ridicules avec qui elle sait pertinemment que ça marchera pas », a murmuré Antoine en les regardant s'avancer. C'était une bonne remarque. Comme Antoine et moi, Juliette ne croyait pas vraiment au grand amour. Mais elle persistait vaillamment, enchaînant des relations qui ne duraient jamais beaucoup plus que deux ou trois mois. J'avais déjà fait la même chose. Ma mère appelait cela de l'autosabotage : en nous retrouvant avec des garçons qui ne nous intéressaient pas vraiment, nous étions certaines de ne pas avoir à nous engager.

« Salut, les enfants, a dit Antoine. Ça va ?

— Ça va, a répondu Juliette.

— Cool, man », a répondu Fido.

Juliette m'a fait la bise, puis s'est reculée d'un pas, comme si elle avait été saisie d'effroi.

« Mais veux-tu bien me dire à quelle heure tu t'es couchée hier, toi ?

— Ça va ! ai-je répliqué, pendant qu'Antoine éclatait de rire. Je ne sais pas à quelle heure je me suis couchée. Ça peut te donner une idée de l'état dans lequel j'étais.

— Pauv' chouchoune, a dit Juliette en me caressant le dos. Tu te rappelles de Samuel ? m'a-t-elle demandé en pointant Fido.

— Samuel ! me suis-je écriée. Bien sûr ! Allô, Samuel ! »

Ce dernier m'a saluée de la tête, avec son air intense d'artiste conceptuel, et a voulu savoir si j'étais certaine que le blé d'Inde qu'on nous servait était vraiment bio.

« Pardon ?

— Je refuse de manger de la bouffe pas bio, man. C'est plein de pesticide, c'est du poison lent.

— Ton corps est un temple, hein ? » lui a demandé Antoine sur un ton moqueur.

Évidemment, Samuel a fait oui de la tête, le plus sérieusement du monde.

« Malheureusement, lui a répondu Antoine, le blé d'Inde est pas bio. Mais la trempette à l'ail, par exemple, est entièrement faite d'ingrédients bio. Tu devrais aller te faire une belle assiette de légumes avec de la trempette. »

Il n'en fallait pas plus à Samuel, qui est parti gaiement vers la table sur laquelle se trouvaient les crudités.

« Pourquoi vous vous moquez toujours de lui ? » nous a demandé Juliette quand il a été assez loin pour ne pas entendre. Elle essayait d'avoir l'air fâchée, mais je voyais qu'elle avait envie de rire.

« Parce que, a dit Antoine, il est ridicule. Qu'est-ce que tu fais avec lui ?

— Il est gentil… et j'aime beaucoup ce qu'il fait.

— Oh, s'il te plaît ! »

Nous étions déjà allés voir une des performances de Samuel. Il était debout au milieu d'une pièce vide, entièrement ligoté par des mètres et des mètres de fils téléphoniques dont il essayait de se défaire avec de grands mouvements brusques, pendant que des tonalités et des bruits de répondeurs se faisaient entendre. Il terminait entièrement nu, en poussant un long cri libérateur. Antoine et moi avions failli mourir de rire.

« Oh, arrêtez donc de vous moquer de lui, a dit Juliette. Vous devriez plutôt être sur le cas de Stéphanie. Je peux pas croire qu'elle va se marier… »

Stéphanie était à l'autre bout de la cour, entourée d'un groupe de filles hystériques qui n'arrêtaient pas de la toucher, comme si elles croyaient qu'à son simple contact elles allaient augmenter leurs propres chances de se marier un jour.

« Au fond, a dit Juliette, si ça les rend heureux de se marier…

— Ils vont divorcer dans trois ans, a continué Antoine, et ça va juste être plus plate et plus compliqué. Ils ont aucune raison de se marier, ces deux-là. Ils font tous les deux autant d'argent, et c'est pas comme s'ils étaient super cathos, ou quelque chose du genre. C'est juste pour faire comme tout le monde.

— Ça dépend, ai-je dit en me servant un autre verre de vin. On peut voir ça comme quelque chose de très postmoderne, genre, je le sais que c'est cucul et inutile, et je me marie justement pour ça. C'est comme acheter une lampe vraiment laide au marché aux puces, parce que, en fait, elle est tellement kitch que ça fait cool.

— Non, a répliqué Antoine. Personne se marie au deuxième degré. Ce serait comme faire un enfant au deuxième degré. Ridicule.

— Moi, j'ai rien contre le mariage, a dit Juliette. J'en vois juste pas du tout la nécessité. On est au XXIe siècle, câlisse. Ton couple sera pas plus fort, ou plus stable ou plus cute, parce que uni par les liens sacrés du mariage. Les gens qui disent le contraire sont des hypocrites. »

Une petite rousse en jupette rose qui passait près de nous a regardé Juliette d'un air scandalisé, puis a ajouté, sur un ton particulièrement chiant : « Moi, je trouve ça très beau, les gens qui ont le courage de célébrer leur amour. Si le mariage vous fait peur, tant pis pour vous. »

Nous avons tous les trois levé les yeux au ciel en marmonnant : « C'est ça, c'est ça. » « Ils prétendent tous la même chose, a dit Antoine. Si tu veux pas te marier, c'est parce que tu as peur. N'im-por-te quoi. »

J'ai hoché la tête avec enthousiasme, pour signifier à Antoine que j'étais bien d'accord. Mais une toute petite voix, bien cachée au fond de moi, me disait que c'était peut-être vrai – que nous avions peut-être peur. Du mariage, de l'union, du couple, de quelque chose que nous comprenions mal et qui était plus grand que nous. Et que c'était la raison pour laquelle Juliette, Antoine et moi proclamions si haut et fort notre incrédulité face à l'amour.

J'ai rapidement chassé la petite voix. C'était devenu une habitude, en fait. Quand elle se faisait entendre, quand elle se mettait à me murmurer des choses que je ne voulais pas écouter, je l'enterrais. Elle me disait souvent, la coquine, que j'étais peut-être un peu moins heureuse que je ne le croyais. Que je ne pouvais pas continuer ainsi éternellement, qu'une personne ne pouvait passer sa vie à courir après rien du tout, après du vent, après la prochaine sensation, de peur, justement, que la vie ne la rattrape.

Je n'écoutais donc jamais la petite voix : c'était une question de principe. Elle était fragile et inquiète, et elle avait besoin d'amour. Or, nous avions décidé tous les trois, quelques années auparavant, de devenir les preuves vivantes qu'on peut être célibataires ET épanouis. Nous avions décidé que ce n'était pas vrai, qu'on n'avait pas impérieusement besoin de quelqu'un d'autre pour être heureux – nous, en tout cas, nous avions assez de nous-mêmes. Notre mot d'ordre, en fait, était l'insouciance. Pas de relation stable, pas d'angoisses au sujet de nos vies amoureuses, pas de névroses ridicules de célibataires. Du plaisir, de l'abandon, de la luxure et de la gourmandise : une vie vécue au jour le jour, et comme si chaque journée était la dernière. C'était précaire, comme équilibre, mais jusque-là, il avait tenu.

Je me demandais parfois si Juliette, elle aussi, entendait la petite voix. Je me doutais bien qu'Antoine y était complètement imperméable – j'aurais bien voulu croire le contraire, mais j'étais persuadée que les hommes y étaient plus résistants que les femmes. Et à voir Antoine, ce soir-là, trousser joyeusement la jupette rose de la petite rousse qui avait apparemment moins de principes qu'elle ne le pensait, je me suis dit qu'effectivement, il ne devait pas entendre autre chose que la grosse voix tonitruante de son appétit sexuel.

« Un peu de trempette ? » Samuel était revenu près de Juliette et moi, et nous tendait fièrement une assiette de légumes au milieu de laquelle trônait un bol de trempette à l'ail. Juliette a pris une carotte, l'a passée dans la sauce et l'a coquettement tendue vers Samuel, qui l'a avalée en lui jetant un regard qui, je crois, se voulait débordant de sensualité contenue.

« Maintenant, va jouer ailleurs, lui a dit Juliette. On a une conversation de filles, ici. »

Samuel lui a souri et nous a tourné le dos, avec son assiette.

« Pourquoi tu lui parles comme ça ?

— Parce que, ça me tentait pas qu'il reste planté là comme un épais, avec sa trempette.

— Mais Juliette, c'est quand même ton chum !

— Mais oui, mais c'est pas comme si on était en amour, a répliqué Juliette en insistant sur le mot "amour" comme si c'était quelque chose de complètement ridicule et risible.

— Je comprends pas pourquoi tu t'acharnes à sortir avec des nonos pareils. Tu serais tellement mieux de juste t'envoyer en l'air. Crois-moi, c'est beaucoup moins de trouble. Puis, je te signale que c'était la première clause du manifeste, alors...

— Ah ! Le manifeste ! m'a interrompue Juliette. Le manifeste... L'as-tu encore ?

— Évidemment. »

Évidemment. Je n'aurais jamais jeté le manifeste, qui traînait quelque part dans mes vieux papiers. Il avait été rédigé cinq ans auparavant, lors d'un soir de grandes libations. Juliette, Antoine et moi étions dans notre bar favori et, comme souvent, nous déblatérions amèrement sur le sort peu reluisant que notre société réserve aux célibataires (« Aujourd'hui, disait Juliette, le symbole ultime de réussite, c'est pas un char, c'est pas une belle maison avec une clôture blanche, c'est même pas une belle carrière ou un bel intellect, c'est l'amour. Si tu réussis pas en amour, t'es un paria. ») Nous venions de commander trois autres pintes de Kilkenny quand Antoine s'était écrié : « Un manifeste ! On va rédiger le *Manifeste du célibat*. » Sur le coup, c'était l'idée la plus géniale que nous avions entendue de nos vies. Juliette avait ramassé un vieux napperon de papier et avait commencé à écrire. Le résultat était à peine lisible étant donné l'alcoolémie ridicule de notre secrétaire, mais on pouvait finir par déchiffrer les règlements suivants :

Manifeste du célibat

Nous, Chloé Cinq-Mars, Antoine Bernard et Juliette Beauchemin, voulons :

· Être et demeurer célibataires.

· Redonner ses lettres de noblesse au célibat.

· Être parfaitement et joyeusement autosuffisants.

· Rejeter la dictature que l'amour exerce sur nos sociétés oisives et comblées.

· Propager la bonne nouvelle qu'il n'est pas nécessaire d'être en couple pour être heureux.

· Honorer régulièrement la mémoire de Casanova.

· Défendre le célibataire, ses droits et son estime personnelle.

Ça allait jusque-là, mais Juliette s'était ensuite un peu emportée et avait ajouté :

· Acquérir l'usine de Guinness de Dublin.

· Fourrer avec Johnny Depp.

Le plus étonnant, c'est que, mis à part ces deux dernières entrées avec lesquelles nous avions malheureusement eu peu de succès, nous étions restés plutôt fidèles à notre manifeste. Juliette avait des chums de temps en temps, mais, au bout du compte, elle avait aussi peu d'attaches que nous. Nous sortions beaucoup, presque toujours ensemble, revendiquions bruyamment notre statut de célibataires épanouis et nous épaulions mutuellement dans cette tâche parfois un peu aride. Honnêtement, nous nous trouvions assez cool et méprisions allégrement ces éternels malades de l'amour qui passent leur vie à rêver à ce qu'ils n'auront jamais et le cherchent désespérément dans des bars, dans Internet, dans la rue, et dans des livres ridicules avec des titres comme *Apprendre à s'aimer, c'est apprendre à aimer* ou *Comment cultiver son amour : votre cœur a-t-il le pouce vert ?*

« T'as vraiment gardé le manifeste ? m'a dit Juliette en me regardant. J'en reviens pas.

— Pourquoi ? Il est très cool, le manifeste. J'aime le manifeste.

— Stéphanie a jamais aimé le manifeste.

— Non. Elle méprise le manifeste, même. »

Comme pour prouver mes dires, Stéphanie est apparue à côté de moi.

« Parlez-vous de votre manifeste débile ?

— Hé ! C'est un excellent manifeste, écrit avec amour sur un napperon de papier à peine taché de gras.

— Ah, les filles, a soupiré Stéphanie. Vous grandirez jamais, hein ? »

Mon Dieu qu'elle pouvait être énervante quand elle prenait son petit ton de maîtresse d'école stricte, mais un peu attendrie par la stupidité de ses élèves. « À un moment donné, a-t-elle poursuivi sur le même ton, il est temps de passer à autre chose. Il est temps de s'ouvrir les yeux et de prendre conscience que, dans la vie, on peut pas toujours se tenir tout seul. C'est pas une défaite, c'est une victoire. Moi, je trouve que c'est beaucoup plus courageux et mature d'accepter de s'engager, de former un couple, de dépasser ses frontières personnelles. Rester obstinément célibataire comme vous, c'est une sorte de fuite. »

Elle a croisé les bras et nous a regardées d'un air défiant. J'avais mille réponses à lui faire, mais je me suis tue. D'abord parce que j'étais trop fatiguée, et ensuite parce que, à mon grand désespoir, je trouvais que son propos était plutôt sensé. Elle l'avait dit sur un ton désagréable, et dans le seul et unique but de nous emmerder, mais, à un certain point de vue, elle avait raison. Oui, nous fuyions. Et j'aurais voulu lui dire que ce n'était pas parce que nous étions lâches, mais parce que nous étions libres. Mais j'avais trop peur de ne pas me croire moi-même.

« Ça va ? a enfin dit Juliette. T'as fini ? »

Stéphanie a commencé à répondre, mais s'est finalement contentée de sourire.

« Ah… allez les filles. Je vais me marier, on est en été, il fait beau, il y a du blé d'Inde pour tout le monde. Excusez-moi. Je voulais pas être déplaisante. J'aimerais juste ça si, au moins, vous pouviez faire semblant d'être contentes pour moi. »

Nous avons souri à notre tour. Elle avait encore raison. Et même si je trouvais l'idée du mariage complètement absurde, j'étais, au bout du compte, contente pour elle.

« Mais oui, Steph. T'as raison. À ta santé et à ton bonheur », lui ai-je dit en tendant mon verre. Nous avons trinqué, joyeusement, et nous nous sommes enlacées.

« As-tu déjà pensé à ta robe ?

— Oh boy, a lâché Juliette, l'éternel garçon manqué. Si vous parlez guenille, moi, je vais aller me faire voir ailleurs. »

Elle est partie en donnant une petite tape dans le dos de Stéphanie et en me faisant un clin d'œil.

« Viens-t'en, a dit Stéphanie. On va aller manger un blé d'Inde. »

Ce fut, au bout du compte, une charmante soirée : le blé d'Inde était sucré, le vin, frais ; Samuel avait réussi à passer toute sa trempette, Antoine était parti avec la petite rousse et il soufflait sur Verdun une brise tiède et délicieuse. J'étais assise sur les marches du perron avec Juliette et Charles quand j'ai jeté un regard sur ma montre.

« Mon Dieu ! me suis-je exclamée. Minuit et demi ! Faut que je m'en aille. »

Juliette m'a prise par le bras.

« Pardon ? Depuis quand il faut que tu partes à minuit ? T'es toujours la dernière à t'en aller !

— Je suis fatiguée, Juliette. Puis, euh…

— Quoi, euh ?

— Bof, c'est pas important, c'est juste que je vais dîner avec Luc et bon... j'aimerais ça être pas trop poquée.

— QUOI ? Tu nous laisses pour Luc ? Luc, ton fuck friend qui te voit jamais le soir ? QUOI ? »

Charles nous regardait tour à tour d'un air ahuri.

« C'est qui Luc ? C'est quoi un fuck friend ? C'est quoi le problème ?

— Luc est un gars que j'ai rencontré dans un lancement, ai-je répondu. On couche ensemble de temps en temps, rien de sérieux. D'où le mot fuck friend. C'est un ami avec qui tu baises. Rien de sérieux.

— Bien, si c'est rien de sérieux, a dit Juliette, peux-tu m'expliquer pourquoi il faut que tu nous laisses à minuit et demi pour ses beaux yeux ?

— Parce qu'on dîne ensemble, à midi, et...

— Ah, ça, c'est une autre affaire, a ajouté Juliette en se retournant vers Charles. Il veut jamais la voir le soir. Pas parce qu'il a une blonde ou une femme, juste parce que c'est un couche-tôt. Moi, je comprends pas comment tu fais pour endurer ça, a-t-elle ajouté en s'adressant à moi.

— Ben, au moins, je sors pas avec un artiste conceptuel de 21 ans qui est probablement fif !

— Les filles ! Les filles ! a crié Charles en levant ses deux mains. Arrêtez de vous engueuler, ça blesse mon cœur de pacifiste. Chloé veut s'en aller, qu'elle s'en aille. Cela dit, Chloé, je veux pas avoir l'air trop paternaliste, mais fais attention à ton petit cœur. O.K. ?

— Mais oui, Charles. Inquiète-toi pas pour mon petit cœur. Il est fait fort. Puis, il a rien à voir là-dedans de toute façon. »

Je l'ai embrassé sur le front, et j'ai fait la bise à Juliette, qui me regardait encore mi-courroucée, mi-déçue et qui m'a dit : « Vite, Cendrillon ! Ton taxi doit

25

déjà s'être transformé en citrouille !» Je lui ai fait une grimace et j'ai ri avec désinvolture – mais, en m'éloignant de Charles, j'ai prié, très fort, pour que mon petit cœur soit aussi résistant que je désirais le croire. Parce que je savais que si Juliette s'énervait, c'était qu'elle avait deviné que parfois, le soir, en me couchant toute seule dans mon grand lit, j'imaginais Luc à côté de moi et que cela me faisait sourire. Et je m'en voulais – je voyais cela comme une faiblesse qui me pesait et m'humiliait vaguement : je n'avais pas la force d'Antoine, je n'en étais que trop consciente – je n'allais jamais être libre comme lui.

Dans le taxi qui me ramenait chez moi, j'ai repensé à mon petit cœur et j'ai essayé de me dire qu'il n'était peut-être pas inexpugnable comme celui d'Antoine, mais qu'il était capable d'en prendre. J'ai pesté un peu contre Juliette, qui me connaissait si bien, et contre moi, qui me connaissais si mal. J'avais peur, en fait, peur de Luc, peur de moi avec Luc, peur de moi sans Luc. J'ai songé à Antoine, qui faisait rire la petite rousse en l'embrassant dans le cou et j'ai pesté contre lui aussi, pour la forme, parce que j'enviais son insouciance. Puis, j'ai essayé, sans trop de conviction, de m'imprégner de cette insou-ciance, et d'envisager mon rendez-vous du lendemain comme quelque chose de simple et de léger, un plaisir sans conséquences, que l'on ne déguste qu'au présent. Mais c'était peine perdue : je souriais, toute seule sur la banquette arrière, je souriais à la pensée de Luc craquant pour moi, je souriais à un cortège d'images romantiques et un peu sottes. Tant pis pour Juliette, ai-je pensé. Tant pis pour moi et mes angoisses puériles. Demain, j'ai un rendez-vous, et je serai fabuleuse.

Chapitre 2

J'étais debout au milieu d'une grande église. Les bancs étaient remplis, et toutes les têtes, tournées vers moi – des regards contents, bienfaisants. J'allais me marier – j'étais à mon propre mariage, mais il y avait un problème, plusieurs problèmes. Je ne devais pas être là, mais je ne savais pas pourquoi. Ma robe blanche était tendue sur mon ventre, au point de déchirer par endroits : j'étais enceinte, très enceinte. Puis mon fiancé est entré dans l'église, au son de la marche nuptiale. (Comme c'est étrange, ai-je pensé. N'est-ce pas la mariée qui est supposée faire son entrée ainsi, alors que le marié l'attend patiemment devant l'autel ?) Je le regardais avancer, la tête obstinément baissée, si bien que je ne pouvais pas voir son visage. Il s'est approché, lentement, et allait lever la tête vers moi quand un bruit strident s'est fait entendre, lointain d'abord, puis de plus en plus proche, omniprésent...

Je me suis réveillée en sursaut. Mon réveille-matin sonnait, une sonnerie électronique et excessivement déplaisante que je ne lui connaissais pas. Je me suis tournée vers lui et, à mon grand désespoir, j'ai pu constater qu'il était midi, et que s'il sonnait ainsi c'était parce que j'avais actionné la fonction réveil en rentrant de chez Stéphanie sans régler l'heure, ni le type de sonnerie. J'avais rendez-vous avec Luc dans une heure. C'était, au bas mot, une catastrophe.

Une vie de réveils tardifs m'avait rendue plutôt efficace quand venait le temps de se dépêcher le matin, mais quand même : une heure pour se préparer et se rendre à un rendez-vous galant, c'était une farce. J'ai bondi en dehors de mon lit, en maudissant Luc, avec ses habitudes ridicules qui m'obligeaient à toujours le voir le midi, rien que le midi. Une demi-heure plus tard, j'avais pris ma douche, m'étais maquillée et je courais à travers ma chambre en jupe, en cherchant désespérément un soutien-gorge. « Ursule, où est le soutien-gorge rose à Maman ? Hmm ? As-tu vu le soutien-gorge rose à Maman ? » Parfois, je sors de mon corps et je me vois en train de parler à mes chats comme s'ils pouvaient me répondre, et je suis toujours un peu déçue, m'imaginant à 80 ans, assise sur mon balcon dans ma chaise berçante, une carabine dans les mains et huit chats sur les genoux.

« Penses-tu que maman va devenir la vieille folle du quartier, Ursule ? Celle dont les enfants ont peur et qui a 40 minous chez elle ? Hmm ? » Ursule, toujours impeccablement laconique, s'est contentée d'un petit « meurawwww… » suivi d'un long bâillement. J'ai caressé la petite tête grise, et lui ai donné un gros baiser sonnant sur le front. Elle a éternué, puis, visiblement dérangée par mes baisers, elle s'est levée, dévoilant mon soutien-gorge fripé et couvert de poils.

Il ne me restait plus qu'à mettre la main sur mes souliers vert avocat, introuvables eux aussi, mais qui avaient peu de chances, eux, d'être cachés sous un chat. Tout de même, au bout de dix minutes de recherches infructueuses et avec déjà pas mal de retard, j'ai fini par soulever mon gros Siffleux, qui était couché sur le tapis de ma chambre, avant de me souvenir que j'avais prêté mes chaussures à Juliette, qui voulait les utiliser dans une de ses installations, une espèce de sculpture que je n'avais pas encore vue, mais dont elle parlait depuis des mois.

« Merde ! Merdemerdemerdemerdemerde ! » J'étais désespérée : sans mes souliers verts, je devais repenser toute ma tenue, ce qui était absolument impossible, vu les délais inexistants. Pire encore, j'avais impérieusement besoin de ces souliers, qui étaient mes power shoes, mes souliers magiques qui me donnaient toujours une confiance du tonnerre et une démarche d'enfer. Et tout cela m'emmerdait au plus haut point, principalement parce que cela m'obligeait à me rendre compte que j'étais beaucoup plus énervée que je ne l'aurais voulu et que oui, vraiment, je voulais impressionner Luc, je voulais charmer Luc, je voulais qu'il soit séduit par ma confiance du tonnerre et ma démarche d'enfer, bref, je voulais un chum, moi, une des trois signataires du *Manifeste du célibat*.

Je revoyais le visage étonné et un peu peiné de Juliette, la veille, quand elle avait compris à quel point mon rendez-vous avec Luc était important pour moi. J'étais encore un peu fâchée contre elle – je lui en voulais d'aussi bien me connaître. Elle est comme ma conscience, des fois, me suis-je dit. Comme mon Jiminy Cricket. Puis je me suis mise à rire en imaginant une mini-Juliette, avec un monocle et ses cheveux blonds cachés sous un chapeau haut de forme, qui aurait passé son temps perchée sur mon épaule à me faire la morale.

Je me suis dit qu'elle aurait bien ri de moi si elle m'avait vue, courant comme une poule sans tête à travers ma chambre, en espérant quelque chose comme une inspiration divine ou un archange qui serait descendu du ciel pour me dire quoi mettre.

« De la marde, ai-je finalement dit à haute voix. De. La. Marde. » Et dans un geste d'une rare audace, j'ai enfilé une paire de chaussures roses, sans même retoucher ma tenue. « Folle de même », ai-je cru bon d'ajouter en direction d'Ursule, qui me toisait d'un air spectaculairement impassible. J'ai attrapé mes clefs, mon sac à main et mon rouge à lèvres, et je suis sortie de chez moi en imaginant quelle excuse charmante je pourrais donner à Luc (j'écrivais, et je n'ai pas vu le temps passer ? J'étais complètement absorbée par le dernier Howard Bloom ? J'étais en ligne avec Paris ? Il m'est arrivé un truc absolument abracadabrant, attends que je te raconte ?). Bref, quelque chose de drôle, de glamour, d'intello – d'irrésistible.

« Ça va ? m'a demandé Luc quand je suis arrivée, faussement essoufflée, en essayant d'avoir l'air à la fois pressée et désinvolte.

— Oui, ça va… » Il portait une chemise bleu clair dont il avait retroussé les manches et qui dévoilait son cou, son beau cou d'homme que j'avais tout de suite remarqué, dès notre première rencontre.

« Écoute, je suis désolée pour le retard, il m'est arrivé une histoire absolument débile, attends que je te raconte ça…

— … pas de problème, m'a interrompue Luc. Je suis ici depuis cinq minutes seulement. Je savais que tu serais en retard, tu es toujours en retard. Alors, je suis moi-même arrivé vingt minutes plus tard que l'heure de notre rendez-vous.

— Ah ? Ah bon. » J'étais un peu déconcertée, aussi ai-je émis un rire coquet et ridicule qui m'a instantanément donné envie de partir en courant. Luc me regardait, tranquille, un sourire taquin sur les lèvres, sans rien dire. Il avait toujours cette espèce d'attitude calme et un peu détachée qui me rendait folle, d'abord parce que ça m'énervait terriblement (« À quoi tu penses ? » avais-je toujours envie de lui demander, en vraie fille, « Qu'est-ce qu'il y a ? »), ensuite parce que je trouvais cela absolument irrésistible. Il était comme une star de cinéma, infiniment cool rien qu'en étant là, silencieux, relax, avec un petit sourire énigmatique et une lueur vaguement lubrique dans l'œil.

« Comment tu vas ? » a-t-il fini par me demander. Il a levé son verre d'eau et pris une longue gorgée, en ne me quittant pas des yeux. C'était séduisant, mais, en même temps, j'aurais parfois souhaité que Luc n'ait pas nécessairement *toujours* l'air d'avoir une furieuse envie de baiser, même dans des restaurants, le midi.

« Ça va, ça va... un peu fatiguée, en fait. Il y avait une épluchette de blé d'Inde hier, chez Stéphanie.

— Stéphanie... ?

— Tu sais, Stéphanie, belle grande fille, longs cheveux noirs, petite face d'ange...

— Ah ! Oui ! Hmm... Très belle fille, en effet. Elle sort pas avec un espèce de petit mononcle un peu étonnant ?

— Oui. Enfin, non, Charles est pas un petit mononcle.

— Mais il en a l'air d'un petit mononcle. »

J'ai poussé un soupir exaspéré.

« O.K., oui, il a l'air d'un mononcle. Mais, apparemment, ça dérange pas Stéphanie, parce que figure-toi donc qu'ils vont se marier !

— Ah bon ? »

Luc n'était pas plus étonné que si je lui avais annoncé qu'il allait faire froid cet hiver.

« Ça te surprend pas plus que ça ?

— Ben… non, des gens se marient tous les jours, non ? »

J'étais presque fâchée contre lui. Son impassibilité, quoiqu'on ne peut plus sexy, finissait généralement par m'irriter – c'était tellement loin de moi, tellement différent de mon propre caractère, toujours changeant, toujours sur le qui-vive que j'avais presque peine à le comprendre : j'avais envie de lui donner une tape sous le menton et de crier « réveille ! ». Et, qui plus est, il me semblait que Luc était plutôt mal placé pour parler du mariage comme étant la chose la plus sympathique qui soit, lui qui était terrifié simplement à l'idée que je laisse une brosse à dents ou une paire de petites culottes chez lui.

« Tu peux bien parler, ai-je dit à Luc. Tu serais le premier à avoir des nausées si quelqu'un te parlait de mariage.

— Moi ? Non. »

Il avait parlé le plus calmement du monde et me regardait droit dans les yeux. Pendant un bref instant – un très bref instant –, j'ai cru que c'était sa façon de me dire qu'il était prêt, non pas à parler de mariage (j'aurais moi-même eu quelques haut-le-cœur), mais peut-être à discuter engagement.

Puis, j'ai compris. Ça m'a frappée, d'un coup, alors que je regardais Luc lever la tête vers une serveuse et lui faire un signe nonchalant de la main. J'ai baissé les yeux vers la table – la salière, la poivrière, en forme de petites ampoules électriques, l'éprouvette de verre avec une seule marguerite. Luc n'avait absolument rien contre l'engagement, ni contre le mariage, d'ailleurs. Luc voulait se marier. Luc espérait s'engager. Un jour. Pas tout de suite. Pas. Avec. Moi.

J'ai accusé le coup, je m'en souviens encore, assez gracieusement. Ce fut très bref, le temps d'exhaler, c'est tout, et de reprendre mon souffle. Surtout, ne rien laisser paraître. Puisque Luc ne voyait en moi qu'une maîtresse passagère, je n'étais pas, certainement pas pour insinuer que j'avais vu en lui, moi, un amoureux. (Oh ! mais je nous avais vus enlacés dans la verrière de la maison de mes parents, regardant la pluie tomber ! Nous chamaillant doucement en faisant les jeux charmants et idiots que font les amoureux ! Je nous avais même vus – ça personne, personne ne devrait jamais le savoir – je nous avais vus au mariage de Stéphanie, dansant et riant sous le regard un peu jaloux des autres femmes, qui auraient trouvé Luc tellement beau, et infiniment cool.)

La serveuse est arrivée, alors que je m'apprêtais à faire une petite blague badine au sujet du mariage, pour signifier à Luc qu'il pouvait bien se marier s'il voulait, mais que moi, vraiment, je préférais le célibat et ses innombrables délices.

Nous avons mangé dans la bonne humeur, en buvant du chardonnay et en discutant de notre travail (Luc était graphiste – il dessinait souvent des pochettes d'albums. Ce n'était pas inintéressant, et il était assez doué, mais il en parlait comme s'il s'agissait du métier le plus important et le plus compliqué du monde, juste derrière celui de cosmonaute, mais loin devant celui de président des États-Unis). Luc faisait les allusions grivoises d'usage, me caressant du regard et passant ses mains, sous la table, sur mes cuisses nues. J'avais presque oublié ce qui s'était dit plus tôt, ou, en fait, je m'étais convaincue que seul mon orgueil était froissé, rien de plus.

Luc a payé, nous avons fini nos verres, et nous sommes sortis du restaurant en riant. Nous avons l'air d'un couple, me suis-je dit. D'un vrai couple. C'est peut-être cette idée qui m'a décidée, ou le chardonnay, ou autre chose, je ne sais pas ce qui m'a pris, mais en sortant

sur le trottoir, dans l'air chaud et clair de ce midi d'été, j'ai pris la main de Luc et je lui ai dit, très rapidement :
« Luc. Je veux plus que ça. »

Il m'a regardée, interloqué.

« Quoi ?

— Je veux plus que ça.

— Que quoi ?

— Que ça, ai-je répondu en faisant aller ma main de moi à lui, puis de lui à moi.

— Qu'est-ce que tu veux dire ? » Il avait l'air las, soudainement.

« Je veux dire que ça m'intéresse plus de juste m'envoyer en l'air. Je veux plus. Je veux aller au cinéma, prendre des marches, te voir le soir... »

Il m'a interrompue en m'embrassant sur la bouche. « Allez, a-t-il murmuré dans mon oreille. On s'entend bien tous les deux, non ? On est bien comme ça, non ? » Il passait ses mains sous ma camisole et m'embrassait dans le cou. Pendant quelques secondes, j'ai pensé me laisser aller. Ç'aurait été si facile, et les mains de Luc étaient si agiles. Puis je me suis imaginée, dans son condo, en train de faire l'amour avec lui sur un de ses grands divans de cuir ou dans les marches de l'escalier en bois clair, et je me suis vue, ensuite, vers dix-sept heures, quitter la place en l'embrassant une dernière fois, parce qu'il aimait se coucher tôt et passer ses soirées seul. « Non, Luc. Je peux pas. Je suis désolée, mais on fait ça depuis quatre mois. C'est ridicule.

— Mais t'as toujours fait ça ! m'a-t-il répondu, étonné. C'est toi-même qui me l'as dit ! »

Évidemment. Je me trouvais charmante et moderne, je lui parlais du *Manifeste*, de ma grande liberté, je me disais que j'étais irrésistible.

« Je sais, Luc. Mais là, ça me tente plus, c'est tout. Je suis désolée, mais c'est tout ou rien. »

Nous étions debout au milieu du trottoir, et des gens qui retournaient à leurs bureaux nous bousculaient sans cesse, sans s'excuser. Luc m'a regardée un instant, l'air surpris et, pire, *amusé*.

« Eh bien, c'est moi qui suis désolé, Chloé, mais ça va être rien. » Il m'a donné un baiser sur la joue, a haussé les épaules et est parti, sans rien ajouter, vers le Vieux-Montréal.

Je suis restée debout, plantée sur le trottoir, en pleine lumière. Il m'a fallu quelques secondes, je crois, pour comprendre ce qui venait de se passer. Il y avait du soleil partout. Trop de soleil – un gros soleil de midi pas subtil, blanc et chaud et sans pitié. J'étais un peu saoule, et la lumière me paraissait trop claire ; aussi ai-je traversé la rue, pour aller m'asseoir sur une marche de pierre, à l'ombre. Un courrier à bicyclette s'est arrêté devant moi, a vérifié l'adresse et est entré dans l'immeuble. J'étais toujours là, cinq minutes plus tard, quand il en est sorti.

« Ça va ? » m'a-t-il demandé. J'ai levé la tête vers lui – casque de cycliste, petite barbichette, sourcil percé – et j'ai réalisé que je devais effectivement sembler un peu bizarre, assise ainsi sur une marche sale, les yeux rivés sur une bouche d'égout. « Ça va, ai-je répondu sur un ton que j'espérais naturel. J'ai un peu mal aux pieds. » Il a jeté un regard sur mes talons hauts, a fait un petit sourire et est reparti.

Je me suis relevée et j'ai commencé à marcher, dans le but plutôt vague de trouver un taxi. J'étais, d'abord et avant toute chose, complètement abasourdie. Je n'en revenais pas. Je ne pouvais pas croire que j'avais ainsi pilé sur mon orgueil, que j'avais tenu de tels propos et, surtout, que Luc m'avait rejetée d'une manière qui voulait dire, en gros, qu'il se foutait complètement de moi. J'étais humiliée, aussi, et, ai-je réalisé au bout de quelques minutes, j'avais de la peine.

« Ça peut pas continuer comme ça », ai-je pensé. Et, tout ce temps-là, mon étonnement augmentait, mêlé à une tristesse elle aussi de plus en plus grande. J'étais surprise d'avoir autant de peine, et j'ai été encore plus surprise de constater que je n'avais plus de plaisir à mener cette vie de « célibataire épanouie » que nous avions tant idéalisée. J'ai hélé un taxi et, en m'assoyant, je me suis dit : « Il faut que ça change. » Je n'aurais pu dire exactement quoi – j'étais confuse et fatiguée, et cette idée de changement, si elle me semblait instinctivement évidente, me faisait peur et me déprimait. J'ai donné au chauffeur l'adresse de Juliette, et je me suis mise à pleurer.

Chapitre 3

Je pleurais encore quand je suis arrivée chez Juliette. Marcus, son colocataire, un grand Jamaïcain de six pieds quatre qu'elle avait rencontré aux Beaux-Arts où il était modèle, m'a ouvert la porte.

« Darling, DAR-ling ! Mais qu'est-ce qui t'est arrivé ?

— Mais qu'est-ce qu'il *t'est* arrivé ? » Marcus portait une longue robe de chambre en soie rose, avec une serviette enroulée autour de la tête comme chez le coiffeur, et il avait autour de l'œil droit un énorme cercle bleu et mauve qui s'étendait jusqu'à son sourcil.

« Oh ! » Il s'est mis à rire. « Oh, ça, darling, c'est juste un maquillage. » Puis, devant mon air incrédule, il a passé un doigt sur sa paupière et me l'a montré. « Tu vois ? J'étais en train de me démaquiller. J'essaie un nouveau look pour mon prochain numéro.

— Ahhhh... » Marcus travaillait de jour comme serveur, mais deux soirs par semaine, il incarnait Grace

Jones dans une revue musicale extrêmement gay présentée dans un club du Village.

« Je suis un peu tanné de Grace, m'a-t-il expliqué. Je veux essayer quelque chose de différent. *Something flashy*. Beaucoup de plumes, je pense. Mais entre, entre ! Sweetie, tu as l'air terrible ! Juliette ! GIULIETTA ! »

Il m'a précédée dans l'appartement, en criant le nom de Juliette et en se déhanchant comme un mannequin sur sa passerelle.

La tête de Juliette est apparue très loin au fond du couloir. Leur appartement était immense. Il occupait tout un étage dans une ancienne usine de Saint-Henri qui n'avait été rénovée que très sommairement, d'où le loyer très bas qu'ils payaient. C'était à la fois rustique (des planchers de béton partout) et étonnamment exotique (les toilettes étaient d'anciennes toilettes publiques, et ils avaient choisi de garder les trois cabines et les deux urinoirs).

« Ah, c'est toi ? » a dit Juliette quand elle m'a aperçue. Elle tenait un gros pinceau dans sa main droite et semblait encore un peu fâchée contre moi, pour la forme sans doute. « Ta *date* s'est bien passée ? » Puis apercevant mes yeux rougis et ma mine plus que déconfite : « Qu'est-ce qui est arrivé ? Qu'est-ce qu'il a fait ? L'ostie de trou de cul, qu'est-ce qu'il a fait ? Le chien fini ! » Juliette ne manquait jamais une occasion de traiter les hommes de salauds et d'imbéciles – c'était un de ses plus grands plaisirs.

J'ai suivi Marcus jusque dans l'atelier de Juliette. La pièce sentait la peinture et la colle industrielle, et le plancher était couvert de vieux draps sales et d'une quantité un peu déconcertante d'objets hétéroclites. Elle était en train de peindre en bleu le torse d'un mannequin, qui dépassait d'un tas informe d'objets de consommation : un séchoir à cheveux, un grille-pain, un téléviseur portable, un ourson…

« Hey ! Est-ce que c'est un de mes souliers verts, ça ? »

J'avais le doigt sur le talon d'une chaussure, qui pointait entre une brosse à toilette et un coussin aux couleurs du drapeau américain.

« Oui, oui, a répondu nonchalamment Juliette. Mais t'as pas à t'en faire, j'ai pas utilisé de colle pour eux. » En levant le regard, j'ai pu remarquer que l'autre chaussure était placée sur le dessus de la tête du mannequin. « Je vais te les redonner, je te dis. C'est une installation temporaire. C'est ça le message.

— C'est-à-dire ?

— Mais que la société de consommation est quelque chose qui nous dévore, mais qui est éphémère aussi, dans son essence. »

J'ai hoché la tête pendant quelques secondes pour avoir l'air de comprendre, ou du moins de chercher à comprendre, et j'ai reniflé à deux ou trois reprises.

« Mais c'est pas important, ça, a dit Juliette. Qu'est-ce que t'as ? Pourquoi tu pleures ? »

La porte de secours, qui donnait sur le toit, était ouverte, laissant entrer un peu d'air et de lumière. Marcus, toujours en peignoir rose, s'est installé dans les marches de fer qui y menaient et s'est allumé une cigarette. Je me suis assise sur un matelas qui traînait par terre, et je leur ai raconté ce qui s'était passé au restaurant.

« Ah, l'écœurant... a murmuré Juliette après mon récit de la réaction de Luc face à l'idée du mariage. Bouge pas, a-t-elle ajouté en levant la main pour me faire signe de me taire. Je reviens. » Elle a laissé tomber son pinceau et est sortie de l'atelier en courant.

« Goes to show, a soupiré Marcus depuis son perchoir, que tous les hommes sont des salauds.

— Marcus. Tu es un homme.

— Oh, mais un homme gay, sweetie. Il faudrait pas confondre, quand même.

— Non, c'est sûr… je sais pas où j'avais la tête. »

Juliette est revenue dans l'atelier avec une bouteille de calvados et trois verres. « Tiens, m'a-t-elle dit en me donnant un verre. Ça va te faire du bien. » Elle s'en est versé une bonne quantité et a tendu la bouteille à Marcus.

J'ai terminé mon histoire en même temps que mon calvados. « Quel trou de cul, a répété Juliette en me servant un nouveau verre. Quel genre de cave va planter là une fille comme toi ? »

C'était gentil, mais un peu futile : « C'est même pas ça qui me dérange le plus, ai-je dit à Juliette. C'est juste que… » J'ai baissé les yeux vers le sol. C'était ridicule : j'avais vraiment honte de moi. Je me trouvais sotte, j'avais l'impression d'être une mauvaise élève devant son professeur. « … c'est juste que j'aurais tellement voulu que ça marche, Juliette. » J'ai levé le regard vers elle. Elle ne disait rien. Derrière moi, j'ai entendu la voix de Marcus : « Well I'll be… »

« C'est ça le pire, ai-je poursuivi. Crisse, Juliette, pendant deux secondes, j'ai presque failli le rappeler. Ou essayer de le rattraper. C'est lamentable.

— Ce qui est lamentable, a dit Juliette, c'est ce crétin-là. Veux-tu bien me dire ce qui t'a pris ? Je dis pas si c'était Johnny Depp ou un être humain formidable, mais c'est juste un gars ordinaire ! O.K., il est cute, mais à part ça… moi, un gars qui se couche à huit heures et demie et qui porte des chemises détachées jusqu'au troisième bouton…

— De qui vous parlez ? » a demandé une voix dans mon dos.

Je me suis retournée, pour apercevoir la silhouette d'Antoine qui était appuyé contre le cadre de la porte.

Le soleil brillait derrière lui, et on ne devinait que sa forme – les longues jambes et le veston. Il a lentement descendu les marches de fer, en posant au passage un gros baiser sur la joue de Marcus. Il avait pris quelques années auparavant l'habitude de passer par l'escalier de secours qui se situait derrière l'immeuble. C'était compliqué, et plutôt salissant, mais il semblait y tenir. C'était « son entrée », comme il aimait le répéter.

« Salut ma chérie », m'a-t-il dit en m'embrassant. Il a fait la bise à Juliette, puis s'est penché pour ramasser un gobelet qui traînait par terre. Il l'a inspecté brièvement, a soufflé dedans, et s'est servi une bonne rasade de calvados.

« Ça va ? a-t-il demandé. Qu'est-ce qui se passe ? Pourquoi les faces de Carême ? »

Juliette et Marcus se sont mis à répondre en même temps – les mots *asshole*, salaud, sans-cœur et « ostie de fucké » fusaient autour de nous. Antoine les regardait tour à tour en essayant de comprendre ; je ne disais rien – pour la première fois depuis ce midi, j'avais un peu envie de rire.

« O.K.! Whoa! a fini par crier Antoine. Je comprends rien. Qui est un salaud ? De qui on parle ? Quel restaurant ? » Juliette a soupiré et s'est approchée d'Antoine, en le regardant comme s'il avait des difficultés d'apprentissage. « Chloé, a-t-elle dit en me pointant du doigt, avait ce midi une *date* avec Luc.

— Luc… ?

— Luc-chemise-déboutonnée, le gars qui était au bar l'autre soir.

— Ah! a dit Antoine. Le gars qui se couche tôt ?

— Oui. Donc, a poursuivi Juliette, Chloé (encore le doigt pointé vers moi) avait une *date* avec Luc-chemise-déboutonnée. Et Chloé (toujours le doigt) a eu un moment de faiblesse et a dit à Luc qu'elle voulait plus

41

qu'un simple fuck friend. Et Luc l'a remerciée pour ses services et a crissé son camp.

— Ah! Antoine a eu l'air de réfléchir quelques secondes. C'est tout?

— Comment ça, "c'est tout?", me suis-je insurgée.

— Mais non, mais c'est rien de nouveau, a dit Antoine. Tu vas te remettre de ça en moins d'une semaine.»

Je lui ai jeté un regard que j'aurais voulu hautain et méprisant. «Regarde-moi pas comme ça, a-t-il dit. Je suis très bien placé pour le savoir.»

Évidemment. Antoine et moi nous étions rencontrés huit ans plus tôt, dans un bar où nous passions toutes nos soirées. J'avais 20 ans et j'étais rapidement tombée sous le charme d'Antoine, qui draguait tout ce qui bougeait et s'envoyait en l'air avec qui il voulait avec une facilité absolument déconcertante. Or, à mon grand étonnement (et, ce qui est plus blessant, au grand étonnement de mes amis), il avait jeté son dévolu sur moi.

Nous avions couché ensemble à quelques reprises, et, déjà, je me voyais déambulant avec lui sur des plages désertes de Saint-Vincent, ou dans les rues pluvieuses de Londres. Je m'imaginais le présenter à mes parents et l'écouter raconter des blagues spirituelles qui feraient s'esclaffer toute la famille dans un grand hahahaha flûté, nos têtes penchées vers l'arrière avec abandon (dans cette fantaisie, nous étions toujours en train de prendre le thé dans de jolies tasses de porcelaine, et ma mère, ma sœur et moi portions de grands chapeaux à volants. Étonnant, considérant que ma famille ne prend jamais le thé. Antoine non plus, d'ailleurs).

Au bout de quelques semaines, Antoine m'avait expliqué, le plus mielleusement du monde, que j'étais en train de m'attacher à lui, et que c'était une très mauvaise idée puisqu'il n'avait, lui, aucune intention de s'attacher à qui que ce soit. J'avais été un peu blessée, mais cela avait surtout été pour moi une révélation. Je venais de comprendre que le charme d'Antoine résidait justement dans le fait qu'il n'appartenait à personne, qu'il était libre comme l'air, sans peur et sans reproches. « C'est ce que je veux », m'étais-je dit. Je voulais devenir Antoine. Enfin, son pendant féminin. Et j'avais d'ailleurs plutôt bien réussi – jusque-là, du moins – et entre-temps, Antoine et moi étions devenus les meilleurs amis du monde.

« Mais non, mais j'ai raison ou j'ai pas raison ? a répété Antoine.

— Mais oui, câlisse, t'as raison ! C'est ça qui me fait chier.

— Bon… c'est juste une passade. Tu vas voir. T'es un peu fatiguée…

— Non, Antoine. Je pense pas que ce soit juste une passade.

— Voyons, Chloé… » Il s'est assis sur le matelas à côté de moi et a commencé à me frotter le dos.

« Arrête ! Je te dis que c'est pas une passade. J'en ai plein mon casque, Antoine. Je suis tannée, je suis écœurée, je suis à boutte. Crisse, je me suis réveillée hier avec une morsure sur la cuisse… » J'ai relevé ma jupe pour lui montrer la morsure – la marque rouge de deux belles rangées de dents. Antoine a passé un doigt dessus, en riant doucement.

« Qui a fait ça ? m'a-t-il demandé.

— Je sais pas ! Je sais pas, et ça a aucun sens ! C'est ça que j'essaie de te dire : c'est pas fait pour moi, cette vie-là, ou, en tout cas, c'est plus fait pour moi. Je suis pas comme toi, moi.

— Mais oui ! a dit Antoine. T'es mon alter ego ! Tu te souviens ? Antoine et Chloé, masters of the universe ? »

J'ai émis un petit rire triste. C'était il y a cinq ans, à New York, nous avions passé une soirée dans divers clubs à boire et à flirter et à trouver le moyen d'entrer dans les salons VIP. Le lendemain matin, à dix heures, alors que nous sortions d'un after-hours, nous étions allés marcher dans Central Park, en criant aux joggeurs et aux sans-abri : « *We're the Masters of the Universe* ! » Nous étions saouls, et fatigués, et totalement persuadés que nous étions, en fait, les maîtres de l'univers.

« Ah, je sais, je sais, ai-je dit à Antoine en appuyant ma tête sur son épaule. Mais... ça a fait son temps, ça. On dirait que j'ai plus l'endurance que j'avais. T'es pas épuisé, toi, des fois ? De toujours courir après le prochain thrill, la prochaine fille ? »

Antoine m'a regardée le plus sérieusement du monde. « Pas du tout. » Je savais qu'il le pensait, aussi. « Qu'est-ce que tu vas faire, hmm ? Te mettre à avoir des chums ridicules comme Juliette ? » Juliette lui a donné un coup de pied dans le tibia, en portant un doigt à ses lèvres et en faisant des gestes frénétiques vers le couloir : Samuel, ai-je fini par comprendre, dormait dans la chambre d'à côté. Antoine a pris un petit air déconfit, et Marcus a éclaté de son grand rire sonore.

« Sérieusement, a repris Antoine en frottant son tibia. Tu sais bien que t'es pas faite pour ça. La vie plate des gens casés, c'est pas pour nous autres. » Juliette nous écoutait, les bras croisés. « Antoine a raison, a-t-elle fini par dire. Et si vraiment tu penses que tu veux quelqu'un qui te fasse office de chum, trouve-toi un gars inoffensif comme Samuel. Mais commence pas à t'embarquer dans des relations de couple avec des gars moyennement intéressants parce que tu vas avoir 30 ans et que tout le monde fait ça à cet âge-là. Tu sais aussi bien que moi que tu t'ennuierais trop ! Hein ? »

Elle a tassé mon pied avec le bout du sien, en répétant : « Hein ? » À côté de moi, Antoine s'est mis à me donner des coups de coude. « Hein ? » a-t-il dit à son tour. Ils souriaient tous les deux – ils pensaient, je crois, que j'allais me réveiller et me secouer, comme quelqu'un qui sort d'une transe.

« Non, vous comprenez pas, ai-je dit. Je suis sérieuse. On a prouvé que c'était possible d'être célibataires et épanouis. J'ai eu du fun, ben du fun. Mais de là à rester célibataire par principe, c'est ridicule. Je sais bien dans le fond que je suis pas amoureuse de Luc. En fait, je l'aime même pas vraiment. Il est prétentieux et il a pas le sens de l'humour.

— Bon… a dit Antoine, comme si j'étais en train de faire des progrès.

— Mais c'est pas ça, l'affaire ! Luc était juste un pré-texte. Si je me suis amourachée de lui, c'est qu'en fait j'aimais l'idée d'être avec quelqu'un, de plus courir tout le temps. »

Antoine a froncé les sourcils.

« Stéphanie avait raison, ai-je ajouté en direction de Juliette. Il est temps de passer à autre chose. »

J'étais sidérée par mes propres paroles. Je trouvais que j'exagérais un peu, mais, en même temps, il me semblait vital de leur faire comprendre que, vraiment, j'étais sérieuse, et qu'il ne s'agissait pas seulement d'une faiblesse passagère.

« Chloé, a fini par dire Antoine sur un ton tellement solennel que j'ai eu envie de rire. Écoute-moi. Tu sais très bien que tu crois pas réellement à tes paroles. On a parlé de ça mille fois. C'est peut-être pas facile pour toi d'être célibataire, mais dis-toi que c'est sûrement encore plus difficile et surtout mille fois plus ingrat de chercher l'amour comme une folle, parce que quelqu'un t'a mis dans la tête que tu devais le trouver.

— C'est vrai, a dit Juliette. Et, en plus, ça vaut pas toujours la peine. Moi, j'ai été amoureuse une seule fois dans la vie, et je me suis cassé la gueule magistralement.

Crime, ça fait dix ans, et je suis pas encore complètement remise. »

J'ai levé les yeux au ciel. L'histoire de la peine d'amour de Juliette était pour nous une vieille légende, un des mythes fondateurs de notre univers. Elle nous avait été racontée tellement souvent qu'elle nous était plus familière et surtout plus pertinente que *L'Odyssée* ou que *Le Nouveau Testament*. Nous en connaissions les moindres détails, mais aussi les leçons à en tirer et la morale qu'elle nous enseignait, à savoir que l'amour est quelque chose de vaste, de mystérieux et d'extrêmement cruel auquel il vaut mieux ne pas se frotter.

« Qu'est-ce que tu vas faire ? a poursuivi Juliette. Partir à la recherche du grand amour ?

— Quand j'étais petite, ai-je répondu en baissant la tête comme si j'allais faire une confession, c'est de ça que je rêvais.

— Ah, voyons ! s'est écriée Juliette, quand j'étais petite, je rêvais de me marier avec Billy Idol. Ça veut rien dire ! On rêvait tous au grand amour quand on était petits !

— Pas moi, a cru bon de préciser Antoine.

— En tout cas, a poursuivi Juliette, tu vois ce que je veux dire. On grandit, à un moment donné. Et on comprend une couple d'affaires. Il existe pas, le grand amour. Et si jamais tu trouves quelque chose qui à tes yeux s'en approche, eh bien, tu risques de te le faire enlever et de te retrouver toute fine seule et beaucoup plus malheureuse qu'avant. D'une manière ou d'une autre, tu vas finir déçue, blessée et amère. »

Pas plus que toi, avais-je envie de lui dire, mais je me suis tue. « C'est un mythe, a dit Antoine. L'amour, le grand amour, c'est une vaste conspiration. On nous a fait accroire qu'il existe et qu'on devrait tous y aspirer. Bullshit. Tu peux avoir un kick foudroyant, mais cette passion-là, elle dure jamais. Ce qui dure, ce sont des petites relations sans grandeur, dans lesquelles deux personnes s'enferment de peur d'être toutes seules. Des petites affaires qui deviennent confortables comme une vieille paire de chaussures et qui...

— ... oh mais, voulez-vous vous taire !» a soudainement lancé Marcus. Il s'est levé, fier et digne dans son long peignoir de soie, et s'est approché du matelas. « Moi, je trouve que tu as raison, Chloé. *Don't listen to them.* Ils sont juste amers et ils ont peur. Si tu veux trouver le grand amour, *go for it.*

— Ah, franchement ! a crié Juliette. Marcus ! Tu changes de chum comme tu changes de chemise ! Il y a jamais un gars qui est resté plus de trois semaines. Viens pas nous dire que tu crois au grand amour !»

Marcus a pris un air offensé. « Excuse-moi ! Au moins, j'essaie, moi ! Tu le sais, Juliette, je suis un grand sentimental. Je sais très bien que mes histoires marchent jamais, mais, au moins, j'essaie. » Il a refermé le haut de son peignoir dans un geste un peu ridicule et a ajouté : « Chaque fois, j'y crois. »

Il a tourné les talons et est sorti de l'atelier la tête haute, en roulant des hanches. Nous nous sommes regardés un instant – je croyais que Juliette ou Antoine allait se mettre à rire, mais personne n'a ouvert la bouche. Il y avait eu quelque chose dans l'expression de Marcus quand il avait dit « chaque fois, j'y crois » de trop sincère.

« En tout cas, a soupiré Juliette, tu fais ce que tu veux, mais vraiment... » J'aurais voulu leur dire plein de choses. Des banalités au sujet de l'amour et de la solitude, des clichés, des lieux communs. Mais je me suis contentée de hausser les épaules et de me laisser retomber sur le matelas. Antoine m'a tapoté doucement la cuisse. « Ça va aller, ma princesse. T'es juste fatiguée. »

Je n'ai rien ajouté. Peut-être que j'étais trop fatiguée. Je ne savais plus trop. Mais je n'avais plus envie de les entendre répéter les mêmes bêtises à propos de l'amour. Je les connaissais par cœur, ces bêtises. Elles m'ennuyaient.

« Prends un autre verre, a dit Juliette en s'approchant avec la bouteille.

— Non. Non, c'est mieux pas, il faut que je sois chez ma sœur dans une heure.

— Oh, boy. » Antoine a jeté vers moi un regard inquiet : « Es-tu vraiment sûre que tu es en état d'affronter ta mère ?

— Et ta sœur ? » a ajouté Juliette, avec pas mal de justesse à mon avis. J'ai poussé un long soupir. « Oui, oui. Je suppose que oui. »

Puis j'ai pensé à ma mère, hystérique comme toujours, et à Daphné, ma petite sœur, mon infiniment-parfaite-sans-reproche-mariée-mère-de-jumelles petite sœur. « Oh ! God ! Non, franchement, je suis pas certaine d'être capable de les endurer.

— Prends un autre verre, m'a dit Juliette, pleine de sollicitude – elle connaissait ma famille.

— Non, je t'assure, je pense que ça va être encore pire si je suis saoule en arrivant. Ça va donner l'occasion à ma sœur de se lancer dans une de ses diatribes…

— Ta mère va être saoule, m'a interrompue Antoine.

— Ma mère est toujours un peu saoule. Jamais complètement saoule, mais toujours un peu saoule. C'est sa devise, ai-je ajouté en riant.

— Oh ! mon Dieu, a soudain dit Juliette. Est-ce que tu vas leur dire ?

— Leur dire quoi ?

— Ben que t'es devenue folle et que t'as décidé que tu trouverais l'amour ?

— Non ! Non. Mon Dieu, non. »

J'ai imaginé ma mère, redoublant d'hystérie à cette annonce ; ma sœur me regardant en voulant dire « Je savais bien ! » et mon père, allant de l'une à l'autre avec un air étonné en demandant « Qu'est-ce qu'il y a ? Qu'est-ce qui se passe ? Qu'est-ce que j'ai manqué ? », et j'ai répété, pour moi plus que pour Juliette : « Oh ! Non. Tellement pas. »

Juliette a levé les sourcils et a penché la tête sur le côté, pour me signifier qu'elle ne me croyait pas du tout – elle savait que je n'avais jamais rien pu cacher à ma mère ou ma sœur. J'ai soutenu son regard, en me disant, tout le long : « Elle a raison. Elle a parfaitement raison. » J'espérais seulement, naïve que j'étais, que ce ne soit pas trop pénible.

Chapitre 4

Dans le taxi qui m'amenait chez ma sœur, j'ai sorti mon miroir de poche et essuyé le mascara qui avait coulé sous mes yeux. J'ai gardé le miroir devant moi une ou deux minutes, en tentant de voir si dans mon regard quelque chose avait changé, si on pouvait lire, sur mon visage, toute mon agitation. Ce n'était pas mal, vraiment. À part des cernes un peu plus prononcés que d'habitude, que je pouvais toujours mettre sur le compte d'une nuit blanche ou deux, j'avais mon air habituel. Avec un peu de chance, peut-être que ma mère ne remarquerait rien.

Le taxi s'est arrêté devant chez Daphné – un bungalow d'un ennui à périr, qui se distinguait de ses voisins par la position de son garage (à droite plutôt qu'à gauche ! Incroyable !) et ses volets verts (ceux des voisins étaient bleus ! Quelle audace !).

« Trente-deux dollars cinquante », m'a dit le chauffeur sans se retourner.

J'ai soupiré. Payer trente dollars pour aller à Laval m'avait toujours fait mal au cœur. C'était comme dépenser trois cents dollars pour un aspirateur plutôt que pour une paire de chaussures. J'ai contourné la maison, et j'ai poussé la petite barrière en bois blanc pour entrer dans la cour. Il faisait encore très chaud, même s'il était près de dix-huit heures, et Daphné était dans la piscine hors terre avec une des jumelles (au grand dam de toute ma famille, j'étais encore incapable de les distinguer – je crois que personne n'en était capable, mais ils faisaient tous semblant de les reconnaître au premier coup d'œil, et prenaient toujours des airs offensés quand je demandais à Daphné laquelle était laquelle). J'allais faire mon entrée quand j'ai entendu, au-dessus de moi : « Ah ben ! AH BEN ! »

C'était ma mère, qui était perchée sur la galerie et qui se penchait vers moi en me faisant de grands signes, comme s'il avait été possible que je ne la remarque pas.

« V'là la retardataire ! a-t-elle dit.

— Ouais, excuse-moi. J'étais…

— Ttt ttt ttt, tu t'excuseras certainement pas à ta vieille mère d'être en retard. Il y a juste ta sœur que ça dérange. »

C'était vrai : ma mère était toujours en retard et en tirait une étrange fierté. Quant à ma sœur, elle avait l'habitude de dire des banalités comme : « La ponctualité est la politesse des rois », ce que j'avais toujours trouvé d'une intolérable bêtise.

« Comment tu vas, ma chérie ? a demandé ma mère.

— Ça va, mais… qu'est-ce que t'as fait à tes cheveux ? » Elle s'était couvert la tête d'un foulard de soie mauve qui était noué sur sa nuque et descendait ensuite le long de son dos.

« Oh, ça ? a-t-elle répondu coquettement, un nouveau look. » Je me suis approchée et j'ai remarqué qu'elle s'était aussi lourdement maquillé les yeux, avec un fard qui ressemblait à du khôl.

« Un nouveau look ? ai-je dit. Maman, t'as l'air de Francine Grimaldi !

— Sois pas ridicule, ma fille. C'est très seventies, comme look. Pense à Valentina Cortese dans *La Nuit américaine*.

— Ah bon… et je suppose que le martini fait partie du costume, lui aussi.

— Tout à fait. Glamour, Chloé, glamour. »

J'ai ri, et je l'ai embrassée. Je comprenais pourquoi mes amis avaient toujours trouvé ma mère « tellement cool ». Elle était drôle, et vive, et totalement différente. Elle était aussi à moitié hystérique et souvent insupportable, et elle se promenait avec des foulards mauves sur la tête, mais j'avais toujours supposé que ça venait avec.

« Tu étais où ? » m'a-t-elle demandé, avec un petit regard me signifiant qu'elle devinait déjà que je lui cachais quelque chose. Avec son foulard et son maquillage outrancier, elle ressemblait un peu à une voyante tzigane.

« Chez Juliette. On prenait un verre avec Antoine. »

Au nom d'Antoine, ma mère a fermé les yeux et a dit : « Mmm… Antoine. Comment il va ce beau garçon ?

— Bien.

— Ah, lui, je te dis, si j'avais vingt ans de moins, je le croquerais tout rond. Je comprends pas pourquoi tu sors pas avec lui, Chloé. C'est un garçon ma-gni-fi-que.

— Maman, je t'ai déjà expliqué…

— Je sais, je sais. Vous voulez pas vous caser. Tu m'as déjà raconté toute l'histoire, avec votre espèce de déclaration…

— Manifeste.

— Manifeste, déclaration, peu importe. Vous me faites rire. Vous vous trouvez très modernes, parce que vous choisissez le célibat. Figure-toi donc que c'est ma génération qui l'a inventé. Dans les années 60, quand j'ai commencé comme actrice, personne n'était casé. On voltigeait. On avait la cuisse très légère...»

J'ai poussé un long soupir exaspéré, sans toutefois pouvoir m'empêcher de sourire. Ma mère avait été comédienne de théâtre à la fin des années 60 et avait brièvement connu le succès dans un téléroman ridicule qui avait été assez populaire dans les années 70. Elle n'avait pas rejoué depuis 1973, mais elle avait gardé de cette courte expérience une quantité effarante de souvenirs – des anecdotes toutes plus aberrantes les unes que les autres, et que je connaissais par cœur.

«Enfin, a-t-elle dit. Je vais pas te casser les oreilles avec ça...» Elle a attendu un bref instant, dans l'espoir plutôt mal dissimulé que je dise «mais non» et que je l'encourage à continuer. Évidemment, je me suis tue, faisant semblant de me concentrer sur la haie de cèdres qui bordait la cour. Je pensais à ce qu'elle venait de dire: «Vous vous trouvez très modernes...» Ça m'embêtait de l'admettre, mais elle avait raison. Nous nous trouvions tellement modernes, tellement wild... Je nous ai soudainement vus tels que nous étions – jeunes, naïfs et sans aucun recul par rapport à nous-mêmes. En fait, nous ne voyions pas vraiment plus loin que le bout de notre nez, satisfaits simplement de nous croire différents des autres.

J'ai regardé ma mère un moment. Elle attendait toujours mes protestations, et l'idée m'est venue qu'elle était peut-être, après tout, beaucoup plus moderne que moi. C'était, littéralement, la notion la plus désagréable qui soit. Ma mère? Moderne? Un tenace réflexe d'adolescente me disait qu'une mère, par définition, ne pouvait qu'être rétrograde.

Elle a fini par se tourner vers moi, visiblement résignée au fait qu'elle ne pourrait pas poursuivre son anecdote, et s'est penchée vers mon oreille. « Peux-tu croire qu'on va encore se taper un barbecue à Laval ? » a-t-elle chuchoté, complice. J'ai pris un air impuissant et hoché la tête à mon tour. C'était notre petit rituel de rire de la vie de banlieusarde de Daphné. Quand ma sœur avait annoncé, cinq ans auparavant, qu'elle déménageait à Laval, ma mère avait failli s'étouffer avec son martini – elle considérait la banlieue comme un endroit pour les gens sans imagination, pour ceux qui voulaient se ranger et « mener des petites petites petites vies » (j'étais plutôt d'accord). Que Daphné choisisse d'y habiter avait été vu comme une espèce de trahison – mais il y avait longtemps que ma mère avait compris que sa fille cadette ne serait jamais comme elle, et elle s'étonnait encore d'avoir élevé, elle, une personne aussi sage et rangée.

« Ah ! Chloé ! » Mon père m'a fait un signe de la main depuis l'autre bout de la cour, où il était en train de discuter avec Stéphane, le mari de ma sœur. Il avait toujours l'air surpris de me voir – en fait, il avait toujours l'air surpris, point. Comme s'il habitait dans une autre dimension d'où il pouvait observer la nôtre, avec ses étonnantes coutumes. « Chloé ! » a-t-il répété en m'embrassant. Il portait une chemise et une cravate malgré la chaleur – je le soupçonnais parfois de dormir en cravate, peut-être même d'être né avec, au grand étonnement du médecin ayant accouché sa mère.

« Stéphane était en train de me montrer leur compost, m'a-t-il dit. C'est très intéressant. Je pense que je vais en faire un à la maison.

— Vous avez pas de jardin, papa.

— Oui, c'est vrai... mais j'aimerais peut-être m'en faire un. Ce serait un beau hobby.

— Un autre ? » Mon père avait à peu près 10 000 hobbies, qui, à mes yeux, étaient tous d'un ennui mortel. Il jouait au golf, il peignait, il touchait un peu à l'ébénisterie, il collectionnait les livres anciens et les restaurait lui-même – il avait même essayé de s'adonner à la construction de bateaux dans des bouteilles et à la calligraphie sur soie. « Je sais pas où tu trouves le temps, ai-je dit. Avec ton travail, en plus. »

Il a haussé les épaules. « Oh, tu sais, c'est un mythe de dire que les avocats travaillent beaucoup. Enfin, oui, on travaille très fort au début. Mais rendu à mon âge… » Il a ricané. « On fait travailler les petits jeunes à notre place ! Ils sont capables d'en prendre. C'est plein d'ambition à cet âge-là, plein d'énergie… hein, Stéphane ? »

Stéphane, qui balançait l'autre jumelle sur ses épaules, a acquiescé d'un signe de tête. « C'est sûr… moi, je fais souvent des semaines de cinquante à soixante heures. » Mon Dieu, ai-je pensé. Stéphane était gastro-entérologue. Cinquante-soixante heures à se concentrer sur les intestins des gens.

« Mais quand on aime son travail », a-t-il ajouté, achevant par le fait même de me convaincre qu'il était légèrement masochiste. J'avais peine à l'imaginer, en sarrau blanc, en train de se pencher sur une maladie rare de l'intestin grêle. Ses patients aussi, d'ailleurs. Il avait 31 ans, mais avait l'air d'en avoir à peu près 17, si bien qu'au premier rendez-vous, les gens, inquiets, demandaient toujours s'il avait bien terminé ses études.

Il s'est approché de moi et s'est penché doucement pour que la jumelle perchée sur ses épaules soit à ma hauteur.

« Est-ce que tu donnes un bec à tante Chloé, Rosalie ? » J'ai souri à Stéphane. Il s'arrangeait toujours pour dire le nom des petites devant moi, avant que je n'aie à le demander à Daphné. Rosalie a tendu les bras vers moi en riant joyeusement. Les jumelles m'adoraient, ce qui me faisait démesurément plaisir – j'avais toujours l'impression d'avoir été « choisie » quand un enfant démontrait de l'affection pour moi, comme si seules les personnes « spéciales » pouvaient être appréciées par des êtres aussi dénués d'hypocrisie.

« Les filles sont vraiment folles de toi, hein ? a dit Stéphane. Elles sont toujours tellement contentes de te voir.

— C'est normal, c'est pas leur mère, a répondu la voix de Daphné derrière nous. Pour elles, t'es juste du plaisir, jamais de la discipline. » Elle tenait l'autre jumelle (Mya, par déduction) avec un bras, et tordait ses cheveux avec sa main libre.

« Peux-tu aller l'habiller ? a-t-elle demandé à Stéphane en lui tendant la petite qui criait en direction de sa sœur des mots que je ne comprenais pas. Elles ont une espèce de langage codé. Le pédiatre a dit que ça arrivait souvent avec des vrais jumeaux.

— Ah oui ? »

Je les ai observées un instant, envieuse. Que ça doit être pratique, me suis-je dit. Je nous ai imaginés, Juliette, Antoine et moi, partageant un langage connu de nous seuls. C'était presque le cas, en fait. Souvent, nous nous retrouvions tous les trois au milieu d'une foule, dans un bar ou lors d'une fête, et notre conversation prenait un tour si intime, si familier, que les autres personnes avaient peine à la suivre.

« Chloé ! » Ma mère tirait sur ma main, en agitant devant moi son verre vide. « J'ai besoin d'un refill. T'en veux un ?

— Avec plaisir. »

Elle est partie vers la cuisine, mais elle s'est arrêtée à mi-chemin et est revenue vers moi. « Qu'est-ce que

t'as, toi ?» Pas déjà ! ai-je pensé, avant de répondre :
«Rien, pourquoi ?» Elle a plissé les yeux et m'a levé le
menton avec deux doigts. «Hmm… je te connais, Chloé
Cinq-Mars. C'est moi qui t'ai tricotée, tu sauras. Et tu
me caches quelque chose… Tu perds rien pour attendre,
ma fille. Tu partiras pas d'ici avant d'avoir dit à ta vieille
mère qu'est-ce que t'as.» Je sais, me suis-je dit. Je le sais
bien que trop.

Daphné m'a donné un petit coup de coude, et a fait
un geste du menton qui voulait dire, lui aussi : «Qu'est-
ce que t'as, toi ?» Je lui ai fait signe de laisser tomber, et
j'ai jeté un regard vers la cuisine, où ma mère préparait
distraitement un martini – c'était pour elle un geste tellement anodin qu'elle le faisait presque sans s'en rendre
compte, comme d'autres se brossent les dents.

Daphné m'a fait un clin d'œil. C'était une des seules
choses sur lesquelles nous nous entendions : notre mère,
quand elle le voulait, pouvait être la personne la plus
insupportable de l'univers. Toutes petites, déjà, nous
avions développé divers trucs pour nous prévenir l'une
l'autre quand elle était dans un de ses moods, et pour
les éviter.

«Viens avec moi, faut que je me change», m'a
chuchoté Daphné. Je l'ai suivie dans sa grande chambre,
où tout était beige ou crème. Elle a enlevé son maillot
devant moi – j'ai détourné le regard, comme d'habitude,
en apercevant la cicatrice qu'avait laissée la césarienne
tout le long de son bas-ventre.

«Arrête, a-t-elle dit, je suis pas un monstre, quand
même.

— Je sais, excuse-moi.»

J'ai relevé la tête vers elle et je l'ai observée un
instant, cette petite sœur si différente de moi. Elle se
séchait les cheveux avec une serviette – ils étaient d'une
couleur indéfinie, entre le châtain et le brun (exactement

la couleur qu'auraient les miens, ai-je pensé, si je ne les faisais pas teindre depuis quinze ans).

« Alors ? m'a-t-elle demandé. Qu'est-ce que t'as ?

— Tu vas en parler à maman ?

— Non. Mais elle va finir par te tirer les vers du nez, c'est sûr. »

Je me suis assise sur son lit. « Ah, je sais… c'est rien, en fait, j'ai juste eu une *date* ce midi, et ça a pas vraiment marché.

— Puis ? Me semble que c'est pas comme si tu voulais un chum, non ? » Il y avait dans sa voix une note de reproche. Daphné désapprouvait mon style de vie, mes choix. Daphné désapprouvait beaucoup de choses.

Pendant quelques secondes, j'ai pensé lui mentir. Parce que son attitude m'irritait et parce que j'avais toujours aimé la contredire et lui faire froncer les sourcils et me rappeler par le fait même que j'étais beaucoup plus flyée qu'elle. Mais je me suis souvenue de ce que Marcus avait dit chez Juliette – je l'ai revu, debout dans sa robe de chambre, quelque part à la frontière entre le ridicule et la noblesse, me dire : « *Go for it.* »

« Plus maintenant, ai-je dit à Daphné.

— Quoi ?

— Je veux dire que… peut-être que j'en veux, un chum. Après tout. » Je regardais par terre. J'avais trop peur de voir l'expression de Daphné – j'étais certaine qu'elle allait être triomphante. Mais elle s'est assise à côté de moi, dans ses sous-vêtements simples et pratiques, et a penché la tête jusqu'à ce que son regard attrape le mien. Ses grands yeux. Tellement noirs qu'on devinait à peine les pupilles, comme ceux de notre père. Elle m'a caressé le dos (c'est elle, la grande sœur, ai-je pensé) et m'a souri.

« Eh bien, j'en reviens pas… » Elle a croisé les bras sur sa poitrine. « Maman va devenir complètement folle si tu lui annonces ça.

— Je sais.

— Je peux te demander ce qui t'a pris ? Qu'est-ce qui t'a fait changer d'idée ? »

Alors, pendant que Daphné s'habillait, je lui ai raconté ma journée, l'annonce de Stéphanie la veille, tous les rêves et les désirs naïfs et démesurés que je gardais secrets depuis des années. Il y avait longtemps que je ne me sentais plus très proche de Daphné. Mais parce qu'elle était ma sœur, peut-être, et que, petites, nous avions imaginé ensemble des centaines d'histoires d'amour dont nous étions les héroïnes, je lui ai dit tout ce que je n'avais pas osé avouer à Juliette ou à Antoine. Les longues marches sur des plages désertes et sauvages, les regards partagés dans lesquels on se perd, les rires complices – l'amour, comme un flambeau, brandi devant le monde, jeté entre lui et moi tel un bouclier.

Daphné m'écoutait attentivement, en souriant de temps en temps. Quand j'ai eu fini, un peu étonnée de m'être rendue jusque-là, elle a dit : « Ouais.

— Ouais ? C'est tout ce que tu trouves à dire ?

— Non… c'est juste que… fais attention, Chloé.

— Attention à quoi ? » Je n'en revenais pas – elle avait attendu ce moment pendant dix ans. Et maintenant que je m'étais ralliée à sa cause, elle me demandait de faire attention.

« C'est juste que… je veux pas avoir l'air de te faire la morale, mais l'amour, c'est pas souvent des feux d'artifice et des marches sur la plage. Ça dure pas longtemps.

— Mais je sais ça ! Je suis pas conne, quand même.

— Non. Non, je pense pas que tu le sais. Je suis mariée depuis cinq ans. T'as jamais été plus de trois mois avec un gars.

— Oui, mais…

— … non pas "oui mais". Quand je te dis que tu le sais pas, c'est qu'on le sait *jamais*. On se dit toujours que ça va être différent pour nous. C'est normal. Mais quand tu te rends compte au bout d'un an ou deux ou trois que les feux d'artifice sont plus vraiment là et que tout ce qu'il en reste, c'est un petit papillonnement dans le ventre de temps en temps, je te jure que c'est… c'est pas terrible, c'est pas la fin du monde, mais… c'est quelque chose. »

Elle a ri. « Excuse-moi. Je m'exprime mal. Je veux juste te dire de pas partir à la recherche d'un amour incroyable et renversant. Ça existe peut-être, mais la plupart du temps, l'amour est fait des petites affaires pas vraiment glamour. C'est correct comme ça aussi, mais il faut que tu sois prête à l'accepter. Moi, j'ai vite compris que Stéphane et moi, surtout depuis qu'on a les filles, on est d'abord et avant tout une équipe. On travaille ensemble. Évidemment, il y a encore des moments où on se dit qu'on s'aime comme des fous, mais, honnêtement, ils sont plutôt rares. Et c'est bien comme ça. On les apprécie quand ils passent. Puis, honnêtement, j'aurais ni le temps ni l'énergie de me prendre pour Scarlett O'Hara à longueur de journée.

— Scarlett O'Hara ?

— Tu comprends ce que je veux dire ! Scarlett O'Hara, madame Bovary… des femmes ultra-passionnées qui peuvent pas se contenter de la vraie vie. Regarde où ça les a menées, aussi.

— Mais Daphné ! Je… »

Je ne savais pas trop par où commencer. Parce que le discours de Daphné était déprimant, certes, mais il était aussi rationnel. Je savais qu'au bout du compte, si on considérait la chose froidement, elle avait raison. Mais j'avais encore une espèce de naïveté, sans doute due au fait que non seulement je n'avais pas d'enfants, mais aussi que je m'étais interdit de croire au grand amour pendant trop longtemps. Et maintenant que j'osais, je le voulais grand, très grand, complètement fou – comme un grand vent qui aurait tout balayé sur son passage.

« Daphné...

— Je sais, je sais. Je parle avec ma tête, pas avec mon cœur, gna gna gna... C'est facile à dire, Chloé. T'as pas d'enfants, t'as pas une maison à payer, un couple à maintenir, une famille à nourrir. Penses-y deux secondes : penses-tu vraiment que c'est possible de poursuivre le festival de la passion quand il faut rappeler à son chum de pas oublier d'acheter du Downy senteur fraîcheur d'avril ?

— Fraîcheur d'avril ? Ils savent pas que ça sent littéralement la marde, le mois d'avril ?

— Chloé... sois donc sérieuse, deux minutes. »

J'ai réfléchi un instant. J'aurais voulu avoir quelque chose de brillant et de sincère à lui dire qui l'aurait fait changer d'idée, mais je connaissais ma sœur : elle n'avait jamais été une grande fan de la passion. Quand nous étions petites, elle se riait toujours de mon romantisme et de mes rêves impossibles. Elle jouait avec la petite cuisinette Fisher-Price, en se prenant déjà pour une maman, pendant que je courais dehors, dans la cour, en imaginant que j'étais emportée par un grand cheval ailé.

« O.K., la passion est beaucoup plus attirante que la raison, a fini par avouer Daphné, mais crois-moi (elle a appuyé ces mots " crois-moi ", comme s'ils étaient de la plus haute importance), ça ne tient pas la route. Moi, au fond, j'ai besoin d'un partenaire, pas d'un prince charmant. Ils servent à rien, les princes charmants. Tu comprends ? C'est pour ça que si tu rêves juste de feux d'artifice et de passion, tu risques de trouver l'atterrissage un peu pénible. »

J'allais lui répondre que je n'étais pas si naïve (ce qui était complètement faux, d'ailleurs – je ne rêvais *que* de feux d'artifice et de passion), quand nous avons entendu ma mère, qui était dans le couloir : « HEY ! Est-ce qu'on est des cotons, nous autres ? Qu'est-ce que vous fabriquez depuis une heure ? » Nous devions être dans la chambre de Daphné depuis vingt minutes à peine ; notre mère avait toujours tellement tout exagéré que j'en étais venue à croire qu'elle habitait carrément un autre espace-temps.

« Ton martini est prêt, Chloé ! » a-t-elle fini par hurler. Daphné et moi avons échangé un regard amusé, et j'ai porté un doigt à mes lèvres, pour lui rappeler de ne rien répéter. Elle a fermé devant les siennes une fermeture éclair imaginaire, et j'ai quitté la chambre. À ma grande surprise, j'étais renversée par ce que je venais d'entendre. Je me disais qu'après tout, si elle avait raison, tout cela n'en valait pas la peine. Pourquoi aurais-je abandonné une vie d'insouciance et de plaisirs pour une vie de responsabilités et de Downy fraîcheur d'avril ?

Je n'ai malheureusement pas eu le temps d'entretenir ces pensées plus longtemps : j'étais à peine sortie que ma mère m'attrapait par le bras. « De quoi vous parliez ? Hmm ? » J'ai sursauté. Elle avait décidément l'air de Francine Grimaldi.

« De rien... Daphné me montrait ses soutiens-gorge.

— Oh ! mon Dieu. Ça doit donner dans le beige et le drabe !

— Plutôt oui.

— Je comprends pas cette enfant-là. C'est tellement merveilleux de se sentir femme. Moi, deux jours après avoir accouché de vous, j'avais retrouvé mes dentelles et mes déshabillés. Ça rendait ton père fou. On pouvait pas faire l'amour, tu comprends, je venais d'accoucher, mais on trouvait quand même le moyen de se faire plaisir. »

Trop d'informations, ai-je pensé. Beaucoup trop d'informations. Stéphane était sur la galerie, en train d'allumer le barbecue sous le regard attentif de mon père, qui lui donnait des conseils tous plus inutiles les uns que les autres (« L'important, c'est de te préparer une belle braise. » – c'était un barbecue au gaz).

J'allais mettre le pied dehors quand ma mère m'a arrêtée. « Pense pas que je n'ai pas compris que vous parliez d'affaires pas mal plus importantes que des soutiens-gorge.

— Maman…

— C'est tes affaires, ma fille. Mais moi je te dis que si t'as besoin de parler d'amour, tu serais pas mal mieux de venir voir ta mère que ta sœur. J'en ai vécu, moi, des histoires. » Elle a penché la tête sur le côté. « Mais quoi ? Tu n'es tout de même pas étonnée que j'aie deviné le sujet de votre conversation ? Je suis votre mère, quand même. »

Je lui ai souri.

« T'as fini par décider que tu veux un chum ?

— Maman ! Est-ce que t'as écouté à la porte de la chambre de Daphné ?

— Mais non, grande innocente. Je te connais, c'est tout. Je savais bien que ça finirait par arriver. »

J'ai pris une gorgée de mon martini – en fait de la vodka pure avec une olive au fond –, et j'ai regardé ma mère faire exactement ce que je redoutais : elle est sortie sur la galerie, en brandissant son verre et en criant : « Tout le monde ! Chloé part à la recherche du grand amour ! » J'ai entendu Daphné éclater de rire derrière moi.

Deux secondes plus tard, j'avais terminé mon martini. Ma mère me serrait frénétiquement dans ses bras, Stéphane me félicitait comme si elle avait annoncé que je venais de découvrir un vaccin contre toutes les formes de cancer, et Daphné, qui, malgré nos nombreux différends, savait souvent exactement ce dont j'avais besoin, était en train de me préparer un nouveau verre.

La situation était déjà assez pénible, mais c'était sans compter sur ma mère, qui s'est penchée vers les jumelles en criant joyeusement : « Qui c'est qui va bientôt avoir un petit cousin ou une petite cousine ? Hmm ? Est-ce que c'est Rosalie et Mya ? » tout en m'envoyant quantité de regards complices. Mon père s'est ouvert une autre bière en me demandant, l'air incrédule, depuis combien de temps j'étais enceinte.

Exaspérée, j'ai calé mon deuxième martini, en répondant par des sourires aux commentaires excités de ma famille. J'étais déchirée entre deux envies tout aussi irrationnelles l'une que l'autre : soit leur dire que je regrettais toutes mes paroles et renonçais officiellement à l'amour jusqu'à la fin de mes jours, quitte à entrer chez les Carmélites, soit faire un coming-out complètement absurde, durant lequel j'aurais avoué des choses aussi pertinentes que « Moi je veux que ça serve à quelque chose, un prince charmant ».

J'ai hésité un instant, avant d'opter, tout simplement, pour une fuite momentanée. J'ai posé mon verre vide sur la table en résine de synthèse et je suis entrée dans la maison, sous prétexte d'aller aux toilettes. Une fois hors du champ de vision de ma mère, je me suis assise sur la première chaise que j'ai trouvée, et j'ai poussé un soupir d'une longueur qui m'a moi-même étonnée.

La réaction de ma mère, bien sûr, m'énervait au plus haut point. Mais pas autant que les paroles de Daphné. Je pouvais voir, à côté du barbecue, l'espèce de petit walkie-talkie rose qui transmettait à Daphné et Stéphane tout ce qui se passait dans la chambre des jumelles. « C'est trop déprimant, ai-je pensé. Trop déprimant. » Je repensais aux soirées que Juliette, Antoine et moi avions passées – des tourbillons de lumières, de visages et de musique, à des lieues du petit walkie-talkie rose. Y avait-il un juste milieu ? Un amour, quelque part, qui aurait eu l'intensité de ma vie jusque-là et la douceur de celle dont je rêvais ?

Je me posais encore ces questions, quand, par réflexe, j'ai attrapé le téléphone pour écouter mes messages. C'était une de mes habitudes de célibataire que j'abhorrais – je consultais ma boîte vocale vingt fois par jour. J'ai écouté, distraitement, la voix monocorde de l'enregistrement me dire que j'avais : Deux. Nouveaux. Messages. Le premier était de mon voisin d'en bas, un vieux garçon déplaisant, qui voulait savoir si j'allais signer la pétition des locataires de l'immeuble pour protester contre les nouvelles boîtes aux lettres que le propriétaire avait installées et qui, pour une raison qui m'était inconcevable, n'étaient « pas réglementaires ».

Le deuxième était d'Antoine : « Ostie, Chloé, je peux pas croire que t'es chez ta sœur. Rappelle-nous dès que tu rentres. On est chez Juliette. Tu pourras pas croire ce qui vient d'arriver. »

Chapitre 5

« Ah ben, vraiment, je peux pas le croire. Je peux pas le croire.

— Je t'avais prévenue que tu pourrais pas le croire », a dit Antoine en s'allumant une cigarette. Il riait encore. Juliette était assise sur son lit, les genoux repliés sous le menton, et elle nous regardait d'un air mauvais.

« Ben oui, c'est ça, riez donc de moi, en plus.

— On rit pas de toi, Ju, lui a dit Antoine. On rit de... » Il s'est arrêté pour rire encore. « C'est juste... quelle ironie du sort, quand même ! » Juliette lui a fait une grimace, et s'est laissée tomber sur son oreiller. « Vous pourriez au moins faire semblant d'avoir un peu de compassion, a-t-elle dit.

— Ah... Juliette... si on se permet de rire, c'est parce qu'on sait bien que tu vas t'en remettre, voyons. C'est pas si grave !

— Non, mais c'est pas drôle non plus !

— O.K. d'abord… »

J'ai faiblement acquiescé, en essayant d'étouffer un rire. Malgré ce qu'en disait Juliette, c'était vraiment plutôt drôle.

J'avais fini par rejoindre Antoine la veille, après avoir frénétiquement téléphoné chez Juliette pendant quinze minutes, alors que ma mère venait me voir aux trente secondes pour me demander ce que je faisais et me répéter que les merguez étaient cuites. Antoine avait finalement répondu à son cellulaire, et il m'avait raconté ce qui s'était passé.

Il était parti de chez Juliette peu de temps après moi pour aller « travailler un peu » (ce qui, dans son langage, voulait probablement dire : lire le dernier *Wallpaper*). Au bout d'une heure, Juliette l'avait appelé, hystérique, en lui racontant qu'après son départ Samuel s'était réveillé et lui avait annoncé qu'il « avait besoin de lui parler ». S'était ensuivi un long monologue sur ce qu'il vivait, sa nature d'artiste, ses besoins spirituels et émotionnels, au bout duquel il avait fini par avouer : « Écoute, je pense que ma relation avec toi m'a ouvert les yeux : j'ai compris que j'étais homosexuel. Merci. »

Antoine m'avait répété cette dernière phrase en hoquetant de rire. J'étais restée figée, une main sur la joue, et j'avais dit : « Oh. My. GOD. Antoine ! C'est de notre faute ! »

Nous avions en effet déclaré que Samuel était gay dès que Juliette nous l'avait présenté. Je ne crois pas que nous le pensions sincèrement (après tout, il faisait l'amour à Juliette deux fois par jour, prétendait-elle), mais nous étions d'accord pour reconnaître qu'il avait de nombreux traits de caractère et plusieurs maniérismes un tantinet suspects (le fait qu'il nous ait souvent répété que le plus beau mot du monde, toutes langues confondues, était *omosessuale* nous avait mis la puce à l'oreille, même s'il s'évertuait à nous dire que ce n'était pas la signification du mot qu'il aimait, mais « sa douce musicalité »).

J'avais répété : « C'est de notre faute » au moins dix fois, puis j'avais éclaté de rire à mon tour. Juliette, par contre, m'avait tout de suite dit Antoine, riait moins. Elle était hors d'elle, humiliée d'avoir été ainsi laissée par Samuel et totalement mortifiée que nous ayons vu juste.

« Pauvre elle, avais-je soupiré entre deux éclats de rire. Je vais aller la voir demain, j'ai pas trop de travail. » C'était totalement faux, j'avais plusieurs dossiers en retard. Mais le sort de Juliette (et l'alléchante perspective d'un petit drame à surmonter entre amis) venait instantanément de les reléguer au second plan. J'étais retournée sur la galerie, où m'attendaient une pyramide de merguez et un flot de commentaires salaces de la part de ma mère, et je m'étais promis de ne pas rire, le lendemain, et de ne surtout pas embêter Juliette avec des déclarations du type « on te l'avait dit ».

Mais malgré toutes ces belles promesses, vingt-quatre heures plus tard, j'avais encore une irrépressible envie de rire.

« Je sais que c'est poche, ai-je dit à Juliette en me cachant le visage avec une main, mais... tu l'aimais pas vraiment, dans le fond, Samuel. Honnêtement, dans une couple de semaines, tu vas en rire toi aussi.

— Rire de quoi ? Du fait que je suis une ostie de niaiseuse qui tombe toujours sur des gars débiles soit impuissants, soit maniaco-dépressifs, soit gays ? »

J'ai fait une petite grimace. J'avais oublié qu'avant Samuel il y avait effectivement eu un impuissant et un maniaco-dépressif qui était beaucoup plus dépressif que maniaco. Il y avait aussi eu un masochiste qui voulait que Juliette s'installe à cheval sur son dos et lui fouette le derrière en criant : « Avance, bourrique ! », mais je me suis dit que ce n'était peut-être pas le moment de le mentionner.

« Câlisse, a lancé Juliette. Je sais que c'est vraiment "fille" de dire ça, mais qu'est-ce que j'ai ? Qu'est-ce qui cloche chez moi ?

— Juliette, voyons, a dit Antoine en s'assoyant sur le bord de son lit. Ça a rien à voir avec toi... t'as juste été plutôt malchanceuse, c'est sûr... particulièrement malchanceuse... excuse-moi ! »

Et il a recommencé à rire. Juliette l'a regardé un instant, sans aucune expression, et s'est rapidement retournée pour le pousser en bas du lit avec ses jambes. Antoine est tombé sur le tapis avec un bruit sourd, et je l'ai entendu qui riait encore, en tapant sur le sol avec une main. Cette fois, même Juliette a ri un peu.

« Sérieux, a-t-elle fini par dire. C'est pas normal. C'est un karma, ou quoi ? Câline, Samuel, je l'ai choisi parce que je me disais : O.K., c'est sûr qu'il ne sera jamais l'homme de ma vie, mais, en attendant, il est gentil, il est pas maniaco, il a l'air normal. Et, effectivement, il est normal, mais oups ! Il est gay ! Un détail ! Ta-bar-nak !

— *What's going on ?* »

J'ai levé les yeux vers la porte de la chambre, où se tenait Marcus, qui venait visiblement de se réveiller. Il avait encore la moitié de son maquillage de la veille et était presque entièrement nu, à part pour une minus-culissime et très moulante culotte rouge. C'était assez spectaculaire. Non seulement Marcus avait un corps à faire pâlir d'envie n'importe quel mannequin, mais sa peau, qui était d'un noir si profond qu'elle avait sous certaines lumières des reflets presque bleutés, avait l'air d'une douceur absolument divine. « Mon Dieu, ai-je dit. C'est vraiment catastrophique que tu sois gay, Marcus. Quel body d'enfer ! »

Il a souri coquettement, et a tourné sur lui-même, les bras en l'air, en riant. Quand il nous a fait face de nouveau, il a baissé les yeux vers Antoine, qui était toujours couché par terre, puis il a redemandé à Juliette :

« *What's going on ?*

— *What's going on ? It's going on* que Samuel est gay, tabarnak !

— Oh ! » Marcus a pris un air blasé. « *Sweetie*, j'aurais pu te le dire. C'était tellement évident ! Personne avait jamais remarqué ? »

J'ai cru qu'Antoine allait exploser. Moi, je me pinçais les lèvres, et je caressais furieusement la main de Juliette, pour me donner une contenance.

« Pardon ? a crié Juliette en retirant sa main d'un air irrité.

— Mais voyons, *sweetie* ! Ça paraissait ! *God* ! Même pas besoin d'être gay pour s'en rendre compte. La façon qu'il avait de bouger – tellement évident. Et puis ce petit geste qu'il faisait toujours avec son foulard ? Non vraiment, je peux pas croire que tu t'en sois pas rendu compte… Moi, je me disais qu'il était peut-être bi… *Why is he laughing ?* » Il pointait Antoine, qui avait une main sur la bouche et hoquetait de rire.

« Parce que, apparemment, a hurlé Juliette, toute l'ostie de planète savait que Samuel était gay, à part moi ! Qu'est-ce que j'ai Marcus ? Pourquoi j'attire toujours des gars fuckés ou mêlés ? Je suis conne ou quoi ? Qu'est-ce que j'ai ?

— Oh… Giulietta… » Marcus s'est approché du lit et s'est doucement penché pour la prendre dans ses bras. Il était immense, et elle avait l'air toute petite contre lui. « Giulietta… j'espère que tu ne penses pas que c'est toi qui as un problème ! *Sweetie*, ce gars-là était clairement fucké ! Comment tu expliquerais sinon qu'il soit gay et qu'il couche avec une fille ? Il ne savait pas qui il était ! Et à part de ça, a-t-il ajouté en relevant le menton de Juliette avec deux doigts, tu peux te dire que si tu as réussi à séduire un gay, c'est que tu es vraiment pas mal, non ? Tu ne crois pas ? »

Juliette l'a regardé un instant sans rien dire. J'ai aperçu la tête d'Antoine, de l'autre côté du lit. Il ne riait plus – il avait l'air curieux de savoir comment Juliette allait réagir. Je savais qu'il enviait Marcus, parfois, d'être toujours capable de dire aux autres LE mot magique, LA chose qu'ils avaient besoin d'entendre.

Mais Juliette s'est contentée de secouer la tête tristement, en tapant doucement sur la main de Marcus. « C'est gentil, Marcus, mais… O.K., Samuel était peut-être mêlé, mais c'est justement ça le problème. J'attire toujours des hommes comme ça. Des gars bizarres ou déviants ou au mieux mêlés… pourquoi ?

— Peut-être parce que c'est ça que tu cherches », a répondu Marcus.

Il y a eu un silence. Antoine était maintenant appuyé sur ses coudes et semblait complètement absorbé par la conversation. J'étais moi aussi sidérée, non seulement par l'audace de Marcus (si Antoine ou moi avions tenu de tels propos, nous nous serions fait royalement envoyer chier), mais aussi parce que Marcus avait sans doute raison. Depuis que je connaissais Juliette, elle n'avait eu que des relations boiteuses et alambiquées avec des hommes tous moins sains les uns que les autres. Et le pire dans tout cela, c'était que, comme je pouvais clairement le lire sur le visage d'Antoine, nous n'y avions jamais pensé.

J'ai revu ma mère en pensées, et j'ai de nouveau eu la désagréable impression qu'elle avait eu raison sur toute la ligne. Non seulement étions-nous loin d'être aussi modernes que nous le croyions, mais, comme elle me l'avait souvent répété, nous étions trois petits nonos qui ne connaissaient rien à l'amour, et qui justifiaient cela en prétendant que ça ne nous intéressait pas, tout simplement.

Et c'est là qu'à mon plus grand étonnement Juliette a dit : « Je sais, Marcus. Je sais. » Antoine s'est levé d'un coup, et nous avons échangé un regard ahuri.

« Pardon ? a dit Antoine.

— Mais non, mais Marcus a raison, a soupiré Juliette. Je suis pas une demeurée quand même. C'est pas ces gars-là qui viennent à moi, c'est moi qui vais vers eux.

— Mais pourquoi ? T'es maso ? » J'ai levé les yeux au ciel – la délicatesse d'Antoine, parfois, était assez étonnante.

Juliette ne s'est même pas retournée vers lui et s'est contentée de répondre : « Non, je suis pas maso, espèce d'abruti, c'est juste que j'ai trop peur de me casser la gueule encore une fois, alors je m'arrange toujours pour me retrouver dans des relations complètement ridicules et qui ne mènent nulle part.

— Mais pourquoi ? a répété Antoine. Pourquoi tu fais pas juste t'envoyer en l'air ? »

Cette fois, Marcus s'est tourné vers lui et a dit de sa voix la plus grave : « O.K. Je pense que tu vas devoir fermer ta gueule, Tony Boy. »

Antoine l'a regardé, l'air offusqué et s'est appuyé sur le mur, les bras croisés, comme un enfant qui boude. « Tony Boy… », l'ai-je entendu murmurer. Mais Marcus se concentrait de nouveau sur Juliette.

« Je comprends, sweetie. Tu sais, hier, je vous disais que chaque fois je crois au grand amour ? Eh bien… je suppose qu'une partie de moi le souhaite, mais, en même temps… *I'm not crazy, you know*. Je sais bien que si je me retrouve toujours avec des salauds, c'est pas pour rien. *We're afraid of love, Giulietta*. On a peur de l'amour. »

Il l'a prise dans ses bras et, cette fois, elle s'est mise à pleurer. «Mais je suis tannée... a-t-elle gémi.

— Je sais, a dit Marcus. Je sais.» Il s'est mis à la bercer doucement. Ils formaient un drôle et beau tableau, le grand Jamaïcain maquillé et à moitié nu, et la petite blonde dans son vieux pyjama, assis sur le lit défait.

«Tu m'avais jamais parlé de ça, ai-je dit à Juliette, pour briser le silence plus qu'autre chose.

— Ah, je sais... a-t-elle répondu sur un ton piteux. Mais j'avais de la misère à me l'admettre à moi-même. C'est pas vraiment fort, comme attitude!»

Puis elle a ajouté, avec un petit sourire triste: «Je suis quand même une des signataires du *Manifeste*, non?»

Je lui ai souri en lui caressant les cheveux. Nous étions tellement naïfs, me suis-je dit. Des enfants qui jouent à être de grandes personnes.

«C'est juste que... J'ai eu tellement mal à cause de Benoît», a poursuivi Juliette. Benoît, c'était le légendaire premier chum, le grand amour, le péché originel.

Tony Boy, qui, visiblement, ne tenait plus en place, s'est approché du lit. «Mais c'est quoi le rapport? Un gars te brise le cœur, alors tu veux remettre ça?»

Marcus et Juliette ont levé la tête vers lui d'un coup sec. «Tu as jamais été en amour, hein?» lui a demandé Marcus d'une manière qui frisait l'agressivité. J'ai fait le tour du lit, et je suis venue me placer près d'Antoine.

«Antoine. Ciboire. Ferme donc ta gueule plutôt que de dire des énormités pareilles.

— Quoi? Quelles énormités? Tu trouves ça logique, toi?

— Ben...»

J'ai réfléchi un instant. Évidemment, ce n'était pas «logique». Mais cela me semblait tout à fait compréhensible. Ce n'était quand même pas le comportement le plus incongru qui soit – Juliette n'était ni la première ni la dernière personne à agir de la sorte. Ce qui était moins compréhensible, toutefois, c'était que nous ayons mis autant de temps à nous en rendre compte. Nous étions soit aveugles, soit les pires amis du monde.

« Tu vois ? a dit Antoine à Juliette, comme si mon silence venait de confirmer sa théorie. C'est pas logique, ton affaire. » Juliette le dévisageait avec une expression indéfinissable – je crois qu'elle hésitait entre l'indifférence totale et la colère indignée. Antoine l'a regardée, puis s'est retourné vers moi, et, finalement, vers Marcus. « Mais quoi ? a-t-il fini par s'écrier. Quoi ? »

C'est alors que j'ai compris. Antoine était une des seules personnes que je connaissais qui n'avait jamais été amoureux, qui n'avait jamais eu l'intention de l'être et surtout, qui n'avait jamais été blessé par l'amour. Même tout petit, à l'école primaire, il avait été la coqueluche de sa classe. Il n'avait jamais eu à séduire la plus jolie fille de l'école. C'était elle qui était venue à lui, comme la fille la plus populaire du secondaire (et ses meilleures amies) et la belle étudiante espagnole qui était entrée au cégep en même temps que lui. Et il s'en était donné à cœur joie à l'université, où il était un des rares garçons dans le département des communications (ce qui ne l'avait pas empêché, cela dit, d'aller faire quelques incursions dans les départements d'histoire de l'art, d'anthropologie et d'études françaises, ainsi qu'à la Faculté de droit).

C'était, somme toute, une belle feuille de route. Et ça s'était poursuivi plus tard, dans la boîte de pub où il travaillait, dans les bars qu'il fréquentait, auprès des jolies assistantes dentaires qu'il réussissait à séduire, allez savoir comment, pendant qu'elles lui passaient la soie dentaire. Comment pouvait-il comprendre l'attitude de Juliette ? Antoine n'avait jamais soupiré en espérant un regard ou un sourire. Il n'avait jamais pleuré en se tordant les mains et en se demandant pourquoi son amour était sans retour. En fait, il n'avait jamais voulu être aimé. Il se contentait d'être adulé et désiré, et de pouvoir cueillir, autour de lui, tout ce qui lui plaisait.

Il est resté debout, un instant, les bras ouverts, en attendant une réponse.

« Antoine, a fini par dire Juliette.

— Quoi ?

— Oublie ça.

— Quoi ?

— Tu peux pas comprendre. Ça t'intéressera pas de toute façon. » Antoine a croisé les bras. Il avait l'air insulté, presque blessé. « Comment peux-tu dire que ça ne m'intéressera pas ?

— Parce que ! lui a crié Juliette. T'as vu ta réaction hier quand Chloé a parlé d'amour ? C'était comme si elle t'avait dit qu'elle voulait entrer en religion !

— Mais tu as réagi exactement de la même façon que moi ! »

Marcus s'est penché vers Juliette : « *He's got a point, sweetie.* Tu étais tout à fait d'accord, il me semble…

— O.K., O.K. ! a dit Juliette. Je sais… c'est juste que… ah, TABARNAK !

— Quoi ?

— J'haïs parler de ça ! Je me sens ridicule, diminuée, *loser*… C'est pour ça que hier… j'avais juste envie de te dire : « Chloé, non ! Touche pas à ça ! Reste comme tu es ! À l'abri ! » Mais ç'aurait été ridicule… je sais pas parler de ces choses-là. »

Elle a levé les bras en l'air. « J'ai jamais appris à parler de mes sentiments, moi, a-t-elle ajouté en appuyant sur le mot "sentiment", comme s'il s'agissait d'une chose mièvre et triviale. On en parlait pas, chez nous. La seule personne à qui je me suis ouverte, c'était Benoît. Ben, regarde le résultat ! Il m'a brisé le cœur !»

Elle s'est tournée vers Antoine et lui a dit, sur le ton méticuleux de quelqu'un qui veut être certain d'être entendu : «Il m'a brisé le cœur, comprends-tu ?»

Antoine a haussé les épaules. «Je suppose que oui... mais... Mais encore là, a-t-il ajouté prudemment, je me demande... tu pourrais pas juste oublier ça ? Te dire, O.K., je ferme la shop, je m'envoie en l'air, j'ai du fun, mais je garde mon cœur pour moi ?

— C'est pas si simple que ça, Antoine, lui ai-je dit.

— Qu'est-ce que t'en sais, toi ?

— J'ai peut-être jamais connu de grande peine d'amour comme Juliette, mais j'ai déjà eu bien mal au cœur parce que quelqu'un m'aimait pas. Toi, entre autres.

— Moi ?

— Mais oui, toi ! À l'époque, tu sais, dans le temps... je savais très bien que ça n'aurait jamais marché, mais... j'aurais tellement *aimé*.»

J'ai détourné le regard. Je n'avais jamais avoué cela à Antoine. Je supposais qu'il devait s'en douter ou à la rigueur s'en foutre éperdument – nous étions rendus si loin dans notre amitié qu'il me semblait inutile de lui rappeler qu'il y avait eu à la base de tout cela un sentiment qui ressemblait un peu à de l'amour.

Antoine ne disait rien. «Bon, je te gage que tu vas te péter les bretelles, maintenant ?» Il a levé la tête vers moi, puis a rapidement baissé les yeux. «Mais non, a-t-il répondu en se passant une main dans les cheveux. Je me péterai pas les bretelles. Je savais pas... je savais juste vraiment pas.» Il a de nouveau levé la tête et m'a regardée, cette fois directement dans les yeux. «Je savais pas», a-t-il répété. Il avait le ton étonné et doux de quelqu'un qui a été blessé par sa propre indifférence.

« En tout cas, ai-je poursuivi en prenant un air détaché, tu comprends ? C'est pour ça que le manifeste avait l'air si attrayant pour nous, je crois. C'est pour ça que toi, toute ta vie, toute ton attitude nous étaient si enviables. Tu n'avais jamais de peine, jamais mal au cœur ou à l'âme. Tu étais à l'abri de tout ça.

— Au-dessus de tout ça, a précisé Juliette.

— C'est pas vrai, a dit Antoine. Je suis pas au-dessus de tout ça.

— Ah non ? a demandé Marcus. Alors pourquoi tu comprends pas ce que dit Juliette ?

— Je… » Il a regardé en l'air, comme s'il cherchait ses mots. « Je comprends pas pourquoi vous vous laissez emporter dans des cercles vicieux. Si vous le savez… pourquoi tu continues à courir les gars qui ont pas d'allure ? Et toi, Chloé, pourquoi tu veux encore embarquer dans cette ostie de galère, si tu sais que tu auras peut-être "mal au cœur" ? » Il a fait le signe des guillemets avec ses doigts.

« Tu peux pas échapper à la galère, a dit Marcus. C'est pourquoi on y retourne tous.

— Bullshit. No offense, Marcus, mais je pense que tu te fais accroire ça pour justifier le fait que tu te retrouves tout le temps dans des relations poches. C'est possible de tourner le dos à la galère. Regarde-moi. Je suis pas au-dessus de tout ça, comme tu dis, mais… je joue pas cette game-là. C'est tout.

— T'as raison, lui a dit Juliette. T'as parfaitement raison.

— Bon, pas besoin de me niaiser non plus.

— Je te niaise pas ! C'est vrai. Je pense que c'est moins facile à faire qu'à dire, mais tu as raison. Tu as peut-être un don pour l'indifférence, toi, qui te rend la chose plus facile. » Antoine a froncé les sourcils en entendant le mot « indifférence », comme s'il avait été piqué – mais il n'a rien dit. « Tu sais quoi ? Je vais essayer, moi aussi.

— Essayer quoi ?

— Mais de fermer la shop, comme tu dis. »

Antoine, Marcus et moi regardions Juliette d'un air incrédule. « Giulietta... a soupiré Marcus.

— Non, je suis sérieuse ! Je suis pognée dans des cercles vicieux ridicules, dans lesquels, je vous le signale, je n'ai aucun plaisir. J'ai pas besoin de ces hommes-là.

— Exactement, a dit Antoine sur un ton joyeux, comme s'il venait de convertir quelqu'un. Tu t'envoies en l'air, sans jamais engager ton cœur.

— Non, non, a dit Juliette. Je pense qu'on a clairement établi que j'arrive pas vraiment à faire ça. Même si j'étais pas amoureuse de Samuel, j'ai fini par être blessée.

— Alors, tu vas faire quoi ? a demandé Marcus.

— Mais rien du tout, justement. J'ai pas besoin de baiser tant que ça, dans le fond. Je peux très bien m'en passer. Pour ce qui est de l'affection, honnêtement, vous me comblez.

— Tu peux très bien t'en passer ? a répété Antoine, ahuri.

— Oui. Tu peux pas le savoir, Antoine, mais la baise, moins t'en as, moins t'en veux. Et dans mon cas, elle ne vaut pas le trouble qui vient avec. J'aime beaucoup mieux me débrouiller toute seule, si vous voyez ce que je veux dire, que de me retrouver avec des gars qui, au bout du compte, vont me faire mal. À partir d'aujourd'hui, je n'ai qu'un mot d'ordre : autarcie. »

Antoine la dévisageait avec de grands yeux. « Eh bien, si tu peux réussir ça, ma fille, chapeau ! Moi, je pourrais jamais me passer de sexe, mais...

— On le sait, on le sait... avons-nous tous dit en chœur.

— … mais, a poursuivi Antoine, t'as raison sur tout le reste. T'as pas besoin de crétins comme Samuel. Juste de toi. Et de nous.

— Exactement.» Pour la première fois depuis mon arrivée chez elle, Juliette semblait contente. Marcus la regardait, un petit sourire au coin des lèvres : « *You're crazy, girl*. Mais si c'est ça qu'il te faut pour que je ne te retrouve plus en train de pleurer dans ton lit, *go for it*. » Il l'a embrassée sur le front et s'est levé d'un bond. Antoine, qui mesure près de six pieds, avait l'air tout petit à côté de lui. « Oh well, a dit Marcus. Je vous laisse, les enfants. Je dois m'habiller.

— Tu pourrais aussi te démaquiller, tant qu'à y être », lui a dit Antoine. Marcus a touché son visage et a éclaté de son grand rire sonore. « Oh my God ! J'étais encore maquillé ! C'est trop drôôôôôôle ! » Il a ri de plus belle et est sorti de la chambre, en roulant des hanches.

Je me suis assise à côté de Juliette : « T'es vraiment sérieuse ?

— Tout à fait.

— Ben, écoute…

— Drôle de semaine, hein ? a dit Juliette. Tu décides de reconquérir l'amour ; moi, je mets une croix dessus.

— Vous avez pas d'allure… a dit Antoine. Mais puisque ce sont vos décisions, mesdames, aussi bien les célébrer. Qu'est-ce que vous diriez d'un petit champagne ?

— Ah ! tu nous connais. N'importe quelle excuse est bonne pour se taper un verre de champagne.

— C'est bien ça que je pensais. Je vais à la SAQ, je reviens dans dix minutes. Juliette, je veux que tu sois sortie de ton lit, habillée, et un sourire sur les lèvres.

— Demandes-en pas trop, quand même ! »

Antoine lui a fait un clin d'œil, et il est sorti à reculons, en lui souriant.

79

« Es-tu vraiment sûre de ton affaire ? ai-je demandé à Juliette après le départ d'Antoine.

— Mais oui, je te dis. Je sais pas si je vais y arriver, mais ça me fait du bien, juste d'y penser.

— O.K.… »

Nous sommes restées silencieuses un instant. « Tony Boy… C'était pas la chose la plus drôle, ça ? »

Juliette s'est mise à rire. « Pas pire, oui…

— Il doit penser qu'on est deux osties de folles, hein ?

— Je sais pas, a répondu Juliette. Pas si sûre, moi.

— Ouais, c'était quoi son affaire de "je suis pas au-dessus de tout ça" ? My God, il n'y a pas personne dans l'univers qui soit plus au-dessus de tout ça.

— C'est encore drôle, a dit Juliette.

— Ben voyons donc !

— Je te dis, moi. Dans le fond, il l'est beaucoup moins qu'on le pense. Que lui-même le pense. »

Je lui ai lancé un regard incrédule. « Je sais pas si c'est parce que t'es un peu secouée, ma grosse, mais vraiment… vraiment, j'en doute fort. S'il y a quelqu'un de totalement imperméable à l'amour, c'est bien lui.

— Je te dis que non, a insisté Juliette. Un jour, il va se réveiller et il va se rendre compte qu'il est amoureux. Il va être le premier surpris d'ailleurs, mais je suis sûre que ça va lui arriver. Je sais pas, il est tellement… excessif. Dans tout. Alors s'agit qu'un jour une fille le fasse un peu chavirer, il va tomber la tête la première. »

J'ai hoché la tête.

« Peut-être. Mais, mon Dieu. Antoine en amour ? La terre va trembler, des plaques tectoniques vont se déplacer…

— … et un raz-de-marée engloutira New York.

— Exactement. »

C'était un de nos leitmotivs – dans tous nos scénarios cataclysmiques, aussi absurdes soient-ils, un raz-de-marée finissait par engloutir New York, comme dans les mauvais films catastrophe.

« En tout cas, a dit Juliette. Moi, je pense que ça va arriver plus tôt qu'on pense.

— Le raz-de-marée ?

— Non, Antoine. En amour.

— Oh, je compterais pas là-dessus, Ju. Honnêtement... »

Je me suis arrêtée : la porte d'entrée venait de claquer, et on entendait Antoine chantonner. J'ai fait signe à Juliette que je croyais que sa théorie était fausse, et elle m'a répondu par un geste qui voulait dire : « Un jour, tu vas voir. »

Chapitre 6

« Tu vas voir, tu vas voir... pfff. N'importe quoi. Hein, Puce ? On le connaît, nous, Antoine, hein ? » Puce était une minuscule chatte toute noire qu'Antoine avait trouvée dans sa ruelle pendant le verglas et qui dormait, littéralement, sur ma tête. (C'était une carencée affective. Quand je n'étais pas là, elle dormait sur Siffleux, de près de vingt livres et trois fois plus gros qu'elle.) J'avais régulièrement de longues conversations avec Puce. Je lui parlais, elle me regardait avec ses petits yeux intelligents, et j'y lisais des réponses. Un signe indéniable, m'avait souvent fait remarquer Juliette, que j'étais en train de me transformer en vieille fille à moitié folle.

Ce soir-là, en rentrant de chez Juliette après avoir ingurgité beaucoup trop de champagne, j'ai donc décidé de solliciter la toujours judicieuse opinion de Puce. Après tout, elle avait vécu chez Antoine pendant un mois, durant lequel elle avait dormi chaque nuit dans son lit – déjà beaucoup mieux que ce à quoi pouvaient prétendre toutes les femmes qui étaient passées par là. « Franchement, ai-je ajouté. Tu crois ça, toi ? » Puce m'a fixée, immobile, puis elle a cligné des yeux et s'est donné un petit coup de langue sur le nez. « C'est ben ce que je pensais… Tu parles d'une affaire ! » Et je me suis endormie, sans me déshabiller.

Je me suis réveillée le lendemain matin avec un solide mal de tête. Puce, comme d'habitude, était couchée sur mes cheveux. Elle s'est étirée et s'est assise sur ses pattes arrière, pendant que Siffleux me tournait autour pour me signifier qu'il avait faim. J'avais rêvé à Antoine : il vendait des fleurs, qu'il gardait dans le coffre de sa voiture, et refusait de me vendre celles que je voulais. « Les orchidées ne te vont pas bien », me répétait-il. Et il insistait pour que j'achète une branche de cerisier en fleurs.

Je me suis retournée vers Puce : « Oh boy. Maman a mal à la tête. Oh là là. Pfff. Antoine en amour… » Je l'avais observé, la veille, en essayant de l'imaginer tenant une fille par la taille et lui caressant amoureusement le visage, et j'en avais été tout à fait incapable. Nous avions trinqué au moins vingt fois, tous les trois, en hurlant que l'amour n'existait pas – Antoine, plus que Juliette encore, semblait joyeusement certain de cela. « Non, je te dis, ma Puce, Juliette est complètement dans les patates. Une chance qu'on est là, nous, hein ? » Elle m'a regardée – quelle surprise – et a éternué. C'était très cryptique, comme message. Je lui ai quand même dit : « À tes souhaits » et je me suis levée, en tâchant de ne pas marcher sur Ursule, qui courait vers la cuisine en faisant des huit autour de mes jambes.

J'ai attrapé un Gatorade dans le réfrigérateur, puis j'ai téléphoné à Juliette. Une voix mourante a répondu.

« Mmmmmouuiiii ?…

— Tu dormais ?

— Pas exactement, non… j'ai la patate qui bat trop fort. Dude, combien de bouteilles on a bues ?

— Cinq. À trois.

— Cinq bouteilles de Veuve Cliquot ? Man, ça a dû coûter une beurrée à Antoine.

— Deux cent quatre-vingt-cinq dollars. Je pense qu'il l'a souligné au moins dix fois.

— Ça va, toi ?

— Bof. Mal à la tête. Ju ?

— Quoi ?

— J'ai repensé à ton affaire. Antoine ? Amoureux ? Crisse, tu l'as pas vu, hier…

— Ahh, mais laisse faire ça, ma grande. »

C'était une de nos petites habitudes de vieilles amies ; Juliette m'appelait « ma grande », alors que je mesurais à peine cinq pieds trois, et moi, je la surnommais « ma grosse », alors qu'elle était mince comme un fil.

« Peut-être que je me trompe, peut-être que non. On verra bien, non ? Qu'est-ce qui te prend de revenir là-dessus ?

— Je trouve juste que ta théorie n'a aucun sens.

— Tu sais ce que je pense ? » m'a demandé Juliette. Je sentais qu'elle souriait au bout du fil. « Je pense que tu serais terriblement insultée qu'Antoine tombe amoureux d'une fille.

— Quoi ?

— Oui, oui. Même si tu l'aimes plus, même si ça fait huit ans que tu as mis une croix là-dessus, je suis sûre que tu serais insultée. »

J'ai réfléchi un instant : elle avait parfaitement raison. Je me suis mise à rire. « O.K., peut-être un peu. Par question de principe. Mais de toute façon, et je dis pas ça parce que j'ai peur d'être insultée, je suis sûre que tu te trompes. J'en ai parlé avec Puce…

— … Chloé, tu peux pas discuter avec un chat.

— Pas n'importe quel chat. J'essaierais jamais de discuter avec Siffleux. Mais Puce est très intelligente.

— Chloé... j'ai mal à la tête.

— Anyway, Puce et moi, hier, on se disait que t'avais peut-être raison, mais, ce matin, on voyait plus clair et...

— Est-ce que t'as déjà raconté à d'autres personnes que moi que tu demandes des conseils à un chat ?

— Pourquoi ?

— Parce que quelqu'un va finir par te faire interner, Chloé.

— Il y a plein de filles qui parlent à leurs chats, tu sauras.

— Et ça, c'est vraiment triste. »

J'ai raccroché, en disant à Puce que Juliette était juste jalouse de notre belle amitié, et je me suis dirigée vers mon bureau, avec l'intention très peu solide de travailler. Au bout d'à peine une heure, je me suis rendu compte que j'étais complètement débordée, et que j'en avais pour au moins une semaine de réclusion et de travail acharné. « Je vais faire une cure, ai-je dit à Siffleux, qui était venu se coucher sur mon bureau, sous ma lampe. Je vais travailler fort, me coucher tôt, et je ne vais pas sortir. »

Ce qui aurait été plus facile à faire si Juliette ne m'avait pas téléphoné, trois jours plus tard, pour me supplier d'apporter mon ordinateur portable chez elle. « J'ai absolument besoin d'envoyer des photos par courriel !

— Pourquoi tu viens pas ici ? lui ai-je demandé.

— Parce que je dois photographier des toiles que j'ai ici ! Puis je sais pas ce que je veux envoyer. Un galeriste est peut-être intéressé, mais il a besoin de matériel, et j'aurais aussi aimé avoir ton opinion en même temps et...

— Ah, ciboire, Ju ! J'ai du travail ! Pourquoi tu demandes pas à Antoine ?

— Son portable est brisé.

— Hé, câlisse.

— Pleeeeeeease ?

— T'es vraiment bébé, hein. Tu pourrais très bien venir ici.

— Oui, mais j'ai besoin de tes conseils ! Tes précieux conseils !

— O.K., O.K. Je vais venir. Mais je resterai pas longtemps.

— Ah, t'es merveilleuse ! » a crié Juliette. J'ai lancé un « ben oui, ben oui » et j'ai raccroché, secrètement contente d'avoir une excuse pour quitter la maison.

Je suis arrivée chez Juliette un peu en retard. Elle était dans son atelier, avec Marcus et Antoine qui lui avait apporté sa caméra numérique. « Hé, Tony Boy ! » ai-je lancé. Il m'a fait une grimace. « T'as été enrôlée, toi aussi ? » m'a-t-il demandé en souriant – et nous avons commencé à regarder les tableaux que Juliette nous présentait.

Il a fallu deux bonnes heures simplement pour choisir les toiles qui seraient dignes d'être photographiées et envoyées au galeriste.

« Pourquoi il se déplace pas ? Il va vraiment pouvoir juger de la qualité d'une toile sur un ordinateur ? a judicieusement fait remarquer Antoine.

— Il s'est déjà déplacé, a répondu Juliette. Il a vu plusieurs trucs et là il veut que je lui envoie quelques photos exemplaires de mon travail, pour pouvoir les garder en banque. Ils font ça assez souvent. Comme un portfolio mais informatique.

— Tu devrais te partir un site Web, a répliqué Antoine.

— Trop compliqué.

— Et c'est pas compliqué, ce qu'on fait, tu penses ? »

Juliette a ri, et elle s'est mise à prendre des photos, au moins vingt de chaque toile que nous avions sélectionnée.

« O.K. !, a-t-elle dit après avoir terminé. On peut aller dans ma chambre. Pour brancher l'ordi. » Nous l'avons suivie tous les trois, à la queue leu leu.

« Et puis ? m'a demandé Marcus alors que nous traversions le grand couloir. As-tu trouvé l'amour ?

— Marcus, ça fait quatre jours...

— Mais tu veux encore le trouver ?

— Je sais pas, Marcus... »

Antoine, qui marchait devant moi, s'est retourné avec un petit sourire en coin. « Tu sais pas ? m'a-t-il demandé.

— Ah, écoutez, ça me tente pas de parler de ça, O.K. ? Je sais ce que vous en pensez de toute façon. Alors quand j'y verrai plus clair, je vous ferai signe.

— Bon, fais pas ton offusquée, a dit Antoine.

— C'est pas ça, je suis juste écœurée d'en parler. Ça fait fille », ai-je ajouté en prononçant le mot « fille » d'une voix aiguë.

J'avais horreur des choses qui faisaient « fille ». J'ai posé l'ordinateur sur le bureau et je l'ai ouvert, dévoilant un splendide fond d'écran, composé de diverses photos d'Aragorn, dans *Le Seigneur des Anneaux*. Antoine a soupiré. « Et ça, ça fait pas "fille", tu penses ? » Personne ne lui a répondu, et Juliette l'a poussé d'un coup de coude pour s'approcher de l'écran. « C'est beau... » a-t-elle murmuré sur un ton rêveur.

Juliette et moi imaginions souvent le moment ô combien délicieux où Viggo Mortensen nous prendrait sauvagement sur un lit de branchage. Il était, évidemment, toujours en costume d'Aragorn, ce qui posait un grave problème de logistique : l'armure, quoique indéniablement virile et étant à la source même du fantasme, risquait de s'avérer très peu confortable, voire douloureuse. Juliette proposait de l'enlever, nous en discutions beaucoup trop longtemps, et nous finissions presque toujours par décider que, vraiment, elle était indispensable. « C'est sûr que ça vaut la peine », soupirait Juliette, pendant que je me demandais si l'épée, elle aussi, était nécessaire.

« Ah ! ciboire, a soupiré Antoine. C'est grotesque. Il y a juste des nerds puis des petits gars boutonneux qui aiment ce genre de films. Vous devriez être gênées, les filles. Franchement, vous connaissez les deux premiers films par cœur ! »

Il avait raison : nous avions toutes les deux les DVD des éditions allongées, et nous avions dû les voir au moins dix fois chacun. Ils étaient « nos » films, la source d'innombrables running gags, de citations que nous nous répétions sans cesse, et d'un fantasme perdurant.

« T'es juste jaloux, lui ai-je répondu.

— Non. D'abord, je vous signale que c'est pas très original comme fantasme… et, ensuite, je vois vraiment pas comment je pourrais être jaloux d'un gars qui passe sa vie à courir après des orques et à dormir par terre. En plus, il doit être sale.

— Hmm… *dirty* Viggo…

— O.K., vous êtes ridicules. »

Il s'est assis sur le lit de Juliette, à côté de Marcus qui suivait la scène en riant.

« T'avais pas une toile de Kandinsky avant comme fond d'écran ? m'a demandé Juliette.

— Oui… je me sens un peu mal, des fois, d'avoir fait passer mes bas instincts avant l'art, mais bon… ça me met de bonne humeur chaque fois que j'allume l'ordinateur, alors…

— Moi, je comprends pas, a marmonné Antoine. Je vois pas ce qu'il a, ce gars-là. Brad Pitt, par exemple, je pouvais comprendre. Mais lui…

— Brad Pitt ! l'a interrompu Marcus. *Darling, he's sooooooo nineties.* » Juliette et moi avons éclaté de rire.

« Quoi ? a dit Antoine.

— Brad Pitt, a répété Marcus. Il est tellement années quatre-vingt-dix. Totalement out ! » Il s'est levé, a fait une espèce de révérence et a quitté la pièce.

« Mais de quoi il parle ? a demandé Antoine quand Marcus a été assez loin.

— Antoine, a répondu Juliette, c'est Marcus. Il refusait de boire des Cosmopolitans en 2001, parce que c'était "soooooo 1999". Il n'en a pas bu un jusqu'en 2004, parce que, aujourd'hui, c'est devenu "very rétro". Alors faut pas t'étonner, hein ?

— Mais c'est complètement absurde ! Et vraiment gay, si vous voulez mon avis.

— Évidemment que c'est gay ! Marcus est pas juste gay, Antoine, c'est Superfifon. Un peu de respect.

— Superfifon ? » Antoine avait l'air de se demander sérieusement si nous n'étions pas tous devenus fous.

« Oui ! Comme Superman.

— Quoi ?

— O.K., écoute. »

Juliette a quitté mon fond d'écran des yeux et s'est retournée vers Antoine. « Prends Superman. Il a tous les attributs d'un homme ordinaire, mais décuplés. O.K. ?

— Oui… a répondu Antoine, appréhendant visiblement la suite.

— Eh bien, Marcus a tous les attributs qu'on associe souvent aux gays mais décuplés. Alors, il est Superfifon ! » Juliette a levé un poing dans les airs et placé l'autre près de son visage, imitant Superman en plein vol.

« Superfifon, hein ? a répété Antoine.

— Tout à fait.

— C'est la théorie la plus niaiseuse que j'ai entendue de ma vie.

— Oh, on en a d'autres, si tu veux… a dit Juliette en tapant avec son index sur sa tempe droite.

— Merci, pas besoin. Mais… est-ce qu'il sait que tu l'appelles comme ça ?

— Ben oui, qu'est-ce que tu penses ? Il trouve ça absolument hilarant et, je crois, un peu flatteur. Le gars est une drag queen, Antoine. Il est sorti du placard. Je lui avais même fait un chandail, à un moment donné – une camisole rose, avec un gros F en paillettes dans un triangle jaune et mauve, comme le logo de Superman. Il la portait. »

Elle venait à peine de finir sa phrase que la voix de Marcus s'est fait entendre : « Giulietta ! Je trouve plus mon soutien-gorge avec des perles ! As-tu pris mon soutien-gorge avec des perles ? »

J'ai éclaté de rire de nouveau. Antoine m'a regardée, a souri en hochant la tête et s'est laissé tomber par-derrière dans les oreillers de Juliette. « Un cirque. C'est un ostie de cirque. Un jour, un âne ou un bébé éléphant va sortir d'en dessous de ton lit, Ju, et je vais même pas être étonné. »

Il a fait une pause, pendant que j'expliquais à Juliette comment fonctionnait un logiciel, puis il a poursuivi : « Si j'étais un super, moi, je serais Superqui ?

— Supermacho, avons répondu Juliette et moi à l'unisson.

— Pfff… Même pas. Supermacho est italien, tout le monde sait ça.

— Meuh non, ai-je dit. C'est un cliché, ça.

— Peut-être », a dit Antoine. Il a eu l'air de réfléchir, puis il a ajouté : « Supermacho, hein ?

— Tu veux que je te fasse une camisole ? lui a demandé Juliette.

— Ça va, sans façon. »

Nous avons envoyé les photos de Juliette assez rapidement, pendant qu'Antoine feuilletait un vieux journal en lançant des commentaires futiles à chaque seconde. (« *Ferdinand*... voulez-vous bien me dire QUI rit en lisant cette bande dessinée-là ? C'est un grand mystère de la vie. Le gars qui va élucider ça devrait recevoir le prix Nobel. ») Je l'écoutais en riant et me disais que Juliette avait peut-être raison : peut-être y avait-il moyen de se contenter de ce que nous avions. Qu'à nous trois, nous générions assez d'amour mutuel pour ne pas avoir besoin d'aller en chercher ailleurs. J'aurais voulu que ce soit ainsi, en fait. Nous trois, pour toujours, insouciants et autosuffisants. Et j'ai réalisé, en écoutant les gags foireux d'Antoine et le rire enfantin de Juliette, que jusque-là j'y avais cru.

Je suis finalement restée chez Juliette très tard, comme toujours. Antoine et elle ont essayé à plusieurs reprises de me faire parler de ce que je désirais maintenant, mais je n'ai pas cédé – j'étais vaguement humiliée par toutes les questions que je me posais : il me semblait qu'il n'y avait rien de plus « fille » que de passer ainsi son temps à se torturer et à angoisser à propos d'amours qui n'existaient pas encore. « En fait, c'est très Ève-Marie », m'avait fait remarquer Juliette. Et je n'avais pu qu'acquiescer.

Ève-Marie était une recherchiste avec qui je travaillais de temps en temps, le prototype de la fille « fille » que Juliette et moi abhorrions tant. Bridget Jones, mais en pas drôle et en plus straight. Ève-Marie n'était pas méchante. Elle était plutôt sympathique, même. Mais quand elle se mettait à parler d'amour, elle pouvait décourager même le plus grand romantique de s'y intéresser – à tout jamais.

Or, pour une insondable raison, Ève-Marie m'adorait. Peut-être parce que, contrairement à d'autres collègues, je me sentais encore incapable de ne pas faire au moins semblant que ses angoisses m'intéressaient. Avec pour résultat qu'elle se précipitait sur moi chaque fois qu'elle me voyait, et que je me retrouvais instantanément aspirée dans un vortex de questions et d'anecdotes toutes ponctuées d'innombrables : « Fait que là, j'y ai dit... » et « puis là, il m'a dit... » qui me donnaient toujours un peu mal à la tête.

Je ne voulais pas devenir Ève-Marie. C'était, en fait, une des choses qui pesaient le plus dans la balance quand je me demandais si l'amour en valait la peine. J'étais terrorisée à l'idée de me transformer du jour au lendemain en Ève-Marie, et de passer mes journées à me languir au téléphone et à harceler toutes mes connaissances en leur demandant : « Oui, mais est-ce que j'ai pris la bonne décision ? Hmm ? » ou en leur disant, avec tout le sérieux du monde, des beigneries comme : « Dans le fond, ce que j'ai compris, c'est que je dois m'écouter, moi d'abord. » Je savais aussi que la frontière était très mince, et qu'une fois qu'on a mis le pied en territoire ève-marien, on en revient rarement.

Aussi, je n'ai pas été vraiment étonnée, quelques jours plus tard, de recevoir un appel d'une productrice pour laquelle nous travaillions toutes les deux et qui me convoquait à une réunion en précisant : « Oh, et Ève-Marie va être là. T'es mieux d'attacher ta tuque, je l'ai vue la semaine dernière, et, apparemment, elle vit un drame sentimental. » J'avais levé les yeux au ciel. Ève-Marie ne vivait pas de drames sentimentaux. Ève-Marie *était* un drame sentimental.

Le lundi suivant, j'étais assise dans une salle de conférence, complètement assommée par les anecdotes d'Ève-Marie, qui pleurait et gueulait en même temps. Tout le reste de l'équipe avait lâchement fui, me laissant seule avec elle – comme d'habitude.

« Fait que là, il m'a dit : Ève-Marie, tu es une fille extraordinaire, mais je pense pas qu'on soit rendus à la même place. Peux-tu croire, me disait-elle, peux-tu croire qu'il m'a fait ça !

— Non… ai-je menti. »

Ce que je ne pouvais pas croire, c'était que ses chums ne partent pas tous en courant et en poussant de grands hurlements de terreur. J'avais déjà travaillé près d'elle et je l'entendais leur parler à longueur de journée. Elle devait les rendre à moitié fous avec ses angoisses, ses exigences et ses déclarations d'amour spontanées et toujours trop intenses.

« Tout allait bien, pleurait-elle. J'étais persuadée qu'il était LE gars, l'homme de ma vie !

— Vous étiez ensemble depuis combien de temps ?

— Trois mois. Mais ça veut rien dire, le temps. C'est une affaire d'instinct.

— Évidemment.

— Et là, du jour au lendemain, il me dit que je suis "trop" !

— Trop quoi ?

— Mais je sais pas ! a crié Ève-Marie. Trop tout, apparemment ! Trop intense, trop émotive, trop passionnée ! »

Un fin juge de caractère, ai-je pensé.

« Il m'a dit que j'aimais trop ! a-t-elle poursuivi. Mais on peut pas aimer trop !

— Ève-Marie… honnêtement, je pense que oui.

— QUOI ? » Elle a levé la tête vers moi, l'air horrifié, comme si je venais de prononcer une impardonnable hérésie.

« Je veux juste dire… c'est pas une question d'aimer trop, mais d'aimer mal. Tu étouffes tes chums, Ève-Marie.

— Je peux pas croire que tu me dises des choses pareilles ! Ça se dose pas l'amour, tu sauras. Moi quand j'aime, j'aime au complet, au bout, avec toute mon âme. Juste parce que je suis une grande amoureuse, je ferais peur aux hommes ?

93

— Ève... des fois, tu... » Je cherchais mes mots. Je ne voulais pas l'insulter, mais je n'étais plus capable de lui tenir la main en faisant semblant de trouver qu'effectivement elle était toujours victime du manque de cœur des hommes.

« Des fois quoi ? m'a-t-elle demandé.

— Des fois, je pense que tu es plus amoureuse de l'amour que du gars. Je t'ai souvent vue avec des hommes pas vraiment intéressants que tu prétendais aimer... tu te lances dans chaque relation comme si c'était le grand amour. Pourquoi tu prends pas ça plus lentement ? »

Elle me dévisageait, les yeux pleins d'eau, comme si je lui avais dit qu'elle était aussi bien de devenir carmélite. « Mais, voyons ! a-t-elle fini par murmurer. Comment ? Comment veux-tu que je prenne ça plus lentement ? » Je l'ai observée un instant. Elle n'avait plus l'air insultée – elle ne *comprenait* pas. Mais pas du tout. De toute évidence, ce que je venais de dire était pour elle une aberration totale. « Comment veux-tu que je fasse ça ? » a-t-elle répété.

Je ne savais plus quoi lui répondre. « Tu te laisses embarquer trop vite, ai-je essayé. Tu pourrais peut-être... je sais pas moi, peser un peu le pour et le contre, laisser le temps faire son travail, ne pas nécessairement t'investir corps et âme au bout de deux semaines seulement...

— Mais ? Est-ce que tu entends ce que tu es en train de me dire ?

— Euh... oui.

— Chloé ! Tu es en train de me demander de mettre un frein à mes sentiments !

— Non. Je suis en train de te dire que ce serait peut-être mieux pour toi de penser un peu avec ta tête, des fois. Tu verrais justement que, très souvent, tes sentiments ne sont pas si intenses que tu le crois.

— Parce que tu penses que j'aimerais ça avoir des sentiments moins intenses ?

— Mais tu devrais ! S'ils ont à devenir intenses, ils vont finir par l'être. Mais est-ce bien nécessaire de parler de grand amour au bout de vingt-quatre heures ? Ève-Marie ! Tu viens de te faire laisser encore à cause de ça ! Et tu souffres comme si vous aviez été ensemble des années ! Dis-moi pas que tu fais pas le lien, quand même !

— T'as vraiment pas de cœur, hein ?

— Ah, Ève-Marie, ciboire… »

Mais j'ai eu peur, pendant un bref instant, qu'elle ait raison, que je n'aie pas de cœur, et de ne m'en être même jamais rendu compte.

« Non, a poursuivi Ève-Marie. Moi, je veux pas ça. Alors, tu peux rire de moi, tu peux me trouver trop romantique, tu peux continuer à dire que c'est à cause de ça que je continue à me casser la gueule, eh bien, fuck ! »

J'ai sursauté. Ève-Marie ne jurait jamais. « Je vais continuer à me casser la gueule et à faire rire de moi par des gens comme toi.

— Écoute…

— Non ! Tu voudrais quoi ? Que je me retrouve, comme toi, à toujours penser avec ma tête ou avec mon cul ?

— Eille !

— Quoi, eille ! C'est ça que tu fais, Chloé ! Je te connais depuis cinq ans, et toutes les fois où je t'ai vue avec un gars, tu me disais que "c'était juste pour la baise". À part ton ami, là, Alain…

— Antoine.

— Peu importe. Combien de temps tu vas continuer comme ça, Chloé ? À te protéger le cœur en te faisant accroire que tu sens presque rien ? Tu sais à quoi tu me fais penser ? »

Je n'ai rien répondu.

« À un animal qui hiberne.

— O.K., ça va faire. Je veux bien écouter tes histoires, Ève-Marie, mais me faire insulter parce que je suis pas faite comme toi, ça ne m'intéresse pas. Alors, continue à t'amouracher follement de gars qui veulent rien savoir de toi, et câlisse-moi patience. T'es contente de ton bord, moi je suis bien contente du mien. Et honnêtement, je pense pas avoir de leçon à recevoir de toi. »

J'ai ramassé mes dossiers et je suis sortie de la salle de conférence en me mordant la lèvre d'en bas. J'avais envie de pleurer, comme toujours lorsque je suis fâchée. J'ai trouvé un bureau vide et j'ai appelé Juliette.

« Helloooo ! a répondu une voix joyeuse.

— Marcus ? C'est Chloé.

— *Oh, how are you, darling ?*

— Un peu pressée. Tu peux me passer Juliette ?

— Pas là. Elle est sortie faire des courses.

— Shit.

— Un message ?

— Non. Merci, Marcus.

— Tourlououou ! »

J'ai raccroché d'un coup sec, sans le laisser finir son tourlou, et j'ai tout de suite composé le numéro d'Antoine.

« Antoine Bernard.

— Antoine ?

— Hé, ma chérie.

— Depuis quand tu réponds comme ça ?

— Je sais pas, deux ou trois jours. Ça fait business, tu trouves pas ?

— Non. C'est ridicule.

— On sait ben. Mais si Viggo Mortensen répondait : "Viggo Mortensen", je te gage que ce serait teeeeeellement cool...

96

— O.K., ta gueule, Antoine.

— Hé, mon Dieu ! Ça va, madame Sourire ?

— Non, pas vraiment. Je viens de totalement envoyer chier Ève-Marie Saulnier.

— Qui ?

— Tu sais, la fille avec qui je travaille et qui est toujours en amour ?

— Ah ! Oui.

— Antoine, je pense que j'ai été vraiment méchante.

— Pourquoi ?

— Mais elle m'emmerdait tellement ! Elle braillait encore à cause d'une de ses histoires ridicules. Je lui ai dit que peut-être elle aurait intérêt à prendre ça plus mollo et à arrêter de se garrocher sur les gars comme la misère sur le pauvre monde, et là, elle a pété une coche, et elle a commencé à me dire que j'étais comme "un animal qui hiberne", que j'avais pas de cœur… Antoine, penses-tu que j'ai pas de cœur ? »

Il s'est mis à rire. « Chloé… tu vas pas croire ce qu'une espèce de folle carencée affective te dit, quand même ?

— Non, mais c'est vrai, Antoine… c'est sûr qu'elle est insupportable et que son rapport à l'amour est totalement malsain, mais… moi, qu'est-ce que je fais ? Je sens rien, Antoine ! »

Je me suis mise à pleurer. « Ou alors je sens quelque chose à cause d'un idiot comme Luc, et ça dure à peine quelques jours ! Tu te demandes jamais si tu es pas un peu anormal, toi ? À toujours glisser sur la surface des choses ?

— Chloé… pleure pas.

— Mais combien de temps je vais continuer comme ça ? À être toujours dans le gris ? Dans une espèce de zone de confort où je risque rien ? Elle m'a dit ça, Antoine, et ça m'a fait… tellement de peine ! »

Et j'ai sangloté de plus belle.

« Chloé. Chloé. T'es la fille la plus extraordinaire que je connaisse. T'as pas à te faire de peine avec ce qu'une pauvre fille amère essaie de te faire gober, voyons ! T'es forte et indépendante et, franchement, t'as le cœur gros comme la ville.

— Tu dis ça pour que j'arrête de brailler.

— Oui, mais ça veut pas dire que je le pense pas. Chloé, c'est des préjugés de filles malheureuses de croire que tout le monde devrait être obsédé par l'amour.

— Mais oui, mais tu penses pas qu'il existe un juste milieu ? Quelque part entre Ève-Marie et moi ?

— Tu es exactement où tu es supposée être, ma chérie.

— Non ! Tu dis ça parce que tu veux que je reste là ! Parce que, pour toi, tant que Juliette et moi on est encore là, à repousser l'amour de toutes nos forces, ça te justifie, toi ! Ça t'empêche d'avoir à te demander qu'est-ce que tu fais, ostie, avec ta vie. »

Il y a eu un silence au bout du fil, durant lequel je me suis passé une main sur le front.

« Excuse-moi, ai-je dit.

— Non, non. Si tu le penses…

— Antoine…

— Non, mais ça se peut, aussi. De toute façon, si je devais me préoccuper de ce que les autres pensent de moi, je ne sortirais plus de chez nous. »

Je n'ai rien dit : Antoine, à sa façon, était obsédé par l'opinion des autres. Son obsession se résumait en fait à une chose : avoir l'air de s'en foutre éperdument – mais seulement l'air.

« Je voulais juste dire qu'il est peut-être temps de passer à autre chose, ai-je ajouté. Pour moi. Toi, tu fais ce que tu veux. Tu sais où tu t'en vas de toute façon, non ? J'ai juste dit ça parce que j'étais fâchée. Excuse-moi.

— Ça va, ça va. »

Mais je sentais qu'il était blessé. « Chloé, si tu penses avoir besoin de te mettre à courir après l'amour pour être heureuse, c'est pas moi qui vais t'en empêcher, juste parce que j'ai besoin de me justifier ou quoi que ce soit d'autre.

— O.K., O.K... » J'aurais voulu lui dire que j'étais désolée, que je ne pensais pas un mot de tout cela, mais, quelque part, ç'aurait été faux. Je savais qu'il avait besoin de nous, qu'il ne pouvait jouer à l'indépendant tout seul. « Il faut que j'y aille, Antoine.

— Allez.

— Tu penses que je devrais demander pardon à Ève-Marie ?

— Bof. Si ça peut te faire sentir mieux.

— Je sais pas. Je vais aller voir si elle est encore là.

— Tu veux aller prendre un verre ce soir ?

— Non... j'ai encore des trucs à finir pour la semaine prochaine.

— Me semble. Quelle partie du *Seigneur des Anneaux* tu vas regarder ? »

J'ai ri. « La fin des *Deux Tours*.

— C'est bien ce que je pensais, a dit Antoine en riant lui aussi. Allez. Bonne soirée, princesse.

— Salut, Antoine. »

Je suis sortie du bureau légèrement plus triste que quand j'y étais entrée. Je savais que j'avais un peu blessé Antoine, et l'idée me faisait étrangement mal. J'ai cherché Ève-Marie, mais elle était déjà partie. Alors j'ai quitté l'immeuble, et c'est là, sur le boulevard René-Lévesque Ouest, le dernier jour du mois d'août, que j'ai rencontré Simon.

Chapitre 7

En fait, pour être exacte, j'avais déjà rencontré Simon. Nous avions été dans la même classe en secondaires III et IV – Simon, un jeune anglophone de Kingston, était arrivé en plein milieu de l'année. Il parlait plutôt mal français, mais était beau comme un ange et, apparemment, pas mal plus brillant que la plupart d'entre nous. Au bout de quelques mois, il était parmi les premiers de la classe, sauf en français, où il traînait encore un peu de la patte.

Moi, à cette époque, j'avais des broches, et j'étais le genre de fille qui envoyait sa photo au magazine *Fan Club* pour la page « Correspondance » et qui écrivait en dessous : « Salut ! Moi, c'est Clo ! Je suis une fille de 13 ans et demi qui aime la musique et les beaux gars. Si tu tripes comme moi sur NKOTB et que tu trouves que Kirk Cameron est super hot, écris-moi ! » (J'étais aussi, paraît-il, grosse. C'est Antoine qui me l'avait fait remarquer, en tombant par hasard sur une photo de moi à 14 ans. Il avait dit, avec son tact légendaire : « My God, Chloé. T'avais l'air aussi féminine que le drummer de Metallica. Et est-ce que je me trompe, où tu étais grosse ? » Fait étrange, je n'avais aucun souvenir de l'avoir été. J'ai donc téléphoné à ma mère et, vérification faite, j'avais été « une tite toutoune » jusqu'à l'âge de 16 ans.)

J'ai donc été doublement étonnée que ce soit Simon qui me reconnaisse, et non l'inverse. Je venais de sortir dans la rue, en repensant à ce que j'avais dit à Antoine et en cherchant distraitement un taxi quand j'ai entendu, juste à côté de moi, quelqu'un prononcer mon nom. Je me suis retournée, et il était là, exactement comme dans mes souvenirs. Grand et mince, très blond, avec un visage délicat et d'immenses yeux bleus, si foncés que lorsqu'il ne regardait pas directement une source de lumière on pouvait croire qu'ils étaient noirs.

En quelques secondes, j'ai tout revu : les vieux couloirs de notre école, les salles mal chauffées, le grand gymnase avec un plancher de bois, la cafétéria avec ses peintures naïves sur les murs, les élèves cool qui fumaient dehors, en hiver, en grelottant. J'ai revu Simon, dans son bummer jacket qu'il portait tout le temps, et les filles qui lui tournaient autour parce que « même s'il est un peu nerd, il est tellement cuuuuute ». Et moi qui noircissais des pages entières de mon journal intime en y écrivant : « *I love Simon Markovic* » ou « Chloé Cinq-Mars + Simon Markovic = Love ». Dans mes souvenirs, aussi, Simon était à peine conscient de mon existence.

« Simon ? ai-je fini par dire, en plissant les yeux comme une myope, pour m'assurer qu'il s'agissait bien de lui.

— Oui ! Comment tu vas, Chloé ? *Long time no see*, hein ? »

Il a fait un grand sourire, et j'ai dû me retenir pour ne pas dire, à haute voix : « Mon Dieu, Simon, j'avais oublié à quel point tu étais beau. » Puis, je me suis mise à rire, sans raison, et j'ai répondu : « Ça va, ça va ! » en lui donnant une espèce de tape sur l'épaule comme si nous avions été deux joueurs de base-ball et que je le félicitais pour un beau lancer.

« Qu'est-ce que tu deviens ? a-t-il fini par demander, avec un accent plus du tout anglais mais plutôt français.

— Euh… je suis recherchiste. Pour la télévision.

— Ah oui ? Génial ! » Il me niaise, ai-je pensé. Mais non, il souriait gentiment et me regardait avec intérêt : visiblement, Simon Markovic trouvait le fait que je travaille en télévision absolument génial.

« Et toi ? lui ai-je demandé. Tu étais pas parti vivre en France ou un truc semblable ?

— Mais oui, t'as bonne mémoire. » Bonne mémoire – si tu savais, me suis-je dit. Je me rappelle de la couleur de tes lacets. « On est partis vivre là-bas après la fin du secondaire IV, et je suis resté jusqu'en terminale. C'est comme le cégep. Ensuite, j'ai voyagé un peu partout, et finalement je suis revenu à Lyon pour étudier.

— Et qu'est-ce que tu fais maintenant ? »

Je m'attendais à ce qu'il me dise quelque chose comme océanographe, ou photographe pour le *National Geographic*, ou médecin sans frontières, mais il a répondu : « Chef.

— Quoi ?

— Je suis chef. » Puis, devant mon air abruti, il a ajouté : « Tu sais ? Chef ? Dans un restaurant ?

— Non ! Je veux dire, oui, je sais ! Non, c'est juste que je suis étonnée. Je sais pas, je t'imaginais faisant un métier plus… moins… je sais pas. » Je voulais dire plus important, mais je me suis rappelé que j'avais déjà insulté deux personnes aujourd'hui et que j'étais moi-même recherchiste – ce n'était pas exactement comme si je sauvais des vies sur une base régulière.

« J'adore faire à manger », ai-je dit. Ça me semblait moins compromettant, et, en plus, c'était vrai. « En dilettante, bien sûr. »

Simon m'a souri. Je crois que j'ai souri moi aussi. J'étais, en fait, presque pétrifiée – je ne savais pas trop si c'était parce que je l'avais tant idéalisé après son départ pour la France, imaginant pendant des années son retour triomphal et sa grande déclaration d'amour, qui, bien sûr, aurait eu lieu devant toute notre classe, à une réunion d'anciens élèves ou quelque manifestation du genre. Il se serait avancé vers moi, négligeant les filles populaires de l'époque, et aurait dit quelque chose de très cucul, du style : « Chloé, je t'ai toujours aimée, et maintenant que j'ai fait fortune en tant qu'océanographe/escaladeur du mont Everest/médecin sans frontières, je suis venu te chercher pour t'emmener vivre avec moi à Londres/Paris/Bali/ Rio. » Et moi, je serais tombée dans ses bras, et nous serions partis sous les applaudissements et les regards envieux.

Ce devait être ça. Le souvenir de ma passion d'adolescente, comme un réflexe de Pavlov. C'était peut-être aussi à cause de la beauté si lumineuse de Simon et du fait qu'il me souriait, à moi, en me regardant droit dans les yeux. Mais toujours est-il que là, sur le boulevard René-Lévesque, en ce dernier jour du mois d'août, je me sentais comme jamais auparavant (à part, peut-être, le soir si lointain où j'avais rencontré Antoine). J'étais surexcitée et terrifiée, et j'avais l'impression d'avoir un soleil à la place du cœur.

« C'est incroyable comme tu as changé, a dit Simon.

— Je sais ! Je peux pas croire que tu m'aies reconnue. La dernière fois qu'on s'est vus, j'avais des broches, et les cheveux châtains.

— Et tu étais, hum… tu sais. » Il a placé ses mains de chaque côté de ses hanches, à une certaine distance de son corps.

« Oui, je sais, toutoune. »

Était-ce vraiment si pire ? Simon a ri, un peu mal à l'aise, puis s'est empressé d'ajouter : « Mais là… tu es superbe, Chloé. »

Pendant un bref instant, je me suis demandé si je n'allais pas me mettre à rire comme une fillette, ou tout simplement partir en courant. Il avait parlé, en plus, avec une aisance absolument désarmante, comme s'il n'y avait rien de plus normal que de dire à une ancienne camarade de classe qu'elle était superbe. La plupart des hommes que je connaissais ne complimentaient les femmes que dans un but très précis – on devinait presque dans tous les cas qu'une intention se cachait derrière leurs paroles – ou ils le faisaient machinalement, par politesse ou par habitude.

Il m'a regardée un instant, toujours souriant, puis a dit : « Hé ! Tu veux aller prendre un café ? »

« Un café, a dit Juliette. Il t'a invitée à prendre un café.
— Ouiiii ! »

Juliette et moi ne prenions jamais de café. Nous prenions des verres, des drinks, des cocktails, des bières, des brosses, mais un café ? C'était comme se faire inviter à regarder passer les bateaux ou à assister aux courses. Incongru, voire démodé, mais un peu excitant.

« C'est sweet, a dit Juliette au bout d'un moment.
— Je sais… mais bon, faut quand même pas virer folles, tout le monde prend des cafés.
— À part nous.
— Oui. Et Antoine.
— Oui. Et Marcus. Marcus prend jamais de café. Mais il boit du thé, je pense.

— Oui. À part nous, Antoine, et Marcus. Et mes parents. My God, mes parents sont tellement pas le genre à "aller prendre un café".

— Stéphanie prend des cafés, par contre, a fait valoir Juliette. Et ta sœur.

— Oui... et Simon... »

Juliette m'a prise par le bras. « Oui ! Simon ! Alors !

— Alors quoi ?

— Ben là ! Vous êtes allés prendre un café... piiiiis ?

— Eh bien... »

J'ai fait une pause, le temps de me rappeler de tout. Je voulais pouvoir dire à Juliette tout ce qui s'était passé, tout ce que j'avais vu, entendu et imaginé, comment je m'étais sentie, ce que j'avais cru voir dans les yeux de Simon, qui étaient bleus comme un lourd tissu de velours.

Étonnamment, j'avais hésité un instant avant d'accepter son invitation. Je crois que j'avais peur de quelque chose – de me rendre compte, peut-être, qu'il était moins beau quand il ne se tenait pas debout en plein soleil, ou de découvrir qu'il était inintéressant. Mais j'avais dit oui, et nous nous étions retrouvés dans un petit café sans âme de la rue Sainte-Catherine – les tables n'étaient pas de niveau, l'éclairage était moche et les pâtisseries avaient l'air tristes et sèches dans leur présentoir de plexiglas.

Mais j'étais enchantée. Par Simon, par la conversation, par le fait que nous nous étions retrouvés là, par hasard, et que sans ce hasard je ne l'aurais probablement jamais revu. J'ai rapidement appris qu'après avoir terminé son stage dans un restaurant de Bourgogne, il était revenu à Kingston, où il avait ouvert son propre restaurant, qui avait bien marché pendant trois ans. Puis, lassé par la routine (et, pouvais-je deviner même s'il n'osait pas le dire, par Kingston en général), il avait décidé de tenter sa chance ici. « La compétition est terrible, m'avait-il dit, mais les Montréalais adorent la bonne cuisine. Et ils savent faire la différence.

— Bien sûr », avais-je répondu coquettement. J'étais flattée, je m'en rendais compte. Stupidement flattée parce que Simon avait dit que les Montréalais « savaient faire la différence ». Les Montréalais étaient raffinés, sophistiqués et juste assez difficiles. Et, par conséquent, je l'étais aussi. C'était un truc, ai-je appris plus tard, que Simon avait appris de son ancien patron en France : il savait comment flatter les gens indirectement, sans donner l'impression de le faire.

Nous avions parlé pendant presque trois heures, et, tout ce temps, j'avais siroté la même tasse de café infect. Au bout d'une heure, j'avais commandé une pointe de tarte au chocolat qui goûtait étrangement le moisi. Je l'avais mise de côté, et ne m'étais même pas plainte à la grosse serveuse qui mâchait bruyamment un chewing-gum derrière son comptoir. Je m'en foutais é-per-du-ment. La seule chose qui me préoccupait était : comment faire pour que Simon tombe amoureux de moi, le plus vite possible.

« T'en as pas trop fait, j'espère ? m'a demandé Juliette.

— Moi ? Franchement ! Je suis une pro de la drague, ma fille, tu devrais le savoir. »

Juliette s'est contentée de me regarder par en dessous, un sourire moqueur sur les lèvres. J'ai essayé d'avoir l'air fâchée, mais j'avais envie de rire moi aussi.

« En fait, a dit Juliette, t'es pas si pire. Je t'ai vue, avec des hommes qui te plaisent, et tu finis presque toujours par les séduire. Le problème, c'est de les garder.

— Je suis capable ! ai-je crié, indignée comme une enfant qu'on aurait mise au défi d'attacher ses chaussures.

— T'as jamais essayé », a dit Juliette.

J'ai ouvert la bouche, mais je n'ai rien ajouté. Avais-je déjà essayé ? Je n'en étais plus trop sûre. Avec Antoine, peut-être, mais encore. J'étais trop orgueilleuse. Dès que j'avais compris qu'il ne voulait rien savoir de moi, j'avais abandonné. J'avais toujours refusé de travailler, de faire des efforts pour qu'un homme s'intéresse à moi. Ça me semblait disgracieux.

« Sincèrement, ai-je dit à Juliette, pour changer de sujet, je ne pense pas en avoir trop mis. Je sais pas… je me sentais tellement bien avec lui ! Enfin, à partir du moment où j'ai arrêté d'être terrifiée, tout était… naturel. J'étais bien, c'est tout. Comme avec toi ou Antoine. Je n'étais plus consciente de moi, tu comprends ? »

Cela avait été, pour moi, une révélation. Après avoir laissé Simon et sauté dans un taxi, j'avais réalisé que, pendant trois heures, je n'avais pas pensé à moi, pas une seule seconde. Et, tout de suite après, que ça ne m'était jamais, jamais arrivé. J'étais toujours consciente de moi. De mes paroles, de l'image que je projetais, de la portée de mes gestes, de ce que les autres voyaient quand ils me regardaient. Mais là, rien. Seulement Simon, et notre conversation, et le goût de brûlé du café, dont, je le savais déjà, j'allais dorénavant me rappeler avec un certain plaisir.

« Tu comprends ? ai-je répété. C'était comme… comme si tout avait lâché. Comme si toute ma personne s'était détendue. Je n'étais plus consciente de moi ! ai-je ajouté, en plaçant une main sur ma poitrine.

— Oui, a dit Juliette. Je comprends tout à fait. » Elle a regardé par terre, puis sur la table, quelque part entre la bouteille de vin et l'assiette d'amuse-gueules. Je n'aurais pas pu dire si elle était rêveuse, ou triste, ou un peu des deux, mais je me suis sentie mal d'avoir ainsi parlé de moi, alors qu'elle venait à peine de décider qu'elle mettait une croix sur l'amour. Évidemment, je m'étais précipitée chez elle après avoir quitté Simon. Elle avait ouvert la porte et avait à peine eu le temps de dire : « Qu'est-ce qui se passe ? » que je déboulais dans la cuisine en empilant les anecdotes, les soupirs et les descriptions de Simon. Je ne lui avais même pas demandé comment elle allait.

« Et toi ? ai-je fini par dire, alors qu'elle regardait toujours le coin d'un amuse-gueule, ça va ? »

Elle m'a souri, et nous a servi deux autres verres de vin. « Ça va. Ça va pas suuuuuper bien, mais ça va pas suuuuuuper mal non plus. Mais c'est pas vraiment intéressant. J'ai pas rencontré un ange sur le boulevard René-Lévesque, moi. » Elle a souri de nouveau – ce n'était pas un reproche ou une tentative pour me faire sentir coupable. Simplement, une constatation un peu triste.

« Ah, Juliette, voyons… » Je n'ai pas pu continuer. Marcus est entré dans la cuisine avec à peu près dix sacs d'épicerie dans chaque main et a demandé, très fort : « Qui a rencontré un ange, aujourd'hui ? » Juliette n'a rien dit, se contentant de me pointer du doigt.

« On peut savoir c'est quiiii ? » a chantonné Marcus en plaçant ses sacs sur l'énorme îlot qui occupait le centre de la cuisine – c'était ce que j'enviais le plus dans leur appartement : comme c'était une ancienne usine, la cuisine était de type industriel, immense, lumineuse et hyper équipée, avec des électroménagers en inox dont nous comprenions à peine le fonctionnement. Juliette avait remplacé les néons par un éclairage plus doux, et le résultat était sensationnel : on aurait dit à la fois une cuisine de grand restaurant et une salle à manger au design avant-gardiste.

Juste pour ça, leur avait dit le propriétaire, il aurait pu leur charger deux fois le loyer qu'ils payaient. J'étais assez d'accord. Mais Juliette lui avait fait remarquer les tuyaux qui coulaient, les fenêtres qui n'ouvraient plus et le bruit épouvantable que faisait la plomberie (sans parler de l'autoroute Ville-Marie, qui passait juste au-dessus de chez eux), et il n'avait plus rien dit.

« Alors ? a répété Marcus en sortant de ses sacs au moins une tonne de bouffe (incluant un sac de riz de dix kilos). C'est qui ? » Il piétinait d'impatience. Je lui ai décrit Simon et lui ai raconté notre rencontre, sans trop entrer dans les détails. Il m'écoutait avec tellement d'attention que j'avais parfois envie de rire – il ressemblait à une jeune adolescente qui écoute sa meilleure amie lui décrire les circonstances de son premier french kiss.

« Oh my God ! a-t-il couiné après la fin de mon histoire. C'est tellement excitant ! C'est lui ! *He's the one !* Non ? Tu le sens pas ? Chloé, girl, tu penses pas que c'est lui ? Omigod, c'est tellement excitant ! » Il sautait sur place, un ananas dans une main, en faisant de grands gestes avec les bras. Juliette le regardait, morte de rire.

« C'est tellement excitant… » a-t-il répété pour la énième fois, en posant finalement son ananas sur le comptoir. Je l'écoutais, un peu ahurie – il était tellement énervé que, au bout du compte, je l'étais un peu moins. « Oui… c'est super, ai-je dit. Mais il faut pas trop s'emballer quand même. On sait jamais. On va voir. Faut pas s'énerver.

— S'énerver ? Mais, sweetie, c'est trop tard ! » Il a éclaté de son grand rire et a fait le tour de l'îlot en un bond pour venir se placer tout près de moi. « Il a pas un jumeau gay, hein, par chance ?

— Non… malheureusement…

— Nuts. Tous les beaux gars devraient avoir un frère jumeau gay, non ?

— Pourquoi pas, a dit Juliette. Ça voudrait dire que Samuel a un frère jumeau hétéro. Ça serait peut-être un bon parti pour moi. »

Elle avait parlé en souriant, et nous nous sommes tous mis à rire. Marcus lui a ébouriffé les cheveux, comme on le fait à une enfant : « Qu'est-ce que j'ai dit, Giulietta ? On ne parle plus de Samuel. Sauf en mal. » Puis il s'est penché pour soulever son énorme sac de riz.

« Je peux savoir pourquoi tu achètes du riz par dix kilos ? lui ai-je demandé.

— Sweetie. » Il m'a regardée comme si j'étais un peu idiote. « Je suis né en Jamaïque, remember ? Bouffe créole. Gumbo. Jambalaya. C'est tout du riz. Ça me rappelle la bouffe de ma nana.

— Et il engraisse même pas, m'a dit Juliette. Il mange un kilo de riz par jour, et il prend pas un gramme.

— Hé, c'est l'avantage d'être black, chérie. D'ailleurs, ce soir, vous mettez vos angoisses de poids de côté les filles, parce que Uncle Marcus prépare un festin jamaïcain !

— En quel honneur ?

— En l'honneur de ce que tu veux, Giulietta. Est-ce qu'un homme a besoin d'une excuse pour faire un repas aux femmes qu'il aime ? »

Nous avons souri toutes les deux. J'avais prévu rentrer chez moi, mais il ne m'a pas fallu longtemps pour changer d'idée. Marcus sifflotait en rangeant des fruits, Juliette était en train d'ouvrir une autre bouteille, et le bruit des voitures qui filaient au-dessus de nos têtes, ce soir-là, me mettait de bonne humeur.

Au bout d'une heure, nous avions fini la bouteille, et Marcus avait préparé tout ce dont il avait besoin pour son festin. Il y avait sur l'îlot des cubes d'oignon, d'ananas, de poivron, de carotte, de céleri et de christophine, un bulbe d'ail entier haché finement, des okras et de la saucisse en rondelles, six grosses tomates évidées et tranchées, du lard en morceaux, des crevettes décortiquées, de la morue salée effilochée, des palourdes nettoyées, du piment de Jamaïque réduit en purée, un poulet désossé, deux grosses conserves de fèves noires, une noix de coco coupée en deux, un bol entier de petits pois sucrés que Marcus avait tenu à écosser lui-même, et un tas d'épices qui sentait le soleil.

« Marcus ? a demandé Juliette.

— Oui, chérie.

— Tu dois avoir de quoi faire à manger pour au moins vingt personnes.

— Oh oui. J'aime les restes. Tu vas voir, sweetie, ça va se manger. Tu devrais inviter ton Simon, a-t-il dit en me faisant un clin d'œil. Je suis peut-être pas un chef, mais je suis pas mal. Tu vas voir. »

Il a jeté un regard circulaire sur ses ingrédients et lancé un grand « All right ! » en tapant dans ses mains, avant de se mettre à sortir des poêles et des chaudrons.

« Juliette, a-t-il dit. On a besoin de drinks.

— Oh ! Pardon, pardon ! »

Juliette a ri, et elle est partie chercher d'autre vin dans leur « cave », en fait un ancien monte-charge hors d'usage, mais qui restait toujours relativement frais.

Elle était à peine sortie de la cuisine que Marcus s'est approché de moi. « So ?

— So quoi ?

— Ah, t'as pas besoin de faire semblant devant moi, Chloé. Je sais que tu penses juste à ton Simon. »

J'ai souri, impuissante. Je ne pensais pas « juste » à Simon, mais il était là, dans chacune de mes pensées, comme une présence qu'on ne voit pas nécessairement, mais qu'on devine. C'était étrange et, à la limite, pas forcément agréable. Je n'avais pas l'habitude d'avoir ainsi toutes mes pensées teintées de l'image de quelqu'un d'autre, et je ne savais pas s'il s'agissait d'un coup de foudre, d'une drôle de fixation, ou du fait, tout simplement, que j'avais passé une partie de la journée avec lui.

« C'est bizarre, ai-je finalement dit.

— Mais bien sûr que c'est bizarre ! *It's love !*

— Marcus. Je l'ai rencontré il y a six heures à peine.

111

— Non ! Tu l'as rencontré il y a quinze ans ! » Il a écarté les mains, comme si c'était l'évidence même, et s'est mis à mélanger divers ingrédients dans un grand bol de céramique.

« Tu sais ce que je veux dire, Marcus. Ça peut pas être de l'amour. Je sais pas, c'est comme si... »

J'ai réfléchi un instant, pour essayer de trouver le mot juste, ou au moins une comparaison satisfaisante, mais je n'ai rien trouvé de mieux que : « C'est comme si j'avais fixé directement le soleil, et que là, partout où je regarde, je vois un spot.

— Aw...

— Ça va, je sais que c'est un peu cucul, comme métaphore, et en plus je pense que c'était dans *Cyrano*, mais tu comprends ce que je veux dire, non ?

— Oui, que Simon a l'air d'un soleil !

— Non ! En fait, oui, il a l'air d'un soleil, mais je veux dire que, même si je ne pense pas directement à lui, il est là, quelque part, dans mes pensées. Comme une empreinte.

— Comme un spot après que t'as regardé le soleil ! a crié Marcus, triomphant, comme si ce n'était pas exactement ce que je venais de dire.

— Bon bon bon, a dit la voix de Juliette derrière nous. Simon t'a fait l'effet d'un soleil ? » Un petit sourire narquois se dessinait sur ses lèvres.

« C'est la seule métaphore que j'ai pu trouver, ai-je répondu, piteuse.

— Bravo, Danielle Steel !

— Edmond Rostand », ai-je rectifié. Juliette a posé la bouteille sur l'îlot, en m'envoyant un regard moqueur.

« Oh, allez, Juliette, a dit Marcus en se retournant, et en continuant à brasser sa préparation sur le poêle. *Don't rain on her parade.* On a tous droit à des métaphores cucul quand on est amoureux.

— C'est pas de l'amour, Marcus, ai-je répété.

— Ah non ? Alors c'est quoi ? »

Je n'en avais aucune idée. Mais dans mon univers, dans ma cosmogonie, il était impossible de tomber amoureux de quelqu'un en trois heures à peine, amour secret d'adolescence ou pas. Et je n'osais pas en parler à Juliette, parce que je trouvais moi-même l'idée trop ridicule et pathétique, mais je me demandais si je n'avais pas développé cet intérêt pour Simon simplement parce que je voulais être amoureuse, et parce que les paroles d'Ève-Marie m'étaient restées sur le cœur. Ça aurait été mon genre.

« Moi, je pense qu'il y a quelque chose, a dit Juliette en cherchant le tire-bouchon sous une pile d'écorces d'ananas. Tu sais pas encore de quoi il s'agit, c'est tout. Mais tu as senti que ça cliquait, non ?

— Oh, oui !

— Des deux bords ? »

J'ai fait un petit sourire coquet. « Sans vouloir être présomptueuse, oui.

— Moi je te connais, a dit Juliette. Tu es différente. Mais je pense que tu devrais arrêter de te creuser la tête, a-t-elle ajouté, plus pour Marcus que pour moi. Laisse les choses et tes sentiments suivre leur propre cours. Non ? »

Je voyais bien qu'elle avait envie de changer de sujet. J'aurais pu parler de Simon pendant des heures, mais j'ai préféré acquiescer – elle n'avait pas tort, de toute façon. Cela ne servait à rien de décortiquer mes sentiments dans tous les sens – ils allaient changer, d'une façon ou d'une autre, assez rapidement.

Marcus, qui apparemment avait fini par comprendre les insinuations de Juliette, s'est retourné d'un coup, une grande assiette dans les mains et a dit : « Akras de morue, anyone ? »

Juliette et moi avons tout de suite pigé dans l'assiette, et avant d'avoir pu entendre Marcus nous avertir que c'était très chaud, nous nous étions toutes les deux brûlé la langue. Mais les akras de Marcus en valaient la peine : ils étaient tendres et juteux, et tellement savoureux que, pendant un instant, j'ai fermé les yeux. « Il faudra que Simon y goûte », ai-je pensé. Puis je me suis sentie ridicule d'avoir eu cette idée, comme si Simon et moi étions déjà ensemble, comme si je pouvais déjà me permettre de rêver à propos d'un quotidien qui n'était pas encore le nôtre.

« Marcus, tu es un génie !

— Mais non. Je copie simplement ce que ma nana faisait. Il faut des bons ingrédients, de la patience, et beaucoup de loooooooving. » Il s'est déhanché lascivement en disant « loooooooving », et Juliette et moi avons éclaté de rire.

« Eh bien, a dit Juliette en levant son verre, à ta nana, alors. Une grande cuisinière.

— Attends de voir la suite », a lancé Marcus en trinquant.

Avant même d'y avoir goûté, je pouvais dire que la suite allait être délicieuse. Pendant une heure, Marcus s'est affairé au-dessus du poêle, faisant sauter tour à tour les légumes, les viandes, le riz, les pois et les fèves, puis en mélangeant le tout. Il ajoutait sans cesse un ingrédient : du bouillon, du piment, des épices, du jus de lime, et il goûtait chaque fois en fermant les yeux à moitié et en levant un doigt en l'air.

Il s'apprêtait à nous servir quand Antoine est apparu dans le cadre de porte : « Ça sent bon, a-t-il dit. Qu'est-ce qu'on mange ? » Il était entré par la sortie de secours, selon son habitude. En le voyant, je ne sais pas pourquoi, j'ai eu comme un coup au cœur. Il était debout, les mains dans les poches, en veston et en chemise noirs, et il souriait à moitié. C'était le même Antoine que j'avais rencontré huit ans auparavant, et que j'avais vu presque chaque jour depuis. Mais je me suis sentie toute drôle, et j'ai eu l'impression de rougir. C'est à cause de Simon, ai-je pensé. Je me sentais comme une élève qui a trahi les enseignements de son maître, ou qui a échoué à l'examen final alors qu'on avait placé de grands espoirs en elle. J'ai jeté un coup d'œil autour de moi pour m'assurer que ma réaction ne paraissait pas trop, mais Juliette avait le dos tourné. Seul Marcus m'avait vue. Il me regardait, une assiette dans une main, le sourcil droit relevé.

« Ah, Chloé ! a dit Antoine. Je m'en venais justement parler contre toi. » Je me suis tournée vers lui, en me répétant que je n'avais pas à me sentir mal, que c'était totalement ridicule. J'ai secoué la tête, imperceptiblement, et j'ai croisé les bras : « Comment ça, parler contre moi ?

— Parce que tu as été très désagréable ce matin. Au téléphone. » Il souriait, mais je le connaissais assez bien pour savoir qu'il était à moitié sérieux. « Excuse-moi, lui ai-je dit. Je me suis sentie mal toute la journée.

— *Yeah, right !* a lancé Juliette.

— Quoi ?

— Chloé est en amour ! a dit Marcus. Elle veut pas qu'on prononce le mot amour, mais *trust me, it's loooooove…* »

Antoine a baissé la tête vers moi. « C'est vrai ça ? »

Pendant une seconde, j'ai eu envie de gifler Marcus. « Non, c'est pas vrai… » Puis j'ai pensé à Simon. « Je suis pas en amour, j'ai juste revu un ancien kick. » Je me suis rendu compte que je souriais.

« Ah ! bien tant mieux ! a dit Antoine en s'approchant du poêle. C'est ce que tu voulais, non ? » Il s'est penché sur la casserole de Marcus. « Hmm ! Ça sent vraiment bon ! » Il s'est assis et a avalé un akra. « Oh, très bon, Marcus. Ça fait du bien, vraiment, j'ai eu une journée de merde.

— Comment ça ? a demandé Juliette.

— Bon, d'abord, mademoiselle m'a insulté – il m'a fait un clin d'œil – et ensuite, sans vouloir faire de jeu de mots minable, je me suis fait chier sur une pub complètement débile de papier de toilette qui a été bâclée par un ti-cul qui connaît rien, et là, on est obligés de la refaire au complet.

— C'était quoi ?

— Écoute ça : on voit des gens, dans un grand bureau avec plein de cubicules, et ils ont tous l'air déçus. Ils s'agitent sur leurs chaises comme s'ils avaient mal aux fesses ou quelque chose comme ça, et, bien sûr, ils ne travaillent pas. Puis on aperçoit un gars qui, lui, sourit béatement et travaille, très dynamique. Pourquoi ?

— Je meurs d'envie de le savoir, a répondu Juliette.

— On comprend quand on aperçoit, sur le bureau du gars en question, un rouleau de papier de toilette Cottonelle ! »

Marcus, Juliette et moi nous sommes regardés. « C'est pas super clair, a dit Juliette.

— C'est ça, le problème, a répliqué Antoine en baissant les bras. L'idée, c'est que ce gars-là est content parce qu'il se torche avec du Cottonelle, et que tous les autres sont malheureux parce qu'ils s'essuient avec du papier cheap. Mon problème, c'est que je sais pas comment introduire le papier cheap. Faudrait qu'on voie les toilettes de la compagnie, mais ça m'oblige à insérer un autre plan, et ça gâche un peu l'effet...

— Mais c'est complètement débile ! » a lancé Juliette. Marcus et moi nous donnions des coups de coude en riant.

« Je sais que c'est débile, a dit Antoine, je vous l'ai dit ! »

Il a pris un autre akra. « Des fois, je vous jure, je trouve que je fais la job la plus conne du monde. » Juliette a hoché la tête. Marcus et moi avons échangé un autre coup de coude. « Une chance que ça paye bien, a dit Antoine. D'ailleurs… » Il est retourné vers le corridor, s'est penché et a ramassé un sac qu'il avait caché là. « J'ai amené deux trois bouteilles pas pires du tout… »

Et nous avons mangé et bu, et mangé encore. La recette de Marcus, qu'il appelait « Nana's rice », était un pur délice – littéralement, une explosion de saveurs. Nous avons englouti chacun trois assiettes, même Antoine qui, chaque fois qu'il tombait sur un okra, le recrachait en tirant la langue et en répétant : « Arrrrgggg… gluant… »

J'étais bien avec eux. Tellement bien. Je me suis demandé de nouveau si j'avais vraiment besoin de quelqu'un d'autre. J'avais déjà tellement. Mais je revoyais Simon, et l'éclat bleuté de ses yeux quand le soleil s'y posait (comme la lueur pourpre au fond d'un verre de bordeaux, avais-je pensé alors qu'il était devant moi), et je me sentais tendre vers lui, presque instinctivement.

Nous étions en train de ranger la cuisine, qui avait l'air d'avoir été frappée par un ouragan, quand Antoine m'a prise par la taille. « C'est quoi, cette affaire d'amour, hein ? Un gars de Kingston. Franchement, Chloé. Penses-tu réellement que ça va te mener quelque part ? As-tu vraiment besoin de ça ? »

J'ai levé la tête vers lui. Il était saoul, un peu, et des mèches foncées tombaient sur son front. Il me regardait, les sourcils un peu froncés, son sempiternel sourire sur les lèvres. J'avais raison, me suis-je dit en repensant à notre conversation du matin. Il veut que je reste comme avant, pour toujours. Il en a besoin. Il veut que je lui dise que ce n'est rien, qu'une passade comme les autres.

J'ai baissé la tête, et j'ai dit : « Je le revois dimanche. »

Chapitre 8

À sept heures et demie, le dimanche suivant, j'étais réveillée. Autant dire qu'il était cinq heures du matin – je n'étais jamais debout avant neuf heures, et l'idée de l'être avait pour moi un côté presque amusant, comme si j'avais été une autre, une sportive, par exemple, qui se serait levée avec le soleil pour aller camper ou encore quelqu'un de très dynamique, le genre de personne qui commence sa journée à six heures, avec un café noir et le *Financial Post*.

« Mon Dieu, ai-je dit à Puce. Il est même pas huit heures. » Puce a levé la tête et m'a regardée en clignant des yeux. À mes pieds, Siffleux s'est mollement retourné sur le dos avec un petit miaulement de plaisir. Normalement, il aurait été debout avec Ursule, à côté de ma tête, et m'aurait dévisagée en poussant de longs sifflements affamés. (D'où son nom. Quand Siffleux était particulièrement énervé, il émettait un son étrange, qui tenait plus du sifflement que du miaulement. Une conséquence, prétendait Juliette, de son obésité.) J'ai jeté un regard en bas du lit, et Ursule était là, la tête posée sur ses pattes, profondément endormie. Même mes chats ne pouvaient pas croire que je puisse être réveillée à cette heure-là.

Je me suis étirée, très longuement, et j'ai vaguement considéré le projet de me rendormir. Mais j'étais trop énervée. «C'est ridicule, ai-je dit à voix haute. J'ai des papillons dans le ventre.» Alors, j'ai fermé les yeux et je suis restée couchée jusqu'à huit heures, en pensant à Simon. J'ai imaginé de mille et une façons notre rencontre, la conversation que nous allions avoir, la façon dont il allait m'embrasser, l'instant juste avant – le temps, suspendu, et moi, immobile et parfaitement consciente.

Puis l'idée m'est venue, totalement absurde, que si je m'imaginais un événement, il était fort peu probable qu'il se réalise – à moins, bien sûr, que j'aie des dons de voyance, ce qui aurait été à la fois très étonnant et plutôt troublant. Je me suis donc obligée à cesser de penser à Simon, de peur d'élaborer soudain un scénario terriblement romantique qui, par le fait même, n'aurait plus aucune chance de se produire. Puis je me suis mise à rire. C'était, à n'en pas douter, le raisonnement le plus stupide du monde. Le genre de problème, ai-je pensé, auquel doit faire face Ève-Marie plusieurs fois par jour.

J'allais me lever, quand la sonnerie du téléphone m'a fait bondir – mais pas autant que les chats, qui se sont tous dressés sur leurs pattes, l'œil hagard et l'oreille tendue. Inutile de dire que mon téléphone ne sonnait jamais avant dix heures, mes amis et parents connaissant mes habitudes. Je me suis précipitée, croyant qu'il s'agissait peut-être de Simon, et j'ai roucoulé un «Allô?» parfaitement grotesque dans l'appareil.

« Allô ? » a répondu une voix étonnée au bout du fil. J'ai regardé le téléphone, un peu abasourdie. « Papa ?

— Chloé ?

— Oui...

— Chloé ? Je !... »

Il s'est mis à rire, visiblement très amusé, comme s'il venait de faire un de ses fameux calembours qui ennuyaient prodigieusement tout le monde, mais le plongeaient à chaque coup dans des abîmes de ravissement. « Chloé ! Quelle surprise ! Je croyais appeler chez Daphné ! J'ai dû te réveiller...

— Non, non. Tu appelles chez Daphné à huit heures du matin ?

— Mais oui. Souvent.

— Pourquoi ?

— Mais pour jaser !

— Pour jaser ! » ai-je répété, vexée.

J'ai failli ajouter : « Tu ne me téléphones jamais, moi, pour jaser », mais je me suis souvenue que je ne le faisais pas moi non plus. Petite, j'avais été très proche de mon père. Il m'appelait sa complice et m'amenait avec lui à son bureau. Puis il y avait eu l'adolescence et ses conflits, et quelque chose s'était évanoui. Nous avions toujours une relation affectueuse et cordiale, mais je ne passais plus des heures près de lui à lire un livre, et à lever la tête de temps en temps pour lui parler de tout et de rien, de choses qui à l'époque me semblaient terriblement importantes et qui me fascinaient : l'amour, le bonheur et la sagesse. C'était Daphné maintenant qui discutait longtemps avec lui, de façon très sérieuse. À 13 ans, elle lui posait des questions sur le droit et la jurisprudence, et lui demandait souvent de lui lire ses plaidoiries.

« Mais avec qui veux-tu que je jase à cette heure-là ? m'a demandé mon père. Ta mère est jamais levée avant onze heures. Je dis souvent que le matin, c'est ma période de grâce !» Il a ri, encore, de la même manière. «J'en profite pour faire des petites choses que j'aime, pour être tranquille. Mais là, tu vois, ça fait presque deux heures que je travaille sur mon mot croisé…

— Ceux du *Figaro* ?» Mon père avait une passion pour les mots croisés français.

«Non ! Daphné ne t'a pas dit ? J'ai un nouveau hobby !

— Tiens donc…

— Je suis verbicruciste.

— Verbicruciste.

— Oui, par opposition aux cruciverbistes, qui aiment les mots croisés, le verbicruciste fait les mots croisés. C'est comme un auteur de mots croisés.

— Un auteur de mots croisés, hein ? Et qui les remplit, après, tes mots croisés ?

— Oui, bien, il est là le problème. Ta mère déteste les mots croisés, Daphné n'a pas le temps, et je ne crois pas que ça intéresse mes collègues.»

Je me suis mise à rire. «Tu me les apporteras, si tu veux.

— Oui ?

— Mais oui. J'aime bien les mots croisés, moi.

— Oh ! Mais je suis très content, Chloé.

— Mais moi aussi, papa.»

J'ai ri, et lui aussi. «Alors ? a-t-il dit. Par quel miracle es-tu debout à potron-minet ?» J'ai levé les yeux au ciel. Il devait être la seule personne au monde à utiliser régulièrement l'expression «potron-minet».

«Je peux pas dormir, ai-je répondu.

— Pourquoi ? Tu n'es pas stressée, toujours ? Les Cinq-Mars ne sont pas des gens stressés. Enfin, ta sœur est stressée, mais elle le tient de la famille de ta mère. Quant à ta mère… à voir son nouveau style, elle est plutôt strassée !…»

Il a dû rire pendant un bon trente secondes, à tel point que je me suis mise à rire moi aussi – il y avait quelque chose de réconfortant dans les mauvais calembours de mon père. Ils étaient comme un souvenir d'enfance, comme la grande maison de la rue Hartland où j'avais grandi et où il faisait toujours bon retourner.

« Non, je suis pas stressée, ai-je répondu quand il a finalement arrêté de rire. Enfin… peut-être un peu. Tu vas me trouver niaiseuse… mais… » Je me suis arrêtée. Je ne pouvais pas croire que je m'apprêtais à parler de mes affaires de cœur à mon père. C'est le matin, ai-je pensé. Avant neuf heures, le monde est en fait un univers parallèle dans lequel les choses sont exactement à l'opposé de ce qu'elles sont dans la réalité. Les chats n'ont pas faim, j'apprécie les calembours de mon père et je m'apprête à lui faire des confidences.

« C'est juste que… j'ai une *date*, ce soir, et ça m'énerve un peu.

— Une *date* ?

— Un rendez-vous.

— Un rendez-vous galant ?

— Ben… je suppose. Tu sais, aujourd'hui, on ne spécifie pas nécessairement de quel type de rendez-vous il s'agit. C'est clair qu'il ne s'agit pas d'un rendez-vous d'affaires, mais c'est peut-être seulement un rendez-vous amical.

— Mais non, c'est pas un rendez-vous amical, si ça t'énerve. Non ? En fait, tu espères que ce sera un rendez-vous galant. Et c'est justement ça qui t'énerve. »

Je suis restée surprise : à ma connaissance, c'était la première fois de sa vie que mon père faisait preuve de perspicacité.

« J'ai raison, non ?

— Bien oui. T'as raison. Depuis quand tu t'y connais là-dedans, toi ?

— Mais, Chloé… j'ai 65 ans. J'en ai vu d'autres quand même. Vous me faites rire, toi et tes petits amis, à toujours croire que vous êtes revenus de tout et que vous pouvez même nous en apprendre ! Tes parents ont vécu, tu sauras ! J'ai jamais compris pourquoi les jeunes croient systématiquement en savoir plus que les vieux. Quand tu y penses, c'est pas très logique.

— Non, c'est pas logique, mais… les temps changent, et des fois vos références ne sont plus nécessairement… » Je ne voulais pas l'insulter. « … d'actualité ?

— Chloé. L'amour ne change jamais. Il me semble qu'à ton âge tu devrais le savoir. On pense l'amour différemment, peut-être. Mais au bout du compte, on pense à la même chose.

— Quoi ?

— Je veux dire que c'est peut-être vrai que, quand j'avais vingt ans, notre vision de l'amour et du mariage était bien différente de la vôtre. Mais, au fond, quand on était amoureux, on était amoureux. Comme nos ancêtres, comme toi, comme tes enfants vont l'être. Il me semble que c'est pas sorcier.

— Non… c'est sûr.

— Vous voyez toujours l'amour comme quelque chose de terriblement compliqué. C'est alambiqué, c'est angoissant… Tu me crois si je te dis qu'il y avait probablement moins de codes dans mon temps qu'aujourd'hui ? Moi, quand je suis tombé amoureux de ma première blonde, c'était pas compliqué : je lui ai fait la cour, je lui ai dit qu'elle me plaisait, et ça tombait bien : je lui plaisais moi aussi. »

Sa première blonde. Je savais depuis toujours que mes parents avaient connu d'autres amours – ils s'étaient rencontrés quand ils avaient plus de 30 ans, après tout. Mais j'étais incapable de les imaginer avec quelqu'un d'autre. Pour moi, ils formaient un tout, indivisible et éternel.

« Mais vous, a-t-il poursuivi, on dirait que... que vous vous vautrez dans les complications.

— Pardon ? »

J'ai jeté un regard vers les chats, qui s'étaient tous rendormis dans des positions bizarres et attendrissantes. J'aurais aimé avoir un témoin, quelqu'un à qui j'aurais pu dire : Mon père vient de déclarer que nous nous « vautrons dans les complications ».

« Je ne vois pas d'autres explications pour justifier toute la peine que vous vous donnez à complexifier vos amours, a répondu mon père. Il faut toujours que l'autre ne soit pas au courant de votre affection, ensuite il faut se faire la cour sans en avoir l'air, vous faites l'amour à des gens que vous n'aimez pas et vous entretenez des relations platoniques avec ceux que vous aimez... je te dis, Chloé, vous êtes une drôle de génération.

— Mais... excuse-moi, d'où tu tiens tout ça, toi ?

— Je t'ai regardée aller, ma fille. C'était comme un cours intensif, pour un père inquiet. »

J'ai souri en silence en me souvenant de sa réaction lorsque j'avais eu mes premiers copains – il avait d'abord essayé, vaillamment, d'être permissif et tolérant, mais je ne lui avais pas rendu la tâche très facile : à 15 ans à peine, j'étais déjà très dégourdie, et toujours attirée par « les petits bums » (dans la mesure où on pouvait trouver des bums à Outremont). Et mon père, malgré toute sa bonne volonté, était inquiet. Il avait commencé par me faire de petites remontrances, avait tenté de me donner quelques conseils, puis il s'était fâché, une fois, deux fois, dix fois, mais, évidemment, plus il faisait preuve d'autorité, plus je regimbais – j'étais une adolescente assez prévisible. Et lorsqu'un soir j'étais rentrée à une heure du matin, après un party chez Pierre-Olivier Beaugrand-Champagne, un garçon de 21 ans encore au cégep qui revendait du hasch rue Bernard, il avait explosé. Et j'avais explosé moi aussi, lui criant que oui, j'avais couché avec Pierre-Olivier, que non, ce n'était pas le premier, et qu'il n'allait certainement pas être le dernier – des paroles qu'un père comme lui ne méritait pas.

Je l'avais boudé longtemps, et lui aussi d'ailleurs : il laissait à ma mère le soin de me ramener à l'ordre. Il ne me disait plus jamais rien, et je me répétais qu'il préférait sans doute ma sœur, si parfaite, qui n'avait pas de chum et qui ne sortait jamais. Cette bouderie mutuelle avait duré longtemps. Nous nous parlions, nous riions même ensemble parfois, mais il restait un froid, une distance à parcourir. Il m'avait fallu presque deux ans pour comprendre qu'il avait raison, et je lui avais alors présenté de longues et sincères excuses, qui l'avaient ému plus qu'il ne voulait me le laisser voir. Je ne m'étais pas rangée pour autant, mais il m'avait accordé sa confiance, et moi, j'avais appris à en être digne.

« Un cours intensif, a répété mon père en ricanant. Ma première fille et bang ! Tu étais quelque chose, ma Chloé ! Je te regardais enchaîner les copains, à toujours te retrouver avec des gars qui ne t'intéressaient pas vraiment, ou alors avec des gars dont tu t'amourachais pour quoi ? Un mois, deux mois ? Puis, il y a eu Antoine – tu étais différente quand tu nous parlais de lui.

— Antoine ? »

Je ne me souvenais pas de cela. Je savais qu'il avait été le premier à me faire vraiment chavirer, mais je croyais n'en avoir jamais rien montré.

« Mais oui. Et tu le regardais différemment. »

Mes parents l'avaient rencontré alors que je le connaissais seulement depuis quelques semaines – nous nous étions retrouvés tous les quatre au même restaurant, par hasard. J'étais mortifiée, mais Antoine avait souri, cool comme toujours, et nous avions mangé ensemble. Antoine avait dragué ma mère et discuté aimablement avec mon père, et ils étaient partis du restaurant, persuadés que j'avais trouvé l'homme de ma vie.

« On a cru que c'était le bon, a dit mon père. Mais non, ça s'est terminé. Il a beau être un coureur de jupons, encore aujourd'hui, ta mère et moi, on comprend pas ce qui...

— Papa...

— Mais je sais, tous vos trucs, vos questions de principes. » Il a ri doucement. « Pendant un bout de temps, je me disais que toi et tes amis, vous étiez les seuls à être aussi compliqués, mais j'ai bien vu, là, dans l'émission de télé, comment ça s'appelle... *Sex and the City*. Ces filles-là doivent dépenser 2 000 calories par jour juste à se faire des angoisses à propos de l'amour et à...

— Tu regardes *Sex and the City* ? »

Franchement, j'aurais été moins étonnée s'il m'avait avoué avoir déjà eu une relation homosexuelle.

« Des fois, oui. C'est plutôt bien fait. J'aime bien la grande rousse. Elle est la seule à avoir une tête sur les épaules, si tu veux mon avis. Et encore. Elle a, quoi, 35 ans, et elle se comporte comme une gamine. Et c'est une attitude qui est glorifiée, comme si c'était la chose "hip" à faire. On dirait que vous avez peur de l'amour, Chloé. »

J'étais sidérée. Non seulement mon père regardait *Sex and the City*, mais il me parlait d'amour avec un naturel absolument déconcertant, comme si nous l'avions toujours fait. Et, plus déconcertant encore, notre conversation, quoique surprenante, me semblait plutôt édifiante.

« Je sais pas, papa. Je suis juste un peu mêlée, je t'avoue. Ce gars-là... je suis allée à l'école avec. J'avais un kick sur lui à l'époque.

— Ah, oui ! Le garçon avec un nom qui faisait un peu pays de l'Est ?

« — Pardon ?

— Oh, ma chérie. Ta mère lisait toujours ton journal intime. À 14 ans, tu as eu une grande passion pour un garçon de ta classe. Il avait un nom qui finissait en "itch". Ou en "scu".

— Markovic ! Simon Markovic ! My GOD ! Maman lisait mon journal ?

— Ça t'étonne ?

— Euh… en fait, pas vraiment, mais, my GOD ! Papa ! C'est pas correct ! »

J'avais un peu envie de rire. À l'époque, j'aurais été catastrophée, mais là, c'était presque drôle – j'imaginais ma mère se tapant mes interminables dissertations d'adolescente et cherchant désespérément un passage la concernant.

« Alors ? a dit mon père. Ce Simon Malovitch ?

— Markovic. Je l'ai revu, par hasard, et on doit aller prendre un verre ce soir… et je sais pas. Ça m'énerve.

— Tu voudrais que ça marche ?

— Mais je sais pas !

— Chloé…

— O.K., oui, mais j'ai peur de…

— Chloé ?

— Quoi ?

— Qu'est-ce que t'as à perdre ?

— …

— T'as rien à perdre, ma fille. Tu es jeune, tu as la vie devant toi. Prends une chance, Chloé.

— Tu me dis de prendre une chance.

— Mais oui. C'est pas compliqué. Prends une chance. »

Prendre une chance avec qui ? Avec Simon ? Avec moi ? Prendre la chance de quoi ? J'avais mille questions à lui poser. J'ai finalement raccroché, un peu perplexe, à cause de ce qu'il venait de me dire, et parce qu'il y avait presque 15 ans que je n'avais pas parlé ainsi à mon père. Je me sentais aussi singulièrement légère – j'étais heureuse, je crois, presque soulagée de constater que nous pouvions encore nous parler, lui et moi, les vieux complices de la rue Hartland, comme si le temps n'avait pas passé.

J'ai regardé l'heure. Il était huit heures trente-neuf – j'ai tout de suite pensé qu'il me faudrait attendre encore dix heures et vingt et une minutes avant de retrouver Simon, ce qui était insupportable et rassurant à la fois. Je me suis levée, et j'ai marché lentement vers la cuisine, en repensant à ce que mon père m'avait dit : « Prends une chance. » Mais laquelle ? Puis j'ai balayé l'air d'un geste de la main : c'était trop de questions. J'allais voir, tout simplement. J'allais attendre. Peut-être que Simon, chez lui, était en train de se demander s'il allait prendre une chance.

Arrivée dans la cuisine, j'ai regardé autour de moi. Quelque chose clochait. Je me suis approchée du comptoir, j'ai ouvert le réfrigérateur, j'ai marché vers la fenêtre, et j'ai compris : il n'y avait pas trois chats hystériques entre mes jambes, qui risquaient de me faire trébucher à chaque pas. J'ai attendu un instant, puis j'ai actionné le moulin à café. Le résultat a été immédiat : un mini Stampede s'est fait entendre dans le couloir, et j'ai rapidement été entourée de miaulements stridents, de sifflements et de ronrons mal coordonnés.

Je les ai nourris, et je suis restée debout derrière eux un moment, à les observer avec un sourire béat. Mes bébés, ai-je pensé. Puis, je me suis demandé si une fille qui aimait passionnément ses chats était attendrissante, ou simplement pathétique. Je n'ai pas trouvé de réponse, mais je me suis proposé d'attendre avant d'avouer à Simon que je leur parlais régulièrement, et que je les considérais comme mes enfants.

Il fallait, après tout, faire bonne impression. Sans avoir l'air de trop essayer, bien sûr. Quoi qu'en dise mon père, je devais paraître moyennement intéressée. Pas désespérée. Pas Ève-Marie. L'idée était d'être à la fois cool et pétillante, et de faire sentir à Simon que, s'il me plaisait énormément, j'avais quand même douze amants potentiels qui attendaient en file. Il fallait que Simon sente que ma présence était précieuse. Qu'il sente que j'aurais pu être ailleurs, mais que j'avais choisi d'être avec lui. Que, près de moi, il oublie le temps qui passe. Il fallait, somme toute, que je sois comme Antoine. Antoine, qui s'était gentiment moqué de moi toute la soirée avec cette histoire de rendez-vous galant et d'amour, me donnant malgré moi l'impression d'être un peu faible. J'ai chassé son image avec un « ttt » irrité, et j'ai dit, à voix haute : « Cool, relax, et fabuleuse. »

J'ai passé le reste de la journée dans un état voisin de l'hystérie. Je ne savais pas quoi mettre, je ne savais pas comment me comporter ni ce que je voulais, et j'étais terrorisée. Je ne savais même pas ce qui me faisait le plus peur : que Simon ne veuille rien savoir de moi ou, au contraire, qu'il se montre intéressé. Si jamais il l'était, cela ouvrait la porte à la possibilité que nous couchions ensemble, ce qui était plutôt titillant, mais aussi à ce que nous développions une relation, ce qui me pétrifiait totalement.

À dix-huit heures quarante-cinq, j'étais dans un taxi – étonnamment calme. En fait, pas vraiment étonnamment, car mon calme s'expliquait très logiquement par la margarita que je m'étais préparée avant de partir. Je m'en voulais un peu, mais après avoir longuement pesé le pour et le contre, j'en avais déduit qu'une légère ébriété valait certainement mieux qu'un énervement intense, avec tous les trépignements et les rires surexcités que cela aurait impliqué.

J'avais tenté d'appeler Juliette toute la journée, mais Marcus et elle n'étaient pas à la maison – j'avais donc laissé au moins huit messages incohérents dans leur boîte vocale, le dernier consistant uniquement en ma version toute personnelle de *Crazy in Love* de Beyonce Knowles. Puis, j'étais sortie de chez moi presque en courant, et en ignorant totalement mon voisin d'en dessous, qui avait entrouvert sa porte pour me parler de la solidarité entre locataires et du fait que, vraiment, j'aurais pu m'impliquer un peu plus dans le dossier des boîtes aux lettres.

Nous étions presque arrivés quand mon cellulaire s'est mis à sonner, ou plutôt à émettre une version insupportable de la *Cinquième* de Beethoven. J'ai sorti l'appareil de mon sac, irritée et amusée : c'était un running gag d'Antoine, qui changeait toujours ma sonnerie. Une fois, une furieuse *Cucaracha* avait retenti pendant que je faisais l'amour avec Luc ; un autre jour, une espèce de rythme qui ressemblait à de la musique de film porno s'était fait entendre pendant une réunion. Le gag était on ne peut plus galvaudé, mais si Antoine avait cessé de le faire, je me serais inquiétée.

J'ai fini par localiser mon téléphone en dessous des innombrables articles que contenait inévitablement mon sac à main. C'était Antoine.

« Hé, ai-je répondu. C'est l'fun, la *Cinquième* de Beethoven. Joli.

— Je me suis dit que tu aimerais ça. »

Je l'ai entendu qui s'allumait une cigarette.

« Qu'est-ce que tu veux ? lui ai-je demandé.

— Je voulais te souhaiter bonne chance.

— Bonne chance ?

— Pour ta *date*. C'est pas dans cinq minutes ?

— Ah, Antoine… veux-tu bien…

— Non, je suis sérieux ! Si tu veux que ça marche, eh bien, je veux que ça marche. Je veux que tu sois heureuse, ma princesse.

— Antoine, t'as pas arrêté de te moquer de moi, l'autre soir. Dans le seul et unique but de me faire sentir cheap.

— O.K., peut-être un peu. Je vais devoir m'habituer à ta nouvelle vocation, c'est tout. Je vais faire des efforts, je te promets.

— Oui, me semble...

— Quoi ? Je te dis ça sincèrement. »

Il a tiré sur sa cigarette, puis a expiré longuement. J'ai entendu une voix de femme lui dire quelque chose, puis la voix d'Antoine, loin du récepteur, qui répondait : « Dans deux minutes. »

« T'es où ? lui ai-je demandé.

— Hein ? Oh, chez moi. Je m'en vais manger. Mais avant, je voulais te souhaiter bonne chance, ma chérie. Très sincèrement. »

Je ne savais pas s'il était sérieux – à en juger par le ton de sa voix, il l'était. Mais j'avais peine à le croire. Et puis, je ne voulais pas qu'il le soit. Je ne voulais pas qu'Antoine me souhaite bonne chance.

« Antoine ?

— Hmm ?

— Il faut que j'y aille. Je suis arrivée.

— O.K. Amuse-toi, ma chérie. Et pense pas trop à moi.

— Très drôle. Bye, Antoine.

— Bye... »

J'ai fermé mon cellulaire d'un geste irrité, et j'ai regardé par la fenêtre : nous étions effectivement arrivés.

Je l'ai vu tout de suite en entrant dans le petit bar où nous avions rendez-vous. Il était assis à une table, le menton dans une main, et il lisait un livre. Le soleil de fin de journée entrait par les grandes fenêtres – Simon en était couvert, et je me souviens avoir pensé que c'était une bonne chose, qu'ainsi je pourrais voir dans ses yeux les reflets bleus qui s'y cachaient. Je me rappelle aussi qu'en l'apercevant j'ai arrêté d'être nerveuse. Automatiquement. Je suis restée debout dans l'encadrement de la porte, une, deux secondes, et il a levé la tête. Il m'a vue, et il a souri. J'ai remarqué ses pommettes, hautes et élégantes, et ses yeux, en forme d'amandes, comme ceux d'un chat.

Puis, j'ai marché vers lui, et il s'est levé, et tout était fluide et naturel. Nous avons ri, échangé deux trois banalités qui étaient douces à dire, et j'ai pointé son livre, *Microserfs* de Douglas Coupland. « C'est bon, hein ?

— Tu l'as lu ? m'a-t-il demandé, visiblement enchanté.

— Oui, il y a deux ou trois ans. C'est beau, non ?

— Oui... jusqu'à maintenant, je le préfère à *Génération X*. J'ai l'impression que c'est plus... » Il cherchait ses mots. « Layered ? Comment dire : plus riche, peut-être. Plus habité.

— Je comprends tout à fait. »

Je ne mentais pas : je savais tout à fait ce qu'il voulait dire. Nous étions toujours debout. Il m'a fait signe de m'asseoir, et je me suis installée.

« Tu vas voir, ai-je dit, la fin est magnifique. J'ai pleuré, en fait. Elle pourrait être à un cheveu d'être cucul, mais elle est juste... parfaite.

— J'ai toujours aimé ça de toi.

— Quoi ?

— À l'école. Tu lisais tout le temps.

— Tu avais remarqué ça ? »

J'ai dû retenir un sourire démesuré. Simon avait donc été conscient de mon existence quand nous étions à l'école ? Quatorze ans plus tard, c'était une idée qui me ravissait.

« Oui, a répondu Simon. Tu lisais toujours. En cours de math, avec monsieur Lambert, je me souviens, tu lisais *Voyage au bout de la nuit* sur tes genoux. »

Je me suis mise à rire. « My God. Ça fait tellement ado intense quand tu y penses aujourd'hui !

— Ça reste un beau livre. »

Je voulais courir aux toilettes, appeler Juliette et crier sur son répondeur que non seulement il était encore plus beau que dans mon souvenir, mais qu'en plus, il lisait ! Et qu'il aimait les mêmes livres que moi ! Et qu'il avait un petit grain de beauté à côté de l'œil droit !

Je me souviens mal du reste de la soirée. Enfin, je me souviens que nous avons quitté le bar, que nous sommes allés manger dans un minuscule restaurant italien du Plateau qu'il adorait, et où tout était délicieux. Mais j'ai peu de souvenirs de ce que nous nous sommes dit. Nous avons parlé de livres, de la France et de Kingston, de Dubrovnik, d'où venait son père et qu'il avait visitée l'année précédente. Nous avons parlé de moi, aussi, de Juliette et d'Antoine, même de mes chats.

En fait, nous avons dû rire plus que nous avons parlé. Pas tant parce que tout était drôle mais, je crois, parce que nous étions heureux. Contents d'être contents. C'était mon cas, du moins. Je ne pouvais pas croire que j'avais retrouvé Simon Markovic, après tout ce temps, et qu'il était encore plus beau, plus gentil et plus cultivé que dans mes rêves d'adolescente. Et que, par-dessus le marché, il semblait considérer que j'étais la personne la plus délicieuse qu'il ait jamais rencontrée.

Je me souviens, par contre, avoir voulu que cette soirée s'éternise, avoir souhaité que plus jamais rien ne bouge. Durant la soirée, Simon s'est levé pour aller à la salle de bain, et j'ai regardé la petite table, le lampion qui brûlait doucement, les verres de vin presque vides et la deuxième bouteille, que nous venions de commander, aux trois quarts pleine. Il y avait des miettes de pain sur la table, et une grosse tache de vin rouge à côté de mon assiette. Et je m'en souviens parce que je me suis dit, à ce moment-là : « N'oublie rien, absolument rien. » Et Simon est revenu, et quand il s'est assis devant moi, j'ai eu l'impression que mon cœur explosait, tout doucement, et qu'il se répandait, partout, en moi et autour de nous.

Nous avons marché pendant presque une heure en sortant du restaurant. Nous tournions en rond dans le quartier, dans les petites rues tranquilles et dans les artères plus occupées, en discutant tranquillement, et en riant toujours. Finalement, à un coin de rue achalandé, nous nous sommes arrêtés. Nous étions debout l'un devant l'autre. J'ai fait un geste, je ne sais plus exactement lequel. Simon s'est penché, doucement, et a pris mon visage dans ses mains.

« *Come here* », a-t-il dit.

Chapitre 9

«*Puis ? PUIS ? Did he kiss you ?* Qu'est-ce qu'il a fait ? *Tell meeeeee !*» Pendant un instant, je me suis dit que Marcus allait exploser. Si je m'en vais tout de suite, ai-je pensé, sans lui raconter la fin de ma soirée, il va peut-être faire une crise cardiaque. J'aimais tenir Marcus en haleine avec mes histoires. Il était, indéniablement, le meilleur public qui soit.

J'étais dans sa chambre, un étonnant sanctuaire où se déclinaient à peu près toutes les teintes de rose imaginables, et où se trouvaient vraiment, mais vraiment beaucoup de plumes. Il y avait un énorme éventail en plumes d'autruche accroché à un mur, au moins vingt boas multicolores éparpillés un peu partout et, sur la commode surchargée, une quantité effarante de coiffes – certaines faisaient années vingt, d'autres carnaval de Rio, mais elles étaient tellement nombreuses qu'on ne voyait en fait qu'un tas informe, duquel jaillissaient quelques élégantes plumes de paon. Et tout cela n'était rien à côté du mur derrière le lit, sur lequel Marcus avait installé les deux immenses ailes blanches qu'il avait lui-même fabriquées avec de véritables plumes, et qu'il avait portées l'année précédente pour aller au Bal en Blanc. L'effet était pour le moins, disons, saisissant.

Mon rendez-vous avec Simon avait eu lieu deux jours auparavant, et je devais ce soir-là souper au restaurant avec Juliette et Antoine. Juliette m'avait donné rendez-vous chez elle pour l'apéro, mais j'avais triché, et j'étais arrivée plus tôt que prévu, dans le but, justement, de me retrouver toute seule avec Marcus. Je mourais d'envie de parler de Simon et de notre soirée, mais je ne voulais pas imposer mon récit à Juliette, qui, je le savais, m'aurait gentiment écoutée, mais à qui j'aurais eu peur de faire de la peine. Quant à Antoine, il n'y avait rien à faire : il m'avait simplement appelée le lendemain pour savoir si « j'avais scoré ».

Marcus, par contre, était au bord de la crise d'apoplexie. Dès qu'il avait ouvert la porte, il s'était mis à taper des mains comme une fillette. « Juliette m'a dit ! Simon ! Mais elle avait rien ! Pas de détails ! My God, Chloé, entre ! Entre ! Va dans ma chambre ! Je vais chercher des drinks ! » Et il avait couru vers la cuisine, d'où j'entendais sa voix qui criait : « *What are we having ? Martini ? Black Pearl ? Beer ?* On a de la bière, tu sais ! Ouh ! Tu veux un Salty Dog ? Je peux faire un Salty Dog ! » Je n'avais rien répondu, et il était arrivé quelques minutes plus tard avec deux verres à cocktail et un shaker plein de margarita. « C'est bon pour les anecdotes », m'avait-il expliqué, sans que je susse jamais pourquoi.

Mais un plein shaker n'avait pas suffi, et Marcus avait dû courir à la cuisine pour en préparer un deuxième. J'avais commencé à raconter ma soirée, et je m'en donnais à cœur joie. Il aimait les détails ? Tant mieux. J'avais dû passer au moins vingt minutes seulement à décrire les vêtements de Simon – tout un exploit, considérant qu'il ne portait qu'un jeans et un t-shirt blanc. Mais Marcus était bon public. Il posait les bonnes questions. Exactement celles que les filles amoureuses veulent entendre. Il me demandait : « Mais le t-shirt, comment il tombait ? »

Et je pouvais passer de délicieuses minutes à décrire les pectoraux juste assez définis de Simon, son chandail pas trop serré, les manches de coton qui s'arrêtaient au milieu de ses bras fermes et bronzés, l'encolure qui me laissait voir son cou. Son cou ! À cette seule évocation, j'ai dû m'étaler de tout mon long sur le lit de Marcus, en poussant un soupir interminable, exactement comme quand j'avais 14 ans et que je parlais de Simon à Daphné, qui s'en fichait éperdument et me regardait en haussant les épaules.

J'étais finalement arrivée au premier moment crucial de la soirée, et je voulais le raconter parfaitement. Je ne voulais pas que mon histoire soit banale – un couple qui s'embrasse à un coin de rue, après tout, on a déjà vu ça. Je voulais que Marcus comprenne, qu'il sente la grandeur et la pureté du moment comme je les avais senties. Je savais bien que c'était mon histoire, et que c'était la seule et unique raison pour laquelle je la voyais grande et pure. Mais l'idée de ne pas pouvoir la partager, de ne pas pouvoir lui rendre au moins cet hommage me rendait triste.

« Alors… », ai-je dit à Marcus. Je ne savais pas quels mots choisir. Je n'avais que des métaphores vaseuses en tête, des mots comme étoiles et souffle et lumière et temps qui s'arrête. Et, de toute façon, ce n'était pas ça. Je n'avais pas vu d'étoiles. Je n'avais pas senti le temps se cristalliser autour de nous. J'étais ailleurs, et en même temps, j'étais extrêmement présente.

« Je sais pas Marcus. Je sais pas comment te dire. De tous les baisers que j'ai donnés ou reçus dans ma vie, c'était, de loin, le plus incroyable. Aucune comparaison.

— Même pas Antoine ? »

Parfois, je soupçonnais Marcus d'avoir le béguin pour lui. Il regardait ses fesses beaucoup trop souvent, et pas toujours à la blague.

« La première fois que j'ai embrassé Antoine, j'étais complètement saoule. Alors oui, aucune comparaison avec Antoine. Et puis... je pense pas m'être déjà sentie comme ça par rapport à quelqu'un, Marcus.

— Nooooon ? »

Il ne se possédait plus.

« Non, ai-je répondu en riant. C'était... Parfois, quand j'embrasse des gars qui me plaisent vraiment, je nous vois, tous les deux. Comme si une caméra faisait un long zoom out à partir de nos visages. Mais là... je me souviens de mon cœur qui battait – très fort –, et de son visage, qui se rapprochait. Comme dans *À la recherche du temps perdu*, quand Marcel croit qu'il va embrasser Albertine pour la première fois.

— Sweetie, tout ce que je connais de Marcel Proust, c'est qu'il était gai.

— Oh ! Ben, en tout cas, c'est juste que dans *À la recherche*, le personnage de Marcel s'approche du visage d'Albertine, qu'il désire depuis tellement longtemps ; il regarde ce visage s'approcher et il le décompose, il le déconstruit. Il en voit chaque partie. Moi, je voyais Simon, puis je ne le voyais plus. Je voyais ses yeux, ses cils. Puis avant de fermer les miens, j'ai vu sa bouche. Tout au ralenti.

— Ah, pas de zoom out mais du ralenti.

— Oui... ensuite. Oh, ensuite, ma première pensée a été : "Mon Dieu, sa langue est tellement douce !" Puis il a caressé doucement ma joue, et j'ai toujours tellement aimé ça... et après, j'ai simplement... fondu. Dans ses bras. »

Je me suis arrêtée, sans même prendre la peine de cacher mon grand sourire niais. J'avais littéralement eu l'impression de fondre, de me dissoudre. Je ne m'étais jamais laissée aller comme ça. Avais-je pris une chance, comme me l'avait recommandé mon père ? Je ne le savais pas. Mais je n'avais rien retenu. Et ça, c'était déjà quelque chose.

« Et après ? » a demandé Marcus. Il était assis sur le bout du lit, et il se tapait sur une cuisse avec un petit éventail en plumes de paon. Je savais qu'il voulait entendre les détails croustillants de la soirée. Il mourait d'envie de connaître la longueur exacte du pénis de Simon. Mais je n'allais pas lui dire. Pour la première fois de ma vie, je me sentais presque pudique. Je voulais parler de Simon, mais pas de nous.

Parce que, évidemment, nous avions fait l'amour. Chez lui, sur le grand lit king size tout blanc. J'avais caressé sa peau, douce comme celle d'une femme, et je l'avais regardé m'embrasser longuement, lentement, partout. Il y avait eu, au début, la légère maladresse inhérente aux premières fois, mais elle s'était dissipée. Simon n'était pas un amant enflammé et déchaîné. C'était un amant envoûté. Il y avait quelque chose de liquide dans ses gestes, dans le mouvement lent et sûr de ses hanches. Pendant que nous nous enlacions sur le grand lit blanc, j'avais pensé au ressac de la mer.

Marcus m'observait de côté, une étincelle malicieuse dans les yeux. « *You, naughty girl*. Tu veux rien me dire, hein ? Cruelle. *Naughty, naughty, naughty* », répétait-il en agitant son éventail devant moi.

J'ai porté les mains à ma poitrine, en mimant une expression exagérée d'innocence. « O.K., a dit Marcus. Ne dis rien. Mais Marcus sait. Marcus devine tout, et Marcus voit très bien que *it was gooooooood.* » Marcus, aussi, était saoul. C'était un signe qui ne mentait jamais : quand il commençait à parler de lui à la troisième personne, c'était qu'il avait trop bu, et qu'il se prenait pour André Leon Talley. Ça me faisait beaucoup rire. J'ai ouvert le deuxième shaker de margarita : il était vide, et je n'en avais pas bu une goutte.

« Oups ! a dit Marcus. Marcus a tout bu. Tes histoires étaient trop passionnantes, Chloé. Est-ce que j'en fais d'autre ?

— Non, ça va, je vais attendre Juliette.

— Oh ! c'est ça ! Abandonne Marcus à son triste sort !

— Marcus...

— *All right, all right...* »

Il a croisé les bras et pris un air boudeur. Je lui ai lancé un coussin, en riant, et il a contre-attaqué avec un boa vert lime, que j'ai reçu en plein visage. Au même moment, nous avons entendu Juliette, qui entrait dans l'appartement en criant :

« *Honey ! I'm hooooome !* »

Marcus et moi nous sommes regardés, puis nous nous sommes mis à sauter et à crier comme deux fillettes surprises par leur maman alors qu'elles préparaient un mauvais coup.

Quand Juliette est entrée dans la chambre, j'avais trois boas autour de moi, et Marcus était caché derrière son lit et riait à s'en décrocher la mâchoire. Juliette a mis les poings sur ses hanches et a dit, en essayant de ne pas rire : « O.K. Vous êtes ri-di-cules. » Puis elle a jeté un regard vers le shaker, qui était tombé par terre, et a ajouté : « Et saouls.

— Pas moi, ai-je dit. Juste Marcus. » Marcus s'est justement levé d'un bond, en criant : « Tadaaaa ! » et en disant : « *Marcus is sooooooo drunk !* » Il riait encore, découvrant ses magnifiques dents blanches. Juliette a hoché la tête et m'a demandé : « Te sens-tu d'aplomb pour un autre drink ? J'ai acheté un petit rosé qui a l'air pas pire. Avant que l'été soit fini, ça serait sympa, non ?

— Oui, oui, pas de problème. Laisse-moi juste me défaire de mes jolis boas. » Je riais, moi aussi. Je n'étais pas aussi saoule que Marcus, juste un peu étourdie, plaisamment étourdie, comme quand je fumais mes premières cigarettes, dehors, cachée sous la fenêtre du salon.

Marcus a fait un geste de la main : « Allez-y, les filles. Moi, j'ai du travail. » Juliette et moi avons échangé un regard amusé – de quel travail il pouvait bien s'agir, nous n'en avions aucune idée et, personnellement, je préférais ne pas le savoir.

Nous avons traversé l'immense appartement vers la cuisine. Juliette portait un béret basque à l'envers, et un pantalon corsaire avec des souliers plats qui lui donnaient un peu l'allure de Jean Seberg dans *À bout de souffle*. « T'es mignonne », lui ai-je dit. Elle m'a souri. Elle aurait préféré mourir que de l'avouer, mais Juliette aimait bien se faire dire qu'elle était mignonne.

Elle a détourné la tête et a déclaré, en fixant le plancher : « T'as vraiment l'air heureuse, Chloé. Ça fait longtemps que je t'ai pas vue comme ça. » Puis elle m'a regardée et a ajouté : « Je suis contente pour toi. » C'était assez. Elle n'allait pas en dire plus. Et je ne le voulais pas non plus. Je l'ai prise par les épaules, et nous sommes entrées dans la cuisine.

« T'as parlé à Antoine ? m'a-t-elle demandé en ouvrant la bouteille.

— Non… en fait, il m'a laissé un message lundi midi pour savoir si j'avais "scoré". »

Juliette a hoché la tête. « Il a pas d'allure… Je pense que ça le met mal à l'aise, tout ça.

— Quoi ?

— Mais, toi et Simon. L'amour. Tu sais. Que t'aies décidé que tu voulais trouver l'amour et que tu y sois peut-être arrivée. Aussi vite. C'est comme s'il avait pas eu le temps de se faire à l'idée.

— À l'idée de quoi ? Il est drôle, lui. Il m'a dit ça, l'autre jour, au téléphone : "Je vais m'habituer." Mais ce sont mes affaires, après tout.

— Oui, mais tu connais Antoine… Je pense que quelque part, il aurait voulu qu'on reste comme ça tous les trois, pour toujours, comme cristallisés au moment de l'écriture du manifeste.

— Oh my God ! Juliette, c'est exactement ce que je lui ai dit.

— Quand ça ?

— Mais au téléphone ! Je peux pas croire que j'ai oublié de t'en parler. Le jour où j'ai rencontré Simon, j'ai eu une ostie de conversation plate avec Ève-Marie.

— Ève-Marie…

— Tu sais, la fille avec qui je travaille des fois et qui a toujours des amours ridicules…

— Ah, oui. La carencée affective.

— Oui. En tout cas. Donc, j'ai eu une conversation poche avec elle – elle me reprochait de pas avoir de cœur, d'avoir peur de l'amour…

— Franchement !

— Oui, franchement ! Mais ça m'a quand même piquée. Je veux dire, je me suis demandé si, dans une certaine mesure, elle avait pas raison. »

Juliette m'a lancé un petit regard de reproche.

« Écoute, ai-je poursuivi. Je dis pas qu'elle avait raison. Je me suis juste posé la question. Et j'ai voulu t'appeler, mais t'étais pas là. Donc, j'ai téléphoné à Antoine et je sais plus trop comment on en est arrivés à ça, mais je lui ai dit que, dans le fond, il avait besoin qu'on reste toujours les mêmes, pour se justifier, lui.

— Et ?

— Et il l'a pas pris, Dude. Il avait l'air blessé. Je sais pas, c'était vraiment bizarre. J'avais l'impression de lui avoir fait de la peine. Puis, en sortant du bureau, je suis tombée sur Simon, et ça m'est sorti de l'esprit… Donne-moi donc du vin. »

Juliette m'a versé un verre. « C'est une drôle de bibitte, quand même, notre Antoine. Moi, j'ai toujours pensé qu'il se passe pas mal plus de choses dans sa jolie tête qu'il ne veut le faire croire.

— Peut-être, ai-je dit. Mais d'après moi, il le sait même pas. En ce sens qu'il le cache pas volontairement, si tu vois ce que je veux dire. »

Juliette a fait oui de la tête.

« Il serait tellement extraordinaire si on pouvait l'avoir au complet. Si on pouvait avoir tout Antoine. Il est déjà super, c'est sûr, mais s'il… » Elle regardait en l'air, cherchant ses mots. « Tu sais, je suis certaine qu'Antoine pense être le gars le plus libre de la Terre. Dans sa tête. Il ne se voit pas de barrières, pas de limites. Quand je l'ai rencontré, moi aussi, je croyais ça. Je m'étais dit : "Cet homme-là est totalement libre." Et j'avais jamais vu ça.

— Je sais… c'est terriblement attirant, aussi. C'est ce qui fait son charme, je pense.

— Oui, bien, il est pas laid non plus, a ajouté Juliette avec un petit sourire coquin. On le remarque plus, mais quand même.

— Non, c'est sûr. Mais s'il avait pas cette désinvolture… absolue ou, du moins, cette apparence de désinvolture absolue, il serait pas aussi irrésistible. Parce que bon, ça non plus on s'en rend plus compte, mais je le vois bien quand il se met à jaser avec une fille. Comme moi la première fois qu'il m'a abordée. Sur le coup, tu te dis qu'il y a rien de plus désirable que d'être comme ça, au-dessus de tout. Cool, souriant, et au-dessus du monde. »

Puis une idée m'est venue. J'ai croisé les bras, et j'ai regardé Juliette de côté, avec un air inquisiteur. « T'as jamais eu un kick sur lui, toi ? »

Elle a fait un geste de la main. « Nah… Antoine a toujours été… à toi.

— Quoi ?

— Tu sais. Je me suis toujours dit, même après que votre aventure s'est terminée, qu'Antoine, c'était sacré.

— Mais voyons ! »

Juliette a posé les mains sur ses hanches : « Ah bon ! Ça t'aurait pas dérangée que je couche avec lui ? » J'ai brièvement eu l'image mentale de Juliette et Antoine s'envoyant joyeusement en l'air – l'équivalent d'une gifle.

« Pourquoi tu me demandes ça ? Il t'a déjà fait des avances ? »

J'avais un ton presque agressif. Juliette s'est mise à rire.

« Tu vois ? a-t-elle dit. J'ai toujours su que ça t'aurait dérangée. C'est normal, après tout. Personne n'a envie de savoir que sa meilleure amie baise avec son ex. »

Je lui ai été instantanément reconnaissante d'insinuer que c'était normal, et que n'importe qui aurait eu ce genre de réaction.

« Et pour te rassurer, a ajouté Juliette, non, il ne m'a jamais fait d'avances. Au cas où t'aurais jamais remarqué, Antoine aime les filles ultra-féminines. Les garçons manqués, c'est pas son truc. »

Je lui ai donné un petit coup de hanche. « Mais s'il avait voulu ? » Elle a coquettement haussé les épaules. « Hé, j'ai toujours dit que j'essaierais tout, au moins une fois. » Nous nous sommes mises à rire toutes les deux.

« En tout cas, a dit Juliette. Tu sais ce qui l'aiderait ?

— Non, quoi ?

— Une blonde. Je suis certaine que ça le changerait. Il aurait pas le choix.

— Une blonde ? Mais Antoine peut pas avoir de blonde. C'est comme... ça irait à l'encontre des lois de l'univers. Ce serait un signe avant-coureur de l'apocalypse. Je te jure, si Antoine avait une blonde, il se mettrait à pleuvoir des grenouilles ou des sauterelles ou whatever, et la prochaine chose que tu sais, la terre s'entrouvre et un raz-de-marée géant engloutit New York. »

J'ai pointé l'index de ma main qui tenait le verre vers Juliette. « Je te le dis. »

Elle a levé les yeux au ciel. « Vous me faites rire, tous les deux. T'es aussi pire que lui, dans le fond. Tous les deux, vous voudriez que l'autre reste le même pour toujours. Ça avance pas fort fort, ça.

— Mais pas du tout ! » Je me suis arrêtée. Elle avait parfaitement raison. « O.K., O.K., ai-je dit en prenant une gorgée. Peut-être. Mais quand même. Antoine ? Avec une blonde ? My God.

— Ça serait effectivement quelque chose, a dit Juliette. Mais je suis persuadée qu'il y a juste ça qui le ferait s'ouvrir. Et sincèrement, je suis pas mal curieuse de savoir ce qui se cache derrière sa façade. Pas toi ? Je suis sûre qu'il serait vraiment incroyable. »

J'ai réfléchi un instant, et je crois que j'ai souri. « Il serait incroyable, ai-je dit.

— Parce que je suis pas assez incroyable comme ça ? »

Antoine est entré dans la cuisine, et Juliette et moi avons hurlé toutes les deux. « Ça fait combien de temps que t'es là ? » a crié Juliette. Antoine a fait un petit sourire. « Assez longtemps.

— Qu'est-ce que t'as entendu ? » lui ai-je demandé. Oh mon Dieu, s'il fallait qu'il ait entendu le bout à propos de son charme. Et quand j'ai failli étrangler

145

Juliette lorsqu'elle a insinué qu'elle aurait peut-être pu coucher avec lui. J'ai regardé Juliette et j'ai vu qu'elle ne pensait qu'à une seule chose : « Oh mon Dieu, s'il faut qu'il ait entendu que j'essaierais tout au moins une fois. »

Antoine a lentement fait le tour de l'îlot central. Il s'est servi un verre de vin, a appuyé les coudes sur le comptoir et nous a regardées avec le même petit sourire. « J'en ai entendu pas mal », a-t-il dit.

Mais il n'a jamais voulu nous dire quoi. Dans le taxi qui nous amenait au restaurant, nous lui donnions tour à tour des coups de coude. « T'as entendu le bout où on a parlé du fait qu'on était lesbiennes ? a demandé Juliette.

— Et quand on s'est dit qu'on voulait, en fait, te réduire en esclavage et utiliser ton sperme à des fins reproductrices ? » ai-je ajouté. Nous étions tous les trois assis sur la banquette arrière, Antoine au milieu. Il a levé les bras et en a placé un derrière chacune de nous. J'ai senti son parfum, une odeur douce et légère que j'aimais et que je n'avais jamais retrouvée ailleurs. « Ce soir, a-t-il dit, on sort comme dans le bon vieux temps. »

Le bon vieux temps, il faut dire, n'était pas si vieux. Pour être exacte, la dernière fois que le bon vieux temps avait été le bon vieux temps remontait à une dizaine de jours. Mais bon. Antoine semblait considérer que, maintenant que je n'étais pas très loin d'avoir un chum, il tirait à sa fin. Mais nous l'aimions tous passionnément, alors Juliette et moi avons acquiescé, et nous sommes sortis, tous les trois, comme dans le bon vieux temps, comme toujours.

Ce qui veut dire, évidemment, qu'après avoir très longuement mangé en refaisant le monde, nous avons commandé une, puis deux autres bouteilles de vin, que nous avons bues tranquillement, à la table que nous occupions toujours dans le fond de notre restaurant préféré. J'étais bien, parfaitement bien. Je pensais à Simon, et je me sentais riche, puis je revenais à notre conversation et à nous, et je me sentais millionnaire.

Antoine et moi étions assis sur la banquette – j'étais collée contre lui, comme d'habitude, les jambes repliées sous moi, et Juliette nous faisait face. Devant elle, la nappe de papier était couverte de dessins. Elle dessinait toujours en nous parlant, avec un stylo ou avec mes rouges à lèvres, de grandes figures fatiguées, des mains tendues.

Nous étions en train de discuter de l'anniversaire de ma mère, que nous fêtions chaque année dans la grande maison de mes parents. Six ans plus tôt, ma mère s'était sentie toute triste un peu avant son anniversaire, pour des raisons insondables et apparemment fort intenses, aussi avais-je eu l'idée de lui organiser un petit souper. Et comme ses amis me semblaient tous d'un ennui prodigieux et que la seule raison compréhensible de sa tristesse était une récente chicane avec ses sœurs et frères, j'avais invité ma sœur, son mari, et mes amis.

Ça avait été un vif succès. Maman avait cessé d'être triste, tout le monde s'était amusé ferme et s'était entendu à merveille. Depuis, chaque année, autour de l'anniversaire de maman, ma sœur Daphné et moi préparons un gros souper pour notre mère, notre père, le mari de Daphné, Juliette et Antoine. En six ans, les seules additions avaient été les filles de ma sœur.

« Est-ce que tu vas inviter ton Simon ? m'a demandé Antoine.

— Simon ? Non, je ne pense pas…

— Mais, voyons, a dit Juliette. Il faut que tu l'invites.

— Quoi ? Non… l'anniversaire de ma mère est dans un mois. Même si tout va bien d'ici là avec Simon, ça risque d'être un peu vite, je trouve.

— Ah, come on ! a insisté Juliette. Dis-moi pas que ta famille se meurt pas d'envie de le rencontrer !

— Mais j'ai pas parlé de Simon à ma famille ! Je suis pas folle, quand même. Si j'en parle à ma mère, elle va probablement envoyer une escouade chez lui pour voir de quoi il a l'air.

— Ça, c'est sûr », a dit Antoine en riant.

Il adorait ma mère, et il flirtait toujours avec elle, ce qui la ravissait. Il s'est tourné vers moi. « Sérieusement, a-t-il dit, tu devrais l'inviter. On est curieux de le rencontrer, nous aussi. Hein, Ju ? » Juliette a vivement hoché la tête.

« Ah ! je sais pas, ai-je soupiré. Me semble que c'est tôt...

— Aussi bien le faire pendant que ça dure », a dit Antoine.

Je l'ai regardé avec mon air le plus désagréable. « Pourquoi tu dis ça ? » Il s'est allumé une cigarette. « Chloé... Tu sais ce que je pense de toute cette affaire-là. » Il a pointé un doigt vers moi. « Et ne me ressors pas ta théorie ridicule selon laquelle j'ai besoin que Juliette et toi restiez toujours pareilles "pour pas avoir à me demander ce que je fais avec ma vie". » Il a pris une petite voix nasillarde pour la fin de la phrase. J'ai jeté un regard vers Juliette. Il se rappelait des mots exacts que j'avais utilisés.

« Écoute, lui ai-je dit. Tu peux penser ce que tu veux. Je sais que c'est pas ton truc, je sais que tu croiras jamais que l'amour peut être une fin en soi. J'ai pas envie de te changer. » C'était sans doute à cause du vin, mais je me trouvais magnanime, voire altruiste. « L'autre jour, j'étais fâchée contre Ève-Marie, et c'est sorti contre toi. J'étais pas correcte. J'ai pas à te juger. Mais toi, par contre, t'as pas à conclure que je suis complètement aveugle quand je décide que j'ai envie d'être amoureuse. Crisse, c'est quand même pas l'affaire la plus excentrique sur terre, tout le monde veut tomber amoureux. » Puis j'ai réalisé avec qui j'étais assise, et j'ai rajouté : « Presque tout le monde. La seule chose que tu peux me reprocher, c'est de pas être originale. »

Antoine a tiré pensivement sur sa cigarette. « C'est pas vrai, ça. C'est pas vrai que presque tout le monde veut tomber amoureux. Les gens *pensent* qu'ils veulent tomber amoureux. »

Juliette a soupiré et a pris un air découragé. « Bon, v'là autre chose, a-t-elle dit. Alors, selon toi, grand observateur du cœur humain devant l'Éternel, qu'est-ce que les gens veulent vraiment ?

— Les gens veulent... tout le monde veut juste... être surpris. » Il avait l'air content de son idée. « C'est ça, a-t-il répété. Tout le monde veut être surpris. Ce que tu prends pour de l'amour, Chloé, c'est de la surprise. Tu te fais surprendre par quelqu'un qui te plaît, par quelqu'un qui te fait sentir différente, qui brasse les choses alors que tu croyais que plus jamais rien ne bougerait. Mais l'effet de surprise, par définition, il dure pas.

— Ah non ? Alors comment tu justifies les couples qui durent ?

— De la bonne entente. Une amicale et sincère complicité. Le fait que, souvent, les deux partenaires se sont rendus à l'évidence que, probablement, ils ne seraient plus jamais surpris. »

Juliette l'écoutait en hochant lentement la tête – visiblement, elle trouvait qu'Antoine avait mis le doigt sur quelque chose. J'ai secoué la tête à mon tour : « Bullshit, Antoine.

— Non. Tu voudrais que ça en soit, mais je sais qu'au fond – il a appuyé un doigt au-dessus de mon sein gauche – tu sais que j'ai raison.

— Non ! Et j'ai jamais cru ça, Antoine. Même avant Simon. Je croyais pas nécessairement au grand amour, mais je croyais qu'il y avait des couples heureux. Crisse, regarde mes parents. Ma sœur et son chum. Ils sont très heureux.

— Ils ont arrêté de croire qu'ils pouvaient être surpris. »

Il souriait triomphalement. Antoine aimait me mettre en colère. Et je l'étais. Je l'étais, parce que je ne le croyais pas. Je connaissais Antoine mieux que personne, et je savais qu'il mentait – il avait élaboré une idée relativement plausible et qui lui plaisait. Il aimait se voir ainsi, échafaudant avec désinvolture des théories un peu choquantes. Mais je savais qu'il ne croyait pas un mot de ce qu'il avançait.

C'était justement le problème d'Antoine : il ne croyait à rien. Ni aux théories, ni aux principes, ni aux grandes vérités, ni aux inéluctables mouvements du cœur. À la rigueur, il croyait au présent, au tangible, à ce qui était ici et maintenant. Il croyait à la nature volatile des choses et des gens. Donc, les théories, très peu pour lui. Il disait cela dans le seul et unique but de me provoquer.

Aussi, plutôt que de lui faire plaisir en me fâchant, j'ai haussé les épaules. « Tu peux dire ce que tu veux, Antoine. Mais moi, j'ai dans ma famille immédiate deux couples hyper différents, mais tous les deux réussis. »

Antoine s'est approché très près de mon visage. « Moi, je te fais un pari, a-t-il dit. À l'anniversaire de ta mère, je vais la séduire. » Il a semblé réfléchir un instant, puis a souri. « Non... ce serait trop facile. Je vais séduire ta sœur. »

Et dans ma boisson, parce que j'étais persuadée qu'Antoine jouait au beau parleur et que j'étais totalement stupide, j'ai dit : « O.K. Combien on gage ?

— Une nuit avec toi.

— PARDON ? »

Même Juliette s'est tournée vers lui, comme si elle venait de recevoir une décharge électrique. « Qu'est-ce que tu viens de dire ? a-t-elle demandé à Antoine.

— Que si je réussis à faire chavirer sa sœur, je gagne une nuit avec elle. »

Juliette et moi avons échangé un regard totalement sidéré. Nous avions toutes les deux envie de rire, mais je ne savais pas si c'était par nervosité ou parce qu'il y avait quelque chose d'effectivement drôle dans la situation.

« Tu te prends pour qui ? a fini par lui dire Juliette. Robert Redford ? »

Antoine s'est mis à rire et a fait signe à la serveuse d'apporter trois autres verres. « Chloé ?

— Quoi ? »

Je me suis rendu compte que mon cœur battait extrêmement fort. J'ai jeté un regard furtif vers ma camisole – j'avais peur qu'on voie le tissu se soulever au rythme des battements. J'étais à la fois complètement horrifiée et complètement excitée par l'idée d'Antoine. Je n'aurais jamais osé l'avouer à qui que ce soit, mais cette phrase totalement macho et prétentieuse : « Je gagne une nuit avec toi » était la chose la plus séduisante qu'on ne m'avait jamais dite. Oh mon Dieu, ai-je pensé. J'ai envie qu'il gagne son pari.

C'était désastreux. Après tout, je me targuais d'être une jeune femme moderne et émancipée et ce genre de comportement vulgaire et macho aurait dû, par définition, me dégoûter. J'aurais dû le gifler, ou rire de lui, ou me draper dans une noble indifférence. Une phrase d'Anaïs Nin, lue des années auparavant, m'est revenue à l'esprit : « *As an artist, I do not mind standing my ground. But as a woman, I want to be pursued, possessed, and fucked.* » Mondieumondieumondieu. C'était exactement ce que j'étais en train de penser, là, assise contre Antoine qui me regardait avec un sourire et une lueur amusée dans l'œil. Mais je n'avais pas, moi, le statut d'artiste avant-gardiste et d'intellectuelle autosuffisante pour faire le balan. Maudite Anaïs, ai-je pensé. Maudit Antoine.

J'ai jeté un regard désespéré vers Juliette, qui a fait un geste de la tête pour me signifier qu'elle était aussi ahurie que moi. « Je peux pas croire que tu viens de faire ça », a-t-elle dit sur un ton monocorde. Antoine a levé une main vers elle, pour qu'elle se taise, mais sans cesser de me regarder. Juliette a reculé la tête, puis a attrapé sa main, le forçant à se tourner vers elle. « Hey ! a-t-elle dit, plus vivement cette fois. Es-tu complètement saoul, ou quoi ? J'espère que t'es saoul Antoine, sinon… » Antoine a dégagé sa main et a lentement tourné la tête vers moi. « Chloé ? a-t-il répété.

— Quoi, Chloé ? » J'étais trop sidérée pour dire autre chose. « Tope là ? » Il m'a tendu une main. J'ai entendu Juliette pousser un soupir d'incrédulité. « Non, mais, ta gueule ! a-t-elle crié à Antoine. Vraiment, ta gueule ! » Puis j'ai explosé à mon tour.

« Mais t'es fou ? Pour qui tu me prends ? Non mais, il se fout de ma gueule ! T'es dégueulasse, Antoine. T'es dégueulasse et t'es minable, et pour ton information, je n'ai ni l'intention ni l'envie de coucher avec toi, j'ai un gars charmant, et gentil, et respectueux, lui, qui peut me combler très bien, merci. » J'ai fait une pause. J'étais beaucoup trop fâchée. Ce n'était pas subtil. « Et à part de ça, ai-je crié, que je te voie toucher à ma sœur !

— Exactement ! » a renchéri Juliette.

Antoine avait maintenant l'air presque aussi surpris que moi. Il a posé une main sur mon épaule et m'a dit : « Chloé. Ciboire. C'était une joke. Je suis pas un chien sale, quand même.

— Pardon ? » J'étais totalement débinée. Juliette s'est mise à rire, en disant : « Ah ! ben tabarnak ! T'es soit plus saoul, soit encore plus niaiseux que je pensais.

— Chloé, a dit Antoine. Tu es ma meilleure amie. Toi et Juliette, vous êtes les deux personnes qui comptent le plus pour moi. Les deux seules personnes au monde pour qui je serais prêt à faire des sacrifices. Penses-tu vraiment que je m'amuserais à jouer avec ta sœur et à te faire des propositions ridicules au moment même où t'as l'air heureuse ? »

Je ne disais rien. Il avait l'air sérieux. Sérieux, et autre chose. Mais sérieux quand même.

Je me suis caché le visage derrière mes mains. « Oooh... excuse-moi ! » Je l'ai regardé entre deux doigts entrouverts. « Scuuuuuuse... » Il a esquissé un petit sourire. « Correct, correct. C'était peut-être une joke de mauvais goût.

— De très mauvais goût, a dit Juliette en souriant elle aussi.

— Bon, bon, bon... on en a vu d'autres, quand même ? »

Il a éteint sa cigarette et m'a fait signe de me tasser pour le laisser passer. Je me suis levée, il m'a suivie et, juste avant de partir pour les toilettes, il s'est tenu devant moi et m'a fait un clin d'œil.

Je me suis rassise. « Ta-bar-nak, ai-je dit à Juliette. Il vient de me faire un clin d'œil.

— Bien sûr qu'il t'a fait un clin d'œil, c'est Antoine.

— Juliette, je suis pas sûre que c'était un gag.

— Est-ce que tu veux que ça ne soit pas un gag ? »

J'ai murmuré « ta gueuuuule... » entre mes dents. Juliette a entrouvert la bouche et s'est mise à hocher la tête. Elle me regardait avec un léger sourire. « Oh, boy... a-t-elle soupiré.

— Quoi, oh boy ?

— Non, rien.

— Quoooooooi ?...

— Non, non.

— Juliette ! Câlisse ! »

Elle s'est reculée sur sa chaise.

« T'aurais voulu que ce soit pas un gag. »

Je n'ai rien dit. Juliette s'est appuyée sur ses avant-bras pour s'approcher de moi. « Je me trompe ?

— Juliette. Arrête. Franchement. »

Elle s'est redressée. « Comme tu veux. Mais pour ta gouverne, je pense que c'était à moitié un gag.

— Comment ? » Je lui faisais signe de se dépêcher, Antoine allait revenir d'une seconde à l'autre.

« D'après moi il y avait un fond de vérité. Antoine est un peu territorial, quand même. Mais je le crois quand il dit qu'il voudrait jamais te faire de tort. Je pense qu'il l'a dit comme une blague, mais qu'il avait besoin de le dire, si tu vois ce que je veux dire. »

C'était confus, mais je comprenais où elle voulait en venir.

« Et puis, a ajouté Juliette, il a été conséquent.

— Avec quoi ?

— Mais avec sa théorie.

— Comment ça ?

— Tu sais ce qu'il vient de faire ?

— Quoi ?

— Il vient de te surprendre. »

Elle avait raison. Ce qui voulait dire qu'il y avait un peu de vérité dans la théorie bidon d'Antoine. Parce que blague ou pas, j'avais été... jetée par terre. Et mon Dieu que j'aimais être jetée par terre ! J'ai poussé un soupir interminable et, en regardant Antoine revenir vers la table, j'ai prié pour que la suite de sa stupide thèse soit vraie, elle aussi, et que l'effet de surprise, justement, ne dure pas.

Chapitre 10

Les jours qui ont suivi le souper ont été intolérables. Malgré mes efforts et ma (plus ou moins) bonne volonté, je m'étais mise à entretenir, au sujet d'Antoine, des rêveries complètement ridicules que je m'efforçais – ce qui était encore plus ridicule – de contrôler. Antoine sonnait chez moi tard le soir et lorsque j'ouvrais la porte, il se contentait de m'embrasser avec fougue et de me renverser, me prendre, me culbuter, peu importe la dénomination, mais il me laissait épuisée et comblée, et remplie de délicieux remords. Le lendemain, je retrouvais Simon, et on n'en parlait plus. C'était sur ce point-là que j'exerçais mon contrôle : mes rêveries antoinesques n'étaient jamais des rêveries d'amour et de félicité (enfin, de félicité sexuelle, oui, mais sans plus) – elles ne devaient pas l'être.

D'ailleurs, je n'étais pas certaine de vouloir qu'elles le soient. Le fait d'entretenir des fantasmes au sujet de mon meilleur ami était plutôt troublant. J'avais déjà désiré Antoine, ardemment même, mais il y avait huit ans de cela. Depuis, nous étions devenus si proches que je le considérais un peu comme un frère. J'avais l'impression qu'il y avait quelque chose de moralement répréhensible, pour ne pas dire de carrément malsain à essayer de me souvenir de ce dont il avait l'air tout nu et à l'imaginer me faisant l'amour sur la table de la salle à manger. C'était, à la limite, vaguement dérangeant. Mais tellement excitant. C'était insupportable.

En plus, je passais le plus clair de mes journées toute seule, ce qui n'aidait pas. Simon travaillait énormément, et je ne devais le voir que la semaine suivante. Il me téléphonait, était drôle et charmant et, pendant que je lui parlais, j'oubliais un peu Antoine et la table de la salle à manger. Mais j'aurais voulu voir Simon. J'avais besoin de le voir et de constater qu'il était merveilleux, et brillant, et beau comme un dieu et tout à fait capable, lui aussi, de me culbuter sur le pas de ma porte. En attendant, je tournais en rond dans mon appartement, feuilletant de vieux *Vanity Fair* sans les lire et demandant sans cesse des conseils à Puce, qui semblait un peu dépassée par la situation.

J'aurais voulu voir Juliette, aussi, mais elle était en proie à une intense attaque de créativité, et elle passait son temps dans son studio. Elle ne sortait que pour manger (et encore, me disait Marcus, il fallait parfois qu'il aille la chercher de force et invoque pour l'attirer dans la cuisine des arguments débiles comme : « Tu as besoin de bêta-carotène pour mieux travailler. »).

Au bout de cinq jours, j'ai téléphoné à Antoine. J'avais longuement réfléchi avant de l'appeler, pour en arriver à la conclusion que lui parler ou le voir m'aiderait peut-être à remettre les choses en perspective, et aussi à me souvenir qu'après tout Antoine était mon meilleur ami, un grand macho que j'adorais et qui me racontait ses histoires de baise pour me faire rire. J'ai soulevé le combiné, et j'ai tout de suite voulu le reposer sur son socle. J'ai dit à haute voix : « Ah non, franchement ! » Puis j'ai ajouté : « Je parle à haute voix, c'est ridicule » et « fuck », et j'ai composé le numéro d'Antoine. Au bout de quatre sonneries, je me suis dit qu'il ne devait pas être là, et une vague de soulagement assez intense est montée en moi. Puis il a répondu : « Allô ? » Il avait l'air pressé.

« Antoine ? C'est moi.

— Oh ! Hé... » J'ai senti qu'il était content, et que, tout d'un coup, il était moins pressé.

« Comment tu vas ? » a-t-il demandé. Puis avant que j'aie pu répondre, il a ajouté : « J'avais peur que tu sois fâchée.

— Pourquoi ?

— Mais le pari. Celui de l'autre soir. C'est pas mon genre, Chloé, mais j'ai eu des remords.

— Ah ! Ben voyons ! » J'ai émis un son qui était supposé ressembler à un rire mais qui tenait plutôt du reniflement. « T'en fais pas avec ça, Antoine. On était saouls.

— Oui, je sais. Mais c'était pas correct. Je comprends pas pourquoi j'ai dit ça.

— C'est pas grave. » J'étais un peu insultée par ce qu'il venait de dire. J'aurais préféré entendre : « J'ai dit ça parce que je te désire comme jamais et que je n'y peux rien. »

« Donc, t'es pas fâchée ? a demandé Antoine.

— Mais non, pourquoi ?

— Ça fait cinq jours que j'ai pas eu de tes nouvelles.

— Tu m'as pas appelée non plus.

— Non, parce que je pensais que tu étais fâchée.

— Ah. Ben non, je suis pas fâchée.

— Good, a dit Antoine. Alors ? Qu'est-ce que t'as fait de bon ? » Hmm. Pouvais-je vraiment lui dire que je m'étais morfondue comme une idiote, lorgnant mon vibrateur dix fois par jour sans jamais l'utiliser, de peur de penser à lui au moment crucial ?

« Oh, pas grand-chose, ai-je répondu. J'ai lu.

— Quoi ? » Maudit Antoine. J'ai jeté un regard rapide autour de moi, à la recherche de n'importe quel titre.

« Heu... j'ai lu *Politique*, de Adam Thirlwell.

— Mmm... kinky...

— Pardon ?

— J'ai dit *kinky*. Il y a plein de passages érotiques, non ?

— Ah oui. Ouiouioui.

— T'aimes ça ?

— Quoi ?

— Ben... *Politique*.

— Ah ! Oui. Non. Bof. » Je n'avais lu que le premier chapitre, il y avait des mois de cela, et je ne me souvenais de presque rien, à part d'une scène de sodomie ratée et d'une ressemblance un peu trop prononcée avec l'œuvre de Kundera.

« Moi, j'ai bien aimé, a dit Antoine. Il avait un peu trop copié...

— ... Kundera ! » l'ai-je interrompu. J'étais contente d'avoir au moins une référence à propos du livre.

« Exactement, a poursuivi Antoine, mais il avait des bonnes idées. C'est fou, quand même : le ti-cul qui a écrit ça, il est né en 1978. C'est débile. Exactement dix ans de moins que moi. Ça me fait capoter, ça. Quand je vois des gens qui font des trucs pareils à cet âge-là, je me sens vieux. C'est pas croyable, hein ? »

Il riait en parlant. Il était de bonne humeur. Ainsi, rien n'avait changé. Antoine et moi pouvions encore parler, comme toujours, de tout et de rien. Ce n'était pas une surprise – après tout, il n'y avait rien eu d'autre qu'un gag foireux et un clin d'œil, mais j'étais soulagée. En l'entendant ainsi, j'avais l'impression de le retrouver. Il n'était plus l'objet lumineux et étranger de mon désir, mais simplement Antoine. Avoir su que c'était si simple que ça, me suis-je dit, je l'aurais appelé il y a cinq jours.

Nous avons parlé pendant presque deux heures, comme d'habitude. Je m'étais levée pour aller chercher un verre de blanc dans la cuisine, et il était allé ouvrir une bouteille de rouge. Je l'entendais s'allumer des cigarettes et je regardais, par la fenêtre, le soleil se coucher derrière les immeubles de briques rouges. Bientôt, ai-je pensé, les nuits allaient redevenir plus longues que les jours.

« Puis ? a dit Antoine. Avec Simon, ça va ? »

J'ai serré les lèvres. J'étais mal à l'aise quand Antoine me parlait de Simon, et je m'en voulais. « Oh, ça va, ai-je répondu. On s'est parlé tous les jours, mais je l'ai pas encore revu. Il travaille à son restaurant de midi à deux heures du matin, c'est un peu débile.

— Pourquoi tu vas pas le voir à son resto ?

— Ouais, j'y ai pensé, on en a parlé, mais il est super débordé quand il est là-bas. Alors il se sentirait mal de me laisser en plan, donc ça le dérangerait plus qu'autre chose.

— Tu veux qu'on y aille ?

— Quoi ?

— Ce soir. Si tu fais rien, on y va. Comme ça, tu peux le voir, et puisque tu es avec quelqu'un, il aura pas à se sentir mal s'il a pas de temps pour toi. Ça pourrait être agréable, non ? Puis moi j'aimerais ça le rencontrer. »

J'ai essayé de penser à deux cents à l'heure. Potentiellement, il s'agissait là de la plus mauvaise idée sur terre. Mais seulement selon moi. Du point de vue de n'importe qui d'autre, c'était en fait une plutôt bonne idée. Une idée sympathique. Et puis, je voulais voir Simon. Et Antoine. Peut-être aussi que je voulais un peu les comparer. Juste un peu.

« Chloé ? a demandé Antoine.

— Oui ! Oui, excuse-moi. Je... Siffleux toussotait, j'avais peur qu'il soit malade sur le tapis.

— Alors ? Qu'est-ce que t'en dis ?

— Mais, je sais pas, Antoine. Pourquoi pas. » J'ai fait une grimace.

« O.K. ! a-t-il dit, l'air content. Je viens te chercher dans une heure ?

— Non ! Non, viens pas. Je vais me rendre chez vous.

— Mais non. C'est niaiseux, ça. Son resto est dans le village gay, non ?

— Oui.

— Alors, je passe devant chez toi pour y aller. Non, non, je vais passer.

— NON ! » Antoine était le plus mauvais conducteur du monde. Il conduisait toujours trop vite et, de toute évidence, ignorait jusqu'à l'existence même du code de la route.

« Non, c'est pas une bonne idée, ai-je répété plus calmement. Ça va faire comme chaque fois qu'on va souper, tu vas être obligé de laisser ton char là-bas, parce que tu vas être trop saoul. Puis tu vas encore ramasser un ticket. Non, non. Si tu veux passer me chercher, prends un taxi.

— Ouin. T'as peut-être raison. O.K. Alors je suis devant chez toi dans une heure. Je t'appellerai.

— Cool.

— À tout de suite, ma chérie. Tu vas mettre ta petite robe bleue ?

— Quelle robe bleue ?

— Celle en soie, avec des fleurs. Elle a un joli décolleté.

— Antoine...

— Hé, si je dois manger devant toi, autant avoir une belle vue.

« — À tout de suite Antoine. » J'ai raccroché en souriant. Il faisait toujours cela quand nous devions nous voir. Vas-tu mettre ton chandail rouge ? Ta jupe blanche ? Pourquoi tu remettrais pas la robe de l'autre soir ? Je ne l'écoutais jamais, par principe, mais cela me faisait sourire chaque fois. Particulièrement ce soir.

Trois quarts d'heure plus tard, la sonnerie de l'entrée m'a fait sursauter et, par conséquent, étendre une généreuse couche de mascara sur ma joue gauche. « Fuck », ai-je murmuré en allant entrouvrir la porte.

C'était Antoine. Pendant une seconde, je me suis dit qu'il allait peut-être m'embrasser avec fougue, puis me renverser, me prendre, me culbuter, peu importe la dénomination, mais je me suis souvenue que, selon mon infaillible théorie, si je l'avais imaginé, ça ne pouvait pas se produire.

« Qu'est-ce que tu fais là ? ai-je demandé, la tête passée dans l'entrebâillement de la porte.

— Je suis venu te chercher.

— Mais t'avais dit que tu serais là dans une heure ! Ça fait trois quarts d'heure !

— Mais oui, mais c'est pas grave.

— Le taxi attend en bas ?

— Non, j'ai pris mon auto, finalement.

— Câlisse, Antoine.

— Mais c'est plus pratique ! »

Je l'ai regardé sans rien dire. « Je peux entrer ? a-t-il fini par demander sur un ton à demi exaspéré.

— Non ! Je suis en soutien-gorge.

— Et puis ? » C'était effectivement un argument plutôt faible : non seulement Antoine m'avait déjà vue carrément nue, et, depuis huit ans, j'avais dû me retrouver au moins mille fois en soutien-gorge devant lui, que ce soit, justement, alors qu'il m'attendait pour sortir, ou sur le toit de son condo, l'été, lors de nos séances de bronzage impromptues.

« Hmm. Entre. » J'ai ouvert la porte, et il m'a suivie dans l'appartement.

« C'est joli ce que tu as sur ta joue, m'a-t-il dit. Nouveau style de maquillage ?

— J'ai fait un saut, épais.

— T'as téléphoné à Simon ?

— Oui, il nous a réservé une table. » Je me suis retournée vers lui et j'ai souri : « Il était content. »

Il est entré dans ma chambre et s'est assis nonchalamment sur le gros fauteuil rose. « T'as réussi à parler à Juliette, ces temps-ci ? » Je le voyais dans le miroir devant lequel je me maquillais. Il portait, comme d'habitude, un veston noir et une chemise qui n'était pas rentrée dans son pantalon (il la laissait toujours sortie, le contraire étant, selon lui, « le summum du mauvais goût »). Il a regardé autour de lui et s'est mis à jouer avec un soutien-gorge qui traînait sur un des appuie-bras du fauteuil, le faisant tourner légèrement autour d'un doigt.

« Non, ai-je dit. J'ai parlé à Marcus, par exemple. Apparemment, elle est "en proie à une intense attaque de créativité".

— Oh boy, a soupiré Antoine.

— Oui, oh boy. La dernière fois qu'elle a eu une attaque de créativité, ça a donné la série de visages qui pleuraient.

— Oui, je sais. Je pense qu'elle est mieux de travailler dans des conditions normales. Chaque fois qu'elle a une de ses supposées "attaques", on se retrouve avec des osties d'affaires fuckées et pas nécessairement jolies. Elle en avait vendu, des faces qui pleuraient ?

— Oh non. Pas du tout. Elle avait fait une série de quatorze tableaux, et elle en avait vendu deux. Mais crisse, Antoine, c'était épeurant. »

Il s'est mis à rire. « Je sais. Je sais, j'en ai acheté un. » Je me suis retournée vers lui, en riant moi aussi. « Pardon ?

— Mais oui, j'étais arrivé au début du vernissage, et elle était toute inquiète. Elle disait que c'était des œuvres hyper importantes pour elle, et lalala, alors j'en ai acheté une avant de partir. Je me suis dit que peut-être ça lui porterait chance pour les autres. Apparemment non.

— Mais tu l'as mise où ?

— Euh… dans mon bureau.

— Il y a pas de toile de Juliette dans ton bureau.

— Dans le placard, oui.

— Ah ! Antoine ! » J'ai essayé d'avoir l'air un peu outrée.

« Je sais ! C'est poche, mais quand je me suis retrouvé chez moi avec cette affaire-là… Où tu voulais que je la mette ? Sur le mur de ma chambre ? Tu l'as dit, c'est épeurant. Mon but dans la vie est d'attirer des filles dans ma chambre. Pas de les faire fuir.

— Mais elle t'en a jamais parlé ?

— Attends, au début, quand elle venait à la maison, je l'accrochais. Puis un jour j'ai oublié. Je sais pas, je pense qu'elle s'est rendu compte au bout d'un certain temps que c'était peut-être pas ses meilleures toiles. »

J'ai hoché la tête en riant. « Moi, je suis contente des miennes, par contre. » J'avais une série de trois petits tableaux que Juliette avait peints presque dix ans auparavant. Trois bateaux, très colorés – des couleurs chaudes et irréelles, c'était joli, presque fauviste. Rien de novateur, mais je les aimais bien.

Antoine s'est soudainement penché, d'un coup sec, et s'est relevé avec Puce dans les bras. Il la tenait au-dessus de son visage et se frottait le nez sur son petit ventre. « Ha ! ha ! a-t-il dit. Je t'ai attrapée ! Mignonne…» Il l'a prise contre lui, et elle s'est installée en boule dans le creux de son bras. Puce aimait les hommes. Elle aimait tout le monde, en fait, mais particulièrement les hommes. Elle a levé un peu la tête et s'est mise à mordiller le menton d'Antoine.

« Regarde ça, a dit Antoine en riant. Je te dis, elle est folle de moi.

— Pas besoin de te péter les bretelles, Tony Boy, elle est folle de tous les gars qu'elle rencontre.

— Bon, ça va faire, les Tony Boy !

— Oh, moi, j'ai trouvé ça très drôle ! » J'ai relevé mes cheveux. « Je suis prête, Tony Boy.

— Ça va, ça va… » Il a donné un petit baiser sur la tête de Puce et l'a délicatement posée par terre. « Des fois, je me dis que j'aurais dû la garder, a-t-il dit en se dirigeant vers la porte.

— Mais non. T'es jamais chez toi. Elle se serait ennuyée. Elle a besoin d'être entourée.

— Je sais, je sais. Elle est beaucoup mieux chez toi. »

Il a ouvert la porte et m'a fait signe de passer.

Nous sommes arrivés au restaurant en moins de dix minutes. Antoine avait roulé à 70 km/h dans les petites rues du plateau Mont-Royal et pris deux sens uniques dans le mauvais sens. J'avais pensé mourir, nous avions failli écraser un chat et deux piétons, et je voulais le tuer. Mais, au moins, pendant le trajet, j'avais cessé de penser au déroulement de la soirée, qui m'inquiétait plus que je ne voulais le croire. Et si je me rendais compte finalement que Simon m'indifférait ? C'était une question qui m'angoissait légèrement, mais qui avait été tout à fait éclipsée par celle, plus pressante, de ma survie immédiate.

« Tu es le plus mauvais chauffeur du monde, ai-je dit en sortant de sa voiture. T'es un danger public, Antoine.

— Mais non.

— Oui ! T'as failli écraser deux personnes !

— Mais non. Je les avais vues. J'ai jamais renversé personne, je te signale.

— M'en fous. Moi, j'embarque plus dans ton char. Et je suis à la veille de te dénoncer, je te signale.

— Mais oui, mais oui... » Il a souri et m'a ouvert la porte du restaurant.

C'était un petit endroit, avec environ une vingtaine de tables. Le décor était chaleureux – en entrant, on avait tout de suite à sa droite un grand bar en bois verni, derrière lequel se trouvaient des dizaines de bouteilles de toutes les formes, appuyées contre un mur de brique. Il y avait des lampes un peu partout dans le restaurant, avec des petits abat-jour orangés qui diffusaient une lumière douce et chaude. La plupart des tables étaient déjà prises – l'ambiance était agréable, on entendait des rires, des éclats de voix.

J'étais étonnée : je me serais attendue à un endroit au design très épuré, très branché, comme la plupart des nouveaux restaurants. Mais c'était un changement agréable, justement, et bienvenu. Un gros serveur en chemise noire s'est approché et nous a lancé un cordial bonsoir, avec un accent du Midi très prononcé.

« Bonsoir. Je... on a une réservation, je crois, au nom de... » Je ne savais pas si Simon avait réservé à son nom ou au mien, et j'hésitais à dire tout simplement : « Je couche avec le chef. » Antoine s'est avancé. « Est-ce que Simon est là ? »

Le serveur m'a regardée. « Ah ! Vous devez être Chloé. Oui, excusez-moi, Simon m'avait dit que vous seriez ici vers vingt heures. Désolé. Allez, venez vous installer, je vais aller chercher le patron. » Il nous a menés vers une petite table près du mur du fond. Nous nous sommes assis et Antoine a dit : « C'est... chaleureux.

— Bon, dis-le donc que t'aimes pas. »

Antoine préférait les endroits très «design», les décors minimalistes où tout était soit noir, soit blanc. Chez lui, les murs étaient blancs, et les meubles blancs, noirs, gris ou écrus. Seuls deux fauteuils très rouges, dans le salon, faisaient écho à une toile accrochée au-dessus de la cheminée.

«Non, sérieux, a-t-il dit. C'est pas mon genre, mais c'est chaleureux.» Au même moment, j'ai vu Simon sortir des cuisines. Il était en jeans, encore, avec une veste blanche de chef. Il s'est approché de moi en souriant, une main dans le dos et, à mon grand soulagement, j'ai senti mon cœur se dilater. J'ai souri, et il s'est penché vers moi. Il a mis une main sur mon visage pendant qu'il m'embrassait délicatement, très doucement.

«Salut, m'a-t-il dit.

— Allô.» Je me sentais comme une petite fille, et j'avais peur d'être en train de me trémousser sur ma chaise. «Je te présente Antoine», ai-je finalement dit.

Simon s'est tourné vers Antoine, et ils se sont serré la main vigoureusement, en souriant tous les deux. Je les ai observés se saluer et échanger quelques banalités («Chloé m'a parlé de toi», «mais oui, moi aussi», «alors, vous êtes allés à l'école ensemble»…) La comparaison était presque trop facile : le blond en chemise blanche et le brun en veston noir.

Ils étaient tous les deux très beaux, mais de manière totalement différente. Plastiquement, Simon était le plus beau des deux. Il était… lumineux. Je les ai regardés et j'ai réalisé qu'ils avaient l'air d'avoir presque quinze ans de différence – si je n'avais pas connu Simon, je crois que je lui aurais donné 20 ans. Mais Antoine, avec son visage carré, ses yeux qui avaient toujours l'air de voir plus que les autres et aux coins desquels apparaissaient de petites rides quand il souriait, avait une nonchalance, une espèce de grâce naturelle que Simon n'avait pas, ou pas encore.

« Je vous ai apporté un petit quelque chose, a dit Simon en plaçant une bouteille de champagne sur la table.

— Toute la bouteille ? a demandé Antoine.

— Tout ce que vous voulez de la bouteille, a répondu Simon.

— Prends-en au moins un verre avec nous alors. » Simon a jeté un coup d'œil vers la salle, est allé dire quelque chose en cuisine, puis est revenu s'installer près de moi. « Deux minutes », a-t-il dit.

Je l'ai regardé, et j'ai souri. J'étais contente de le voir, plus que je ne l'aurais cru. Et j'étais contente, aussi, parce qu'Antoine était gentil avec lui. Je les voyais discuter, et je me demandais ce qui avait bien pu me prendre de m'inquiéter à ce sujet.

« Comme ça, tu travailles en publicité, a dit Simon à Antoine. T'aimes ça ?

— Oui, ça va…

— Mais, euh… juste par curiosité, est-ce que tu dois vendre ton âme au diable avant de commencer dans le métier, ou ça se fait progressivement ? » C'était dit sans animosité, avec une touche d'humour qui, je le savais, plairait à Antoine.

Il a souri, justement, et a répondu à Simon : « En fait, maintenant que tu m'en parles, je me souviens qu'à ma première journée il y a déjà presque quinze ans, un gars en complet Armani m'a fait signer un papier avec mon sang. J'ai trouvé ça un peu bizarre, sur le coup, mais là, je pense que je commence à comprendre… »

Ils ont ri tous les deux, et Antoine a jeté un regard circulaire sur le restaurant. « C'est bien ce que t'as fait avec la place, a-t-il dit à Simon. C'est chaleureux.

— Oui, je voulais faire changement, un peu. Les restos ici sont souvent hyper design… C'est beau, mais… je comprends pas pourquoi les gens voudraient manger dans un endroit qui a l'air tout droit sorti du *Wallpaper*. C'est super, le *Wallpaper*, mais c'est pas très… apéritif. »

Antoine a ri. « Non, peut-être pas, en effet.

— Et puis, a poursuivi Simon, je voulais recréer ce que j'avais vu en France. Il y a plein de petites places où tu manges divinement, mais qui ressemblent à rien. L'idée, c'est que la bouffe prime sur le reste, *you know* ?

— Logique, a répondu Antoine. Et ça marche bien ?

— Jusqu'à présent, j'ai pas à me plaindre. Je pensais même pas que ça irait aussi vite. On est ouvert depuis quatre mois, et on refuse déjà des gens le vendredi soir. Il y a eu un bon bouche à oreille, je crois. Mais je vais devoir me trouver un autre sous-chef, parce que moi et Frédéric, celui qui est là, on travaille beaucoup trop. J'aime mon travail, mais pas tant que ça. Et toi ? a-t-il ajouté en se tournant vers moi, comment tu vas ?

— Bien, super bien. Je suis contente de te voir. »

Il m'a souri : « Pas autant que moi, crois-moi. C'était une belle idée de venir.

— C'est Antoine qui y a pensé.

— Ah bon ? Alors, je t'en dois une », lui a dit Simon en tendant son verre. Nous avons trinqué tous les trois, puis Simon nous a regardés tour à tour, avant de demander : « Où est-ce que vous vous êtes rencontrés ? »

J'étais sciée. Il n'avait que deux minutes, et de toutes les questions qu'il pouvait nous poser, il fallait qu'il choisisse celle-là. Je suis restée le nez dans mon verre de champagne, sans rien dire.

« Dans un bar, a répondu Antoine comme si de rien n'était. Je draguais sa copine Juliette. Chloé t'a parlé de Juliette ?

— Oui, votre amie qui peint ?

— Oui, a poursuivi Antoine. Juliette et moi, on s'est fréquentés quelques mois. Rien de sérieux. » Il a à peine détourné le regard vers moi, juste assez pour me faire un imperceptible clin d'œil.

« Cool ! » a dit Simon. Il a vidé son verre et s'est excusé : « Je suis désolé, hein, mais ils m'attendent. Oh ! Et ne commandez rien. Si ça ne vous dérange pas, je m'occupe de tout. Est-ce qu'il y a des trucs que vous n'aimez pas ? »

Antoine a dit « les okras », et j'ai fait non de la tête. « Parfait, a dit Simon. Je commence à vous préparer ça. »

Puis il a disparu vers la cuisine. J'ai attendu que la porte se ferme et je me suis penchée sur la table.

« Pourquoi tu lui as dit ça, ai-je murmuré entre mes dents.

— Parce que t'avais l'air sur le bord de tomber dans ta coupe. Et comme il a posé la question, j'en ai déduit que tu lui avais pas raconté *exactement* comment on s'était rencontrés.

— Mais oui mais j'étais pas pour lui dire qu'on se voyait dans un bar et qu'un soir on s'est retrouvés à baiser dans une toilette, quand même ! Je pense que je connaissais même pas ton nom ! » Le souvenir de cette première fois m'a fait rire, tout comme Antoine.

« T'aurais effectivement pu passer sous silence l'épisode de la toilette, a-t-il dit. My God, c'était pas confortable, hein ? Crisse que c'était étroit. Et je pense qu'ils avaient le plus petit lavabo du monde.

— On voit que c'est pas toi qui étais assis dessus. »

Antoine a ri. Il me regardait par-dessus sa coupe de champagne. « Écoute, a-t-il continué. Ça me dérange pas du tout, mais pourquoi tu lui as pas juste dit qu'on était sortis ensemble ?

— On est pas sortis ensemble, Antoine. On a baisé ensemble.

— T'aurais pu lui dire qu'on était sortis ensemble.

— Je sais, je sais, mais... je sais pas comment te dire ça sans que la tête t'enfle démesurément, mais les gars... les gars réagissent à toi, Antoine. Tu rends les gars jaloux. Si t'étais un pichou, je lui aurais peut-être raconté. Mais j'avais peur qu'après t'avoir rencontré il devienne jaloux et qu'il se mette à croire que... tu sais...

— Quoi, qu'on couche encore ensemble ?

— Genre.

— T'es niaiseuse. » Il me souriait affectueusement. « T'aurais vraiment été aussi bien de lui dire. Maintenant, il va falloir mettre Juliette dans le coup, et tu nous connais, on risque de tellement s'empêtrer dans nos mensonges...

— Mais je sais ! Pourquoi y a fallu que tu parles de Juliette ?

— J'ai rien trouvé d'autre ! T'avais la face dans ton verre, j'ai voulu dire quelque chose de naturel.

— T'aurais pu dire qu'on s'était rencontrés dans un musée.

— Un musée ? » Il avait l'air à la fois incrédule et amusé. « Un musée ? a-t-il répété.

— Mais oui, tu sais.

— Non ! Je sais pas !

— Je suis sûre qu'il y a des gens qui se rencontrent dans des musées.

— Oui, des gens qui travaillent dans des musées. Quel genre de personne va aller draguer devant un Picasso ?

— Ça serait ton genre.

— Ah non, pas du tout ! Moi, je drague seulement devant des Renoir. Ça attire les petites nounounes romantiques et les Américaines. »

J'ai croisé les bras : « O.K., t'as déjà fait ça, hein ?

— Non. Mais c'est pas bête. Honnêtement, Chloé, t'as peut-être quelque chose. »

Je lui ai lancé ma serviette en riant. « T'es con. »

Les plats ont commencé à arriver peu après. Simon nous les apportait lui-même, et nous décrivait presque amoureusement ce qu'il nous servait. Nous avons eu droit, en amuse-bouche, à un œuf de caille doucement poché, servi sur un blinis de pomme de terre, avec du caviar du Témiscamingue. Il y a eu ensuite un potage froid au chou-fleur et à l'huile de truffe, une petite salade de crevettes et de citrons rôtis, des joues de flétan à peine grillées sur une sauce aux oursins absolument divine, un tataki de thon, une petite portion d'un risotto à la trévise et un dessert au riz et aux figues. Aucune thématique, pas de bouffe « française », « fusion » ou « nouvelle cuisine ». Mais c'était de la grande cuisine. J'étais ravie. Non seulement je mangeais divinement, mais Simon était un génie.

Même Antoine était impressionné. « C'est écœurant, disait-il sans cesse. Et il a juste 29 ans ? C'est incroyable. » Chaque fois que Simon venait nous voir, nous le couvrions d'éloges sincères et joyeux. Le vin était bon, aussi, et abondant, et Antoine était de bonne humeur – il me parlait de ses maîtresses, une femme mariée qu'il ne voulait plus voir parce que c'était trop compliqué et qu'elle passait son temps à se plaindre de son mari, et la réceptionniste de la boîte où il travaillait et qui était, à l'entendre, la fille la plus douce et la plus stupide qu'il ait jamais rencontrée.

« Elle rêve de devenir chanteuse. Elle a pas de voix, mais elle est optimiste, parce que, apparemment, c'est écrit dans sa carte du ciel qu'elle est destinée à devenir une grande artiste. Mais elle est tellement gentille. Et elle a un corps ! Mais un corps ! » Il dessinait des courbes dans l'air. « Et puis elle est gentille. Non ! Vraiment ! Pourquoi tu me regardes comme ça ?

— Oh, je sais pas.

— Je te dis qu'elle est gentille.

— O.K., O.K. Antoine ?

— Oui ?

— Pourquoi tu as jamais de blonde ?

— Chloé, ciboire ! S'il y a une personne sur terre qui le sait, c'est bien toi.

— Non, sérieusement, Antoine. O.K., tu veux avoir du fun, tu veux pas être attaché, tu crois pas à l'exclusivité, mais vraiment : il y a pas une raison ? Quelque chose ? »

Il a souri et a pris une gorgée de vin, avant de poser les bras sur la table. « Chloé. Chloé Chloé Chloé. » Il me regardait avec quelque chose qui ressemblait à de la tendresse, un sourire sur les lèvres, en hochant doucement la tête. « Je sais pas, ma princesse. Sincèrement, je sais pas. Je veux pas m'attacher, c'est vrai. Mais est-ce que c'est parce que ça me fait peur ? C'est ça que tu voudrais entendre ?

— Non... enfin... » C'était la première fois qu'Antoine insinuait qu'il y avait peut-être une autre raison à son célibat acharné qu'une indéfectible vocation pour le plaisir.

« Je me suis posé la question », a-t-il poursuivi. Il a souri, en voyant mon air étonné, et m'a pointée avec les deux doigts qui tenaient sa cigarette. « À cause de toi.

— Moi ?

— Ouais, je me suis déjà dit, Chloé, my dear, que... j'ai déjà pensé que... » Il a eu l'air de chercher ses mots. « Mettons que j'ai déjà eu l'idée que, peut-être... tu sais. »

Je savais. Je savais, mais je ne pouvais pas croire qu'il me disait cela, maintenant, ici. Alors j'ai répondu : « Non, Antoine. Je sais pas. »

Il a ri. Un petit rire qui se moquait de lui-même. « Écoute. Il y a eu un moment où... » Il regardait partout. En l'air, sur la table, à côté de lui. Ça n'a duré que quelques secondes. J'attendais, sans bouger – je respirais à peine. Je n'étais pas nerveuse, je n'étais pas excitée, je n'étais pas contente ; j'étais arrêtée. Antoine a finalement levé les yeux et m'a fixée. « J'ai jamais rencontré quelqu'un comme toi, Chloé. Et je sais très bien que je ne rencontrerai jamais quelqu'un comme toi. Alors tu vois, quand on prend conscience de ce genre de choses, on se dit que ce serait un peu con de rien faire. Et moi, moi, j'ai rien fait.

— Pourquoi ? » L'espace d'un instant, j'ai cru que j'allais fondre en larmes.

« Je sais pas.

— Tu sais pas ? » Je n'avais plus du tout envie de pleurer. Je n'étais pas fâchée, non plus, ce qui m'étonnait, dans la mesure où il me restait un peu de place pour être encore étonnée. Je ne comprenais pas. Je ne comprenais pas, et ça m'embêtait. Antoine était en train de m'avouer quelque chose de terriblement important, quelque chose que j'avais rêvé d'entendre longtemps après avoir cessé de l'aimer, et j'étais embêtée. Quel gâchis, ai-je pensé. Et un gâchis, c'était bête, c'était dommage, c'était tant pis. Pas déchirant ou émouvant. C'était – merde – c'était dommage.

« Non, je sais pas, a dit Antoine. Et j'ai essayé de comprendre, Chloé. » Il a ri de nouveau, de la même manière. « Peux-tu croire ? Moi ? Pendant qu'on écrivait le *Manifeste*, j'essayais de comprendre. Et je me retrouvais avec des conclusions tellement pas satisfaisantes, et encore moins satisfaisantes du fait que je me disais qu'elles étaient peut-être vraies.

— Comme quoi ?

— Mais comme tout le monde, je sais pas... j'ai peur de m'ennuyer, moi, avec une seule personne, j'ai peur de pas être capable, d'échouer – ça revenait tout le temps ça. Je me disais : "Hé, je suis tellement bon dans ce que je fais, à coucher à gauche et à droite et à être au-dessus de tout, pourquoi j'irais me casser la gueule à essayer d'être un bon gars ?" Le problème, Chloé, c'était que je me foutais pas de toi. Si ça avait été le cas, j'aurais peut-être essayé. Mais toi ? Nah...»

Il a pris une gorgée de vin, puis a ajouté, comme s'il venait de se souvenir de quelque chose : «Oh ! et ce que tu as dit, l'autre jour, dans la chambre de Juliette ?

— Quoi ?

— Que... comment tu as dit ça ? Que tu aurais "tellement aimé" ? Eh bien, ma princesse, c'était du nouveau pour moi.

— Ah, Antoine, come on !

— Non. J'y ai pensé par la suite. Je me suis dit que c'est peut-être moi qui voulais rien voir. Mais non. Je suis peut-être un lâche, je suis peut-être un salaud, mais je te connais. C'est pas moi qui voulais rien voir. C'est toi qui voulais rien montrer.

— T'es de mauvaise foi, An...

— Non. Si c'est vrai, si ce que tu as dit dans la chambre de Juliette est réellement vrai, alors tu t'es arrangée pour que j'en sache jamais rien.» Il nous a servi du vin à tous les deux. «Bottom line, ma chérie, tu es aussi peureuse que moi.» Et il a levé son verre. J'ai refusé de trinquer. «Pourquoi tu me dis ça, là ?

— Parce que. Je suis un gars, Chloé. Je suis pas subtil, des fois. Et toi, et ton joli, ici, qui fait bien à manger et, si je puis me permettre, est un charmant garçon, ça m'a... je sais pas, t'avais raison, ça me fait chier que tu sois plus célibataire, qu'on soit plus tous comme avant, que tu sois pas pour toujours à côté de moi et que je puisse me dire que, même si je sais que je ferai jamais rien, je pourrais peut-être, un jour, si jamais ça me tente.

— Mais attends, tu peux quand même pas croire que...

« — Mais non, je peux pas croire que ! Je suis pas subtil mais je suis pas demeuré, quand même. Et puis, de toute façon, Chloé, c'est du passé, non ?

— Pardon ? » De tout ce qu'il avait dit depuis une demi-heure, c'était la première chose qui me blessait réellement.

« C'est du passé. C'était il y a des années, tout ça. Oui, j'aimerais mieux que tu restes célibataire pour toujours, mais c'est juste parce que je suis comme ça, appelle ça comme tu veux. L'amour, ces affaires-là, ces idées-là, c'était il y a longtemps. Honnêtement, on est quand même mieux comme on est, non ? Toi, t'as trouvé le genre de gars dont tu rêvais. Moi, je me referai pas, et franchement, ça ne m'intéresse pas. Donc pour revenir à ta question, pourquoi j'ai pas de blonde ? Au bout du compte, après mûre et sincère réflexion, c'est parce que j'en veux pas. Par contre, un harem, je dirais pas non... »

Il s'est mis à rire. Moi je le regardais, les yeux ronds, bouche bée. « Oui, bien, moi non plus je peux pas croire que je viens de te dire ça, a-t-il dit en riant toujours. Peut-être que je deviens plus ouvert en vieillissant... » Il m'a fait un clin d'œil au moment même où Simon s'approchait de notre table.

« Hé ! a-t-il dit. J'ai presque fini. En fait, pas vraiment, mais j'ai choisi de déléguer un peu ce soir. » Il s'est assis à ma gauche et m'a regardée avec un sourire tendre et heureux. J'ai passé une main sur sa joue. Ce garçon-là est un miracle, ai-je pensé. Il est revenu de Lyon, et de Kingston, et du secondaire IV, et il est là, parce que je l'ai rencontré par hasard, et il a l'air d'un ange. Ou d'un elfe. Enfin, il est magnifique. Nous étions, effectivement, peut-être mieux ainsi.

Je me suis retournée vers Antoine, qui était d'excellente humeur. Pendant quelques secondes, je l'ai soupçonné d'avoir attendu pour m'avouer tout cela ici et maintenant, parce qu'il savait que nous n'en discuterions pas des heures et que je ne pourrais pas lui poser toutes les questions que je voulais. Il savait aussi que si nous n'en parlions pas à cet instant, il y avait de fortes chances que nous n'en reparlions jamais.

« Bon, ben, moi, a-t-il dit, je vais vous laisser.

— Tu prends pas un digestif ? a demandé Simon.

— Non, merci, j'ai déjà bu pas mal. » J'ai levé les yeux vers le plafond. Dans le cas d'Antoine, « j'ai déjà bu pas mal » était la plus mauvaise excuse concevable. Il m'a vue et a souri. « Tu travailles comme un fou, Simon. Alors, si tu as un peu de temps à passer avec mademoiselle, profites-en. Et sérieusement, j'ai mangé divinement. T'es un génie, mon gars. »

Ils se sont serré la main – Simon n'a pas insisté, et moi non plus. Antoine s'est ensuite penché vers moi. Il m'a fait la bise et juste avant de se relever, il m'a fixée très sérieusement et m'a dit : « Hé, pense pas à ça. Amuse-toi, c'est tout. »

Puis il a pressé mon épaule, et il est sorti. Je l'ai regardé traverser la rue. Compte sur moi, ai-je songé. Je perdrai pas une seconde à penser à ça. Et je me suis tournée vers Simon.

Chapitre 11

« Pas une seconde ? » m'a demandé Juliette. Elle me regardait fixement par en dessous, comme chaque fois qu'elle voulait me faire avouer quelque chose. Nous étions dans une petite binerie, pas loin de chez elle, où elle avait finalement accepté de me voir, « mais pas plus qu'une heure ». Elle était toujours en proie à son attaque de créativité et elle ne voulait pas que je passe chez elle, même si je lui promettais de ne pas essayer de voir son travail. « Et puis, avait-elle dit, il faut bien que je mange. J'ai envie d'une poutine. »

C'était donc devant deux poutines que je lui avais raconté ma soirée au restaurant de Simon avec Antoine. Elle m'avait écoutée sans rien dire, en souriant parfois, mais sans jamais avoir l'air étonnée. « Pas une seconde ? » étaient les premiers mots qu'elle prononçait depuis une demi-heure.

« Écoute, ai-je répondu. C'est sûr que j'y ai repensé, mais, franchement, pas tant que ça. J'ai vu Simon souvent, ce qui a aidé. »

J'ai souri en pensant à Simon. Nous avions passé deux jours entiers ensemble, sans sortir de chez lui, à faire l'amour et à regarder des films – 24 *Hour Party People*, *Nashville*, *Le père Noël est une ordure* (que nous avons écouté, évidemment, en disant chaque réplique avant les comédiens, ce qui nous semblait, avec trois verres dans le nez chacun, être le fin du fin) et *Dumb and Dumber*, dont je connaissais, moi, la plupart des dialogues, ce qui avait un peu déprimé Simon.

J'étais ensuite allée le retrouver à son restaurant presque chaque soir : plus je le voyais, plus j'avais envie de le voir. Je me rendais compte que j'étais en train de tomber amoureuse. J'apprenais à reconnaître ses gestes, ses intonations et ses regards, et je les aimais. Il me parlait de lui, je lui parlais de moi, et j'étais enchantée à l'idée d'avoir quelqu'un à découvrir. Quelqu'un dont la vie entière m'était inconnue et accessible. Comment était-il à cinq ans ? À quoi ressemblaient les femmes qu'il avait aimées ? Quels voyages avait-il faits ? Je voulais le connaître par petites touches, pour qu'il me reste toujours un peu de lui à découvrir.

« Donc, c'est pour ça que j'y pense pas trop, ai-je dit à Juliette. En fait, j'y pense, mais avec détachement. C'est drôle, non ? Pendant qu'Antoine me disait tout ça, je me répétais : ça devrait me renverser, ça devrait m'enrager, il est en train de me dire qu'il se posait ces questions-là et qu'il n'a rien fait, alors que moi, à l'époque, je n'attendais que ça, rien que ça – écoute, je m'inventais des histoires, j'imaginais des scénarios débiles, je nous voyais nous embrasser sur le pont des Arts, courir en riant sous la pluie, à Londres, prendre le thé avec ma famille en faisant des blagues de bon goût...

— Le thé, avec ta famille ? a répété Juliette, en riant.

— Et j'en passe, ai-je dit.

— Mais t'es donc bien quétaine !

— Assez, oui. » J'ai ri à mon tour. « Donc, je me disais, c'est quand même pas croyable, à l'époque où j'imaginais des scénarios dignes d'Harlequin, qu'Antoine se demandait s'il était pas en amour avec moi. Ou quelque chose qui revient au même. Et il me le dit, là, maintenant ! Il me semble que je devrais être frustrée par une telle ironie du sort, mais je sais pas… je regarde Simon, ce que j'ai avec lui, ce que ça peut devenir, et je me dis qu'Antoine a sans doute raison et qu'on est peut-être mieux comme ça.

— Et puis, c'est pas garanti qu'Antoine aurait fait un chum impeccable.

— Non, exactement. » Je me suis tue un instant. J'ai essayé d'imaginer Antoine en chum. Pas en homme qui court sous la pluie ou qui fait rire des femmes autour d'un high tea. Non, en chum, tout simplement, en homme qui dort près de la même femme tous les soirs, qui regarde la télévision assis près d'elle, qui mange parfois ses déjeuners sans rien dire, qui fait des projets conjoints de voyages dans le Sud en hiver, qui essaie de trouver LE bon cadeau à chaque anniversaire, qui dit « je t'aime » et qui le pense, pour toujours. C'était plutôt difficile.

« Je l'ai toujours su, a dit Juliette.

— Pardon ?

— Je me suis toujours doutée qu'il y avait quelque chose entre vous, et que ça venait pas juste de toi. Je peux pas croire que tu aies jamais remarqué ça, Chloé. Antoine a une façon de regarder toutes les filles du monde, et une façon de te regarder, toi. »

J'ai secoué la tête en souriant malgré moi – c'était trop de révélations, en trop peu de jours. « Et pourquoi tu m'as jamais rien dit ? ai-je demandé à Juliette.

— Je sais pas trop. Je voulais pas m'en mêler, je pense, et puis quelque part, bien égoïstement, ça me blessait.

— Mais pourquoi ?

— Parce que, des fois, je me disais que c'était certain, que vous alliez finir ensemble tous les deux, et que j'allais me retrouver toute seule comme une dinde. Tu sais quand tu disais à Antoine qu'il ne voulait pas que tu te fasses un chum parce qu'il rêvait, dans le fond, qu'on reste célibataires, tous les trois, pour toujours, tu avais raison. Mais pas juste pour lui. Moi aussi, j'aurais voulu que le temps s'arrête il y a cinq ans, quand on avait pas un souci, quand on pensait qu'on était capables de tout et qu'on était juste tous les trois et qu'on ne savait rien à rien, mais qu'on était tellement bien.

— On pensait avoir tout compris, ai-je ajouté.

— On était bien, hein ?

— Ouais. On était bien.

— On sera jamais aussi bien.

— Pourquoi tu dis ça ?

— Parce que, a dit Juliette en brassant les restes figés de sa poutine. Parce que même si on finit par avoir des vies idylliques, il n'y aura plus cette innocence. Maintenant, je me dis : O.K., on va peut-être être heureux, mais… il y a le monde extérieur, le fait que maintenant on sait très bien que ça durera pas pour toujours. C'est un peu pour ça que j'aimais l'idée que nos vies restent les mêmes. Comme ça, je pouvais encore me faire accroire que rien allait jamais changer. C'est niaiseux, hein ?

— Non, c'est pas niaiseux. On s'ennuie tous de ces années-là. Des fois, j'y repense, et je sais même pas comment on fonctionnait : on allait à l'université, on avait des jobines ridicules, on buvait de la bière tous les soirs…

— … en jouant aux dards.

— En jouant aux dards. Mais je sais pas, moi, j'ai l'impression qu'on gagne au change.

— On sait bien, toi… » Juliette trouvait que j'étais une incorrigible optimiste – ce qui, venant d'elle, n'était pas un compliment. Je n'étais pourtant pas si optimiste que cela, mais, à côté d'elle, j'étais une imbécile heureuse. Juliette avait mis au point un mélange de cynisme et de pessimisme assez unique (alors que nous visitions l'ouest de l'Irlande et que je m'enchantais devant chaque colline et chaque trèfle, Juliette avait déclaré que c'était « tellement bucolique que le cœur me lève »). Quand Antoine l'avait rencontrée, il l'avait surnommée « l'ambassadrice du désespoir ».

En fait, il s'agissait d'un désespoir de surface : Juliette était une fille souvent triste et qui avait toujours tendance à manquer de confiance en elle, mais elle était moins malheureuse qu'elle le laissait croire. Il y avait un peu de coquetterie dans cette attitude. Elle aimait être la fille sombre et mélancolique de notre trio. Ça flattait son tempérament d'artiste.

« Je te dis qu'on gagne au change, ai-je répété. Il y a une urgence maintenant qui est… très saine. »

Juliette a croisé les bras et m'a regardée d'un air qui signifiait : « Faudrait quand même pas pousser. »

« Tu comprends ce que je veux dire, ai-je poursuivi. Ça donne une autre couleur à tout ce qu'on fait. O.K., il y a quelque chose d'aigre-doux là-dedans, mais Juliette, tu le sais comme moi, si on était encore en train de jouer aux dards et de se dire qu'il y aura jamais de lendemain, t'aurais jamais recommencé à peindre. »

Elle a haussé les épaules. « Oui, je sais.

— D'ailleurs, comment ça se passe ? »

Elle n'a pas pu s'empêcher de sourire : « Je t'appellerai quand ce sera fini. Chloé, je pense être en train de réaliser ce pour quoi j'ai été mise sur terre. » J'ai jugé bon de ne pas mentionner les visages larmoyants. « Je te dis, a poursuivi Juliette, je le sens. Je suis vidée, je mange presque plus, je travaille seize heures par jour, mais je pense que j'ai quelque chose.

— Mais c'est super !

— J'espère. » Elle a ri un peu, coquettement, et a ajouté : « En fait, je suis pas mal sûre.

— Tu crois que ton affaire avec Samuel t'a inspirée ?

— En partie, peut-être. En fait, ça a simplement déclenché quelque chose. Mais c'est vrai que j'ai tendance à être plus inspirée quand je vais mal. Ça fait cliché, mais qu'est-ce que tu veux, c'est vrai. L'art devient thérapeutique.

— Quand est-ce que tu penses avoir fini ?

— Bientôt. Très bientôt. Une semaine ou deux, je pense.

— C'est rapide.

— Oui, je sais. Mais comme je te disais, je travaille seize heures par jour.

— Et c'est quoi, exactement, comme médium ?

— Huit toiles. Moyennes. Tu verras. Mais pour revenir à Antoine...

— Non, non, c'est pas nécessaire.

— J'ai juste une question.

— O.K., quoi ? » J'ai croisé les bras, pour lui signifier que je l'attendais de pied ferme.

« Est-ce que tu l'aimes ? m'a demandé Juliette.

— Pardon ?

— Est-ce que tu l'aimes ? J'ai voulu te le demander pendant des années. À lui aussi. Mais j'avais tellement peur que vous disiez oui que je me fermais la gueule.

— Mais... euh... je l'aimais, oui. D'une certaine façon. » J'ai réfléchi un instant. « Non, en fait, je l'aimais. Un point, c'est tout.

— Et maintenant ?

— Juliette ! Je suis en train de tomber amoureuse de Simon !

— Donc, t'aimes pas Antoine.

— Mais non ! Enfin, je…

— T'es pas capable de dire non, hein ?

— Non. Je veux dire oui. Je suis tout à fait capable de dire non.

— De dire "non, j'aime pas Antoine" ?

— Mais à quoi tu joues, Juliette ?

— À l'avocat du diable. Moi, je pense que la question que tu dois te poser, c'est pourquoi t'es pas capable de dire non. Je sais que tu aimes Simon. Mais pourquoi tu peux pas dire que tu n'aimes pas Antoine, alors ?

— Mais je suis tout à fait capable de… »

Mon portable s'est mis à sonner – une *macarena* endiablée. Je me suis précipitée sur mon sac à main, pendant que Juliette disait : « *Saved by the macarena*, hein ? »

« Allô ?

— Chloé ! C'est ta mère ! Tu te rappelles de moi ? Ta vieille mère que tu appelles jamais ?

— Ah, maman… » Elle avait raison, par contre. J'avais totalement négligé mon devoir filial depuis quelques semaines. Et son anniversaire ! J'avais oublié son anniversaire, qui était dans deux semaines et pour lequel Daphné et moi devions organiser notre traditionnelle petite soirée.

« Non, ça va, a poursuivi ma mère. Je sais que tu as pris l'habitude de discuter avec ton père le matin, maintenant…

— Maman… c'est arrivé une fois.

— Et puis quand est-ce que tu allais me dire que tu as un chum ?

— Mais comment tu sais ça ? » J'ai mis ma main sur le récepteur et j'ai murmuré à Juliette : « Elle sait que j'ai un chum ! »

« J'ai mes espions », a répondu ma mère. Qui ? Qui ? Mon insupportable voisin d'en dessous ? Le gros serveur marseillais qui travaillait au restaurant de Simon ? Puce ? Ni ma sœur ni mon père n'étaient au courant. C'était une catastrophe : ma mère avait appris que j'avais un chum par quelqu'un d'autre que moi. Elle allait croire que je voulais le lui cacher (ce qui était vrai, d'ailleurs : je voulais attendre quelques semaines). J'allais en entendre parler pendant des mois. Non, des années. Mais qui... J'ai soudain eu une illumination.

« Hon ! Antoine ! » ai-je crié. Devant moi, Juliette a elle aussi fait « hon ! ».

Ma mère a ricané dans le téléphone. « C'est pas important. Au moins, je sais que certains de tes amis me sont fidèles. » Quand Antoine avait un après-midi à tuer, parfois, il passait chez ma mère prendre un martini avec elle et écouter des histoires du « temps où elle était actrice ». Ils s'aimaient tous les deux beaucoup, ce qui m'avait toujours fait plaisir. Mais pas là.

« Mais il a donc bien une grande gueule, lui !

— Oh, chérie, faut pas le blâmer. Ton père m'avait dit que tu avais un rendez-vous. Alors, tu comprends que, comme tu ne m'appelais pas, j'ai décidé de cuisiner Antoine quand il est venu hier et que...

— Maman ! On m'appelle sur l'autre ligne ! » J'ai pitonné maladroitement sur le minuscule appareil.

« Allô ?

— Hé, c'est moi. Je voulais juste te dire que, hier, je suis allé prendre un drink chez ta mère et que...

— Toi, mon tabarnak !

— Elle m'a cuisiné, Chloé ! Elle m'a fait trois martinis ! De dix onces !

— Oui, bien, je l'ai sur l'autre ligne ! Je te rappelle ! » J'ai aperçu Juliette, qui me disait silencieusement : « Il faut que je m'en aille. » Je lui ai fait signe d'attendre, j'ai pris une longue inspiration et j'ai changé de ligne.

« Oui, maman.

— C'était ton chum ?

— Non, ton espion.

— Ah ! Antoine. Quel chéri ! Chloé, ce garçon-là embellit avec l'âge. Je sais pas de quoi a l'air ton chum, mais…

— Maman, je sais que ça fait longtemps que je t'ai pas appelée, mais est-ce que je peux te téléphoner plus tard ? Je suis avec Juliette, et elle doit partir.

— Bon. » Elle a pris un ton faussement contrarié. « Ça va. En fait, je voulais juste savoir si tu avais parlé à ta sœur.

— Non, non plus. Maman, le chum, c'est tout nouveau. C'est pour ça que je t'en avais pas parlé. C'est pour ça aussi que je vous ai un peu négligés.

— Mais oui, mais oui. Je sais, ma fille. » J'ai tout de suite été rassurée par son ton. Elle savait, effectivement. Ça ne voulait pas dire qu'elle n'allait pas m'embêter avec cette histoire pendant des semaines, mais, au moins, elle savait. « Moi, a-t-elle poursuivi, quand j'ai rencontré ton père, au début, on ne sortait pas, on faisait l'amour huit heures par jour.

— Ouache ! Maman !

— Mais quoi ? Ton père est un amant extraordinaire !

— Maman ! Mille fois ouache ! Arrête !

— Ah, franchement. Tu peux être puritaine des fois, ma fille ! » Elle riait – elle adorait me taquiner avec ce genre de commentaires, auxquels je ne m'habituais jamais, pour des raisons qui me semblaient fort valables. « Mais bon, a-t-elle dit. Ta sœur Daphné. Elle va pas bien.

— Comment ça ?

— Elle ne veut pas me le dire. Apparemment, j'ai donné naissance à deux cachottières. » Elle a ricané encore, fière d'elle. « Mais je le sens. Elle est pas bien. Donc, je me demandais si tu avais pas de ses nouvelles.

— Non. Mais il faut que je l'appelle.

— Oui, pour mon anniversaire, ça s'en vient.

— Mais oui, pour ton anniversaire. Maman ? Pour vrai, je peux te rappeler dans une heure ?

— Mais oui. Je t'aime, ma poulette.

— Moi aussi, maman. »

J'ai raccroché. « Ah ben, tabarnak ! » Juliette riait. « Antoine s'est ouvert la trappe ? m'a-t-elle demandé.

— Hmm. Mais elle dit qu'elle l'a cuisiné. Et lui aussi. Il a parlé de trois martinis de dix onces.

— C'est fort. Et c'est le genre de ta mère. Sincèrement, je pense pas que tu devrais en vouloir à Antoine. Si lui et ta mère disent qu'elle l'a vilement soudoyé avec de l'alcool, ça me semble plus que plausible.

— Ouin, je sais... mais tu trouves pas ça bizarre ? Qu'Antoine et moi on ait cette conversation-là et qu'une semaine plus tard, il se retrouve chez ma mère ?

— Oh, je sais pas. » Elle a commencé à mettre sa veste. « Ça m'étonne pas vraiment, si c'est ça que tu veux savoir.

— Hmm. » J'ai jeté un coup d'œil vers mon assiette, à la recherche d'un petit morceau de fromage, mais il n'en restait plus. « T'as peut-être raison, ai-je dit. Peut-être que je vois des liens de cause à effet là où il y a juste des coïncidences.

— Il y a peut-être un peu de ça, effectivement. » Elle s'est levée. « C'est vrai aussi qu'il est territorial, Antoine. Mais il a quand même été assez honnête pour reconnaître que ça l'écœurait un peu que tu ne sois plus seule.

— Ouais. Ça m'a étonnée, ça. C'est pas son genre de donner dans l'introspection et de reconnaître ses petits travers.

— Ah, il mûrit. Par contre, si j'étais toi, je ferais attention : ça se pourrait qu'il se mette à pisser autour de toi ou de ton appart. »

Nous avons ri toutes les deux, et nous sommes sorties du restaurant. L'air était frais et humide, et j'ai resserré ma veste autour de moi en me croisant les bras.

« L'automne est arrivé, hmm ?

— Ouaip. » Nous avons échangé un regard amusé. À chaque changement de saison, nous avions la même conversation interminable au sujet de la température.

« Y a comme un p'tit vent du nord, a dit Juliette.

— Ouaip. Ça sent l'hiver !

— Oh, mais il nous reste quelques beaux jours en banque.

— Pour sûr, pour sûr.

— N'empêche, chaque année, on se dit que le froid vient bien trop vite.

— Chaque année. »

Nous avons tourné rue Notre-Dame, où un vent qui ne sentait pas encore tout à fait l'hiver soufflait. « Sérieusement, ai-je dit, j'espère qu'il va faire doux pour l'anniversaire à maman. Tu te rappelles, il y a trois ans ? On avait fêté le 6 octobre, et on avait mangé sur la terrasse.

— Oui, c'était cool. Quand Antoine était passé au travers de la moustiquaire...

— Ha ! Très drôle, ça. Je pense que ça lui avait pris une minute avant de comprendre ce qui venait de se passer. » C'était une scène sortie tout droit de *Drôle de vidéo* : Antoine était assis près de la grande porte-fenêtre, et il se balançait sur les pattes arrière de sa chaise, un verre de champagne dans une main. Je discutais avec quelqu'un quand j'ai entendu un grand bruit de déchirement – en me retournant, je n'ai vu que les jambes d'Antoine en l'air, et je l'entendais qui disait : « Mais qu'est-ce qui est arrivé ? Qu'est-ce qui s'est passé ? » Stéphane, le mari de ma sœur, avait failli s'étouffer tellement il riait.

« Pourquoi tu disais " ouache ", tout à l'heure ? m'a demandé Juliette.

— Hein ?

— En parlant à ta mère, tu disais " ouache ". Qu'est-ce qu'il y avait ?

— Ah ! Ouache ! Elle me parlait de leur vie sexuelle. Elle a dit, je cite : " Ton père est un amant extraordinaire." Sacramant !

— Oh, allez, a dit Juliette. C'est cute !

— S'il te plaît. T'aimerais ça, toi, que tes parents t'entretiennent de leur vie sexuelle ? » Juliette m'a regardée en levant les sourcils. Ses parents l'avaient eue sur le tard – sa mère avait près de 70 ans et son père presque 80, et depuis un récent accident, il se déplaçait en chaise roulante.

« Oui, bon, c'est sûr que c'est pas pareil, ai-je poursuivi. Mais tu comprends ce que je veux dire.

— Oui, mais tes parents sont jeunes, a dit Juliette. Et ils sont cutes, ensemble. Ils se bécotent, ils se collent. Quand je les ai rencontrés la première fois, je les trouvais presque bizarres. Des parents qui se collent ? Ça me dépassait. Mais je trouve ça très chouette, maintenant. Tu devrais t'estimer chanceuse.

— O.K., mais j'ai pas besoin de savoir, en plus, qu'ils s'envoient en l'air. C'est… non. Vraiment ? Ouaaache.

— Bon, bon, bon. » Nous étions arrivées devant chez elle. « Je t'invite pas à monter, a-t-elle dit.

— Non, je sais… je vais t'appeler pour te confirmer quand va avoir lieu la fête pour maman. Tu vas venir, hein ?

— Oui, oui, c'est sûr. » Je lui ai fait la bise et je m'apprêtais à la quitter quand elle a lancé : « Hé, Chloé ? T'as vraiment été sauvée par la *macarena*, hein ?

— Oh, arrête. Non, c'est juste que... je trouve ça triste de dire que j'aime plus Antoine. C'est quelque chose qui a été avec moi tellement longtemps. Même quand j'ai arrêté de rêver à lui, c'était là, un peu. Il était... je m'étais convaincue que je croyais plus trop en l'amour, tu sais, mais ma fantaisie de l'amour, c'était Antoine. Alors de te dire que je l'aime plus, ça me fait tout drôle. C'est comme tu disais, dans le fond, que les choses ont irrémédiablement changé. Le temps passe.

— Alors, tu ne l'aimes plus ? » J'ai regardé par terre. Je me demandais pourquoi elle insistait tant sur cette question. J'avais envie de répondre une niaiserie, comme : « Je vais toujours aimer Antoine », mais ça aurait été faux. J'ai pensé à Simon, à son appartement, à sa voix et à son corps, à son rire quand il répétait : « Mais qu'est-ce que c'est que cette matière, c'est de la merde ? » pendant *Le père Noël est une ordure*, et j'ai répondu à Juliette : « Non. Non, je ne l'aime plus. Plus comme avant. »

Elle a hoché doucement la tête et elle est entrée chez elle, sans que je puisse deviner si elle était contente ou non de ma réponse. Moi, j'étais étonnée, étonnée et triste d'avoir enfin avoué cela, et je suis repartie vers la rue Notre-Dame, les bras toujours croisés.

Dans le taxi qui me ramenait chez moi, j'ai téléphoné à Daphné. Elle a répondu tout de suite, une voix fatiguée et douce que je ne lui connaissais pas.

« Daphné ? C'est Chloé !

— Oh, allô, Chloé.

— Ça va ?

— Hmm, hmm.

— Daphné, maman m'a dit que tu n'étais pas bien.

— Quoi ? Voyons donc. Depuis quand tu crois ce que maman raconte ?

— Mais... euh... depuis toujours. On a beau dire, elle a un instinct assez infaillible. Alors, qu'est-ce qu'il y a ?

— Mais si je te dis qu'il y a rien !

— Bien moi, je te dis que, moi aussi, j'ai un instinct pas pire quand vient le temps de savoir comment va ma sœur.

— Je suis fatiguée, c'est tout. On voit bien que vous avez pas des jumelles. Je suis fatiguée, je fais rien d'autre dans ma vie que de m'occuper de mes filles...

— C'est sûr, ma pauvre chouette. Normal. Tu t'en mets tellement sur les épaules, Daphné, à toujours vouloir que ta vie et ta famille soient parfaites.

— Ma vie est pas parfaite.

— Ah, voyons, Daphné ! Tu as une belle famille, un beau chum, une belle maison !

— Mais je suis l'esclave de tout ça ! Crisse, Chloé. Des fois... je t'envie tellement, j'envie tellement comment tu vis, tu peux pas savoir, ça me fait grincer des dents. » Je suis restée bouche bée. C'était la première fois que Daphné admettait que je pouvais avoir quelque chose qu'elle enviait. Et ce n'était pas une poupée, ou une jupe, ou un couvre-feu plus généreux – c'était « comment je vis ». Elle l'avait dit sincèrement, sans la petite touche de mépris qui d'habitude teintait ce genre de remarques.

« Daphné. Vraiment. T'es juste fatiguée.

— Non... » Elle a fait une pause. Je n'entendais rien, pas même son souffle, à l'autre bout de la ligne. Après quelques secondes, j'ai compris qu'elle pleurait.

« Mais Dadi ! » Je ne l'avais pas appelée Dadi depuis au moins dix ans. D'ailleurs, me suis-je dit, elle n'avait pas pleuré devant moi depuis au moins aussi longtemps.

« Voyons, Dadi, qu'est-ce qu'il y a ? C'est pas juste la fatigue, je le sais.

— Oh ! Chloé ! »

Elle sanglotait.

« C'est épouvantable !

— Mais quoi ! Qu'est-ce qu'il y a ? » J'ai été parcourue par un long frisson. Serait-il arrivé quelque chose à une des jumelles ? Non, impossible. Daphné n'aurait certainement pas essayé de me faire croire qu'il n'y avait rien. J'ai réfléchi quelques secondes, puis je me suis écriée : « Oh, mon Dieu, Stéphane est pas parti, toujours ?

— Non… mais… » L'idée m'est soudain venue que Daphné n'avait pas d'amis, à part quelques mamans de son quartier avec qui elle faisait parfois des promenades.

« Chloé ?

— Quoi ?

— Est-ce que je peux venir chez toi, ce soir ? J'ai trop de peine.

— Mais qu'est-ce qu'il y a ?

— J'aimerais mieux t'en parler de vive voix. O.K. ?

— Mais oui, mais oui. Viens-t'en quand tu veux. J'arrive chez moi à l'instant. Je t'attends.

— Oui. »

Elle a raccroché sans un mot de plus. J'ai escaladé les marches quatre à quatre, et je suis rentrée dans l'appartement, en me demandant si je devais tout de suite appeler ma mère. Puis, je me suis dit que non, que peu importe ce qu'il arrivait, Daphné ne voulait visiblement en parler à personne d'autre. Je me suis assise sur le divan, et je me suis mise à taper du pied. Daphné, même si elle partait sur-le-champ, n'arriverait pas avant une bonne demi-heure. Je tendais la main vers un livre quand le téléphone a sonné – évidemment, c'était ma mère.

Chapitre 12

J'ai regardé l'afficheur du téléphone pendant quelques secondes en me demandant si je devais répondre. Puis j'ai pensé que si je ne le faisais pas, je courrais le risque d'être boudée par ma mère, ce qui était toujours extrêmement long et pénible, et j'ai décroché.

« Oui, maman ! » En manœuvrant habilement, j'allais peut-être réussir à lui faire croire que je n'avais pas encore parlé à Daphné, et à raccrocher avant l'arrivée de cette dernière.

« Eh bien, je t'appelle étant donné que tu ne me rappelais pas.

— Maman... » J'ai poussé un soupir exaspéré. « J'attendais d'arriver à la maison. Je viens d'entrer. » J'étais contente : c'était vrai. Jusque-là, je n'avais pas encore eu à lui mentir. Et étant donné que, dans 99 % des cas, les mensonges, même inoffensifs, que je racontais à ma mère finissaient par me retomber sur le nez, j'étais très consciente de devoir ici minimiser l'ampleur des dégâts – ma sérénité future en dépendait.

« Alors ? m'a-t-elle demandé. Tu as parlé à ta sœur ?

— Maman, je te dis que je viens d'arriver. » Techniquement, je n'avais pas encore menti.

« Bon, mais essaie de l'appeler ce soir, Chloé. Je lui ai parlé deux fois cette semaine, et elle avait l'air terriblement à l'envers. » J'ai réentendu la voix éteinte de Daphné dire : « C'est épouvantable. »

« Peut-être qu'elle est juste fatiguée ? ai-je proposé.

— Non. Non, non, non. Je sens ces choses-là, moi.

— Oui, je sais.

— Je sens quand mes filles me cachent des choses. » J'ai serré les dents : faisait-elle exprès ? Soupçonnait-elle quelque chose ? C'était épuisant.

« Et puis, a-t-elle poursuivi, chaque fois que je lui disais que je sentais que quelque chose n'allait pas bien, elle me disait : "Mais, voyons." Elle ne se fâchait pas. Et tu connais ta sœur, c'est très suspect, ça.

— Effectivement. » Ma sœur était de ce genre de personnes qui ne supportent pas de se faire demander plus d'une fois comment elles vont. Quand nous insistions, elle répondait sèchement : « Pourquoi vous me demandez ça ? »

« J'aimerais que tu l'appelles, Chloé.

— Oui, oui, promis.

— Aujourd'hui ?

— Euh… oui, je sais pas, maman, Simon s'en vient. » J'ai souri malgré moi : c'était très fort, ça. Non seulement je venais de me trouver un alibi pour justifier le fait que je n'allais pas appeler Daphné tout de suite, mais, en plus, c'était l'excuse parfaite pour raccrocher bientôt.

« Simon ? a demandé ma mère.

— Oui, tu sais. Le nouveau… » J'ai hésité avant de prononcer le mot. C'était comme un mot magique, un mot qui, une fois lâché devant ma mère, ne pouvait plus être retiré. « ... le nouveau chum.

— Ah ! Ahh... » Elle avait l'air curieuse et amusée. « Veux-tu bien me dire pourquoi tu ne nous en as pas parlé ?

— Ah, je sais pas, c'est pas gentil, mais... je voulais attendre un peu, tu sais. Être certaine. J'avais l'impression que si j'en parlais, j'allais jeter un mauvais sort sur tout ça. »

Ma mère a ri au bout du fil : « Je comprends ça, ma fille. C'est mon genre aussi. Écoute, si tu es heureuse, je suis contente pour toi. Est-ce que je peux te demander comment il est, ou c'est trop audacieux ?

— Mais non. Il est gentil, il est doux comme tout, il est intelligent... » Je me suis rendu compte que je souriais en lui parlant. « Pour le moment, maman, j'ai l'impression qu'il a toutes les qualités du monde.

— Pourvou qué ça doure !

— Oui, pourvou qué ça doure. Mais ça m'a l'air parti pour dourer. Je pense. J'espère. » Je ne voulais pas trop m'avancer. C'était trop fragile, trop précieux, il ne fallait surtout pas faire fuir cette petite chose à peine éclose avec des paroles trop brusques, des pensées présomptueuses. Il fallait l'entourer, la nourrir, la cajoler doucement avec de bonnes et discrètes attentions. Je me suis souvenue de ma conversation avec Marcus, et de cette étrange et agréable pudeur qui m'avait habitée quand était venu le temps de lui donner certains détails.

« Il est beau ? m'a demandé ma mère.

— Oh ! Tellement ! Mmm... Il est blond aux yeux bleus, il est... oh ! Mais maman, tu sais c'est qui !

— Comment ça ?

— Parce que ! Papa t'a dénoncée.

— M'a dénoncée de quoi ?

— Mon journal intime ! Tu lisais mon journal intime quand j'étais petite.

— Oh ! Il t'a dit ça !

— Mais oui.

— Ah, mais Chloé, tu étais toute jeune. C'était inoffensif. Toutes les mères font ça, tu sais, pour mieux connaître leurs filles.

— Oui, me semble. » C'était inhabituel, et fort amusant : ma mère avait l'air gênée.

« C'est pas grave, ai-je dit. C'est pas grave. » Au fond, j'étais presque contente qu'elle l'ait lu, puisque cela nous permettrait de parler encore plus de Simon, de faire remonter notre histoire à une autre époque, de nous inventer une genèse.

« Tu te rappelles, ai-je poursuivi. Dans mon journal, je parlais tout le temps d'un garçon.

— Ah oui ! Mais oui ! Comment il s'appelait ? Il avait un nom slave ou quelque chose !

— Markovic. Il s'appelle Simon Markovic.

— Mais oui ! » Ma mère était ravie, et excitée comme une adolescente. « C'est pas vrai ! C'est très drôle ! Mais, raconte-moi tout ça ! »

Et je lui ai raconté. J'étais heureuse et fière d'avoir quelqu'un à décrire ainsi à ma mère, quelqu'un de bien, de beau, d'intelligent, et qui semblait m'aimer.

« Et son restaurant ? a demandé ma mère. C'est bon ?

— C'est é-cœu-rant.

— Mais tu devrais nous dire c'est où ! J'irais là, moi, avec ton père.

— Mais oui, je te le dirai. » J'ai imaginé mes parents débarquant au restaurant de Simon – ma mère criant : « Mais où il est ce jeune homme qui fait frémir ma fille ? » et mon père visitant les cuisines en disant : « Moui, moui, trèèèèès intéressant... C'est quoi cet appareil, un haut fourneau ?... », et j'ai ressenti un léger malaise.

« On ira ensemble, maman.

— Mais oui. Oh ! Ça va être très chouette !

— Mais avant, il faut penser à ton party d'anniversaire. Je vais parler à Daphné. Quelle date ferait ton affaire ?

— Comme tu veux, comme tu veux. Le vendredi qui suit mon anniversaire, pour moi, c'est parfait. Tu vérifieras avec Daphné, par contre, à cause de l'horaire de son mari. Des fois, il est à l'hôpital tard le vendredi soir. Tu vérifieras. Et Chloé ?

— Quoi ?

— Tu vas nous amener Simon ?

— Oh... je sais pas, maman... on a jamais invité d'autres personnes à ces soirées...

— Mais, ma chérie, ne sois pas ridicule ! Si c'est ton copain, il est bienvenu, voyons ! Et Antoine m'a dit qu'il était charmant !

— Antoine t'a dit ça ? » Je ne savais pas pourquoi, mais ça me fâchait.

« Oui, il l'a beaucoup aimé.

— Ah ben. » J'avais envie de lui répondre que ce n'était pas les affaires d'Antoine. « Tant mieux, ai-je fini par dire.

— Alors ? a demandé ma mère.

— Alors quoi ?

— Mais tu vas nous l'emmener, oui ou non ?

— Je vais voir, maman. Les vendredis soir, pour lui, c'est un peu compliqué. C'est des grosses soirées au resto. Mais écoute, je vais voir.

— Tu me promets de faire un peu de pression ? » Un peu de pression, dans le langage de ma mère, signifiait des menaces jusqu'à l'extrême limite de la légalité.

« Oui, maman. Je vais faire un peu de pression », ai-je répondu en souriant. Au même moment, on a sonné à la porte.

« Il faut que j'y aille, maman ! C'est Simon.

— Ouh ! Amuse-toi ma chérie ! Sois coquine !

— Oui, oui.

— Oh, et Chloé, tu m'appelles dès que tu as parlé à ta sœur, hein ?

— Oui, maman ! Je t'aime, bye ! »

J'ai lancé le téléphone sur le sofa avant de courir vers la porte. J'ai à peine eu le temps de me féliciter de l'issue de la situation et de me dire que, vraiment, un nouveau chum était un instrument de diversion fort efficace que je me retrouvais devant ma sœur, qui me regardait sans rien dire, les yeux plus cernés que jamais.

Elle était debout dans l'encadrement de la porte, dans une petite robe beige et une veste de jeans, avec aux pieds des sandales plates et usées qui me semblaient peu appropriées pour une journée fraîche et pluvieuse.

« T'as pas froid ? » ai-je demandé bêtement.

Elle a haussé les épaules et m'a simplement contournée pour entrer dans l'appartement. Je l'ai suivie jusqu'au salon, au milieu duquel elle est restée debout, en me tournant le dos.

« Daphné ? » Elle m'a lentement fait face, toujours sans rien dire, avec une expression d'une telle tristesse que j'ai failli me mettre à pleurer. Elle avait l'air, en fait, désespérée – et éteinte.

Je me suis approchée d'elle et je lui ai demandé, sur un ton suppliant qui m'a surprise moi-même : « Mais qu'est-ce qu'il y a ? » Puis j'ai vu son menton se mettre à trembler, et je me suis précipitée vers elle. Elle a lâché son sac et s'est jetée dans mes bras, et nous nous sommes laissées tomber sur le sofa – je la tenais contre moi et je ne comprenais pas ce que nous faisions là, ma sœur qui sanglotait et moi qui ne savais pas ce qu'elle avait et qui pleurais aussi, parce que je n'avais jamais pu m'en empêcher quand je la voyais pleurer.

Au bout de quelques minutes, je l'ai prise par les épaules et je l'ai doucement secouée.

« O.K. Ça va faire, là. Qu'est-ce qui se passe, Daphné ? Tu me fais peur ! »

Elle m'a regardée un instant. Elle avait les yeux rouges et gonflés, son nez coulait, et des mèches de cheveux étaient collées sur ses joues, mêlées aux larmes. Elle a ouvert la bouche, puis elle a souri. Moi, je la dévisageais, interdite, et je ne comprenais décidément plus rien du tout.

« Pourquoi tu souris ?

— Mais parce que tu pleures… »

Je me suis passé une main sous le nez, et j'ai souri à mon tour : « Tu sais que je pleure toujours quand tu pleures. » Ça l'a fait rire un peu, un rire triste et rempli de souvenirs. Elle a passé les mains sous ses yeux, longuement, et a respiré profondément. « O.K. ! » a-t-elle dit sur un ton décidé. Daphné n'avait jamais été capable de se laisser aller très longtemps.

« O.K. Eh bien… » Elle a respiré de nouveau. « Eh bien, je suis enceinte. »

J'étais assise devant elle, les yeux encore pleins de larmes, et j'étais totalement déconcertée. « Okéééé… » J'étais persuadée qu'elle voulait d'autres enfants – elle me l'avait même dit. Pendant quelques secondes, je me suis dit qu'elle était peut-être devenue folle à cause du déséquilibre hormonal et que, dans le fond, tout allait bien.

« Euh… tu es enceinte ?… ai-je finalement demandé, en faisant un geste de la main pour l'encourager à m'en dire plus.

— Oui.

— Et c'est… une bonne chose ?

— Oui… non… je sais pas ! » Elle a recommencé à pleurer, puis s'est immédiatement arrêtée. Quel contrôle, ai-je pensé. Quand même.

«Daphné, ai-je dit. Il va falloir que tu m'expliques un peu mieux. Parce que là là, juste là, je suis pas sûre que je te suis.

— Stéphane veut pas d'autres enfants, a-t-elle répondu, tellement rapidement, qu'on aurait dit un seul mot très long, une espèce de formule magique – "stéfanveupadotrenfan".

— Mais attends, ai-je dit, l'autre soir, chez toi, il disait que oui, que ça lui plairait éventuellement !

— Je sais.» Elle tenait sa gorge d'une main, comme si elle avait voulu bloquer les sanglots. «Mais quand je lui ai annoncé que j'étais enceinte…

— D'abord, quand est-ce que tu l'as su ?

— Une semaine après la soirée chez moi, quand t'es venue avec papa et maman et qu'on a mangé des merguez sur la terrasse. Donc, quand je lui ai annoncé, il a d'abord eu l'air déçu. Puis il s'est excusé, et il a dit : "C'est juste que c'est un peu rapide, les jumelles ont même pas deux ans." Et bon, j'étais d'accord. Moi aussi, je trouve ça un peu rapide. Puis on n'en a pas reparlé et finalement la semaine dernière, il est venu me voir et il m'a dit – il a été honnête au moins, faut lui donner ça ! – il m'a dit qu'il était désolé pour son comportement, mais que ça l'inquiétait vraiment, qu'il avait peur de pas être capable, qu'il paniquait et… oh, t'aurais dû le voir, Chloé, il pleurait, il se traitait de tous les noms…

— Mais t'as répondu quoi ? Qu'est-ce que tu vas faire ?

— Sur le coup, j'ai essayé de le rassurer – je veux dire : il paniquait vraiment. Mais j'étais fâchée, Chloé, je me disais que de toute façon c'est moi qui faisais tout, c'est moi qui m'occupais des enfants, c'est moi qui ai abandonné l'idée d'une carrière… En tout cas. On en a parlé longtemps, il a dit que, bien sûr, c'était ma décision, mais bon… et puis là, plus j'y pensais et plus…»

Cette fois, elle n'a pu retenir ses sanglots, et elle s'est remise à pleurer, la tête dans les mains.

« Oh, Chloé ! Moi non plus, je suis pas sûre d'être capable d'avoir un autre enfant !

— Comment ça, pas capable ? » Je me sentais à des milliers de kilomètres de Daphné. Ses problèmes étaient graves, et complexes – il y était question de vie, de morale et de lourdes responsabilités. Les miens étaient simples et légers, ils étaient faits de rêveries quotidiennes et de charmants désirs.

« Je suis fatiguée, Chloé. Tellement fatiguée ! Les jumelles, tu sais… des fois, je trouve que c'est tellement d'ouvrage, je me rends compte que je considère mes filles comme une job à plein temps plus que comme ma famille. Tu comprends ? Je m'en occupe tellement que je n'ai presque plus le temps de les aimer.

— Oh, Dadi… » Je la regardais, et je me disais : c'est ma petite sœur, après tout, ma petite sœur qui n'a que 26 ans. Parfois, de temps en temps, je devinais encore la jeune fille derrière la femme, la mère, l'épouse. Elle a porté une main à son ventre et j'ai pensé à ce qu'il y avait là, à cet enfant qui devait déjà lui sembler si lourd et si fragile.

« Alors, tu t'imagines, a poursuivi Daphné, un troisième enfant. Si Stéphane avait été emballé par l'idée, je dis pas. J'aurais peut-être trouvé quelque part une certaine énergie, mais là… chaque fois que j'y pense, j'ai le vertige.

— Mais qu'est-ce que tu vas faire ? » J'avais failli dire : « Est-ce que tu vas te faire avorter ? » Dans ma tête, je le savais, tout était plus simple. Je ne pouvais pas comprendre. Malgré toute ma bonne volonté, je ne pouvais pas saisir que la décision était impossible à prendre. J'ai soudain été submergée par une vague de satisfaction stupide – je n'avais pas à comprendre. J'étais loin de tout cela, protégée pour le moment de cette tristesse si sérieuse. Je pouvais encore être insouciante.

«Oui, bien, c'est ça», a dit Daphné. Elle ne sanglotait plus, mais des larmes coulaient continuellement de ses grands yeux noirs. «C'est ça. Je me tape sur la tête tous les jours. Tous les jours. Je me trouve tellement conne! Tellement conne d'avoir laissé ça arriver! Peux-tu croire? On a arrêté de faire attention, il y a six mois déjà. Moi je me disais: si ça arrive, ça arrivera. Et là je m'en rends compte que... que ça aurait peut-être pas dû arriver...» Elle avait de la difficulté à dire certains mots, comme s'ils avaient été sacrilèges – elle les prononçait tout bas. «Mais qu'est-ce que je vais faire?»

Je la regardais d'un air abruti et peiné – elle savait aussi bien que moi que je n'avais ni la compétence ni le droit de lui répondre.

«Je peux pas me faire avorter», a-t-elle finalement dit.

J'ai risqué un «pourquoi?».

«Je peux pas, a dit Daphné. Je peux juste pas. Moi qui ai participé à des manifestations pro-choix, je peux pas. Je peux pas!» Elle a répété «je peux pas» encore quelques fois, en se frottant les bras et en pleurant.

«Oh, mon Dieu...» Je lui ai pris une main, et je n'ai rien dit d'autre. Il n'y avait pas grand-chose à ajouter, de toute façon. C'était, de toute évidence, une situation sans issue – en fait, je savais déjà qu'elle garderait son bébé. Elle aussi, d'ailleurs. Mais elle allait le faire sans joie, du moins au début – je voulais croire qu'elle finirait par en trouver, de la joie, dans son ventre qui allait grossir, dans le petit corps de cet enfant qu'elle aimerait, évidemment, au bout du compte.

Alors je lui ai dit, puisque seul le superflu me semblait encore approprié: «Ça va aller. Ça va aller. Tu veux un drink?»

Elle a levé la tête vers moi, un petit sourire au coin des lèvres cette fois. « T'es pas croyable, hein ?

— Oh ! Oh, oups. Non, excuse-moi. » Je me suis frappé le front. « Non, excuse-moi, c'est ridicule. Tu es enceinte. Évidemment. Mais euh...

— Mais oui, va t'en faire un.

— Tu veux quelque chose ? De l'eau ? Un jus ?

— Qu'est-ce que t'as ? »

J'ai pensé au contenu de mon réfrigérateur. J'avais du jus de canneberges, pour faire des cosmopolitains, du jus de pamplemousse rose, pour faire des Salty Dogs, du Clamato, pour faire des Bloody Ceasar, et du Gatorade, pour les lendemains de veille.

« Canneberge, pamplemousse, Clamato, ai-je répondu. Ou du Gatorade. » Daphné a souri. « Je prendrais peut-être un Virgin Ceasar. »

Je suis partie vers la cuisine, en maudissant ma bêtise, et en me demandant ce qu'aurait dit Marcus, lui qui savait toujours quoi dire, lui qui avait des mots pleins de compassion et de compréhension, des mots comme des baumes. Il lui poserait des questions, me suis-je dit. Marcus posait toujours des questions aux gens tristes. Il leur faisait parler de leur peine, il les forçait à la connaître, à l'apprivoiser.

Alors quand je suis revenue au salon, avec, dans une main, un Virgin Ceasar et dans l'autre, un Bloody Ceasar, je me suis assise tout contre Daphné, qui caressait pensivement Ursule, et je lui ai demandé, tout simplement, comment elle se sentait.

« Comment ? a-t-elle répondu. Mais... mais je sais pas trop. Pas bien, ça c'est sûr.

— Le premier mot qui te viendrait à l'esprit.

— Coupable, a dit Daphné. Terriblement coupable. » Puis elle a ajouté : « Et confuse. Je sais pas ce que je veux, Chloé. Et ça m'arrive rarement, ça, tu sais.

— Oui, je sais. » Nous avons souri toutes les deux.

« Ça n'a aucun sens, en plus ! a-t-elle poursuivi. Depuis une semaine, je me creuse les méninges, je fais des listes de pour et de contre et...

— Qu'est-ce qu'il y a dans tes listes ?

— J'en ai apporté une. Si ça te dérange pas. » Elle s'est penchée vers son sac à main, et pendant qu'elle en sortait une feuille proprement pliée, j'ai ressenti une irrépressible bouffée d'affection et le désir, depuis si longtemps remisé, de la protéger.

« Tiens, m'a-t-elle dit. Tu vas sûrement trouver ça stupide, mais c'est ça que ça a donné. »

Il y avait sur la feuille deux colonnes, séparées par un long trait qu'elle avait fait à la règle. Je n'ai pu retenir un sourire. Daphné, ma petite sœur dont les cahiers d'école étaient toujours impeccables, et qui encore aujourd'hui prenait soin d'utiliser une règle pour une liste qu'elle avait dû rédiger dans un moment d'angoisse.

D'un côté, elle avait noté les « contre » :

· Stéphane ne veut pas d'autres enfants.

· Je suis fatiguée.

· J'en ai déjà plein les bras avec les jumelles.

· Le timing est mauvais (trop vite).

· J'ai l'impression de faire une erreur.

· J'ai peur de devenir une mauvaise mère si j'ai un enfant de plus.

Puis, dans la colonne de droite, il y avait les « pour » :

· Un bébé.

J'ai lu la feuille, et j'ai pointé « un bébé ». « C'est tout ? » ai-je demandé à Daphné. Sa voix a craqué quand elle a dit : « J'ai rien trouvé d'autre.

— En même temps, c'est sûr que c'est beaucoup, un bébé.

— Je sais. » Elle caressait toujours Ursule, qui s'était maintenant retournée sur le dos et qui ronronnait comme un petit moteur.

« Daphné... » Je me suis arrêtée. Je me sentais bête et maladroite. « Pourquoi tu dis que tu peux pas te faire avorter ?

— Parce que... » Elle a agité une main comme le font les Italiens dans les caricatures. « C'est physiologique. Je veux dire, je sais déjà que j'en serais incapable, de la même façon que je serais pas capable de me faire arracher un bras. C'est pas une question de morale ou d'éthique. Non, moralement, j'ai pas de problème. C'est ça, le plus ironique. Mais de toute façon... je sais pas non plus si je *veux* le faire. Hier matin, j'étais de bonne humeur, je faisais déjeuner les jumelles et je les imaginais, à 2 ans et demi, avec leur petit frère ou leur petite sœur, et je me disais : si on engageait quelqu'un trois ou quatre jours par semaine, ça pourrait aller, et tu vois, j'imaginais mon bébé, et je me disais que ça allait être un bonheur d'allaiter de nouveau.

— Hé, boy...

— Je sais ! Hé boy, mets-en ! C'est une no-win situation ! Tu vois, quand j'en parle comme ça, je deviens attendrie et je me dis : "Ah, allez, je le garde" et je suis toute contente pendant, quoi, quatre minutes. Et après j'y repense, ou je vois Stéphane se promener dans la maison avec un air piteux et qui se morfond, et je me dis que ça n'a aucun sens. Aucun sens, Chloé. Si je voulais ce bébé-là à mort, je dirais à Stéphane de manger de la marde, et je l'aurais. Mais là... je le comprends de paniquer à l'idée d'en avoir un autre, crisse, moi aussi, je panique. »

Elle s'est mise à rire : « C'est ridicule ! Complètement ridicule ! Puis si je le voulais vraiment pas, je me dis que j'aurais pas cette réticence viscérale à me faire avorter.

Et je t'aurais demandé de mettre au moins huit onces de vodka dans mon drink. »

J'ai ri moi aussi. « Ah, ça me fait du bien d'en parler, a-t-elle dit.

— Mais je suis tellement nulle, Daphné, je sais tellement pas quoi te dire.

— Non, juste d'en parler. Juste de m'écouter. Depuis des semaines, je rumine toute seule – je peux pas en parler à Stéphane, il devient tellement désemparé que ça m'enrage.

— Maman se doute de quelque chose.

— Ah, je sais ! Elle m'a appelée deux fois cette semaine, et j'avais beau essayer d'avoir l'air normale, tu la connais...

— Pourquoi tu lui en as pas parlé ?

— Au téléphone, comme ça ? Non, je me sentais pas capable. Et puis, je voulais t'en parler à toi avant.

— À moi ? » Je me suis sentie toute fière.

« Mais oui, a dit Daphné. Tu sais, avec les filles et tout, je vois plus beaucoup mes amies. Et de toute façon, t'as toujours été la personne dont je me suis sentie le plus proche.

— Moi ? » J'étais flattée, mais aussi un peu mal à l'aise : je ne me sentais pas proche de Daphné. Du moins, plus depuis des lustres. À une époque, nous avions été proches – des sœurs, vraiment – mais ce temps s'était enfui. Aujourd'hui, ma propre sœur m'était moins familière que mes amis. Je l'aimais, beaucoup même, mais je me sentais loin d'elle. Que s'était-il passé ? Je regardais Daphné, et je n'avais pas de réponse. Elle était devenue sérieuse, elle s'était retirée, recroquevillée. Un jour, j'avais arrêté de la faire rire, et elle avait commencé à barrer la porte de sa chambre. J'avais insisté, je m'en souviens, puis j'avais laissé tomber. Je devais avoir 14 ans, Daphné à peine 12.

Il y avait eu aussi cette fois, dans la cour de notre école secondaire, où Daphné était venue me voir – elle venait d'entrer en secondaire I et ne connaissait personne. Je lui avais dit sèchement de s'en aller, que je ne voulais pas être vue avec un « petit mox de I ». Elle avait tourné le dos, et ne m'avait pas adressé la parole pendant près d'un mois. Quand mes parents essayaient de la raisonner, elle répondait : « C'est elle qui ne veut pas me parler. » Mais elle ne leur avait jamais raconté l'incident de la cour d'école – un geste qui m'avait totalement désarçonnée et que j'étais incapable de comprendre. Je n'avais rien dit moi non plus ; j'étais triste, et je m'en voulais, mais j'étais trop orgueilleuse pour m'excuser.

Au bout d'un certain temps, elle avait recommencé à me parler, mais jamais comme avant. Notre relation était civile, cordiale et automatique. J'entrais maintenant dans sa chambre, je lui parlais des garçons de ma classe, elle répondait sans enthousiasme. Parfois, elle me racontait ses rêves (une carrière d'avocate ou de gymnaste) et ses (très rares) amours, et je l'écoutais. Nous regardions ensemble *Lance et Compte* en mangeant du mélange à gâteau Duncan Hines que je faisais à peine cuire, ce qui enrageait ma mère mais nous ravissait, surtout quand notre père venait nous en voler quelques bouchées. Je lui prêtais des robes, qu'elle essayait dans le secret de sa chambre, sans jamais nous permettre de la voir.

Tous ces souvenirs étaient lointains, et surtout distants. Souvent, je me disais que si Daphné n'avait pas été ma sœur, je ne me serais jamais liée avec elle. Pas par antipathie, mais parce que nous n'étions tout simplement pas faites pour nous lier. C'était ainsi que j'interprétais les choses – nous étions deux personnes réunies par un hasard génétique, deux personnes qui ne savaient pas comment se connaître.

C'est pourquoi j'ai répété à Daphné sur un ton qui, je l'espérais, aurait l'air plutôt anodin :

« Moi ? Je suis la personne dont tu te sens le plus proche ?

— Oui, toi. Je sais, toi, tu as tes amis et tout, et puis je suis pas vraiment démonstrative, mais... t'es ma grande sœur. » La jeune fille, encore, qui refaisait subrepticement surface.

« En tout cas, a-t-elle dit. C'est pour ça que je voulais t'en parler à toi avant maman. Elle est toujours tellement intense avec ces affaires-là ! Toi, t'es plus cool. Quoique c'est pas vraiment difficile d'être plus cool que maman... »

J'ai ri. « Non, c'est sûr. D'ailleurs, parlant de maman, qu'est-ce qu'on va lui dire ? Elle me harcèle.

— Ouais... Tu penses que tu peux garder le secret ? Au moins jusqu'à ce que ma décision soit prise ? »

J'ai pris une grande gorgée de Bloody Ceasar. J'aimais la vodka et son doux effet. Je me sentais un peu molle, et honnête. « Daphné, sincèrement, elle est pas déjà prise, ta décision ? »

Elle a baissé les yeux. « Jusqu'à ce que je sois moins confuse, alors. Je veux pas faire face à maman avec toutes ces questions et ces angoisses-là, Chloé. Ce serait trop dur. »

Je l'ai prise par le bras. « Je sais exactement ce que tu veux dire. Pas. Un. Mot. » Puis j'ai pensé à notre mère : « En tout cas, je vais essayer de mon mieux. » Daphné a ri. Elle savait elle aussi ce que je voulais dire.

« Oh, d'ailleurs, a-t-elle ajouté, quand maman m'a téléphoné cette semaine, c'était pour me parler de ton c.h.u.m. »

J'ai fait un grand sourire. « Mon c.h.u.m., hein... »

Plus jeunes, Daphné et moi trouvions que « chum » était un mot fascinant et terrifiant qui ne devait être prononcé que lorsque nécessaire. Le reste du temps, nous parlions de nos c.h.u.m.s., comme dans : « Le gars avec qui tu es sortie hier, est-ce que c'est ton c.h.u.m. ? » « Peut-être. Un c.h.u.m. potentiel. »

« Alors ? m'a dit Daphné, raconte !

— Non, non, il y a rien de fascinant.

— Pardon ? C'est totalement fascinant ! Ma grande sœur a un c.h.u.m. ! Je t'ai pas entendue utiliser ce mot-là depuis douze ans !

— Mais oui, mais Dadi, tu vas pas bien et...

— ... et tu serais très aimable de me changer un peu les idées deux ou trois minutes.

— O.K., O.K... C'est Simon Markovic.

— NON ! a crié Daphné en se donnant une grande tape sur les cuisses. C'est pas vrai ! Mais tu dois plus te pouvoir ! Tu m'as cassé les oreilles avec ce gars-là pendant, quoi, trois ans ?

— Au moins. »

Elle riait, les mains sur la bouche, comme une étudiante du secondaire. Je me suis demandé si elle ne regrettait pas, parfois, d'être devenue si rapidement adulte.

« Mais, raconte ! a-t-elle dit.

— T'es sûre ? Quand on était petites, ça t'emmerdait quand je te parlais de lui.

— Ah, mais non... je voulais juste avoir l'air au-dessus de mes affaires. Je sais pas pourquoi je réagissais comme ça. Peut-être parce que j'étais un peu jalouse que t'aies l'air d'avoir plus de fun que moi dans la vie. Alors je m'étais dit : Je vais être la fille super sérieuse, celle que tous les adultes vont trouver mature et intéressante et tellement sage pour son âge. C'était ma façon à moi de me différencier. De maman, qui était tellement exubérante, et de toi.

— Ah oui ? » J'étais toute étonnée. « T'étais bonne, Daphné, parce que j'ai toujours cru que t'étais tellement sage pour ton âge. Un peu trop en fait. »

Elle a haussé les épaules. «Je sais. En fait, depuis que j'ai eu les jumelles, j'ai plus vraiment besoin de faire semblant.» Une ombre est passée sur son visage. «Tu dois me trouver plate, hein?» m'a-t-elle demandé.

Je l'ai regardée un instant, dans sa petite robe beige, avec sa coupe de cheveux «pratique» qu'elle avait depuis des années. J'ai pensé à elle, petite, qui faisait ses devoirs sur la grande table de la salle à manger et qui aidait ensuite ma mère à mettre la table en disant qu'elle ne voulait pas s'intéresser aux garçons, elle, avant d'avoir au moins un bac. À sa chambre, toujours rangée, avec sa bibliothèque et ses trois trophées de gymnastique. Elle était si sérieuse.

«Non... ai-je répondu. Mais... mais je te *comprends* pas Daphné. J'ai du mal à m'expliquer comment quelqu'un peut passer sa vie à ne faire que ce qui est raisonnable. Maintenant, c'est sûr, tu as les filles, des responsabilités, mais même avant. Câline, que t'étais raisonnable!»

Elle a souri. «Oui, mais, tu sais, pour certaines personnes, c'est plus facile d'être raisonnable.»

Nous n'avons rien dit pendant quelques secondes. Elle pensait à son bébé, et moi aussi.

«Alors, a dit Daphné au bout d'un certain temps. Et Simon? Raconte-moi, pour vrai. Je vais virer folle si je me change pas les idées.

— Eh bien voilà...» Notre histoire était courte et, pour le moment, plutôt simple. Mais pour Daphné, j'ai trouvé des détails et des détours, des moments drôles et un peu de suspense. Elle était contente, je le voyais, et je me disais que c'était bête de ne faire cela que maintenant, alors que nous étions devenues des adultes – enfin, elle, et moi un peu.

«C'est super, a-t-elle dit quand j'ai eu terminé.

— Oui. Je suis contente. Vraiment contente.

— Tu crois que ça va être lui, le bon ?

— Daphné ! Ça fait même pas un mois !

— Pas grave. Ça se sent, ces choses-là. Moi, quand j'ai rencontré Stéphane, j'ai su tout de suite. Et j'ai jamais douté depuis.

— Même là ?

— Mais oui, même là. Alors ? C'est le bon, ton Simon ? »

J'ai fait une petite grimace. Je n'avais jamais pensé à ce que « le bon » pouvait être. Le père de mes enfants ? Celui avec qui j'allais finir mes jours ? Ces notions me dépassaient complètement. Je ne voulais qu'un amour, après tout. C'était assez pour l'instant.

« Sérieusement, je sais pas Daphné. Mais quand je pense à lui, je me sens comblée. Je voudrais pas être sans lui, et je voudrais être avec personne d'autre au monde.

— Personne d'autre ? »

J'ai regardé le salon, la pluie qui tombait dehors, Ursule qui ronronnait. « Non.

— Alors, c'est le bon, a dit Daphné.

— Arrête. C'est des mots que j'aime pas, ça.

— Tu vas apprendre… » Elle a fait une pause et s'est mise à rire : « Écoute-moi, j'ai vraiment l'air d'une vieille matante !

— Mais non… d'une jeune matante. » Elle a ri de bon cœur et m'a donné une petite tape sur le bras.

« Oh, en passant, a-t-elle ajouté. Qu'est-ce qu'on fait pour la fête de maman ?

— Ouais, je voulais t'appeler… le vendredi suivant son anniversaire, ce serait cool pour elle. »

Daphné a compté sur ses doigts. « Ça tomberait donc le 8 octobre. » Elle a réfléchi. « Stéphane travaille seulement dans la journée. Ce serait parfait. On a une thématique ? » Chaque année, nous organisions la fête selon une thématique plus ou moins sérieuse : trattoria italienne, festin bordelais, *comida mexicana*, gastronomie thaïlandaise, pow wow (qui, étonnamment, avait été un vif succès) ou encore cabane à sucre (un flop monumental).

« Je sais pas, ai-je dit. Faudrait voir.

— D'accord. Mais on booke le 8 ?

— Oui. Je vais appeler papa demain.

— Et Juliette et Antoine vont pouvoir venir ?

— Mais oui, c'est sûr. Ils manqueraient pas ça pour tout l'or du monde.

— Good ! J'ai hâte de les voir.

— Ah, come on, Daphné. Tu les aimes même pas. » J'étais persuadée qu'elle n'avait aucune affection pour eux. Antoine n'aidait pas sa cause en lui faisant des clins d'œil mais en draguant maman, et Juliette et elle n'avaient tellement rien en commun que c'était devenu un running gag.

« C'est pas vrai, a dit Daphné très sérieusement. Je les aime beaucoup. » Je voyais dans ses grands yeux qu'elle ne mentait pas. Décidément, ai-je pensé, elle n'a pas fini de me surprendre.

« Mais tant mieux, ai-je dit. Ça me fait plaisir. » C'était vrai. Daphné a regardé sa montre. « Oh, il va falloir que j'y aille. Stéphane est tout seul avec les filles.

— Pis ? T'es toujours toute seule avec les filles.

— Arrête, je sais, je sais. Mais il faut que j'y aille. » Je n'ai pas insisté. Daphné avait horreur qu'on lui donne la moindre opinion sur sa relation avec ses enfants et ce que ma mère appelait son « dévouement maniaque ».

« Tu vas être correcte ? lui ai-je demandé.

— Oui, oui. » Elle avait repris le ton distant et énergique qu'elle utilisait toujours.

« Non, Daphné. » Je l'ai attrapée par le bras. « Pour vrai. »

Elle a soupiré et m'a regardée droit dans les yeux avant de répondre, d'une voix plus douce : « Ça va finir par aller, Chloé. »

Je l'ai prise dans mes bras. « Appelle-moi quand tu veux, O.K. ? N'importe quand. Je suis sérieuse. » Elle a souri – je venais visiblement de lui faire extrêmement plaisir. « D'accord, a-t-elle dit.

— S'il y a quoi que ce soit, tu me téléphones. Promis ?

— Juré.

— Croix sur ton cœur ?

— Pis toute la patente. » Nous nous sommes enlacées de nouveau. Elle allait sortir quand elle s'est retournée vers moi : « En passant, tu amènes Simon, hein ?

— Quand ? Où ?

— Mais à la fête de maman, innocente !

— Oh, je sais pas...

— ... Chloé, c'est même pas discutable.

— Je vais voir... Maman m'en a parlé aussi. S'il travaille pas, oui.

— Tu sais bien qu'il va se libérer.

— Ouais, je suppose... » J'étais, en fait, terrifiée à l'idée qu'il rencontre ma famille, et je n'arrivais pas à accepter l'idée qu'il allait maintenant être « un des nôtres ». C'était, je n'en étais que trop consciente, des angoisses ridicules et infantiles.

« Mais oui, ai-je soupiré. Il sera là. »

Daphné a souri et m'a serré la taille. « Ça va être une belle soirée, Chloé. Une super belle soirée. »

Chapitre 13

Le jour de l'anniversaire de maman, je n'étais plus certaine du tout, mais vraiment pas du tout, que nous allions passer une « super belle soirée ». Tout allait bien, pourtant. J'étais chez mes parents depuis midi, et Daphné et moi nous affairions dans la cuisine pour préparer ce qui devait entrer dans le menu de notre « casbah marocaine ». Un long débat sur la nationalité de la casbah avait eu lieu : devait-elle être spécifiquement marocaine ? Ne pouvait-elle pas être algérienne ou tunisienne ? Mais le mot « casbah » n'était-il pas exclusivement marocain ? avait fait remarquer mon père. Comme nous n'en savions rien, nous avions songé à une casbah maghrébine, puis Daphné avait fait valoir que, de toute façon, notre recette de tajine était typiquement marocaine, aussi étions-nous revenus à la casbah marocaine, tout simplement, en nous promettant d'assommer quiconque y trouverait à redire.

Daphné n'avait toujours rien « décidé », mais je la soupçonnais de s'être faite à l'idée d'avoir un autre bébé et d'y avoir enfin trouvé un peu de joie. Depuis son passage chez moi, nous nous étions parlé presque chaque jour – ce qui n'était pas arrivé depuis mon départ de la maison, il y avait déjà dix ans. Elle restait triste et agitée, mais je l'avais sentie, progressivement, s'adoucir. La veille, nous étions allées faire les courses ensemble, et elle avait été drôle, et presque légère, deux mots que je ne lui accolais que très rarement. Je ne le lui disais pas, mais la dernière fois que je l'avais vue ainsi, elle était enceinte des jumelles.

Les invités devaient arriver vers dix-neuf heures, et ma mère, vers vingt heures. Elle se réservait toujours une entrée de star, revenant généralement de chez le coiffeur, et faisant immanquablement mine d'être surprise. Il n'était que dix-sept heures, et nous avions mis la table, le tajine était sur le feu, le dessert était prêt, et il ne restait que quelques petites choses à terminer. Mon père venait d'ouvrir une bouteille de vin et m'avait servi un verre – il sirotait le sien en se promenant débonnairement dans la grande cuisine, en soulevant des couvercles et, de manière générale, en trempant un doigt dans tout ce qu'il trouvait.

Je n'avais pas à être nerveuse. Je le savais. Mais j'avais une furieuse envie de caler mon verre de vin et d'ensuite me jeter voracement sur la bouteille, avant d'en ouvrir une autre. De temps en temps, Daphné passait à côté de moi et me donnait une petite tape sur la tête en disant : « Ça va aller... » Mon père s'assoyait à la table de la cuisine et me demandait : « Mais, pourquoi ça n'irait pas, hmm ? » Et je me répétais : « Effectivement, oui, pourquoi ça n'irait pas », mais sans me croire.

Tout d'abord, il fallait tenir compte du dossier de ma mère, à qui je ne pouvais plus faire croire que Daphné ne voulait rien me dire – j'avais héroïquement réussi à garder son secret durant les deux dernières semaines, mais j'étais persuadée qu'il allait être totalement, absolument, irrémédiablement impossible de maintenir un front uni devant elle. Je caressais le très mince espoir que la présence de personnes extérieures à la famille l'empêche de faire un esclandre, mais je savais très bien qu'après son troisième martini elle allait m'attirer dans un coin, me regarder droit dans les yeux et me dire : « Allez, déballe ton sac », ne me laissant d'autre choix que de : 1) déballer le sac en question et par le fait même donner lieu à une scène des plus disgracieuses (ma mère criant au scandale, mon père ne comprenant rien, Daphné pleurant, les jumelles hurlant parce que leur mère pleure et Stéphane étant accusé de tous les maux de la planète) ; ou 2) me sauver par une fenêtre.

L'arrivée imminente de Simon, aussi, me terrorisait – il avait évidemment accepté avec joie de venir, même si je ne le lui avais demandé que quelques jours auparavant, après avoir longuement songé à ne pas lui en parler et à dire à mes parents qu'il avait un empêchement. Il avait tout de suite proposé de nous aider pour le souper (il était tellement gentil – un ange), mais j'avais refusé. D'abord, parce que je considérais que c'était trop d'ingérence trop vite, mais aussi parce que, selon la tradition familiale, le repas n'était préparé que par Daphné et moi. C'était une de ces traditions futiles auxquelles je tenais mordicus, sans savoir pourquoi – il m'aurait semblé que d'y déroger aurait été impardonnable et sacrilège.

Je regardais de temps en temps l'horloge en pensant : « Il est encore temps. » Peut-être que quelqu'un va appeler du restaurant et lui dire qu'il y a eu une catastrophe. Peut-être que sa mère va lui téléphoner de Kingston parce que son père a eu un accident (rien de grave, bien sûr – une blessure temporaire dont il se serait magiquement remis le lendemain matin, une fausse alerte). Peut-être qu'il va m'appeler pour m'avertir qu'il a une terrible migraine, ou une insupportable crampe à la jambe qui l'empêche de marcher (encore une fois, rien de grave, un problème passager et sans aucune autre conséquence que de l'empêcher de venir).

C'était stupide de ma part – totalement idiot et enfantin. Je n'avais pas à m'inquiéter pour Simon. Ma famille et mes amis étaient merveilleux. Ils allaient être drôles, spontanés, amusants, divertissants et on ne peut plus attachants. Et ils allaient, évidemment, adorer Simon. J'étais en effet en train de faire la découverte progressive et sidérante de la perfection de Simon. Il était parfait. Absolument parfait. C'était enivrant, et vaguement dérangeant. Il était drôle, cultivé, curieux, beau, doux, gentil et généreux. Il faisait bien l'amour. Il faisait bien à manger. Il s'intéressait à tout. Il savait se faire désirer, il savait quand s'éclipser et quand être là, il savait quels petits cadeaux m'offrir en surprise pour me faire craquer. Et en plus – et c'est en remarquant ces détails que j'avais commencé à croire qu'il y avait un truc – il savait se laisser aller et ne rien faire.

Juliette, à qui j'avais parlé de cette perfection au téléphone, avait dit : « Peut-être qu'il est vraiment un elfe. As-tu vérifié ses oreilles ?

— Qu'est-ce que tu penses. C'est la première chose que j'ai faite. Elles ne sont pas pointues.

— Hmm. Peut-être qu'il s'est fait opérer. Attends cet hiver. S'il marche par-dessus la neige, tu as la réponse. Ou alors tu le provoques en combat. S'il se bat avec la grâce d'une libellule et la force d'un lion, tu ne te poseras plus de questions.

— Arrête. Je serais même pas surprise.

— Allez, avait dit Juliette. Je dois y aller. Il me reste du travail. Je verrai ton prince de Lothlorien chez tes parents. »

La veille, alors que nous soupions tranquillement chez lui, il m'avait dit : « J'ai hâte de rencontrer ta famille. » Et comme je pouvais tout dire à Simon et que je me sentais avec lui toujours parfaitement moi-même, je lui avais répondu : « Ça m'inquiète un peu.

— Pourquoi ? avait demandé Simon en me servant des pâtes.

— Je sais pas. Tous ces gens-là sont tellement importants pour moi, et... et toi, tu es plus important pour moi que... » Je m'étais rendu compte que j'étais gênée par certains mots. Il y avait certaines choses que je ne savais pas dire. J'avais toussoté : « Tu es la première personne à prendre, pour moi, autant d'importance que ces gens-là. Ça ne m'est jamais arrivé. »

Il s'était approché de moi et m'avait dit, avec un air indéfinissable : « Chloé... je crois que je suis amoureux de toi. » Puis il avait souri, s'était reculé et avait ajouté : « Non, en fait, j'en suis pas mal certain. »

J'avais cessé de manger – j'étais tellement troublée que je ne savais pas comment réagir. Je lui avais pris la main, et nous étions restés là, en silence, nos doigts enlacés. Je n'avais pas dit « moi aussi ». Je ne voulais pas d'un « moi aussi ». Je voulais que mon premier « je t'aime » m'appartienne, entièrement.

Et malgré tout cela, à deux heures à peine de son arrivée, j'étais totalement angoissée, au point de me demander si je n'allais pas recommencer à fumer. J'ai donc décidé d'aller voir Daphné, qui arrangeait des fleurs dans le salon, histoire de penser à autre chose et de remettre mes problèmes en perspective.

Elle était assise sur un des sofas et déplaçait des fleurs dans un grand vase de cristal, en chantonnant doucement. Je l'ai regardée faire quelques secondes – elle tassait un lys d'un nanomètre, en avançait une autre, tournait imperceptiblement sur elle-même une grosse fleur rouge dont je ne connaissais pas le nom.

« Hé, a-t-elle dit en me voyant. Ça va ?

— Oui, pourquoi ?

— Oh, je sais pas, parce que t'as l'air angoissée, peut-être ? » Elle a posé sur la table une longue feuille verte. « Chloé. De quoi t'as peur, vraiment ? Tu sais bien qu'on va l'aimer. As-tu si peur qu'on fasse mauvaise impression ?

— Non ! Non ! Mon Dieu. Je n'ai aucune inquiétude là-dessus. Tellement pas.

— Alors, qu'est-ce qu'il y a ? »

Je me suis assise lourdement sur le divan à côté d'elle, avec une conscience aiguë de mon égoïsme et de ma futilité. Daphné vivait un drame carrément en dehors de mes capacités de compréhension, et je ne pouvais m'empêcher de l'entretenir d'une inquiétude que j'avais littéralement inventée de toutes pièces.

« Je sais pas... ai-je dit. J'ai l'impression que d'amener Simon ici implique tellement de choses... » Daphné me regardait avec une expression pleine de sollicitude, qui n'était pas sans rappeler celle d'une mère écoutant les déboires insignifiants de sa jeune fille. C'était, ai-je pensé, tout à fait approprié.

« C'est normal, a-t-elle répondu. Crime, c'est la première fois que tu amènes un gars dans la famille. À part Antoine, mais c'est pas pareil.

— Non, c'est pas pareil. » Antoine. Rien n'était jamais pareil avec Antoine. Il était imprévisible, et j'étais toujours fière d'être une des seules personnes à pouvoir, parfois, prévoir ce qu'il allait faire.

« Je sais ce qui te fait peur, a dit Daphné.

— Quoi ?

— Promets-moi que tu te fâcheras pas.

— Pourquoi je me fâcherais ?

— Parce que ce qui t'angoisse, c'est que la venue de Simon ici, ça marque la fin d'une époque, et le début d'une autre. Une partie de toi était encore ado, Chloé et…

— Mais franchement ! J'ai 28 ans, Daphné. C'est pas parce que j'ai pas une maison et un mari que…

— Hé ! J'ai dit : "Fâche-toi pas !" *Il y a* une partie de toi qui est très ado. Et c'est précisément cette partie-là que j'envie. Aujourd'hui, tu en laisses un peu derrière toi. C'est plus juste la famille, les amis et la vie sans attaches. Il y a quelqu'un d'autre. Ton cercle s'élargit. C'est sûr que c'est un peu angoissant. »

J'ai regardé mes pieds. « Ostie que tu m'écœures.

— Pardon ?

— Mais t'as raison, ma maudite. Je suis vraiment ridicule, hein ?

— Ah, veux-tu bien. » Elle m'a prise par les épaules. J'ai pensé à Juliette, qui aurait souhaité que le temps s'arrête, et je me suis sentie nostalgique. Heureuse et nostalgique à la fois. J'avais 28 ans et je venais de comprendre qu'on perd toujours un peu de quelque chose en avançant. Et vraiment, dans mon cas, on pouvait dire que j'avais héroïquement repoussé le moment du premier départ aussi loin que possible. Il était temps, me suis-je dit.

Daphné m'a doucement brassée : « Allez, coquine. » Si elle me dit une phrase du genre « bienvenue dans le monde adulte », ai-je pensé, je lui fais avaler ses lys un par un. Mais elle a simplement ajouté : « En plus, comme je te connais, tu vas adorer avoir des petites nostalgies du "temps d'avant". C'est tellement l'fun. C'est doux, ça fait juste assez mal, ça permet de se vautrer dans le narcissisme… c'est vraiment merveilleux. J'ai toujours trouvé que ce buzz ressemblait à celui de l'alcool. Et puis toi et l'alcool, hein… »

J'ai levé la tête vers elle, et je lui ai dit pour la première fois de ma vie : « Daphné, t'es extraordinaire. » Je ne savais si c'était le fait d'avoir des enfants qui l'avait rendue si habile, mais elle avait réussi à me dire mes quatre vérités en épargnant mon orgueil, en m'apprenant quelque chose et sans me faire sentir comme une demeurée.

Elle a souri – il y avait dans ses yeux une petite étincelle joyeuse – et a dit, sur un ton faussement condescendant : « Ah, c'est rien... tu comprendras en mûrissant... »

J'ai ri et l'ai poussée avec mon épaule, en disant : « Mange donc de la schnoutte » et en pensant qu'en fait elle avait raison.

Au même moment, mon père est entré dans le salon et s'est laissé tomber dans son fauteuil en soupirant : « Ouf ! Eh bien, j'ai fini ! » Daphné et moi nous sommes regardées, perplexes.

« Qu'est-ce que t'as fini, papa ? lui ai-je demandé.

— Mon emballage cadeau. » Il tenait une espèce de plaquette recouverte de ce qui semblait être des feuilles de bananiers, surmontée d'un spectaculaire globe multicolore, dont jaillissaient des petits pics de couleur.

« Et c'est quoi, exactement ? a demandé Daphné.

— Oh ! de l'origami. Tu sais, j'ai pratiqué l'origami pendant un bout de temps. » Il a pointé le globe. « Il y a exactement 83 feuilles là-dedans. »

Daphné et moi avons hoché la tête, avec le même air beaucoup trop admiratif.

« Et la plaquette ?

— Je savais pas trop quoi faire avec ça. Alors, j'ai pris des feuilles dans ton bouquet, Daphné. Il me semblait que ça allait avec le style de l'origami.

— Tout à fait, ai-je dit, en n'y croyant absolument pas. Et qu'est-ce qu'il y a dedans ?

— Le globe ? Il est vide.

— Il y a pas de cadeau ?

— Ah, oui, bien sûr ! Le cadeau est contre la plaquette. »

Il y a eu un moment de silence. « Et c'est quoi le cadeau ? ai-je fini par demander.

— Deux billets pour Vienne », a répondu papa.

Daphné et moi avons émis deux couinements enchantés. « Mais c'est donc bien cute ! a dit Daphné. Pour quand ?

— Pour le Nouvel An. On part le lendemain de Noël.

— C'est génial, ai-je dit. Le Nouvel An à Vienne. Ça doit être...

— ... teeeeeellement romantique ! » a soupiré Daphné. Je me suis souvenue qu'à 10 ans, elle avait vu Sissi à la télévision et avait conçu pour elle une passion dévorante, au point de passer les quatre Halloween suivants déguisée en Sissi, avec une vieille robe à ma mère sous laquelle on lui avait cousu une crinoline démesurée.

« Pourquoi vous ne viendriez pas nous rejoindre ? lui a demandé notre père.

— Oh non, non. Avec les filles, tu y penses pas.

— Une semaine ! Je suis sûre que tu pourrais laisser les filles chez les parents de Stéphane pendant une semaine. »

J'ai vu une ombre passer sur le visage de Daphné. « Non. Vraiment. C'est sûr que ça laisse rêveur, mais non...

— Allons, Daphné...

— Papa ! J'ai dit non ! » Elle avait répondu un peu trop agressivement. Mon père a haussé les épaules et a dit : « Bof. Tant pis pour vous, alors ! » Il n'avait rien remarqué. Si maman avait été à sa place, elle aurait déjà été en train de mener une enquête.

« C'est vraiment un super cadeau », ai-je lancé pour faire diversion, même si une diversion s'avérait peu nécessaire dans le cas de mon père, qui pouvait être distrait par une mouche, un nuage, ou un coup de vent.

Papa a souri. « Oui, je suis content. On est jamais allés ensemble à Vienne. J'ai hâte. » Il avait l'air rêveur d'un tout jeune homme. Daphné et moi nous sommes regardées : « Il est cute, hein ? a dit Daphné.

— Il est pas mal cute.

— Bon, bon, ça va, a dit papa. Vous allez faire rougir votre vieux père. » Il a joué avec son nœud de cravate et a pointé un doigt vers moi.

« Un autre verre, Chloé ?

— Bien sûr.

— Daphné, allez. Les invités arrivent dans moins d'une heure. » Il y a eu un moment de silence qui m'a paru interminable, et je me suis demandé comment Daphné justifierait le fait qu'elle ne prendrait pas un verre de vin de la soirée. Au moins, elle ne buvait généralement pas beaucoup. S'il avait fallu que j'essaie, moi, de dissimuler une grossesse lors d'une soirée, il y aurait eu un sérieux problème.

« Je vais en prendre un », a finalement dit Daphné. Papa est parti vers la cuisine, et je me suis tournée vers elle.

« Mais qu'est-ce que tu fais ? ai-je chuchoté si bas que j'avais de la peine à m'entendre.

— Mais que veux-tu que je fasse ? » Elle chuchotait, elle aussi, et je nous ai revues, dans ma chambre, quand nous n'avions pas 10 ans et qu'elle venait me rejoindre en catimini après que mes parents nous avaient laissées – nous chuchotions pour ne pas nous faire attraper, mais elle finissait toujours par s'endormir dans mon lit, ce qui rendait nos efforts complètement futiles. Nous le savions, mais il y avait dans le fait de chuchoter sous ma couette rose un tel plaisir que nous ne nous en serions pas passé pour tout l'or du monde.

« T'as décidé de pas le garder ? ai-je demandé.

— Non ! Je sais pas ! Je sais pas, et le temps avance.

— Daphné ! » J'ai jeté un regard inquiet vers la porte de la cuisine. « Fais pas de niaiseries. Je te vois bien la face, tu es tout heureuse. Sans vouloir parler pour toi, me semble que ton idée est pas mal faite et que…

— Je suis pas encore prête ! Et Stéphane est encore à moitié fou.

— Mais tu peux pas boire !

— Je sais… » Elle parlait entre ses dents. « Mais ça va être suspect en crisse si je refuse tout le temps un drink. Et crois-moi, j'ai pas envie que ça se sache ce soir.

— Non, Seigneur.

— Alors, je vais faire semblant, je vais téter mon verre. Quand bien même j'en boirais l'équivalent d'un demi-verre pendant la soirée, c'est pas la fin du monde.

— Mais maman va le remarquer ! Pourquoi tu dis pas que tu prends des antibiotiques ? » Daphné a levé les sourcils et m'a regardée d'un air qui voulait dire : « Es-tu vraiment sérieuse ? » J'ai pensé à notre mère et j'ai hoché la tête. « Non, ai-je dit. C'est vrai que ça n'a pas de bon sens. Qu'est-ce que tu vas faire ? Pitcher tes drinks par la fenêtre ?

— Non. Les finir.

— Mais comment ?

— C'est là que tu rentres dans le coup.

— Daphné, je peux pas finir tes verres en plus des miens, je vais être saoule morte. Anyway, maman remarquerait ça aussi. »

Elle m'a lancé un regard de chien battu. « Chloé…

— Mais c'est complètement nul, comme plan !

— On peut s'essayer…

— Je vais mettre Antoine dans le coup.

— Pardon ? » Elle avait parlé à voix haute.

« Chut… Antoine est au courant.

— QUOI ?

— Ta gueuuuule… » La semaine précédente, j'étais allée rejoindre Antoine à son bureau pour prendre ce qui ne devait être qu'un verre au bistro d'en face. Le verre s'était transformé en, oh, dix verres au moins, et nous avions vociféré comme deux Polonais dépressifs jusqu'à deux heures du matin. Le chat était donc sorti du sac, et d'une façon assez spectaculaire d'ailleurs, j'avais tout raconté à Antoine, avec commentaires éditoriaux en prime.

« Peux-tu croire ça ? avais-je dit à Antoine. Stéphane s'occupe même pas des jumelles : c'est Daphné qui fait tout ! Il parle de considérations financières ! » J'avais donné une grande claque sur la table. « Considérations financières, mon cul ! Il est médecin !

— Peut-être qu'il a d'autres inquiétudes, avait dit Antoine.

— Comme quoi ?

— Chloé, ciboire, mettre un enfant au monde, c'est pas une mince affaire ! Il en a déjà deux, en plus ! » Il avait fait signe à la serveuse d'apporter deux autres verres. « Tombe pas dans ce panneau, Chloé.

— Quel panneau ?

— De tout de suite pointer du doigt les gens qui veulent pas d'enfants. Quand il s'agit de femmes, vous dites qu'elles sont dénaturées, quand ce sont des hommes, qu'ils ont peur. Stéphane peut très bien en avoir assez de deux, c'est tout. Ça fait pas de lui un chien sale pour autant. »

Il avait avancé le menton vers moi : « Puis, à part de ça, t'en veux, toi ? »

J'étais restée interdite. L'idée d'avoir des enfants avait depuis toujours dormi en moi : elle relevait du domaine de l'évidence simple et inéluctable – on allait à l'école, on devenait un adulte, on travaillait, on faisait des enfants. Mais elle ne m'avait jamais semblé concrète, et je n'avais jamais cherché à la rendre plus réelle. «Un jour», me disais-je, et c'était tout, ça me suffisait. Comme dans «un jour, j'aurai des cheveux blancs» : une certitude si évidente que je n'y pensais plus, seulement pour parfois m'imaginer en maman forte et douce, un chérubin dans les bras, et un sourire calme et angélique sur les lèvres. Je me voyais, enceinte, dans de jolies robes Pucci, comme Kate Moss sur la Croisette. (Il y avait aussi quelques scènes de bonheur familial impliquant tantôt Viggo Mortensen, tantôt Johnny Depp, tantôt un magnifique Afghan professeur de littérature française à Oxford – j'auditionnais différents prospects.)

«Je... oui, avais-je fini par répondre à Antoine. Je sais pas, c'est trop loin.

— Tu rajeunis pas.

— Hé ! Ça va !

— Tu as 28 ans, ma chérie.

— Justement ! J'ai encore du temps !

— Tu veux les avoir à quel âge ?

— Mais je sais pas, moi... 30. »

Antoine avait hoché la tête.

«C'est dans un an et demi, ça.

— O.K., 32. Ou 34. Je sais pas, Antoine.

— Simon ferait un bon père. »

J'avais sursauté. «Antoine, s'il te plaît. On est ensemble depuis deux mois. » Puis j'avais essayé de nous voir, Simon et moi, souriant au-dessus d'un petit berceau. Ce n'était pas désagréable, mais complètement irréel.

«Je veux juste dire, avait poursuivi Antoine sur un ton plus pédagogue, que si tu en veux, tu vas devoir te décider bientôt. » J'avais répliqué avec un «je sais !» aviné et suraigu. Il avait raison. Je le savais, effectivement, mais je n'y avais jamais porté beaucoup d'attention, et c'était une constatation qui me déprimait au plus haut point.

« On sait bien, avais-je dit à Antoine. T'as pas cette question-là à te poser, toi.

— Comment ça ?

— Tu veux des enfants ? » Je tombais des nues. Il avait souri. « Je sais pas. J'aime bien les enfants.

— Ça a rien à voir.

— Non, je sais.

— Antoine, pour avoir des enfants, il faut une blonde. De la stabilité.

— Oui, je suis au courant », avait-il répondu. Puis il avait secoué la tête : « Non, t'as raison. Je suppose que c'est pas pour moi. Anyway... » Il avait pris une grande gorgée de vin.

« Anyway quoi ?

— Anyway, avait dit Antoine, je pense que j'aurais jamais le courage.

— Pas le courage ?

— Oh, allez, Chloé. Au moins, je suis honnête. Si quelqu'un quelque part peut dire qu'avoir un enfant lui fait pas peur, ben, c'est soit un fou, soit un ostie de menteur. Moi... » Il avait sifflé longuement. « ... ça me terroriserait. »

J'avais réfléchi un instant et j'avais ajouté : « Ouais. Moi aussi, en fait. »

Sur le sofa, Daphné me regardait toujours, une main sur le visage, l'air totalement catastrophée. « Tu l'as dit à Antoine ? a-t-elle répété, au bord du désespoir.

— Écoute. Je voulais pas t'en parler pour pas que tu angoisses, mais...

— Pas que j'angoisse ? Crisse, Chloé, maman va en faire juste une bouchée !

— Maman ira certainement pas questionner Antoine au sujet de tes humeurs. Si elle décide de cuisiner quelqu'un, ça va être moi. Comment veux-tu qu'elle pense qu'il est au courant ?

— Ouais... mais merde, Chloé, tu sais comment il est quand il est saoul !

— Si on lui dit de se la fermer, ce gars-là est une tombe. »

Elle m'a jeté un regard désespéré. « Oh, merde, Chloé ! Pourquoi t'es allé le lui raconter ?

— Ah, je sais... je suis tellement désolée, mais le mal est fait. Et lui, il est capable de boire tes verres en plus des siens. Et il est surtout capable de les boire sans que maman s'en rende compte. »

Elle a hoché la tête d'un air dubitatif.

« Crois-moi, Daphné. Si quelqu'un sur terre est capable de le faire, même saoul, c'est bien Antoine. »

Daphné a mis la tête dans ses mains et a émis quelque chose qui ressemblait à un gémissement.

« Come on ! Fais-nous confiance ! »

Elle a levé la tête. « J'ai pas bien le choix, hein ?

— Pas le choix de quoi ? a demandé mon père en entrant avec nos verres.

— Son bouquet ! ai-je crié. De laisser le bouquet comme ça, puisque tu es parti avec les feuilles.

— Oh. Désolé, a dit papa. Il est beau comme ça, ma chérie. » Il nous a tendu les verres. Son regard a croisé le mien, et pendant une seconde, j'ai cru y voir qu'il savait très bien que nous ne parlions pas du tout d'arrangements floraux. Il était moins crédule qu'il n'en avait l'air, je le savais. Mais à quel point ? Il m'a souri gentiment et je me suis dit : « S'il se doute de quelque chose, il n'en dira pas un mot. À personne. Cher papa. »

Il était dix-huit heures quinze. Personne ne devait arriver avant trois quarts d'heure, et je n'étais désormais plus seule à être dévorée par l'anxiété. En fait, j'étais de plus en plus calme, sans doute parce que Daphné, elle, devenait de plus en plus nerveuse, et que la nervosité des autres avait toujours eu sur moi un effet étrangement calmant. Daphné avait pris dans le porte-journaux la Grille des mordus de la semaine précédente, que mon père n'avait pas encore touchée (depuis qu'il s'était improvisé verbicruciste, il avait déclaré que la grille de Hannequart était rendue beaucoup trop facile pour lui, et il refusait dédaigneusement de la faire).

Pendant que Daphné bûchait sur la grille en agitant frénétiquement son pied droit, mon père me parlait de Vienne et de ses musées, qu'il avait vus, lui, des années auparavant, quand il était allé là-bas avec sa mère, qui avait toujours rêvé de voir le Danube.

« C'est un peu égoïste de ma part, disait-il. Je veux emmener la femme de ma vie, là où j'ai emmené la première femme de ma vie. » Il a ri rêveusement. « Idéalement, il faudrait que je vous emmène aussi toutes les deux. Toutes les femmes de ma vie à Vienne. Ce serait pas grandiose, ça ?

— Une meule de fromage suisse, crisse ! a crié ma sœur.

— Pardon ? » Nous nous sommes retournés vers elle, interloqués.

« Une meule de fromage suisse, en onze lettres. La troisième... non, la quatrième est un *e*.

— Oh, ai-je dit. Appenzeller.

— Quoi ?

— Appenzeller. A-p-p-e-n-z-e-l-l-e-r. »

Daphné s'est penchée sur la grille et a fait deux ou trois vérifications.

« Comment tu sais ça, toi ? a-t-elle demandé.

— Je l'ai faite samedi.

— Hmm. Alors tu sais sûrement c'est quoi la "plante". Je déteste quand ils mettent "plante" ou "symbole" ou "mollusque". Est-ce que ça pourrait être plus vague ? »

J'allais lui répondre, quand on a cogné à la porte. « Tiens ? a dit mon père. Quelqu'un est en avance ! » Il s'est levé pour ouvrir, et je le regardais aller avec bienveillance quand Daphné a dit : « C'est peut-être Simon. »

Je me suis dressée d'un bond, et j'ai attrapé mon père par le bras. « Tututut ! J'y vais ! » Je lui ai donné une forte poussée pour qu'il se rasseye. Pas déjà, me suis-je dit. Pas déjà. Et en même temps, c'était peut-être mieux qu'il arrive tôt, discrètement, sans se faire remarquer.

J'ai replacé inutilement une mèche de cheveux rebelle derrière mon oreille, et j'ai ouvert la porte.

C'était Antoine.

« Oh, mon Dieu, ai-je soupiré. Oh, mon Dieu, que je suis contente de te voir ! » Il était debout sur la galerie, deux bouteilles de champagne dans une main et, dans l'autre, un pot de fleurs recouvert d'un emballage. Il a souri. « Ah... les femmes disent toujours ça ! » Je ne l'ai pas écouté – je pensais à Daphné, et aussi que nous devions le mettre au courant de notre plan le plus rapidement possible. « Tu es en avance, en plus, toi qui es toujours en retard !

— Oui, désolé...

— Non ! Non ! C'est merveilleux ! » J'ai pris les bouteilles de champagne et je l'ai enlacé avec mon autre bras. « Tu peux pas savoir comment ça tombe bien. » Je l'ai senti m'embrasser doucement dans le cou, et j'ai fermé les yeux, une seconde, deux secondes, puis j'ai relevé la tête et je lui ai fait signe d'attendre avant d'entrer.

« O.K., écoute-moi bien.

— Qu'est-ce qu'il y a ? » Il avait l'air amusé et un peu décontenancé. Je me suis retournée, pour m'assurer que mon père n'était pas là.

« O.K. Tu te rappelles ce que je t'ai dit à propos de Daphné ?

— Oui, oui, écoute, pas de problème, pas un mot, tu t'inquiètes pas.

— On va avoir besoin de ton aide.

— Quoi ?

— Écoute-moi ! Pose pas de questions et écoute : Daphné peut pas boire, O.K., because bébé.

— Elle va le garder, alors ?

— Écoute-moi... Personne est au courant. Donc, on ne doit pas se rendre compte qu'elle boit pas. Et quand il va y avoir le toast au champagne, elle pourra pas refuser, ça serait trop suspect. Alors, elle va lentement téter ses verres. Mais, de temps en temps, pour pas que ma mère se doute de quoi que ce soit, il va falloir que ses verres se vident.

— O.K... » Visiblement, il ne comprenait pas du tout où je voulais en venir.

« Bien, elle peut pas passer la soirée à aller les vider dans la toilette ! Alors, je vais l'installer à côté de toi, et tu t'occupes des verres. »

Il me regardait, sans rien dire, un sourire sur les lèvres. « Tu me niaises ? a-t-il finalement dit.

— Crisse, Antoine... »

Il s'est mis à rire silencieusement. « C'est extraordinaire. C'est extraordinaire. C'est le plus mauvais plan sur terre.

— T'as une meilleure idée ?

— Oui, Daphné a juste à dire qu'elle prend des antibiotiques.

— Antoine, crisse, tu connais notre mère, impossible qu'elle gobe cette excuse. Voyons donc. Elle soupçonne Daphné de pas bien aller depuis deux semaines, et là, tout d'un coup, Daphné s'amènerait avec comme explication : Oh, j'avais juste une infection urinaire ? Come on !

— Et tu penses qu'on va réussir à lui passer des verres sous le nez sans qu'elle se rende compte que c'est moi qui les bois ?

— Antoiiiiiine ! »

Il riait toujours. « O.K., O.K., je vais le faire. »

J'ai pointé un doigt sous son nez. « Antoine, il faut que personne s'en aperçoive.

— Personne va s'en apercevoir. Maintenant, est-ce que tu penses que tu peux me laisser entrer ? »

J'ai tourné les talons, et il m'a suivie dans la maison. Mon père était debout entre le salon et le hall d'entrée. « Mais qu'est-ce qui t'a pris tant de temps, Chloé ? Tu minaudais avec ton copain ?

— Non, c'est Antoine. On jasait. »

Antoine m'a contournée, et a posé son cadeau sur une petite table.

« Eh bien ! a joyeusement dit mon père en le voyant. Antoine ! Mon garçon ! »

Antoine a ouvert les bras et a lancé « *Mister the fifth of March !* » et ils se sont donné une accolade exagérément virile. Antoine avait perdu son père quand il n'avait que quatre ans, dans un accident de voiture, et lui et ses deux sœurs avaient été élevés par une mère un peu dépressive et souvent absente – ce qui expliquait, selon moi, son machisme et ses rapports avec les femmes en général, mais aussi son indéfectible et touchante affection pour mon père. Quant à celui-ci, il répétait souvent qu'il aimait bien voir « un vrai gars », de temps en temps, lui qui était toujours entouré de femmes. Affirmation, évidemment, un peu insultante pour le mari de Daphné, mais qui m'avait toujours fait énormément plaisir.

« Hé, a dit Antoine en se redressant et en apercevant Daphné. Comment tu vas, ma belle ? » Daphné s'est levée et est allée lui faire la bise. Elle détestait qu'on l'appelle « ma belle », je le savais. Elle l'a embrassé et lui a souri, et j'ai remarqué, du coin de l'œil, qu'Antoine lui prenait le coude en lui disant : « Tout va bien aller. » Il me faisait dos, mais je pouvais apercevoir le visage de Daphné et son air profondément dubitatif. Ils sont restés dans cette position un moment, à se regarder, et j'ai vu que Daphné se calmait – elle commençait à le croire.

Je savais de quelle manière il devait la regarder. Je connaissais les regards d'Antoine ; ceux qui se voulaient irrésistibles et ceux qui l'étaient, ceux qui se voulaient compréhensifs et rassurants – ce devait être un de ceux-là, quand il vous regardait avec chaleur et conviction et était capable de vous faire croire n'importe quoi, mais surtout qu'il était là, pour vous, et que tout allait bien aller, pour toujours.

Lentement, le visage de Daphné s'est détendu. Je n'en revenais pas : il avait réussi. Il s'est retourné vers moi, et m'a fait son traditionnel clin d'œil.

« Wow, c'est quoi ça ? a-t-il dit en ramassant le cadeau de mon père.

— C'est le cadeau de papa, a répondu Daphné. En fait le cadeau est sur la plaquette. Le globe, c'est plus un...

— ... une expression débridée de sa créativité ? ai-je proposé.

— J'allais dire de l'origami, a dit Daphné, mais c'est bien amené comme ça.

— Et qu'est-ce qu'il y a sur la plaquette ? » a demandé Antoine.

Daphné a joint les mains et a soupiré, avec un air de fillette rêveuse : « Deux billets... pour Vienne !

— Oh... a dit Antoine en se tournant vers papa. Excellent move.

— Oui, a répondu mon père. Je pense que ça va être de bons points pour moi.

— Ça devrait t'acheter deux ou trois indulgences.

— Au moins trois, a dit papa en riant. Tu prends un verre, mon garçon ?

— Mais avec plaisir. »

Mon père n'avait pas le dos tourné qu'Antoine tendait la main vers le verre de Daphné. « À toi, ma belle, lui a-t-il dit en en buvant une bonne gorgée.

— Finis-le ! a chuchoté Daphné.

— Mais non. Faut y aller en douceur. » Il s'est tapé sur la tempe avec un index. « Connais ça, moi, ce genre de plan foireux-là. Laisse-moi faire. »

Daphné a soupiré, et elle s'est renfoncée dans le sofa avec un air résigné. Je lui ai donné une petite tape sur l'épaule.

« Qu'est-ce que t'as apporté dans le pot à fleurs ? ai-je demandé à Antoine.

— Une Potinara Beaufort Gold.

— Pardon ? »

Antoine a levé un doigt et a répété, très clairement : « Potinara. Beaufort. Gold. C'est une orchidée. Hybride. Normalement épiphyte, mais ça se cultive aussi en pot. Trois mois de floraison. Pas compliqué. Trèèèèès beau spécimen.

— Depuis quand tu t'y connais en orchidées, toi ?

— Depuis que je couche avec la fleuriste.

— Tiens donc… j'aurais dû m'en douter.

— En fait, je partais pour acheter un cattleya. Parce que je sais que ta mère aime Proust et qu'elle se prend un peu pour Odette. Mais Julie…

— Julie ?

— La fleuriste.

— Ah.

— Donc, Julie m'a dit que les cattleyas, pour la plupart, étaient plutôt communs. Enfin. Les choses se sont enchaînées… Ah ! merci. » Il a pris le verre que mon père lui tendait et a poursuivi : « Les choses se sont enchaînées, donc, et, bon, Julie s'est avérée être une excellente fleuriste. »

Daphné a levé la tête vers lui, l'air vaguement dégoûtée. « Est-ce que tu couches avec toutes les vendeuses que tu croises ?

— Juste si elles sont jolies.

— Ah, t'es vraiment con, Antoine. » Elle s'est penchée de nouveau sur son mot croisé.

« Tu couches avec une fleuriste ? a demandé mon père.

— Ah ! Papa ! ai-je crié en même temps que Daphné.

— Mais quoi ? Je me renseigne, c'est tout ! »

Antoine a fait oui de la tête et ils ont trinqué tous les deux, en échangeant un regard complice.

« Alors ? a dit mon père. Le travail ? » Ils se sont assis tous les deux et ont commencé à discuter et à rire très fort comme le font les hommes quand ils sont entre eux.

Un peu après dix-neuf heures, on a de nouveau cogné à la porte. Daphné et moi avons sursauté en même temps. J'étais encore nerveuse, mais ce n'était plus la nervosité angoissante et blafarde de tout à l'heure. Il s'agissait maintenant d'une espèce d'excitation mêlée d'attente et de doute : soit tout se passait comme sur des roulettes, soit nous allions vivre une soirée absolument mémorable.

Je me suis levée pour aller ouvrir, et j'ai vu Antoine, debout près de Daphné, échanger leurs deux verres en un rapide et subtil mouvement. Il a levé le sien vers moi et m'a dit :

« Showtime. »

Chapitre 14

Plus tard, Simon allait me dire que, s'il n'avait pas déjà été amoureux de moi, la soirée de l'anniversaire de ma mère aurait suffi à le faire chavirer. Moi je l'ai vu, ce soir-là, tomber amoureux de ma famille et de mes amis – il était comme un homme assoiffé à qui on donne enfin à boire.

Moins de quinze minutes après Antoine, Stéphane est arrivé. Lorsque j'ai ouvert la porte, il se tenait tout droit avec une jumelle dans chaque bras – comme à chaque fois, je me suis demandé comment il faisait pour se déplacer ainsi avec deux fillettes de trente livres dans les bras. Il tenait, en plus, avec le majeur et l'index de la main droite, un sac de la SAQ.

« Hé », m'a-t-il dit. J'ai vu qu'il était gêné. Il savait, bien sûr, que Daphné et moi nous étions parlées depuis quelques semaines, mais pas ce qui s'était dit. Il avait peut-être été dépeint comme un sans-cœur, un carriériste, un homme qui ne comprenait rien aux femmes. J'avais peut-être monté ma sœur contre lui.

« Hé ! » ai-je répondu avec un peu trop d'emphase – je ne voulais pas qu'il croie que nous lui en voulions, ou que je l'avais jugé. La situation était beaucoup plus complexe que cela et, après tout, ce n'était pas vraiment de mes affaires. Pas directement, du moins.

Il a eu l'air soulagé et a fait un grand sourire maladroit.

« Donne-moi ça », ai-je dit en tendant une main vers le sac, mais la jumelle installée du même côté s'est tout de suite penchée vers moi, les bras ouverts.

« Oh ! Viens ici… » Je l'ai observée un instant – les grands yeux très bleus, comme ceux de son papa, les joues roses, le nez minuscule et la petite bouche toujours humide. Je ne les avais pas vues depuis presque un mois et, pourtant, pour la première fois, j'ai eu l'impression de les reconnaître. « … Viens ici, ma Rosalie. » J'ai levé le regard vers Stéphane, qui a hoché la tête, l'air impressionné, et a dit : « Bravo ! » Nous nous sommes souri, avec plus de naturel cette fois.

« J'ai enfin compris, ai-je dit. Rosalie est celle qui me ressemble le plus. »

Stéphane a levé un sourcil : « Je veux pas te faire de peine, Chloé, mais leurs yeux bleus, elles les tiennent de moi, je crois, pas de toi.

— Mais non, pas la couleur des yeux… regarde-la. Rosalie est toujours souriante, comme sa vieille tante. Hein, Rosalie ? » C'était vrai – enfin, pas que j'étais toujours souriante, mais que Rosalie l'était beaucoup plus que sa sœur.

« Tu vois ? ai-je dit à Stéphane alors que la petite m'attrapait le nez en riant. Elle a une charmante disposition, cette enfant-là. Exactement comme moi. »

Stéphane s'est penché vers moi : « Tu sonnes comme ta mère », a-t-il murmuré, ce qui m'a fait rire.

Nous sommes entrés l'un à la suite de l'autre, avec chacun son gros paquet de trente livres (plus près de trente-cinq, il me semblait) dans les bras. En apercevant ses filles, Daphné s'est levée d'un coup et est venue vers nous, un sourire radieux sur les lèvres. J'étais toujours un peu jalouse du regard que posent les mères sur leurs enfants. Je me disais que même si j'essayais, de toutes mes forces, je n'arriverais jamais à le reproduire. C'était quelque chose d'unique et d'inimitable – il fallait être un Initié. Daphné, ma petite sœur, était une Initiée.

Elle a pris Mya, avec un geste agile et souple, et l'a levée dans les airs avant de la reposer contre elle, pendant que je peinais sous le poids de Rosalie et que je me demandais à qui je pouvais la passer. Stéphane a serré la main de mon père (formel, poli), puis celle d'Antoine, qui a dit : « Comment tu vas ?

— Ça va, a répondu Stéphane. Je viens de finir un shift de dix heures. Je suis un peu vanné.

— Hmm… a soupiré Antoine. Des opérations ?

— Non. La routine. Des coloscopies. J'avais quatre patients qui…

— Correct ! a dit Antoine en levant une main. Pas besoin de détails. Correct. Tu veux un verre de vin ?

— S'il te plaît.

— Rouge, blanc ?

— Du rouge », a répondu Stéphane, en lorgnant avec angoisse en direction du verre de Daphné. « Mais, mon amour, qu'est-ce que tu…

— Stéphane ! a dit Antoine. Viens choisir ton vin. Il y a plein de bouteilles.

— Non mais…

— Non, vraiment, vas-y », lui ai-je dit en lui donnant une petite poussée.

C'était ridicule. Nous n'avions aucune chance de nous en sortir avec élégance. Vraiment, aucune chance. J'ai soupiré, en me disant quelque chose comme *alea jacta est*, et j'ai calé mon verre. Tant qu'à manquer d'élégance, ai-je pensé, aussi bien en manquer avec panache.

Mon père était en train de me débarrasser de mon adorable fardeau quand on a de nouveau sonné à la porte.

« C'est ton c.h.u.m. », a dit Daphné qui était debout près de la grande fenêtre du salon. Je me suis précipitée vers la porte en souriant et dès que j'ai vu Simon, j'ai senti mon angoisse se dissiper et se transformer en une douce et solide confiance. Il portait un col roulé, chose qui m'avait toujours horrifiée chez un homme, mais qui lui allait à merveille, même s'il était d'une couleur indéfinissable – je n'aurais su dire s'il s'agissait d'ocre ou de terre de Sienne – en l'enlaçant, je pensais aux crayons de cire que j'avais quand j'étais petite ; ils avaient des noms comme « vert printemps » ou « rouge brique », des noms qui me revenaient encore aujourd'hui quand j'avais à identifier une couleur.

Il m'a embrassée et m'a dit, une main toujours dans le creux de mon cou : « Ça va ?

— Ça va. Tu es là. T'es pas nerveux ?

— Non, pourquoi ?

— Parce qu'il y a des gens, tu sais, qui sont nerveux à l'idée de rencontrer leur… leur belle-famille.

— Ma belle-famille, hein ? » Il souriait.

« Allez, ai-je dit. Viens-t'en. »

Tout le monde était au salon, sauf Daphné, que j'apercevais dans la cuisine, penchée au-dessus d'un des chaudrons. Elle a levé la tête, a aperçu Simon, et son visage s'est ouvert. Elle est venue rapidement vers nous, et je l'ai revue encore, la jeune fille de 26 ans, tout excitée à l'idée de rencontrer le nouveau chum de sa grande sœur.

Mon père a été le premier à s'avancer. Il tenait un verre de vin contre lui et a tendu l'autre main en disant à Simon : « Enchanté, monsieur Markovic. Vraiment, enchanté. »

Mon Dieu, ai-je pensé. Ne le laissez pas dire des niaiseries humiliantes comme « il était temps que Chloé nous ramène un garçon ». Il a dit : « Tu sais que tu es le premier garçon que Chloé daigne nous présenter ? » J'ai levé les yeux au ciel et j'ai poussé un soupir exaspéré, exactement comme une adolescente de 15 ans. « Papaaaaa… » Simon a ri et a pris la main de mon père. « Vraiment, monsieur Cinq-Mars, tout le plaisir est pour moi. » J'ai vu Daphné, derrière son épaule, me dire silencieusement : « Y est beau !

— Simon, ai-je dit en lui mettant une main dans le bas du dos, je te présente ma sœur Daphné. » Il lui a souri, a pris la main qu'elle lui tendait et lui a donné légèrement la bise. Daphné a roucoulé quelque chose, et je me suis dit que c'était elle qui aurait dû être avec Simon, que c'était elle qui méritait le garçon parfait, bien plus que moi. Depuis quelque temps, je commençais à souffrir d'un vague syndrome de l'imposteur quand je pensais à Simon et moi – j'étais une blague, une fille pleine de failles, quelqu'un d'irrémédiablement ordinaire. J'étais instable et changeante, comme une girouette ou un cours d'eau ; lui était solide et droit – je le voyais parfois comme un bel arbre, un arbre fort et tranquille autour duquel je ne pouvais que m'agiter, un coup de vent ou un oiseau. Daphné, si sérieuse et réfléchie, si attentionnée et consciente des autres, aurait mérité, elle, une telle personne. J'avais toujours cru, de toute façon, que Daphné méritait beaucoup plus que moi, elle qui travaillait si fort à accomplir ce qu'elle croyait bon et juste, alors que je ne faisais qu'attendre. Elle semait, et je récoltais.

« Wow, m'a-t-elle chuchoté alors que Simon se présentait à Stéphane. Il a vraiment l'air super.

— Pas mal, oui. Pas mal. » Je le voyais aller, et je me demandais ce qui avait bien pu m'inquiéter – il était à l'aise, de toute évidence, sans pour autant être désinvolte. Antoine s'est approché de lui, l'air content, et ils se sont donné une chaleureuse poignée de main. Les voilà, ai-je pensé. Les deux garçons prodiges que tout le monde aime. C'était leur seul point commun, et il n'était pas négligeable. Mais, pour le reste, ils étaient à des lieues l'un de l'autre. Si Simon était ce bel arbre, Antoine était une flamme – un grand feu. J'ai souri à cette idée et je les ai regardés tendrement, jusqu'à ce qu'Antoine pointe un doigt vers Simon, en disant : « T'as besoin d'un verre de vin. Je vais te chercher ça.

— Oh, a dit Simon. J'ai aussi ça. » Il a levé un sac rouge, d'où dépassait une bouteille de champagne.

« Donne-le-moi, ai-je dit. Je vais aller le mettre au frais.

— Il y a aussi un petit truc pour ta mère », a-t-il ajouté.

J'ai plongé la main dans le sac et en ai sorti un petit pot de caviar de Russie.

« J'ai des contacts grâce au restaurant, a expliqué Simon, comme pour insinuer que ce n'était pas grand-chose.

— T'es pas croyable », lui ai-je dit en souriant, avant de rejoindre Antoine qui débouchait une bouteille de blanc dans la cuisine. « Il faudrait mettre des bouteilles dans le congélo, m'a-t-il dit. Il n'en reste plus de froides. » Il avait pris la situation en main et, étrangement, c'était totalement rassurant. Je l'ai observé un instant – il avait les yeux baissés, et je voyais ses longs cils noirs que j'enviais tant et dont les femmes qu'il rencontrait pour la première fois lui parlaient toujours

– c'était leur façon de lui dire qu'elles le trouvaient beau sans en avoir l'air.

Il a levé la tête vers moi. « Quoi ?

— Rien. » J'ai pensé que je n'étais pas capable de concevoir un monde dans lequel il ne serait pas. « Rien », ai-je répété, et j'ai placé la bouteille de Simon dans le congélateur. La sonnette s'est de nouveau fait entendre, et mon père a crié : « J'y vais ! »

C'était Juliette. Derrière la carrure de mon père (ou plutôt la masse de mon père, qui n'avait plus de carrure à proprement parler depuis des décennies), j'ai deviné le petit béret basque. J'ai poussé un petit cri de joie et j'ai couru vers l'entrée pour lui faire un gros câlin. Je ne l'avais vue qu'une fois depuis le début de son « attaque de créativité », et je me rendais compte, en serrant ses frêles épaules, que je m'étais terriblement ennuyée d'elle.

« T'as tout fini ? lui ai-je demandé.

— Toute. Toute fucking fini.

— Il commençait à être temps, a dit la voix d'Antoine derrière moi. Crisse, un mois et demi, Juliette ! Je m'ennuyais trop ! » Il l'a prise dans ses bras, la soulevant légèrement de terre.

« Mais t'as donc bien maigri ! s'est-il écrié.

— T'essaieras de peindre seize heures par jour, toi, en mangeant des bouts de carottes et en buvant du café.

— Maudite vie d'artisssssse », a dit Antoine en l'embrassant. Elle s'est blottie contre lui de nouveau et a tendu un bras vers moi. « Ostie que je suis contente de vous voir ! » a-t-elle soupiré en nous serrant très fort. Nous étions au milieu du hall d'entrée, une petite île qui avait longtemps été autosuffisante. « En tout cas, a dit Juliette, pas de vie d'artisse, à soir.

— Quand est-ce qu'on va avoir le droit de voir ? a demandé Antoine.

— Quand vous voulez.

241

— Demain ?

— Demain », a répondu Juliette. Puis elle a aperçu Daphné et a fait un grand « Hééé ! », comme si elles avaient été les meilleures amies du monde. Elles se sont embrassées (Daphné un peu surprise mais contente, Juliette d'une jovialité contagieuse) et Juliette s'est tournée vers Simon, qui discutait avec Stéphane. « Salut, a-t-elle dit en tendant une main. Moi, c'est Juliette.

— Enfin ! s'est écrié Simon. J'ai tellement entendu parler de toi !

— Et moi donc ! a dit Juliette en lui faisant un petit clin d'œil.

— Est-ce que j'ai bien vu ce que je viens de voir ? m'a chuchoté Antoine en se penchant vers moi.

— Ouaip.

— Elle lui a fait un clin d'œil.

— Elle lui a fait un clin d'œil », ai-je répété, et nous avons ri tous les deux : il y avait littéralement des années que Juliette ne m'avait pas semblé d'aussi bonne humeur.

« Oh, Chloé, a-t-elle dit en se retournant vers moi. Regarde ce que j'ai trouvé pour ta mère. » Elle a sorti de son sac à dos un cadre enveloppé dans du papier à bulles. « Je l'ai pas emballé, a-t-elle dit à mon père et à moi, je voulais que vous voyiez ça avant. » Elle a enlevé le papier à bulles et nous a présenté le cadre. C'était un visage de femme, avec de longs cheveux roux dans lequel le peintre avait ajouté des fleurs, et qui flottaient autour d'elle, comme si elle avait été couchée dans l'eau. Elle regardait sur le côté quelque chose qu'on ne voyait pas. Le tableau était plutôt laid, en fait, et peint de toute évidence par un amateur. J'allais demander à Juliette ce que c'était quand Daphné a dit : « Mais… mais c'est maman ! »

Je me suis approchée, et mon père et moi avons dit en même temps : « Ah ben tabarnak… » Il s'agissait, effectivement, de ma mère, âgée d'environ 30 ans. La ressemblance était loin d'être parfaite, mais elle était là, évidente une fois qu'on l'avait remarquée.

« Mais qu'est-ce que c'est ? a demandé mon père.

— Vous ne me croirez jamais, a dit Juliette. C'est mon ami Florent qui me l'a trouvé. » Antoine et moi avons échangé un regard fatigué : Florent était un insupportable cuistre, un artiste manqué qui compensait en faisant chier tous ceux qu'il croisait et pour qui Juliette avait une incompréhensible affection.

« Faites pas de faces, vous deux, a lancé Juliette en notre direction. J'étais chez lui, donc, et il me parle de ce gars qu'il a rencontré à un vernissage, un espèce de paumé qui assiste à tous les vernissages pour le vin gratuit. (Antoine et moi nous sommes regardés de nouveau, en souriant cette fois : il y a quelques années, grâce aux contacts de Juliette, nous faisions exactement la même chose.) Donc, ce gars, a poursuivi Juliette, prétendait avoir été un artiste assez populaire dans les années soixante-dix, et lui a dit qu'il avait peint plusieurs vedettes, dont le cast en entier du *Grand Voyage*.

— C'est pas vrai ! » s'est exclamée Daphné. *Le Grand Voyage* était le téléroman dans lequel ma mère avait joué – la source d'au moins la moitié de ses anecdotes.

« Alors, a dit Juliette, j'ai retracé le gars. C'est un malade. Il vit dans un trois et demie dans le Village, entouré de toutes ses vieilles affaires. Il ne pouvait pas moins comprendre pourquoi je voulais lui acheter sa toile. Finalement, je lui ai promis de l'inviter à mon prochain vernissage, et il a accepté.

— Combien ? a demandé Antoine.

— Vous me croirez pas non plus.

— Combien ?

— Soixante-quinze dollars.

— Soixante-quinze ! s'est exclamé mon père. Mais, c'est pas beaucoup.

— Monsieur Cinq-Mars, a dit Juliette en lui mettant une main sur le bras, avec tout le respect que j'ai pour votre épouse... le cadre vaut plus cher que la peinture. Et le cadre doit valoir autour de trois dollars quatre-vingt-quinze. Mais c'est pas le prix, l'important. Je trouvais que pour la valeur sentimentale, c'était assez incroyable.

— Vraiment, les enfants, a dit mon père, vous avez le don de dénicher des cadeaux extraordinaires.

— Toi aussi, ai-je ajouté.

— Qu'est-ce que vous lui offrez ? a demandé Juliette.

— D'abord, a dit papa, tu vas arrêter de me vouvoyer, jeune fille. »

Juliette a rougi : mon père lui avait demandé cela au moins vingt fois, mais elle semblait en être physiquement incapable. « Qu'est-ce que... tu... lui offres ?

— Un voyage à Vienne à Noël.

— Oh ! a couiné Juliette. Le pays de Sissi !

— Je saiiiiiiiiiis ! a soupiré ma sœur – elles avaient, apparemment, au moins une chose en commun.

— Venez donc dans le salon, ai-je dit, on est là comme des clowns dans le hall d'entrée, c'est pas très chic. » Alors nous nous sommes installés dans les sofas et les fauteuils – Daphné par terre, à côté de ses filles qui jouaient avec des anneaux de couleur, moi dans une causeuse à côté de Simon, Juliette sur le tapis, aux pieds d'Antoine qui trônait, comme mon père, dans un des gros et hideux fauteuils de cuir. Stéphane, comme toujours, était debout contre la cheminée, un bras nonchalamment appuyé sur le manteau, qui arrivait à la hauteur de mes yeux. Il avait l'air d'appartenir à une autre époque, une époque de scotchs bus lentement en rentrant du travail, une époque de fedoras et de gros radios en acajou. Il parlait peu, et je me suis dit qu'il devait, lui aussi, vivre avec le poids de cette décision qui n'était pas encore prise et qui n'était pas la sienne.

Juliette était au centre de la conversation, ce dont elle n'arrêtait pas de s'excuser (« Ah, dites-moi de me taire, je dois être insupportable, mais j'ai vu personne depuis un mois… ») Mais elle n'était pas insupportable, elle était drôle et vive, elle parlait d'art et de Marcus, qui la réveillait vers six heures du matin alors qu'il rentrait se coucher, en la couvrant avec ses boas de plume.

« Marcus ? a demandé Simon.

— Oh. Il faut que tu rencontres Marcus, lui a dit Antoine.

— C'est mon coloc, a dit Juliette. Un Jamaïcain. Drag queen. Flashy and flamboyant.

— Flashy and flamboyant ? a répété Simon, l'air amusé.

— Vraiment, a dit Antoine. Je pense que ces deux mots-là ont spécifiquement été inventés pour lui. Il est comme…

— Une inspiration, ai-je dit.

— Une inspiration ? a demandé Antoine.

— Hé ! Quand j'ai déclaré que je voulais trouver l'amour, c'est le seul qui m'a encouragée, je vous signale. Et j'ai pas mal bien fait de l'écouter lui plutôt que vous. »

Daphné a fait un « ahhhh » attendri, et j'ai posé un petit baiser sur la main de Simon qui était près de mon visage. C'était la première fois que je faisais un tel geste devant ma famille et mes amis.

À vingt heures quinze, nous avons entendu la clé de ma mère dans la serrure. « Elle est incroyable, a murmuré mon père, elle sait très bien que c'est pas barré, mais elle fait juste ça pour nous prévenir de son arrivée. » Nous regardions tous vers l'entrée, en silence, comme des idiots. Elle a finalement fait son apparition (théâtrale, comme toujours – elle portait un long kimono bleu de mer dont le dos et les manches étaient couverts de broderies compliquées et colorées – c'était étonnant, certes, mais absolument superbe. Et elle revenait, comme je m'en étais doutée, de chez le coiffeur, qui lui avait donné un look à la Zelda Fitzgerald. Du coin de l'œil, j'ai vu Simon, qui avait l'air complètement abasourdi – il aurait probablement été moins étonné si Zelda elle-même était entrée dans notre salon).

« Surprise ! » avons-nous tous crié, par habitude, même si ce n'était jamais une surprise, et pour donner à ma mère le plaisir de dire « Ah non ! c'est pas vrai ! Ah ! vous êtes trop gentils… » Elle s'est soudain arrêtée, a porté une main à sa joue et a dit : « Oh ! tu dois être Simon ! », puis elle a traversé le salon, s'est approchée de nous, sans me regarder, et lui a pris une main. « Bonjour, a dit Simon. Bon anniversaire ! » Il souriait, incrédule – je me suis dit qu'il devait probablement penser qu'une caméra était cachée quelque part, et que nous avions engagé une folle pour lui faire un gag.

« Merci, a répondu ma mère, qui le regardait avec ce qu'elle croyait être un regard de braise. Tu as des yeux magnifiques, tu sais.

— Maman… ai-je dit. Peux-tu attendre deux minutes avant de commencer à faire du charme ? » Elle ne s'est même pas retournée.

« Tu viens d'où déjà ? a-t-elle demandé à Simon. Ta famille est serbe, non ? »

Simon avait toujours le même sourire – de toute évidence, il n'en revenait pas, mais il appréciait le spectacle. « Mon père est croate, a-t-il expliqué. Ma mère est d'origine irlandaise.

— Mmm… », a dit ma mère, comme s'il venait de lui parler de crème brûlée ou de fondant au chocolat. Puis, en quelques secondes, son visage s'est transformé : de tenancière de bordel nymphomane, elle est devenue maman chaleureuse. « Je suis très contente que tu sois venu, Simon. Bienvenue chez nous ! » Elle l'a embrassé sur les deux joues, puis elle m'a donné un long câlin en me chuchotant : « Il est beau comme un ange ! » avant de se retourner, les bras grands ouverts, pour embrasser les autres.

« My God, a murmuré Simon dans mon oreille.

— Oui, je sais... désolée...

— Non, vraiment, elle est extraordinaire.

— C'est sûr qu'elle est pas ordinaire, oui.

— Mais quel âge elle a ?

— 59.

— Wow.

— Deux face-lifts.

— Oh. » Il l'a observée un instant. « Mais c'est pas juste ça, quand même. Elle a... une énergie... tu es vraiment chanceuse, d'avoir une mère pareille. »

Je l'ai regardée faire. Elle ouvrait les bras, serrait des gens contre elle, se penchait pour embrasser les petites. Je l'ai entendue qui disait à Antoine : « Tu restes quand même le premier sur ma liste », et j'ai répondu à Simon : « Oui, je sais. » Puis, je lui ai demandé : « Elle est comment, la tienne ?

— Ma mère ? a-t-il dit comme si je pouvais être en train de lui parler d'autre chose.

— Oui.

— Oh... » Il regardait maman. « Elle est juste... triste.

— Triste ?

— Oui. Ma mère est triste. » Puis tout le monde s'est mis à parler en même temps, et il a eu l'air d'oublier sa mère.

Pendant les premières heures, j'ai cru que, contre toute attente, nous nous en sortirions. Nous avons d'abord passé près d'une heure au salon, à boire du champagne et à manger des olives, du *baba ganoush* et de la *mouhamara* que Daphné et moi avions préparés

247

nous-mêmes et dont nous étions excessivement fières. Maman a ouvert ses cadeaux, s'extasiant devant chaque chose, poussant de hauts cris en apercevant le cadre de Juliette, qu'elle a ensuite enlacée comme si elle venait de lui offrir la lune, se léchant les lèvres beaucoup trop longtemps à mon goût en découvrant le caviar, et en profitant pour embrasser Antoine sur la bouche pour le remercier de son orchidée, une explosion rose et orangée de pétales aux formes presque érotiques qui m'a fait dire que Julie, effectivement, devait être une excellente fleuriste.

Mon père lui a donné son cadeau en dernier – elle a délicatement enlevé le globe d'origami qu'elle a posé sur le manteau de la cheminée, puis elle a déballé lentement la plaquette. Elle a finalement aperçu ce qui ressemblait à une enveloppe, l'a ouverte et a dit : « Oh ! mon Dieu… » Elle s'est approchée de mon père et s'est assise sur ses genoux en lui murmurant « mon bel amour… » Tout le monde souriait béatement, nous avions l'air d'une famille unie et parfaite, une carte de Noël à l'américaine – quelqu'un aurait entonné un cantique que j'aurais été à peine étonnée.

Antoine, pendant tout ce temps, circulait aisément entre les cadeaux et les fauteuils, servant du champagne et du vin dès que les verres étaient moins qu'aux trois quarts pleins. De temps en temps, quand ma mère avait le dos tourné, il prenait une grande gorgée dans le verre de Daphné. Il s'amusait, visiblement. Stéphane, par contre, qui suivait attentivement le manège, avait l'air au bord de la dépression.

Je le voyais de temps en temps, alors que je faisais la navette entre la cuisine et le salon, qui regardait en direction de Daphné, en pinçant les lèvres. Il semblait lui en vouloir, peut-être parce qu'elle, contrairement à lui, s'amusait, peut-être aussi parce qu'il n'avait jamais pu supporter les mensonges et les cachotteries. J'aurais voulu aller lui parler, essayer de le rassurer un peu, mais je ne savais comment l'aborder, et j'avais peur d'attirer l'attention de ma mère sur le sujet – notre situation était déjà assez précaire comme cela. Au téléphone, j'avais héroïquement réussi à garder le secret de Daphné, qui, elle aussi, avait repoussé les nombreuses offensives de ma mère à grands coups de « mais je n'ai rien, je suis simplement terriblement fatiguée », mais devant ma mère, je ne répondais de rien.

« Si elle vient me parler, ai-je dit à Daphné, je sais pas si je vais tenir.

— Ça va aller », m'a-t-elle répondu. Elle était plus calme que moi. « Ça va aller. De toute façon, maman est trop occupée à être la reine de la soirée pour penser à ça. »

Mais juste avant que nous passions à table, elle est venue me trouver dans la cuisine, où je mettais la touche finale à l'entrée (des feuilles de vignes farcies) avec Daphné et Simon.

« Chloé ? m'a-t-elle dit. Viens donc ici deux minutes. »

J'ai jeté un regard inquiet à Daphné, mais elle m'a fait un petit clin d'œil confiant. J'ai souri en moi-même : Antoine avait réussi à la rassurer. Puis j'ai pensé au pari qu'il avait inventé, plus d'un mois auparavant : « À l'anniversaire de ta mère, je vais séduire ta sœur » et je me suis demandé s'il aurait réussi. Je me suis souvenue aussi que j'avais voulu, confusément, qu'il gagne son pari. Je l'ai vu, par la porte du salon, qui tenait Mya dans ses bras et la faisait rire en lui tapotant le nez et le menton.

« Je reviens », ai-je dit à Daphné, qui m'a souri. Je l'ai entendue dire à Simon : « Tu penses qu'on devrait couper un des rouleaux ? » Ils avaient tout de suite éprouvé de la sympathie l'un pour l'autre, et Daphné lui parlait avec une aisance qu'elle réservait normalement aux gens qu'elle connaissait bien. Simon était drôle et gentil avec elle – il était au courant de son histoire, évidemment, mais avait beaucoup trop de tact pour lui en parler.

« Qu'est-ce que tu veux ? ai-je demandé à ma mère, qui m'attendait à l'extérieur de la cuisine.

— Tu trouves pas que Stéphane a l'air un peu triste ? » Eh merde ! ai-je pensé. Un autre niveau de difficulté. S'il fallait qu'elle se mette en tête de confesser Stéphane, nous étions cuits.

« Mais je sais pas, ai-je marmonné. Il doit être fatigué…

— Tu sais ce que je pense ? a poursuivi ma mère. Je pense que Daphné nous a caché quelque chose. Je pense qu'ils ont peut-être eu une passe difficile, tous les deux, et que c'est pour ça qu'elle n'était pas bien ces derniers temps.

— Mais non, maman, Stéphane est fatigué, c'est tout. Et puis regarde Daphné, tu trouves pas qu'elle a l'air mieux ?

— C'est vrai, a dit ma mère. Ça, c'est vrai. Mais Stéphane, vraiment… Je lui ai demandé ce qu'il avait tout à l'heure, et il m'a répondu qu'il était fatigué. Mais…

— Mais, il y a rien d'autre, c'est tout ! Il a travaillé dix heures de suite aujourd'hui, maman. Arrête donc d'analyser les gens comme ça. »

Elle a haussé les épaules. « Je t'assure qu'il y a ou qu'il y a eu quelque chose.

— Maman…

— Tu me l'aurais dit si Daphné t'avait révélé un secret ? »

J'étais incapable de lui mentir. Lui cacher la vérité, oui, mais lui mentir carrément, en pleine face, non. Alors, j'ai simplement répété : « Maman… »

Parce qu'elle était de bonne humeur et qu'elle avait déjà bu au moins trois coupes de champagne, elle m'a frotté un bras et a dit : « Oh, ce qui compte c'est que tout le monde s'amuse, hein ?

— Exactement.

— Merci pour ce que vous faites, toi et ta sœur. Chaque année, vous vous donnez tellement. C'est un cadeau extraordinaire.

— C'est parce qu'on t'aime, lui ai-je dit en me collant contre elle.

— Oh et, est-ce qu'on peut parler deux secondes de Simon ?

— Il est bien, hein ?

— Il est ma-gni-fi-que.

— Tu dis la même chose à propos d'Antoine.

— Oh, c'est pas pareil. Enfin, ils sont exquis tous les deux, mais Antoine... il a un petit côté canaille que j'adooooore.

— Un petit côté canaille ? » J'avais hâte de le répéter à Antoine. Il allait adoooooorer.

« Oui, canaille. Mais ton Simon. Il a l'air d'un ange. Et pas juste physiquement.

— Je sais, maman. Il est... parfait.

— Ah oui, hein ?

— Oui. C'est un peu débile. »

Elle a pris son air de vieille routière qui a tout vécu. « Pas facile, ça, de vivre avec quelqu'un de parfait.

— Non, mais il est pas chiant avec sa perfection. Il est juste parfait, c'est tout.

— C'est ce que je dis. C'est pas facile. Tu vas voir. »

Je ne voulais pas qu'elle continue. Je m'en foutais, de toute façon. Je le voulais comme il était, avec cette perfection dont elle aurait souhaité que je me méfie. Alors, pour changer de sujet, j'ai dit, les poings sur les hanches : « Est-ce que tu insinues que je ne suis pas parfaite ? » Ma mère a ri et m'a prise dans ses bras. « Mon Dieu ! a-t-elle répondu. Toi ? La perfection in-car-née. » Et nous avons ri ensemble, comme si nous avions voulu nous moquer de la perfection, de toute perfection, et nous rappeler que nous étions, nous, au-dessus de tout cela, libres et fières de nos failles.

Dans la cuisine, Daphné et Simon avaient terminé de monter les assiettes – elles avaient l'air, évidemment, de sortir tout droit d'un restaurant : chacune contenait une feuille de vigne farcie couchée sur le côté et une autre, coupée en deux et joliment appuyée sur la première. Simon avait dessiné un cercle d'huile d'olive autour d'elles et ajouté ce qui m'a semblé être des olives noires hachées.

« Je voulais ajouter un petit morceau de poivron, pour la couleur, mais Daphné trouvait que ça aurait fait "trop".

— Les gens auraient soupçonné qu'on a eu recours à un professionnel, a dit Daphné en riant.

— Bien vu. » J'ai pris deux assiettes, et nous sommes entrés à la queue leu leu dans la salle à manger. Tout le monde était encore debout, en train de décider quel serait le plan de table. Ma mère, bien sûr, allait s'asseoir au bout. « Antoine, a-t-elle dit avec autorité, viens t'asseoir à côté de moi. » Il a fait une fausse révérence et s'est empressé à côté d'elle. Daphné a rapidement posé deux assiettes sur la table et s'est précipitée à la droite d'Antoine, à qui elle a fait un sourire nerveux qui ne lui ressemblait pas. Juliette m'a donné un coup de coude. « Qu'est-ce qui se passe ? m'a-t-elle demandé. Il essaie quand même pas sérieusement de la séduire ?

— Non, non ! Chut. Assieds-toi à côté de moi. » Nous nous sommes installés – j'étais entre Juliette et Simon – et j'ai commencé à tout raconter à Juliette. Elle m'écoutait, médusée, en hochant la tête. « Mais vous êtes complètement idiots, a-t-elle dit. Ça ne marchera jamais. » Elle a pris une gorgée de vin et a ajouté : « Tu sais que ça ne marchera jamais, hein ?

— Pas si sûre. Regarde. »

J'ai pointé Antoine avec mon menton. Il parlait avec ma mère et, d'une main, était en train d'approcher le verre de Daphné de son assiette. Puis, rapidement, il a déplacé le sien, qui était vide, près d'elle. Ma mère, qui n'avait rien vu, continuait à lui parler avec animation. Juliette a poussé un petit rire étonné.

« Il aime ça, en plus, hein ?

— Qu'est-ce que tu penses ? Il se prend pour James Bond.

— Ouh… a dit Juliette. Je pense pas que James Bond ait jamais eu à se mesurer à ta mère.

— Non. Beaucoup trop périlleux. Le MI6 ne l'aurait jamais laissé faire. C'est quand même leur meilleur agent après tout.

— C'est là qu'Antoine arrive pour sauver la situation.

— Exactement.

— Il est tellement brave, a roucoulé Juliette. Et quel charme !

— Je sais. J'ai ouï-dire que Miss Money Penny ne voulait plus rien savoir de Bond.

— Prévisible. »

Simon s'est penché sur la table et a dit à Juliette : « Vous avez été ensemble longtemps, toi et Antoine ? »

Juliette n'avait pas eu le temps de dire « pardon ? » que je lui pinçais férocement la cuisse gauche.

« Ouch ! a-t-elle crié. Antoine et moi ? Hein ? Oh. Bof. Pff. Quoi… quelques semaines ? Rien de sérieux. Je… hmm. » Elle a pris un air fâché : « Chloé ! Pourquoi tu es allée raconter ça ? Tu sais que c'est encore un peu… délicat pour moi. » J'ai failli éclater de rire.

« C'est pas moi, ai-je dit, c'est Antoine.

— Oui, a expliqué Simon. Je lui avais demandé comment Chloé et lui s'étaient rencontrés, alors il m'a raconté. Mais il est pas entré dans les détails, ne t'en fais pas.

— Ah. Tant mieux, a dit Juliette. Parce que j'ai encore un peu de difficulté à entrer dans les détails. » Elle me pinçait la cuisse droite, sans me regarder : elle devait avoir autant envie de rire que moi. C'était lamentable, évidemment : j'avais complètement oublié ce mensonge ridicule et peu crédible. Je me suis dit que, dans quelques années, nous allions nous rappeler de cette soirée comme étant la Soirée des Menteries Stupidement Dissimulées, et que nous allions beaucoup en rire.

« Comment ça se passe ? ai-je demandé à Daphné quand nous nous sommes retrouvées toutes les deux dans la cuisine pour servir le tajine.

— Comme sur des roulettes. Chloé, j'en reviens pas. Ce gars-là a un talent inné pour ce genre de situation.

— Oui, ça s'appelle la duplicité, ai-je dit.

— Oh, il est pas comme ça...

— Quand il veut ? Mieux que personne. » Je pensais au pari, et je me disais : si je n'avais pas réagi, si je l'avais encouragé, il serait peut-être en train d'essayer de te séduire, ce soir.

« Daphné, ai-je demandé en retirant la viande du grand chaudron et en la plaçant dans un plat de faïence. Pourquoi est-ce qu'on est en train de faire tout ça ?

— Je sais pas. Parce que je suis comme une poule sans tête ?

— Daphné... »

Elle m'a regardée : « Chloé. J'ai aucune idée où je m'en vais. J'ai pas envie d'avoir en plus ma mère sur le dos, qui me dit où m'en aller et comment m'y rendre. Ça aidera pas.

— T'as pas des mois pour te décider, Daphné.

— O.K., s'il y a quelqu'un ici qui le sait, c'est moi. O.K. ?

— Je sais. 'Scuse.

— Non, vraiment. Je m'amuse, ce soir. Ça me change les idées. Est-ce qu'on pourrait faire semblant qu'il n'y a aucun problème ? Juste ce soir ?

— Comme tu veux. Mais Stéphane a pas exactement l'air de s'amuser, je trouve. » Une heure plus tôt, il était allé coucher les filles et était resté en haut presque trois quarts d'heure, prétextant que les filles ne s'endormaient pas. Mais j'étais montée et je l'avais vu, assis dans la chambre sombre où les jumelles dormaient profondément.

« Juste ce soir ? » a répété Daphné comme si elle n'avait pas entendu ce que je venais de dire.

Je l'ai prise par la taille et je l'ai embrassée : « Mais oui, ma Dadi. Donne-moi donc ton verre en attendant.

— Tu commences à avoir des petites pommettes roses.

— Hé, regarde autour de la table. C'est le festival de la pommette rose.

— C'est vrai. Papa est plus comme la pomme rose, par exemple.

— Oui, c'est plus uniforme, dans son cas. »

Simon est entré dans la cuisine. « Je peux vous aider les filles ?

— Bon, v'là le chef ! a lancé Daphné.

— Sous-chef, a dit Simon. Ce soir, je suis simplement sous-chef. Et encore ! » Daphné a souri.

Le sous-chef, quand même, a eu l'idée d'ajouter du miel et des amandes grillées dans le tajine – riche idée : le résultat était splendide, et Daphné et moi avons été couvertes d'éloges que nous avons mesquinement acceptés, sans donner le crédit au sous-chef, qui de toute façon nous avait prévenues qu'il refuserait de le prendre. La casbah marocaine, c'était désormais un fait établi, était notre plus vif succès depuis le pow wow.

C'est arrivé en même temps que le dessert – un gâteau de semoule parfumé à l'eau de rose : Stéphane s'est levé et a dit qu'il allait réveiller les petites et s'en aller.

Il y a eu un silence étonné et aviné autour de la table.

« Qu'est-ce que tu fais ? lui a demandé Daphné. Les filles dorment ici, tu le sais. Et je vais rester avec elles. » Elle a ajouté, très lentement : « Comme d'habitude.

— Oui, bien, c'est ça, justement, a dit Stéphane. C'est pas vraiment comme d'habitude, non ? »

Antoine et moi nous regardions, immobiles. Puis ma mère a demandé : « Mais qu'est-ce qui se passe, Stéphane ? » Et il a dit : « Daphné est enceinte, et on sait pas si on va garder le bébé. » J'ai compris alors, dans toute son étendue, la signification exacte de l'expression « *the shit hits the fan* ».

Pendant cinq minutes, il y a eu autour de la table un capharnaüm absolu de protestations indignées, de questions persistantes, de reproches et d'insultes et, par-dessus tout cela, la voix de ma mère répétait : « Et tu ne m'as rien dit ? » Quand elle a su que non seulement j'étais au courant, mais qu'Antoine l'était aussi (et Juliette, et Simon), elle a pris un air ébahi et a dit « bon ». Puis Daphné et elle sont parties dans le salon. Stéphane était resté debout tout ce temps-là, immobile, et je me demandais qui, en premier, allait lui dire : « Ah vraiment, bien joué ! » – et ce fut mon père.

« Stéphane, a-t-il dit sur un ton fatigué. Tu pouvais pas attendre ? On aurait pas pu en parler demain ? Là, elles sont toutes à l'envers, a-t-il ajouté en pointant le salon. Et saoule. Dans le cas de ma femme. J'aurais pu lui dire plus élégamment, tu sais.

— Tu savais ? ai-je demandé à papa.

— Je m'en doutais bien. Quand je suis arrivé au salon et que vous avez essayé de me faire coller cette histoire de bouquet. Et puis tout votre manège avec les verres. Vraiment, chapeau, Antoine. Vaillants efforts.

— Tu m'as vu, hein ? a demandé Antoine en souriant.

— Tu faisais pas attention à moi, a répondu mon père. Personne se méfie du bonhomme. Mais le bonhomme… » Il a tapoté son nez. « … il a un peu de flair. »

J'ai mis ma tête dans mes mains. « On est ridicules, papa, je…

— Mais non. Je comprends. Ta mère aussi. Elle est montée sur ses grands chevaux, juste là, mais c'est principalement parce qu'elle est vexée de pas avoir été mise au courant plus tôt.

— Oui, mais Daphné voulait pas que je lui dise…

— Mais je sais, ma chérie. Hé lala… tu me donnes d'autre vin, Antoine ? » Il s'est retourné vers moi. « En fait, a-t-il poursuivi, ce que je savais pas, c'était la nature exacte du problème. Puis j'ai compris en te voyant la face, mon pauvre garçon. » Il pointait Stéphane.

« Mais comment va Daphné ? a-t-il ajouté.

— Mieux, ai-je dit.

— Non, a dit Stéphane. C'est moi qui vis avec elle. »

Il y a eu un nouveau silence. Antoine est passé derrière Stéphane et lui a mis une main sur l'épaule.

Ma mère est revenue du salon. Je m'attendais au pire, mais elle a pris une gorgée de son verre et est venue m'embrasser. « Ma pauvre chouette, dit-elle. Tu t'es retrouvée dans une situation assez absurde, hein ?

— *Between a rock and a hard place.*

— Charybde et Scylla, a dit mon père.

— Excuse-moi, maman.

— Mais non… » Ma mère exagérait toujours tout – mais, parfois, il était impossible (et inutile) de le faire. Elle était redevenue la maman chaleureuse et attentive qui avait fait la bise à Simon en début de soirée. « Daphné m'a expliqué pourquoi elle préférait ne pas m'en parler. Honnêtement, je suis encore un peu insultée… » Ah, quand même, ai-je pensé. « Mais je vous bouderai plus tard. Pour le moment… » Elle a levé la tête vers Stéphane. « Qu'est-ce que tu vas faire ?

— Je sais pas, a répondu Stéphane en pointant le salon où se trouvait encore Daphné.

— Je pense qu'elle le veut, ce bébé-là », a dit ma mère.

Stéphane n'a rien ajouté. Il devait se sentir terrible-ment seul, comme ça, debout derrière sa chaise, sans maman flamboyante de son bord.

« Stéphane, a dit mon père. Personne t'en veut. Même pas Daphné.

— Moi, je m'en veux.

— Mais oui, c'est normal », lui a doucement dit ma mère, en lui caressant le dos. Pourquoi ne peut-elle pas toujours être comme cela ? ai-je pensé. Compréhensive et sensée ? Stéphane avait l'air de se poser la même ques-tion que moi : il semblait étonné par cette soudaine affa-bilité de la part de ma mère, mais aussi infiniment sou-lagé. Il a poussé un long soupir et a fait un geste vague en direction du salon.

« De toute façon, c'est sa décision à elle.

— Elle ne la prendra pas sans toi », a dit ma mère.

Stéphane a hoché la tête : « Je pense qu'elle est déjà prise, sa décision.

— Elle a besoin de toi quand même, mon grand.

— Je sais », a dit Stéphane. Il a regardé par terre et a dit : « Je suis désolé. » Il y a eu de vives protestations autour de la table – je ne sais si c'était à cause de l'alcool ou parce que nous avions tous une sincère compassion pour lui, mais tout le monde y est allé d'un « mais non, mais non » qui a fait sourire timidement Stéphane.

« Il faut juste que je me fasse à l'idée, a-t-il dit, les yeux toujours rivés sur le tapis. Il faut que je trouve de la joie dans ça.

— Il faut que tu parles à Daphné, a dit mon père.

— Je sais, a soupiré Stéphane. On se parle presque plus. Enfin, plus de ça. »

Ma mère lui a souri gentiment et lui a fait un signe de tête, et il est parti retrouver Daphné dans le salon.

« Eh bien ? a dit ma mère. Il ne reste pas de champagne ? Mon verre est vide, les enfants ! » Tout le monde a souri. J'ai caressé la cuisse de Simon et lui ai murmuré « désolée », mais il a hoché la tête – non, tu n'as pas à être désolée.

Antoine s'est approché de ma mère avec une bouteille de Veuve Cliquot – elle l'a attrapé par le bras et a dit : « Toi, par exemple, mon snoro, je te retiens… » Antoine est tombé à genoux à côté de sa chaise : « Pitié ! Si tu savais ce que c'était de te jouer dans le dos ! La torture ! C'est de la faute à Chloé ! Tout est de la faute à Chloé ! » Il a posé sa tête sur le bras de ma mère. « Comment me faire pardonner ?

— Mmm… Je pense pas que je peux répondre devant mon mari…

— Oh, a dit mon père en faisant un geste fatigué de la main. Faudra pas compter sur moi ce soir. Vous avez ma bénédiction. Antoine, écoute mon épouse. »

Nous nous sommes tous mis à rire – nous étions soulagés et, me disais-je, contents d'être seulement à la périphérie du drame qui se jouait dans le salon. Ma mère n'avait pas l'air inquiète – elle avait dû deviner quelque chose que je n'avais pas encore tout à fait compris, que tout allait s'arranger, peut-être. Je me sentais rassurée, et toute chaude à l'intérieur. Je me suis penchée contre Simon et je me suis dit : « Tout est bien. » Ils sont tous là, et moi avec eux, mais aussi avec Simon. Je nous voyais, comme des pièces fixées dans un décor, chacun à notre place, exactement la bonne, même Daphné, même Stéphane. Et j'ai dit, à voix haute : « Tout va bien aller. » Et mon père a acquiescé : « Tu sais quoi ? Je pense que oui. »

Chapitre 15

J'étais collée contre Simon, dans un état voisin de la torpeur, sur le siège arrière du taxi qui nous ramenait. Nous étions tous les deux passablement saouls, mais pas trop, juste assez pour être bien, un peu mous et un peu cochons. Je l'ai embrassé dans le cou et il a dit : « On va chez toi ou chez moi ? » Nous habitions près l'un de l'autre, et nous avions indiqué au chauffeur un coin de rue entre nos deux appartements.

« Chez moi, ai-je répondu. Je m'ennuie des minous. » Simon a souri et a donné mon adresse au chauffeur. Il n'aimait pas beaucoup les chats, mais, comme il me le répétait souvent, il aimait les miens (je mettais cela sur le compte du charme irrésistible de Puce).

« Ta famille, a-t-il dit, est... my God. Je le savais même pas, mais c'était d'une famille comme ça dont je rêvais.

— Ben, voyons donc.

— Chloé, ils sont tellement... vivants. »

Je n'ai rien dit. Je pensais à ma famille, et j'essayais de la voir avec les yeux de quelqu'un d'autre.

« Tu as dit que ta mère était triste, ai-je rappelé à Simon.

— Oh. Triste et... et endormie. Ma mère est endormie. Elle ne sent plus grand-chose, je pense. Et mon père est comme une grosse roche. Il est lourd et dur, et il a plein d'anecdotes tristes à propos de la Croatie et de la guerre, et de comment c'était avant.

— C'est vrai qu'il y a beaucoup de roches qui ont des anecdotes à propos de la Croatie. » Simon a ri et m'a serrée contre lui. « You're silly » a-t-il dit. Puis il a ajouté : « Si tu veux, on peut aller les voir.

— Qui ?

— Ma famille. Si tu veux.

— Mais oui, je veux. » C'était une curiosité presque anthropologique – pour mieux connaître Simon, je voulais connaître sa famille, toute triste et endormie soit-elle.

« En fin de semaine ? a demandé Simon.

— Déjà ?

— Ça fait déjà trois semaines que ma mère m'embête pour que je t'amène à Kingston.

— Pourquoi tu m'en as pas parlé ? »

Il a haussé les épaules. « Ma famille n'est pas une source de joie pour moi.

— Oh. » Je n'ai rien ajouté – je me trouvais chanceuse, et je m'en voulais un peu. Simon regardait par la fenêtre, et moi, je regardais son beau profil – sa bouche, surtout, que j'avais toujours envie d'embrasser.

« Antoine est jamais sorti avec Juliette, hein ? » a demandé Simon. Il s'est retourné vers moi. Il n'y avait pas de reproche dans son regard, ni de jalousie. Juste un peu d'amusement et d'étonnement – c'était l'expression qu'il avait eue tout au long de la soirée : une curiosité enjouée. Je me suis laissée tomber sur ses cuisses.

« Non… ils sont jamais sortis ensemble. » Je me suis retournée – j'étais maintenant couchée sur le dos, sur la banquette, la tête sur les genoux de Simon. Il me regardait en souriant et en hochant la tête. « Mais vous êtes pas croyables, vous. C'est quoi ? Vous êtes obligés de raconter des mensonges stupides pour ensuite vous empêtrer dans vos contradictions ?

— Oui, je commence à penser que c'est un réflexe… »

Il jouait distraitement avec mes cheveux.

« Qu'est-ce qu'il y a eu, entre toi et Antoine ?

— Hein ? » Je me suis rassise.

« Chloé. *For fuck's sake.* Je l'ai su dès la première fois que tu m'as parlé de lui. Et puis ensuite, je l'ai vu… écoute, même moi je coucherais avec.

— O.K., très mauvaise image mentale.

— Façon de parler, a-t-il dit en riant. Mais pourquoi tu m'as rien dit ?

— Pure stupidité. J'ai figé, et là, il était trop tard, puis cet idiot-là est arrivé avec son histoire débile. Excuse-moi.

— Mais non. » Il était sincère, il ne m'en voulait pas. N'importe quel autre gars, ai-je pensé, se serait posé plus d'une question. Mais Simon avait l'air de trouver tout cela plutôt drôle. Il avait une solide confiance en lui, et je trouvais cela terriblement séduisant.

« Vous… » Il a frotté son pouce contre son majeur, comme s'il cherchait une expression exacte et subtile. « Il y a quelque chose, entre vous.

— Non ! me suis-je indignée.

— Non, non, pas ça. Mais il y a un fil invisible. *Something.* Comme si, dans une pièce, on pouvait trouver l'un juste en regardant l'autre. »

J'ai souri involontairement. C'était une jolie façon de dire les choses.

« T'es jaloux ? » lui ai-je demandé. Il a souri. Il était beau, beau, beau, avec son sourire et son regard qui dansait.

« Un peu, a-t-il répondu.

— Sois-le pas. » Il m'a embrassée dans les cheveux et a dit : « O.K. »

Mais, dans la pénombre de ma chambre, alors que nous étions sur le point de nous endormir, tout enrobés d'amour, avec les chats qui se pelotonnaient amèrement au pied du lit, déçus que quelqu'un les ait remplacés à côté de moi, Simon a dit : « Il est quoi, pour toi, Antoine ? »

J'ai fixé le plafond noir. Il y avait, juste au-dessus de moi, une seule étoile fluorescente que Juliette avait collée là des années auparavant. Antoine ? ai-je pensé. J'ai failli répondre : « Mon meilleur ami », mais je trouvais que Simon méritait plus que cela. Alors j'ai dit : « Il est le reste de moi.

— Le reste de toi ?

— Je sais, c'est confus. Comment t'expliquer... j'ai l'impression, souvent, qu'il est comme le prolongement de... de moi. De mon être. Même si on est totalement différents. » J'ai attendu. Je ne savais pas comment Simon allait réagir, mais j'étais contente de lui avoir dit la vérité.

Puis Simon a parlé : « Il a répondu presque exactement la même chose quand je lui ai posé la question. » Je me suis retournée vers lui, dans le noir : « Pardon ?

— *He's a great guy*, tu sais. On jasait, tout à l'heure, et il parlait de toi alors j'ai demandé : "Comment tu la décrirais, Chloé ?" Et il a fait ce drôle de sourire et il a ajouté : "Sincèrement ?", et j'ai dit oui, et je pense qu'il était un peu saoul et il m'a dit : "Elle est la partie de moi que je suis pas capable d'être." »

— Il a dit ça ? » J'étais un peu fâchée contre Antoine, contre le fait qu'il ait ainsi parlé à mon chum, avant moi. Mais j'étais aussi en proie à une joie intense et bouleversante : j'avais envie de téléphoner à Antoine et de lui crier : « On a dit la même chose ! On a dit la même maudite chose ! » et de faire des promesses stupides de fraternité et d'amour inconditionnel.

Simon a passé un bras autour de moi, juste en dessous de mes seins. « Vous êtes incroyables, vous deux. Comme ta famille. J'ai jamais entendu parler de gens qui disent la vérité avec autant d'assurance.

— Veux-tu rire de moi ? On a passé la soirée à essayer d'empêcher nos cathédrales de mensonges de s'effondrer.

— Nos cathédrales de mensonges ?

— O.K., peut-être que c'était plus comme des granges de mensonges. »

Simon a ri, et j'ai senti son souffle sur ma tempe. « Chloé, a-t-il dit juste avant de s'endormir. Tu ouvres des portes partout autour de moi. »

Quand je me suis réveillée, le lendemain matin – enfin, matin est un bien grand mot, il était presque midi –, Simon était déjà parti. Il avait laissé une note sur son oreiller : « Parti travailler. *Call me.* S. xxx. » À côté de moi, les chats, triomphants, avaient repris leurs places respectives. J'ai tâtonné au-dessus de ma tête et j'ai trouvé Puce, qui a fait un petit « mrou ? » quand je l'ai caressée. À mes pieds, Siffleux s'est étiré en tremblotant et s'est assis. Il m'a regardée, l'air de se demander ce que j'attendais, et a finalement lâché un long sifflement désemparé et affamé.

« O.K., O.K... » Je me suis levée et je suis allée les nourrir. Deux paires d'yeux jaunes et une paire d'yeux verts me fixaient avec une telle ardeur que je me suis mise à rire. « Ben oui. Comme si vous aviez rien mangé depuis des mois, hein ?...

— Meurawwwwww ! »

Je leur ai donné leurs trois petites portions (normal pour Puce et Ursule, diète pour Siffleux, qui continuait malgré tout à engraisser) et j'ai pris un Gatorade dans le réfrigérateur.

« Ahhh... Gatorade... » ai-je dit. Puis j'ai pris une grande rasade, la tête complètement renversée par-derrière, comme les supposés sportifs de haut niveau dans les commerciaux, et je me suis fait rire. J'étais, à ma manière, une sportive d'assez haut niveau.

Appuyée sur l'évier, en robe de chambre et en chaussettes, j'ai repensé à ce que Simon m'avait dit la veille. Les propos d'Antoine, et puis cette phrase : « Tu ouvres des portes partout autour de moi. » J'ai senti, encore une fois, une espèce de soleil au fond de ma poitrine. Je ne méritais pas une telle personne. Je ne comprenais pas ce qui l'attachait ainsi à moi – je ne savais pas comment, au juste, j'ouvrais ces portes. J'avais peur qu'il se réveille, un jour, et qu'il désenchante. Je suis retournée dans ma chambre, et j'ai pris le téléphone.

« Bonjour ! a répondu la voix de Simon.

— Héééé... ça va ?

— Well. Un peu hangover. Et normalement, quand j'ai un hangover, mon idée de plaisir n'est pas exactement de faire le marché pour un restaurant. Je suis en train de palper des foies de veau. Tu veux des détails ?

— Simon. Je suis au Gatorade.

— Tant que ça ?

— Nah... c'est pas si pire, honnêtement. Mais ça fait du bien. Pauvre chéri, à quelle heure tu t'es levé ?

— Neuf heures. Tu dormais comme un ange, cruelle. Oh. Une minute. » Je l'ai entendu négocier deux ou trois trucs, puis il est revenu.

« Je te jure, a-t-il dit. Douze dollars le kilo pour des foies de veau en gros ? *Who the fuck are they kidding ?* »

J'ai pris une grande gorgée de Gatorade. « Yeah ! Who the fuck ? »

Simon s'est mis à rire. « J'ai passé une soirée extraordinaire, a-t-il dit.

— Oui ?

— Extraordinaire.

— Simon ? Ce que je t'ai raconté, à propos d'Antoine...

— N'importe qui m'aurait sorti des niaiseries, Chloé. Tu m'as dit ce que tu pensais.

— Oui, mais...

— Il y a pas de mais. Arrête.

— Parce que je t'aime tellement et... » Ça y est, ai-je pensé. J'ai attendu tout ce temps-là, et je dis « je t'aime » à un gars qui est en train de palper des foies de veau.

« Chloé... » Il riait joyeusement. « ... Je m'en vais nulle part.

— Non ?

— Non. En fait, là, pour être exact, il faut que j'aille négocier des foies de veau. On se voit demain ? Ce soir, ça va être débile au resto.

— Oui. Tu sais où me trouver. Je t'attends.

— Et en fin de semaine ? Toujours prête à monter à Kingston ? Parce que si j'appelle ma mère pour lui dire qu'on vient et qu'ensuite on y va pas, my God. *Hell hath no fury.*

— Oui, oui. Pas de problème. Kingston ce sera.

— D'accord. Je dois y aller.

— O.K. Bye.

— Chloé ?

— Quoi ?

— T'aurais cru, toi, en secondaire III, qu'un jour on allait se retrouver comme ça ?

— Mon chéri, je rêvais juste de ça.

— Je t'aime.

— Je... moi aussi. » J'ai raccroché et j'ai ri, toute seule, dans ma chambre, parce que je venais de dire « je t'aime » et « moi aussi », et que j'étais comme une fillette. J'ai posé mon Gatorade et j'ai couru légèrement dans le couloir jusque vers la salle de bain.

J'étais en train de me sécher les cheveux avec une serviette quand on a sonné à la porte. Simon ? ai-je pensé. Qui passe me voler un baiser entre une négociation de foies de veau et l'achat de dix-huit bottes de basilic ? J'ai pris une serviette, au cas où (pas exactement envie de tomber sur le facteur en culotte et en soutien-gorge), et j'ai entrouvert la porte. Antoine était appuyé contre le mur et regardait distraitement la cage d'escalier.

« Mais qu'est-ce que tu fais là, toi ? »

Il s'est retourné et m'a souri. « On va voir les toiles de Juliette ?

— Euh... O.K., oui. » J'ai ouvert la porte toute grande.

« Coudon, toi, je vais commencer à croire que tu as caché une caméra chez moi et que tu t'arranges toujours pour arriver précisément au moment où je suis en soutien-gorge.

— Fuck. T'as éventé mon secret. » J'étais dos à lui, mais il m'a attrapée par la taille et m'a attirée contre lui, pour m'embrasser dans le cou. J'ai cessé de respirer – il me faisait encore un effet, un effet incroyable et foudroyant qui ne se manifestait pas toujours. Il s'endormait parfois, longtemps, puis il revenait, comme une vague, comme un raz-de-marée. Et pourquoi fallait-il qu'il revienne là, maintenant, alors que j'avais Simon et ses « je t'aime » ? J'ai pensé que c'était ça justement, que j'étais excitée par ce qui était soudainement devenu interdit, et je me suis trouvée stupide et prévisible.

J'ai essayé avec ma main droite de déplacer son bras, mais il a resserré son étreinte. « Antoine, crisse ! » Il m'a lâchée, et j'ai fait quelques pas. Je me suis finalement retournée – j'avais toujours ma serviette autour de moi, mais Antoine a pointé son doigt en direction de mon sein gauche, qui était découvert – on voyait le dessin de dentelle rose de mon soutien-gorge. « Joli, a-t-il dit.

— Fuck you. »

Il a eu l'air surpris – agréablement surpris –, et a souri. J'ai fait un « pff » pas trop convaincu, et j'ai marché vers ma chambre.

« T'es pas trop poqué ? ai-je dit sur mon ton le plus dégagé.

— Pas trop, non.

— Évidemment. » Je me suis demandée ce qu'il faudrait, exactement, pour poquer Antoine.

« Toi ?

— Ça va.

— Ah bon ? » Il montrait le Gatorade sur ma table de chevet.

« Oui, bien, c'est pas stellaire, ai-je répondu, mais ça va.

— Je savais pas si tu serais ici, a-t-il dit. J'ai pris une chance. J'ai vraiment hâte de voir les trucs de Juliette – depuis le temps qu'elle y travaille... pauvre petite. Elle s'est tellement donnée ! Et tu l'as vue, hier ? Elle a vraiment l'air de penser que ça va être la grosse affaire... je sais pas, on dirait que ça me rend nerveux.

— Moi aussi. J'arrête pas de penser aux maudits visages larmoyants.

— Je sais... a dit Antoine en riant. Oh, j'espère que ça va être à la hauteur de ses efforts... Allez, habille-toi, qu'on y aille ! » Il était appuyé contre l'encadrement de la porte de ma chambre, les mains dans les poches de son pantalon. J'ai enfilé un chandail par-dessus mes jeans et j'ai dit, en retenant mon souffle comme avant un impact : « Simon m'a raconté ce que tu lui as dit.

— Quoi ?

— À propos de moi. Que j'étais la partie de toi que tu n'étais pas capable d'être. »

Il a regardé le bout de son soulier. « Tu sais que je pourrais l'actionner pour bris de confidentialité. C'est la clause n° 3 des conversations entre gars.

— Hmm hmm.

— C'est vrai, par exemple. Je sais pas, on dirait que j'avais pas vraiment "réalisé". Puis ce gars-là me pose la question, je le regarde et je me dis : Il mérite une réponse honnête, et c'est ça qui sort.

— Il fait froid dehors ?

— Pardon ?

— Je sais pas quelles chaussures mettre. Il fait froid dehors ?

— Pas trop, non. »

J'ai choisi une paire. Tout en moi me criait de me taire, mais j'ai ajouté :

« J'ai dit exactement la même chose.

— Que quoi ?

— Il m'a posé la même question. Il m'a demandé ce que tu étais pour moi.

— Qu'est-ce que t'as dit ?

— Le reste de moi. »

Je ne savais pas pourquoi je venais de lui dire cela. Mais je n'aurais pas pu faire autrement. Je le regardais, il me regardait, droit dans les yeux – je tenais une chaussure dans mes mains, debout à côté de mon lit, et j'attendais.

Antoine a fini par sourire, un petit sourire très doux et à peine perceptible, et il s'est retourné.

« Simon m'a dit qu'il était amoureux de toi.

— Je sais. » J'avais envie de me jeter dans ses bras et de rester simplement contre lui, contre le reste de moi et de me tenir, immobile, dans sa force et son odeur. Simon n'a rien à voir avec tout ça, ai-je pensé. Je l'aime, mais il est à l'extérieur. Nous, on est à l'intérieur.

« Tu l'aimes ? » m'a demandé Antoine.

J'ai réfléchi. « Je... pense... que oui.

— Je sais, a dit Antoine en souriant. Je l'adore. » Alors, j'ai pu sourire à mon tour. Je me suis avancée, et il a ouvert les bras et je suis tombée dedans, complètement, ma tête contre sa poitrine et lui qui m'embrassait doucement les cheveux.

« Quand il m'a dit ça, ai-je continué d'une voix tremblante qui m'a un peu étonnée, j'étais tellement contente ! »

Antoine n'a rien dit, mais il m'a prise par les épaules. J'avais les yeux pleins d'eau.

« Qu'est-ce qui t'arrive ? » m'a-t-il demandé. Il avait presque envie de rire.

« Mais je sais pas ! » Et je me suis mise à pleurer, en riant aussi.

« Oh ! c'est le hangover. » Antoine riait. « Fuck, ai-je dit. C'est quand même une ostie de belle nouvelle de savoir qu'on est à la même place. Ça m'émeut.

— Tu pleures aussi à la fin de *Big Daddy*, quand t'as un lendemain de veille.

— Hé ! Adam Sandler a une place toute spéciale dans mon cœur. » J'ai ri encore, en reniflant, et il a passé un bras autour de mes épaules et a dit :

« Viens-t'en, bébé. »

Nous sommes descendus au petit café en bas de chez moi pour acheter des sandwichs et du café, et à peu près huit minutes plus tard, nous étions chez Juliette – Antoine avait conduit encore une fois avec sa légendaire prudence, doublant des gens sur la droite sur l'autoroute Ville-Marie et se stationnant devant une borne-fontaine.

« Si jamais il y a un feu et qu'ils peuvent pas avoir accès à la borne à cause de toi, j'espère que tu vas te sentir cheap en tabarnak, lui ai-je dit en fermant ma portière.

— Y'aura pas de feu...

— Ben oui, facile à dire. C'est comme l'épisode de *Seinfeld* quand ils stationnent la voiture dans une place pour handicapés et qu'ensuite un handicapé se casse la gueule et...

— Chloé ?

— Oui ? » J'ai mis une main sur ma hanche et je l'ai regardé d'un air défiant. « Quoi ?

— Avance donc, tu bloques le trottoir. » Je me suis retournée : une femme en chaise roulante essayait de passer.

« Oh. Pardon. Pardon, pardon, pardon. » J'ai fait trois pas en arrière, en envoyant un regard fielleux à Antoine, qui observait la scène en riant.

« Ben oui. Très drôle.

— Mais oui, très drôle, a-t-il dit en s'allumant une cigarette.

— Niaiseux. Est-ce que Juliette sait qu'on s'en vient ?

— Non. J'ai pas appelé. Je lui ai juste dit hier qu'on passerait aujourd'hui, mais pas à quelle heure.

— Peut-être qu'elle est pas là.

— Come on. Juliette est toujours là. »

J'ai sonné un coup, puis deux coups, mais personne ne répondait. « Qu'est-ce qu'on fait ? ai-je demandé à Antoine. J'ai faim. Je pense que je vais manger un sandwich.

— Attends. On va faire le tour. Par en arrière. »

Je l'ai suivi derrière la vieille usine, jusqu'à un escalier de secours rouillé qu'il a fait descendre avec une longue tige de métal qui traînait dans un coin.

« Après vous », m'a-t-il dit.

J'ai jeté un regard inquiet sur les marches. « Veux-tu bien me dire pourquoi tu te donnes le trouble de monter par ici ? lui ai-je demandé.

— C'est juste cool. » Il m'a donné une petite tape sur une fesse, et j'ai commencé mon ascension. L'escalier balançait un peu trop à mon goût, mais nous nous sommes tout de même rendus au dernier étage. Antoine a remonté l'escalier, puis il a poussé la porte de secours, qui n'était jamais barrée, et nous sommes entrés dans l'atelier de Juliette. Il faisait noir – Juliette avait tendu de gros rideaux aux fenêtres et, ai-je pu constater après que mes yeux se sont habitués à la pénombre, par-dessus ses toiles.

« Regarde », ai-je murmuré à Antoine. Je parlais tout bas, comme si nous avions été dans une église ou un musée. Il était juste derrière moi. Je devinais son profil, et la lumière de sa cigarette.

« On va aller trouver Juliette, a-t-il dit. Pas question qu'on voie ça sans elle. »

Je l'ai précédé dans l'appartement, jusqu'à la chambre de Juliette, qui était vide. Puis j'ai entendu la douche, qui était située à l'autre bout de l'appartement, juste à côté de la cuisine.

« Je vais aller la prévenir qu'on est là », ai-je dit à Antoine.

Je n'avais pas fait trois pas qu'un homme, flambant nu, sortait de la chambre de Marcus, juste devant moi. Il était plutôt petit, entièrement épilé, et plus de la toute première jeunesse.

« Heu… »

Il a cligné des yeux deux ou trois fois, puis il m'a vue et a dit, sur le ton le plus naturel du monde : « Bonjour ! On peut vous aider ?

— Euh… Non. Je… je suis une amie de Juliette. » Et comme je ne savais pas trop quoi faire, j'ai tendu la main. « Chloé.

— Enchanté. Moi, c'est Michel. »

Il m'a tendu une main cordiale et s'est penché. « Et c'est votre ami ? a-t-il demandé en regardant Antoine.

— Salut, lui a répondu Antoine, en lui tendant la main à son tour. Antoine. »

Michel l'a lentement détaillé de bas en haut – c'était une situation parfaitement absurde, mais en même temps d'une déconcertante banalité, nous étions tous là, vachement relax, ça va, oui toi, je vois ton pénis, eh oui, et puis de tout. Au bout de quelques interminables secondes, Michel, ayant terminé son évaluation, a fait un petit « hum » appréciatif puis nous a dit : « Excusez-moi. Je m'en allais juste aux toilettes.

— Oh, a dit Antoine. C'est par là.

— Ah oui. Merci. Je suis encore un peu mêlé. Quel appartement, quand même, hein ? » Il a tourné les talons et a marché tranquillement jusqu'aux toilettes. Antoine et moi sommes restés sans rien dire pendant une bonne minute.

« O.K., ai-je finalement dit. Qu'est-ce qui vient juste de se passer ?

— Je suis pas trop sûr…

— T'es toujours aussi cool, toi, quand tu jases avec des gens tout nus ?

— Hé, j'ai joué au hockey pendant des années.

— Mais… as-tu vu la grosseur de son bat ? » J'étais ahurie. C'était une chose énorme, et pas seulement dans le sens de la longueur.

« Oh, a dit Antoine. J'ai pas regardé. Tu fais pas vraiment ça dans un vestiaire de hockey.

— Oh, me semble. Et je te signale que lui s'est pas gêné pour observer tes attributs.

— Oui, mais t'étais entre nous deux. J'étais comme protégé par le bouclier de ta féminité.

— Quoi ?

— S'il tentait quoi que ce soit, je te projetais contre lui. Ça l'aurait sûrement dérouté un bon bout de temps et...

— Hey ! *Hello, you guys !* » Marcus est sorti de sa chambre, flambant nu lui aussi, et j'ai fait un grand geste exaspéré. « Marcus, ciboire !

— Oh, désolé, chérie. Hello, Tony Boy !

— Whatever, a maugréé Antoine.

— Ton " ami " est aux toilettes, ai-je dit à Marcus.

— Michel ? Vous l'avez rencontré ? Il est bien, hein ?

— Oui, il était très... nu.

— Hmm. Avez-vous vu son... ?

— Marcus... a dit Antoine.

— Oui, évidemment. Tu es pas intéressé par les hommes, toi ! » Il disait cela sur un ton qui impliquait qu'Antoine faisait en fait semblant de ne pas s'intéresser aux hommes.

« O.K., a dit Antoine. Juste à toi. »

Marcus a découvert son immense sourire. « De toute façon, trop tard pour toi, Tony Boy. » Il a joint les mains comme une adolescente amoureuse. « Michel... Je pense que c'est le bon ! »

J'ai levé un sourcil inquisiteur. « Vraiment ?

— Ça fait trois semaines et... wow !

— Mais tant mieux ! » J'étais contente pour lui. S'il y avait quelqu'un dans l'univers qui méritait un bon gars, épilé et à l'aise dans sa nudité, c'était bien Marcus.

« *I'm gonna slip into something more comfortable*, a-t-il dit.

— Ben oui, fais donc ça... », a soupiré Antoine.

Juliette est apparue au bout du couloir, avec une serviette aux couleurs du drapeau jamaïcain nouée autour du corps. Elle a croisé Michel, qui sortait des toilettes, toujours aussi nu.

« Michel.

— Juliette. »

Michel est entré dans la chambre de Marcus, et Juliette, devant nos airs abasourdis, a fait un geste résigné et a dit : « Oui, bien... »

« Tu penses vraiment que c'est le bon ? lui ai-je demandé quand nous nous sommes retrouvés dans sa chambre.

— Écoute, franchement... ça a jamais duré aussi longtemps. Et Michel est vraiment sympathique, je trouve. Pas comme les autres petits serins qu'il ramenait avant.

— Et, hum, as-tu vu son...

— Ouais, a répondu Juliette. C'est quelque chose, hein ?

— My God... me semble... je sais pas... me semble que ça doit faire mal, non ?

— Oh... a dit Juliette. Il y a des questions, tu sais, que je préfère pas me poser.

— Merci ! » lui a lancé Antoine. Il regardait par la fenêtre pendant que Juliette s'habillait.

« Hé, a-t-elle dit. Excellente soirée hier.

— C'était pas pire, hein ?

— Particulièrement réussi, a renchéri Antoine. Ça a failli déraper en crisse avec l'histoire de ta sœur, mais bon... comment ça s'est fini, d'ailleurs ?

— Stéphane est parti, et Daphné est restée chez mes parents. Mais ils se sont parlé longtemps – Daphné m'a dit qu'elle était soulagée.

— Ils vont garder le bébé ?

— Mais oui, c'est sûr. J'ai toujours su qu'elle allait le garder. Stéphane aussi, dans le fond. C'est pour ça que quand il a dit : "On sait pas si on va le garder", il était un peu malhonnête. Il aurait dû dire, en fait : "Je sais pas si je suis content qu'on ait cet enfant-là." Il a fini par avouer que c'était pas les considérations financières qui l'inquiétaient le plus, mais juste qu'il trouvait que deux enfants, déjà, c'était énorme.

— Il aurait pu en parler avant, a dit Antoine.

— Il lui en avait glissé un mot, mais Daphné avait accroché sur la question de l'argent. C'était ce qui la dérangeait le plus. Parce que, le reste, le fait qu'ils en aient déjà deux et tout, elle y avait pensé elle aussi. Elle aussi elle avait peur de pas y arriver. Mais bon, elle a réfléchi, et elle a fini par trouver que ça valait bien la peine. Là, elle dit qu'il s'agit juste d'aider Stéphane à faire son bout de chemin.

— Hé, seigneur… », a soupiré Juliette. Elle a agrafé son soutien-gorge, a semblé hésiter, puis elle l'a enlevé avant d'enfiler un grand chandail. « Et tu crois qu'il est prêt à le faire, son bout de chemin ? m'a-t-elle demandé.

— Il a bien vu que Daphné le voulait, ce bébé. Il dit qu'il va faire des efforts, qu'il est sûr qu'il va passer par-dessus ses craintes.

— Et Daphné ? a demandé Antoine. Est-ce qu'elle va tenir compte des efforts de Stéphane ?

— Mais oui, ai-je répondu.

— C'est quand même pas évident, a dit Juliette. Je pensais à eux en rentrant hier soir et je me disais qu'à côté, nos problèmes étaient loin d'être terribles.

— Je sais, ai-je dit. C'est épouvantable, mais depuis que je suis au courant de toute cette histoire, je peux pas m'empêcher de me répéter au moins dix fois pas jour : On est-tu bien ! Je peux pas vous dire à quel point je me réjouis d'avoir seulement des problèmes totalement futiles. »

Antoine a tourné un peu la tête vers moi. « Profites-en. Ça pourrait être ton tour bientôt…

— Antoine, franchement.

— Quoi, tu ferais une bonne mère, Chloé.

— Mais voyons… » Je n'ai rien ajouté – j'avais essayé, à quelques reprises, de m'imaginer ayant des enfants avec Simon, et j'en étais incapable. Mais j'étais flattée. « Tu penses ? ai-je demandé à Antoine.

— Mais oui », a-t-il répondu en riant, le dos toujours tourné. J'ai souri, et j'ai vu que Juliette me regardait, un sourcil en l'air.

« En tout cas, a-t-elle dit comme si elle voulait changer de sujet. On pourra dire que la casbah marocaine a été un grand succès. Mais votre plan... my God qu'il était poche !

— Excuse-moi ! s'est écrié Antoine, indigné. Ça aurait parfaitement marché si le beau-frère était pas allé s'ouvrir la trappe !

— O.K., ça va, James Bond, a dit Juliette. Désolée. » Elle a fini de s'habiller et m'a donné un petit coup de coude : « Oh, et Simon... Wow !

— Je sais...

— Il est super fin, en plus, a-t-elle dit. Et drôle. Il m'a beaucoup fait rire. Chloé, je pense que t'as quelque chose là. Moi qui t'encourageais dans l'autre sens, *mea culpa*. » J'ai souri. Juliette m'a pointé Antoine du menton et m'a dit silencieusement : « Et lui ? »

Je lui ai fait un signe de la main et j'ai articulé : « Je te conterai.

— Vous parlez tellement dans mon dos, a dit Antoine.

— Ouais, a dit Juliette. Totalement. Vous passez à l'atelier ?

— On te suit, a répondu Antoine, en se retournant finalement. On a vu les draps que tu as mis sur les toiles.

— J'ai préféré pas prendre de chance. Avec toi, on sait jamais. J'ai bien fait, hein ? »

Nous l'avons suivie le long du corridor. Elle s'est arrêtée devant la chambre de Marcus et a frappé trois petits coups. « C'est le vernissage ! a-t-elle dit.

— Comiiiiiing ! a crié Marcus.

— Ça fait six semaines que je lui interdis l'entrée de l'atelier, nous a expliqué Juliette. Il mérite bien ça. »

Marcus est sorti, enfin vêtu (quoique précairement) et a demandé à Juliette si Michel pouvait venir. « Bien sûr », a répondu Juliette.

Nous sommes partis tous les cinq en direction de l'atelier, et je me suis rendu compte que j'avais le cœur qui s'emballait. J'ai regardé Antoine, et nous nous sommes souri.

Une fois dans l'atelier, Juliette nous a priés de nous retourner, et nous l'avons entendue qui enlevait lentement les draps qui couvraient chaque toile. Nous échangions tous les quatre des petits regards énervés – même Michel avait l'air excité. « C'est un grand honneur », m'a-t-il dit, et j'ai remarqué qu'il roulait ses *r*.

« Quelqu'un peut allumer la lumière ? » a demandé Juliette.

Marcus s'est avancé et a ouvert le gros interrupteur industriel. Un flot de lumière est tombé sur nous, et Juliette a dit : « Vous pouvez vous retourner. »

Ce que nous avons fait d'un même mouvement. Puis il y a eu un grand silence. Il y avait Juliette, toute petite, et, à côté d'elle, une série de toiles, huit, pour être plus exacte, et ce fut comme un grand coup. Je crois que j'ai pris une longue inspiration, et les autres aussi – ce n'était pas vraiment des toiles, en fait, mais plutôt des collages. J'avais de la difficulté à tout analyser : il y avait des couleurs émouvantes et fortes, des roses organiques et des ors poudreux qui se superposaient, des bleus qui n'avaient rien de froid et des jaunes qui semblaient bondir de leurs cadres ; et des silhouettes étranges que, d'abord, on ne voyait pas puis qu'on devinait, des arbres sans feuilles dont les branches se perdaient dans le foisonnement de couleurs, des figures rondes et heureuses de bouddhas, des textes, l'empreinte d'une main.

Et tout cela donnait envie de pleurer tant c'était beau et triste – je voyais Juliette dans chaque couleur, dans chaque arbre décharné, dans la main solitaire et mauve toute saupoudrée d'argent. J'ai entendu Michel, à ma gauche, dire : « Mon Dieu », et je me suis rendu compte que j'avais les yeux pleins d'eau. J'ai essayé de dire quelque chose, mais je n'ai fait que porter ma main à ma bouche – puis j'ai senti la main d'Antoine dans la mienne, et je n'ai plus bougé.

« Juliette, a finalement dit Antoine. C'est… qu'est-ce que t'as fait ?

— *It's amazing*, a soupiré Marcus. *Amazing.* »

Juliette s'est mise à rire nerveusement. « Vous… qu'est-ce que vous en pensez ? »

Pendant un moment, nous nous sommes tous perdus dans une fanfare d'onomatopées et de superlatifs, des oh et des ah, et des extraordinaire, magnifique, grandiose, et pleins de mots sur l'art dont nous faisions un incorrect mais sincère usage. Je disais des choses comme : « Les tableaux ont l'air vivants », pendant que Marcus tapait des mains en riant et qu'Antoine, qui s'approchait de chaque tableau puis s'en éloignait pour embrasser Juliette, disait : « C'est incroyable. Je suis tellement fier de te connaître… c'est incroyable. »

J'ai pris Juliette dans mes bras – elle tremblait – et elle m'a dit : « J'ai tellement travaillé… je suis si contente !

— Contente ? Ju, tu as le droit d'être pas mal plus que contente. »

Michel s'est avancé, une main sur la poitrine. « Je connais rien là-dedans, a-t-il dit à Juliette. Mais je savais pas qu'on pouvait être ému par un tableau. Ça me jette à terre.

— Giulietta, a crié Marcus. Je pense qu'on est riches ! » Ça a détendu l'atmosphère, et tout le monde s'est mis à rire. « On aurait dû apporter du champagne, ai-je dit à Antoine.

— Il est même pas treize heures », a remarqué Marcus. Puis il a fait une pause et a ajouté : « Oh, *who am I kidding*, on devrait avoir du champagne !

— Je vais en chercher, a proposé Michel.

— Je viens avec toi, *my love* », lui a dit Marcus, et ils sont partis tous les deux, Marcus avec un bras autour de la taille de Michel, et un doigt dans la poche arrière de ses jeans.

Nous nous sommes retournés vers les tableaux et nous sommes restés là un moment, tous les trois, sans rien dire. Je me suis approchée d'un des cadres et je l'ai regardé attentivement – il y avait de la peinture, mais aussi du papier de soie ou quelque chose de la sorte qui avait été collé par-dessus les dessins, qui étaient, dans certains cas, d'une précision presque naturaliste, dans d'autres, de simples esquisses. La troisième et la cinquième toiles étaient couvertes de textes, et j'ai reconnu l'écriture délicate et penchée de Juliette. On ne pouvait pas lire tous les mots, mais, sur la troisième, j'ai déchiffré, sur un fond multicolore, des bribes de paroles de l'Apocalypse : « Je suis l'alpha et l'oméga » et plus loin, en anglais : « *and I heard as it were the NOISE of thunder, one of the four beast saying, come and see and I saw* » et tout en bas « *and I looked and behold a PALE horse, and its name that sat on him was Death... And hell followed with him* ».

Il y avait, au-dessus d'un dessin coloré d'une cara-pace de tortue couverte de pierreries, un extrait d'*À Rebours* de Huysmans, puis, sur le côté droit, un passage d'*Une saison en enfer* (« j'ai de mes ancêtres gaulois l'œil bleu blanc... »), et d'autres phrases qui venaient de je ne sais où. Antoine, qui était devant la cinquième toile, a lu à haute voix : « *Will it be me ? The girl forever ambling the grey twilights ? Will it be me ? Will it be me ?* »

Il s'est retourné vers Juliette : « Qu'est-ce qui est arrivé ?

— Ça venait, a répondu Juliette. Spontanément. Les phrases, toutes – celles que j'ai écrites moi-même, comme les autres. Elles s'imposaient, puis elles me semblaient essentielles...

— Pourquoi en anglais ?

— Parce que c'était comme ça qu'elles m'arrivaient dans la tête. Tout ce que vous voyez, c'étaient des trucs qui m'arrivaient et qu'après j'étais plus capable de m'enlever de l'esprit. Le troisième tableau, je l'avais terminé, et, un jour, je me suis mise à penser à la tortue de Des Esseintes, et c'est devenu une fixation.

— C'est tellement... grave, ai-je murmuré.

— Hé, a dit Juliette. Je vais bien. »

Je me suis penchée de nouveau vers le tableau et j'ai lu : « Je suis dans la nuit, et j'essaie d'y voir clair. Il y a longtemps que j'ai cessé de trouver ça original. »

« C'est Céline ? ai-je demandé.

— Non, a répondu Antoine, qui déchiffrait le cinquième tableau. Camus.

— Exact, a dit Juliette.

— Écoute ça, m'a dit Antoine : "17 septembre – deux frites, un coke – est-ce que vous êtes de Savannah ?"

— Je vous expliquerai », a dit Juliette en riant. Elle m'a pointé, dans le haut de la troisième toile, une ligne toute fine qui disait : « *Legolas ! What do your elf eyes see ?* »

« Oh ! ai-je crié. Du *Seigneur des Anneaux* ! » C'était une phrase du film qui nous avait toujours fait rire et que nous nous plaisions à répéter d'un air terriblement sérieux quand l'une de nous avait l'air dans la lune : « *What do your elf eyes see ?* »

« C'était une journée où je pensais à toi, a-t-elle dit.

— Oh... » Je me suis sentie bêtement émue.

« Et moi ? a demandé Antoine. J'ai ma ligne ? » Elle lui a indiqué une phrase juste en dessous de l'extrait d'*Une saison en enfer* : « ... et sur cette pierre je bâtirai mon église. »

« Je t'ai toujours vu comme ma fondation », a-t-elle dit à Antoine, les yeux baissés.

Il est resté penché devant le tableau, pendant que je me faisais la réflexion, amère, que sa phrase était pas mal plus jolie que la mienne. Quand il s'est relevé, j'ai vu qu'il était profondément touché. Et Antoine n'était pas du genre à être facilement ému. Il a pris le visage de Juliette dans ses mains et lui a fait un long sourire avant de lui dire : « T'es extraordinaire. » Quant à Juliette, elle avait les yeux brillants et les joues roses – elle était fière d'elle, ce qui était absolument merveilleux : en dix ans, je ne l'avais jamais vue être fière.

« Explique-nous, lui a demandé Antoine.

— Quoi ?

— Mais tout. La suite. L'ordre. Tout.

— C'est long, a répondu Juliette. Et pas vraiment clair.

— On s'en fout. T'es pressée, toi, Chloé ?

— J'ai toute la journée. » J'ai sorti un sandwich, en ai tendu un à Antoine, et j'ai mordu dans l'autre.

« Il t'en reste ? » a demandé Juliette.

Je lui ai lancé la moitié du mien, et elle est allée tirer le vieux matelas pour le placer devant les toiles. « Approche le divan, a-t-elle dit à Antoine.

— Il y a un divan ici ?

— Oui, là. » Elle pointait un coin sombre de l'atelier où un tas d'objets étaient empilés – dont, ai-je remarqué, une des chaussures vertes que je lui avais prêtées des mois auparavant pour une installation.

« Hé ! mon soulier !

— Ouais... a dit Juliette, un peu mal à l'aise. De toute façon, c'était plus vraiment à la mode, hein... vois ça comme une faveur. »

J'ai pris un air entendu. « Je comprends... tu m'as évité un fashion faux-pas, en fait.

— Exactement le mot que je cherchais... »

Antoine a poussé le divan jusqu'à nous, et nous nous sommes installés tous les trois. Marcus et Michel sont arrivés quelques minutes plus tard et nous avons bu le bon champagne en posant des questions complètement stupides à Juliette (Marcus : « Qu'est-ce que c'est le... message ? ») et en écoutant ses réponses patientes. Un vent d'automne entrait par la porte de secours que personne n'avait fermée et plus je regardais les tableaux, plus je me disais que nous avions affaire à quelque chose de beaucoup plus grand que nous, et cela me rendait confusément et profondément heureuse.

C'est Michel qui a finalement eu la présence d'esprit de demander à Juliette quand et où elle exposerait.

« Très bientôt, a-t-elle dit. J'en ai parlé à Florent... » Elle a pointé un doigt disciplinaire vers Antoine et moi, ne nous laissant même pas le temps d'échanger un regard las. « Il vient voir tout ça lundi, et on booke une date à la galerie. C'est juste un peu compliqué parce que, bon, il y a seulement huit tableaux, après tout, mais on va essayer de sortir d'autres trucs que j'ai jamais exposés. Vous voulez venir en fin de semaine ? Je vais faire un tri.

— Ah, oui ! ai-je dit, avant de me taper sur le front. Non. Non, je peux pas, je m'en vais à Kingston.

— Kingston ? En Jamaïque ? a demandé Marcus.

— Non, plus Kingston, Ontario. C'est à peu près aussi excitant...

— Pourquoi tu vas là ? a demandé Juliette. Oh... belle-famille, hein ?

— Ouaip.

— Oh boy...

— Quoi, oh boy ?

— Ben, je sais pas. C'est toujours spécial de rencontrer la belle-famille, non ?

— Pas nécessairement. Si Simon a pu survivre à la mienne, je me dis qu'il y a pas vraiment de problème.

— Non, a dit Juliette. Je suppose que non... »

Nous avons changé de sujet – l'imminente pénurie de champagne était un dossier plus pressant – et je me suis encore perdue dans les tableaux de Juliette. Je regardais les couleurs, les textures et le visage souriant d'un bouddha et je me disais : Voyons, Kingston. Qu'est-ce qui pourrait mal aller ?

Chapitre 16

« Comment ça, tout a mal été ? » Juliette était assise à la table de ma salle à manger, devant un gros bol rempli de morceaux de pommes.

« Comment ça, comment ça ? lui ai-je répondu. Tout est allé mal. Me semble que c'est assez simple, non ?

— Mais encore ?... » a dit Juliette avec prudence, comme si elle s'adressait à une folle furieuse qui risquait de lui sauter à la gorge pour un oui ou un non. Elle a attendu ma réponse quelques instants, puis, voyant qu'elle ne venait pas, elle s'est contentée d'avaler un morceau de pomme.

« HEY ! ai-je crié. Mange pas mes pommes, j'en ai juste assez pour mes tartes !

— Un morceau...

— J'ai dit jussassez ! »

Juliette a fait de grands yeux, puis elle a lentement reposé la moitié intacte de son morceau dans le bol, sans me quitter du regard. Je l'ai soutenu brièvement, puis j'ai éclaté de rire, en même temps qu'elle. Je me suis affalée sur la table, dans les pelures et les cœurs de pommes.

« Ah... excuse-moi, mais c'était un tel week-end de merde, tu peux juste pas savoir. Et là... de faire ces osties de tartes-là, ça peut pas moins me tenter.

— Fais-les pas, a dit Juliette, pratique comme toujours.

— Mais non... je recommence à travailler demain, alors j'aurai pas le temps, et le week-end prochain, ça me tentera pas, et si je les fais pas, je vais me sentir coupable... je fais toujours mes tartes.

— Je sais. J'aime tes tartes. »

J'ai lancé l'économe sur la table. « Stupides tartes...

— O.K., a dit Juliette en récupérant l'économe et en attrapant une pomme. Ne mets pas injustement tes malheurs sur le dos de tes tartes. Elles ont rien fait. Alors, enlève ton tablier et raconte à ta grosse ce qui s'est passé à Windsor.

— Kingston.

— Whatever. »

J'ai soupiré et j'ai enlevé mon tablier (une horrible chose en jeans qui clamait en grosses lettres roses que j'étais « la plus coquette des cooks de Coaticook » – un cadeau-gag que m'avait fait mon père, et qui le faisait encore rire).

« Par où commencer... » J'ai réfléchi un instant – Siffleux tournait autour de la table, et je lui ai lancé une pelure de pomme qu'il a longuement reniflée, avant de l'avaler tout rond.

« Il mange même la pelure ? » a demandé Juliette. Elle posait la question comme ça, pour faire la conversation – il y avait longtemps que les habitudes alimentaires de Siffleux avaient cessé de nous étonner.

« Hmm, ai-je dit.

— Et les cœurs ?

— Sûrement. Mais j'ai peur qu'il s'étouffe.

— Évidemment. » Elle a pris une autre pomme et s'est mise à la peler. « Alors ?

— Alors… tu sais quand je te disais que Simon trouvait sa mère " triste " ?

— Oui.

— Eh bien, c'était un peu réducteur. Elle est pas triste. Elle est complètement, absolument, totalement désespérée. Pas désespérée comme dans " Ah, je vis un désespoir intense et terrible ", non, désespérée comme dans " Je n'ai pas, n'ai jamais eu et n'aurai jamais l'espoir que quoi que ce soit sur terre puisse un jour m'extirper un sourire ". Et comme si c'était pas assez, on dirait que sa tristesse ou son désespoir ou peu importe s'est répandu. Leur maison… leur maison est une tombe. »

Nous étions arrivés à Kingston le samedi midi – j'avais proposé à Simon de partir le vendredi soir, mais il avait déclaré que « une nuit serait assez ». La ville était jolie. Universitaire et proprette – ontarienne, mais dans le bon sens du terme. Les parents de Simon habitaient un petit cottage assez charmant en banlieue – ils étaient revenus s'établir à Kingston après avoir vécu à Montréal et en France, et s'étaient installés à quelques rues à peine de l'endroit où avait grandi Simon. Nous nous étions garés devant la maison de brique rouge, et je m'étais dit que c'était justement dans un quartier clair et tranquille comme celui-là que j'avais imaginé l'enfance de Simon.

Puis, j'avais rencontré ses parents, qui n'avaient rien, mais alors rien à voir avec l'idée que je m'étais faite d'eux – j'imaginais une mère irlandaise aux yeux scintillants et à l'humour caustique, et un père beau comme Simon, exotique et mystérieux comme l'étaient pour moi les Balkans. J'avais eu le temps de penser, en sortant mon sac de la voiture, que je n'avais jamais vu de photos d'eux chez Simon.

Seule sa mère était venue nous accueillir dehors, et elle l'avait fait sans même esquisser un sourire – elle était petite et diaphane, avec des cheveux encore blonds et de grands yeux vert pâle qui étaient beaux mais si tristes qu'ils en étaient insupportables à regarder. Elle avait dû être belle, autrefois, mais je n'en étais même pas certaine : quelque chose me disait qu'elle devait être née avec ce pli amer et résigné au coin des lèvres, ce regard de bête en cage et cette froideur dans chaque geste.

Elle ne parlait presque pas et semblait vivre encore dans une Irlande mythique qu'elle n'avait jamais visitée : sa famille vivait au Canada depuis trois générations, mais elle gardait dans la maison des objets laids et nostalgiques de l'Irlande, des petites harpes, des trèfles de feutrine, le texte de *Molly Malone* calligraphié sur un faux parchemin. Lors de notre arrivée, elle m'avait à peine saluée – une poignée de main sans chaleur, un regard fuyant, puis elle s'était retournée vers Simon, à qui elle avait dit : « Slobodan, my boy » – ce qui avait été, selon moi, le meilleur moment de la fin de semaine.

« Slobodan ? m'a demandé Juliette.

— Exactement la face que j'ai faite ! Paraît-il que Simon a été baptisé Slobodan.

— Mais c'est pas croate, ça, c'est serbe.

— Paraît-il aussi que le père de monsieur Markovic est serbe, et que son père à lui s'appelait Slobodan.

— Ah… et monsieur Markovic s'appelle comment, lui ?

— Elio. Sa mère était d'origine italienne.

— Compliqué.

— T'as pas idée. J'ai eu droit à tout l'arbre généalogique des Markovic, qui, sincèrement, aurait été fascinant si le bonhomme avait pas été aussi sinistre. Avec les guerres, les déplacements et tout le reste, ça fait des arbres généalogiques pas mal plus excitants que les nôtres, mettons.

— Pardon ! a dit Juliette. Mon ancêtre, le très distingué François-Baptiste Beauchemin, est parti de Trois-Rivières en 1848 pour s'installer au Saguenay. Fallait du courage, quand même.

— C'est vrai.

— Et ensuite, mon pionnier de père s'est amené à Laval. Fallait *vraiment* du courage. »

J'ai ri. « Chez nous, personne avait quitté Québec avant mon père. Ils étaient là depuis douze générations, je pense. Ma grand-mère ne lui a toujours pas pardonné, d'ailleurs. Son plus vieux qui abandonne le fief familial, je te dis…

— Mais pour en revenir à Slobodan, a dit Juliette, pourquoi il a pas gardé son prénom ? C'est beau, Slobodan.

— En plein ce que je lui ai demandé. »

Simon m'avait regardée, l'air de ne pas croire que je puisse lui poser une telle question et avait répondu : « Slobodan ? Ça sonne comme un trampoline. »

Puis il avait répété « Slobodan, slobodan », et j'avais dû me rendre à l'évidence – il y avait dans ce prénom une musicalité élastique qui pouvait déplaire. « Et puis, avait ajouté Simon, tu trouves pas que Slobodan Markovic c'est un peu trop proche de Slobodan Milosevic ? Ça serait comme s'appeler Adolph Hatler.

— Ou Rudolf Hitler.

— Je pense qu'on se comprend », avait dit Simon.

Il s'était donc appelé Slobodan jusqu'à l'âge de 14 ans. Puis, en 1989, Milosevic était arrivé au pouvoir, et son père avait déclaré qu'il était hors de question que son seul fils soit le quasi-homonyme d'un homme qu'il soupçonnait de torturer des Croates. « Ça tombait bien, m'avait expliqué Simon, parce qu'on déménageait à Montréal. » Et sa mère, qui était dotée d'un sens pratique à toute épreuve, avait déclaré que Simon serait parfait, puisque ce prénom se disait très bien dans les deux langues officielles.

« C'était pas totalement déstabilisant ? avais-je demandé à Simon. Changer de nom à 14 ans ?

— Bof. J'arrivais dans une nouvelle ville, une nouvelle école où on parlait une langue que je comprenais à moitié, je connaissais personne : tout était pas mal déstabilisant, alors le changement de prénom, c'était pas grand-chose. »

Simon, avais-je alors compris, avait une capacité de résignation absolument surhumaine. Je ne savais pas s'il tenait cela de son père, qui avait connu la guerre, le communisme et les privations, ou de sa mère, qui semblait s'être résignée à endurer cette vie sur cette planète qui, de toute évidence, la déprimait au plus haut point. C'était un trait de caractère que je n'aimais pas, que je ne voulais pas voir chez Simon. Mais il était là, indéniable, cet empressement à tout accepter sans broncher qui était, à mes yeux, une incompréhensible faiblesse : Simon, une fois giflé, aurait tendu l'autre joue.

J'étais allée à Kingston dans l'espoir d'en apprendre un peu plus sur l'homme que j'aimais. Mais à part cette première découverte qui m'avait un peu déprimée, je n'avais rien pu savoir : ses parents semblaient totalement fermés à l'idée de discuter avec moi de leur fils (quel contraste avec les miens, avais-je pensé, qui avaient poursuivi Simon avec des anecdotes truculentes et embarrassantes à mon sujet).

En fait, ses deux parents m'avaient à peine adressé la parole de l'après-midi, posant simplement à Simon des questions dont les réponses n'avaient pas l'air de vraiment les intéresser. Son père lui demandait sans cesse s'il faisait beaucoup d'argent, combien d'argent il avait placé, quel montant il dépensait par semaine, et Simon lui répondait diligemment : il était visiblement terrorisé par son père.

En prenant l'apéro (du Cinzano, plutôt que le vin italien que Simon avait apporté et que son père avait refusé de boire, prétextant que c'était « du gaspillage »), la mère de Simon avait finalement daigné me questionner sur ce que je faisais dans la vie – elle n'avait absolument pas réagi quand je lui avais dit que j'étais recherchiste (quelque chose me disait que même si je lui avais annoncé être joueuse de trombone ou croque-mort sa réaction aurait été identique). Elle m'avait ensuite demandé : « *Are you* séparatiste ? » et j'avais à peine eu le temps d'ouvrir la bouche que monsieur Markovic disait : « *Of course, she is. All Frenchies are* », ce qui m'avait donné envie de vociférer un slogan souverainiste avant de quitter la maison. Simon n'avait rien dit, il n'avait pas frémi, pas froncé un sourcil, il était resté aussi impassible que sa mère.

Avait suivi la généalogie des Markovic qui, grâce au travail maniaque et patient du père de Simon, remontait jusqu'au XIIIe siècle. Il y avait Dubrovnik, bien sûr, où était né monsieur Markovic, mais aussi Zagreb et toute la Croatie, et des ancêtres monténégrins et macédoniens, des Albanais (mais des « Albanais catholiques », m'avait-on plusieurs fois souligné). Pas une seule fois monsieur Markovic ne m'avait demandé d'où venait ma famille.

« Oui ben, Québec, Québec, Québec… a fait valoir Juliette.

— O.K., c'est peut-être pas captivant, mais quand même. Et puis j'aurais pu ajouter Normandie. Avant Québec, c'était la Normandie.

— Tout le monde ici vient de Normandie.

— Pardon ! Il y a des Picards, aussi.

— Ah, vu comme ça, a dit Juliette, ça devient captivant. Après tout, pour un Croate, peut-être que la Picardie, c'est comme le bout de la marde.

— Exactement. Mais, de toute évidence, monsieur Markovic s'en câlissait. La mère, par contre, a montré… oh, je dirais pas de l'animation, mais un imperceptible intérêt quand je lui ai dit que j'étais allée en Irlande. Elle a dit : " Ma famille vient de Limerick. " Et j'ai dit : " Oh, je suis allée à Limerick. " Et j'ai essayé de décrire la ville, mais déjà elle n'était plus intéressée.

— Pourquoi elle y est jamais allée ? a demandé Juliette.

— Fouille-moi. J'ai senti que ça aurait été plutôt malhabile de le lui demander. Ils ont habité en France en plus ! Me semble qu'une fois rendu là, c'est pas loin, l'Irlande ! L'explication de Simon, c'est que ça intéresse pas son père, et que sa mère refuse de voyager seule.

— Ciboire… a murmuré Juliette.

— Oh oui, ciboire. Et ça a été ciboire toute la fin de semaine. Pas un mot pendant les repas. J'ai senti qu'ils faisaient de terribles efforts pour me demander des choses comme : mon nom de famille, qu'est-ce que mes parents faisaient et en quoi j'avais étudié. Chambres séparées, évidemment.

— Chambres séparées ?

— Oui, ma grosse. Et attends le meilleur : juste avant d'aller me coucher, j'ai dit à Simon que j'allais venir le rejoindre dans sa chambre et il m'a répondu avec un " non " tellement catégorique que j'ai eu envie de retourner à Montréal sur-le-champ.

— Oh allez, c'est normal, ça, a dit Juliette. C'est la maison de ses parents…

— Mais il aurait pu rire ! Ou faire une blague ou je sais pas, mais il a réagi comme si je lui avais proposé de trucider sa mère pendant la nuit. Je comprends pas, c'est tout. C'est comme s'il était redevenu un adolescent subjugué par ses parents.

— C'est peut-être ce qui est arrivé, a proposé Juliette.

— Peut-être... »

J'ai poussé un long soupir. Je ne savais pas pourquoi, mais j'étais blessée par ces failles en Simon. Elles me dérangeaient, me faisaient de la peine. Lui si parfait, me dis-je. Il ne mérite pas ces pauvres faiblesses.

« En tout cas, ai-je continué. Une vraie fin de semaine de merde. Ça a pas arrêté. Messe le dimanche, ce qui aurait pu être relativement intéressant ou à la limite distrayant si la mère avait arrêté une seconde de me lancer des regards indignés parce que je ne connaissais pas une maudite prière. »

Juliette s'est mise à rire. « Excuse-moi... c'est juste que... c'est un peu amusant...

— Ça va, tu peux rire... Je te dis : des heures de plaisir. Après la messe, je me suis dit : bon, on va peut-être aller se promener, c'est joli Kingston, mais non : retour à la maison, tout le monde s'assoit au salon, et Simon joue aux cartes avec sa mère pendant que le bonhomme fait sa sieste. Tout l'après-midi. Et pas une seule fois, pas une seule maudite fois, Simon est venu à mon aide.

— C'est bizarre, ça, a dit Juliette. Il est tellement... tellement exactement le contraire de tout ça !

— Je sais ! Je sais pas comment ces deux-là ont pu produire Simon mais... en revenant, dans l'auto, il m'a dit : "Tu comprends pourquoi j'étais bon, à l'école ?" et j'ai répondu : "Quoi, ton père te battait ?", ce qui a eu l'air de l'insulter. Il m'a finalement dit : "Non, parce que le soir, j'aimais mieux étudier des heures que de les avoir devant moi."

— Peut-être, a proposé Juliette que s'il est si ouvert et si doux aujourd'hui, c'est en réaction à ses parents.

— Ben oui, évidemment. Tu veux une bière ?

— Of course. » Je me suis levée, et je suis allée chercher deux bières dans la cuisine. Siffleux était couché sur le sol, dans un rayon de soleil, et il a miaulé paresseusement. Probablement qu'il veut une bière lui aussi, ai-je pensé.

« En tout cas, ai-je dit en revenant dans la salle à manger. Que les parents de mon chum soient tristes et poches, je m'en fous. Mais, lui... on avait pas fait un coin de rue qu'il se confondait en excuses. Ça veut dire qu'il savait que je venais de passer les plus longues vingt-quatre heures de mon existence. Bon, passe encore, mais... il aurait pu me prévenir, non ?

— Tu lui as pas dit ?

— Oui. Mais il a eu l'air tellement triste et navré – il m'a dit : "J'étais quand même pas pour te dire que le mieux pour toi, c'était de ne pas les rencontrer !"

— Bon point, a remarqué Juliette.

— Il a dit aussi qu'il voulait que je les rencontre, parce que ça faisait partie de lui. Ça aussi, je comprends. Moi aussi, je voulais les voir. Et quelque part, je suis contente de savoir d'où il vient, mon Simon. Non, ce qui m'écœure, c'est qu'il ait rien fait. Il a rien dit quand son ostie de père m'a traitée de Frenchie comme si j'avais été un tas de marde. Crisse, avec une famille comme la sienne, me semble qu'il pourrait être un peu plus ouvert aux autres cultures, non ? »

Juliette a hoché la tête. « J'ai fini les pommes, m'a-t-elle dit.

— Viens dans la cuisine. Je vais rouler ma pâte. » Elle m'a suivie, enlevant le tablier et me le redonnant.

« T'as demandé à Simon pourquoi il avait pas bronché ?

— Il a répondu qu'il peut rien faire contre "le mur de ses parents". Je suppose que c'est vrai. Ça serait pour ça qu'il a pas essayé de mettre de la chaleur non plus, ou de me dépeindre à ses parents sous un jour plus favorable. En gros, j'avais l'impression qu'il venait me montrer, sachant très bien qu'il n'y aurait pas d'approbation. » J'ai versé un peu de jus de citron sur mes pommes, et j'ai sorti la farine.

« Je sais pas... Ça m'a fait drôle de voir que Simon... qu'il y a un côté de lui qui a capitulé devant tout ça.

— Écoute, m'a dit Juliette. Quand même. Tu peux pas lui demander des miracles ! Ce gars-là est parfait. Quand bien même il aurait des rapports difficiles avec sa famille...

— Ah, je sais, je sais. Je suis pas correcte. Mais on dirait... on dirait que j'ai plus de misère à lui pardonner ses imperfections qu'à n'importe qui d'autre. Je voulais pas le voir comme ça. Ça me blessait. Et quand on est revenus hier, il était abattu, il m'expliquait qu'il était toujours dans cet état quand il voyait sa famille, et, ça aussi, ça me dérangeait. J'avais envie de lui dire de se tenir debout...

— ... plus facile à dire qu'à faire, franchement !

— Arrête ! Je sais que j'ai pas d'excuses.

— Ça va passer, a dit Juliette. Vous venez juste de revenir. Puis, s'il y a un gars au monde qui peut te faire oublier qu'il a une famille so so, c'est bien lui. Sérieux, Chloé, il est quasiment trop beau pour être vrai.

— Justement.

— O.K., a dit Juliette. Ça va faire. Tu cherches des petites bêtes noires. Simon est quand même pas un *serial killer*, non ? Il a juste des parents austères ! C'est tout ! Et il a grandi et il ne vit plus sous le joug de ses parents, mais il est assez décent pour continuer à les voir de temps en temps.

— Ah... je sais... Je sais je sais je sais je sais. Je suis juste une enfant gâtée pourrie, qui est assez chanceuse d'avoir une famille comme la mienne… Je te jure, je les ai tous appelés ce matin pour leur dire à quel point je les appréciais – mon père m'a demandé si j'étais en train de mourir ou sur le point de partir en Ouganda pour un an ou quelque chose comme ça. Pauvre Simon. Il m'a dit, en arrivant : "Tu comprends pourquoi j'ai tellement aimé ta famille ?" Et j'ai répondu : "T'as pas idée."

— Je pense que c'est assez roulé, a fait remarquer Juliette.

— Hein ? »

Elle a pointé du doigt ma pâte, qui était maintenant étendue en un immense cercle et avait plutôt l'air d'une crêpe que d'un fond de tarte.

« Oh, zut ! » J'ai rectifié le problème, en pensant à Simon, à son visage fermé alors qu'il jouait aux cartes, dans le salon brun et sombre de ses parents. Comment avait-il pu, lui, devenir cet être de lumière ? Pendant quelques secondes, je l'ai aimé encore plus. Je ne devais pas, je n'avais pas le droit de lui en vouloir. J'ai pris conscience, encore une fois, de la facilité qui avait caractérisé toute mon existence.

« Et toi ? ai-je fini par demander à Juliette en enfournant mes tartes. Avez-vous fait le tri de tes œuvres anciennes, comme tu voulais ?

— Oui. Ça a été pas mal cool, en fait. Florent est venu faire un tour dimanche en fin de journée, mais le gros de la job a été fait par Marcus, Michel et Antoine. On a passé toutes les journées de samedi et dimanche dans mon entrepôt et dans mon atelier… c'était pas trop sérieux au début, tout le monde pensait juste à prendre un coup, mais on a fini par faire pas mal de débroussaillage. »

Elle a souri. « Les gars ont vraiment été trop gentils. Au début, ils voulaient rien dire, tous les trois, parce qu'ils prétendaient qu'ils connaissaient rien et que leur opinion valait pas de la schnoutte, mais j'ai fini par les convaincre. Honnêtement, ils sont pas pires ! Bon, j'ai appris aussi que ma série de visages larmoyants n'était pas vraiment un succès…

— Oh. Les visages larmoyants…

— Tu savais qu'Antoine gardait la sienne dans son placard ?

— Quoi ? Oh, le goujat ! »

Juliette m'a fait son petit regard par en dessous.

« O.K., ai-je dit. Je le savais. Mais pas depuis longtemps ! C'est juste que quand tu nous as dit que tu avais l'impression de réaliser l'œuvre de ta vie, on s'est souvenus que la dernière fois, ben, ça avait donné les visages larmoyants. Et bon…

— Oh, ça va… Même moi, je suis plus capable de les voir. On en a sorti deux, et Marcus s'est mis les mains sur les yeux en criant : " My eyes ! noooo ! " J'ai été obligée de reconnaître que c'était peut-être pas, disons, mes meilleurs tableaux.

— Peut-être pas, non. Mais les autres trucs que tu nous as montrés la fin de semaine dernière… Je sais pas si on te l'a assez dit, mais c'est incroyable, ma grosse. Incroyable.

— Écoute. Florent a aimé ça.

— Florent ? » Même s'il n'avait jamais rien produit d'un tant soit peu regardable, Florent était le prototype même du snob artistique. Il prétendait toujours savoir, en un coup d'œil, ce « qui passait » et ce qui « n'était que de l'art plastique digne d'une classe de secondaire I ». Évidemment, selon lui, 99 % de tout ce qu'il voyait appartenait à la deuxième catégorie, qui comprenait aussi plusieurs grands maîtres dont Picasso, Gauguin, tous les impressionnistes et « surtout » Pollock et Rothko qu'il qualifiait, inexplicablement, de « pédants inutiles ». Et il n'y avait absolument rien pour justifier cette attitude, si ce n'est, comme il nous le répétait régulièrement, qu'une série de ses toiles avait été exposée à New York – des femmes caricaturales, avec d'énormes seins et des bouches rouges et gourmandes. C'était laid, et totalement dénué d'originalité : Antoine lui avait déjà dit que si deux de ses tableaux avaient été achetés, c'était uniquement parce qu'un abruti croyait avoir trouvé du Corno à un prix dérisoire.

Qu'il dise aimer les tableaux de Juliette, donc, était un événement digne de mention. Son goût, évidemment, ne signifiait rien, mais quand même – un snob amer et jaloux n'avait pu s'empêcher de s'extasier devant le travail de Juliette.

« Il est sérieusement emballé, a poursuivi Juliette. Il m'a même proposé d'agir comme mon agent.

— Non ! Non, Juliette, sérieux...

— Mais non... je veux pas d'agent. Mais ça veut dire qu'il pense qu'il y a de l'argent à faire avec ça. Et ça, dans le cas de Florent, c'est l'ultime compliment.

— Combien tu vas les vendre ?

— Florent parle de 2 500 ou 3 000 dollars par toile.

— Pardon ? » J'étais ahurie. Les autres toiles de Juliette s'étaient vendues (quand elles s'étaient vendues), à 700, 800 voire 900 dollars.

« Ouais, je sais, a dit Juliette. Moi, je trouve que c'est un peu ridicule pour quelqu'un qui n'est pas vraiment connu, mais bon... on a le temps, on va voir. Le problème, c'est que si on me commande autre chose, je suis pas sûre d'être capable. Je pense que ça, c'était comme... un accident.

— Un ostie de bel accident.

— Ouais, mais un accident quand même.

— Peut-être pas.

— Peut-être pas, a dit Juliette en s'ouvrant une autre bière. Mais depuis que j'ai fini, j'ai plus envie de peindre.

— C'est normal, non ? »

Elle a haussé les épaules et s'est approchée de la fenêtre. « Je sais pas. Franchement, ces temps-ci, ma définition de "normal" vaut pas grand-chose. » Elle avait parlé sans amertume – c'était une constatation – il n'y avait dans sa voix qu'un étonnement amusé.

« Quand est-ce que vous allez exposer ? ai-je demandé.

— Dans cinq semaines. Le vernissage va être le 25 novembre. Est-ce que tu seras là ?

— Est-ce que tu me niaises ? Je suis déjà là. »

Chapitre 17

Antoine m'a prise par les épaules et m'a doucement fait passer à sa droite, pour venir se placer entre moi et le caniveau – un réflexe qu'il avait toujours quand nous marchions ensemble. Quelqu'un (sa mère, sans doute) lui avait appris que les hommes doivent se tenir du côté de la rue, au cas où une voiture passerait et éclabousserait. Il ouvrait les portes, aussi, faisait signe aux femmes de passer avant lui, se penchait quand elles laissaient tomber quelque chose, offrait son bras quand je devais descendre un escalier en talons hauts. C'étaient des gestes que je ne remarquais presque plus, mais qui, quand il m'arrivait de les noter, me faisaient toujours sourire. Antoine, qui parlait de ses conquêtes comme d'autres parlent de voitures, était d'une galanterie un peu démodée.

Je l'ai regardé faire en riant, et il a penché la tête vers moi : « Quoi ?

— Mais rien. T'es très galant, tu sais.

— Meuh, non, je suis pas galant. Je suis un gars, c'est tout. »

Je lui ai passé une main sous le menton. « Non... tu es galant, Antoine.

— Naon ! » Il a enlevé sa tête d'un mouvement bourru. « Je suis bien élevé, c'est tout.

— Hon. Cute.

— Chloé !

— Quoi ?

— Je suis pas " cute ".

— Non, vraiment, Antoine, t'es très cute. » J'ai passé mon bras sous le sien. « Je dirais même que t'es chou.

— O.K., personne m'a jamais dit que j'étais chou.

— C'est parce qu'elles te connaissent pas. » J'ai pris une voix idiote et haut perchée : « Ouh ! Antoine, t'es tellement hot ! T'es tellement homme ! *You're so cool, Tony Boy !* Ouh ! Prends-moi, Antoine, t'es tellement viriiiil ! »

Il s'est mis à rire.

« Si elles te connaissaient, ai-je dit en reprenant ma voix, elles diraient toutes que t'es chou. En plus, évidemment, mais chou quand même.

— T'es ridicule.

— Chou chou chou... ai-je chantonné.

— Niaiseuse.

— Tu t'assumes pas, mon chou... »

Nous marchions en direction de la galerie de Florent, où devait avoir lieu le vernissage de Juliette dans un peu plus d'une heure et nous étions, tous les deux, beaucoup plus nerveux que nous aurions voulu l'admettre, d'où mon insupportable badinage. Il était passé me chercher dix minutes plus tôt – la galerie n'était pas loin de mon appartement et, de toute façon, il avait perdu son permis de conduire la semaine précédente, ce qui avait déclenché chez moi une série de « ah HA ! »

et de «je te l'avais dit, hein!» qui venait à peine de se terminer.

Nous avions rendez-vous à la galerie une heure précisément avant le début du vernissage – une tradition qui datait de la première exposition de Juliette, dans un bar un peu moche du pavillon Jean-Brillant de l'Université de Montréal. Depuis, chaque fois qu'elle exposait, ne serait-ce qu'une installation absurde contenant mes souliers verts, nous nous retrouvions tous les trois pour boire rien de moins qu'un pack de six Molson Export.

«Tu penses qu'on fera encore ça dans 15 ans, quand Juliette sera une grande artiste et qu'elle aura des shows à Paris et à New York? m'avait demandé Antoine alors qu'il m'aidait à mettre mon manteau.

— Oh... probablement... Et puis, si c'est à Paris, raison de plus. Ça sera pas facile de trouver de la Molson Ex, par contre. Va falloir en traîner dans nos valises.

— Évidemment. N'empêche que ça commence à nous faire pas mal de traditions à respecter, non?

— T'es tanné, toi, des traditions?»

Antoine avait haussé les épaules en souriant: «Non», avait-il répondu, et nous étions partis.

Comme nous arrivions à la galerie de Florent (qui était, en fait, plutôt un espace qu'il louait sur le boulevard Saint-Laurent qu'une galerie à proprement parler), il s'est mis à pleuvoir – un crachin froid qui promettait de se transformer en neige. Florent nous attendait en bas des marches, en fumant une cigarette. Il devait avoir 40 ans, mais en paraissait 50 – il avait des cheveux clairsemés et ternes qu'il gardait longs, une veste de jeans qu'il n'enlevait jamais et un regard vicieux qui avait quelque chose d'indéniablement gluant.

«C'est au deuxième, a-t-il dit. Juliette vous attend. Elle m'a mis dehors pour une demi-heure, ça a l'air qu'il faut que vous soyez seuls...» Il nous faisait des clins d'œil, comme pour insinuer qu'il savait que nous n'allions pas boire une Molson Ex, mais plutôt nous taper un trip à trois expéditif et rituel.

« Euh… c'est ça, ai-je dit. À tout de suite, Florent. » Il m'a laissée passer, puis il a dit à Antoine, sans même faire un effort pour que je ne l'entende pas : « Hey, avec laquelle tu couches ? Hmm ? On s'est demandé ça l'autre jour. La p'tite ? Moi, j'ai dit les deux… » Il a ri. Antoine est resté debout devant lui quelques secondes. « Florent, a-t-il dit. Donne-moi pas une chance de te casser la gueule. Ça me ferait trop plaisir, et après, je pense que je me sentirais un petit peu coupable. »

Florent a fait un « pff » qui ne signifiait pas grand-chose, et il est sorti sous la pluie.

« Tu casses des gueules, toi ? » ai-je demandé à Antoine, incrédule. Je ne l'avais jamais imaginé en train de casser des gueules – il me semblait que ça n'allait pas du tout avec sa personnalité, et qu'il aurait en fait plutôt dédaigné ce genre de comportement. Par contre, je l'avais vu, une fois, se faire casser la gueule par un gars jaloux qui était entré en trombe dans un bar et lui avait asséné un seul coup de poing qui l'avait envoyé valser par terre. Antoine s'était contenté de lui sourire avec un petit air fendant, pendant que les videurs mettaient l'autre dehors et je m'étais dit : « Le con, il est fier de s'être fait casser la gueule par un gars jaloux. »

« Non, a répondu Antoine, en commençant à monter les escaliers. C'est pas une activité que je pratique, mais je serais content de faire une exception pour Florent. »

Je me suis imaginée, moi, en train de passer Florent à tabac et j'ai dit : « Ouais. Je suppose que si j'en étais capable, je considérerais la chose. Tu sais comment faire ça, toi ?

— Chérie, combien de fois va falloir que je te le dise : j'ai joué au hockey pendant dix ans de ma vie.

— Bon, bon, bon. Dix ans de hockey, et monsieur est capable de regarder des gars tous nus sans ciller et en plus de se battre.

— Une mine de connaissances, je te dis. T'es capable de repriser un chandail de hockey, toi ?

— Je suis pas capable de recoudre un bouton, Antoine. » J'ai recommencé à monter les marches, mais je me suis retournée : « Toi, par contre, tu dois être chou en tabarnak quand tu reprises un chandail de hockey. »

Il a souri. « Envoye, monte.

— O.K., mon chou. »

En entrant dans la galerie, je n'ai pu retenir un « omigod ! » de californienne surexcitée : l'espace était clair et entièrement ouvert et, sur le mur qui faisait face à la porte, les huit tableaux de Juliette étaient accrochés, dans toute leur splendeur. La simplicité du décor les mettait parfaitement en valeur et, loin du fouillis de l'atelier de Juliette, ils avaient l'air encore plus vibrants et purs – on aurait dit des toiles chatoyantes et irréelles : en avançant, on avait l'impression que les couleurs se fondaient et se séparaient, et les dessins apparaissaient soudain, puis s'éclipsaient, l'espace d'un instant, sous un scintillement argenté ou un éclair pourpre.

« Omigod ! ai-je répété en apercevant Juliette, qui était debout près d'une grande fenêtre.

— C'est pas pire quand on entre, hein ? m'a-t-elle dit.

— Omigod !

— O.K., ça va faire... », a-t-elle ajouté en riant et en venant m'enlacer. Antoine, derrière moi, a dit « sa-cra-ment », mais je le soupçonnais d'avoir envie, lui aussi, de lancer un « omigod ».

« C'est écœurant, ai-je dit à Juliette. Un coup de poing.

— Florent voulait les mettre sur le mur du fond, a-t-elle dit. Il trouvait que ç'aurait été plus intéressant si les visiteurs les " découvraient " plutôt que de se les faire " imposer ".

— Florent est un con. Tu sais ce qu'il a demandé à Antoine, juste là ? Avec laquelle de nous deux il couchait. Avec sa grosse face de porc… il doit tellement se zigner en pensant à…

— J'espère, m'a interrompue Juliette, que tu lui as dit que tu couchais avec nous deux ? Ça l'aurait tellement fait chier !

— Non, a répondu Antoine, depuis l'autre bout de la salle. Mais j'ai gentiment proposé de lui casser la gueule.

— Il est très galant, aujourd'hui, ai-je murmuré à Juliette.

— Elle est belle, cette toile-là, a dit Antoine. Je l'avais pas vue quand on a fait le tri chez toi. » Il désignait un tableau abstrait – de gros traits rouges et roses qui ondulaient sur le canevas. On pouvait voir des visages, des silhouettes, des fruits, ce qu'on voulait, en fait.

« Ouais, a dit Juliette. Je l'ai fait il y a longtemps – il était dans ma chambre en fait, en dessous de mon lit. J'y ai pensé, il y a quelques semaines, et je l'ai ressorti – j'étais sûre que j'aimerais pas ça, mais je me suis dit : Pourquoi pas ? »

Il y avait, sur le mur qui jouxtait celui des huit tableaux, quelques toiles plus ou moins anciennes que Juliette n'avait jamais exposées. Leur style n'avait rien à voir avec la série de huit, mais l'effet général était intrigant, et même stimulant. Derrière nous, sur l'autre mur, étaient accrochées plusieurs toiles toutes petites et très colorées – une dans les tons de bleus, une autre dans les orangés… ça allait du rose bonbon au vert lime. « C'est pas grand-chose, a dit Juliette, et elles se vendent pas cher. Mais elles se vendent tout le temps. Les gens qui sont pas intéressés à investir dans l'art sont souvent contents de repartir avec un petit quelque chose. »

Puis elle est allée chercher la Molson Export, et nous nous sommes placés tous les trois debout, au milieu de la salle, et nous avons trinqué, sans dire un mot. Nous avons pris une première gorgée solennelle qui m'a tiré un « blargh… » qui a fait rire Juliette.

« T'es snob, m'a-t-elle dit. C'est pas plus mauvais que n'importe quelle bière.

— Non, non, justement : c'est plus mauvais que n'importe quelle bière.

— Tu vas la boire pareil ? m'a demandé Antoine.

— Il faut c'qui faut, ai-je répondu en prenant une autre gorgée.

— Parce qu'il y en a une autre qui s'en vient.

— Je sais, je sais. Au bout de deux gorgées, je m'habitue. » Nous nous sommes mis à déambuler dans la salle encore vide. C'était apaisant – un beau moment, un peu en dehors du temps. Il pleuvait sur les grandes vitres, et nous parlions fort, pour nous entendre d'un bout à l'autre de la grande salle.

« T'es pas un peu triste de penser qu'ils vont être séparés ? ai-je demandé à Juliette.

— Non. Non, pas vraiment. J'aime ça penser qu'ils vont être à différents endroits. Dans ma tête, ils vont rester connectés. Ça va faire comme un réseau invisible. Juste pour moi, évidemment, mais quand même. »

Antoine s'est approché des grands tableaux et s'est penché sur le petit carton, à côté du premier, qui annonçait le titre de l'œuvre, le nom de l'artiste, les matériaux et le prix demandé.

« T'as finalement choisi un titre, a-t-il dit.

— Bof. Je trouvais que *Sans titre 1, 2, 3, 4, 5, 6, 7 et 8*, c'était un peu drabe. Mais j'ai eu de la misère, hein. Je suis nulle avec les titres.

— C'est quoi ? ai-je demandé en m'approchant.

— *Ce soir par trois fois*, a lu Antoine.

— T'as beaucoup de références bibliques, lui ai-je dit.

— Hé, a répondu Juliette en haussant les épaules. J'ai été à l'école chez les sœurs. »

Antoine s'est déplacé vers une autre toile. *Au jardin des oliviers, ce soir-là.*

« Par qui tu te sens trahie ? ai-je demandé.

— À part vous ? Pas mal tout le monde. » Elle souriait en parlant, comme si elle avait trouvé quelque chose de charmant à cela, de presque agréable.

Antoine a poursuivi la lecture des titres des tableaux – le troisième, celui avec les phrases qu'Antoine et moi appelions maintenant « nos phrases », était intitulé *Autoportrait*.

« C'est le premier titre que j'ai trouvé, nous a dit Juliette. En fait, celui-là, il est venu tout seul. » Je lui ai souri. « C'est parfait, je trouve. » Elle a baissé les yeux, comme une collégienne un peu timide à qui on fait des compliments.

« Ah-hem ! a fait la grosse voix de Florent, qui venait d'entrer dans la salle. Est-ce que je reviens trop tôt ? Vous avez fini vos affaires ? » Il a fait un sourire stupide à Antoine et, comme personne ne disait rien, il est entré.

« C'est beau, hein ? » Il se tenait devant les huit tableaux. « C'est vraiment beau », a-t-il répété. Et pendant quelques secondes (mais vraiment quelques secondes), son regard a perdu un peu de sa viscosité, pour se faire simplement caressant. Puis il a souri et regardé sa montre : « Il est dix-neuf heures, les enfants. La visite va être ici d'une minute à l'autre. »

Les premiers arrivés étaient des gens que je ne connaissais pas. Ils entraient et, immanquablement, s'arrêtaient sur le seuil de la porte, une expression d'étonnement et parfois même d'émerveillement sur le visage. Ils s'avançaient ensuite, cherchaient Juliette du regard et l'embrassaient chaleureusement. Elle avait l'air à l'aise, elle discutait avec animation, riait de bon cœur. Antoine et moi, dans notre coin, observions les invités et nous amusions à deviner qui allait dire quoi.

« Oh, lui, il a l'air d'un "très fort ! Très très fort !" » disait Antoine en pointant du doigt un gros homme aux cheveux blancs qui semblait s'y connaître.

— Elle, elle va dire une niaiserie comme : "C'est très intéressant ce que vous avez fait là" », ajoutais-je en désignant une petite femme angulaire avec d'immenses lunettes et un chignon impeccable.

Mon père et Simon sont arrivés vers dix-neuf heures quinze. Ils revenaient d'une ferme des Cantons-de-l'Est qui produisait, selon Simon, le meilleur foie gras du Québec, ce qui avait piqué la curiosité de mon père, qui se cherchait de plus en plus souvent des excuses pour ne pas aller au bureau. Comme tous les autres, ils sont restés devant les tableaux, stupéfiés ou enchantés, jusqu'à ce que j'aille les rejoindre.

« Hé... ai-je dit en me collant contre Simon.

— Hé... » Il m'a embrassée distraitement, en regardant toujours les toiles. « C'est... wow...

— Ouais, je sais, ils disent tous ça. »

Je suis allée embrasser mon père, qui hochait joyeusement la tête. « Mais c'est très bien, ça, Chloé ! C'est même très très bien ! » Il s'est approché un peu.

« Tu sais, a-t-il ajouté tout bas, je n'ai jamais vraiment aimé ce qu'elle faisait, mais ça, ça me plaît. Ça me plaît beaucoup. Dommage que ta mère n'ait pas pu venir. Où est Juliette ? » Il l'a repérée à l'autre bout de la salle et s'est dirigé vers elle, les bras grands ouverts, en criant : « Ma petite Juliette ! »

Simon, qui était encore près de la porte, a dit : « C'est vraiment, vraiment impressionnant, hein ?

— Oui… » J'ai regardé les tableaux – j'étais, moi aussi, impressionnée à chaque fois.

« Ce… ce n'est pas mon genre, en fait, a dit Simon, mais… wow.

— Pas ton genre ?

— Non… » Il a ri et s'est finalement penché vers moi : « Non, dis-le à personne, mais… j'ai un terrible goût en matière de peinture. Je connais rien. Je préfère le figuratif, c'est plus… facile. Vermeer, par exemple. *That I get.*

— Mais c'est très beau, Vermeer !

— Oui, je sais. Ce que je voulais dire c'est que je préfère les tableaux que je peux facilement comprendre. Vermeer, tu regardes longtemps, des heures, tu observes la lumière et les ombres, mais t'as pas tout le long à te demander : Qu'est-ce qu'il a voulu dire ? C'est pour la même raison que j'ai de la difficulté avec certains poètes. Mallarmé, Emily Dickinson… je voudrais aimer, mais non. C'est pas pour moi, je suppose. Mais Vermeer, par contre… oh… t'as déjà vu un Vermeer ?

— Ouais, en 2001, Juliette et moi on est allées à New York pour voir une expo…

— … au Metropolitan ?

— Oui !

— Hé ! a dit Simon. J'y suis allé, moi aussi !

— C'est vrai ? » J'étais démesurément excitée, comme on l'est toujours quand on se découvre un point commun avec quelqu'un.

« Oui ! Peut-être qu'on était là en même temps ! a dit Simon.

— Nous, c'était en avril.

— Moi aussi ! »

Nous avons ri en même temps, du rire un peu bêta qu'ont souvent les amoureux. « *I love you*, m'a dit Simon.

— Moi aussi, je t'aime. » Et nous nous sommes embrassés devant les grands tableaux de Juliette.

« Oh ben ! a lancé une voix derrière moi, on me l'avait dit, mais je le croyais pas ! »

Je me suis retournée, toujours dans les bras de Simon, et j'ai aperçu Stéphanie et Charles. Je ne les avais pas vus depuis que Stéphanie nous avait annoncé qu'ils allaient se marier, trois mois plus tôt. Cela faisait, il me semblait, une éternité.

« Salut ! » J'étais contente de les voir. Je les ai enlacés tous les deux – Charles, tout bedonnant, en débardeur brun, qui m'a dit avec son bon sourire : « Je suis tellement content pour toi, ma Chloé. » Et je me suis souvenue que, lors de l'annonce de leur mariage, j'avais été presque incapable de lui dire la même chose.

Je leur ai présenté Simon, et Stéphanie a dit : « Mais c'est super ! Vous allez venir à notre mariage ensemble ! » Et j'ai souri, tout heureuse, parce que je me suis imaginée avec Simon, sous un chapiteau fleuri, entourée d'amis qui verraient enfin mon bonheur sain et vigoureux (et aussi, évidemment, mon chum magnifique). Je nous ai imaginés, moi en robe légère d'un jaune soleil, lui avec un veston gris clair, dansant élégamment au milieu des couples heureux.

« D'ailleurs, ai-je demandé à Stéphanie, c'est pour quand ?

— Le 20 août – un an jour pour jour après l'épluchette de cette année. Vous allez recevoir des faire-part bientôt… a-t-elle dit avec un clin d'œil. Oh ! Mais… » Elle a levé un doigt vers les tableaux, qu'elle venait seulement d'apercevoir. Charles, lui, était déjà parti plus loin pour les admirer. « Mon Dieu… ça ressemble à rien de ce que Juliette a fait.

— Non, hein ? »

Elle a penché la tête. « Je sais pas si j'aime ça… mais… t'aimes ça, toi ? m'a-t-elle demandé.

— Moi, ça me jette à terre.

— Oui, ça, c'est sûr, a dit Stéphanie, ça jette à terre, qu'on aime ou pas. Ça doit vouloir dire que c'est drôlement réussi, quand même… Elle est où Juliette ? »

Elle était au fond de la salle, en train de discuter avec la petite femme angulaire et mon père.

« Est-ce qu'elle a changé elle aussi son capot de bord ? m'a demandé Stéphanie.

— Non. Non, elle s'est même enfoncée encore plus résolument dans le célibat. Intégral, cette fois, si tu vois ce que je veux dire.

— Genre, plus rien, zéro, niet ?

— Zéro total. Elle dit que c'est exactement son genre de chance de s'appeler Juliette et de mettre une croix sur l'amour.

— Oui, c'est sûr qu'il y a une certaine ironie là-dedans, mais… elle avait pas un chum avant ? Un petit blond qui était là à mon épluchette ?

— Oui, Samuel, mais il a viré gay.

— Ouch », a dit Stéphanie.

Au même moment, j'ai aperçu Samuel, que je n'avais pas vu entrer. Il se promenait avec aisance parmi des gens qu'il semblait tous connaître et s'est approché de Juliette. Elle a eu l'air surprise, mais contente, et ils se sont embrassés.

« T'as vu qui est là ? m'a demandé Antoine en s'approchant et en embrassant Stéphanie.

— Oui. Intéressant. »

Je l'ai montré à Stéphanie, qui s'est exclamée : « Ah, oui ! Je le reconnais ! C'est vrai, que bon, il avait pas l'air d'un parangon de virilité, quand même… » Antoine et moi avons souri d'un air entendu.

« Mais toi ? a dit Stéphanie en se retournant vers Antoine. Je suppose que tu tiens le fort... Toujours un serial dater ?

— Serial fucker, a précisé Antoine. Je *date* pas beaucoup. » Simon s'est mis à rire, et je lui ai donné un petit coup de coude, pour la forme surtout.

« Ah, seigneur, a soupiré Stéphanie. Tu sais pas ce que tu manques, mon Antoine.

— T'en fais pas pour moi, lui a dit Antoine. Je m'ennuie pas.

— Non, j'en doute pas. Mais tu vas voir, un jour, moi je te dis qu'il y en a une qui va te faire changer d'idée. Regarde Chloé. »

Et c'est ce qu'il a fait. Il m'a regardée, pas très longtemps, mais avec un air que je ne lui connaissais pas. Puis il s'est détourné et a dit : « Ouais. » J'ai levé la tête vers Simon, qui semblait absorbé dans la contemplation d'une petite toile – quelque chose qui ressemblait à un soleil jaune sur un fond pâle.

Au bout de deux heures à peine, plusieurs toiles avaient été achetées, dont cinq des huit grands tableaux, à 2 500 dollars – et comme Juliette s'était arrangée avec Florent pour lui payer un montant fixe pour la location de la galerie, il ne prenait rien là-dessus. Ce n'était pas énorme, mais c'était une excellente nouvelle pour Juliette, qui vivait depuis des années grâce à de maigres subventions, la vente occasionnelle d'une toile et la générosité d'Antoine, qui payait toujours pour elle peu importe où nous allions –elle avait rechigné au début, par orgueil, mais il y avait longtemps qu'elle ne disait plus rien.

« Tu te rends compte : 12 500 dollars, m'a-t-elle dit. C'est à peu près ce que j'ai fait l'année dernière au grand complet.

— C'est pas mal.

— C'est énorme ! » Et elle riait, en répétant : « J'en reviens pas, j'en reviens pas... »

Vers vingt et une heures, alors que certaines personnes commençaient à partir, Marcus et Michel sont arrivés, tirés à quatre épingles. Ils vivaient depuis maintenant deux mois leur amour naturiste et fébrile, et l'exubérance naturelle de Marcus n'en était que décuplée. Il était beau à voir, par contre, dans son élégant complet noir, avec sa chemise rouge et son immense sourire. Il parlait à tout le monde et soulevait sans cesse Juliette dans ses grands bras – elle se laissait faire en riant et en agitant ses pieds à presque un mètre du sol.

« Je l'ai jamais vue comme ça », est venu me chuchoter Antoine. Elle était au centre d'un petit groupe qui l'écoutait avidement.

« Je sais... Franchement, les 12 500 piastres, c'est super, mais c'est rien à côté de ça. Elle est changée depuis qu'elle a peint ces tableaux.

— J'espère que ça va durer, a dit Antoine. Me semble qu'elle le mérite en tabarnak.

— En tabarnak. »

Et nous sommes restés là, tous les deux, à siroter nos verres de Caballero en regardant Juliette et en souriant.

L'exposition a duré une semaine. Les huit grands tableaux ont fini par se vendre, à mon grand désarroi – il me semblait que le troisième, celui que Juliette avait intitulé *Autoportrait*, aurait dû nous revenir. J'avais pensé l'acheter, mais trop longtemps. Quand je m'étais enfin décidée, il avait déjà été vendu, et j'avais presque engueulé Juliette, qui avait ensuite passé une journée à s'excuser et à me répéter « Si j'avais su... » Mais elle était au bord de l'extase : l'exposition lui avait rapporté, en tout, près de

30 000 dollars dont elle méritait, lui répétait Antoine, chaque cent.

Simon avait acheté deux toiles d'une autre série pour son restaurant et, de temps en temps, des clients lui demandaient d'où elles venaient. Il leur disait alors, fièrement, qu'il s'agissait d'une de ses amies et que, s'ils voulaient, il pouvait les mettre en contact avec elle. Il y avait aussi eu un bouche à oreille assez important – des galeristes commençaient à appeler Florent au sujet de Juliette, ou Juliette directement, pour signifier leur intérêt à voir « de nouvelles choses ». À la mi-décembre, Juliette avait reçu assez de demandes pour la convaincre de se remettre à peindre, et elle s'était même fait imprimer des cartes d'affaires, ce qui nous faisait beaucoup rire (« Je t'appelle demain, lui disait Antoine. Tu... tu as une carte ? »).

J'étais toujours bien avec Simon – j'avais maintenant l'impression d'être avec lui depuis des années, ce qui, selon Daphné, était « merveilleux ». J'acquiesçais – je me disais que oui, ce devait bien être là quelque chose de merveilleux, et je me demandais, en silence, si c'était bien cela, s'il n'y avait pas autre chose d'encore plus fort, et je m'en voulais. Je n'aurais pas su dire ce que j'attendais, ni ce qu'était ce « plus » que je désirais parfois. Mais souvent, couchée près de lui, je m'inquiétais de mon cœur qui ne battait pas assez fort et qui, par moments, semblait me dire qu'il en voulait encore. Mais je n'en parlais pas. Pas même à Juliette, pas même à Daphné – je ne voulais pas leur dire que je n'étais qu'une enfant gâtée.

Puis, le 15 décembre, j'ai réussi à convaincre Simon de prendre congé à la mi-janvier et de venir avec moi dix jours au Belize. Il avait hésité longuement, mais je lui avais rappelé que j'avais accepté d'aller deux jours chez ses parents et il avait fini par dire oui. J'étais contente

– dix jours là-bas, à marcher sur le sable chaud et dans les villages paisibles, à manger des langoustes et des lambis, à faire l'amour plusieurs fois par jour – c'était peut-être cela, ce « plus » que j'appelais parfois.

Nous nous étions couchés assez tôt, ce soir-là, après avoir passé une soirée tranquille à consulter des guides sur le Belize et à parler de ce que nous y ferions. Il devait être une heure du matin quand mon téléphone s'est mis à sonner. Simon a grommelé quelque chose et je me suis levée machinalement pour répondre, croyant qu'Antoine avait encore oublié ses clefs. Cela lui arrivait au moins deux fois par année et, généralement, il s'infiltrait chez Juliette par la sortie de secours et allait dormir dans l'atelier. Mais quand il avait une fille avec lui, le problème était plus épineux, et il avait pris l'habitude de me téléphoner, parce que j'avais un double de ses clefs.

« Hmm, ai-je répondu, trop endormie pour avoir l'air fâchée.

— Chloé ?

— Hmm ? » Ce n'était pas Antoine.

« Chloé, c'est Stéphane. » Je me suis assise d'un coup.

« Qu'est-ce qu'il y a ? ai-je dit. Daphné ? Qu'est-ce qu'il y a ?

— Daphné a fait une fausse couche, Chloé. »

J'ai essayé de chasser les dernières brumes du sommeil. Une fausse couche, ai-je pensé. Est-ce grave ? Il me semblait que ce n'était pas si grave – enfin, que Daphné ne courait pas de danger mortel.

« Chloé ? a demandé Stéphane.

— Oui. Oui, je suis là.

— Daphné est à l'hôpital. Rien de grave, c'est juste qu'ils lui font un curetage.

— Elle est correcte ?

— Oui, oui. Elle va être correcte.

— Stéphane ? Qu'est-ce qui s'est passé ?

— Ça arrive, Chloé. Ça fait juste arriver, ces choses-là.

— Je... T'es où, toi, là ?

— À la maison, avec les filles.

— Et Daphné est toute seule à l'hôpital ?

— Oui, c'est pour ça que je t'appelle.

— Tu veux que je vienne garder les filles ? » Je me demandais pourquoi il n'avait pas simplement appelé sa mère, qui habitait à côté de chez eux. « Je m'en viens.

— Non, a dit Stéphane. Je veux que tu ailles à l'hôpital. Daphné aimerait mieux que ce soit toi qui y ailles.

— Oh. Alors, j'y vais. O.K. Je pars tout de suite. Tu veux que je te téléphone en arrivant ?

— S'il te plaît.

— O.K. Bye, Steph.

— Chloé ?

— Oui ?

— Elle est à Sacré-Cœur.

— Ah, oui. Utile. Merci. »

J'ai raccroché, et j'ai commencé à m'habiller.

« *What's going on ?* » a demandé Simon. Quand il était fatigué, il parlait systématiquement en anglais.

« Ma sœur a fait une fausse couche. Faut que j'aille à l'hôpital. »

Il s'est levé sur ses coudes. « *I... I'll drive you.*

— Non. Non, merci. C'est notre affaire, ça. » Je l'ai embrassé sur le front, et je suis sortie.

Chapitre 18

Je suis arrivée à l'hôpital une demi-heure plus tard. Daphné, m'a-t-on appris, était déjà dans une chambre – elle avait été admise deux heures auparavant et, m'a dit une infirmière avec un sourire fatigué mais plein de bonté, il n'y avait pas lieu de s'inquiéter. Elle m'a aussi spécifié que ce n'était plus l'heure des visites et que, comme la santé de Daphné était stable, elle ne pouvait pas me laisser monter. Je suis restée plantée là, dévastée, puis je me suis demandé : « Qu'est-ce que maman aurait fait ? » Et j'ai commencé à cuisiner l'infirmière fatiguée, je lui ai parlé de ma sœur, toute seule, de son mari qui était même pas là, de son ventre vide, enfin j'étais partie sur une belle lancée quand elle m'a fait signe de m'arrêter et m'a donné le numéro de sa chambre.

« Oh ! vous êtes merveilleuse, lui ai-je dit.

— On fait ce qu'on peut. Vous, vous êtes une bonne sœur.

— On fait ce qu'on peut. »

Elle a souri de nouveau. « Je vais vous dire comment vous y rendre. »

Je l'ai remerciée avec effusion et je suis partie, en suivant ses indications, puis en me trompant à deux reprises, revenant sur mes pas, croisant les mêmes malades éveillés qui marchaient lentement dans les corridors avec leurs solutés.

J'aimais bien les hôpitaux. Je m'en voulais toujours un peu, parce que je me disais que c'était un lieu de douleur plus souvent que de bonheur, mais je trouvais que, dans les larmes ou dans la joie, tout y était ramené à l'essentiel. C'était un lieu sans artifices – même dans le brouhaha des urgences – et j'avais toujours trouvé cela étrangement apaisant. Pauvre Daphné, qui pensait tout le contraire et n'avait accepté d'accoucher à l'hôpital que parce que sa sage-femme l'avait convaincue que, dans les cas de jumeaux, c'était de loin préférable.

J'ai finalement trouvé sa chambre et je l'ai aperçue, couchée sur le lit du fond qui était éclairé par une lampe diffusant ce qui devait être la lumière la plus blafarde du monde. Il y avait trois autres lits, entourés de rideaux vert pâle – on entendait une femme ronfler doucement.

« Hé… », ai-je murmuré en m'approchant du lit. Daphné s'est retournée sur l'oreiller – elle avait des cernes foncés sous les yeux, mais quand elle m'a vue, j'ai cru apercevoir dans son regard un éclair presque joyeux – et je me suis mise à pleurer.

« Voyons, a dit Daphné, je pleure même pas…

— Oh… Dadi ! Qu'est-ce qui est arrivé ?

— Comment, qu'est-ce qui est arrivé ? J'ai perdu mon bébé, c'est tout.

— Oh… » Je me suis assise près d'elle et je lui ai pris une main, en pleurant de plus belle.

« Chloé, je suis pas en train de mourir. » Pragmatique jusque dans son lit d'hôpital, ai-je pensé. « Il y a une madame, là, dans le lit de gauche, qui vient de se faire enlever une tumeur au cerveau. » Elle a frissonné, sans que je sache si c'était de dégoût ou de peur. « Alors vraiment, je suppose que j'ai pas à me plaindre.

— T'as le droit, tu sais. »

Elle m'a fixée sans rien dire.

« Tu veux que j'appelle maman ? lui ai-je demandé.

— Non. Pas tout de suite. Demain matin, O.K. ?

— Quand tu veux. Moi, je bouge pas.

— T'as le droit d'être ici ?

— Non. Mais je me suis fait une alliée à la réception, en bas. Elle voulait pas me laisser monter, alors je me suis dit : Qu'est-ce que maman aurait fait ? »

Daphné a ri faiblement : « Alors tu l'as emmerdée jusqu'à ce qu'elle te laisse aller ?

— Non. Je lui ai parlé, c'est tout.

— C'est vrai, a dit Daphné. C'est vrai que maman aurait fait ça. »

Je lui ai passé une main sur le front. « Tu as chaud.

— Ouais. Ça va maintenant, mais quand je me suis réveillée à onze heures… écoute, je pensais que j'allais mourir. J'avais des espèces de contractions – le médecin qui m'a vue m'a dit que c'était normal, j'étais quand même à quatre mois. » Elle a soupiré et, pour la première fois depuis mon arrivée, a eu l'air d'avoir envie de pleurer. « Quatre mois ! On m'avait toujours dit qu'à quatre mois il y avait plus de danger ! »

J'ai continué à lui caresser doucement la tête, sans rien dire. Au bout de quelques minutes, je lui ai demandé : « T'as encore mal ?

— Pas trop. Ça va. Ils m'ont donné quelque chose quand je suis arrivée, je sais même pas quoi, j'avais trop mal, je voyais plus clair. Le… le fœtus est sorti dans l'ambulance, juste avant d'entrer ici. Un médecin m'a examinée. Il va devoir me faire un curetage, tu sais, pour être sûr. Mais il avait l'air de trouver que tout était correct.

— Le… le fœtus, hein ? » n'ai-je pu m'empêcher de dire, comme si le mot avait été encore là, au-dessus de nos têtes, attendant que quelqu'un fasse quelque chose.

« Hmm, a dit Daphné, les dents serrées. Je l'ai vu.

— Oh ! Oh… comment ça ?

— Un stupide réflexe. J'ai levé la tête.

— Oh… »

Daphné a levé une main, le pouce et l'index écartés – la grosseur du fœtus.

« Tu sais quoi ? m'a-t-elle demandé.

— Quoi ?

— J'ai pensé à matante Ursule.

— Quoi ? ! » Nous nous sommes mises à rire toutes les deux. Matante Ursule était une tante de ma mère que nous n'avions jamais connue, la folle de la famille dont on nous avait parlé toute notre enfance. Elle entendait des voix dans le tuyau de son lavabo, elle se mettait sur son trente et un pour regarder Pierre Elliott Trudeau à la télévision, persuadée qu'il la voyait, et elle prétendait être la fille illégitime d'une sorcière indienne. Ma mère avait mille et une anecdotes à raconter au sujet de sa folie, et je la soupçonnais d'en avoir inventé la moitié, mais Ursule n'en était pas moins devenue pour Daphné et moi une sorte de légende, en l'honneur de laquelle j'avais baptisé mon premier chat.

La folie d'Ursule, nous racontait ma mère, avait été déclenchée par une fausse couche faite à l'âge de 18 ans. Elle s'était enfermée dans une salle de bain, toute seule, et avait récupéré le fœtus, qu'elle avait ensuite gardé dans de l'alcool sur le manteau de la cheminée. « Elle lui parlait, nous disait ma mère. Quand on allait chez

elle, elle nous demandait d'aller lui dire bonjour. Une petite affaire de deux pouces dans un pot à confiture...»
Daphné et moi étions fascinées par le sordide de cette histoire, et nous imaginions Ursule avec de longs cheveux noirs et des robes anciennes, vivant dans un grand manoir gothique avec des gargouilles et des tourelles pointues (elle habitait en réalité à Kamouraska, dans une jolie maison rose et verte – un endroit vraiment très peu gothique, ce qui nous avait toujours beaucoup déçues).

«J'ai pensé à Ursule, a dit Daphné en riant tristement, et j'ai pensé, mon Dieu, elle l'aurait ramassé... je te jure, dans des situations comme celles-là, c'est incroyable les choses qui peuvent te passer par la tête.

— Pauvre petite Dadi...» J'ai embrassé sa main droite. «Et Stéphane? lui ai-je demandé.

— Oh, Stéphane. Pauvre Stéphane. Il paniquait. C'est un médecin, et il paniquait.

— Oui, bien, c'est un gastro-entérologue, hein. Il est peut-être plus à l'aise avec des duodénums qu'avec des fausses couches.

— Surtout quand c'est sa femme qui en fait une.

— Surtout.

— Et il se sent coupable.

— Pourquoi?

— Parce qu'il a mis presque quatre mois avant de le vouloir, ce bébé-là.» Pauvre Stéphane. Il était allé jusqu'à consulter une psychologue, à l'insu de Daphné, qui l'avait aidé à «s'ouvrir à l'idée d'un nouvel enfant». La dernière fois que je l'avais vu, une quinzaine de jours auparavant, il semblait avoir enfin mis ses appréhensions de côté et parlait du bébé, ce qu'il avait été incapable de faire jusque-là.

«T'aurais dû le voir, a dit Daphné. Il était abattu. Il disait que c'était de sa faute, que c'était parce qu'il m'avait trop stressée avec tout ça.

« — Mais oui, mais...

— Non, je sais. Mais tu comprends...

— Oui. Oui, je comprends. »

Il y a eu un long silence, ponctué par les ronflements de l'autre femme et le bip bip d'un moniteur. Je tenais la main de Daphné, qui avait la tête tournée de l'autre côté, vers la fenêtre – on voyait, dans la lumière d'un lampadaire, tomber de gros flocons lourds et silencieux eux aussi. Il était deux heures vingt, et je me suis demandé si Daphné dormait – elle respirait régulièrement, sans faire de bruit, et j'ai réalisé que je n'étais pas fatiguée du tout. Quelqu'un marchait dans le corridor, un pas ferme, peut-être celui d'une infirmière. J'ai tiré un peu le rideau vert qui entourait le lit de Daphné, et j'ai reculé ma chaise dans le triangle d'ombre qu'il dessinait entre la table de chevet et le mur. Je n'avais pas de livre, pas de magazine – alors j'ai regardé Daphné, et la chambre tranquille, notre petit îlot de lumière dans l'hôpital endormi.

J'ai essayé d'imaginer ce qui avait pu se passer – la douleur, le réveil, l'étonnement, la prise de conscience. Elle était si heureuse depuis quelques semaines, elle ne cessait de répéter que « tout était rentré dans l'ordre », que « tout allait comme il le fallait ». Daphné avait toujours eu de drôles d'idées dans ce genre, selon lesquelles il y avait, justement, un ordre des choses et que cet ordre était bon et qu'il fallait tendre vers lui. L'absence d'ordre, plus que tout, lui faisait peur. J'ai pensé que c'était peut-être pour cela qu'elle avait voulu me voir. Parce que moi qui avais toujours été désordonnée, moi qui n'avais jamais su comment apprécier la beauté tranquille des choses immobiles, je devenais calme quand les autres cessaient de l'être.

Au bout d'environ une demi-heure, Daphné s'est mise à s'agiter. Elle a ouvert les yeux, puis elle s'est redressée péniblement et m'a demandé le verre d'eau qui se trouvait sur sa petite table de chevet.

« Je peux pas dormir, a-t-elle murmuré. Et je suis épuisée. » Elle a bu un peu et m'a tendu le verre.

« Pourquoi tu voulais que ce soit moi qui vienne ? lui ai-je demandé.

— Parce que... a répondu Daphné. Je sais que c'est pas juste, mais je lui en veux... Et dis-moi pas que c'est pas correct, a-t-elle ajouté avant que j'aie eu le temps de placer un mot. Je le sais bien assez. Il a fait tellement d'efforts, le pauvre. Mais j'avais pas envie de le voir. Ni d'être ici avec lui. Et puis bon, côté pratique, aussi, c'était mieux qu'il reste avec les filles.

— C'est sûr.

— Oh, je suis une écœurante, hein ?

— Non. Non, arrête, Daphné. C'est normal.

— Je sais pas, a-t-elle dit. Je sais pas ce qui est normal, ces temps-ci.

— Ça aussi je pense que c'est normal. »

Elle a donné un coup de poing sans force sur son matelas. « Mais je me sens tellement impuissante !

— T'es impuissante, Daphné. C'est pas grave.

— Non ! C'est grave ! Je sais pas comment dealer avec ça, moi. Je sais pas comment, et ça me traumatise ! Comment tu fais, toi ? T'as toujours été capable de t'arranger avec ce genre de situation-là.

— Mais de quoi tu parles ? J'ai jamais vécu ce que tu vis, Daphné.

— Non, je veux dire quand tout prend le bord. Les examens à l'école, les moments où on attendait des réponses importantes, quand papa et maman ont failli se séparer... T'étais toujours tranquille.

— Je sais pas. Plus le monde s'énerve autour de moi, moins je m'énerve. Je pense qu'il y a beaucoup de gens comme ça. C'est pas grand-chose.

— C'est déjà pas mal », a dit Daphné. Et je me suis dit : c'est vrai, c'est déjà pas mal. Mais je n'en menais pas moins ma propre vie avec l'assurance d'une poule sans tête.

Daphné m'a regardée : « Quand est-ce que tu vas en avoir, toi ?

— Des bébés ? » J'ai dit « bébés » sur un ton étonné et amusé qui m'a moi-même surprise – on aurait dit que je pensais à des émeus ou des dromadaires – à quelque chose de totalement improbable.

« Oui, a répondu Daphné.

— Mais je sais pas. À un moment donné. Pas tout de suite.

— Tu ferais une bonne mère.

— Pardon ? Ils t'ont donné trop de médicaments, Daphné. » Je ne pouvais croire qu'elle venait de me dire cela. Venant d'Antoine, le compliment avait quelque chose de charmant et de gratuit – il ne connaissait rien à cela, après tout. Mais, de la part de Daphné, c'était totalement désarmant.

« Mais non, a-t-elle dit. J'ai toujours pensé ça. Pas tout de suite, évidemment, mais un jour. Je te dis. La façon que tu as d'écouter les gens, de parler aux enfants. Ta patience.

— Mais je suis tout sauf patiente !

— Avec les vraies affaires, tu l'es.

— Tu penses ? » Je souriais malgré moi : j'étais infiniment flattée.

« Je pense, a dit Daphné. Et puis, avec Simon, je vous verrais bien.

— Arrêtez avec ça ! Maman m'en a parlé l'autre jour. Ça fait pas assez longtemps qu'on est ensemble.

— Vous en avez jamais discuté ?

— Non.

— Mais toi, t'en veux, non ?

— Oui, mais c'est vague. Je veux des enfants, oui, mais pas là, maintenant ! Je vois pas pourquoi il faudrait que je l'aie déjà planifié, ça.

— Fâche-toi pas, m'a dit Daphné. Une dernière question ?

— Quoi ?

— Si tu en as pas, est-ce que tu aurais l'impression d'avoir raté ta vie ? »

Je me suis appuyée sur son matelas : « Daphné : Je. Ne. Sais. Pas. Je pense que je serais déçue, oui, mais j'irai certainement pas me faire faire un enfant par le premier venu juste pour en avoir un. Je veux pas être le genre de fille qui se retrouve à 45 ans à grimper après les murs, parce que c'est sa dernière chance. Et je veux pas non plus être une mère débordée et malheureuse, qui se promène à Disney World en Birkenstock, les cheveux sales et l'air au bord de la crise de nerfs, en criant après ses enfants. Je veux pas me perdre là-dedans, tu comprends ? C'est peut-être égoïste ou dénaturé ou whatever, mais moi, quand je pense à ça, je me dis : "Je veux avoir des enfants" pas "Je veux être maman à tout prix". Tu comprends la nuance ? »

J'avais peur que Daphné soit insultée, qu'elle croie que je l'accuse, elle, d'être une de ces femmes voulant être mamans à tout prix, mais elle a répondu : « Oui. Je vois exactement la différence. J'ai des copines qui sont comme ça – qui étaient obsédées par l'idée d'être maman plus que par celle des enfants qu'elles allaient avoir. Mais tu ne devrais pas les mépriser.

— Non, je sais, je sais. Excuse-moi. Mais tu vois ce que je veux dire ? Pas que je crois au destin, mais si ça se présente, si j'ai à avoir des enfants, j'en aurai, c'est tout. Je forcerai pas ça.

— O.K., a dit Daphné. On verra. »

Elle m'a fait un petit clin d'œil, chose que je ne l'avais jamais vue faire, et elle m'a tapoté la main comme une grand-mère.

« Tu sais quoi ? m'a-t-elle demandé.

— Non, quoi ?

— J'ai longtemps pensé que tu étais moins intelligente que moi.

— Pardon ? »

Elle a répété sa phrase.

« Bon, c'est quoi, là, ai-je demandé, tu joues à "je suis dans mon lit d'hôpital, on est toutes les deux toutes seules dans la nuit, alors je te sors tes quatre vérités" ?

— Peut-être, a répondu Daphné.

— O.K. Ben juste avant que tu continues, j'ai longtemps pensé que j'étais plus intelligente que toi.

— Mais j'avais des meilleures notes à l'école ! a dit Daphné avec une candeur qui m'a fait pouffer de rire.

— Justement. Je trouvais que tu avais une intelligence académique. C'est tout.

— Moi, je trouvais que tu faisais toujours les mauvais choix.

— Même chose ici.

— Pardon ? »

Elle s'est redressée, cette fois complètement.

« Quand tu t'es mariée, quand tu as eu les filles... je me disais : Elle s'enterre. Je pensais que tu avais choisi une vie prévisible et facile.

— C'est toi qui as choisi la vie prévisible et facile.

— Oui, lui ai-je dit. Je le sais. »

Elle s'est recouchée lentement.

« Mais c'est pas soit tout noir, soit tout blanc, a-t-elle dit.

— Non. C'est pas soit tout noir, soit tout blanc. »

Quelques minutes plus tard, elle s'est endormie.

Je n'avais toujours pas sommeil, alors je suis partie me promener dans l'hôpital. J'ai finalement trouvé dans une petite salle d'attente une pile de vieux magazines et une machine à café, et je suis remontée vers la chambre de Daphné avec des éditions du *People* et de *L'actualité* qui dataient de l'année précédente, et un thé. Vers quatre heures du matin, une infirmière est entrée et a fait le tour des lits. Arrivée à nous, elle m'a dit : « Vous avez pas le droit d'être là. » Je lui ai fait remarquer que je ne dérangeais personne, elle a ajouté que c'était le règlement, puis plus rien, et elle est repartie sans même me regarder.

J'ai pensé à des films d'horreur comme *28 Days Later*, et je me suis dit que, peut-être, une des autres occupantes de la chambre était atteinte d'une maladie rare et terriblement contagieuse, et que j'allais l'attraper et la propager dans la ville – il y aurait ensuite l'armée, des hélicoptères, la panique dans les rues, des gens qui courent dans tous les sens et se marchent dessus et, inévitablement, un raz-de-marée qui engloutirait New York – tout ça à cause de l'infirmière fatiguée et désabusée qui n'avait pas insisté pour me faire sortir de la chambre à temps.

Un peu avant six heures, Daphné s'est réveillée en sursaut. Elle m'a vue et m'a tout de suite tendu la main et a dit : « Oh mon Dieu », puis elle s'est mise à pleurer ; alors, je me suis hissée dans le lit à côté d'elle et je l'ai prise dans mes bras – je n'avais jamais tenu quelqu'un ainsi, comme un enfant. Je la berçais doucement et elle se laissait faire, ce qui était assez sidérant compte tenu qu'il s'agissait de Daphné. La tête appuyée contre ma poitrine, elle a dit : « Je le voulais vraiment.

— Je sais.

— Mais, pendant un bout de temps, j'ai pensé que je le voulais peut-être pas ! Peut-être qu'il l'a senti, peut-être que…

— Daphné. Toi, grande pragmatique devant l'Éternel… tu sais bien que ça n'a rien à voir. Et tu sais très bien que vous en aurez un autre, hein ? T'as 26 ans.

— Je sais pas, a dit Daphné. Stéphane était prêt à accepter celui-là, mais maintenant qu'on a de nouveau le choix ? Tout à coup qu'il décide qu'il en veut plus ? Je sais pas… » Et elle s'est remise à pleurer. Je ne sentais plus mon bras gauche et un de ses coudes était appuyé assez douloureusement sur une de mes côtes – des dommages collatéraux, ai-je pensé. Elle s'est calmée, lentement, et elle s'est finalement étirée, tendant le bras vers le *People* que j'étais en train de lire et qui annonçait triomphalement la toute nouvelle relation de Ben Affleck et Jennifer Lopez.

« Ils sont pas séparés ces deux-là ? a demandé Daphné. Même moi, je sais ça.

— Oui, mais c'est le magazine le plus récent que j'ai pu trouver. »

Elle a lu l'article avec un intérêt presque comique, puis elle a dit : « C'est fascinant. T'en as d'autres ? » Je lui ai tendu ma pile.

Nous avons feuilleté des magazines un moment – Daphné m'interrompait constamment pour me chuchoter des choses comme « Je suppose que tu savais aussi que Tom Cruise était plus avec Penélope Cruz ? » puis : « Hey ! Cruise, Cruz, ça sonne pareil ! » Elle a lu le magazine jusqu'au bout, en se frottant les yeux et en bâillant à s'en décrocher la mâchoire, puis elle l'a refermé et m'a demandé, soudainement surprise : « T'es pas fatiguée, toi ? »

J'ai haussé les épaules. « Non. Je sais pas. C'est bizarre, hein ?

— Tu t'es pas assoupie un peu pendant que je dormais ?

— Non. En fait, là, je commence à être un peu fatiguée, mais ça va.

— Tu dormais quand Stéphane t'a appelée ?

— Oui. Depuis onze heures, déjà.

— Onze heures… a dit Daphné. Je pense que ça doit faire des années que je me suis pas couchée passé dix heures. Depuis que les petites font leurs nuits, en fait.

— Moi c'est l'inverse. Avant, j'étais jamais couchée avant minuit. Même quand je restais toute seule à la maison. Je lisais, je regardais des reprises de *Law & Order*, des vieux films. Là on dirait que…

— Tu deviens plus sage depuis que tu as un chum, a dit Daphné.

— Oui, je sais.

— Pas besoin de dire ça comme si c'était une défaite.

— Non… c'est juste que des fois je deviens un peu nostalgique. Comme tu l'avais prédit le jour de l'anniversaire de maman. Je me rappelle du bon vieux temps et je me dis : Justement, c'est le bon vieux temps. » J'ai regardé par la fenêtre. Il avait cessé de neiger, et le ciel commençait à bleuir au-dessus des toits.

« Ça va bien, avec Simon ? m'a demandé Daphné.

— Super.

— Super ?

— Ouais, super. Rien à redire.

— Rien à redire ?

— Mais non, rien à redire !

— Bon, bien tant mieux. »

J'ai pensé que si je ne le lui disais pas à elle, maintenant, avant que le soleil se lève et qu'il soit trop tard pour jouer à « je te veille sur ton lit d'hôpital en plein milieu de la nuit et on se dit les vraies affaires », je n'en parlerais jamais. Alors, j'ai posé mon magazine sur le lit de Daphné et je lui ai dit : « O.K. Je sais que ça fait de moi l'impératrice des imbéciles de te parler de ça, ici sur ton

lit de douleur, mais, honnêtement, et là je vais juste dire
ça et pas plus parce que, sinon, je vais devenir gênée, ben
honnêtement, je sais pas, Daphné.

— Tu sais pas quoi ?

— Je me couche le soir et je me dis que ça peut pas
être juste ça. Simon. Que ça peut pas être tout. Qu'il y a
autre chose de plus.

— Comme quoi ?

— Mais je sais pas quoi ! Sinon, je serais sur le cas. Je
suis juste une éternelle insatisfaite. Une enfant gâtée. »

Daphné s'est tournée sur le côté, vers moi. « Peut-
être qu'il y a plus.

— O.K. Venant de toi, c'est vraiment weird. »

Elle a souri. « Je t'ai dit que je savais plus ce qui était
normal, ces temps-ci. » Elle m'a tendu une main, que
j'ai prise.

« Sérieusement, ai-je poursuivi, je pense que c'est
juste dans ma nature de pas être capable de me contenter
de ce que j'ai. Simon est parfait. Littéralement. Il n'y a
aucune raison sur terre pour que je ne sois pas heureuse.

— Tu restes avec lui parce que c'est raisonnable ?

— Non ! Je reste parce que je l'aime.

— Oui, mais en même temps tu fais ce que tu crois
être raisonnable.

— Non ! Enfin, oui, mais ça adonne que les deux
coïncident, c'est tout. Mais, écoute, Daphné, je veux pas
parler de ça. C'est trop trivial.

— Comme tu veux. Mais moi, comme je t'ai déjà
dit, j'ai toujours trouvé plus facile d'être raisonnable. »

Elle s'est retournée sur le dos. J'ai failli lui dire
quelque chose, mais je me suis arrêtée – ce serait sorti
tout croche, une phrase idiote et enfantine comme :
« Mais je suis pas raisonnable, moi, je choisis pas les
solutions faciles, moi », alors que j'avais passé ma vie
à ne faire que ce qui ne demandait aucun effort et que,

pour la première fois, je travaillais à faire fonctionner une relation. Ce n'était pas le plus ingrat des travaux, bien sûr, mais je travaillais quand même. C'était la moindre des choses, il me semblait, et ça ne faisait pas nécessairement de moi quelqu'un de «raisonnable». Je ne voulais tellement pas être raisonnable. Je trouvais que c'était un mot triste et petit, qui n'avait rien à voir avec le rêve que j'avais d'un amour immense et pur.

J'en étais à ces vaines réflexions quand une longue plainte est montée d'un des lits faisant face à Daphné.

«Qu'est-ce qu'elle a ? a demandé Daphné.

— Mais je sais pas, moi!»

La femme a continué à gémir assez longtemps pour que je me décide à aller voir si elle avait besoin de quelque chose.

«Non! a dit Daphné, qui avait aussi peur des malades que des hôpitaux. Va chercher une infirmière.

— Bon plan.»

Je suis sortie de la chambre, et j'ai marché vers le poste de garde que j'avais repéré un peu plus tôt. Il faisait maintenant complètement jour – un petit jour grisâtre que j'apercevais par les grandes fenêtres. J'ai finalement localisé une infirmière, de toute évidence beaucoup plus dynamique que celle qui faisait le quart de nuit, qui a commencé par m'engueuler parce que je n'avais pas à être là et que ce n'était certainement pas mon travail à moi de venir la chercher et que de toute façon elle s'en venait. Je l'ai suivie piteusement jusque dans la chambre, où la malade avait cessé de gémir. Elle a ouvert tout grand le rideau qui entourait son lit, dévoilant une femme qui devait avoir 80 ans et qui dormait, la bouche ouverte.

«Mon Dieu, a dit Daphné. Elle est morte.

— Mais non, elle est pas morte, a dit l'infirmière. Elle dort.

— Mais elle criait, tout à l'heure!»

L'infirmière s'est penchée sur la vieille dame à peine une minute et s'est relevée en disant qu'il n'y avait aucun problème. « Vous, par contre, m'a-t-elle dit, vous venez avec moi. Je sais pas qui vous a laissée entrer ici, mais c'est tout à fait contraire au règlement.

— Mais, c'est ma sœur...

— Non, écoutez, on va pas jouer à ça, hein ? Allez. De toute façon, le médecin va passer dans une heure. Vous avez un curetage, vous, madame ?

— Oui, a dit Daphné.

— Ça va se faire assez vite. Votre sœur peut attendre en bas si elle veut, mais pas ici.

— Correct, correct, Nurse Ratched, ai-je dit. J'arrive. Je vais appeler maman, Daphné.

— O.K. », m'a-t-elle répondu.

Je l'ai enlacée, et elle m'a regardée avec des yeux de petite fille.

« C'est juste un curetage, a-t-elle dit pour se rassurer elle-même.

— C'est juste un curetage, ai-je répété. Si je vois que c'est pour être pas trop long, je reste ici.

— Non, va te reposer.

— Daphné...

— O.K. » Elle s'est recouchée, et je suis partie avec l'infirmière. Je l'ai suivie jusqu'à la salle d'attente de l'urgence, où quelques personnes fatiguées attendaient en regardant fixement le mur. Un petit garçon courait entre les rangées de chaises en riant et en criant, sans que personne ne semble le remarquer.

« C'est tranquille, ai-je dit à Nurse Ratched.

— C'est l'heure. Les gens qui étaient ici cette nuit ont arrêté d'avoir peur, ils sont rentrés chez eux. Les autres dorment encore, ou ils sont en train de se réveiller. Ils vont s'en venir bientôt. Je vais vous demander de circuler.

« — De circuler ? ai-je répété, en me retenant pour ne pas rire.

— Mademoiselle, c'est une salle d'urgence ici.

— J'ai juste besoin de faire un appel.

— Dans l'entrée principale. »

J'ai tourné les talons, en me disant que j'allais bientôt pouvoir dessiner le plan de l'hôpital de mémoire, et je suis partie vers l'entrée principale, qui sentait le froid et le vieux cendrier, à cause du va-et-vient incessant et des gens qui fumaient entre les deux portes. J'ai mis mon manteau, et j'ai téléphoné chez mes parents.

« Allô ! a répondu la voix joyeuse et matinale de mon père.

— Papa ? C'est Chloé.

— Ah, bonjour, ma chérie !

— J'ai une petite mauvaise nouvelle papa. » Ce n'était pas vraiment une « petite mauvaise nouvelle », mais je ne voulais pas le faire paniquer inutilement, et il me semblait que « moyenne mauvaise nouvelle » se disait plutôt mal.

« Qu'est-ce qui se passe ?

— Daphné a perdu son bébé.

— Oh !... » Il y a eu un silence navré au bout du fil. « Oh, quelle tristesse... quand ?

— Cette nuit.

— Mais elle va bien ?

— Oui, oui. Je suis à l'hôpital, là, avec elle. Enfin, plus avec elle, parce que je me suis fait jeter en dehors de sa chambre, mais ça va.

— Et son moral ?

— Bof... tu sais. Elle est quand même pas trop pire. Elle est forte, hein ?

— Bien sûr, bien sûr... » Il a semblé réfléchir puis a demandé : « Stéphane est où ?

— Avec les jumelles. Je pense que Daphné préférait que ce soit moi. »

Mon père a fait un « hmm hmm » compréhensif, et j'ai senti qu'il devinait que Daphné en voulait à Stéphane.

« C'est pour ça, lui ai-je dit, que ce serait mieux si tu réveillais maman. Tu sais, dans ce temps-là, je pense qu'une fille a besoin de sa mère.

— Mais oui, bien sûr, bien sûr. Tout à fait. Vous êtes à quel hôpital ?

— Sacré-Cœur. Dis à maman que je vais l'attendre dans l'entrée principale.

— Oui, ma chérie. Je t'aime.

— Moi aussi, papa. »

J'ai raccroché en souriant, et je suis allée m'acheter un muffin.

Ma mère est arrivée à peine une demi-heure plus tard, ce qui tenait du miracle, étant donné qu'elle mettait généralement une heure à simplement s'extraire de son lit. Elle était en jeans, avec un gros pull de cachemire rouge et un long manteau – une tenue, pour elle, d'une grande excentricité.

« Oh, ma fille ! » a-t-elle dit en m'apercevant. Elle a ouvert les bras et m'a enlacée comme si c'était moi qui venais de faire une fausse couche. « Ça va ?

— Ben… oui, ai-je dit. Moi, ça va.

— Ma petite chouette. Tu es si gentille d'être venue. Pourquoi vous m'avez pas appelée plus tôt ?

— Sais pas. Y avait rien à faire cette nuit qu'attendre. Alors j'ai attendu. »

Ma mère m'a passé une main dans les cheveux. « Hé, seigneur… Où est Daphné ? Elle est comment ?

— Ça va. On peut pas la voir tout de suite. J'ai parlé à une infirmière avant que t'arrives, ils vont lui faire son curetage dans deux heures seulement. J'aurais dû te rappeler pour te dire de venir plus tard, mais je commence à avoir le cerveau pas mal endormi.

— Mais non, mais non ! Je vais monter la voir.

— On peut pas, c'est pas les heures. »

Ma mère m'a regardée d'un air que je connaissais très bien et qui voulait dire : « Ils savent pas à qui ils ont affaire. »

J'ai ri et j'ai ajouté : « Oui, tu vas t'arranger. Tu sais, cette nuit, ils voulaient pas me laisser monter et je me suis demandé : Qu'est-ce que maman aurait fait ? Alors, j'ai déballé tout mon charme et ma grosse tête de cochon, et ç'a été un vif succès.

— Ah... tu vois que ta vieille mère a encore une couple de choses à t'apprendre !

— Je sais... » Je me suis collée contre elle. « Mais là, va voir Daphné. Elle est toute seule, pauvre petite. Tu sais comment elle haït les hôpitaux. Va lui remonter le moral.

— On va essayer. J'ai déjà fait deux fausses couches, tu sais.

— Hein ? » J'ai rassemblé le peu d'énergie qu'il me restait pour avoir l'air convenablement étonnée – je l'étais, en fait : ma mère ne nous avait jamais parlé de cela.

« Mais oui, a-t-elle dit. Une avant toi, et une autre entre vous deux.

— Ah bon ? Je savais pas !

— Ça arrive, a dit ma mère. Pauvre petite Daphné. Je vous ai peut-être transmis ça.

— Ça se transmet ? »

Ma mère a haussé les épaules. « Aucune idée. Mais ça peut pas lui faire de tort d'en parler avec quelqu'un qui l'a déjà vécu.

— Bien d'accord. » J'ai bâillé longuement. « Bon, ben moi... Je vais peut-être aller dormir une heure ou deux, parce que là, je commence à voir plus trop clair.

— Je t'appelle dès que le curetage est terminé.

— C'est pas inquiétant, hein, un curetage ? »

Ma mère m'a fait un sourire de maman rassurante : « Pas le moins du monde. Mais je t'appelle quand même.

— S'il te plaît. »

Nous nous sommes embrassées, et je l'ai regardée partir dans le grand couloir, avec son manteau qui flottait derrière elle, et j'ai pensé que l'infirmière qui allait réussir à s'interposer entre elle et sa fille n'était pas encore née.

Sur le mur, une grosse horloge indiquait qu'il était huit heures moins vingt. J'ai bâillé encore. À côté de moi, un homme qui avait l'air totalement vanné a levé son café vers moi en signe de reconnaissance. « Hé », ai-je dit, et je me suis traînée jusqu'aux téléphones.

J'ai décroché un appareil et, machinalement, j'ai composé le numéro d'Antoine. Une voix de femme a répondu : « Allô ? » Je me suis frénétiquement creusé les méninges pour deviner de qui il pouvait bien s'agir. Une femme qui répond chez Antoine. J'ai pensé à Julie, la petite fleuriste qu'il voyait encore de temps en temps. Il nous l'avait d'ailleurs présentée, une charmante jeune fille de 22 ans qui avait commencé à travailler chez un fleuriste pour payer ses études et était finalement tombée amoureuse de ce métier. Elle était, aussi, pas du tout impressionnée par Antoine, ce qui amusait beaucoup Juliette et lui avait tout de suite attiré ma sympathie.

« Julie ? ai-je tenté.

— Non. C'est Miko.

— Ah ! Oh. Miko. Allô, Miko. » J'ai fait une grimace : Miko était une Japonaise d'une beauté et d'une grâce tellement sidérales que je devenais toujours momentanément stupide quand je la rencontrais. Elle et Antoine s'étaient fréquentés quelques années auparavant – elle était, selon moi, la seule fille pour laquelle il avait failli craquer. Mais elle était aussi insupportable qu'elle était belle, ce qui n'était pas peu dire, et ils avaient cessé de se voir régulièrement, se contentant de s'envoyer en l'air de temps en temps. J'imaginais toujours des scènes de sexe torrides, avec lingerie fine et bondage et, surtout, Miko, qui, aux dires d'Antoine, était encore plus belle toute nue que dans les jolies robes moulantes qu'elle portait toujours.

« Miko. C'est Chloé.

— Oh, bonjour, Chloé. » Elle a attendu. Je me suis souvenue qu'elle ne parlait jamais, à part à Antoine, pour se plaindre et lui demander quand est-ce qu'ils allaient s'en aller.

« Je peux parler à Antoine, Miko ? »

Il y a eu un silence, et Antoine est arrivé au bout du fil.

« Chloé ? Il est même pas huit heures, qu'est-ce que tu fais debout ?

— Qu'est-ce que tu fais avec Miko ?

— Je te le donne en mille.

— Ça va aller. Je te dérange pas ?

— Non, je sortais de la douche. Est-ce que ça va ?

— Hmm. Je suis à l'hôpital. Daphné a perdu son bébé cette nuit.

— Oh, fuck.

— Oui. » Je regardais la roulette du téléphone, un peu ahurie de constater qu'il y avait encore des téléphones publics à roulettes en ce monde.

« Chloé ?

— Excuse-moi. Dans la lune.

— T'as pas dormi ?

— Non. Mais ça va.

— Tu veux que je vienne te chercher ? »

Je me suis soudain rappelé qu'il avait perdu son permis de conduire.

« Mais t'as plus de permis, ai-je dit.

— Je vais prendre un taxi.

— Mais non, voyons. Je peux prendre un taxi toute seule.

— N'importe quoi. Je m'en viens. T'es où ?

— Sacré-Cœur.

— O.K. J'arrive. »

Il a raccroché, et j'ai pensé à Simon, qui devait s'inquiéter. J'ai secoué la tête, un peu étonnée – l'idée de lui téléphoner plutôt qu'à Antoine ne m'avait même pas effleuré l'esprit.

Il a répondu à la première sonnerie. Il avait mal dormi, évidemment, et était content de savoir que Daphné était hors de danger. Je me suis excusée de ne pas l'avoir appelé plus tôt, il m'a répété de ne pas m'excuser.

« Je vais venir te chercher, a-t-il dit.

— Non. Mon père s'en vient. Je pense qu'on a besoin d'être en famille. Il va me donner un lift. » Simon m'a dit qu'il comprenait.

C'était la première fois que je lui mentais.

Chapitre 19

J'ai attendu Antoine assise à l'extérieur, sur une des marches de l'entrée. Il faisait froid, mais je me serais sans doute endormie si j'étais restée à l'intérieur. Je ne pouvais pas croire que je venais de mentir à Simon, pour un motif aussi stupide – et, en même temps, je ne voyais pas comment j'aurais pu lui dire que j'avais d'abord appelé Antoine. D'ailleurs, pourquoi l'avais-je appelé, lui ? Je me suis frotté la tête en pensant à Daphné et je me suis dit : « En tout cas, elle pourrait pas dire que j'ai été raisonnable. » Et j'ai souri malgré moi, juste avant de réaliser que j'étais complètement stupide.

« T'as l'air en forme. » J'ai levé la tête. Antoine était debout devant moi, et je ne l'avais même pas vu venir.

« Ça va… », ai-je maugréé. Il m'a tendu une main, et je me suis levée péniblement – j'avais l'impression de peser 200 kg. « Viens-t'en, m'a-t-il dit. On va aller te coucher. »

Une fois dans le taxi, il m'a demandé : « Simon pouvait pas venir ?

— J'ai pas appelé Simon.

— Pourquoi ?

— J'y ai pas pensé. » J'étais tellement fatiguée, que je me suis mise à rire. Antoine n'a rien dit – il a souri doucement et m'a attirée contre lui. Je me suis appuyée sur sa poitrine et j'ai fermé les yeux – il sentait bon, comme toujours.

« Qu'est-ce qui est arrivé ? » a demandé Antoine. Je lui ai raconté – le fœtus dans l'ambulance, l'arrivée à l'hôpital, les vieux *People*, la conversation dans la chambre endormie, tout, sauf ce que j'avais dit à Daphné à propos de Simon.

« T'es gentil, ai-je dit enfin. C'est un peu ridicule dans le fond, j'aurais dû prendre un taxi toute seule. Excuse-moi.

— Veux-tu bien. Tu sais bien que je serais allé te chercher jusqu'à Iqaluit.

— Iqaluit, hein ?

— O.K., peut-être jusqu'à Sainte-Thérèse. Blainville, même.

— Blainville ! Wow. Je crois rêver. »

Antoine a ri, et il m'a embrassée sur la tête.

« Puis toi, ai-je dit, qu'est-ce que tu faisais avec Evil Miko ?

— Pour la deuxième fois, qu'est-ce que tu en penses ?

— Ah, je sais… même moi je voudrais coucher avec Miko.

— Ah oui ? Parce que je peux nous organiser un petit quelque chose, si tu veux. »

Je lui ai donné une tape sur la cuisse : « Ta gueule. T'aimes même pas les trips à trois. » Je me souvenais avoir refusé de le croire la première fois qu'il m'avait

dit cela, mais il avait insisté, m'assurant que les trips
à trois étaient fortement surévalués. « La première
fois est assez grandiose, avait-il dit. Parce que bon,
juste pour le kick, juste pour pouvoir te dire : Je suis en
train de baiser deux filles en même temps, c'est assez
extraordinaire. Mais après, c'est presque inévitablement décevant. » Il avait une théorie plutôt logique
sur le sujet, qui voulait que « dans un trip à trois, l'idée
que tu te fais du trip est toujours plus excitante que
le trip lui-même. Alors qu'avec une seule personne on
ne sait jamais. »

Le taxi s'approchait de chez moi.

« Oui, mais Miko, ai-je dit à Antoine. Elle est
insupportable.

— Chaque seconde passée près d'elle qui est occupée
à autre chose qu'à baiser est un vrai cauchemar.

— Mais alors pourquoi tu… » Je n'ai pas terminé ma
phrase. Ça aurait été comme de demander à un alcoo-
lique pourquoi il n'avait pas refusé une bouteille du
meilleur whisky du monde.

« Un trip d'esthète, a dit Antoine en riant.

— T'es niaiseux quand tu veux… En tout cas, j'aimais bien Julie, moi.

— Moi aussi, j'aime bien Julie.

— Hé, cré Antoine. » Je lui ai tapoté une main.
Je voyais les arbres défiler par la fenêtre – de mon
point de vue, je n'apercevais que leurs cimes, toutes
nues, et le dernier étage des maisons de brique du
boulevard Saint-Joseph. Les nuages s'étaient dissipés,
laissant la place à un ciel bleu et parfaitement pur :
un ciel de grand froid qui m'a fait sourire à l'idée de
retrouver bientôt mon duvet. Je me suis blottie contre
Antoine.

« Tu crois que je suis trop raisonnable ? lui ai-je
demandé.

— Raisonnable ? » Il a émis un petit rire. « Non. Vraiment, Chloé, je pense pas que ce soit le mot le plus approprié pour te définir.

— T'as déjà voulu être raisonnable, toi ?

— Mais de quoi tu parles ?

— C'est Daphné, ai-je dit. Elle prétend que, souvent, pour certaines personnes, c'est plus facile d'être raisonnable.

— Facile ? Je sais pas, Chloé. Ça dépend de ce que t'entends par raisonnable. Si pour toi ça veut dire faire primer la raison sur l'instinct ou les désirs... on a l'impression que c'est plus difficile, que ça demande de se faire continuellement violence, mais, au bout du compte, pour certaines personnes, c'est peut-être plus facile à vivre.

— Hmm. Tu peux pas vraiment te faire de reproches quand t'as suivi ta raison. Il y a quelque chose de rassurant, là-dedans.

— Peut-être que c'est ce que Daphné voulait dire. Et puis il y a plein de gens qui préfèrent avoir un code. Une éthique. Ça simplifie pas mal d'affaires. Comme on dit, hein : être totalement libre, c'est la chose la plus difficile du monde.

— Je trouve ça triste, ai-je dit.

— Non. C'est pas triste. C'est un maudit beau défi, si tu veux mon avis.

— Facile à dire pour toi, monsieur "j'ai juste du plaisir dans la vie, le reste, je l'ignore".

— C'est pas vrai, a dit Antoine. Je te signale que je vis selon un code très précis. Beaucoup de principes.

— Oui, des principes comme : "toujours préférer le plaisir" et "vivre exclusivement au présent".

— Ça reste des principes. » Il a fait une pause, puis a ajouté : « Fais-toi pas d'idées, Chloé. Je suis pas mal moins libre que j'en ai l'air. »

J'ai levé la tête pour voir ce qu'il voulait dire, mais nous étions arrivés. Le taxi s'est arrêté. « Tu veux que je monte ? m'a demandé Antoine. J'ai pas besoin d'être au bureau avant trois quarts d'heure.

— Non. Simon est encore là. Je lui ai dit que mon père me donnait un lift. »

Il a hoché la tête.

« Je sais, ai-je dit. C'est un peu poche.

— Mais non.

— Mais oui. Puis t'avais Miko chez toi.

— Oh, Miko m'a copieusement envoyé chier en japonais.

— T'aimes ça, de toute façon. Ça t'excite quand elle t'engueule.

— Ah… c'est vrai qu'elle a un petit quelque chose quand elle se fâche… »

Je me suis penchée pour l'embrasser. Il a tourné la tête, et je suis tombée sur le coin de ses lèvres – j'ai ressenti un petit choc, une légère décharge, et je m'en suis voulu. Mais c'était incontrôlable – c'est son parfum, me suis-je dit. Ou alors un réflexe. Je me cherchais une excuse, ce qui m'a semblé totalement ridicule. Antoine a mis une main sur mon visage et m'a demandé : « Ça va aller ?

— Mais oui. » J'ai baissé les yeux. « Ça va aller.

— Tu me tiens au courant pour Daphné ?

— C'est sûr. T'es vraiment merveilleux, Antoine.

— Je sais, ma chérie. » Il m'a fait un clin d'œil, et je suis sortie du taxi.

Simon était déjà levé. Il était assis à la table de la salle à manger, en train de lire le journal en prenant son café. Il est tout de suite venu vers moi, plein de sollicitude et d'une bonté que j'étais certaine de ne jamais posséder, et il m'a prise dans ses bras.

«Comment ça va ?

— Ma mère est avec Daphné et…

— Non, toi. »

Je lui ai souri. Comment avais-je pu oser me plaindre, ne serait-ce qu'implicitement, de lui ? J'ai pensé à mon stupide mensonge, et je me suis sentie ridicule, et diminuée. Souvent, alors même que je me demandais s'il n'y avait pas plus grand amour que le nôtre, je me répétais que je ne méritais pas un homme tel que Simon.

« Ça va, lui ai-je répondu.

— Viens te coucher.

— Je vais prendre une douche avant. Je sens l'hôpital. Si je suis pas sortie dans une heure, c'est que je dors dans le bain.

— Je viendrai te chercher, a dit Simon en riant. Je peux rester jusqu'à midi, si tu veux. Si jamais ta mère téléphone pendant que tu dors.

— Ça serait gentil », ai-je dit, en me sentant triplement ingrate.

Ma mère a appelé vers onze heures. Je dormais tellement profondément que je n'ai même pas entendu la sonnerie. Simon est venu me réveiller à midi seulement.

« Tout va bien, m'a-t-il dit. Daphné est retournée chez elle.

— Quoi ? Hein ? » J'étais encore à moitié endormie – j'avais fait une série de rêves étranges qui m'avaient laissé une impression de réel : je me voyais tourner dans le hall d'entrée de l'hôpital, encore et encore, le téléphone avec sa roulette, l'homme fatigué avec son café, comme si j'avais été devant un téléviseur diffusant en boucle les mêmes images. J'avais le sentiment très vif d'être en train d'attendre – je me répétais : « Ça s'en vient. »

« Quoi ? ai-je répété.

— Daphné, a dit doucement Simon. Elle est rentrée à la maison. »

Je me suis assise. « Déjà ?

— Oui. Il paraît que c'est même étonnant qu'on l'ait gardée toute la nuit.

— Je vais l'appeler.

— Elle dort. Mais ta mère est avec elle si tu veux l'appeler. » Il m'a tendu le téléphone en souriant.

« Chloé ? a répondu ma mère.

— Tu savais que c'était moi ?

— Ils ont un afficheur, ici. Très bon gadget. Il faut que je dise à ton père d'acheter un téléphone qui en a un.

— Comment est Daphné ?

— Elle dort. Ça va. Le curetage a pris quelques minutes à peine. Tout est beau.

— C'est tout ? C'est juste ça ?

— Mais oui, a répondu ma mère. C'est tout. Enfin pour la partie physique de la chose.

— Et le reste ?

— Oh, ça va aller. Elle a que 26 ans, hein. C'est plus sa relation avec Stéphane qui m'inquiète.

— Voyons, maman. Personne ne divorce à cause d'une fausse couche.

— Non, non, je ne pense pas qu'ils vont divorcer, Chloé. Mais il va y avoir un peu de travail à faire, je crois. Ils s'en veulent tous les deux, à eux-mêmes et à l'autre. Ils se parlent très peu, tu sais. Stéphane est le genre de garçon qui préfère discuter avec une psy plutôt qu'avec sa femme. Ça peut aider, mais bon... Ils ne communiquent pas, ces deux-là. »

Elle avait dit « communiquent » comme si c'était un mot magique, voire légèrement dangereux, qu'il ne fallait pas utiliser à la légère.

« Il est là, Stéphane ? ai-je demandé.

— Non. Il est parti travailler.

— Tu veux que je vienne ? Je peux passer deux ou trois jours pour l'aider ou lui remonter le moral.

— Ce soir, a répondu ma mère, je pense que c'est mieux qu'ils soient seuls. Je vais en parler avec Daphné quand elle va se réveiller, mais je pense que je vais amener les jumelles à la maison. Laisser à Daphné et Stéphane un peu de place. Pour communiquer.

— Oui, communiquer, ai-je répété avec la même intonation mystique.

— Ne ris pas de moi. Tu sais ce que je veux dire.

— Mais oui, je sais. Écoute, demande à Daphné de me téléphoner. Si elle veut que je vienne, je viens. Aujourd'hui ou demain ou n'importe quand.

— Pourquoi tu passes pas à la maison, ce soir ? Me donner un coup de main avec les filles ?

— Oui, ça pourrait être chouette.

— Parfait, a dit maman, toute contente. Je te rappelle. »

À dix-neuf heures trente, j'étais chez eux, en train de faire cuire des escalopes de veau, pendant que ma mère tentait de s'occuper des jumelles dans le salon. Mon père tournait autour de moi, un martini à la main, en riant doucement. « La dernière fois qu'elle a été toute seule avec les deux en même temps, les petites ne marchaient pas encore. Je pense qu'elle est un peu débordée.

— Et l'idée de l'aider ne t'a pas effleuré l'esprit ?

— Oh oui », a-t-il dit, sans même faire mine de se diriger vers le salon. Je lui ai souri.

« Tu sais, a-t-il poursuivi, quand ta mère a fait ses fausses couches, elle a eu beaucoup de peine. La deuxième fois surtout – elle s'est mise à avoir peur d'avoir un problème, même si les médecins insistaient pour lui dire le contraire. Et j'avais beaucoup de difficulté à... à la comprendre. Enfin, je comprenais bien sûr, mais pas assez. Je devais sans cesse me ramener à l'ordre, arrêter de me répéter qu'au fond, c'était loin d'être la fin du monde.

— Je comprends, lui ai-je dit. D'après moi, si ça nous est pas arrivé personnellement, on peut pas vraiment tout saisir.

— Ah bon ? Toi aussi ? Tu me rassures. Je me disais que c'était peut-être parce que j'étais un homme.

— Non... Je pense qu'il y a trois sexes sur terre : les hommes, les femmes et les femmes qui ont eu des enfants. »

Mon père a ri. « Peut-être, oui. Moi, en tout cas, je me trouvais terriblement ingrat. Ingrat et impuissant. Alors, je me fâchais.

— Comme Agaguk quand il bat sa femme pendant qu'elle accouche. Charmante scène.

— Quand même... c'est peut-être un peu exagéré comme exemple.

— Je parlais pas du résultat, mais juste du sentiment. La colère face à l'impuissance.

— C'est ça. Donc, je m'en voulais, et je lui en voulais parce que je m'en voulais. Tu sais, le bon vieux cercle vicieux.

— Tu devrais plutôt parler de ça avec Stéphane, lui ai-je dit.

— Oui. On va voir comment ils vont s'arranger. Ta mère trouve qu'ils sont pas mal tendus, tous les deux. Et qu'ils ne "communiquent" pas.

— Oui. Qu'est-ce qu'elle a, elle, avec son "communiquer" ? Elle a dû dire ce mot-là cinq cents fois depuis ce matin, et chaque fois, c'est comme si c'était une formule incantatoire.

— C'est un autre de ses livres. Tu sais, ses trucs de croissance personnelle, et tout et tout. Moi je ne l'entends plus, à force de me faire citer du Guy Corneau à tout bout de champ.

— Vaut mieux entendre ça qu'être sourd.

— C'est encore drôle », a dit mon père. Nous nous étions toujours moqués du penchant de ma mère pour l'ésotérisme et la psycho-pop. Des traités d'astrologie, de graphologie et d'interprétation des gestes côtoyaient dans sa bibliothèque des livres avec des titres comme *Tremblez, mais osez* ou *Le Bonheur en 12 chapitres* et des biographies du dalaï-lama.

« Tant qu'elle ne se met pas à en écrire elle-même », ai-je dit. Mon père a éclaté de rire – un grand HA ! – et s'est approché du plat dans lequel baignaient les escalopes. Je l'ai regardé faire, en me disant : « Il va mettre le doigt dans la sauce dans 5, 4, 3... » À 2, il l'a fait et l'a porté à sa bouche avec un bonheur enfantin. « Mmm. De la crème. Et c'est quoi ce goût de... ?

— Du porto. J'ai déglacé avec du porto, et après je vais mettre au four avec du fromage. On appelle ça des escalopes à la Maria. Tu vas voir, c'est écœurant. C'est Simon qui m'a montré la recette.

— Ta mère va rouspéter, tu sais. Elle va dire que c'est pas bon pour notre cholestérol.

— Parce que tu vas me faire croire que vous surveillez votre santé, vous ?

— Ta mère, oui. Elle surveille la sienne et la mienne. »

Au même moment, la tête de ma mère est apparue dans l'encadrement de la porte. « Mon chéri, a-t-elle soupiré. Amène-moi un dry martini, s'il te plaît, ces enfants-là vont me rendre folle.

— Il n'y a plus de vermouth, a dit mon père.

— Pas grave, pas grave. Juste de la vodka, ça sera parfait. »

J'ai attendu qu'elle soit partie, et j'ai souri à mon père : « Elle surveille votre santé, hein ?

— Bof. Un petit martini... »

Je lui ai caressé le dos et je suis allée retrouver ma mère au salon. Elle était assise sur le divan, pliée en deux vers les jumelles qui s'amusaient avec des poupées informes et mutilées : une Barbie unijambiste, une Barbie étêtée et une espèce de bébé avec des cheveux à moitié brûlés et un œil renfoncé.

« Mon Dieu, ai-je dit. Elles y vont fort, avec leurs poupées. »

Ma mère a levé la tête vers moi. « Mais c'est *vos* poupées. Les Barbies étaient à toi, et le bébé était à Daphné.

— On mutilait nos poupées ?

— Des heures durant. Je ne me souviens pas t'avoir vue habiller une Barbie. Tu leur faisais des tatouages. Du body piercing aussi. Très avant-gardiste quand on y pense. C'était pas du tout la mode à l'époque, les piercings. »

J'ai ramassé le bébé. « C'est brûlé, ça !

— Oui. Daphné était plus tendre avec ses poupées. Mais un jour, elle a voulu faire un essai et on a frôlé la catastrophe. Si elle avait été toute seule dans sa chambre, je sais pas ce qui serait arrivé. Heureusement, elle était dans la cuisine avec moi. Elle a allumé les cheveux avec une chandelle et elle m'a regardée avec un sourire très fier, avec la poupée qui flambait dans la main – ça a senti le plastique brûlé pendant des jours, tu te souviens pas ?

— Pas du tout… » J'ai imaginé Daphné, enfant, avec sa coupe de cheveux à la René Simard, tenant une poupée enflammée, et je me suis mise à rire.

« Tapou ! » a crié Mya en tendant les bras vers moi. Dans le langage des filles (que mon père avait baptisé le « jargon gémellaire »), « tapou » voulait dire « poupée », tout comme « apanne ? » signifiait « qu'est-ce que c'est ? » – c'était deux des rares mots de leur langage que je comprenais. Daphné, elle, se débrouillait plutôt bien : « Je suis presque bilingue », répétait-elle souvent.

« Poupée ? » ai-je dit à Mya.

Elle m'a regardée avec de grands yeux ronds : « Tapou !

— Tapou ! a répété Rosalie.

— O.K., tapou. » J'ai tendu la poupée à Mya, qui l'a prise avec précaution et l'a amenée près de sa sœur.

« Quand est-ce que tu vas nous en faire ? a demandé ma mère.

— De quoi ?

— Des enfants ?

— Ah, maman…

— Mais tu en veux, non ? » Elle avait un ton presque désespéré.

« Mais oui, j'en veux. Je suis pas pressée, c'est tout… » J'essayais d'avoir l'air détachée.

« En tout cas, a dit ma mère, Simon ferait un père tellement extraordinaire. »

J'ai serré les dents. J'étais toujours incapable de m'imaginer fondant une famille avec Simon : peu importe ce que je faisais, ça ne collait pas. Et pourtant, Simon était tout ce dont une femme à la recherche du père de ses enfants pouvait rêver. Il y avait ses horribles parents, bien sûr, un bémol, mais je me disais que si j'avais été débordante d'enthousiasme à l'idée d'avoir des enfants avec lui, j'aurais volontiers fait fi d'une Irlandaise acariâtre et d'un Croate amer.

« C'est sûr, a dit ma mère, que c'est quelque chose d'énorme. Ça te ferait peur ?

— Je suppose.

— C'est normal. Ça change une vie, hein ? Regarde. » Rosalie et Mya se disputaient maintenant la poupée. Ma mère les a séparées et a sorti un petit toutou pelé pour créer une diversion, avec pour résultat que les jumelles se sont mises à se chamailler pour avoir le toutou. Ma mère a soupiré et les a laissées faire.

« Je sais pas comment Daphné y arrive, a-t-elle ajouté. Là, en plus, elles sont assises. Mais quand elles se mettent à courir dans tous les sens… je sais pas comment elle fait. Elle m'impressionne, des fois.

— Moi aussi. De plus en plus souvent. »

Ma mère a souri. « T'as changé, ma fille.

— Oui. Je sais.

— Tu es heureuse ?

— Mais oui. Je dirais que oui. » J'ai pensé au bonheur lumineux et fulgurant des années précédentes. « Ça change, hein ?

— Quoi ?

— Le bonheur.

— Je sais pas. Je pense que c'est plus nous qui changeons.

— Des fois… » J'ai regardé les jumelles, qui tiraient maintenant toutes les deux sur la pauvre Barbie unijambiste. « Des fois, je m'ennuie d'avant.

— Je sais », a dit ma mère, et j'ai vu dans ses yeux qu'elle savait vraiment. Elle s'est retournée vers les jumelles, et mon père est entré avec son martini.

« Je l'ai passé au shaker, a-t-il annoncé, tout fier.

— Mais c'était juste de la vodka…

— Oui, je sais, mais pour le charme du geste. » Il l'a tendu à ma mère, qui lui a envoyé un baiser.

« Faut que je retourne surveiller mes escalopes », ai-je dit.

Ce fut une belle soirée. J'étais épuisée, mais contente d'être avec eux. Les jumelles, au bout du compte, furent plutôt tranquilles, et se sont sagement couchées à vingt heures. Nous sommes restés tous les trois dans la salle à manger, à finir le porto qui n'était pas allé dans la recette et à parler comme de vieux amis. Ma mère s'inquiétait pour Daphné et Stéphane, parlait de leur «communication», et mon père se moquait gentiment d'elle. Ils étaient devenus tout excités quand je leur avais annoncé que Simon et moi planifions un voyage au Belize, et ils m'avaient rappelé qu'ils y étaient allés ensemble, dix ans auparavant. Ma mère s'était mise à me donner un tas de conseils, et mon père m'avait raconté de vieux souvenirs – ils se prenaient les mains et se faisaient rire, et je me disais que c'était ce dont je rêvais : un amour ancré dans le temps, fait de souvenirs et d'années vécues ensemble, mais que le passage des heures n'avait pas usé. Un amour encore vif, patiné et enrichi.

Ma mère répétait souvent qu'il n'y avait pas de plus bel amour qu'un vieil amour. J'avais toujours trouvé cette idée un peu déprimante ; la seule idée que je me faisais de l'amour était quelque chose de flamboyant et d'éphémère, un feu d'artifice. Je commençais à peine à comprendre que certaines choses pouvaient être flamboyantes et durables. Daphné avait déjà demandé à mon père s'il aimait ma mère comme au premier jour et il avait répondu : «Mais non, voyons, beaucoup plus. À quoi tu penses que ça a servi toutes ces épreuves ?»

Ils avaient failli se laisser quand j'avais 12 ans. Ma mère avait développé un très fort penchant pour un autre homme, et mon père, par dépit, avait pris une maîtresse de vingt ans sa cadette – une histoire navrante et, somme toute, un peu banale. Il y avait eu des cris dans la maison, mais rien de terrible : mes parents s'entendaient trop bien pour s'entre-déchirer. Nous n'avions jamais appris tous les détails (ce qui, franchement, faisait plutôt mon affaire), mais ils avaient fini par se réconcilier. Daphné avait longtemps prétendu que c'était uniquement pour nous, mais elle avait dû finalement reconnaître que c'était pour eux.

Et je voyais, ce soir-là, mieux que je ne l'avais jamais vu, la permanence et l'endurance d'un grand amour. J'étais allée me coucher dans la chambre qu'ils gardaient encore pour Daphné et moi en me disant qu'ils étaient chanceux, drôlement chanceux, et en me demandant comment j'avais bien pu faire pour ne pas voir tout cela alors que j'habitais sous leur toit, et même durant les années qui avaient suivi, alors que l'amour avait pour moi les visages d'Antoine et de Juliette riant dans la lumière diffuse d'un bar.

J'avais passé la journée du lendemain chez Daphné – elle et Stéphane avaient finalement réussi à « communiquer ». Une série d'abcès avaient crevé, en fait : Stéphane avait avoué qu'il se sentait impuissant depuis longtemps, depuis bien avant la fausse couche, qu'il trouvait qu'il était un mauvais père et qu'il en tenait rigueur à Daphné, qui était omniprésente et qui ne lui laissait pas le temps et l'espace, justement, pour être père. Il savait qu'il avait tort de penser ainsi, mais il voulait être honnête avec elle ; et elle aussi voulait l'être – elle lui avait dit qu'elle avait peur de ne plus avoir d'identité en dehors de son rôle de mère et que, pour cette raison, elle était incapable de lui faire de la place. Ils avaient parlé aussi de ce troisième enfant que Daphné attendait toujours, et ensemble, ils avaient décidé de se donner un an pour prendre une décision. Daphné me disait qu'elle était prête à tout, que ce qui comptait, c'étaient les jumelles et Stéphane, et ce qu'ils avaient déjà.

Elle avait l'air soulagée, et plus calme que je ne l'avais vue depuis des mois, depuis avant toute cette histoire de grossesse et de fausse couche. « On dirait que je me comprends enfin », m'avait-elle dit. Elle retrouvait l'ordre qu'elle aimait tant, la certitude que chaque chose et chaque personne était à sa place, et que nos vies étaient en fait une suite logique d'événements. « Je suis comme ça, avait-elle dit en souriant. Qu'est-ce que tu veux, je suis comme ça. »

Il n'avait pas cessé de neiger depuis quatre jours et, pour la première fois de l'année, la neige s'était accumulée – d'abord une mince couche, puis de gros bancs qui faisaient pester les automobilistes et rire les enfants. Devant chez Daphné, ceux du voisinage avaient construit un fort et se lançaient des boules de neige. Nous étions allées marcher avec les jumelles, qui découvraient les joies de l'hiver. Elles faisaient trois pas, se penchaient, touchaient la neige et riaient aux éclats. Une fois, deux fois, vingt fois. J'en prenais une dans mes bras et je m'imaginais quelques secondes, une mère de banlieue faisant sa marche, et disant aux enfants qui se lancent des boules de faire attention à ce qu'il n'y ait pas de glace dedans. « Je ne veux pas d'une petite vie comme ça », avais-je dit à Antoine le surlendemain. « Tu l'auras pas, m'avait-il répondu. Pas toi. »

Simon travaillait comme un fou – la période des Fêtes était toujours intense, une suite ininterrompue de parties de bureau et de soupers en famille qui le laissaient épuisé et un peu maussade. Antoine était de mauvaise humeur lui aussi – les Noël dans sa famille étaient une triste affaire : bien qu'elle ait eu un nouveau mari, sa mère était toujours nostalgique des Noël d'antan, alors que le père d'Antoine était vivant.

Antoine disait que le souper du 25 décembre le déprimait à l'avance, ensuite sur le coup et puis les jours suivants. Ses sœurs, une mère célibataire peu loquace et une vieille fille qui parlait tellement qu'elle en était étourdissante, le traitaient encore comme un petit garçon, et le harcelaient de questions concernant son avenir matrimonial, ce qui l'irritait au plus haut point. Il quittait généralement le souper vers vingt-deux heures et passait le reste de la soirée chez mes parents, où il se plaignait longuement de sa famille à ma mère, qui lui caressait le dos et lui préparait des martinis. Elle lui disait : « J'aurais dû t'adopter, Antoine », et il riait presque timidement. Il avait l'air d'un enfant, dans ces moments-là, et je savais qu'il n'aimait pas trop qu'on le voie ainsi. Mais il revenait chaque année, inévitablement, et nous l'attendions toujours.

Juliette, par contre, était en proie à une nouvelle attaque de créativité, mais celle-là était joyeuse et plus légère : les tableaux sur lesquels elle travaillait, et qu'elle avait accepté de me montrer cette fois avant qu'ils ne soient finis, évoquaient un peu ceux de la première série – je retrouvais les mêmes couleurs vibrantes et pures, mais il ne restait plus rien de cette tristesse que l'on sentait dans les autres. Comme Simon travaillait presque tous les soirs, nous sortions beaucoup entre filles, en tête-à-tête, ou avec Marcus et Michel (ce qui était aussi, avions-nous décidé, une soirée entre filles). Nous nous organisions des soirées vidéo, toutes les deux, à boire du chardonnay en regardant *Le Seigneur des Anneaux* pour la millième fois et en criant : « *Legolas ! What do your elf eyes see ?* » et en nous trouvant hilarantes.

J'étais, moi aussi, d'humeur plutôt joyeuse. Non seulement j'avais acheté tous mes cadeaux de Noël en date du 20 décembre, ce qui tenait du miracle, mais l'idée d'aller passer deux jours chez les parents de Simon me dérangeait de moins en moins. Je m'étais convaincue qu'il s'agissait d'une sorte de b.a., et que les jours passeraient certes lentement, mais qu'après auraient lieu le souper de Noël chez mes parents et le party du 31 décembre, une affaire toujours festive et généralement un brin décadente qui s'était tenue d'abord chez

Antoine, puis chez Juliette, où nous nous étions déplacés pour avoir plus d'espace.

J'attendais tout cela avec une nervosité, une fébrilité, même, que je m'expliquais mal. Un soir, un peu avant la fin de *The Fellowship of the Ring*, j'avais parlé à Juliette de Simon, et du fait que j'avais l'impression qu'il devait y avoir quelque chose de « plus ». Elle m'avait écoutée, patiente, et m'avait demandé : « Quoi de plus ?

— Je sais pas. Mais on dirait que j'attends quelque chose. C'est pas toujours là, comme sentiment, des fois ça part pendant des jours, j'y pense plus, je me sens bien et légère, puis ça revient. Comme une urgence. Et je sais pas ce que c'est. Je sais pas ce que j'attends.

— Tu peux pas toujours attendre, avait dit Juliette.

— Non, je sais. »

Mais c'était ce que je faisais. J'attendais, avec cette drôle de fébrilité au fond de moi – j'attendais quelque chose, quelqu'un, un moment. Et, sans savoir pourquoi, j'éprouvais la même sensation que dans mon rêve, après avoir passé la nuit à l'hôpital avec Daphné. Je me disais : « Ça s'en vient. »

Chapitre 20

Le 31 décembre, j'attendais toujours. J'étais arrivée chez Juliette et Marcus vers quatorze heures, pour les aider à décorer l'appartement : Marcus avait sorti sa collection de boas, et nous les accrochions un peu partout, aux cadres des portes, aux tuyaux qui couraient sur les plafonds, autour de la lunette des bols de toilettes (une idée de Juliette, qui avait convaincu Marcus de sacrifier trois de ses boas en lui disant : « Allez, combien de fois dans ta vie tu vas avoir l'occasion de chier le cul dans les plumes ? »).

Marcus et moi étions chargés de remplacer toutes les ampoules électriques blanches par des roses, des jaunes ou des rouges. J'étais juchée sur ses épaules, et il me promenait de pièce en pièce en me tendant des ampoules et en babillant sans cesse, à propos de Michel, dont il avait rencontré la mère pour Noël : « Tu te rends compte, sweetie ! C'est la première fois de ma vie que quelqu'un me présente à ses parents ! Et j'ai 41 ans !

— Je pensais que tu en avais juste 33, lui ai-je dit malicieusement. Ou est-ce que c'était 31 ? Tu nous as pas dit 31, à ton dernier anniversaire ? »

Il a ri et a expliqué : « J'ai décidé de m'assumer, sweetie ; 41 ans, and fabulous ! Michel m'aime comme je suis.

— Mais c'est merveilleux, ça, mon Marcus. C'est merveilleux. Et il a raison, d'ailleurs. » Je me suis penchée pour l'embrasser sur la tête.

« Tu sais, a-t-il dit, je pense que je n'ai jamais été aussi près de l'entrejambe d'une femme.

— Mais c'est un honneur. »

Marcus m'a passé une ampoule rose et a demandé : « Et toi ? Noël chez les Markovic ?

— Honnêtement, c'était pas si pire. Je m'attendais tellement à m'emmerder que, finalement, j'ai presque été agréablement surprise. Bon, c'est sûr, j'ai dû passer des heures à discuter gravy avec la mère de Simon, mais quand même. Elle m'a presque fait un sourire quand je lui ai offert son cadeau.

— C'était quoi ?

— Un truc hideux que j'avais acheté à Limerick, en blague, il y a dix ans. Et non seulement madame Markovic, née O'Shea, est originaire de Limerick, mais en plus, elle aime les choses hideuses. Alors ça a été un vif succès, je crois. » C'était, justement, un limerick, écrit sur un parchemin dont les quatre coins étaient ornés de trèfles en paillettes vertes.

« Et comment a été Simon ? m'a demandé Marcus.

— Exactement comme l'autre fois. Je sais pas, on dirait qu'il s'éteint au contact de ses parents. Mais là, au moins, je savais à quoi m'attendre.

— Il est tellement gentil, a dit Marcus.

— Hmm. » Je commençais à me lasser d'entendre famille et amis me dire que Simon était gentil, beau,

doux, drôle – chacun de leurs commentaires me rappelait que, malgré toute cette orgie de perfection, je n'étais
pas entièrement satisfaite. Que j'étais difficile et gâtée
ou, à la limite, complètement folle.

« En plus, ai-je ajouté pour faire diversion, je savais
qu'après tout l'ennui de Kingston il y aurait le souper de
Noël chez mes parents. Et ça, c'est toujours chouette.

— Antoine est venu cette année ?

— À vingt-deux heures pile. »

Marcus a ri. « Pauvre Tony Boy... Et ta sœur ?
Comment elle va ?

— Oh, beaucoup mieux. Vraiment beaucoup mieux.
Tu sais ce que je te disais à propos des livres de psycho-
pop de ma mère ? Son obsession avec le mot "communiquer" ? Bien, je crois qu'elle a déteint sur Daphné. Maintenant elle et Stéphane se parlent, se disent tout... c'est
un peu achalant, mais, au moins, ils ont l'air vraiment
bien. Et ils vont aller rejoindre mes parents à Vienne.
Ils partent dans deux jours, sans les jumelles, pour la
première fois.

— Oh, ils vont baiser tout le temps, tout le temps ! »
a dit Marcus.

Nous étions rendus dans la cuisine quand Juliette
et Michel sont entrés, les bras chargés de paquets. « J'ai
du fromage, a dit Juliette, du saumon fumé, des bis-
cottes, des blinis, du caviar un peu cheap, du céleri, des
carottes, des tomates cerises, cinq sortes de trempettes,
au moins vingt saucissons, des olives, des cornichons,
du pâté de foie, des huîtres fumées, des crevettes de
Matane... merde !

— Qu'est-ce qu'il y a ? a demandé Michel.

— On a oublié la sauce à cocktail.

— Non, ma chère ! » Michel s'est mis à farfouiller
dans un des sacs et a produit deux pots de sauce au
raifort.

« Tadaaa !

— Oh ! Merveilleux, a dit Juliette. Je me voyais pas retourner au marché Atwater. » Elle a levé la tête vers moi – je devais être à près à neuf pieds du sol – et a ajouté : « Il y avait… mon Dieu. Cent mille personnes. » Puis elle a regardé Marcus et a dit : « Hé ! t'as jamais dû être aussi près d'une noune de ta vie, toi ? »

Marcus et moi nous sommes mis à rire : « Exactement ce qu'on se disait, a répondu Marcus. C'est un moment très spécial pour moi. »

Michel a ri lui aussi et lui a envoyé un baiser. « On a presque fini, lui a dit Marcus. Est-ce que tu vas venir m'aider à mettre des confettis dans les ballons ?

— Oh non ! a crié Juliette. Pas des confettis ! Crisse, je viens à peine de finir de ramasser ceux de l'année dernière. Et pas plus tard qu'avant-hier, j'ai trouvé un condom en dessous du divan. »

Les condoms provenaient d'une *piñata* que Marcus avait accrochée l'année précédente dans le salon et qu'il avait remplie de bonbons, de joints et de condoms : une source de plaisir indiscutable, même si un des invités avait failli être assommé par un bâton de hockey quand quelqu'un d'un peu trop enthousiaste avait raté la *piñata* de quelques centimètres.

« Trop tard, lui a répondu Marcus. J'ai même emprunté une machine à hélium au club où je travaille. Ça va être absolument fantastique ! Quand les invités vont arriver, tous les ballons vont être au plafond. Puis ils vont lentement commencer à tomber (il faisait de grands gestes emphatiques pour symboliser la chute des ballons). Et là, on pourra les ramasser, se les lancer, les faire éclater et ouh ! Confettis !

— Hé, seigneur, a soupiré Juliette.

— Mais quoi, c'est joli, des confettis. Tellement festif. Et puis, je passerai l'aspirateur. Promis.

— Mouin », a grommelé Juliette, pendant que Marcus faisait un clin d'œil à Michel.

Dix minutes plus tard, ils étaient dans la chambre de Marcus, en train, disaient-ils, de préparer les ballons, ce dont je doutais fort. Ils en sont effectivement sortis près de deux heures plus tard, avec des sourires béats, mais pas de ballons. « Un petit contretemps », a expliqué Michel.

À vingt heures, nous étions assis tous les quatre, sous un plafond de ballons, en train de manger des sandwichs et de boire de la bière. Les premiers invités arrivaient généralement vers vingt et une heures, par vagues successives : le DJ, d'abord, un amateur – en fait un ami d'Antoine, fou de musique, et qui insistait pour qu'on ne le paie pas, puis des copains qui étaient dans des soupers de famille, des amis que Juliette et moi avions connus à l'université et qui avaient commencé leur soirée dans des bars, des « collègues » de Marcus, qui déboulaient un peu avant minuit, encore en drag, des gens qui travaillaient ce soir-là, comme Simon, dans des restaurants ou des clubs (Simon, dont le restaurant avait été réservé par un gros groupe, m'avait fait la promesse solennelle de ne pas arriver plus tard que vingt-trois heures trente, même si, disait-il, ce n'était pas « étincelant de professionnalisme »).

Vers vingt heures trente, Antoine est apparu dans le salon, avec une caisse de champagne dans les bras. « Il y en a deux autres en bas », a-t-il dit, et Marcus et Michel se sont levés d'un bond pour aller les chercher. Antoine a posé sa caisse et s'est approché de la table du salon, sans rien dire, pour se déboucher une bière.

« Ça va ? lui a demandé Juliette.

— Non. Pas vraiment. J'arrive de chez ma sœur Micheline. Ils sont tous là pour la soirée. Ça s'annonce gai comme c'est pas possible : ma mère, figurez-vous donc, vient de se faire laisser par son mari.

— Pardon ?

— Oui, a dit Antoine. Cet ostie de trou de cul-là l'a quittée.

— Entre Noël et le jour de l'An ? » J'étais moi aussi plutôt horrifiée. « Mais quel genre d'écœurant fait ça ?

— Un écœurant, a répondu Antoine, qui a déclaré qu'il n'était plus capable d'être avec quelqu'un d'aussi triste, et que si ma mère était toujours pas remise de la mort de mon père trente-deux ans plus tard, elle s'en remettrait jamais.

— Mon Dieu... a soupiré Juliette.

— Et je veux dire, a poursuivi Antoine, je veux dire, oui, c'est vrai que ça doit pas être hyper joyeux de vivre avec ma mère, et même moi, des fois, je trouve qu'elle devrait passer à autre chose, mais tabarnak ! Il l'a laissée le 30 décembre ! Je vous jure, j'ai failli m'en aller directement chez lui pour lui casser la gueule. Il savait dans quoi il s'embarquait quand il l'a mariée il y a trois ans. Ma mère lui avait dit. Elle l'avait prévenu qu'une partie d'elle s'était jamais remise de... de cette affaire-là. Il le savait ! Et là, monsieur se tanne, et il s'en va. Belle mentalité. Maudite belle mentalité.

— T'aurais probablement fait la même chose que lui », lui a dit Juliette.

Antoine l'a regardée sans rien dire, puis il a pointé un doigt vers elle. « J'ai *jamais* fait accroire quoi que ce soit, à qui que ce soit. » Marcus et Michel, qui venaient d'entrer dans le salon avec leurs caisses, ont rapidement tourné les talons et sont partis vers la cuisine. Juliette s'est mordu les lèvres. « Excuse-moi. Je voulais juste dire que... c'est sûr que le timing est assez minable, mais... »

Antoine s'est assis sur le divan à côté de moi et s'est pris la tête dans les mains. « Non, je sais ce que tu veux dire. Je suis conscient que c'est pas possible de vivre avec une femme qui aime encore un fantôme mais la différence c'est que moi, je serais jamais allé m'engager, ostie. Il s'était engagé. » Il a appuyé sur le mot « engagé » et pour la première fois depuis que je le connaissais, j'ai compris qu'Antoine avait, au bout du compte, quelque chose comme des valeurs traditionnelles. Il a peur de faire mal à quelqu'un, ai-je pensé. C'est pour ça qu'il n'a jamais rien voulu promettre.

« Vous savez pourquoi je suis pas allé directement chez le trou de cul ? a-t-il dit. Parce que, finalement, ma mère… elle avait même pas l'air blessée.

— Comment ça ? ai-je demandé.

— Je pense que, dans un certain sens, elle s'en fout. Elle l'a eue, sa grosse blessure, quand mon père est mort. Le reste… Y a plus grand-chose qui la touche. Je sais même pas pourquoi elle s'est remariée.

— Peut-être qu'elle voulait que quelque chose la touche de nouveau, ai-je proposé. Peut-être qu'elle a cru qu'en se remariant ça arriverait. »

Antoine n'a rien dit. Il a relevé la tête et s'est laissé tomber sur le dossier du divan. « Oh, je sais pas, a-t-il dit. Je sais pas. J'ai vécu toute ma vie avec ce bonhomme-là qui était à la fois mort et partout dans la maison. Quand j'étais adolescent, il y a rien que je voulais plus au monde que de voir ma mère l'oublier. Je lui en voulais.

— À qui ? a demandé à Juliette. À ta mère ou à lui ?

— Surtout à lui. Je regardais les photos qu'elle garde sur la cheminée et je me disais : Vieux crisse. Va-t'en donc pour de bon. C'est absurde. Là, tout à l'heure chez Micheline, je voyais ma mère prendre juste un air encore plus affligé que d'habitude, et j'ai senti la même chose. J'aurais voulu qu'elle pleure, qu'elle soit vraiment touchée et je me disais : Encore le vieux crisse qui la hante.

J'ai 36 ans, les filles, et j'en veux encore à mon père. Qui est mort. Ridicule.

— Non, a dit Juliette. C'est un peu comme un complexe d'Œdipe à retardement…»

Antoine s'est retourné vers elle, avec un demi-sourire : « Un complexe d'Œdipe à retardement ? Est-ce vraiment nécessaire de tomber dans la psychologie à cinq cennes ? Il y a déjà assez de ta mère, a-t-il ajouté à mon intention, qui voulait me faire lire *Père manquant, fils manqué*.

— Ah non, c'est pas vrai ! » Je me suis mise à rire. « Quand ça ?

— Mais, au début, quand je l'ai rencontrée. Je pense qu'elle aurait voulu nous voir ensemble, et elle croyait qu'en lisant ça j'allais comprendre des affaires et, je sais pas, te demander en mariage ou quelque chose du genre. »

Juliette a ri à son tour. « Mon Dieu. La face du monde en aurait été différente… » Elle a donné une tape affectueuse sur la cuisse d'Antoine. « Excuse-moi encore pour tout à l'heure.

— Ça va, a-t-il dit. Mais, honnêtement, j'ai jamais rien fait accroire à qui que ce soit. C'est important, pour moi, cette nuance-là.

— Je sais », a dit Juliette. Il lui a souri.

« T'as pas eu envie de rester ? ai-je demandé à Antoine.

— Es-tu folle ? Micheline pleurait, parce que ça lui rappelait quand son mari à elle l'a laissée, Élise arrêtait pas de parler, les enfants chialaient, ma mère regardait par la fenêtre, et trois de mes tantes obèses fumaient des cigarettes en regardant les nouvelles dans le salon. Non, vraiment, j'ai pas hésité. En plus, je crois que je déprime ma mère plus qu'autre chose parce que je lui fais penser à mon père. Alors, de me retrouver là à minuit pour me faire dire : Mon garçon, t'as les yeux de ton père...» Il a levé la tête vers le plafond. «Quand je peux être entouré de ballons et des deux vraies femmes de ma vie...

— Pardon ! Les trois femmes de ta vie ! s'est écrié Marcus, qui, de toute évidence, était resté dans le couloir tout ce temps pour entendre notre conversation.

— Oui, c'est ça», a dit Antoine. J'ai regardé les petites rides qui se dessinaient autour de ses yeux quand il riait, et je l'ai embrassé sur la joue.

«Pourquoi on s'ouvre pas un petit champagne ? ai-je demandé. Avant que tout le monde arrive ?»

Trois heures plus tard, Juliette venait me trouver dans la cuisine : «O.K., je viens d'ouvrir mon garde-robe pour prendre un chandail, et deux personnes sont assises dedans en train de faire de la coke. C'est quoi l'éthique dans ce temps-là ?

— Pourquoi ils font ça dans ton garde-robe ?

— Aucune espèce d'idée.»

J'ai haussé les épaules. «Je suppose qu'ils voulaient pas être vus. Alors l'éthique dicterait que tu fasses comme si de rien n'était.

— J'ai refermé la porte, a dit Juliette.

— Ça se défend.»

J'ai regardé autour de nous. La cuisine était envahie par une horde de personnes qui avaient les munchies et qui dévoraient tout ce qui leur tombait sous la main.

«J'ai bien fait d'acheter dix paquets de chips de plus, a dit Juliette. Tu veux d'autre champagne ?

— S'il te plaît.» Le rythme du drum n'bass qui jouait résonnait au fond de moi – ce n'était pas désagréable, plutôt envoûtant, même. Nous avons attrapé une autre bouteille, et nous sommes parties vers le salon, où des amis de Marcus aux sexes difficilement identifiables dansaient lascivement dans la lumière rose et orangée. De temps en temps, un ballon se détachait mollement du plafond et quelqu'un approchait de lui sa cigarette, pour ensuite rire de plaisir quand une pluie de confettis lui tombait sur le visage. Dans le fond de la pièce, près des grandes fenêtres, Antoine, Michel, Florent et trois autres de nos amis jouaient au poker, avec un sérieux totalement ridicule.

Je suis allée me placer derrière Antoine, et j'ai dit : « Bluff.

— Bluff de quoi ? a demandé Florent.

— Bluff, ai-je répété.

— Il bluffe ?

— Peut-être.

— Qu'est-ce que tu connais là-dedans, toi ? m'a demandé Florent.

— Peut-être plus que tu penses...

— Les filles connaissent rien là-dedans !

— Tu connais pas Chloé, lui a dit Antoine. Elle pense comme un homme. » Il me disait souvent cela – venant de lui, c'était un compliment. Florent a lancé un regard inquiet vers moi, puis à ses partenaires de jeu. « Mais, de toute façon, on joue pas sans bluff ? Hein ? »

Michel a haussé les épaules. « Mais je sais pas... on joue avec ou sans bluff ?

— On peut jouer sans bluff ? » a demandé Denis, un grand maigre originaire de Rivière-du-Loup qui avait étudié avec nous et qui s'habillait encore comme Kurt Cobain. Dans un cours sur les poètes maudits, il avait écrit un essai comparatif sur Rimbaud et Baudelaire qu'il avait intitulé *Rimbaudelaire* – le professeur avait failli faire une crise d'apoplexie, et l'expression était entrée dans la légende. Denis, le pauvre, ne comprenait toujours pas ce qui nous faisait tant rire là-dedans. « Mais c'était très bon ! répétait-il. Une comparaison ! Entre Rimbaud et Baudelaire ! Qui soulignait les similitudes !

Leur communion ! J'ai appelé ça *Rimbaudelaire* ! Pourquoi vous riez, merde ? »

« Mais non, on peut pas jouer sans bluff ! » a dit une voix. Je me suis retournée : c'était Simon, qui venait tout juste d'arriver. J'ai poussé un petit cri joyeux et je me suis jetée à son cou. « Onze heures et demie, a-t-il dit. Pile. J'ai laissé mon équipe comme un lâche pour venir te retrouver. » Je l'ai embrassé, pendant que derrière nous un débat houleux s'engageait sur la possibilité de jouer au poker sans bluff. « To bluff or not to bluff », disait Antoine. « Coudon, criait Juliette, finalement il n'y en a pas un ostie qui connaît les règles, si je comprends bien ? » Michel répétait qu'à Vegas, il avait déjà joué sans bluff, et que si ça se faisait à Vegas, ça pouvait se faire partout.

« T'es pas trop fatigué ? ai-je demandé à Simon.

— Ça va, ça va.

— Champagne ?

— Oh oui.

— Viens, lui ai-je dit. Il y a des verres dans la cuisine. »

Nous avons traversé le salon enfumé jusqu'à la cuisine, où un petit groupe finissait ce qui restait des chips en discutant tranquillement. « Sérieux, man, disait une fille complètement gelée, Bush va passer à l'histoire comme le plus mauvais président que les États-Unis ont jamais eu. Mais le problème, c'est que, des fois, l'histoire va pas assez vite. Parce que, quand il va passer à l'histoire, ce sera de l'histoire, justement. Tu la pognes-tu ? Genre que ce sera pas dans le présent, fait que personne va tirer de leçon de ça. » Un homme d'une cinquantaine d'années, qui jouait dans les cheveux d'une autre fille, a dit : « Man... »

J'ai pris un verre pour Simon, et, au même moment, un travesti pris d'un fou rire est entré dans la cuisine et a ouvert le réfrigérateur en se trémoussant. Il a pris une bouteille d'eau qu'il a calée en quelques secondes – je voyais sa pomme d'Adam monter et descendre entre les longues mèches de cheveux roses – puis il a dit, en riant toujours : « Wouuuuhouuuu ! Il fait chaud icitte ! » et il est reparti en se dandinant.

« Man, a dit l'homme de cinquante ans. On voit de tout, hein ?

— C'est beau la diversité », a ajouté une autre personne.

Simon m'a fait un sourire amusé, et nous sommes repartis vers le salon. « C'est qui, ces gens-là ? m'a-t-il demandé.

— Dans la cuisine ? Des amis de Juliette, je pense. La fille qui parlait de Bush est une sculpteure, si je ne m'abuse. Pour le reste, comme tu peux voir, il y a beaucoup d'amis de Marcus. Des amis d'Antoine, qui venaient au début quand les parties avaient lieu chez Antoine et qui ont suivi. Des amis à moi, aussi – d'ailleurs je sais plus où ils sont, mais il y a Frédéric Martel et Mathieu Tremblay, tu te rappelles ? Qui étaient à l'école avec nous et qui revendaient des cigarettes ? On se voit encore de temps en temps. Ils sont venus avec leurs blondes. »

Quand nous sommes arrivés près de la table de poker, elle avait été abandonnée. « Ils étaient pas capables de se mettre d'accord, a dit Juliette. Et quand ils ont fini par se décider à jouer avec bluff, ils se sont rendu compte qu'ils se rappelaient plus c'était à qui, et que plus personne n'avait envie de jouer de toute façon. »

Nous sommes allés nous asseoir sur un des futons jaunes qui avaient été tassés dans un coin, avec de gros coussins, des fauteuils et deux matelas gonflables, pour créer ce que Marcus appelait un boudoir. Une boule en miroir qui tournait sur elle-même au-dessus des danseurs jetait des petites flaques de lumière jusque sur nous.

Juliette revenait avec une autre bouteille quand la musique s'est arrêtée et que Marcus est apparu au-dessus de la foule. Debout sur une table près du DJ, il ne portait qu'un slip blanc, et les deux immenses ailes en plumes normalement accrochées au bout de son lit. Il s'était maquillé, aussi, avec des poudres argentées et blanches – il était magnifique. « Il a dû préparer son numéro depuis longtemps », ai-je murmuré à Simon. J'ai aperçu Michel, à côté de moi, qui le regardait avec adoration. Marcus est resté comme cela quelques secondes, les bras en croix, puis il a jeté un coup d'œil vers le DJ et a crié, de sa voix forte et grave : « O.K., *people*, dans 10… »

Tout le monde s'est mis à faire le décompte. Dans 3, 2, 1 – par-dessus nos cris de bonne année, la musique a recommencé, plus forte et plus rythmée encore. Simon tenait mon visage dans ses mains et m'embrassait. « Je t'aime », m'a-t-il dit. Je lisais sur ses lèvres plutôt que je ne l'entendais. « Moi aussi », ai-je crié, et nous nous sommes embrassés de nouveau. « Pour la prochaine année, m'a-t-il dit, je souhaite seulement toi. » Je me suis contentée de lui sourire – il était si beau, dans la lumière mouvante, si bon pour moi. Je me suis souhaité, à moi, d'être heureuse avec lui.

Marcus est arrivé à côté de nous – Michel s'est jeté dans ses bras et ils se sont longuement embrassés. Puis il est venu vers moi, radieux, et il m'a pris contre lui, me soulevant du sol et m'étouffant à moitié. « Bonne année, sweetie. Bonne, bonne, bonne, bonne année. » Il y a eu une ronde de baisers et d'accolades, de toasts et de verres de champagne calés d'un coup. Simon était mobilisé par un groupe de gays, certains en drag, qui voulaient tous l'embrasser et, disait un bel homme aux tempes grisonnantes, peut-être le convertir. Il riait, bon enfant, et enlaçait avec bonne humeur les corsets de cuir et les chemises Paul Smith. J'ai attrapé Juliette par une manche : « Où est Antoine ? » Elle m'a fait signe qu'elle l'ignorait, et je suis partie à sa recherche.

Les longs corridors étaient remplis de gens qui s'embrassaient et qui riaient – j'ai trébuché sur les jambes d'une fille qui était assise par terre et qui pleurait dans les bras d'une autre. Les mêmes personnes étaient toujours dans la cuisine, ils semblaient ignorer l'heure et discutaient sur le même ton, déplorant la politique extérieure américaine à grands coups de « man… » affligés. J'ai continué vers la chambre de Juliette, puis j'ai aperçu Antoine, près de la porte de l'atelier, qui riait avec quelques-uns de ses amis, des gars qui travaillaient comme lui dans la pub et que je n'avais jamais vraiment pu supporter. Je lui ai fait un signe, de loin, qui voulait dire « Mais qu'est-ce que tu faisais ? », et je me suis avancée vers lui.

« Pardon », ai-je dit à un de ses amis qui lui faisait face. Il s'est retourné et m'a souri, et je l'ai gentiment écarté pour aller enlacer Antoine.

« Qu'est-ce que tu fais ici ? lui ai-je demandé.

— On était en train de jaser quand on a entendu Marcus. Il était trop tard, je savais que ce serait le capharnaüm dans le salon, alors je me suis dit que j'attendrais un peu. »

Je lui ai lancé un faux regard de reproche. J'étais toujours dans ses bras, et il me fallait me mettre sur la pointe des pieds pour être à peu près à sa hauteur. Il me tenait par la taille – une main derrière mon dos et une autre sur ma hanche. Je lui ai souri. Dans le couloir, à côté de nous, je devinais le dos de ses amis qui s'en allaient, et une constellation de bulles de savon qui sortaient de je ne sais où et qui réfléchissaient toutes la lumière d'une ampoule rose.

« Bonne année, ai-je dit.

— Bonne année, ma chérie.

— Qu'est-ce que je te souhaite ? »

Il m'a souri, en me regardant fixement, et je me suis demandé s'il n'était pas plus saoul qu'il n'en avait l'air. Puis il a passé une main sur mon visage, à peine un effleurement, et il s'est approché de moi. Je me suis dit : il faut que je m'en aille. Je n'entendais presque plus rien, la musique, au loin, des rires qui me semblaient distants et le rythme sourd des basses, que je sentais à peine. Je crois que je ne pensais à rien – j'étais immobile, dans l'œil du cyclone –, puis Antoine m'a embrassée, avec une douceur infinie, et mon cœur n'a donné qu'un seul grand coup. J'ai entrouvert les lèvres ; j'avais tellement envie de lui que j'avais presque mal au ventre. J'ai placé une main sur son cou et je l'ai embrassé à mon tour, puis tout est revenu : j'ai pensé au couloir, aux gens qui étaient là, à Simon qui enlaçait des amis quelque part, à moi, à Antoine, et j'ai levé la tête.

Il a eu l'air surpris, l'espace d'un instant, comme s'il ne pouvait pas croire ce qu'il venait de faire, puis il a passé une main derrière lui, et la porte de l'atelier s'est ouverte. Il a fait un pas en arrière et m'a attirée contre lui. Quand il s'est approché de nouveau pour m'embrasser, j'ai mis une main sur sa poitrine – je me souviens avoir senti son cœur qui battait, ce n'était pas le même rythme que celui des basses.

« Mais qu'est-ce que tu fais ? » lui ai-je dit.

Il m'a regardée avec une expression indéfinissable où se mêlaient la tristesse, l'étonnement et le désir. Je l'ai attrapé par la chemise et je l'ai attiré vers moi.

Chapitre 21

Évidemment, c'était une très mauvaise idée. Ce n'était pas une idée, en fait, mais un réflexe, une irrésistible chute vers lui. J'avais eu le temps de penser, le temps de me dire qu'il ne fallait pas, mais je ne crois pas avoir songé une seule seconde à m'en aller. Je voulais tomber, je voulais tout abandonner, je voulais la faute – et par-dessus tout, je voulais Antoine. Je le voulais, avec ses yeux noirs, son sourire, ses mains expertes, son corps, le grain de sa peau.

Dans la pénombre de l'atelier, nous nous sommes mis à nous embrasser d'abord doucement, puis avec une volupté que je n'avais encore jamais connue – j'avais l'impression de me perdre en lui, en chacun de ses gestes. Et je voyais. Les yeux fermés, tout contre Antoine, ses mains sous mon chandail, je voyais. Dans mon dos, sur mon ventre, à l'aube de mes seins, je sentais la caresse légère de ses doigts, comme une décharge électrique qui laissait sur ma peau de fins sillons de chair de poule.

J'étais appuyée contre le mur – une lampe torchère était allée se fracasser sur le sol quand Antoine m'avait doucement poussée contre lui, et je m'en foutais éperdument. Il tenait mon visage entre ses mains et nous nous embrassions et je caressais, par-dessus sa chemise, son corps, sa poitrine, son ventre plat, ses côtés que je savais si doux. Je me suis dit : Je pourrais rester ici, ne faire que cela, pour toujours. Antoine s'est penché pour m'embrasser dans le cou et, derrière lui, j'ai vu la lumière rouge du panneau de sortie qui était accroché en haut de la porte de secours. Il a baissé les mains lentement, sur mes épaules d'abord, puis sur ma taille – une d'elles est descendue puis remontée le long de ma cuisse, et j'ai remarqué qu'il n'osait presque pas toucher mes seins, qu'il les effleurait à peine, furtivement. Ce n'était pas le genre d'Antoine : normalement, il aurait déjà défait mon soutien-gorge, mon slip aurait été par terre et nous aurions été en train de baiser.

C'est cette observation qui m'a fait sortir de moi. Le monde extérieur m'est revenu d'un coup, et j'ai réalisé que ce que nous étions en train de faire n'avait aucun sens. J'ai mis les mains sur ses épaules et j'ai dit : « Antoine. » Il a levé la tête et m'a regardée sans rien dire. J'ai répété son nom et j'ai baissé les yeux. Je ne pouvais pas le voir et m'en détacher en même temps.

« Je peux pas faire ça », ai-je dit. C'était les seuls mots qui me venaient à l'esprit. J'avais presque envie de pleurer tellement je voulais l'embrasser encore. Il a levé mon menton avec sa main droite – j'ai continué à regarder par terre et j'ai dit : « Arrête. Je peux pas faire ça. » Je l'ai poussé. « Arrête », ai-je répété. Il a reculé de deux ou trois pas – je devinais derrière lui une toile sur laquelle Juliette travaillait : des plaques de peinture dorée reflétaient le rouge du panneau de sortie. Antoine ne bougeait pas. J'ai replacé mon chandail, et j'ai fait un signe vers la porte, vers ce qu'il y avait à l'extérieur, Juliette qui savait que j'étais partie à sa recherche, Simon qui devait se demander où j'étais.

J'ai finalement levé les yeux vers les siens. Il m'a fixée un instant, sans rien dire – j'avais l'impression qu'il essayait de voir en moi – et il a passé une main dans ses cheveux, un geste qu'il faisait souvent quand il avait une décision à prendre. Puis il a levé un bras à son tour vers la porte, comme quelqu'un qui indique la sortie à une autre personne en disant «après vous». J'ai porté une main à mon front et je suis sortie.

Le couloir était rempli de personnes qui riaient et criaient. Une fille avec un afro couvert de confettis m'a souri, elle avait de petits diamants collés sur les paupières. Je lui ai souri à mon tour et je suis partie vers le salon, avec la nette impression d'être tout juste sortie d'un rêve. J'ai croisé Frédéric, notre ancien camarade de classe, et il m'a prise dans ses bras pour me souhaiter bonne année.

«J'ai vu Simon Markovic! m'a-t-il dit. Je peux pas croire que vous êtes ensemble!

— Oui…» J'ai jeté un œil autour de moi et j'ai pensé : Je nage en pleine absurdité.

«Il est où d'ailleurs? ai-je demandé à Frédéric.

— Il était près de la table du DJ, il y a deux secondes.

— Merci, Fred.»

Je l'ai trouvé finalement, dans le coin boudoir, assis avec Juliette, Denis «Rimbaudelaire» et trois filles complètement saoules qui riaient très fort. Marcus était debout à côté d'eux, avec ses grandes ailes toujours sur le dos, et il avait l'air d'être en train de leur raconter une histoire désopilante. Simon riait lui aussi. Il a levé la tête vers moi, souriant toujours, et m'a dit : «Hé! T'étais où?

— Oh, je cherchais Antoine, ai-je répondu. Je l'ai trouvé, il était avec ses amis, alors il y a eu une ronde de bonne année... puis je suis tombée sur Frédéric. »

Simon s'est tassé, entièrement satisfait de cette réponse, et m'a fait signe de venir m'asseoir près de lui.

« Il est où Tony Boy ? a demandé Juliette en se penchant vers moi. Je lui ai pas encore souhaité la bonne année.

— Il était près de ton atelier tout à l'heure. » J'étais incapable de la regarder dans les yeux.

« On sait bien, a dit Juliette. Probablement en train d'essayer d'attirer une fille là-dedans ! » Elle s'est levée, et je me suis blottie contre Simon. Je n'ai presque rien dit du reste de la soirée, me contentant de siffler des verres de champagne et d'écouter Marcus, qui était très en verve. Simon et lui avaient inventé un jeu idiot qui les faisait mourir de rire – ils discutaient de leur vie de couple, ajoutant des détails au fur et à mesure, s'imaginant un passé riche et tendre. Ils parlaient anglais, ce qui était logique, mais avec un accent écossais, ce qui l'était beaucoup moins. Mais je leur étais reconnaissante d'être joyeux et de ne pas trop penser à moi – de combler mes silences de leurs rires.

Marcus, à deux reprises, est venu me demander si j'allais bien. « Tu as l'air dans la lune », me disait-il. Et je lui répondais que j'étais saoule, et il me souriait gentiment en me donnant de grandes tapes dans le dos, étant lui-même complètement saoul et stone. De temps en temps, Simon m'envoyait des petits regards inquiets, mais je lui montrais mon verre en soupirant et il riait, puis il lançait un autre 25 cents dans le verre à shooter placé sur la table (une idée de Michel : il prétendait, avec raison, que ce jeu de fond de taverne avait toujours beaucoup de succès : quiconque réussissait à envoyer sa pièce dans le verre devait caler un shooter de tequila, avec, pour résultat, que tout le monde était saoul et hilare).

À cinq heures du matin, plus de la moitié des gens étaient partis. Un petit groupe de braves dansaient encore sur le plancher maintenant couvert de confettis et de ballons dégonflés, des gens s'embrassaient sur les divans, quelques-uns dormaient par terre. Nous étions dans la cuisine, en train de dévaliser le garde-manger, quand Juliette est arrivée, en titubant et en riant : « Tu sais, tes boas qui étaient sur les toilettes ? a-t-elle demandé à Marcus. Oh… ils sont ruinés. Je pense que quelqu'un a systématiquement vomi dans chaque toilette.

— Charmant, ai-je dit.

— Bof, a fait Juliette en attrapant une boîte de petits Lu. Faut quand même pas s'étonner, hein ?

— Je viendrai t'aider pour le ménage si tu veux.

— Pour vrai ?

— Nah… »

Nous avons continué à manger en riant, et en finissant les fonds de bouteilles qui traînaient dans toute la cuisine. Je regardais Simon, et j'essayais de trouver en moi une trace de remords, un vague regret, mais il n'y avait rien, que le souvenir d'Antoine, comme un grand feu. Je m'en voulais de ne pas m'en vouloir, mais j'avais presque peine à croire à tout ce qui était arrivé – je me disais que j'allais me réveiller, me rendre compte que ce n'était qu'un rêve et qu'on ne peut pas en vouloir à un rêve. Seulement s'en souvenir.

Il devait être près de six heures quand j'ai dit à Simon : « Il faut qu'on y aille, sinon, moi aussi, je vais aller vomir sur les boas de Marcus. » Il m'a prise par la taille et nous nous sommes dirigés vers la sortie. Dans le salon, la drag queen avec des cheveux roses dansait toujours, toute seule, sous la boule en miroir. Le DJ était parti, et quelqu'un avait mis un disque de Cold-play. Elle dansait, les yeux fermés, sur un air de piano un peu triste.

« Est-ce qu'Antoine est parti ? » ai-je demandé à Juliette qui nous accompagnait. Je ne l'avais pas revu depuis l'atelier.

« Non, il est dans le boudoir avec une fille. C'était bien ce que je pensais, tout à l'heure, il était en train de baiser avec elle dans mon atelier. » J'ai senti un violent pincement au cœur. « Quelle soirée, a poursuivi Juliette. J'ouvre mon garde-robe, il y a deux personnes qui font de la coke par terre, j'ouvre mon atelier, il y en a deux autres qui fourrent. Signe d'un party réussi, je suppose. »

Je n'ai rien répondu – j'étais furieuse, ou jalouse, ou blessée, ou un peu des trois. Je me disais « c'est tout ce qu'il voulait, au fond », je me disais « il a fait ça juste pour me faire chier », je me disais que je n'aurais pas dû être en train de me dire toutes ces choses. Simon m'a tendu mon manteau et m'a aidée à le mettre, remontant tendrement la fermeture éclair. Il m'a ensuite enlacée, me berçant doucement dans ses bras alors qu'il disait au revoir et merci à Juliette. Puis, par-dessus l'épaule de Simon, j'ai vu Antoine s'avancer avec une grande fille qu'il tenait par la taille. Ils se sont appuyés contre un des gros piliers de ciment du salon, et Antoine l'a embrassée et lui a dit quelque chose qui l'a fait rire aux éclats. Il s'est retourné ensuite, pour venir près de la porte, et il m'a aperçue. Il s'est arrêté et m'a regardée droit dans les yeux, malgré la fille qui était penchée sur son épaule et qui tentait de lui faire tourner la tête. Puis il a levé la main en au revoir, simplement, pendant que Simon m'embrassait dans les cheveux.

En arrivant chez moi, Simon a dit : « Quel party extraordinaire ! Mais toi, tu étais tranquille, ce soir.

— Oui, je sais, ai-je répondu. Vers une heure du matin, j'ai comme eu un super coup de barre. Je suis fatiguée.»

Il m'a embrassée dans le cou. «Trop pour faire l'amour?»

J'ai souri, et j'ai dit «non». C'était un défi stupide et absurde : je voulais prouver à Antoine que je pouvais faire l'amour avec un autre, sans penser à lui. Et c'est ce que j'ai fait : ils étaient si différents, tous les deux, et Simon était un bon amant – je n'ai pensé à rien, en fait, qu'à moi et à mon plaisir.

Mais en m'endormant contre Simon, je me suis souvenue d'Antoine, de ses baisers et de ses caresses et j'ai senti, encore, la trace électrique de ses doigts sur ma peau.

Je me suis réveillée le lendemain, vers midi, avec un solide mal de bloc. Simon dormait encore. Je me suis levée silencieusement pour aller chercher un Gatorade dans la cuisine, avec ma suite de chats, qui trottinaient joyeusement derrière moi, puis j'ai pris deux Tylenol avant d'aller m'asseoir au salon. Il faisait beau – un grand soleil entrait par les fenêtres, et Siffleux, enfin rassasié, est venu se coucher dans une grande flaque de lumière à mes pieds. Puce l'a suivi, et elle a sauté légèrement sur mes genoux. J'ai gratté son petit dos en regardant dehors, et en essayant de trouver un sens à tout ce qui s'était passé.

Je me disais que j'avais peut-être fait cela à cause de cette vague insatisfaction qui me hantait depuis quelque temps. Que je ne me comprenais plus, que j'étais saoule, que je cherchais à me prouver quelque chose (me prouver quoi, par contre, je n'en avais aucune idée). Je n'avais pas voulu faire de peine ou de mal à Simon, de cela j'étais certaine. Ce n'était pas une futile vengeance, un effort pour le rendre jaloux. J'ai repensé à ce qu'Antoine m'avait dit, quelques mois auparavant : « Tout le monde veut juste être surpris. » Et pour être surprise, je l'avais été. Magistralement. Et j'adorais cela. C'était une sensation électrique, à la fois vivifiante et enivrante ; l'impression d'être physiquement, mentalement, totalement en éveil. « Oh mon Dieu », ai-je dit tout bas – c'était, venais-je de réaliser, exactement ce que j'attendais.

Mais Antoine... pourquoi lui ? Parce que, me chuchotait une petite voix que je tâchais vaillamment de faire taire, c'était de lui dont j'avais envie. C'est de sa faute, ai-je pensé. Avec toutes ses histoires de pari et de « j'ai jamais rencontré une fille comme toi », il m'a mis ça dans la tête. Et comme je suis mal faite, et incapable de prendre conscience de la chance que j'ai, je ne peux m'empêcher d'aller voir ailleurs dès que je me retrouve dans une relation stable avec un homme irréprochable.

J'ai eu un réflexe d'agacement envers Simon : fallait-il vraiment qu'il soit si irréprochable ? Il ne faisait que souligner mes failles, ma faiblesse, mon désir pour Antoine. Je grattais toujours le dos de Puce, qui ronronnait de plus en plus fort, en me disant que la faute revenait à eux deux, et que je n'étais peut-être pas faite pour l'amour – qu'aimer était peut-être trop difficile pour moi.

Mais des images de la veille me revenaient, des sensations – la bouche d'Antoine, son corps, son sexe contre mon ventre – j'ai repensé à ses mains, qui ne faisaient qu'effleurer mes seins et j'ai murmuré : « Mais à quoi il jouait ? » Je mourais d'envie d'en parler à Juliette, mais je me répétais qu'elle ne devait pas le savoir, que personne ne devait le savoir, que tant que tout restait secret, je pouvais encore me faire croire que rien n'était arrivé. Puis j'ai pensé à Daphné et, pour la première fois depuis des années, j'ai eu envie de ses conseils. Mais elle était à Vienne. J'ai soupiré et je me suis laissée aller, faute de mieux, au souvenir délicieux de nos caresses.

Simon m'a fait sursauter quand il est entré dans le salon.

« Ça va ? » a-t-il demandé. Il se tenait la tête avec une main.

« Pas trop pire », lui ai-je répondu. Il s'est avancé vers moi et s'est arrêté à côté de Siffleux, dans le rayon de soleil. Je voyais la lumière jouer sur son corps nu, et j'ai tendu une main vers lui, dessinant lentement les contours de son dos et de ses fesses.

« Oh God... a soupiré Simon. Les 25 cents dans le verre à shooter, c'était peut-être pas une superbe idée. Il y a d'autre Gatorade ?

— Bien sûr. Je suis toujours équipée. »

Il m'a souri et s'est penché pour m'embrasser. « Bonne année, mon amour.

— Bonne année. »

Il me fait confiance, ai-je pensé en le regardant partir vers la cuisine.

Nous avons passé la journée au lit, à faire l'amour, à dormir et à rire en se souvenant de la veille. « Tu crois qu'on devrait aller les aider ? m'a demandé Simon.

— Demain. Je pense pas qu'ils vont faire beaucoup de ménage aujourd'hui.

— Non, en effet... »

Nous inventions des jeux un peu idiots, des jeux d'amoureux, des devinettes sur notre passé et sur ce que nous aimions, quelle est ta saison préférée, quelle a été ton expérience sexuelle la plus gênante, qu'est-ce que tu ferais avec un million...

« O.K. », m'a dit Simon. Il venait de me raconter la première pipe qu'il avait reçue, comment il avait presque eu peur et qu'il avait éjaculé, au bout d'environ huit secondes, dans la bouche de la fille, une petite Française qui l'avait giflé et l'avait traité de tous les noms. Il était assis dans mon lit, contre un tas de coussins, le duvet remonté jusqu'à la taille. « O.K. Toi ? Ta première fois ?

— La première fois que je me suis fait faire une pipe ?

— Non, silly. La première fois que tu as fait l'amour.

— Oh... » J'ai réalisé qu'effectivement je ne lui en avais jamais parlé.

« Eh bien, ai-je commencé, c'était pas une affaire reluisante. J'avais 14 ans. Au camp de vacances. C'était un peu ridicule, je voulais tellement que ça se passe, je voulais que ça se fasse et qu'on n'en parle plus. Tu te rappelles comment j'étais à l'école quand tu m'as connue ? Un peu gênée, plutôt nerd sur les bords... je voulais casser avec cette image-là et, dans ma tête d'adolescente, le secret, c'était de ne plus être vierge. Alors, cette année-là, au camp, j'ai tout fait pour me faire un chum. En deux semaines, je te dis, t'as pas de temps à perdre. J'ai déployé des trésors d'ingéniosité et, surtout, mes seins. »

Simon s'est mis à rire.

« C'était ridicule, ai-je poursuivi. Je me pavanais dans de minuscules camisoles... c'est drôle, c'est des trucs que j'aurais pas eu le courage de faire à l'école, mais là, dans un autre contexte, ça allait. Enfin, tu sais comment sont les ados, au bout de quelques jours, j'avais plusieurs prétendants qui croyaient tous que j'étais très "expérimentée" – j'ai fait le signe de guillemets avec mes doigts – Et j'ai choisi le plus gentil... en fait, non, il y en avait deux ou trois qui étaient plus gentils, mais ils étaient pas aussi cutes.

— Toujours les priorités à la bonne place, m'a dit Simon.

— Hé, qu'est-ce que tu penses que je fais avec toi ? J'en veux juste à ton corps, mon chéri. »

Il a ri de nouveau, et j'ai poursuivi : « Donc, c'est ça. Un soir, il est venu me chercher dans ma tente et on est allés faire ça dans le bois… la-men-table. J'avais des branches qui me rentraient dans le dos, j'étais terrifiée, mais pas autant que lui… ça a été fini en moins de dix minutes. Il était radieux, moi, j'étais catastrophée. J'avais imaginé un truc incroyable, tu sais, super romantique, mais bon… Alors c'était ça. Ma première fois.

— Vous êtes retournés dans le bois, après ?

— Deux fois. Quand je suis revenue à Montréal, il m'a appelée pour me revoir, mais j'ai jamais voulu.

— Pourquoi ?

— Parce que c'était pas un très beau souvenir, je suppose. Je n'aimais pas penser que j'avais sacrifié mes idées d'un premier amour hyper romantique juste pour que "ça soit fait", avec un garçon qui me laissait plutôt indifférente. »

Simon a hoché à tête. « Et ça a marché ?

— Quoi ?

— À l'école ? T'es devenue plus populaire ?

— C'est triste à dire, mais oui. Je sais pas si c'est moi qui avais changé ou parce que ça s'est su, mais oui, ça a marché. C'est idiot, hein ? À 14 ans, j'ai compris que le sexe pouvait conférer un certain pouvoir. »

Simon m'a attirée vers lui. « C'est pas idiot », a-t-il dit. Puis en léchant un de mes seins : « et c'est vrai. »

Le soir, il est allé chercher dans le réfrigérateur un bloc de foie gras et du caviar qu'il avait cachés dans un tiroir. Nous avons bu du champagne en regardant les rediffusions des émissions spéciales de la veille – je n'avais pas mis le nez dehors de la journée et j'étais bien, fatiguée mais bien, et je me disais que la vie aurait été beaucoup plus simple ainsi, s'il n'y avait eu que lui et moi, un appartement avec trois chats et une réserve inépuisable de champagne et de mets raffinés.

Nous sommes arrivés chez Juliette vers midi le lendemain, avec une caisse de bière et deux pizzas extra-larges. L'appartement avait l'air d'un champ de bataille – les meubles étaient tous déplacés, les planchers étaient jonchés de confettis, de mégots de cigarettes et de bouteilles vides, un ouragan avait l'air de s'être abattu sur la cuisine, des boas sales pendaient des tuyaux un peu partout, et des ballons dégonflés traînaient dans les coins et sur les divans.

« C'est pas si pire, a dit Juliette. Vous auriez dû voir ça, hier. Sur le plancher du salon, en plus des confettis et des bouteilles vides, il y avait une drag queen complètement finie. Juste là. » Elle pointait le contour d'un corps qui avait été dessiné à la craie sur le sol, comme dans les enquêtes policières.

« C'est quoi ça ? a demandé Simon en riant.

— Il se réveillait pas, a expliqué Marcus. Alors, on a pris une craie, et on a fait ça. Fatigués comme on l'était hier, on se trouvait très très drôles.

— Mon Dieu, a ajouté Juliette, on était tellement fatigués, c'était ridicule. Puis on a été trop paresseux pour changer les ampoules, alors on a soupé dans la cuisine, avec une lumière rose au-dessus de la tête.

— Groovy, a dit Simon.

— Tout à fait », a répliqué Marcus.

Simon, Michel et moi nous sommes chargés du salon, pendant que Juliette et Marcus s'activaient dans la cuisine. On entendait de temps en temps des grands « ewwww ! » dégoûtés de leur part, généralement suivis d'éclats de rire et d'un fracas d'objets. « Il y a du saumon fumé collé sur le mur ! » a crié Juliette, poursuivie par Marcus qui brandissait quelque chose qui ressemblait à de la pâte. « C'est du pain mouillé ! a-t-elle couiné en passant près de nous et en venant se cacher derrière moi.

— Juliette a une phobie du pain mouillé», ai-je expliqué à Simon, qui a essayé de prendre un air compréhensif. Marcus a fini par lancer son projectile vers nous – je me suis tassée juste à temps et Juliette en a pris une bonne partie dans les cheveux, ce qui nous a valu plusieurs hurlements stridents pendant qu'elle courait vers la salle de bain.

«Vraiment, a dit Marcus, je m'en lasse jamais...»

Le salon et la cuisine rangés, nous avons tiré à la courte paille pour savoir qui nettoierait la toilette, que nous avions déclarée «zone sinistrée». Marcus et Simon ont été désignés et ils sont partis, courageusement, sous nos applaudissements solennels. «L'histoire va se souvenir de vous ! leur ai-je crié alors qu'ils tournaient le coin, et nous avons éclaté de rire.

— Je vais aller ranger le corridor, m'a dit Juliette. Tu viens m'aider ?»

Je l'ai suivie – c'était le même corridor que j'avais traversé, deux jours plus tôt, dans un état second, pour aller rejoindre Simon au salon. Je regardais la porte de l'atelier fixement, comme si Antoine et moi étions encore là, derrière elle, à s'embrasser comme si nous avions cru que cela allait repousser la mort.

«Je vais aller voir là-dedans, a dit Juliette. J'espère qu'Antoine et sa pitoune ont touché à rien. J'ai juste ouvert hier pour voir si ma toile était intacte, mais j'ai pas vraiment inspecté... ça me tenterait pas trop de trouver un condom par terre, mettons.»

J'ai réussi à sourire, et je me suis souvenue de la lampe qui était tombée quand Antoine m'avait poussée contre le mur.

Juliette a fait le tour de l'atelier, lentement, pendant que je la regardais, appuyée contre l'encadrement de la porte, sans oser entrer. Elle s'est finalement approchée du mur et a fait un petit « ttt », en voyant la lampe.

« Franchement, a-t-elle dit. Il aurait pu me le dire qu'il avait cassé quelque chose. » Elle a ramassé les morceaux de verre et les a placés les uns contre les autres, pour voir s'ils pouvaient se recoller. « Oh, tant pis, a-t-elle soupiré. Ça valait pas grand-chose. » Puis elle a levé la tête vers moi et a demandé : « Ça va ?

— Oui, ça va.

— T'as l'air bizarre, Chloé.

— Non, je suis encore un peu fatiguée, c'est tout. »

Juliette a levé un sourcil, un gros morceau de verre encore dans chaque main. « T'es sûre ? a-t-elle insisté.

— Oui, oui.

— Ça va, avec Simon ?

— Mais oui, voyons. Non, je te dis, c'est juste la fatigue. On n'est plus jeunes, hein. Ça me prend deux jours maintenant pour me remettre d'une soirée comme ça. »

Juliette a hoché la tête et est allée placer les morceaux de la lampe sur un petit établi. Elle se doutait de quelque chose, je le voyais bien, mais elle me connaissait assez pour savoir qu'il aurait été inutile de m'en parler maintenant. Chère Juliette, ai-je pensé. Elle m'a mis une main sur l'épaule, et nous sommes sorties de l'atelier.

Simon et Marcus ont émergé près d'une heure plus tard – Michel leur a tout de suite servi deux grands verres de vin, et nous nous sommes installés dans la cuisine pour manger. « Oh, a dit Marcus en me regardant, on a oublié de changer les ampoules. »

J'ai levé la tête vers la lumière rose qui brillait au-dessus de nous : « Pourquoi on les laisse pas comme ça ? Juste pour ce soir encore ? »

Marcus m'a souri : « Bonne idée, Chloécita. »

Pendant que nous mangions, j'ai demandé à Juliette à quelle heure Antoine était parti. « Juste après toi », a-t-elle répondu. Mais elle n'a pas précisé s'il était seul ou non, et c'est ce que je voulais savoir. Je me répétais que je devais lui en parler, qu'il fallait que j'en parle à quelqu'un, mais je ne savais pas comment. J'imaginais la réaction de Juliette si je lui avais annoncé : « Avant-hier, dans ton atelier, furieux necking avec Antoine », et j'avais presque envie de rire. Elle aurait été si-dé-rée. Et, me disais-je, elle aurait eu raison. Mais, pour le moment, c'était mon secret. J'essayais de m'empêcher de penser : *notre* secret.

Je n'ai pas eu de nouvelles d'Antoine dans les jours qui ont suivi. Simon avait recommencé à travailler le 3 janvier, le pauvre, alors que je me prélassais chez moi, ayant refusé un contrat pour partir au Belize. C'était, financièrement, un très mauvais calcul, mais je n'avais jamais été un as de la planification financière. Je dormais tard, je lisais des heures sur le sofa du salon, avec Puce couchée sur mon ventre, j'allais au cinéma avec Juliette, qui ne posait plus de questions, mais se contentait de me jeter de temps en temps un petit regard qui invitait à la confidence. Pas tout de suite, avais-je envie de lui dire. Et je pensais à Antoine. Je voulais savoir ce qui lui avait pris. Je voulais comprendre. Qu'il me dise si lui aussi pensait encore à l'atelier et à ce qui s'y était passé. Mais il n'appelait pas et, évidemment, j'étais trop orgueilleuse pour le faire.

Au bout d'une semaine, par contre, j'ai pensé que ça n'avait aucun sens : Antoine ne passait jamais une semaine sans me téléphoner ou venir chez moi. Et moi, je ne cessais de me répéter : « À quoi joue-t-il ? » J'avais envie de le voir, en plus. Parce que, me disais-je, il était mon meilleur ami. C'était une raison suffisante. J'ai dû prendre le téléphone au moins vingt fois, avec l'intention de l'appeler et de lui laisser un message qui, de plus en plus, commençait à être élaboré. Quand je me suis rendu compte, une journée, que j'avais passé près d'une heure à répéter à haute voix le message en question, j'ai décidé que tout cela était ridicule. J'ai enfilé une paire de jeans et un petit chandail, j'ai passé un manteau, et je suis partie chez lui.

Chapitre 22

Arrivée devant son appartement, j'ai pensé un instant utiliser le double de ses clefs. Je l'aurais fait normalement, et c'était justement pour cette raison que je voulais le faire encore : afin que tout soit normal. J'ai sorti mon porte-clefs, j'ai hésité, et j'ai sonné, en jurant tout bas. Au bout d'une minute, j'allais sonner de nouveau quand la porte s'est ouverte. J'ai pris mon souffle et mon air le plus dégagé, et j'ai levé les yeux vers lui – il était pieds nus, en jeans et en t-shirt, et il me regardait sans rien dire. Il y a eu un petit moment en suspens – un moment d'attente. Je me suis rendu compte que j'avais reculé d'un pas quand il avait ouvert, et que je n'osais pas m'approcher.

« T'es en jeans, ai-je dit, et en t-shirt. » Je ne me souvenais pas l'avoir vu porter autre chose que des chemises.

Il a haussé les épaules. « Ça m'arrive. Pas eu le temps de passer chez le nettoyeur. » Il a levé la tête vers le ciel et plissé les yeux à cause du soleil qui se couchait déjà au bout de la rue. J'attendais qu'il me sourie, qu'il me dise d'entrer, mais il ne faisait rien, que cligner des yeux dans la lumière.

« Antoine, ai-je dit. Ça va ?

— Hmm hmm.

— Je peux entrer ?

— Mais oui. Viens. » Il m'a tourné le dos, et je l'ai suivi jusqu'au salon – il avait mis un disque de Stone Roses que j'aimais et j'ai souri derrière lui. Tout était plutôt en ordre, comme d'habitude – des piles de magazines sur la table, les CD tous alignés sur des étagères, les deux grandes bibliothèques avec leurs livres bien rangés, de chaque côté de la cheminée. La cuisine, qui s'ouvrait sur le salon, et la salle à manger étaient impeccables – les seuls ustensiles dont on se servait, de toute façon, étaient le shaker et le tire-bouchon. J'ai remarqué, sur la table de la salle à manger et sur celle du salon, deux gros pots de fleurs aux couleurs flamboyantes. Julie, la fleuriste, devait être passée dans la semaine.

« Julie est venue ? lui ai-je demandé.

— Oui. » Il s'est assis dans un fauteuil et m'a fixée droit dans les yeux, avec une insistance à laquelle je n'étais pas habituée. J'ai enlevé mon manteau et je me suis installée sur le divan qui lui faisait face. Il y avait un verre de vin sur la table, et un livre entrouvert : *Les Nourritures terrestres*, de Gide.

« J'ai lu ça, ai-je dit.

— Je sais, c'est à toi. Tu me l'as prêté, il y a trois ou quatre ans. Je l'avais jamais lu.

— Oh. » Je ne m'en souvenais plus, et j'avais de la difficulté à penser, à cause de son regard qui ne me lâchait pas.

« Tu veux un verre ? m'a-t-il demandé.

— S'il te plaît. »

Il s'est levé, et je l'ai regardé marcher. Normalement, ai-je pensé, je lui aurais dit que sa paire de jeans lui faisait de belles fesses. Mais je me suis tue, et j'ai pris une copie du *Vanity Fair* sur la table.

Antoine m'a servi mon verre en silence – j'étais déboussolée, je ne le reconnaissais plus et je me suis demandée, pour la première fois depuis que j'étais partie de chez moi, ce que j'étais venue faire ici. Quand il s'est rassis, j'ai dit : « Antoine.

— Quoi ? » Il avait un bras étendu sur l'accoudoir du fauteuil, l'autre replié, et il me fixait toujours, le menton appuyé sur son poing.

« Comment ça quoi ? lui ai-je dit. Quoi quoi ? L'atelier de Juliette... » J'ai fait un geste exaspéré.

« Quoi, l'atelier de Juliette ? On était saouls, c'est tout. »

J'étais renversée. J'ai failli lui crier : « Pardon ? C'est tout ce que tu trouves à me dire ? », mais je ne voulais pas avoir l'air trop bouleversée.

« O.K., ai-je dit. Ah bon. Je sais pas, j'avais pas eu de tes nouvelles, je me posais des questions.

— J'ai été occupé. J'ai vu ma mère. » Je me suis retenue pour ne pas ajouter « et Julie ». Il avait toujours le menton sur son poing, et il restait muet. J'ai tourné les pages du magazine sans les voir, pendant ce qui m'a semblé de longues minutes : je ne savais plus quoi dire, par où commencer – j'étais trop orgueilleuse pour faire valoir que nous n'étions pas *que* saouls. Je savais qu'il le savait lui aussi, de toute façon, et j'ai maudit, plus que jamais, la mauvaise foi dont il était parfois capable. J'allais lui faire remarquer, justement : « Tu es de mauvaise foi » quand il a dit : « Laisse-le. »

J'ai levé la tête vers lui. Il était dans la même position et me regardait toujours aussi fixement. J'ai demandé :

« Pardon ? avec une voix si faible qu'elle m'a étonnée moi-même.

— Laisse-le », a-t-il répété.

J'ai voulu dire « pour toi ? », mais j'en ai été incapable. J'entendais mon cœur, contre mes tympans, et je me sentais presque essoufflée.

« Antoine, de quoi tu parles ?

— Simon. Tu l'aimes pas. »

J'ai serré les lèvres. Son regard était toujours aussi intense et froid, et je me suis rappelé comment il pouvait être dur, parfois, avec certaines de ses anciennes maîtresses – je l'avais déjà entendu dire à une fille trop insistante : « Va jouer ailleurs. » Mais je n'avais jamais eu droit, moi, à ces yeux noirs et fixes qui étaient comme une accusation, une sommation de se taire. Il me tient à distance, ai-je pensé. S'il n'était pas comme ça, je ferais peut-être quelque chose. Mais je lui en voulais, de plus en plus. Alors j'ai dit : « Oui je l'aime », et j'ai vu dans ses yeux qu'il ne me croyait pas. « À quoi tu joues ? »

Il a laissé tomber la main qu'il avait sous le menton et s'est enfoncé dans son fauteuil : « Tu veux vraiment le savoir ? »

J'ai lancé le magazine par terre. « Mais qu'est-ce que tu fais ? Pourquoi t'es comme ça ?

— Je sais pas, Chloé. Pourquoi tu me le dis pas ? » Il avait un ton parfaitement calme, parfaitement froid qui m'a donné envie de le gifler ou de lui donner des coups de pied.

« T'es juste en tabarnak parce que je suis partie, lui ai-je dit en me levant. T'es pas capable de prendre ça, de te faire dire non. C'est ça, hein ? » J'étais moi-même de mauvaise foi : je savais que ce n'était pas que cela. Mais en le disant, j'ai réalisé qu'il y avait peut-être une petite part de vérité là-dedans. « Tu t'es jamais fait dire non,

Antoine. Et là, à cause de ton petit orgueil de macho, je suis pognée à endurer ça !

— Tu sais pourquoi je me suis jamais fait dire non ? » Il s'est avancé sur son fauteuil, puis il a dit, très lentement : « Parce que je ne passe jamais à l'acte avant d'être certain que la fille en meurt d'envie. Tu voulais ça, Chloé. Tu attendais rien que ça. Rien. Que. Ça.

— Fuck you.

— C'est ça.

— Non, fuck you ! C'est toi, Antoine. C'est toi avec tes osties d'affaires de pari, avec tes espèces de déclarations qui viennent huit ans trop tard, avec ton crisse d'orgueil, c'est toi qui... » Et, à mon plus grand dam, à mon infiniment grand dam, je me suis mise à pleurer. J'ai essuyé une larme, puis deux, et j'ai fermé les yeux, une main sur la bouche.

« Chloé... a dit Antoine.

— Non. » Je l'ai entendu se lever, et j'ai ouvert les yeux – son regard avait perdu toute sa froideur, et je me suis souvenu de ce que j'avais pensé le 31 décembre : il a peur du mal qu'il peut faire aux autres. Il a tendu une main vers moi, mais je l'ai repoussé, vivement, comme s'il m'avait brûlée. « Touche-moi pas ! » lui ai-je dit. J'avais trop peur de ses mains et de mon désir. J'ai vu dans ses yeux qu'il l'avait compris, mais il n'a pas semblé s'en réjouir, ou en tirer une quelconque fierté. Il avait l'air triste, et un peu fâché – mais pas contre moi.

« Écoute, a-t-il dit. Je... je suis désolé. Je voulais pas... je suis désolé. »

J'ai respiré profondément et j'ai essuyé mes joues avec ma manche.

« Je voulais pas te faire pleurer.

— Mais pourquoi, d'abord ? Pourquoi cette face-là ? Tu me regardes comme si j'avais décimé ta famille ! Qu'est-ce que tu pensais, que ça allait m'enchanter ?

— Je sais pas, je…

— Arrête de me dire que tu le sais pas !

— O.K. » Il s'est retourné et a placé ses deux mains derrière sa nuque. « Je peux pas avoir cette conversation.

— Pourquoi ? »

Il a passé une main dans ses cheveux. « Parce que, a-t-il dit, j'ai pensé à toi toute la semaine. Toute la semaine, Chloé. Et ça, ça me… je me comprends plus, O.K. ? Et ça me fait chier d'être le gars qui te fait pleurer et qui te dit des affaires comme : tu l'aimes pas, ça me fait chier. Peut-être que tu l'aimes, je sais pas. Je sais pas. »

Je voulais lui dire mille choses. Je voulais lui parler de l'atelier, de ses caresses presque timides, de tout ce qui venait de se dire, sous les mots. Lui dire que je ne pouvais faire le pas vers lui que j'avais tant envie de faire, parce que j'avais peur de lui, parce que je savais que je risquais bien plus que d'être simplement infidèle. Lui dire que, malgré tout ce qu'il pouvait craindre, un homme tel que lui ne pouvait que faire mal aux femmes.

« Chloé ? » Il s'est approché de moi, mais pas trop. « Pourquoi t'es venue ici ? »

Il ne me posait pas la question par défi – il voulait savoir. Et je ne pouvais pas lui répondre que je l'ignorais moi-même, que je me posais trop de questions, que j'avais besoin de lui, alors j'ai dit : « Je voulais te voir » et c'était vrai.

Nous étions tous les deux debout, au milieu du salon, et Antoine allait parler quand j'ai entendu une voix de femme, venant de l'entrée, qui criait : « Allô ? » Je me suis retournée, et Julie est arrivée dans le salon, avec un énorme bouquet de roses blanches et elle a dit : « La porte était débarrée, alors je me suis permis. Et puis regarde ce qu'ils allaient jeter ! Elles sont déjà ouvertes, elles dureront pas longtemps mais quand même… Oh ! Allô, Chloé ! »

Elle a posé son bouquet sur le petit banc près de la porte, et elle est venue vers moi, m'embrasser et me souhaiter une bonne année. J'ai pensé qu'elle allait remarquer que j'avais pleuré, mais elle a eu l'air de se douter de rien, se contentant de me demander comment j'allais, si j'avais passé un beau temps des Fêtes, si j'avais pris des résolutions. Je lui répondais machinalement, je ne pouvais croire qu'elle était là, qu'Antoine l'attendait et qu'il ne m'en avait pas parlé. Il la regardait, sans rien dire, et elle s'est finalement tournée vers lui : « Bon, c'est sûr, les gros machos, ça peut même pas offrir un bonjour quand des amies arrivent chez eux, mais salut quand même ! » Elle lui a donné un baiser sur la joue et une petite tape sur l'épaule, en riant légèrement pour lui signifier qu'il ne l'impressionnait pas du tout. Elle sait comment le prendre, ai-je pensé.

« Est-ce que tu viens souper avec nous ? m'a-t-elle demandé, et j'ai senti mon cœur s'effondrer lourdement.

— Non, ai-je répondu. J'allais partir. » J'ai pris mon manteau et je l'ai embrassée de nouveau, en lui faisant une foule de souhaits futiles pour la nouvelle année, puis je me suis approchée d'Antoine. « Je vais t'accompagner », m'a-t-il dit.

Devant la porte, j'ai levé la tête vers lui. « Je suis désolé, a-t-il répété. J'aurais dû te prévenir...

— Non, pourquoi ?

— Chloé... » J'ai secoué la tête, et j'ai ouvert la porte. Il m'a retenue par l'épaule, et m'a gentiment tournée vers lui. J'ai mis une main sur sa poitrine – je faisais des efforts surhumains pour ne pas pleurer. Antoine a dit : « Je t'appelle demain, d'accord ? », et j'ai hoché la tête avant de me glisser dehors. Je l'ai entendu répéter mon prénom, mais je ne me suis pas retournée.

J'ai marché rapidement vers le coin de la rue, dans l'air froid et vif, les bras croisés sur la poitrine, en écoutant le crissement de mes pas sur la neige et en essayant de ne penser à rien. Il faisait, vraiment, terriblement froid, et j'avais mal aux yeux, à cause des larmes qui étaient en train d'y geler. J'ai finalement trouvé un taxi et je me suis assise sur la banquette arrière, en frissonnant encore.

« Oui ? a demandé le chauffeur.

— Hein ?

— On va où, mademoiselle ? »

Je n'en avais aucune idée. J'ai pensé à Daphné, que j'aurais tellement voulu voir, mais qui ne revenait pas avant mon départ pour le Belize le surlendemain, à ma mère, et à Juliette. Je ne voulais pas être seule, surtout pas être seule avec l'image d'Antoine et des roses de Julie. Le chauffeur a répété « Alors ? », et je lui ai répondu d'ouvrir le compteur, que je devais réfléchir. Il a dit : « Comme vous voulez, mademoiselle », et j'ai mis une main sur mes yeux.

Juliette va me trouver ridicule, ai-je pensé, elle va me trouver complètement ridicule. Je devais m'être rendue chez elle en pleurant au moins douze fois, généralement à cause d'un homme, parfois pour différentes raisons, certaines plus graves, d'autres complètement idiotes. Puis je me suis dit que si une personne au monde était capable de m'accueillir, à bras ouverts, malgré tout le ridicule dont je pouvais me couvrir, c'était bien Juliette. Alors j'ai donné son adresse au chauffeur et j'ai souri, tellement cela devenait une habitude d'aller chercher réconfort et conseils dans la vieille usine de Saint-Henri.

Nous n'avions pas fait deux blocs que mon cellulaire a sonné (*Jingle Bells*, qu'Antoine avait sélectionné le soir de Noël et que je n'avais toujours pas changé). Je l'ai sorti nerveusement de mon sac, et j'ai vu que c'était lui. J'ai fait une grimace à l'appareil, et je l'ai relancé dans mon sac, puis, je me suis précipitée dessus et j'ai répondu. « Qu'est-ce que tu veux ?

— Que tu reviennes, a dit Antoine.

— Oh, je pense pas, mon gars.

— Chloé...

— Non, sais-tu quoi ? Tu vas me trouver casseuse de party, mais ça me tente pas d'aller souper avec toi et Julie.

— Julie est partie.

— Pardon ?

— C'était ridicule tout ça. Elle est pas conne, quand même, elle a bien vu que j'avais un air de bœuf et que, bon, il y avait comme un malaise...

— Un malaise ? Antoine, je m'en fous que tu aies mis Julie dehors, quoique c'est pas super gentil pour elle, mais moi, vraiment, je m'en fous. »

C'était, décidément, beaucoup plus facile d'être en colère contre lui quand il n'était pas devant moi. « J'ai pas envie non plus, figure-toi donc, d'aller me faire dévisager comme si j'étais une salope.

— Chloé, je t'ai dit que j'étais désolé.

— Oui bien, ça aussi, je m'en fous. » Je me suis arrêtée : j'avais envie de le blesser, un futile désir de vengeance.

« Reviens donc, a-t-il répété.

— Non.

— Mais je te dis je suis désolé. J'ai agi comme un cave. Je me comprends plus, Chloé.

— Oui, bien tout le monde se comprend plus. J'ai dû entendre cette phrase-là d'à peu près tout le monde que je connais depuis quelques mois. Ma sœur se comprenait plus, Juliette se comprenait plus – moi aussi, pour ton information, j'ai comme un peu de misère ces temps-ci.

— Reviens.

— Arrête de dire ça ! Qu'est-ce que je vais aller faire chez toi, Antoine ? » Il y a eu un silence – je savais qu'il pensait à la même chose que moi.

« Je peux pas aller chez toi. Ça marche pas, ça.

— O.K., O.K. On peut aller prendre un verre, on peut aller manger quelque part.

— Non, Antoine, je… non pas maintenant, je suis trop fâchée, je vais dire des niaiseries. » C'était totalement faux : ma seule et unique crainte était de céder à la tentation – j'avais trop envie de lui.

« Oh, Chloé… » Impossible de lui mentir, ai-je pensé. Il doit *entendre* mes phéromones.

« S'il te plaît, lui ai-je dit. J'ai besoin de m'asseoir et de penser à rien, O.K. ? S'il te plaît. »

Il a marqué une pause, puis m'a dit : « Mais est-ce que ça va ?

— Mais oui, ça va. Ça va.

— Chloé…

— Non, regarde, j'arrive chez moi. »

Il a soupiré. « Je vais t'appeler.

— Oui, oui. Faut que j'y aille. O.K. ? S'il te plaît.

— O.K. Bye, alors.

— Bye. » J'ai raccroché et j'ai renversé la tête sur le dossier, en poussant une série de soupirs et en me frottant le visage. Je ne savais pas par où commencer, par où prendre la situation – mais je savais que j'étais bouleversée et, surtout, terriblement excitée, et que c'était justement cela le pire. Mon téléphone, que je tenais toujours dans ma main droite, a sonné de nouveau, me faisant sursauter démesurément. C'était Simon, qui appelait du restaurant. J'ai pris une grande inspiration, et j'ai répondu.

« Allô.

— Salut, mon amour. » J'ai fermé les yeux : sa voix m'apaisait toujours, sa présence, même au bout du fil, me rassurait. Il est tout ce qu'il y a de bon, de bien et de solide dans ma vie, ai-je pensé.

« Comment tu vas ? a-t-il demandé.

« — Pas pire. Je m'en vais chez Juliette. Toi, ça va ?

— Mais oui. C'est ma dernière journée avant le voyage.

— C'est vrai...

— Je me sens un peu mal vis-à-vis de l'équipe, mais bon... disons que j'ai de la misère à leur faire croire que ça me brise le cœur de partir dix jours dans le Sud avec la femme que j'aime. »

J'ai souri. On était loin d'Antoine et de ses yeux noirs qui me remuaient si violemment. Simon, avec sa voix douce et ses yeux bleus comme la nuit, était un havre. J'ai pensé au Belize et je me suis dit, en voulant y croire, que tout s'y réglerait peut-être, que je trouverais dans l'amour de Simon, dans la chaleur et dans le rythme de l'océan quelque chose comme une certitude.

« J'ai hâte de partir, lui ai-je dit.

— Moi aussi. » Le taxi s'est arrêté devant la vieille usine.

« Je suis arrivée, mon chéri.

— Je voulais juste te dire bonne soirée.

— O.K. Je t'aime, tu sais.

— Moi aussi, mon amour. »

J'ai raccroché, en soupirant de plus belle, et je me suis penchée pour payer le chauffeur. Il a pris l'argent et m'a dit : « Vie mouvementée, hein ? » Je lui ai lancé un regard mauvais : « Mêlez-vous donc de ce qui vous regarde, vous !

— Oh, faut pas se fâcher, la petite dame ! On peut pas faire autrement qu'entendre, hein ?

— Ouais, ouais. » J'ai claqué la porte et j'ai couru jusque chez Juliette.

Marcus est venu m'ouvrir, en caleçon et en gougounes.

«Oh, Chloé ! Chloé ! Chloé !

— Marcus… est-ce que ça t'arrive de porter du linge, des fois ? Il fait moins 35 !

— Pas ici, sweetie », et il s'est déhanché lascivement.

«O.K., O.K., lui ai-je dit. Est-ce que Juliette est là ? Il faut vraiment que je la voie.

— Dans l'atelier. » Il a indiqué le fond de l'appartement avec un geste qui faisait tellement gay que je me suis mise à rire.

«Merci, Marcus. » Je suis entrée sans prendre le temps d'enlever mon manteau, et j'ai presque couru vers l'atelier. Juliette était devant un des tableaux, en train de faire une activité que je n'aurais su identifier – elle portait des gants chirurgicaux et, d'où j'étais, semblait être en train de caresser la toile.

«Allô ! » ai-je dit. Je me suis plantée dans le cadre de porte, et j'ai regardé résolument à ma gauche, où Antoine et moi nous étions tenus plus d'une semaine auparavant. Je fixais le mur, le plancher, la lampe qui avait été remise à sa place, comme si j'avais pu trouver en eux une réponse, une explication.

«Là », ai-je dit à Juliette, en pointant du doigt le lieu exact. Les idées et les mots se bousculaient à une telle vitesse que j'avais décidé qu'il serait plus simple de leur donner libre cours.

«Là, quoi ? m'a demandé Juliette.

— Le 31 décembre, avec Antoine. Oh… Furieux necking.

— Quoi ?

— Contre le mur, là. À minuit. Quand je l'ai trouvé. Il m'a embrassée. Je l'ai embrassé. Et, oh… Juliette, j'ai un problème.

— O.K., whoa, whoa, whoa minute. » Elle a enlevé ses gants et s'est mis les mains sur les hanches. «Parce que moi, je l'ai vu, là » – elle pointait une étagère à

400

environ deux mètres d'où je me tenais – « en train de baiser avec une fille qui n'était pas toi.

— On s'est embrassés, on a pas baisé. Juliette, ai-je répété, j'ai un problème.

— Oh. My God, a dit une voix derrière moi.

— Marcus ! a crié Juliette. Peux-tu arrêter d'écouter les conversations des autres ? »

Il l'a ignorée et a répété : « Oh. My God.

— Marcus, j'ai besoin de parler à Juliette et…

— Je vais chercher des drinks », a-t-il dit pour toute réponse, et je l'ai entendu qui courait dans le corridor. Juliette a fait un pas pour venir fermer la porte, mais je lui ai fait signe de laisser faire. « Au point où j'en suis, ai-je dit.

— Bon. Commençons par le commencement. Toi et Antoine, vous vous êtes embrassés.

— Oui. »

Juliette a hoché la tête, un grand sourire sur les lèvres. « Je le savais, a-t-elle dit. Je le savais tellement que ça allait finir par arriver ! Et puis si tu penses que j'avais pas remarqué que tu étais toute à l'envers depuis le 31… Je me suis bien demandé ce qui avait pu se passer. J'ai pensé que c'était peut-être ça, ou alors je me suis dit que vous aviez peut-être eu une conversation… » Elle a tapé des mains, l'air ravi. « Ha ! J'en reviens pas ! Extraordinaire. Hé ! Mais c'est vous qui avez cassé ma lampe !

— Ouaip.

— Ah ben tabarnak… » Elle avait l'air de trouver tout cela extrêmement drôle. « Mais c'est pas grave ! On s'en fout ! C'est extraordinaire.

— Non, c'est pas extraordinaire, Juliette. C'est un problème. »

Marcus est entré au même moment, un peu essoufflé, avec une bouteille de rhum jamaïcain sous un bras, un carton de jus de papaye sous l'autre, trois verres dans une main, et quelques limes dans l'autre. « O.K. ! a-t-il dit, en commençant tout de suite sa préparation. Des détails, des détails, des détails ! Oh... que j'aimerais me faire embrasser par Antoine, moi.

— Non, ai-je répondu. Tu n'aimerais pas te faire embrasser par Antoine, parce que tu aimes Michel. Tu te souviens ?

— Oh, bien sûr, bien sûr, a-t-il dit. Je me sentirais coupable, terriblement. Mais... » Il a fait un petit sourire rêveur. « ... hmm. Ça doit être bien, non ? Il embrasse pas bien, Antoine ?

— Mais oui, il embrasse bien ! ai-je crié. Il embrasse divinement bien ! C'est ça mon problème !

— Too hot ? a demandé Marcus.

— Oh, mon Dieu, ai-je soupiré. Juliette, c'était... » Je ne l'avais pas encore formulé, même pas dans mes pensées. « C'est la chose la plus cochonne qui m'est arrivée de ma vie.

— Et vous avez pas baisé ?

— Pas baisé, rien.

— Pas même un peu de... ? » Marcus a mimé successivement et très rapidement une branlette, ensuite une pipe, puis quelque chose de non identifiable, un claquement de doigts qui devait être, selon lui, la manière dont on caressait un clitoris.

« Non, ai-je dit. Ri-en. » Nous étions assis tous les trois en indien, avec la bouteille de rhum au milieu de notre petit cercle et je me suis rendu compte que je souriais de plaisir, au souvenir de ce qui s'était passé, mais aussi parce que je pouvais enfin en parler.

« Il a même pas touché mes seins, ai-je ajouté.

— T'es sûre que c'était Antoine ? » a demandé Juliette, ce qui nous a tous fait rire. Je leur ai parlé de la soirée plus en détail, jusqu'à ce que Marcus me demande : « Mais après ? Après ?

— Après, rien. Jusqu'à cet après-midi. J'arrive de chez lui. »

Il y a eu deux « oh my God » surexcités devant moi et j'ai souri, plutôt fière de mon effet.

« Vous avez baisé, a dit Juliette.

— Oh non. Teeeeeellement pas. » Je leur ai raconté son regard froid, ses « laisse-le », mes larmes, l'arrivée de Julie, le téléphone dans la voiture. Ils étaient pendus tous les deux à mes lèvres, et Marcus ajoutait sans cesse du rhum dans mon verre, en répétant des « my, my, my » ahuris.

« Oui, bien, a dit Juliette quand j'ai eu fini, je pense que c'est clair, hein ?

— Quoi ?

— Mais il est amoureux de toi, Chloé. Il est amoureux de toi.

— Non, non. C'est Antoine, c'est pas...

— Chloé... », a insisté Juliette. Puis elle s'est mise à énumérer sur ses doigts : « Il a pas touché à tes seins. Il a pas essayé de te rentrer dans le mur, comme il l'aurait fait avec n'importe quelle fille.

— Un punishment fuck, a interrompu Marcus.

— Pardon ?

— Punishment fuck, ai-je répété à Juliette. T'as jamais entendu l'expression ? Antoine nous a sorti ça, l'autre jour. Quand tu prends une fille, debout, contre un mur, bang bang bang, il dit que ça s'appelle un punishment fuck.

— J'adoooooore cette expression, a soupiré Marcus.

— C'est pas un peu... violent ? a demandé Juliette.

— Oui ben, c'est pas vraiment une punition, Juliette, dans la mesure où tu prends ton pied toi aussi, ai-je dit. C'est sûr que c'est pas une baise tendresse, mais...

— Une baise tendresse ?

— Ça, c'est une expression de ma sœur. Quand tu baises doucement, si tendrement que le drap du dessous est même pas déplacé. Mais pour ce qui est du punishment fuck, ça a son charme aussi. Tu sais, bang bang bang. »

Marcus s'est mis à rire et Juliette a dit : « Oui, oui, ça va... je me suis déjà envoyée en l'air, je vous rappelle, dans un passé quand même pas si lointain. Mais si je peux revenir à mon propos... » Elle a de nouveau levé la main, et a recommencé son énumération. « Donc : Antoine t'a pas touché les seins. Il t'a pas fait de "punishment fuck". Il a eu l'air blessé que tu sois partie. Il t'a dit qu'il avait pensé à toi toute la semaine. Il t'a dit "laisse-le". Est-ce que ça pourrait être plus clair ?

— Oh, je sais pas, ai-je dit. On parle d'Antoine, quand même...

— Moi, j'ai toujours pensé qu'il était amoureux de toi.

— Ah, Juliette, franchement... » J'ai fait un geste de la main, mais je devais me retenir pour ne pas sourire – je n'y croyais pas vraiment, mais c'était une idée qui me faisait infiniment plaisir.

« Je te le dis, a insisté Juliette. Il est juste en train de s'en rendre compte, c'est tout !

— Oui mais LA question, a dit Marcus, c'est : est-ce que toi tu l'aimes ?

— Mais... » J'ai réalisé que, jusque-là, j'étais tellement renversée, tellement bouleversée, que j'avais été incapable de faire la distinction entre amour et désir. Je ne savais même pas si je les confondais ou si, justement, je refusais de voir que l'un se cachait derrière l'autre.

« Mais, ai-je répété, je ne peux pas aimer Antoine. » C'était, à ce moment, la seule pensée constructive que j'avais. « Je peux pas aimer Antoine. J'ai Simon. Simon ! ai-je répété, pour leur faire comprendre.

— Oui, a dit Juliette, c'est sûr que t'as le meilleur gars du monde, mais… c'est pas ça, la question.

— Non, l'ai-je interrompue. Je pense que je suis juste obsédée par Antoine, parce que là j'ai quelqu'un d'autre et que je suis attirée par l'interdit, comme une ado attardée… Et puis à part de ça, c'est lui, avec toutes ses affaires de pari et de déclaration sur le tard ! Il est pas amoureux de moi, Juliette, il est juste excité parce qu'il peut plus m'avoir. »

Marcus a hoché la tête : « Ça serait son genre.

— Non, a dit Juliette. Je vous le dis moi : il t'aime.

— Mais arrête avec ça ! ai-je crié.

— Mais pourquoi ça te dérange tant ? m'a demandé Juliette. Parce que s'il t'aime, tu vas devoir prendre une décision ? C'est ça ?

— Non ! Juliette ! *Je peux pas* être avec Antoine. C'est Antoine ! Je peux pas être avec un gars qui fourre tout ce qui bouge ! Voyons !

— C'est juste ça, alors : tu as peur.

— Non !

— Chloé, a dit Juliette. Je te connais. C'était tout ce que tu attendais. Inconsciemment peut-être, mais…

— Ah je sais ! ai-je gémi. Je sais ! Ce rush-là, c'était… »

J'ai pris mon visage dans mes mains. « Oh, c'est épouvantable…

— C'était pas juste le rush que tu attendais, a dit Juliette. C'était Antoine. »

J'ai pointé un doigt vers elle. « Dis pas ça.

— Je t'ai vue, a poursuivi Juliette. Quand il a eu sa stupide idée de pari. Je t'ai vue.

— Arrête. Arrête. C'est pas ça, je… je suis juste complètement mêlée. Complètement complètement complètement. Je sais deux choses : Simon est l'homme le plus merveilleux que je connaisse, et j'ai envie d'Antoine. Ça, ces deux choses-là, j'en suis sûre. Le reste, je comprends rien.

— Et Simon, a demandé Marcus, tu l'aimes ?

— J'ai dit : le reste, je comprends rien. Je peux avoir d'autre rhum ? »

Marcus m'a préparé un autre verre, pendant que Juliette me caressait le dos en disant : « Hé, pauvre chouchoune. » Je lui ai souri. C'est le petit surnom qu'elle me donnait toujours quand elle voulait se moquer gentiment de mes drames existentiels. Je me suis levée et je suis allée marcher devant ses tableaux. Ils étaient magnifiques et imposants, et j'ai encore pensé qu'ils avaient quelque chose de religieux, de presque sacré.

« Tu sais, ai-je dit à Juliette, j'aimerais ça, moi aussi, avoir le don de m'exprimer comme ça. Avoir ce genre de refuge. »

Juliette se levait pour venir me rejoindre quand la porte de secours s'est ouverte et qu'Antoine est apparu, sans manteau, dans un grand courant d'air glacé.

Chapitre 23

J'ai entendu Marcus dire « Oh God. Le Survenant », et j'aurais ri, si je n'avais pas été aussi abasourdie. Antoine lui a envoyé un petit salut, puis il a fermé la porte et il s'est retourné, d'abord vers Juliette, ensuite vers moi. Il a souri : « J'ai pensé que tu serais ici », mais j'étais trop sidérée pour répondre quoi que ce soit. Puis il a descendu les marches de fer et nous a regardés tous les trois tour à tour – Marcus, à moitié nu et toujours assis à l'indienne devant la bouteille de rhum, Juliette debout au milieu de la pièce et moi, près de la grande toile.

« Mais quoi ? a-t-il dit. Êtes-vous vraiment étonnés de me voir ici ? » J'ai réfléchi rapidement : si j'y pensais rationnellement, non, ce n'était pas vraiment étonnant. Mais j'avais, disons, beaucoup de difficulté à user de rationalité, là, comme ça, avec mon rhum, devant Antoine qui venait d'entrer.

« Oui, a finalement dit Juliette. J'aurais dû y penser.

— Me semble, a dit Antoine. Enfin, je sais pas ce que Chloé vous a raconté, mais à en juger par vos airs, je pense que vous êtes au courant de quelques petites choses. »

Avec son pouce, Marcus a indiqué le mur, derrière lui, où je leur avais dit que nous nous étions embrassés. Antoine s'est passé une main sur le visage, puis il a souri, l'air presque gêné, et il m'a demandé : « Est-ce que tout le monde pense que je suis un chien sale, maintenant ?

— Non ! ai-je répondu. Pas du tout. Pas du tout. Hein ? J'ai pas dit qu'il était un chien sale.

— Oh que non ! » a crié Marcus. Je lui ai fait de grands yeux, et il s'est mis une main sur la bouche.

« Je suis passé chez toi, a poursuivi Antoine. Parce que, je te rappelle, tu m'as dit que tu allais chez toi.

— Oui bien…

— En tout cas. T'étais pas là, évidemment, et après je me suis dit que j'étais quand même pas pour te poursuivre à travers la ville comme un psychopathe, mais j'avais pas envie de retourner chez nous, donc je suis venu ici. C'est en m'en venant que j'ai pensé que tu devais avoir fait la même chose.

— Oh… » C'était la pensée la plus concrète que je pouvais formuler. Antoine, lui, était parfaitement cool, comme s'il ne s'était rien passé, comme s'il n'y avait pas eu, dans l'après-midi, ces regards froids et ces mots passés sous silence.

Marcus s'est levé, puis il a dit, en faisant des clins d'œil caricaturaux en direction de Juliette : « Oui, bien nous, on va peut-être aller finir le rhum ailleurs, okee dokee ?

— Non ! me suis-je écriée.

— Non, a dit Antoine en s'approchant de Marcus. Chloé ne me fait pas confiance. » La vérité était que je ne *me* faisais pas confiance, et tout le monde le savait, mais il avait eu la décence de ne pas le dire. « Par contre, a-t-il ajouté, je prendrais peut-être un verre s'il t'en reste.

— Oui, bien sûr ! Bien sûr ! » Marcus lui a fait un petit sourire coquet, et il est sorti de l'atelier.

« Bon, a dit Juliette. Je veux pas me mêler de ce qui me regarde pas, mais il me semble que vous auriez peut-être besoin de vous parler, vous deux, non ?

— Qu'est-ce qu'elle t'a raconté ? lui a demandé Antoine.

— Juste ce qui s'est passé, ai-je répondu. Ici. Puis chez toi, cet après-midi. Antoine, je pouvais pas ne pas en parler à quelqu'un. Tu me connais.

— Je sais, ma chérie. » J'ai tressailli en l'entendant m'appeler « ma chérie », même s'il le faisait depuis toujours. « D'ailleurs, c'est exactement pour ça que je suis ici, moi aussi.

— Oh, merveilleux, a soupiré Juliette. Si vous permettez, je vais aller chercher mon divan de psychologue, et ma fausse barbe de Sigmund Freud. » J'ai souri et j'ai aperçu, derrière Juliette, Antoine qui levait les yeux au ciel : nous savions tous les deux qu'elle adorait jouer à la psychologue.

« C'est correct, a dit Antoine. Je vais t'épargner. Chloé t'a déjà tout raconté, non ? » J'ai vu que Juliette était un peu déçue. Marcus, qui venait d'entrer avec un autre verre, a eu l'air carrément catastrophé.

« Mais non, a dit Juliette à Antoine. Tu dois avoir ta version des faits, non ? »

Il lui a souri : « T'es pas capable de résister, hein ?

— Non ! a répondu Marcus. On veut savoir ! Des détails, des détails, des détails ! »

Antoine riait, les mains dans les poches de son pantalon. Comment pouvait-il passer de l'état dans lequel je l'avais trouvé cet après-midi à cet état-là ? Soit il est très fort, ai-je pensé, soit il s'en fout éperdument. Et j'ai réalisé que je l'aurais préféré encore fâché, encore bouleversé, quitte à avoir à affronter de nouveau son regard noir – c'était moins dur que cette joyeuse insouciance. Je le trouvais tellement beau, tellement sexy ; je me sentais comme lorsque je l'avais rencontré et qu'il me faisait chavirer, seulement maintenant, huit ans avaient passé, et il y avait Simon, et l'amour.

« Come on ! a répété Marcus. Des détails ! »

J'ai posé mon verre sur le rebord d'un chevalet, et j'ai écarté les bras : « Pardon, mais est-ce que je suis seule ici à trouver que toute cette situation est complètement fuckée ?

— Ben... a dit Juliette, j'ai toujours dit, tu sais...

— Dit quoi ? a demandé Antoine.

— Mais que... » Elle a regardé par terre, en faisant un geste de va-et-vient entre Antoine et moi. « ... que vous deux... à un moment donné... quelque chose...

— C'est clair, ça, d'abord ! a dit Antoine en riant.

— O.K., ça va faire ! me suis-je écriée. Je suis désolée, mais je vais pas rester ici pendant que vous jasez de ça, c'est ridicule. Antoine, c'est à ton tour, il reste du rhum, raconte-leur ce que tu veux leur raconter, moi, je sacre mon camp.

— Non, t'en va pas », a dit Antoine. Pour la première fois depuis son arrivée, il m'a regardée comme il l'avait fait sur le pas de sa porte avant que je ne le quitte, quelques heures plus tôt, et j'en ai ressenti un tel plaisir que j'ai détourné la tête et que j'ai répété, presque sèchement : « Non, je vais partir. »

Il est venu vers moi. Je l'ai regardé s'approcher, immobile, jusqu'à ce qu'il soit presque collé contre moi. « Reste, a-t-il demandé. S'il te plaît.

— Non... »

Il a caressé mon visage, doucement, puis a replacé une mèche de cheveux derrière mon oreille droite. S'il m'embrasse, ai-je pensé, s'il se penche, je ne serai pas capable de le repousser. J'ai tourné la tête, sans conviction, et j'ai aperçu Marcus, près de la porte, qui suivait la scène avec un tel intérêt que je n'aurais pas été étonnée de le voir sortir un sac de pop-corn. J'ai dit : « Je crois que c'est la situation la plus absurde que j'ai jamais vécue », et ça a fait sourire Antoine.

« Bon, a dit Juliette. Moi, je vais vous abandonner deux petites minutes, d'accord ? Marcus, viens-t'en.

— Mais… », a dit Marcus pendant que Juliette l'entraînait par le bras. Ils sont sortis de l'atelier, sans fermer la porte – j'aurais parié assez cher qu'ils étaient juste à côté, en train de tendre l'oreille comme jamais dans leurs vies.

« Écoute, a dit Antoine.

— Non, Antoine… je vais y aller. Vraiment.

— O.K., O.K. » Il parlait tout doucement. « Je voulais juste m'excuser encore. J'ai repensé à tout ce que je t'ai dit, Chloé, et c'était vraiment minable.

— Non, arrête… » Il était toujours près de moi, une main posée sur mon bras droit.

« T'avais raison. C'est mon orgueil. » J'ai levé les yeux vers lui. « Hé, a-t-il lancé. Je viens d'admettre que j'ai péché par orgueil. Moi. J'espère que t'as noté la date et l'heure. » J'ai laissé échapper un petit rire.

« Ça va, lui ai-je dit. C'est correct.

— J'avais pas d'affaire à dire tout ça. J'avais pas d'affaire à faire ça, non plus.

— Mais non, Antoine. C'est quand même pas comme si tu m'avais tordu un bras… » Il a souri, et j'ai vu passer dans ses yeux une petite lueur que je connaissais bien. « C'est pas juste moi, hein ? C'était vraiment…

— Non, ta gueule ! » J'ai levé un doigt autoritaire devant lui – et pour la première fois depuis le début de notre conversation, j'ai été capable de sourire librement. « Ta gueule, ai-je répété.

— O.K., a-t-il dit en riant. Tes désirs sont des ordres, ma chérie.

— En fait, c'était un ordre, Antoine.

— Alors, tes ordres sont des désirs, c'est encore plus joli. »

Comme je l'aime, ai-je pensé.

« Tu veux pas aller souper demain ? m'a-t-il demandé. Juste pour que je puisse encore me confondre en excuses pendant quelques heures ?

— Non, je peux pas, je... » J'étais presque gênée de lui répondre. «... je pars pour le Belize après-demain, à quatre heures du matin. » Il a eu l'air blessé, mais si brièvement que je n'ai pas su s'il s'agissait de ce que je voulais voir ou de ce qui était.

« C'est vrai, m'a-t-il dit. J'avais oublié. Alors, pourquoi tu restes pas ce soir, d'abord ?

— Je sais pas...

— Allez, on va boire du rhum, on va écouter les histoires de cul de Marcus... allez. T'es pas pour partir au Belize et me laisser avec toute cette culpabilité-là.

— Mais tu voulais parler à Juliette...

— Je voulais te voir, niaiseuse. Et j'aurai tout le temps, quand tu seras au Belize, pour lui parler de toi. » J'ai souri, et je me suis demandé si une nuit avec lui constituerait une infidélité – j'avais terriblement envie de lui et j'aurais voulu qu'il me dise que lui aussi, qu'il ne pensait qu'à cela, mais qu'il se retenait, par noblesse et par amour pour moi.

« Alors, tu restes ? m'a-t-il demandé.

— Ouais... O.K.

— Viens-t'en, alors. Ces deux innocents-là doivent être en train de nous écouter de toute façon, alors aussi bien aller parler devant eux. »

Juliette et Marcus étaient debout devant la chambre de Marcus, et ils discutaient d'un air parfaitement innocent.

« Ah, vous voilà ! a lancé Marcus.

— Oui, c'est bien, a dit Antoine, vous avez eu le temps de vous rendre de la porte de l'atelier à celle de ta chambre. C'est bien, parce qu'on n'y voit que du feu.

— Je sais pas de quoi tu parles, a dit Juliette sur un ton faussement vexé. Donc, vous avez discuté ?

— On a discuté, ai-je dit. Et si ça vous dérange pas, je resterais peut-être à souper.

— Qui a dit que vous étiez invités à souper ? a demandé Juliette.

— Très drôle… » a répondu Antoine en la prenant par les épaules et en l'entraînant vers la cuisine, pendant que Marcus me murmurait : « Il est tellement hot… et tellement gentil. Il a bien joué ça, je pense.

— Marcus ! a crié Juliette.

— Oui, oui, pardon. Hé ! Ça vous tente que je fasse mon poulet à la broche ? »

Assis sur de grands tabourets, autour de l'îlot central de la cuisine, nous avons regardé Marcus faire mariner son poulet avec amour, puis l'épicer avec une précision scientifique et enfin l'embrocher, pour le faire cuire à la créole au-dessus du gril d'un des deux poêles. Il avait fabriqué lui-même ses ustensiles, une broche et deux tréteaux, et il tournait patiemment et régulièrement le poulet, en buvant du vin d'Alsace et en nous expliquant qu'il pouvait en faire cuire cinq d'un coup, ce qui me semblait impressionnant, mais rarement utile.

Antoine était assis à côté de moi, et il me touchait de temps en temps l'épaule ou le bras, mais avec son naturel de toujours – par moments, je croyais déceler dans son regard quelque chose, le reflet d'un souvenir, peut-être, ou un regret. Je me disais que mes regrets aussi devaient transparaître et que Juliette et Antoine pouvaient sans doute voir que j'aurais voulu, encore une fois, m'abandonner dans ses bras. Mais j'étais heureuse, aussi – je n'aurais pas supporté l'idée de voir mon amitié avec lui être le moindrement altérée. Et nous étions là, comme avant, comme toujours, et je me répétais que c'était tout ce qui comptait.

Le poulet de Marcus, comme presque tout ce qu'il faisait, était merveilleux. Il nous l'a servi avec du riz et des fèves vertes, et il a placé au milieu de l'îlot une petite sauce qu'il faisait lui-même à base de piments jamaïcains et qui était, selon Antoine, une arme de destruction massive. Nous en mangions quand même, pour frimer et pour faire rire Marcus, et nous riions, les joues rouges et les yeux pleins d'eau, en nous donnant des tapes dans le dos et en nous tenant la gorge. Marcus, lui, en prenait de petites cuillerées qu'il avalait fièrement, en hochant la tête et en disant : « Bande de néophytes… »

J'aurais voulu discuter encore avec Juliette, lui raconter tout, tout, tout – pour le plaisir de parler d'Antoine, je suppose. Mais, pour le moment, il fallait attendre. « On va voir », était ce que je pensais. On va voir à mon retour du Belize, on va voir au Belize – je me disais que, peut-être, tout allait magiquement rentrer dans l'ordre, ne laissant qu'un souvenir délicieux mais non douloureux, rien à voir avec ces images qui me tenaillaient encore le bas-ventre.

Je suis partie vers une heure du matin – nous avions fini le poulet, fini le vin d'Alsace, et fini les petits gâteaux au miel. J'avais enlacé Juliette et Marcus, et Juliette m'avait regardée droit dans les yeux : « On se reparlera quand tu vas revenir, hein ? Il faut que tu fasses ce que tu as à faire. » Ce qui eût été fort utile si j'avais su ce que c'était, justement, que j'avais à faire.

Nous étions tous les quatre près de la porte. Je mettais mon manteau, en faisant les promesses d'usage de « je vais me baigner à votre santé » et « je vais boire un piña colada en pensant à vous ».

« Salut, ai-je dit à Antoine.

— Ma princesse. » Il m'a prise dans ses bras et m'a serrée contre lui. J'ai enfoui mon nez dans le creux de son cou, pour le respirer une dernière fois avant de partir, et j'allais me retirer quand il m'a embrassée sur la joue. Puis il s'est penché vers mon oreille et a murmuré : « Tu me donnes le vertige, Chloé. »

« Tu me donnes le vertige ? a répété Juliette, au bout du fil. Wow. »

Il était vingt heures trente, le lendemain de notre petite soirée – j'avais fait mes bagages et j'attendais Simon, qui était allé faire un dernier tour à son restaurant, pour se donner bonne conscience. Il devait revenir vers vingt et une heures, et je tournais en rond, en espérant un appel d'Antoine qui ne venait pas, et en finissant un fond de vin blanc qui traînait dans le réfrigérateur. N'y tenant plus, j'avais finalement téléphoné à Juliette – je voulais savoir si Antoine lui avait parlé après mon départ et, surtout, lui raconter cette histoire de vertige.

« C'est joli, a dit Juliette.

— Oui. À moins qu'on prenne ça plus au pied de la lettre et que ça veuille dire que je lui donne vaguement mal au cœur.

— J'en doute fort.

— Ouais, je sais. » J'ai souri, et j'ai pris une poignée de bretzels dans un bol posé près de moi sur le sofa.

« Qu'est-ce que tu manges ? a demandé Juliette.

— Bretzels. Tu sais que j'haïs les bretzels ? J'ai aucun plaisir, actuellement. Mais quand il y a des bretzels, je peux pas ne pas en manger.

— C'est comme les crottes de fromage, a dit Juliette.

— Ah non, j'aime les crottes de fromage. Les bretzels, c'est différent. Il y a une relation dégoût-compulsion qui n'est pas sans intérêt. Je sais pas s'il y a déjà des psychanalystes qui se sont penchés là-dessus.

— Sur les bretzels spécifiquement ? Je parierais pas là-dessus.

— Quand même. C'est une métaphore très intéressante. Ou alors une manifestation plus superficielle d'un autre genre de conflit intérieur.

— Tu veux en venir où, exactement ? a demandé Juliette.

— Aucune idée. J'aurais bien voulu relier ça avec mon affaire avec Antoine, mais ça marche pas vraiment. Dans la mesure où, évidemment, j'haïs pas Antoine et donc je peux pas vraiment le comparer aux bretzels.

— Évidemment », a dit Juliette.

J'ai cassé un petit bout de bretzel et je l'ai lancé à Siffleux, qui l'a reniflé brièvement avant de le croquer.

« Tu sais quoi ? ai-je dit à Juliette. Je pense qu'il me drague.

— Antoine ?

— Oui. J'ai comme eu cette drôle d'impression-là, hier soir. Il me drague.

— C'est normal, a dit Juliette. Dans la mesure où il veut te séduire...

— ... d'abord, l'ai-je interrompue, on est pas sûres de ça.

— Oh, voyons, Chloé ! Ça saute aux yeux ! Et toi aussi, en passant, tu le dragues.

— Pardon ? me suis-je écriée comme une vierge offensée.

— C'est pas de la drague comme "salut, bébé !" a poursuivi Juliette, mais tu flirtes, à ta façon. La manière dont tu le regardes, le fait que tu le touches moins qu'avant...

— Attends, t'es en train de me dire que le fait de le toucher moins constitue de la drague ? T'es vraiment perverse, hein ?

— Mais pas du tout. Attends deux secondes. » Elle a quitté la ligne, puis est revenue en disant « 'Scuse », la bouche pleine.

« Qu'est-ce que tu manges ?

— Des bretzels, tu m'as donné le goût. Donc pour en revenir à ce que je disais, oui, ça constitue de la drague. Comme le fait qu'il ait pas essayé de t'embrasser hier soir dans l'atelier. Vous toucher, vous embrasser, ce sont des gestes qui auraient été prévisibles. Il fait attention à toi. Et toi, en ne le touchant pas, tu démontres que t'as peur de le toucher.

— C'est peut-être un peu tiré par les cheveux, Juliette.

— Ttt ttt ttt. Je te dis, moi. Depuis que je suis célibataire, je vois ces choses-là. C'est comme les moines, tu sais. Ils sont plus sensibles aux mouvements de l'âme des autres...

— O.K., Ju. Que tu aies raison ou pas, c'est quand même un peu étonnant, non ? Il me semble qu'on est rendus ailleurs ? Ça fait huit ans qu'on se connaît. On a baisé sur des lavabos dans des toilettes de bar. Est-ce bien nécessaire de me draguer ? Maintenant ? »

Juliette a réfléchi un moment. « C'est Antoine, a-t-elle dit. C'est son premier moyen d'expression. Faut pas que tu oublies ça. C'est sa façon d'aborder les autres. Il charme les gens. Même les hommes, même tes parents, même les filles dont il ne veut rien savoir...

— Oui, c'est vrai. C'est bizarre, quand même.

— Dans le fond, il t'a toujours chanté la pomme, a dit Juliette.

— Je sais mais là il y a comme un deuxième degré... » Je me suis arrêtée et j'ai secoué la tête : « En même temps, c'est peut-être juste moi qui veux voir ça.

— Peut-être aussi, a dit Juliette, ce qui m'a un peu vexée. Il va falloir que tu te décides, Chloé. Tu peux quand même pas continuer à espérer qu'il te drague et qu'il veuille te prendre dans des coins noirs et, en même temps, le repousser et répéter que tu aimes Simon.

— Je sais, je sais… »

Juliette a ri et a dit : « Vous êtes tellement pareils, tous les deux ! Vous voudriez chacun pouvoir continuer à faire vos petites affaires, mais en sachant que l'autre est là qui attend votre bon vouloir. En plus, vous vous complaisez là-dedans. »

Je n'ai rien dit : elle avait encore une fois raison.

« Juliette ?

— Quoi ?

— Est-ce qu'il t'a parlé de quelque chose hier soir ? Après que je suis partie.

— Je lui ai demandé s'il était amoureux de toi. »

Mon cœur a fait un gros bond – j'ai pris une autre poignée de bretzels que j'ai engouffrés d'un coup. « Qu'est-ce qu'il a dit ?

— Qu'il ne se comprenait plus.

— Ah, ciboire ! ai-je crié à travers mon énorme bouchée de bretzels. Je commence à en avoir sérieusement plein mon casque du monde qui se comprend plus ! Comment ça, il se comprend plus ? Il m'a dit ça, hier, je me comprends plus ! Ça veut rien dire !

— Tu te comprends, toi ? »

Je suis restée coincée. « Bon, ça va, ai-je maugréé. Fais donc ta smatte. Non, je me comprends pas. Mais j'aimerais ça que quelqu'un, quelque part, se comprenne. Ça ferait un petit changement.

— Moi, je peux te dire une chose, a poursuivi Juliette. Quand Antoine dit qu'il ne se comprend plus, ça veut dire que, oui, il est amoureux. Ça lui est jamais arrivé, je te signale. Alors, c'est sûr que ça doit être un peu fourrant. Surtout qu'il s'agit de sa meilleure amie. Et puis il a peur de te faire mal, ça paraît.

— Mais c'est sûr, qu'il me ferait mal ! Crisse, je l'aime Antoine, mais tu le sais aussi bien que moi : ce gars-là est toxique.

— Il peut changer.

— Oh, ça m'étonnerait. Et puis, à part de ça, c'est pas important, ai-je dit. J'ai Simon.

— Tu as Simon. » Il y avait une pointe d'ironie dans la voix de Juliette.

« Pourquoi tu dis ça comme ça ? lui ai-je demandé.

— Parce que… c'est pas à moi de te dire ça, et ça va probablement me retomber sur le nez comme une tonne de briques, mais tu l'aimes pas, Simon. Je suis pas sûre que tu sois en amour avec Antoine. Je me le demande. Je sais pas si c'est juste du désir ou quelque chose d'autre, mais, en tout cas, ça démontre bien que tu n'es pas amoureuse de Simon. Tu cherches des portes de sortie. »

Je me suis frotté les yeux. J'avais eu cette idée, moi aussi. Confusément, mais quand même. Dans la solitude de ma chambre, je m'étais tenu les mêmes propos, et j'en avais eu de la peine. Mais je n'arrivais pas à me formuler à cet égard quelque certitude que ce soit. Et puis Juliette ne connaissait pas Simon comme je le connaissais. Elle ne savait pas sa douceur et sa générosité quand nous étions seuls tous les deux, elle ne savait pas que près de lui, j'avais parfois l'impression d'avoir des réponses.

« Tu sais, ai-je dit, ça va totalement te retomber sur le nez si je reste avec Simon.

— Tu dis " si ". On ne dit pas " si " quand on est amoureux par-dessus la tête.

— Oh, arrête… » J'ai lancé un autre bout de bretzel à Siffleux. « C'est pas de l'enculage de mouches, tout ça ?

— De l'enculage de mouches… a dit Juliette. Je suis pas certaine que l'expression soit très heureuse… »

J'ai ri. « Tu comprends ce que je veux dire.

— Mettons, a dit Juliette.

— Je devrais juste me fermer la gueule et attendre de voir ce qui va se passer.

— Tu peux pas faire ça, Chloé. Il y a des gens d'impliqués.

— Eh, merde... je le sais. Je dois plus que ça à Simon.

— Et à Antoine.

— Oh, lui, ça va, hein ! Je te signale qu'il y a huit ans, monsieur voulait rien savoir. Alors, j'irai pas me sentir coupable aujourd'hui. »

Juliette a ri : « Oui, tu pourrais venger les centaines de filles qu'il a dû faire chier depuis qu'il a 16 ans...

— Seize ans ? Treize ans ! Il a commencé à 13 ans. Avec les amies de ses grandes sœurs.

— Hé, boy... a dit Juliette. Ça fait vingt-trois ans, ça. Combien de filles tu penses qu'il a pu avoir en vingt-trois ans ?

— O.K., tu vois : c'est exactement le genre de choses que j'aime mieux pas savoir. Ça te tenterait, toi, d'être la 978e sur son tableau de chasse ?

— En tout cas, ça t'a pas dérangée il y a huit ans. Quoique là, tu devais être juste la 743e, c'est presque rien. Sérieux, tu lui as jamais demandé avec combien de filles il avait été ?

— Non ! Je veux pas le savoir ! me suis-je écriée. Et en plus je suis même pas sûre qu'il le sache lui-même.

— Moi je trouve ça un peu séduisant.

— Quoi ?

— Je sais que c'est un peu rétrograde, mais j'ai toujours trouvé ça un peu séduisant, des gars qui avaient eu, comme, mille maîtresses.

— Hmm. Bof. C'est beaucoup, mille. Et si, oui, ça peut-être séduisant, mettons que ça inspire pas vraiment la confiance.

— Non, a dit Juliette. C'est sûr. » Je l'ai entendue s'ouvrir une bière. « Toi, t'as été avec combien de gars ?

— Moi ? Je sais pas. Une trentaine.

— Oh, come on ! a crié Juliette. Voir que tu sais pas le chiffre exact ! T'as dû faire des listes, comme je te connais.

— O.K., O.K… ai-je répondu en riant. Trente-quatre. Et je me souviens de tous les prénoms.

— C'est déjà ça.

— Tu peux bien parler, toi ! Tu te souviens du nom de l'Indien de Londres, d'abord ? » Juliette a éclaté de rire, et nous nous sommes mises à parler des « gars de Londres », une série de jeunes garçons d'origines ethniques très diverses que nous avions rencontrés lors d'un séjour prolongé dans une auberge de jeunesse : Federico l'Italien, à ne pas confondre avec Frederico l'Espagnol, Nicolas le Français, Ross le Sud-Africain, David l'Israëlien, Curtis l'Américain, plusieurs Australiens… et un Indien.

Il y avait eu beaucoup de va-et-vient entre les chambres et les lits et, un soir, Juliette s'était retrouvée avec un Indien de passage sur la terrasse extérieure. Ils avaient passé la nuit là et, le lendemain, l'Indien partait, laissant Juliette béate et épanouie – jusqu'à ce qu'elle se rende compte qu'elle avait oublié son prénom. Malgré toutes les recherches dans les livres de comptes de l'auberge, nous n'avions rien trouvé, si ce n'est sa signature, en hindi (ou plutôt, comme l'avait fait remarquer Ross le Sud-Africain qui était déjà allé en Inde, en marathe, puisque l'Indien était originaire de Mumbay. Puis quelqu'un avait fait valoir qu'on utilisait peut-être le même alphabet en hindi et en marathe – s'en était suivie une longue conversation sémiologique très peu conclusive et Juliette était rentrée au pays avec pour seuls renseignements sur l'identité de son amant un numéro de passeport, une signature en hindi, et deux initiales : un G qui aurait très bien pu être un S ou un J, et un M. Nous lui avions inventé une foule d'identités avec les quelques noms et mots indiens que nous connaissions : Gandhi Maharaja, Sanskrit Masala, Ganesh Madras – pour finalement nous arrêter sur Johnny Michaud : c'était peu probable, mais ça avait le mérite d'être drôle).

Nous nous sommes remémoré ces bons vieux souvenirs un long moment, pour finir comme toujours avec un « Faudrait y retourner, hein ? » auquel nous croyions toutes les deux de moins en moins. J'allais revenir sur le sujet d'Antoine, dont je ne me lassais pas, quand j'ai entendu la clé de Simon dans la serrure.

« Il faut que j'y aille, ma grosse.

— Ton homme arrive ? a demandé Juliette.

— Ouaip. Tu vas venir pour les chats, hein ?

— Pas de trouble. Diète pour Siffleux, normal pour les filles ?

— Exactement. Aux deux jours, ça va aller. Mais tu serais fine de rester un peu, des fois, pour...

— Je sais, m'a interrompue Juliette. Pour câliner Puce. T'en fais pas.

— C'est que... c'est une carencée affective.

— Je sais. Fais un beau voyage, ma grande.

— Merci.

— Et bonne chance. Dans tout.

— Merci, ma grosse. »

J'ai raccroché, et j'ai levé la tête vers Simon, qui me souriait.

« Qu'est-ce que tu dirais que je nous fasse une petite pâte ? » m'a-t-il demandé. Il a jeté un coup d'œil vers le bol, au fond duquel il restait un demi-bretzel. « Si t'as encore faim.

— Mais oui. J'ai toujours faim. »

Nous nous sommes embrassés, et il m'a dit : « Je pense qu'on va faire un sacré beau voyage.

— Moi aussi, mon amour. »

Et, vraiment, je le croyais.

Chapitre 24

Ma mère nous a tendu à chacune un martini.

« J'en reviens pas comme tu es bronzée, Chloé. Tu es sûre que tu as mis de la crème ?

— Oui, maman...

— Parce que le soleil du Belize est autrement plus fort que celui d'ici, tu sais. Et...

— Je suis déjà allée dans le Sud, maman...

— Non, c'est juste que je voudrais pas que tu...

— Maman ! a crié Daphné. Veux-tu bien la laisser tranquille ? Elle est pas rouge, elle a pas de cloques, elle est pas en train de se tordre de douleur à l'étage des grands brûlés, elle est juste bronzée.

— Je sais, a dit notre mère, c'est seulement que...

— MAMAN ! » avons-nous crié, Daphné et moi, en même temps, ce qui nous a fait rire toutes les trois. La tête de mon père est apparue dans l'encadrement de la porte et il a dit : « Ça va ?

— Oui, oui, lui a crié ma mère. Oh, je suis tellement contente qu'on se retrouve tous les quatre.

— Moi aussi, lui ai-je dit. Ça doit faire six mois qu'on n'a pas fait ça. C'était une bonne idée, Daphné. »

J'étais revenue du Belize trois jours plus tôt, et j'avais tout de suite appelé Daphné, qui avait proposé cette petite soirée « famille nucléaire exclusivement » – une occasion qui se présentait de moins en moins depuis qu'elle avait eu ses filles et qui, à cause de cela peut-être, nous semblait toujours un brin festive.

Mon père est arrivé au salon, avec un formidable bol de guacamole et un paquet de Tostitos. « Vous m'en direz des nouvelles, a-t-il dit. Depuis le temps que je travaille sur ma recette, je pense qu'elle est rendue im-peccable. » Il lui a fait lui-même les honneurs, puis il s'est assis à côté de ma mère et a demandé : « Alors, Chloé ! Le Belize ! Le soleil ! Hein ! Comment ! »

— C'était super, ai-je répondu. Super super.

— Super super, a dit Daphné, ou super super *super* ? »

J'ai ri, et je leur ai raconté, en détail, Belize City, puis le petit hôtel sur la plage, les cabanes de bois, les hamacs accrochés aux porches, les grands arbres et les journées oisives, les longues lectures qui vous laissaient tout alangui, l'amour à toutes heures, les poissons frais, les *caiperinas* dès seize heures, les parties de Scrabble à l'apéro, le soleil et la mer, le vent et le bruit des vagues.

Et Simon. Simon avait été parfait, comme toujours, seulement cette fois, sa perfection ne m'avait pas lassée. Elle ne m'avait pas rappelé mes torts et mes failles, elle m'avait simplement apaisée et rassurée, je m'étais répété mille fois par jour, alors que je le regardais en train de lire dans son hamac ou pendant que nous nous embrassions longuement dans les vagues, que je l'aimais. Et c'était une suite de jours clairs et beaux ; je réussissais presque à ne pas penser que je craignais pour cet amour, que je voyais les petites cabanes, la plage et la mer comme un écrin qui le préservait. Je réussissais même à ignorer le fait que cette joie presque victorieuse que je ressentais devant mon amour était peut-être justement la preuve de sa fragilité.

J'avais pensé à Antoine, un peu, furtivement, durant les premiers jours – mais je n'avais pas eu à me faire violence, comme à Montréal, pour cesser de le voir partout. Il occupait mes rêves, par contre, des rêves pour la plupart innocents, mais dans lesquels il était presque toujours présent. Une nuit, seulement, j'avais rêvé à de longs et tendres baisers, à des étreintes avec juste ce qu'il faut de retenue enivrante et je m'étais réveillée, à l'aube, avec son image – j'étais allée marcher seule sur la plage et j'avais essayé de comprendre tout cela, mais je m'étais retrouvée avec les mêmes réponses qui n'en étaient pas : j'aimais Simon, je rêvais à Antoine, je ne savais pas ce que je voulais. Puis je m'étais assise dans le sable, face au ciel encore rosi par le lever du soleil, et j'avais pensé à Antoine, je l'avais imaginé avec moi sur cette plage, j'avais fermé les yeux et je nous avais regardés faire l'amour devant la mer – c'était une infidélité que je pouvais me permettre, ici, si loin, dans cet écrin où nous étions pour le moment inattaquables.

« Et Simon ? a demandé Daphné.

— Simon, ai-je dit en souriant, a été égal à lui-même.

— Il est merveilleux, ce garçon-là », a soupiré ma mère.

Je leur ai parlé de nos lectures et de notre bien-heureuse oisiveté, de nos fous rires et de la mer, et ils m'ont raconté leur voyage, Vienne, les cafés, les musées, les restaurants chics et lumineux, la ville infiniment propre et belle. Daphné n'avait pas été aussi épanouie depuis des années – «Juste dix jours sans les filles… je veux pas avoir l'air d'une mauvaise mère, mais ostie que ça fait du bien ! Et mon Dieu que c'est bon pour le couple !» Stéphane et elle, disait-elle, s'étaient vraiment «retrouvés» – ma mère ajoutait que c'était parce qu'ils avaient enfin «communiqué», et Daphné riait, en reconnaissant que, en fait, c'était plutôt vrai. Il n'y avait toujours pas de projet de bébé dans l'air, mais la tension et la pression avaient disparu, et cela se voyait sur le visage de Daphné, qui avait retrouvé la douceur et la mobilité de ses 26 ans.

Un peu avant le dessert, nous nous sommes levées toutes les deux pour aller laver les chaudrons, comme lorsque nous étions petites et que nous profitions de cette corvée imposée pour nous chamailler ou, à l'occasion, nous raconter des petits secrets. Je lavais, et Daphné essuyait, comme toujours, et elle a redemandé : «Et Simon ?

— Comme je t'ai dit…

— Chloé. J'étais pas si stone à l'hôpital. Je me souviens de notre conversation. Des questions que tu te posais. Tu me disais que tu te demandais s'il y avait pas "plus".

— Oh, ça va.

— Ça va ?

— Oui… le voyage a vraiment fait du bien.»

J'ai vu, du coin de l'œil, Daphné qui hochait la tête, l'air cependant peu satisfaite de ma réponse.

«Qu'est-ce qu'il y a ? lui ai-je demandé.

— Non, non. Je trouve juste que t'as pas l'air sûre.

— Ah, Daphné…

— Écoute, je me trompe peut-être.

— Oui, tu te trompes. Il est merveilleux, Daphné. Et ça a été un voyage idyllique.

— Idyllique ?» Elle riait.

« Oui, idyllique, ai-je ri à mon tour. T'as quelque chose contre ce mot-là ?

— Mais non. C'est très évocateur. »

Je lui ai envoyé un petit peu de mousse dans le visage, et elle m'a donné un coup de hanche et j'ai pensé : presque quinze ans plus tard, je retrouve ma sœur.

« Je suis contente pour toi, a-t-elle finalement dit.

— Moi aussi. Vraiment. »

Je ne lui ai pas parlé du vol de retour, lorsque Simon m'avait demandé si je voulais avoir des enfants et que j'avais failli avaler ma mini-bouteille de vodka, contenu et contenant. J'avais balbutié un « oui », et il avait souri puis avait amorcé ce petit jeu que font les amoureux et qui consiste à inventer des noms pour leurs enfants à venir et à dire : « Il aura ton nez mais ma bouche, tes yeux mais mes cheveux, ton sens de l'humour et mon sens de la répartie. » J'avais embarqué, évidemment, parce que je ne pouvais pas faire autrement, même si j'étais incapable, absolument incapable de m'imaginer avoir des enfants avec lui. Ce n'était pas lui, ce n'était pas moi, ce n'était pas le fait d'avoir des enfants – j'en voulais, je le savais – c'était une simple mais totale incapacité à concevoir cela.

Je n'ai rien dit non plus au sujet de la soirée de la veille, de mon cœur qui m'avait donné l'impression de se dilater, quand j'avais revu Antoine. Il était, lui, plus cool que jamais, il me disait que j'étais belle et bronzée, il racontait sa semaine et parlait de ses concepts de pubs débiles, il me faisait rire – pas une fois il ne m'avait parlé du voyage, sauf pour me demander « c'était bien ? » et se contenter d'un « super ». Moi j'avais mis de longues minutes à retrouver un rythme cardiaque normal, puis, atteinte par ce que Juliette appelait sa « coolitude » contagieuse, je m'étais décontractée, j'avais moi aussi fait des blagues, je l'avais taquiné, je lui avais parlé des livres que j'avais lus, comme toujours, comme toujours.

Tout cela, je l'ai passé sous silence, parce que j'avais décidé que je voulais être avec Simon, que c'était lui que j'aimais, lui, et que, peut-être, il était normal que l'amour rencontre parfois certaines difficultés. J'avais décidé que je ne voulais plus être la petite fille gâtée qui rêve à ce qu'elle ne peut pas avoir, précisément parce qu'elle ne peut l'avoir – j'étais une femme responsable, à l'aube de la trentaine, et j'avais passé dix jours idylliques avec un homme merveilleux : il n'était pas question que je foute tout cela en l'air à cause de désirs d'adolescente. Je voulais être heureuse, et j'avais cru deviner que le bonheur, maintenant, n'était plus cette chose facile et mouvante qui allait et venait au gré des bières et des amitiés, sans qu'on ait à y penser. Le bonheur se méritait – c'était une œuvre qui se travaillait, et je voulais réussir la mienne.

Et c'est ainsi que les semaines ont passé à la construction patiente et attentive de ce bonheur que je désirais maintenant par-dessus tout et qui avait, en son centre, ces gens que j'aimais. J'avais accepté un contrat qui devait me mener jusqu'au mois de juin – je travaillais le jour et Simon, le soir, nous nous voyions donc un peu moins, ce qui était fort agréable : je réalisais qu'il me manquait, et j'aimais m'ennuyer de lui, la semaine, et parfois lui faire la surprise de venir le voir au restaurant. Nous passions nos fins de semaine ensemble, et cette routine simple et douce m'allait bien, elle me berçait, comme Simon et ses yeux de mer, Simon et sa bonté – il était tellement attentionné que je me demandais parfois s'il n'avait pas deviné quelque chose, s'il n'avait pas senti toutes ces questions que je m'étais posées. Mais si tel était le cas, il n'en laissait rien paraître, et je me disais que c'était possible, qu'il était assez délicat et intuitif pour cela.

Antoine, quant à lui, continuait à voguer de fille en fille, avec son inépuisable insouciance, et il n'était plus question de ce qui avait eu lieu dans l'atelier de Juliette, ni de ce qui ne s'était pas dit. Il était redevenu mon ami de toujours, celui que je connaissais mieux que personne et qui me connaissait comme le fond de sa poche, et j'en étais arrivée à croire que ce qui s'était passé en début d'année n'avait été qu'un incident, un détail charmant dans la longue histoire de notre amitié. J'étais, par contre, devenue jalouse de ses conquêtes – mais c'eût été, évidemment, plutôt mal venu de le lui signifier, aussi je rongeais mon frein en imaginant comment il leur faisait l'amour, et ce qu'il leur chuchotait dans le bel instant d'avant.

Il y avait toujours autant de soupers, de fêtes, de célébrations impromptues et futiles, tantôt chez mes parents, tantôt dans la vieille usine, tantôt au restaurant de Simon. C'est là qu'a eu lieu, fin mars, mon souper d'anniversaire pour lequel Simon avait fermé boutique un vendredi et invité tous mes amis et toute ma famille – une affaire bruyante et festive qui a failli dégénérer quand quelqu'un, pour une raison insondable, s'est mis à faire des toasts à la russe : à vingt-deux heures, au moins quinze verres à shooters avaient été fracassés sur le mur de brique, ce qui n'avait pas l'air de déranger Simon le moins du monde.

« Ça n'arrive pas tous les jours », me disait-il en m'embrassant dans le cou, et je me collais contre lui et j'étais heureuse. Il m'avait offert la veille une édition originale de *Voyage au bout de la nuit* qu'il avait dénichée dans Internet. C'était le livre qu'il m'avait vue lire sur mes genoux, en cours de mathématiques, quinze ans auparavant, et qu'il avait cherché pendant des semaines.

J'en étais encore émue le lendemain, alors que les verres éclataient sur la brique rouge et que je lui répétais, en le regardant dans les yeux, que je l'aimais chaque jour un peu plus.

J'ai reçu ce soir-là une foule de cadeaux, certains tout à fait charmants (de la part de Juliette, une paire de souliers verts « à la mode »), d'autres ridicules (des boules chinoises, de Marcus qui avait peur que je m'ennuie trop la semaine, quand je ne pouvais pas voir Simon). Dans le froissement des papiers d'emballage qui traînaient par terre et des cris de « vodka ! », Antoine est venu me voir pour me dire qu'il n'avait pas mon cadeau avec lui. Il a souri et a ajouté : « Il faut que tu viennes le chercher chez moi. Je pouvais pas l'apporter ici. » Il a refusé de me donner quelque indice que ce soit, mais il avait l'air particulièrement content de son idée, ce qui me rendait encore plus curieuse.

« Quand est-ce que tu peux venir ? » m'a demandé Antoine. J'avais envie de lui dire : « Demain matin, première heure », mais Simon avait pris la fin de semaine de congé pour rester avec moi.

« Lundi ? ai-je dit.

— Parfait. Viens me retrouver au bureau à dix-huit heures. On se rendra chez moi ensemble. »

À dix-huit heures quinze le lundi suivant, j'étais à son bureau, un espace ouvert dans lequel il y avait plusieurs grandes tables pour les brainstormings, des ordinateurs colorés un peu partout et un perpétuel désordre qui voulait dire : « Ici, des gens sont payés pour avoir des idées. » Antoine était assis à une table avec deux autres personnes, un jeune garçon qui avait l'air d'être tout droit sorti d'un rave et un autre homme que je me souvenais avoir rencontré le soir du 31 décembre. Je me suis approchée, et j'ai vu qu'Antoine jouait avec un Rubik's Cube.

« Très rétro », ai-je dit, en arrivant derrière lui. Il a penché la tête par-derrière et m'a souri. « Pas mal, hein ? On en a reçu une caisse le mois dernier. Pour les 30 ans du Rubik's Cube. » Ils recevaient toujours des gadgets de ce genre, envoyés par des fabricants qui devaient croire que les artisans de la pub étaient des gens qui avaient besoin de s'occuper les mains pendant qu'ils réfléchissaient à comment vendre des rasoirs électriques.

Il m'a présenté ses deux collègues, puis il s'est levé, a salué quelques personnes qui traînaient encore, fait deux ou trois recommandations à une jeune femme qui tenait un paquet de dossiers, et il m'a dit : « On y va ? en plaçant doucement une main dans le bas de mon dos. J'ai hâte que tu voies », a-t-il ajouté, et il m'a fait un clin d'œil.

Arrivés chez lui, il a pris mon manteau puis m'a dit : « Il ne faut pas que tu regardes.

— Donne-moi au moins un indice !

— Non. Ferme tes yeux.

— Antoine…

— Ferme tes yeux, j'ai dit.

— O.K., O.K… »

J'ai fermé les paupières et il a placé ses mains sur ma taille. J'étais encore un peu fébrile quand j'étais seule avec lui et j'ai senti, dans mon dos et sur mes seins, une légère chair de poule.

« Avance, a dit Antoine, et j'ai fait quelques pas prudents.

— C'est quoi, un chat ? Pourquoi tu pouvais pas l'apporter au resto ? C'est gros ? Tu m'as acheté une auto ? C'est mieux de pas être indécent, tu sais… » J'ai senti que nous entrions dans le grand salon, puis que nous faisions le tour, pour venir nous placer à peu près devant les bibliothèques.

« C'est beau », m'a-t-il dit. J'ai ouvert les yeux – et j'ai figé. Appuyé sur le manteau de la cheminée et cachant complètement l'âtre, il y avait *Autoportrait*, le tableau de Juliette avec « nos phrases », celui dont la vente m'avait fait tant de peine. J'ai mis une main sur ma bouche, et j'ai levé la tête vers Antoine. Il me souriait, visiblement fier de son coup, et je me suis entendue dire : « C'est pas vrai…

— Je savais que tu l'aimais, m'a-t-il dit. Et puis il me semblait que c'était pas correct que ça aille à quelqu'un d'autre que toi ou moi. Alors je…

— Mais Antoine !… C'est incroyable, je sais pas quoi dire ! » J'ai posé une main sur sa poitrine, m'agrippant doucement à sa chemise. « Antoine ! ai-je répété. Ça coûte 2 500 piastres ! »

Il a haussé les épaules. « Mais ça vaut ça. Et honnêtement, tant qu'à dépenser de l'argent, j'aime autant que ça aille dans les poches de Juliette. »

Je hochais la tête, n'y croyant toujours pas. Il avait l'habitude de m'offrir de très beaux cadeaux – des sacs à main griffés qu'il achetait en Europe, des vêtements qui m'allaient toujours bien, un billet d'avion pour New York –, mais ce tableau venait de tout éclipser.

« Mais, Juliette ! ai-je finalement dit. Elle le savait tout ce temps-là ?

— Mais non, a répondu Antoine. Je lui ai dit avant-hier seulement. Sinon, tu la connais, elle est trop nulle avec les secrets ; c'est sûr qu'elle se serait ouvert la trappe. Non, je suis pas fou, j'ai juste dit à un de mes amis que vous ne connaissez pas de passer le soir du vernissage et de l'acheter. Très rusé. En échange, il a eu le plaisir de l'avoir chez lui pendant quatre mois. Après, j'ai pensé aller le poser chez toi une journée pendant que tu travaillais, mais tu sais… je suis un peu bébé. Je voulais voir ta réaction. »

J'ai réalisé que je tenais encore sa chemise. Je l'ai lâchée et, une main toujours sur la bouche, je me suis approchée du tableau. Je l'ai effleuré légèrement d'un doigt et j'ai encore été retournée par les couleurs, par les teintes délicates qui se mêlaient et s'opposaient, par l'or qui semblait par endroits avoir été soufflé sur la toile, par le tracé délicat des phrases qui se perdaient parfois dans les couleurs, disparaissant sous un bleu, réapparaissant sur un rose. J'ai relu des mots que j'avais déjà remarqués, d'autres que je voyais pour la première fois, et je me suis dit que j'allais avoir tout mon temps pour l'étudier, pour décortiquer la toile lentement, patiemment.

« Je vais pouvoir la regarder des heures, ai-je dit.

— Je sais. Elle est ici depuis une semaine. C'est exactement ce que j'ai fait. » Il s'est approché à son tour et s'est penché vers le bas de la toile.

« Regarde », m'a-t-il dit.

Il pointait du doigt une plaque dorée qui s'étendait jusque dans le coin gauche. Je me suis accroupie et j'ai lu, en caractères si fins et si pâles qu'ils avaient l'air d'avoir été gravés avec une aiguille : « *Just a fool's hope.* » J'ai levé la tête vers Antoine.

« C'est pas dans votre *Seigneur des Anneaux*, ça ?

— Oui. "*There is always hope. Just a fool's hope.*" »

Antoine a ri : « Vous connaissez vraiment ce maudit film-là par cœur, hein ?

— Mais oui, tu sais bien… Mais qu'elle ait écrit ça, comme ça…

— Je sais. » Il n'a pas eu besoin de développer et nous sommes restés silencieux un moment – je pensais à Juliette, qui avait inscrit cette phrase si légèrement, pour qu'on ait à la trouver, pour qu'elle soit là à peine, pour que certains ne la voient même pas. C'était elle, elle était toute là, dans cet espoir fragile et tenace, elle s'était approprié la phrase et s'était coulée avec, discrètement, dans l'or de sa toile. J'ai eu envie de prendre Juliette dans mes bras et j'ai touché la phrase de nouveau, très doucement. Je suis là moi aussi, ai-je pensé, je tiens moi aussi un espoir fragile – il est différent, mais il est là, et je l'ai senti, flou mais présent, au fond de moi, et je me suis demandé si Antoine le sentait, lui aussi, et à quoi ressemblait le sien. J'ai levé la tête vers lui et j'ai vu qu'en lui aussi la phrase résonnait.

Je me suis redressée et je l'ai enlacé, très fort. « Je ne sais pas comment te remercier, ai-je dit. Ça a aucun sens. C'est le plus beau cadeau qu'on m'ait jamais fait.

— Mais non.

— Mais oui ! » Je l'ai embrassé sur la joue et j'ai relevé la tête, en gardant mes bras autour de son cou. « Mais oui », ai-je répété. Et je me suis sentie comme je ne m'étais pas sentie depuis des semaines, j'ai eu envie de m'abandonner à lui – de fermer les yeux, et de me laisser tomber. Mais il a souri, et a dit : « O.K., d'abord. » Puis il a ajouté : « En fait, c'est un peu égoïste comme cadeau – je l'aime vraiment ce tableau-là, alors de savoir qu'il est chez toi plutôt que chez un cave comme Florent, c'est sûr que ça me fait plaisir à moi aussi. »

J'ai hoché tendrement la tête. « Tu sais que t'es merveilleux, hein ? » « Juste pour toi, ma chérie. »

Il a relevé les mains le long de mon dos et m'a pris le visage – puis il m'a embrassée très doucement sur la tempe droite et s'est éloigné, en gardant dans une main une mèche de mes cheveux qui s'est lentement échappée d'entre ses doigts. « Juste pour toi, a-t-il répété en faisant son petit sourire en coin que j'aimais tant.

— C'est incroyable, comme cadeau, ai-je dit.

— Mais non… arrête. C'est toi qui es incroyable. » Il dédramatisait tout, depuis quelques semaines il s'appliquait à désamorcer nos silences, à rendre triviaux nos regards. C'était quelque chose qui, paradoxalement, me blessait et me rendait reconnaissante envers lui. Je lui ai donné une petite tape affectueuse sur le bras. « T'es niaiseux, Antoine.

— Viens souper avec moi. Juste à côté, il y a un petit resto bien correct. Après si tu veux, tu ramènes la toile.

— Mais non, je ramènerai pas ça en taxi, quand même.

— Oui, c'est sûr... »

Il a réfléchi brièvement et a dit : « Pourquoi tu viens pas avec Simon quand il aura le temps ?

— Mais oui », ai-je répondu. Je n'aimais pas l'entendre parler de Simon – c'était plus fort que moi. Puis il m'a aidé à mettre mon manteau, et nous sommes partis, dans la grosse neige de printemps qui tombait à plein ciel, vers un des restaurants de son quartier.

Ce soir-là, en rentrant chez moi, j'ai parlé à Puce du cadeau que j'avais reçu. Je me démaquillais, en regardant dans le miroir son petit visage attentif levé vers moi, et je lui disais : « C'est incroyable, ma Puce. C'est pas ordinaire, comme cadeau. Tu trouves pas que c'est spécial qu'il ait donné ça à Maman ? Hmm ? » Je me suis penchée pour l'embrasser, et elle a ronronné doucement – une autre de ses réponses cryptiques. Ce n'est que plus tard, couchée dans la pénombre de ma chambre que j'ai dit, à haute voix encore : « Puce, ça a aucun sens ! »

Je n'arrivais pas à dormir, et je pensais à cette idée d'espoir fragile que Juliette avait insufflée dans sa toile – je pensais au mien, à ce que j'espérais, moi, et je me répétais que c'était le bonheur, ce bonheur que j'avais vu comme le Saint-Graal, comme une course au trésor, mais aussi comme une tâche gratifiante à accomplir. C'est ridicule, ai-je pensé. On ne pouvait pas espérer le bonheur comme d'autres espèrent un bon rendement de leur compagnie à la fin de l'année ou une amélioration de leur handicap au golf. Je ne pouvais pas courir après un bonheur fabriqué auprès de Simon quand j'étais heureuse, tout à fait simplement, de me retrouver au restaurant, un lundi soir, avec Antoine.

«Oh mon Dieu», ai-je dit à haute voix. Je me suis tournée sur le ventre et j'ai ajouté : «Puce, je pense que Maman a un problème.»

J'ai passé les jours suivants à essayer de mettre de l'ordre dans toutes ces idées – l'ordre, il faut dire, n'avait jamais été mon fort, et je tournais en rond, je me morfondais, je rongeais mes crayons au bureau, et le soir, je harcelais Juliette avec des appels angoissés et répétitifs – elle m'écoutait patiemment, mais m'avait bien prévenue qu'elle ne se mêlerait plus de toute cette histoire. «Tout ce que je peux te dire, avait-elle ajouté, c'est que tu devrais laisser Simon.» J'avais raccroché en gémissant et en me disant que, pour quelqu'un qui ne voulait pas s'en mêler, c'était plutôt direct, comme commentaire.

Simon, que j'avais vu à deux reprises, ne cessait de me demander ce qui n'allait pas, et je répondais, comme ces gens idiots qui veulent à tout prix éviter les conversations : «Mais rien ! Ça va ! Super !» Je voyais que je lui faisais de la peine, et j'étais triste. Le samedi suivant, nous sommes passés chez Antoine chercher le tableau – Simon et lui discutaient amicalement en prenant une bière, et je les observais, tous les deux, dans un silence affligé. Quand Simon est parti aux toilettes avant notre départ, Antoine s'est approché de moi : «Qu'est-ce que t'as, toi ?

— Rien. Rien. Je file pas.

— Chloé.» Il a pointé un doigt vers la salle de bain et a murmuré : «Ç'a rapport avec lui ?»

J'ai hoché la tête et j'ai dit : «Mais non... je sais pas. Ça a pas de bon sens, Antoine.»

Je ne pouvais pas lui mentir – ça aurait été inutile, il l'aurait tout de suite su. Je me suis souvenue de ses yeux quand il m'avait dit : «Laisse-le», mais là, il m'a souri doucement et m'a prise par l'épaule. «Ça va aller, ma chérie. Ça va se régler.» Il m'a serrée contre lui, brièvement, et est retourné s'installer derrière le comptoir de la cuisine. Quand nous sommes partis, il m'a dit, alors que Simon baissait les sièges de la voiture pour faire de la place pour le tableau : « Appelle-moi quand tu veux », et j'ai souri maladroitement. Je ne savais pas ce que j'aurais bien pu lui dire, à lui, qui était à l'origine, d'une manière ou d'une autre, de presque toutes mes questions.

Le lendemain, à quatorze heures, je recevais un appel de Daphné.

« Qu'est-ce que tu fais ?

— Mais rien, j'étais en train de lire…

— Mais on t'attend depuis midi !

— Quoi ? » Je me suis frappé le front : « Ah merde !… » C'était l'anniversaire des jumelles – elles avaient deux ans, et Daphné avait organisé un brunch chez elle – il était prévu depuis des semaines et, évidemment, je l'avais oublié. Simon, qui était attendu lui aussi, était parti le matin même pour Kingston, où il avait eu la gentillesse de ne pas m'inviter. J'ai grommelé quelque chose, et j'ai sauté dans un taxi.

Il y avait chez Daphné mes parents, bien sûr, mais aussi quelques mamans du quartier – c'était une petite fête d'enfants, avec des ballons et des sacs à surprises ; les bébés, tous âgés de moins de cinq ans, se traînaient par terre, se chamaillaient, hurlaient, couraient entre nos jambes et tiraient sur les pantalons de leurs mères en criant : « Maman ! Maman ! Maman ! MAMAN ! Mamaaaaaaaaan ! » *ad nauseam*, jusqu'à ce qu'un visage patient et un peu las se penche enfin vers eux.

« Je suis désolée, ai-je dit à Daphné. Tellement désolée. » Je lui ai tendu mes cadeaux – deux poupées identiques et un jeu éducatif ennuyeux qui allait, je le savais, faire surtout plaisir à Daphné.

« Où est Simon ? m'a-t-elle demandé.

— À Kingston. J'avais oublié... je suis désolée...

— Mais non, mais non. » Elle m'a regardée de travers. « Ça va, toi ?

— Oh – j'ai fait un geste découragé de la main –, je te raconterai ça. »

C'était plutôt difficile, par contre, de parler de sa quête du bonheur et de ses angoisses amoureuses alors que des enfants vous assaillaient de toutes parts, vous tirant après une main en criant « Viens jouer ! » ou escaladant vos genoux, comme le faisait Coralie, la petite voisine de trois ans, une fillette d'origine guatémaltèque qui avait été adoptée et qui semblait éprouver pour moi une passion dévorante. Je l'ai traînée partout une partie de l'après-midi, jusqu'à ce que sa mère, vers seize heures, vienne charitablement prendre la relève – Coralie hurlait en s'accrochant à mon cou, et je me suis littéralement enfuie jusque dans la cuisine, où j'ai trouvé mon père, assis à la table : « Je prends un petit break, m'a-t-il dit. C'est incroyable, tous ces enfants. Un tourbillon.

— Je sais... » Je me suis affalée à côté de lui et j'ai pris un morceau de chou-fleur dans un plat de crudités à moitié vide.

« Qu'est-ce qui se passe avec toi, ma Chloé ?

— Je sais pas... » Je me suis retournée vers lui et j'ai vu ses grands yeux bruns, ses cheveux blancs et son bon visage que j'aimais tant et j'ai fini par dire : « Je me pose des questions, par rapport à Simon.

— Pourquoi ? a dit mon père. Il t'a pas fait de la peine, j'espère ? » J'ai souri – mon père avait toujours peur que les hommes qui passaient dans ma vie me « fassent de la peine », ce qui m'insultait au plus haut point quand j'étais plus jeune (Quoi ? Moi ? Avoir de la peine à cause d'un gars ?), si bien que j'avais toujours répondu non, même quand il m'était arrivé de me coucher en pleurant.

« Mais non, ai-je répondu. Tu connais Simon. Il ne pourrait jamais me faire de peine. Il est trop bon, trop doux » – et j'ai pensé, pour la première fois depuis que je l'avais retrouvé, que je n'aimais pas cette bonté - que sa douceur me pesait.

« Non, ai-je poursuivi, je me pose des questions, c'est tout.

— Quelles questions ?

— Mais je sais pas, c'est ça le problème. Depuis un bout, j'arrête pas de me demander s'il y a pas plus que ça... et j'avais réussi à mettre ça de côté, tu sais, je m'étais dit : un gars comme lui, ça se peut pas, ça se rencontre pas deux fois dans une vie, mais là...

— C'est normal, a dit mon père, de se poser quelques questions.

— Tu t'en es déjà posées, toi, par rapport à maman ?

— On a failli se laisser, quand tu avais 12 ans.

— Oui, je sais, mais est-ce que tu as déjà douté de ton amour pour elle ? »

Mon père a souri. « Non. Mais il y a plusieurs sortes d'amour, Chloé.

— Je sais, c'est ce que je me dis. Mais je peux pas passer ma vie à me dire ça ?

— Te dire quoi ? » J'ai levé la tête. Ma mère, dans une longue tunique bleue et noire, venait d'entrer dans la cuisine, un martini à la main.

« Tu bois des martinis dans des fêtes d'enfants, toi ?

— Je peux le mettre dans un biberon, si tu préfères. » Je lui ai souri et j'ai tendu la main pour en prendre une gorgée.

« Qu'est-ce que tu peux pas passer ta vie à te dire ? a demandé ma mère.

— Oh, que Simon... On dirait que ça fait six mois que j'essaie de me convaincre que c'est ça, le grand amour. Me semble que c'est pas bon signe, non ? » Ma mère m'a regardée un instant – j'ai dû lui sembler assez piteuse, car elle a passé une main sur mon visage, avec l'air affligé que prennent les mères quand leurs enfants connaissent leurs premiers échecs.

« Ma petite chérie. Tu te souviens, quand tu étais petite ? Tu me demandais toujours ça : Est-ce que je vais le trouver, moi, le grand amour, maman ? Et je te répondais...

— Qué sera, sera... » avons chanté mon père et moi à l'unisson.

Ma mère a ri. « Tu te souviens, alors. Tu parlais d'un amour incroyable, un amour de conte de fées. Tu me faisais rire – tu n'avais pas 10 ans et tu étais tellement décidée, tellement persuadée que tu allais le trouver, ce grand amour. Et puis un jour... plus rien.

— J'étais certain qu'un garçon t'avait fait de la peine, a dit mon père.

— On s'est posé beaucoup de questions, a enchaîné ma mère. Notre fille qui rêvait d'un prince charmant et de feux d'artifice, tout d'un coup, à 14 ans, avait décidé qu'elle allait avoir un petit cœur de pierre.

— J'avais pas un cœur de pierre !

— Oh que oui, a dit mon père. Les pauvres petits garçons avec qui tu t'acoquinais... tu t'intéressais à eux quelques semaines, puis tu les balançais. »

J'ai hoché la tête en riant un peu – ils avaient raison, tous les deux. À 15 ans, j'avais découvert le plaisir de séduire, et je m'essayais sur tous les jolis garçons de l'école et du quartier.

« J'étais vraiment agace, ai-je dit.

— Épouvantable, a ajouté ma mère en riant. Vraiment, épouvantable. »

Je me suis souvenue qu'elle avait essayé de me faire la morale à ce sujet, en me disant que les hommes n'aimaient pas les agaces, mais je ne l'avais tout simplement pas crue. « Et il n'y en avait jamais un qui avait grâce à tes yeux, a-t-elle poursuivi.

— Je sais. C'est pour ça, je pense, que j'ai arrêté de parler de grand amour. Je me retrouvais avec ces garçons-là et je me disais : c'est tout ? C'est juste ça ? Deux trois petits papillons dans le ventre, puis plus rien ? J'avais du plaisir, vraiment, je m'amusais beaucoup, mais je trouvais qu'on était pas mal loin de l'idée que je me faisais du grand amour.

— Quinze ans et déjà désabusée », a soupiré mon père.

J'ai ri un peu : « Mais non, j'étais pas désabusée. J'étais un peu déçue, en fait. Mais je me disais que c'était quand même pas trop mal, que je ne m'ennuyais pas… Je sais pas. C'était pas pénible ou rien d'autre, juste un peu fade à mon goût.

— Mais, moi, je te connais, a dit ma mère. Tu t'es jamais résignée à cette fadeur.

— Facile à dire, tu lisais mon journal ! »

Ils ont éclaté de rire tous les deux. « D'accord, a poursuivi ma mère. Mais quand même. Je le voyais bien que tu continuais à espérer quelque chose ou quelqu'un. Confusément ou inconsciemment. Même quand tu as complètement arrêté de parler de tout ça dans ton journal. Même quand vous avez écrit votre manifeste à la noix.

— Je pense que oui, ai-je dit. Plus ou moins inconsciemment.

— Je commençais à avoir hâte que tu le trouves, par contre ! » Elle s'est levée pour se préparer un autre martini. « À 28 ans, quand même… Tu sais ce que je croyais ? Que ton problème, c'était d'avoir toujours Antoine à côté de toi. » J'ai sursauté en l'entendant parler d'Antoine. « Ma théorie… en fait notre théorie, a-t-elle ajouté en désignant mon père, c'est que tu étais amoureuse de lui. Ou du moins qu'il t'empêchait de voir les autres hommes autour de toi. Il est quand même assez formidable, cet Antoine.

— Maman, ça n'avait rien à voir – mais je me suis dit qu'ils avaient probablement raison.

—Je sais pas, a poursuivi ma mère. Mais enfin, tu as rencontré Simon. Et là, tu te poses des questions. Je te vois bien, ma chérie. Tu n'es pas aussi heureuse que tu voudrais l'être. » Elle s'est assise à côté de moi et a ajouté, en me regardant très sérieusement : « Et il ne faut pas que tu t'en veuilles, Chloé. De peut-être pas vouloir te contenter d'un demi-bonheur. C'est mieux que tu te rendes compte de ça maintenant que dans plusieurs années, non ?

— Mais, maman, Simon est tellement parfait ! Il est tellement… idéal ! Je peux pas laisser passer ça ! Je me dis que si je le laisse, je vais le regretter toute ma vie et… »

Ma mère a pris mon visage dans ses mains, tendrement, et a dit : « Ma pauvre petite fille. Il y a tellement de choses que j'ai jamais pu t'expliquer. » Ce n'était pas dit de façon hautaine ou doctorale – j'entendais dans sa voix le sincère regret d'une mère qui aurait voulu, comme toutes les mères, mieux équiper son enfant pour la vie. « Oh, maman », ai-je dit, et je suis tombée dans ses bras et elle m'a serrée contre elle – je pleurnichais un peu mais j'étais enfin bien, parfaitement bien sur sa poitrine, dans ses bras où rien ne pouvait m'atteindre. Merci, mon Dieu, pour les mamans, ai-je pensé.

Elle m'a bercée quelques instants, puis m'a dit, sur un ton soudainement très professionnel : « Bon. Qu'est-ce que tu vas faire, maintenant ?

— Mais je sais pas !

— Mais oui, tu le sais. » Je me suis retournée vers mon père, qui a hoché la tête, l'air de dire : « Oui, effectivement, tu le sais. »

J'ai plongé la tête dans mes mains. « Je peux pas faire ça…

— Est-ce qu'il y a quelqu'un d'autre ? » a demandé ma mère.

Je me suis redressée : « Quoi ?

— Est-ce qu'il y a un autre homme ?

— Non ! Mais non ! » me suis-je empressée de répondre – et je me suis dit que c'était vrai. J'ai pris conscience que je n'aimais pas Simon comme je l'aurais voulu, et que cela n'avait rien à voir avec Antoine. C'était la pensée la plus rassurante que j'avais eue depuis des jours : j'avais essayé, de toutes mes forces, d'aimer Simon comme il le méritait, mais je n'y étais pas arrivée. Et Antoine n'aurait pas été là que ça aurait été tout de même ainsi – il n'avait été que le catalyseur. J'ai réfléchi à tout cela, très rapidement, et j'ai murmuré : « Oh ! mon Dieu.

— Chloé, a dit mon père en me caressant le dos, je pense que t'as du travail à faire. »

Les enfants et leurs mamans ont commencé à partir un peu plus tard – Coralie, en larmes, s'accrochant désespérément à mes cheveux – et nous avons soupé, tranquillement, avec Daphné, Stéphane et ses parents à lui. Je ne tenais plus en place – je voulais qu'il se passe quelque chose, je voulais agir, sans vraiment m'avouer quelle était l'action qu'il me fallait faire.

Mes parents m'ont ramenée chez moi – avant que nous ne sortions, Daphné m'a attrapée par la main. « Ça va aller ?

— Je pense, ai-je répondu. Je pense que j'ai attendu trop longtemps, Dadi. Que j'ai été ridicule. Que j'ai cru que si je me forçais, ça se transformerait en ce que je voulais. Mais, crisse… tu l'as vu, Simon. Comment ça se fait que je peux pas aimer un gars pareil ?

— Voyons, Clo. Ce sont des questions sans réponses, ça.

— Je sais, je sais. T'avais raison, en plus. Je pensais faire ce qui était raisonnable.

— Oui, a dit Daphné en souriant. Mais c'est mon domaine, ça, la raison. Pas le tien.

— C'est encore drôle. Je commence à penser que des fois, c'est ce qui a l'air d'être le moins raisonnable qui l'est le plus. Tu vois ce que je veux dire ?

— Ouais… a dit Daphné. C'est profond… »

Je lui ai donné une petite tape sur le bras. « Ris pas de moi !

— Non, je comprends, a-t-elle dit. Tu sais, quand je me suis mariée à 23 ans et que j'ai décidé d'abandonner toute idée de carrière pour faire des enfants… j'avais pas l'impression que c'était super raisonnable comme décision. Je me disais que j'allais peut-être foutre ma vie en l'air, et j'étais terrorisée.

— Toi, tu avais des doutes ?

— Hé oui. Le chat sort du sac.

— Honnêtement, lui ai-je dit, je me suis toujours doutée que tu avais des doutes. Parce que sinon, t'aurais été carrément anormale. Mais je te jure, tu cachais bien ça en maudit.

— Et pourtant… Tu vois, j'ai bien fait. J'ai deux filles qui sont toute ma vie, et j'ai Stéphane, que j'échangerais pour personne d'autre. C'est sûr que c'est pas toujours facile et que c'est même pas mal tough par bouts, mais, sincèrement, j'ai jamais regretté ma décision. Même cet automne, avant ma fausse couche. Je me suis posé des questions, mais j'ai jamais regretté. »

J'ai hoché la tête, et j'ai pris ma sœur dans mes bras. C'était sa façon à elle de me donner un conseil et de m'encourager en essayant de ne pas en avoir l'air. « Merci, ma Dadi.

— Ben voyons », a-t-elle dit.

Je l'ai embrassée et j'ai crié « Bye Stéphane ! » en direction du salon. Il est apparu et m'a fait un grand sourire. « Bye, la belle-sœur.

— Hey, salut, le beau-frère. » J'ai souri, et je suis sortie.

Nous avons parlé de choses et d'autres sur le chemin du retour – ma mère me décrivait, beaucoup trop longuement, les toiles de Klimt qu'elle avait vues à Vienne : elle ne se souvenait d'aucun titre, et ses descriptions étaient toutes passablement incompréhensibles, mais son enthousiasme était contagieux, et j'ai réussi durant presque tout le trajet à penser à autre chose qu'à Simon et aux mots que j'utiliserais pour lui dire que j'étais désolée, tellement désolée.

Mes parents m'ont déposée devant chez moi – j'étais assise à l'arrière de la voiture, et ils se sont retournés tous les deux vers moi.

« Bonne chance, a dit mon père.

— Appelle-nous, a ajouté ma mère. Et Chloé ? Fais ce qui te rend heureuse. »

C'était vague, comme conseil, mais je commençais enfin à avoir une idée plutôt claire de ce que cela pouvait être. Je suis montée chez moi et me suis assise devant la toile de Juliette, que je n'avais pas encore accrochée et qui était appuyée contre un mur du salon.

« Que c'est beau… » ai-je dit aux chats, qui étaient couchés un peu partout dans la pièce. « Que c'est beau ! » Je l'ai contemplée un instant, de loin, pour la voir dans son ensemble, puis j'ai pris le téléphone, en soupirant. J'avais des messages, et j'ai failli les écouter sur-le-champ, mais je voulais d'abord appeler chez Simon. Il avait une grosse semaine, je le savais, mais je ne voulais plus attendre, par respect pour lui – j'avais décidé que je passerais au restaurant le lendemain. J'ai composé son numéro tristement et quand je suis tombée sur la boîte vocale, j'ai dit, d'une voix que j'espérais naturelle : « C'est moi… je sais pas si tu vas prendre tes messages, mais je voulais juste te dire bonsoir et te dire que j'allais passer

445

au restaurant demain en fin de soirée. Rappelle-moi si ça fait pas ton affaire, sinon je te verrai là ! Bonne nuit, mon chéri » – j'ai fait une petite grimace en m'entendant dire « mon chéri » et j'ai ajouté : « Je t'embrasse. »

J'ai reposé l'appareil sur le divan, et je me suis frotté le front, en soupirant de plus belle. Puis j'ai pensé aux messages, et j'ai repris le téléphone. J'avais, m'a dit la voix enregistrée, huit nouveaux messages. J'ai froncé les sourcils, étonnée, et j'ai écouté le premier.

« Chloé ! Crisse ! C'est Ju ! Tu croiras jamais ça ! C'est ca-po-té. O.K., écoute bien ça : il y a une galerie, à Montréal qui... »

Elle s'est éloignée de l'appareil et a poussé un hiiiii ! surexcité. « Une galerie donc qui serait intéressée à prendre mes toiles et à... à ?...

— À quoi, câlisse ! ? ai-je crié à l'appareil.

— ... à les présenter dans une foire d'art contemporain qui a lieu à New York ! New York ! Hiiiii ! »

Puis elle raccrochait. Elle avait dit sa dernière phrase tellement vite que je n'étais même pas certaine d'avoir vraiment compris de quoi il s'agissait. J'ai archivé le message et je suis passée aux autres – Juliette, encore Juliette qui criait simplement « je capooooooote ! » ; mon détestable voisin d'en dessous qui voulait organiser une réunion des locataires de l'immeuble (nous étions cinq) pour discuter d'une « stratégie de négociation avec le proprio » ; Antoine qui voulait savoir si j'avais eu la nouvelle et qui, de toute évidence, capotait lui aussi ; encore Juliette qui me disait que la foire allait avoir lieu dans deux semaines, que c'était confirmé et que je devais venir ; re-Juliette qui se demandait ce qu'elle allait mettre, et, finalement, Antoine qui me disait : « O.K., chérie. Prends congé les 12, 13 et 14, on part à New York. »

Chapitre 25

« Tu sais, j'ai parié quarante dollars avec Juliette que tu serais pas prête. » Antoine était couché sur mon lit, et il caressait d'une main distraite Puce, qui ronronnait sur sa poitrine.

« Ta gueule, lui ai-je dit. Si c'était pas de ta maudite idée d'y aller en auto, on aurait pu partir pas mal plus tard. »

Il a levé la tête : « Oh, s'il te plaît. Ça te tentait autant que moi d'y aller en char. » Je lui ai lancé un coussin et j'ai dit : « Juste deux minutes encore. Pour ma valise, faut juste que je calcule quelque chose.

— Il est 8 h 48, a dit Antoine. Si t'es pas prête à 9 heures, je pars sans toi.

— Me semble… »

Il avait eu l'idée d'aller à New York en voiture la semaine précédente, parce que, avais-je tout de suite compris, il venait tout juste de retrouver son permis de conduire. Je m'étais d'abord insurgée contre ce plan, jusqu'à ce qu'il me promette, à genoux, de conduire prudemment, en ajoutant que, de toute façon, il ne voulait pas perdre son permis une deuxième fois – argument que j'avais jugé plutôt convaincant. Il avait ensuite invoqué l'appel du road trip (« Un road trip de six heures ? » avais-je demandé, perplexe), mais j'étais déjà décidée. J'aimais l'idée de descendre lentement, en voiture, avec lui.

Juliette était partie deux jours plus tôt, en avion, et nous avait, depuis, téléphoné au moins vingt fois chacun pour nous raconter, avec moult détails, chaque heure de ses journées – elle était surexcitée, avec raison, et nous parlait du grand centre d'art où avait lieu la foire, des autres artistes qu'elle avait rencontrés, de la ville, des restaurants où elle mangeait, des petits savons de son hôtel qui sentaient la pêche – nous étions, vraiment, surinformés, mais presque aussi énervés qu'elle.

« Je suis prête », ai-je dit à Antoine. Il s'est levé et a délicatement posé Puce sur le lit. « Qui va venir les nourrir ? m'a-t-il demandé.

— Marcus. Michel habite juste à côté, alors ça lui faisait bien plaisir.

— Ça va vraiment bien, eux deux, hein ?

— Le grand amour.

— C'est vraiment génial, a dit Antoine, et il a pris mon énorme valise. Ah, ciboire, Chloé ! On revient samedi ! Ça fait quatre jours et demi !

— Imagine quand je pars deux semaines pour Londres !

— Je veux même pas le savoir. »

Il allait sortir quand je l'ai attrapé par une manche : « Oh, attends ! J'oubliais !

— Quoi, encore ?

— Attends ! » J'ai couru vers la cuisine, et je suis revenue, triomphante, avec une caisse de Molson Export.

« T'es pas sérieuse, a dit Antoine en riant.

— Hé, une tradition, c'est une tradition.

— Oui, mais... tu penses pas qu'ils ont de la Molson Ex à New York ?

— J'étais pas sûre. T'es sûr, toi ? »

Il a haussé les épaules.

« Justement, ai-je dit. Et je voulais pas passer une journée à chercher de la Molson Ex dans toute la ville. Alors je l'embarque.

— On a le droit de passer ça aux douanes ?

— Mais oui, niaiseux. Ils vont dire quoi : Non, n'envahissez pas notre pays avec votre bière pas bonne ?

— Ouais, c'est sûr. Bon, ben, envoye. Et prends la bière, s'il te plaît, moi, j'ai une valise de 200 livres à descendre.

— Mais oui, mais t'es tellement foooort...

— Chloé... »

J'ai refermé la porte derrière nous, et je l'ai suivi dans les escaliers, en me disant qu'il allait vraiment falloir que je lui dise, pour Simon. Le lendemain de l'anniversaire des jumelles, ma mère m'avait téléphoné, pour me dire qu'elle craignait de s'être trop avancée, qu'elle espérait ne pas avoir eu l'air de parler contre Simon. « C'est juste, avait-elle ajouté, que je te vois avec lui et qu'il a beau être merveilleux... je l'ai bien senti que c'était pas vraiment ça. » Nous avions parlé un peu et j'avais raccroché, malheureuse comme les pierres, avec encore à l'oreille son conseil de ne pas « niaiser avec ça, par respect pour ce garçon si gentil ».

En fin de soirée, vers vingt-trois heures trente, je m'étais traînée jusqu'au restaurant de Simon. J'avais mille clichés en tête, des bêtises comme « c'est pas toi, c'est moi », des phrases qui commençaient par « tu es vraiment merveilleux mais... », des classiques minables comme « tu mérites tellement mieux que moi » – ça, par contre, je le pensais vraiment. Mais je ne voulais pas lui servir tous ces mots vides de sens à force d'avoir été trop souvent utilisés par d'autres – je voulais trouver *mes* mots, mais ils ne venaient pas – je n'avais pas de mots pour dire à quelqu'un comme Simon que je ne l'aimais pas.

Il avait tout de suite eu l'air sombre en me voyant arriver, et j'avais réalisé à ce moment-là que je n'aurais pas besoin de beaucoup de mots, que ce serait plus simple, et sans doute plus brutal que ce que j'avais imaginé. Je m'étais assise au bar, et il était venu s'installer à côté de moi, la tête baissée. Je n'avais eu que le temps de dire : « Écoute » qu'il avait levé une main et hoché la tête.

« Je sais, avait-il dit.

— Quoi ?

— Chloé, je suis pas con. Je te vois aller depuis quelques jours, j'ai entendu ta voix hier sur mon répondeur. Est-ce que je suis paranoïaque ? Franchement, je crois pas.

— Simon...

— Tu viens ici pour me dire que c'est fini, non ?

— C'est pas...

— *For fuck's sake*, Chloé. » Il avait laissé tomber sa main sur le bar et s'était retourné vers moi. Dans la lumière tamisée du restaurant, ses yeux avaient l'air tout à fait noirs, et j'avais pensé à Antoine, quand il m'avait dit « laisse-le ». Seulement le regard de Simon n'était pas froid – il était embrasé. Il m'a regardée un instant, le temps de me laisser détailler ses traits si beaux, sa lèvre inférieure que j'aimais tant – le temps de me dire qu'à mon grand étonnement je ne doutais pas, que j'étais certaine que c'était bien là ce que je voulais – et il avait répété, sur un ton encore plus dur : « Tu viens ici pour me dire que c'est fini, oui ou non ? »

J'avais pris mon souffle et répondu : « Oui.

— Alors c'est fait. Tu peux partir, maintenant.

— Mais Simon...

— Non, c'était pas une offre, Chloé. Pars. Maintenant. » Puis, devant mon air ahuri, il avait ajouté « get out », et j'étais sortie, à la fois consternée et épatée, dans la nuit fraîche. Je m'étais retournée vers le restaurant, pour constater qu'il n'était plus là, et j'étais restée plantée sur le trottoir, trop sonnée pour faire quoi que ce soit. J'avais imaginé une longue discussion – lui me proposant d'en parler le lendemain, me posant des questions, tâchant peut-être de me convaincre. Je m'étais finalement mise à marcher – il m'avait fallu trois coins de rue pour réaliser qu'il y avait toute une partie de Simon que je n'avais pas connue et qui s'était exprimée, là, dans le restaurant. J'avais songé, évidemment, aller chez Juliette, mais j'étais rentrée chez moi et je m'étais installée devant la toile. J'étais triste et perplexe – et, malgré mes efforts, je me sentais libérée et un peu heureuse.

Je n'avais pas eu de nouvelles de Simon pendant quatre jours – il ne me rappelait pas et refusait de me parler quand j'essayais de le joindre au restaurant. Il m'a finalement téléphoné un soir pour me dire, avec le même ton infiniment dur, que je pouvais passer chez lui durant la fin de semaine pour reprendre les choses que j'y avais laissées parce qu'il n'y serait pas. « Tu laisseras le double de la clé sur la table du salon », m'avait-il dit. Je m'étais mise à pleurer, silencieusement, parce que cette dureté me faisait mal et m'inquiétait, et j'avais essayé de lui dire quelque chose, une banalité sans doute, mais il m'avait arrêtée : « je veux pas savoir tes raisons, Chloé. Et, honnêtement, j'ai pas vraiment envie d'entendre ta voix pour le moment. Je suppose que tu es quand même en mesure de comprendre ça. » J'avais raccroché, un peu blessée et vaguement insultée, mais incapable de le blâmer.

J'étais passée la fin de semaine suivante et je m'étais promenée quelques minutes dans l'appartement où il n'était pas. J'avais un peu de remords, et je me sentais nostalgique, mais surtout triste – que s'est-il passé ? me demandais-je. Tout cet amour. Je ne voulais pas croire que je m'étais simplement trompée, que j'avais cru l'aimer alors que ce n'était pas le cas. Il y avait eu quelque chose, j'en étais certaine, et ce quelque chose s'était enfui, et je n'en ressentais à présent qu'une douce tristesse qui ne lui rendait même pas hommage. J'avais songé à laisser un mot sur la table du salon, mais je n'avais, évidemment, rien à écrire, et je savais que Simon n'aurait pas apprécié. J'avais donc posé les clés, et j'étais partie.

Et presque deux semaines plus tard, je n'en avais toujours pas parlé à Antoine, ce qui commençait à friser le ridicule. La raison officielle était que je ne l'avais vu qu'une fois – nous avions été tous les deux plutôt occupés, à cause du congé que nous avions pris pour aller à New York, et Antoine avait été trois fois à Toronto dans les dix derniers jours.

La vraie raison était que j'avais peur – peur qu'il croie que je l'avais fait pour lui, peur de ce qu'il allait peut-être faire et de ma réaction. Juliette avait remarqué, quand je l'avais suppliée de n'en rien dire à Antoine, que je m'étais en fait inconsciemment servie de Simon, durant les quatre derniers mois, comme d'un bouclier entre Antoine et moi. Je n'étais toujours pas certaine qu'elle eût raison, mais là, avec quatre jours à New York devant nous, je réalisais que j'appréhendais cet espace libre entre lui et moi. Je craignais de céder à ses avances (si avances il y avait) et de tomber ou de retomber amoureuse de lui – je savais qu'il n'en aurait pas fallu beaucoup, que j'étais déjà si près de tomber et qu'une partie de moi ne voulait que cela. Mais je connaissais Antoine, et je savais aussi qu'il ne faisait pas bon aimer un tel homme.

Et puis, après un si long délai, je ne savais plus du tout *comment* amener le sujet sur le tapis. « Ça viendra naturellement », me disais-je en plaçant la caisse de Molson Ex dans le coffre de sa voiture.

Il faisait beau, et très doux – une belle journée d'avril, parfaite pour faire de la route, et nous nous sommes arrêtés dans la Petite Italie pour prendre deux cafés, avant de partir vraiment. Antoine faisait des blagues, il était manifestement de très bonne humeur et très heureux à l'idée de ce petit voyage. Mieux encore, il conduisait à une vitesse relativement raisonnable, et semblait s'être décidé à apprendre le code de la route. À côté de lui, les pieds sur le coffre à gants, une copie du *New Yorker* dans les mains, j'étais, moi, complètement heureuse – je m'en suis rendu compte un peu après la frontière, nous parlions de cinéma (il disait avoir adoré *Dogville*, je considérais que c'était un film d'une insupportable suffisance) et je riais et soudain, j'ai pensé que tout était juste, que la voiture, les champs qui bordaient l'autoroute, les verres de styrofoam vides, la voix de Suzanne Vega, à la radio, qui chantait *In Liverpool*, le sourire d'Antoine quand il me disait « Ta geuuuule ! C'était génial ! », sa main sur le volant – tout était juste et à sa place, et moi, au milieu de tout cela, j'étais à la mienne.

Une demi-heure après avoir passé Albany, Antoine a bifurqué vers un petit village avec des drapeaux américains devant presque chaque maison, et nous sommes entrés dans le *diner* de la rue principale, un endroit comme dans les films, avec des banquettes roses recouvertes de plastique, un long comptoir avec des tabourets aux pieds de métal et une serveuse dans un petit ensemble rose sur lequel était agrafé un macaron disant « Hi ! I'm Darleen ».

« Hello, Darleen, a dit Antoine.

— *And how you doin' today ?* » nous a-t-elle demandé. Elle devait être âgée d'au moins 60 ans, et avait un bon sourire de grand-mère. Nous avons commandé chacun un hamburger et une bière, et nous nous sommes calés tous les deux sur notre banquette, contents.

« C'est pas croyable, comme endroit, ai-je remarqué. On se croirait dans un *Archie*.

— Je sais, a dit Antoine, c'est rétro en tabarnak.

— J'attends James Dean d'une minute à l'autre.

— Et après dîner, je vais aller mettre *Love Me Tender* dans le juke-box et je te demanderai si tu veux danser. Si James fait quoi que ce soit, je le provoque et on fait une course de chars. »

J'ai souri, et il a regardé autour de nous, observant attentivement chaque coin de la salle.

« Tu sais, m'a-t-il dit, le seul souvenir que je garde de mon père, c'est dans un endroit exactement pareil.

— Ton père ? » ai-je demandé. Il m'avait déjà dit qu'il n'avait aucun souvenir de lui.

« Oui. C'était l'été avant son accident.

— Mais t'avais à peine quatre ans…

— Ouais, mais je me rappelle, vraiment. C'est juste une image. Chaque année, on allait à Kennebunkport – bon ça, évidemment, c'est ma mère qui m'a tout dit, moi, je me rappelle de rien, mais une année, ma mère et mes sœurs sont parties avant nous avec mes tantes, et mon père et moi, on est montés "entre hommes". Et on s'est arrêtés dans une place exactement comme ici. Ça, je m'en souviens. Je me souviens exactement des banquettes roses en plastique. » Il souriait doucement – il avait l'air content de se rappeler tout cela. « C'est fou, hein ? Mais je me souviens de ce moment-là avec une clarté… » Il a fait un geste de la main, pour souligner la précision de cette clarté. « Il m'avait commandé un banana split pour dessert, et je me souviens de moi, devant une espèce de montagne de crème glacée, super excité et en même temps, je sais déjà que je serai pas capable de la finir. Puis mon père qui me regarde et qui a l'air de trouver ça drôle en crisse.

— Tu m'avais jamais raconté ça.

— Non ?

— Non. »

Il a haussé les épaules. « C'est juste un souvenir.

— Tu veux un banana split ?

— Quoi ? » Il a eu l'air amusé et un peu gêné. « Non…

— Allez. En souvenir.

— C'est pas vraiment bon, a dit Antoine.

— Allez… »

Il riait : « Non !

— Puis si j'ai envie d'un banana split, moi ?

— T'as envie d'un banana split ?

— Tant qu'à être dans un endroit comme ici.

— Tant qu'à… » Il a appuyé les coudes sur la table et m'a souri. « T'es pas croyable, hein. O.K., on va prendre un banana split. »

Quand il est arrivé sur la table, à la fin du repas, nous avons tous les deux eu un mouvement de recul devant le monstre de crème glacée qu'on venait de nous servir.

« Mon Dieu, a dit Antoine. C'est pour une personne, ça ?

— Ç'a l'air… » J'ai plongé ma cuiller dans la crème glacée et j'ai pris une première bouchée. « Oh boy. » Antoine m'a imitée et s'est mis à rire.

« C'est épouvantable, a-t-il dit. Mais c'est pas mauvais. Le dernier que j'ai mangé, je pense, c'était celui avec mon père.

— Tu t'ennuies de lui, des fois ? »

Antoine a froncé les sourcils, imperceptiblement – il n'avait jamais aimé parler de son père. Je croyais qu'il n'allait pas répondre, mais il a pris une autre bouchée et a dit, en regardant plutôt vers le banana split que vers moi : « Je sais pas... non. Je veux dire, oui, c'est sûr, j'aurais aimé avoir un père, mais lui ? Je l'ai pas connu, alors te dire si je m'ennuie de lui... » Il a fait une pause et a ajouté : « Mais je me demande souvent. Comment ça aurait été, tu sais.

— Tu crois que tu aurais été différent ?

— Peut-être. Sûrement. » Il m'a finalement regardée. « Bon, c'est quoi là, genre que j'aurais été moins macho ? » Il a pointé un doigt vers moi : « Je sais que c'est à ça que tu penses, Chloé Cinq-Mars.

— Mais je pense à rien, moi, ai-je dit avec mon air le plus angélique. Je suppose, c'est tout. Je questionne. Je tâtonne. J'interroge. Je subodore.

— O.K., encore un verbe et je t'envoie une boule de crème glacée dans le décolleté. »

Il a planté sa cuiller dans le banana split et a ajouté : « Et à part de ça, je suis pas macho. »

J'ai pouffé à travers ma bouchée : « Tu me niaises ?

— Non, je suis pas macho. J'ai dit ça parce que je sais que tu le crois.

— Et ça t'étonne ? »

Il a ri encore et a dit, très lentement comme s'il cherchait ses mots : « C'est sûr que... des fois... j'ai peut-être eu certains comportements qui pourraient laisser croire que...

— Laisser croire que ? C'est plus qu'un léger euphémisme, ça, Antoine.

— Écoute. J'aime les femmes. Beaucoup. Mais ça veut pas dire que j'ai pas de cœur. »

Je me suis contentée de croiser les bras et de le regarder d'un air moqueur. « Hé, a-t-il insisté en me donnant un petit coup de pied sous la table, j'ai un cœur. Tu le sais, non ? »

J'ai eu envie de sauter par-dessus le banana split pour l'embrasser. J'ai fait oui de la tête, en souriant.

« Ouais, ai-je répondu. Je suppose que je le sais.

— Parce que s'il y a une personne au monde qui le sait, c'est toi. »

J'ai pris sa main droite. « Je sais. » Et je n'aurais pas su dire comment je le savais, parce que Dieu sait qu'il s'était souvent évertué à nous donner la preuve du contraire, mais je le savais, instinctivement. Puis j'ai pensé à Juliette, à Marcus et à ma mère qui l'aimaient tant et j'ai ajouté : « Et pour ton information, je suis pas la seule à le savoir, Antoine. Il est pas si loin, ton petit cœur… en fait, tu sais ce que je pense ?

— Qu'est-ce que tu penses ?

— Que t'aimerais bien qu'on croie que t'en as pas. Ou qu'il est comme super difficile à trouver sous ta carapace de dur à cuire.

— Mais pas du tout !

— Oh oui ! » J'ai pointé un doigt victorieux vers lui. « Tu aimes qu'on croie que t'es macho.

— N'importe quoi.

— J'ai raison, Antoine, tu aimes ton image de séducteur. » Et en le disant, j'ai pensé : oui, en effet, j'ai raison.

« De quoi tu parles ? m'a demandé Antoine.

— T'adores ça. Tu veux avoir l'air d'un séducteur sans cœur.

— Non ! Je… » Pendant quelques secondes, j'ai cru qu'il allait me sortir une imbécillité comme : « Je *suis* un séducteur sans cœur », mais il s'est mis à rire et a pris une grosse cuillerée de crème glacée. « O.K., a-t-il dit en brandissant sa cuiller pleine. Ça s'en va directement entre tes deux boules. » Il a fait un geste vif vers moi et m'a attrapé un bras. J'ai hurlé comme une fillette, en riant, et j'ai crié, tout en me débattant : « Essaye pas, Antoine !

J'ai raison. Tu veux passer pour le plus grand des machos – mais ton secret est découvert ! Tout le monde sait que tu as un cœur grand comme... Hiii ! » Une grosse noix de crème glacée était tombée directement entre mes seins – il fallait bien lui donner cela : l'homme savait viser. Antoine a ri, pendant que je prenais un air outré en m'essuyant et il a dit : « Comme tu veux, ma chérie. Je peux être tout ce que tu veux. C'est toi le boss. » Je lui ai envoyé ma serviette pleine de crème glacée, qu'il a attrapée au vol. Il l'a posée sur la table, puis il m'a regardée d'un drôle d'air.

« Quoi ? ai-je dit. Quoi ? J'ai encore de la crème glacée quelque part ?

— Quand est-ce que tu planifiais me le dire pour Simon ? »

Je suis restée muette, quelques secondes – j'essayais, en fait, de trouver une excuse. « Je... on s'est pas vus, Antoine, c'est tout et... mais comment tu sais ça, toi ? »

Il s'est calé dans son siège et a croisé les bras, en se contentant de me faire un petit sourire un peu baveux.

« Antoine, câlisse. C'est Juliette qui te l'a dit ? » Il a fait non de la tête, en souriant toujours – il adorait ce genre de situation.

« Ah, tu me fais chier quand tu fais ça... c'est qui ? C'est pas ma folle de mère toujours ?

— Non. » Il a tassé le banana split d'une main et s'est penché vers moi. « Non, a-t-il dit. C'est Simon.

— QUOI ?

— Oui, bien moi aussi j'ai été un peu surpris, figure-toi donc. C'était la semaine dernière, je suis allé à son resto...

— Pourquoi t'es allé là ? l'ai-je interrompu.

— Mais parce que j'y vais souvent, quelle question ! C'est un crisse de bon resto, je te signale. » Je me suis souvenue que, assez régulièrement, Simon me disait qu'Antoine était passé, parfois avec des amis, souvent avec une fille.

« Donc, je vais à son resto, mine de rien, parce que, évidemment, c'est pas comme si tu m'avais mis au courant… »

Je me suis caché le visage dans mes mains. « Oh boy… ai-je gémi.

— Oui, bien, c'était pas mal ça, a dit Antoine. Donc, c'est lui qui a eu la joie de m'apprendre la nouvelle.

— Qu'est-ce qu'il t'a dit ?

— Que tu l'avais laissé.

— C'est tout ? »

Antoine a souri. « Il a ajouté deux trois autres choses.

— Quoi ?

— Tu veux vraiment le savoir ? » Il avait son petit air fendant qui me donnait toujours envie de lui envoyer une volée, mais aussi, et peut-être encore plus, de me jeter sur lui.

« Ah, tu m'écœures », lui ai-je dit. J'avais une vague idée de ce que Simon avait pu lui dire et, effectivement, je n'étais pas trop certaine de vouloir le savoir, là, dans ce petit *diner*, alors que je devais déjà justifier le fait que j'avais gardé ma rupture secrète durant tout ce temps.

« T'aurais pas pu me dire plus tôt que tu le savais ? lui ai-je demandé.

— Ah ben là, ma chérie, je pense que t'es plutôt mal placée pour m'accuser de dissimulation.

— Mais, on s'est presque pas vus ! T'étais à Toronto et…

— Mais je t'ai pas demandé d'excuse, moi. » Il avait l'air, vraiment, de s'amuser énormément.

« Tu me fais chier, lui ai-je dit. Et tu me fais chier doublement parce que je sais que ça te fait plaisir de m'entendre dire ça. »

Il a ri et m'a attrapé une main qu'il a embrassée. Il était content – à l'aise, sur son terrain : il me draguait un peu, il était baveux, il jouait l'*insouciance*. Et à ce jeu-là, me suis-je dit, il est imbattable.

Nous avons repris la route, sous le beau soleil d'avril – il y avait dans le ciel de gros nuages blancs, un ciel de *Simpsons*, comme aurait dit Juliette. Je regardais tour à tour les montagnes arrondies des Appalaches et leurs arbres qui commençaient tout juste à faire leurs bourgeons, et Antoine, assis à côté de moi, avec ses lunettes fumées et ses sourires que je connaissais si bien. J'aurais souhaité lui en vouloir un peu, pour la forme, mais j'en étais incapable – je n'avais jamais pu rester fâchée longtemps contre lui. Je pensais à ce que Simon avait bien pu lui dire, quelque chose quant au fait que j'aimais Antoine, que je l'avais toujours aimé, et je me demandais si ce n'était peut-être pas là la vérité. Quelle nouille cela ferait de moi, me disais-je. Huit ans de ma vie passés à aimer inconsciemment un homme qui ne veut rien savoir de l'amour.

Antoine a continué à me taquiner un peu, à propos de Simon, à propos de « mon impardonnable dissimulation ». Il me disait : « Dans le fond, il y a peut-être toute une partie de ton existence que tu ne m'as jamais dévoilée. Je sais pas, moi, un amant marié et père de deux enfants, une carrière parallèle d'effeuilleuse, un intérêt secret pour la pêche au saumon... rien me surprendrait.

— Bien... j'ai eu un amant marié. Il avait juste un enfant, par contre, mais... »

Antoine a ri : « C'est vrai, a-t-il dit. Marc, c'est ça ? Je l'avais oublié, lui. Il voulait pas laisser sa femme pour toi ?

— Oui, Seigneur ! Et j'étais terrorisée à l'idée qu'il le fasse. Alors j'ai mis fin à tout ça. Il était gentil, mais... oh boy. Un peu intense. Je m'imaginais déjà, belle-mère, dans une maison à Brossard. Cauchemar.

— Et la pêche au saumon ? Ça aussi, tu me l'as caché ?

— Très drôle.

— Non, mais on sait jamais ! Depuis le resto de Simon, je sais plus, moi.

— T'es vraiment con. De toute façon, j'embarque plus. Ça te fait trop plaisir de me faire fâcher, alors j'embarque plus.

— Ah, allez... t'es tellement jolie quand tu prends ton petit air indigné.

— J'ai pas de petit air indigné !

— T'as totalement un petit air indigné. Quand tu plisses les yeux comme ça, juste un peu...

— N'importe quoi !

— Exactement ce que tu es en train de faire là. » Il m'a regardée brièvement et a souri. « Adorable. Adorable. » Il s'est retourné vers la route, pendant que j'essayais de voir dans le rétroviseur à quoi ressemblait mon petit air indigné.

« Comment tu te sens par rapport à Simon ? » m'a soudain demandé Antoine. J'ai levé la tête vers lui, certaine qu'il badinait encore. « Non sérieusement, a-t-il dit. Ça va ?

— Ben... oui, je suppose. Je me sens un peu coupable. Enfin, pas trop, il me semble que j'ai pas d'affaire à avoir pitié de lui ou quoi que ce soit.

— Non, en effet, a dit Antoine.

— Mais il veut plus me parler, donc, c'est un peu bizarre, c'est sûr. On se parlait tous les jours, quand même. J'ai juste une impression de gâchis. Chaque fois que j'y pense, je me dis : Quel dommage... Quand je suis allée chez lui pour chercher mes affaires, j'étais toute triste – une petite tristesse, tu sais. Comme un caneton tout piteux dans une flaque d'eau. »

Antoine m'a lancé un regard. « Un caneton ?

— Mais tu sais, quelque chose de juste triste et piteux et...

— Je sais, a dit Antoine en souriant. C'est une drôle d'image, mais je comprends.

— Et en même temps je me disais qu'il méritait mieux que ça, ai-je ajouté en soupirant. J'ai été stupide, en fait. Une enfant gâtée. Et c'est lui qui paye. Il me parlait d'avoir des enfants ensemble, tu sais.

— Oui, a dit Antoine. Je sais. » Il est resté silencieux un moment et a ajouté : « Tu vas me dire que je connais rien là-dedans, mais tu devrais pas te blâmer. Il était fou de toi, ce gars-là, et tu l'aimais beaucoup, mais pas comme il aurait voulu. Vous étiez pas à la même place. C'est quand même pas de ta faute. »

Je me suis retournée vers lui en souriant – je ne pouvais pas croire qu'il venait de parler ainsi. « Quoi ? a-t-il dit avec un petit air gêné. Je suis peut-être pas une sommité en relations homme-femme, mais je suis pas con, quand même. C'est juste du bon sens, non ? Combien de fois ça arrive que deux personnes s'aiment vraiment également ? Pas souvent, je dirais. »

Je n'ai pas osé répondre. Il a haussé les épaules et a dit : « En tout cas. C'est mon humble opinion. Pour ce que ça vaut.

— Ça vaut pas mal », ai-je dit. Puis, avant qu'il ait le temps d'ajouter quelque chose : « Je suis désolée, Antoine. J'aurais dû te mettre au courant pour Simon. C'est juste que... » C'est juste que quoi ? ai-je pensé. J'en étais moi-même incertaine.

« Mais non », a dit Antoine, les yeux fixés sur l'autoroute. Puis il a ajouté « Ça va », et j'ai pensé : « Il sait. Il sait peut-être mieux que moi où mon cœur est rendu. »

Nous sommes arrivés devant le Soho Grand Hotel vers seize heures. Antoine a arrêté la voiture et m'a regardée : « Ben quoi ?

— Mais Juliette est pas au Holiday Inn ? ai-je demandé.

— Oui, mais le Holiday Inn du Chinatown, c'est poche. Alors j'ai réservé ici.

— Oh. » Il a croisé les bras et s'est complètement tourné sur son siège pour me faire face. « J'ai réservé deux chambres, si c'est ce que tu veux insinuer avec ta face de vierge effarouchée.

— Mais j'ai rien insinué !

— Oh ! » Il a pointé un doigt vers moi. « Petit air indigné, ici ! »

Je lui ai fait une grimace, et nous sommes sortis de la voiture. J'ai tout de suite senti un coup de vent, une brise légère et tiède comme un mois de mai à Montréal. J'ai souri à Antoine. « Nice, hein ?

— Very nice. »

Rendue dans ma chambre, je me suis couchée sur le grand lit, en pensant au sourire d'Antoine quand il m'avait dit « tu veux vraiment le savoir ? » et en me demandant pourquoi, après tout, il ne me l'avait pas dit. Peut-être ne voulait-il simplement pas me le répéter. Peut-être qu'il préférait que je ne le sache pas. Mais son sourire ! Il y avait une joie cachée, dans son sourire. Un secret qu'il était content de posséder.

Je me suis passé les mains sur le visage, en essayant de chasser ces pensées redondantes, et j'ai regardé l'heure – il était seize heures quinze, et Antoine m'avait donné rendez-vous au bar de l'hôtel à dix-sept heures. J'ai pris une douche, exploré le contenu du mini-bar, pensé encore à ce que Simon avait pu dire à Antoine, et j'étais assise sur le lit, avec une serviette sur la tête et une autre autour du corps, quand on a cogné à la porte. Il est incroyable, ai-je pensé. Il s'agit que je ne sois pas habillée pour qu'il se pointe. J'ai ouvert la porte, en tenant ma serviette, et j'ai aperçu Juliette.

« Hiiiii ! ai-je crié, comme si je ne l'avais pas vue depuis des années.

— Hiiiii ! a-t-elle répliqué, et nous sommes tombées dans les bras l'une de l'autre, en sautillant comme des ados.

— Entre, entre ! lui ai-je dit. Je vais m'habiller. Pis ? Pis ? Pis ? Pis ?

— Chloé, c'est écœurant. É-cœu-rant. Écoute, on est 600 artistes.

— Mon Dieu.

— Ouais, je me disais la même chose que toi au début, mais j'ai rencontré un gars de Philadelphie qui a exposé l'an dernier, et il m'a expliqué qu'il y a une telle circulation, un tel échange d'idées, que tout finit par être vu. Il y a des trucs hyper conventionnels, des sculptures complètement flyées, des imitations poches d'impressionnistes, des tableaux magnifiques... Vous allez venir demain ?

— C'est sûr. Oh, et regarde ça. » Je me suis penchée en dessous du lit et j'ai tiré la caisse de Molson Export.

« Ostie que t'es folle ! a crié Juliette.

— Ça ouvre demain, la foire ?

— Oui.

— Et je suppose que ça serait un peu gênant de boire sur place ?

— Ben, un peu, a répondu Juliette.

— Parfait. »

J'ai téléphoné à Antoine. « C'est moi.

— Juliette est avec toi ?

— Oui, c'est toi qui l'as appelée ?

— Ouaip.

— Bon plan, Tony Boy. Écoute, plutôt que de se retrouver au bar, pourquoi tu descends pas dans quinze minutes ? On a un pack de six à finir. »

Je l'ai entendu rire au bout de la ligne. « C'est beau. »

J'ai raccroché, et je me suis retournée vers Juliette : « O.K., avant qu'il arrive...

— Tu lui as dit pour Simon ? m'a demandé Juliette.

— Non, j'ai pas eu besoin, il le savait.

— Non !

— Et tu sais comment il le savait ? Il est allé par hasard au resto de Simon.

— Non ! » Juliette s'est mis une main sur une joue. « C'est pas vrai. Et c'est Simon qui lui a appris ça ?

— Oui.

— Ouch. Et comment il lui a dit ça ? m'a demandé Juliette.

— Oui, bien ça, c'est autre chose. Tout ce qu'Antoine a voulu me dire, c'est que Simon lui avait expliqué que je l'avais laissé, et qu'il avait ajouté "deux trois autres choses".

— Quoi ?

— Je sais pas, crisse. Quand j'ai demandé à Antoine, il a pris son petit air baveux et il m'a demandé : Veux-tu vraiment le savoir ?

— Oh, a dit Juliette. Ouin. » Elle a réfléchi un instant, dans une pose presque comique – un doigt sur la bouche et les sourcils froncés, comme dans les comédies – et a demandé : « Penses-tu que Simon lui a dit que tu l'avais laissé pour lui ?

— Je sais pas ! Je sais pas ! Mais chaque fois que j'y pense, j'ai comme un petit vertige. Crisse, imagines-tu ?

— Hmm. Mais, est-ce que tu as laissé Simon pour Antoine ?

— Non ! Me semble qu'on avait déjà réglé ça. Non, Antoine a été un catalyseur.

— Ouais. » Elle n'avait pas l'air convaincue.

« Juliette !

— Ça va, ça va ! Je te crois. N'empêche… »

Elle n'a pas eu le temps de terminer sa phrase : on cognait à la porte. J'ai regardé Juliette, ahurie : « C'est pas possible. C'est pas fucking possible ! *Chaque* fois qu'il arrive quelque part, je suis en soutien-gorge. » Je suis allée ouvrir la porte sans prendre la peine de mettre un chandail, et Antoine a souri : « Encore une fois, j'ai un excellent timing.

— Ben oui, ben oui. » Je l'ai laissé entrer et il est allé enlacer Juliette.

« Ah que je suis content de te voir ! » l'ai-je entendu lui dire pendant que j'enfilais un chandail.

Juliette s'est mise à lui parler de la foire, et j'ai installé sur le petit secrétaire nos six bières. « Les enfants, ai-je dit, le cocktail est servi ! » Nous avons passé là une bonne heure, assis sur mon lit, à rire de nous-mêmes (« Fallait bien venir à New York pour boire de la Molson Ex dans une chambre d'hôtel ! ») et à nous rappeler toutes les expositions de Juliette auxquelles nous avions assisté, les foireuses comme les plus glorieuses, celle où elle n'avait absolument rien vendu, celle où une toile s'était décrochée et était tombée sur le pied de Florent, lui cassant deux orteils.

Dehors, la soirée était douce et belle, et des gens fumaient et riaient sur les terrasses improvisées des bars qui débordaient dans la rue. Nous sommes allés souper dans un petit restaurant qu'Antoine connaissait, où nous sommes restés jusqu'à une heure du matin, à manger des meringues et à boire du vin blanc. « Comme dans le bon vieux temps », disait Juliette – et c'était, effectivement, le bon vieux temps. Et je ne sais pas si c'était parce que nous craignions tous les trois qu'il ne dure pas ou parce que nous savions désormais à quel point il pouvait être fugitif et précieux, mais je sentais que nous en profitions, et que nous le dégustions comme jamais auparavant.

Plus tard, en rentrant dans les rues encore animées, je les entendais tous les deux, qui marchaient juste derrière moi – Antoine disait à Juliette : « *Dogville* ! C'était excellent ! » –, et je souriais toute seule, en pensant qu'ils étaient tout ce que j'aimais et en regardant, le nez en l'air, les escaliers de fer accrochés aux immeubles.

Nous avons laissé Juliette devant son hôtel, et Antoine et moi avons continué tous les deux – il me tenait par les épaules, j'avais un bras autour de sa taille, et nous parlions de Juliette et de ses rêves qu'elle gardait si secrets. « Elle oserait jamais avouer, disait Antoine, que ce dont elle rêve, c'est d'un grand succès, un beau succès d'estime comme elle le mérite.

— Non. Elle aurait trop peur que ça lui porte la guigne. »

Quand les portes de l'ascenseur se sont ouvertes à mon étage, Antoine m'a prise par la taille et m'a embrassée dans le cou – je me suis faufilée entre les portes et quand je me suis retournée, il était appuyé contre le mur du fond, les mains dans les poches, et il me souriait.

La foire était encore plus immense que je l'avais imaginée – il y avait des kiosques partout, séparés par des murs amovibles, et qui formaient un gigantesque labyrinthe où l'on croisait des totems, des natures mortes, des aquarelles représentant des pots de fleurs, des installations électriques, des tableaux abstraits et un énorme cube de métal poli qui tenait en équilibre sur un seul coin.

Nous avons passé la journée à nous promener de kiosque en kiosque, avec Juliette qui posait des questions, serrait des mains, parlait de son art à elle. J'aimais bien faire ce genre de visite avec elle – elle me montrait des toiles, des sculptures, et me faisait voir des choses que je n'aurais jamais vues, des détails, parfois, mais aussi les idées derrière les œuvres.

Elle n'a rien vendu lors de cette première journée, mais elle semblait contente et toujours aussi excitée. Nous sommes allés souper ce soir-là avec la propriétaire de la galerie montréalaise qui avait amené Juliette, une belle femme d'environ 40 ans qui, de toute évidence, n'attendait qu'un signe d'Antoine pour rentrer avec lui. Signe qui, à notre grand étonnement, n'est jamais venu («Pas mon genre», nous a expliqué Antoine alors qu'elle était aux toilettes. Juliette et moi avons échangé un regard : elle était, il nous semblait, tout à fait son genre).

Le lendemain, après une autre visite à la foire, Antoine et moi sommes allés magasiner – il avait toujours été ce que j'appelais un «excellent magasineur» : il se promenait chez Saks et Bergdorf Goodman, parmi les robes légères et les petites camisoles à 300 dollars, et il m'apportait ce qui lui plaisait, ce qu'il croyait qui m'irait bien. Il adorait cela, en plus – c'était presque toujours moi qui me lassais avant lui. « À te voir magasiner, lui disais-je, si j'avais pas un million de preuves du contraire, je me demanderais si t'es pas gay.

— Mais non. J'aime les belles choses, c'est tout. » Et il repartait étudier les rayons de chaussures pour femmes.

En fin de journée, il est allé rejoindre un ami à lui qui vivait maintenant à New York, et Juliette et moi sommes parties manger toutes seules, entre filles, pour notre plus grand bonheur. Nous nous sommes installées dans un joli restaurant, à une table tranquille, et Juliette m'a raconté comment elle avait finalement vendu trois tableaux à une décoratrice d'intérieur qui s'était dite très intéressée par tout ce qu'elle pouvait faire, et qui avait pris ses coordonnées.

« Peux-tu croire ? C'est incroyable. Il y a six mois à peine, j'aurais jamais pensé que ça m'arriverait. Jamais. Je suis tellement contente, Chloé !

— Je suis tellement contente, moi aussi... tu le mérites tellement, ma grosse, il y a pas de mots. » Nous avons trinqué, et Juliette a appuyé son menton dans sa main droite.

« Tu sais, a-t-elle dit, j'ai jamais pensé que je pourrais même vivre de mon art. Jamais. Dans ma tête, c'était une utopie, un beau rêve. Et je m'étais faite à l'idée, c'est ça le pire ! Je m'étais résignée. Et là... je gagne pas des millions, c'est sûr, mais quand même. Et puis, que des gens s'intéressent à mon travail, tu sais, c'est pas par vanité, mais mon Dieu ! J'ai l'impression que ça donne une raison d'être à tout ce que je fais.

— Que ça te donne, à toi, une raison d'être. » Elle ne l'aurait jamais admis, mais je savais depuis longtemps que c'était ce qu'elle recherchait dans tout son travail – il n'était pas nécessaire d'être une fine psychologue pour le deviner, mais je crois que Juliette espérait secrètement que ça ne paraisse pas trop.

« Oui, aussi, a-t-elle dit. C'est ridicule, mais quand les gens s'intéressent à mes toiles, ça me flatte autant que s'ils s'intéressaient à moi. Je devrais pas penser comme ça, mais...

— Non, l'ai-je interrompue. Tu as tout à fait raison. Je te connais, moi, et ces toiles, c'est toi. Absolument toi. »

Elle a souri timidement.

« *L'Autoportrait*, ai-je dit, qu'Antoine m'a donné.

— Oui.

— Il a trouvé la phrase.

— Quelle phrase ?

«— *Just a fool's hope.*» Je ne lui avais pas encore dit que je l'avais vue. J'attendais, sans savoir pourquoi, un moment comme celui-là.

«C'est elle, ta phrase, a dit Juliette. L'autre, c'était un clin d'œil. C'est elle qui est vraiment à toi.

— À moi? Mais tu es là-dedans, toi aussi.

— Un peu, c'est sûr. Mais quand je l'ai écrite, je pensais à toi. À toi, à toi avec Simon, à toi quand on a écrit le *Manifeste* – je me disais qu'à ta façon, à ta drôle de manière, t'avais toujours eu cet espoir... je sais pas comment dire...» Elle a réfléchi un moment. «J'ai longtemps trouvé que tu avais un côté totalement naïf – même à l'époque du *Manifeste*. Tu le cachais bien, mais je voyais, moi, que tu croyais qu'il y avait quelque chose comme un grand amour, le genre d'amour qui te jette à terre, qui change ta vie, qui te consume. Et moi, je me disais: elle est complètement folle, la pauvre, elle va perdre son temps à courir après ça... encore maintenant, tu crois encore à ça, je sais. Qu'il va arriver quelque chose, un jour, qui va te jeter à terre.»

J'ai souri. «Oui. Je suppose que oui. C'est ridicule, hein?

— Non, a répondu Juliette. Justement. Ce serait ridicule si tu passais tes journées à te morfondre parce que c'est pas encore arrivé.

— Peut-être, ai-je dit. On verra. Tu sais, j'ai quand même envisagé la possibilité que ça n'arrive probablement jamais. Je suis pas folle, quand même.

— Oui, mais tu y crois pas à cette possibilité-là. C'est ça que je trouve génial chez toi. Que tu préfères croire à ce qui a 1 % de chance de se réaliser qu'à tout le reste.

— Toi, tu y crois vraiment pas?»

Juliette a hoché la tête. «Pas pour moi. Et je dis pas ça amèrement ou quoi que ce soit – je vais bien, maintenant. Écoute, si jamais par miracle ça se produisait, je serais la première enchantée, mais je cours pas après. J'ai jamais été aussi bien que depuis que j'ai arrêté de m'essayer avec des gars foireux. C'est pas vrai que sans un homme dans ma vie mon existence est de la marde. » Elle a pris une gorgée de vin. « L'amour, c'est merveilleux, mais pas à tout prix. Et je suis bien toute seule. Je me comprends mieux. Je travaille. J'ai même enfin arrêté de penser à mon ex. » Elle a souri et a répété : « Je suis bien », et j'ai vu, dans ses grands yeux bleus, qu'elle disait vrai.

« Mais toi, a-t-elle dit en pointant un doigt vers moi, si tu penses encore trouver ton grand amour, faudrait peut-être que t'arrêtes de faire l'autruche.

— De quoi tu parles ?

— D'Antoine.

— Ah, Juliette... me semble que tu m'avais dit que tu te mêlais plus de ça. »

Elle a fait un geste impuissant : « Qu'est-ce que tu veux, quand je suis de bonne humeur, la fine psychologue en moi refait surface.

— Oui, mais Juliette... Antoine.

— Quoi, Antoine ? Chloé, il faudrait être aveugle pour pas voir qu'il existe quelque chose de... d'énorme entre vous deux. Et pas juste de l'amitié. »

J'ai pensé à Simon, qui avait dit qu'il y avait entre Antoine et moi un fil invisible, « comme si, dans une pièce, on pouvait trouver l'un juste en regardant l'autre ».

« Oh, je sais pas, ai-je répondu à Juliette. Honnêtement, tu sortirais avec un gars comme Antoine, toi ?

— Si j'étais toi, oui. Sans hésiter.

— Mais voyons ! C'est un aller simple pour le désastre ! Il est pas capable d'être fidèle !

— Comment tu le sais ?

— Juliette, voyons. Tu connais Antoine.

471

— Oui. Et je pense que lui aussi attendait juste ça, de tomber en amour. Je te l'avais déjà dit, et tu me croyais pas. Il attendait que ça. Seulement, lui, il le savait pas. »

J'ai poussé un soupir exaspéré : « Juliette… ça a aucun sens. Imaginer qu'il va se réveiller un matin en disant : O.K., maintenant je me case. Non, c'est pas…

— Est-ce que tu es amoureuse de lui ? Sincèrement, Chloé. »

J'ai fermé les yeux, et j'ai réfléchi – sincèrement. « Je pense… Je pense qu'une partie de moi va toujours aimer une partie d'Antoine. Mais c'est pas assez pour…

— Non, a dit Juliette. C'est en masse. Parce que ce sont les parties qui comptent. Qu'est-ce que tu vas faire, Chloé ? Passer à côté de quelque chose qui pourrait être extraordinaire par peur de te casser la gueule ? Je me suis cassé la gueule, moi. Et tu sais quoi ? Si c'était à refaire…

— Ah, Juliette, s'il te plaît. Tu le dis toi-même : ça fait dix ans, et t'es pas remise.

— Oui, mais je le referais pareil ! Parce que c'était ça ! Le temps que ça a duré, c'était ça, tu comprends ?

— Juliette… c'est joli à dire, tout ça, mais les larmes ! Combien de fois t'as pleuré à cause de ce gars-là ? Combien de fois tu m'as répété qu'il t'avait fait perdre foi en l'amour ? »

Juliette a hoché la tête, en regardant autour d'elle comme si elle cherchait une inspiration. « Je sais… a-t-elle fini par dire. Je sais, mais… » Elle a soupiré et m'a souri. « Ça valait la peine, Chloé. Au bout du compte, ça valait la peine. »

Je l'ai regardée sans rien dire – j'avais peine à la croire, tant je l'avais souvent entendue dire que cet amour-là l'avait détruite. Mais elle a haussé les épaules et a répété, sur le même ton un peu étonné :

« Ça valait la peine.

— Peut-être pour toi, Ju, mais…

— Mais qu'est-ce que t'as à perdre ? »

Qu'est-ce que j'avais à perdre ? Antoine ? Mon bonheur ? J'ai hoché la tête. « Non, vraiment, Ju. Ça a pas de bon sens. »

J'ai passé la journée du lendemain à ressasser les paroles de Juliette et à essayer de voir si, finalement, elle n'avait pas raison. J'observais Antoine, ses gestes que je connaissais si bien, ses sourires, ses regards, sa façon de froncer les sourcils quand il lisait quelque chose, et je me disais que oui, je l'aimais, mais pas en partie, totalement, même avec son orgueil, sa passion pour les femmes, son égocentrisme de petit garçon, cette habitude qu'il avait de toujours croire que tout lui était dû – je l'aimais entièrement. Mais il me faisait trop peur et, contrairement à ce que croyait Juliette, j'avais trop à perdre. Je repoussais donc ces idées, en me disant que si, dans quelques mois, cette affection me faisait encore l'effet d'être plus que de l'amitié, je « verrais ».

Nous avons passé notre dernière soirée dans un petit bar du Village, assis sur des gros coussins près d'un feu de foyer, à célébrer le succès de Juliette, qui avait été approchée par une galerie locale. Il faisait encore plus doux qu'à notre arrivée – Antoine et moi avions marché toute la journée, nous arrêtant à la Frick Collection puis nous promenant dans Central Park, où des gens joggaient en shorts et des filles se faisaient bronzer en camisole. Nous sommes sortis du bar vers deux heures et avons marché jusqu'au Holiday Inn de Juliette. J'étais un peu pompette – juste assez pour me sentir alanguie et heureuse, et écarter sans gêne les bras dans la brise d'avril.

Antoine et moi avons poursuivi notre chemin – je le regardais marcher près de moi, je le regardais me regarder, et je me disais que ce n'était pas possible, que Juliette avait tort, quand il s'est arrêté, à un coin de rue à peine de notre hôtel.

« Qu'est-ce que tu fais ? » lui ai-je demandé. Il s'est contenté de me regarder, avec son sempiternel petit sourire.

« Oh boy, ai-je dit. Ça augure jamais bien, ce sourire-là. » J'étais de bonne humeur. Il faisait doux, la nuit était belle, et les rues de New York m'enchantaient. J'ai fait deux petits pas pour venir me placer devant lui. « Qu'est-ce qu'il y a, Antoine ?

— Pourquoi tu me demandes pas ce que Simon m'a dit ? »

J'ai levé un sourcil. Il veut jouer ? ai-je pensé. D'accord. « Je te l'ai pas demandé parce que t'attendais juste ça. »

Antoine a ri. « O.K. Peut-être. Alors ça fait quatre jours que j'attends.

— Et tu voudrais que j'aie pitié de toi ?

— Un peu.

— Est-ce que tu veux vraiment que je te le demande ? ai-je ajouté en imitant son ton à lui.

— Je veux que tu veuilles le savoir.

— Bon, bon, ça va. O.K. » Je me suis rendu compte que mon cœur battait à son rythme normal, mais très fort. « O.K., alors. Qu'est-ce que Simon t'a dit ?

— Il a commencé par me demander si je couchais avec toi.

— Quoi ? » Je m'étais imaginé tellement de phrases potentiellement explosives que celle-là me décevait presque. C'est tout ? avais-je envie de dire.

« Oui, a poursuivi Antoine. Il m'a dit, sans vraiment de fioritures : *Are you fucking her ?*

— Oh. C'est... c'est pas son genre. » Puis je me suis souvenue de sa réaction au restaurant quand je lui avais

474

confirmé que je le quittais, et j'ai pensé que je l'avais peut-être mal connu, après tout.

« Non, a dit Antoine. Moi aussi, ça m'a légèrement surprise, mais bon. Je pouvais comprendre que le gars soit un peu hors de lui.

— Et qu'est-ce que t'as dit ?

— Comment ça, qu'est-ce que j'ai dit ? Mais j'ai dit non, voyons ! T'aurais voulu que je dise oui ?

— Non. Évidemment. » Je me suis retournée et j'ai marché un peu sur le trottoir. « Alors, c'est ça ? lui ai-je demandé. C'est ça qu'il t'a dit ?

— Non. Il a dit autre chose. » J'ai fait volte-face et j'ai vu que c'était le moment qu'il attendait, celui qu'il avait appelé, depuis quatre jours, avec ses sourires. Mais pourquoi fait-il cela ? ai-je pensé. Il m'exaspérait – et j'adorais cela.

« O.K., lui ai-je dit en soupirant. C'est quoi ? Qu'est-ce qu'il t'a dit ? »

Il s'est avancé vers moi, si près que je devais lever un peu la tête pour le regarder dans les yeux.

« Il a dit que tu étais amoureuse de moi. » Je le savais, me suis-je dit. Et pourtant, j'étais soufflée, et je sentais mon cœur, dans ma poitrine, dans mon cou, sur mes tempes, partout. J'ai pensé qu'il aurait fallu que je dise quelque chose, mais j'étais muette. Je regardais Antoine, et j'attendais.

Il a placé une main sur ma joue qui m'a fait l'effet d'une décharge électrique. « Antoine », me suis-je entendue dire. Puis il a levé l'autre main, et il a pris mon visage, avec une délicatesse infinie – on dirait qu'il tient de la porcelaine, ai-je pensé – et il m'a embrassée. Ses lèvres, contre les miennes, et le cœur qui me faisait presque mal. J'ai fermé les yeux et j'ai mis une main sur sa poitrine. « Fais pas ça », lui ai-je ordonné dans un soupir.

Il a hésité un instant, les lèvres entrouvertes, puis il a levé les yeux avant de se pencher vers moi de nouveau, l'air presque désemparé.

« Je suis en amour avec toi, Chloé. »

J'ai cru, l'espace d'un instant, que j'allais m'évanouir. Je me suis entendue expirer, puis je suis restée, le souffle coupé, à me dire que c'était impossible, que j'avais mal entendu – ma seule pensée était : « Ça ne se peut pas. »

« Pardon ? ai-je fini par dire.

— Je suis en amour avec toi.

— Oh, mon Dieu. » J'ai reculé d'un pas et j'ai porté une main à mon front. « Antoine, de quoi tu parles ?

— Comment ça, de quoi je parle ? Je t'aime. » Il s'est approché de nouveau et j'ai tendu un bras pour l'en empêcher. J'avais trop peur, et trop envie de lui.

« T'es pas en amour avec moi, Antoine, c'est...

— Ah non ? Chloé, ça m'a pris huit ans pour me rendre ici. Je pense que je le sais.

— Oh mon Dieu. » J'étais incapable de dire autre chose – j'avais l'impression d'être coulée dans du béton, là, sur le trottoir où des passants nous bousculaient, un bras levé entre Antoine et moi. Il a pris ma main, qu'il a pressée dans la sienne, et m'a dit : « Regarde-moi. »

J'ai levé la tête vers lui et j'ai vu dans ses yeux noirs une flamme et une agitation que je ne lui connaissais pas. « Simon, a dit Antoine.

— Quoi ?

— Ce qu'il a dit.

— Antoine.

— Dis-moi que c'est faux, et je revire de bord. » L'espace d'un instant, j'ai pensé me laisser aller dans ses bras, fermer les yeux et ne rien écouter d'autre que mon désir. J'ai hoché la tête. « Fais pas ça, lui ai-je dit.

— Pourquoi ?

— Parce que je peux pas ! » J'ai cru que j'allais me mettre à pleurer.

« Tu peux pas quoi ? Je t'aime, Chloé. J'ai jamais été sûr de quelque chose comme ça dans ma vie. Jamais. Et je sais que tu m'aimes. Je le sais. » Il a ajouté : « Je te connais mieux que personne.

— Arrête ! ai-je crié. Tu m'aimes pas, Antoine, t'as juste capoté parce que je me suis fait un chum, et ton instinct de chasseur ou je sais pas quoi t'a fait accroire que tu m'aimais et…

— Mais tu me prends pour un con ou quoi ? Tu penses que j'ai pas pensé à ça ? Ça fait huit mois que je me pose des questions ! J'ai pensé devenir fou, Chloé ! Alors viens pas me dire que je me fais des accroires. »

J'ai fait non de la tête et j'ai porté une main sur ma poitrine, sur mon cœur qui battait tellement fort que j'en étais presque essoufflée.

« Antoine, je peux pas être avec toi.

— Pourquoi ?

— Mais les filles, Antoine ! » J'ai levé une main vers lui. « Toi !

— Je m'en fous des filles. De toutes les filles.

— Antoine, câlisse. Tu peux pas changer, je te connais. »

Il a passé une main dans ses cheveux et a regardé en l'air. « Chloé. Dis-moi pas que je peux pas changer. Je suis ici, dans une rue de New York, en train de te dire que je suis en amour avec toi. Et ça m'est jamais arrivé de ma vie, je te signale, alors, c'est pas comme si j'avais pas vraiment, mais vraiment réfléchi à toute cette affaire. Pendant huit mois. Chloé, il y a juste près de toi que je me sens comme ça. On dirait que je vois mieux, on dirait que, tout d'un coup, tout a un sens. Comprends-tu ce que je suis en train de dire ? »

Je n'ai pu que faire oui de la tête – moi aussi, près de lui, j'avais l'impression de mieux voir le monde.

« Quand tu rentres dans une pièce... même si t'es pas près de moi, même si tu parles à quelqu'un d'autre, tout est plus clair.

— Arrête, Antoine. S'il te plaît.

— Non ! Crisse, Chloé, quand je pense à ma vie, à tout ça... C'est pas ma job, c'est pas l'argent que je fais, c'est pas Miko ou Julie ou toutes les filles que j'ai pu baiser, c'est toi. C'est toi qui donnes un sens à tout ça, c'est toi qui fais toute la différence. Sinon, je suis juste un gars comme un autre, tu comprends ? C'est ta présence, dans ma vie, qui fait de moi quelqu'un d'extraordinaire. »

J'ai voulu dire non, que c'était l'inverse, que c'était lui qui avait coloré toute mon existence, mais j'étais incapable de parler.

« Et il a fallu que tu tombes amoureuse de quelqu'un d'autre pour que je me réveille, a poursuivi Antoine, et ça fait peut-être de moi un chien sale ou un trou de cul ou whatever, je suis capable de vivre avec, je suis prêt à l'accepter, ce sera pas la première fois. Mais que tu me dises que tu m'aimes pas... non.

— J'ai pas dit ça », ai-je murmuré, et j'ai réalisé que mes mains tremblaient. Antoine m'a prise par la taille. « Alors qu'est-ce que tu fais ?

— Mais je peux pas ! ai-je crié en me dégageant de son étreinte. Je peux pas, Antoine ! Me semble que c'est clair ! » Il s'est retourné, les deux mains derrière la nuque, et je l'ai entendu qui poussait un soupir exaspéré. « Je peux pas », ai-je répété.

Il est revenu vers moi. « Alors tu vas faire quoi ? Tu vas rester plantée là ? Parce que t'as peur ? Tu penses que j'avais pas peur, moi ? J'étais très bien, figure-toi donc, à m'envoyer en l'air et à me câlisser de tout. Mais Stéphanie avait raison, Chloé. Qu'est-ce qu'on va faire ?

Passer nos vies à avoir peur de tout en nous faisant croire qu'on n'a peur de rien ? C'est ça que tu veux ?

— Tu comprends pas, Antoine.

— Non, je comprends très bien. J'aurais dû me fermer la gueule, et toi, t'aurais dû rester avec Simon. Pas de danger, pas de problème.

— Fuck you.

— Non, fuck *you*. » Il a pointé un doigt vers moi. « Je sais pas combien de fois tu m'as dit ça, fuck you, mais là, là... laisse faire, Chloé. Laisse faire. » Il a tourné les talons et s'est mis à marcher en direction de l'hôtel – j'ai voulu dire son nom, l'appeler, mais je suis restée muette et immobile, sur le trottoir. Au bout de quelques secondes, je me suis appuyée sur le mur de brique de l'immeuble devant lequel j'étais et j'ai fermé les yeux. J'étais complètement essoufflée, comme si j'avais nagé très longtemps sous l'eau et que je venais d'émerger.

Je suis restée là cinq minutes, dix minutes peut-être, jusqu'à ce que je réalise que ce que je venais de faire n'avait aucun sens. « Oh, mon Dieu », ai-je dit à haute voix, et une femme qui passait devant moi s'est retournée et m'a souri. Antoine avait raison, entièrement raison, et Juliette aussi, et j'étais une idiote. J'ai répété « Oh mon Dieu » et je suis partie vers l'hôtel en courant.

Le lobby et le bar étaient remplis de gens magnifiques et branchés qui semblaient n'avoir jamais eu de soucis de leur vie, comme Antoine quand je l'avais rencontré. J'étais persuadée qu'il allait être au bar – quand il était hors de lui, il recherchait les foules, et des martinis. J'ai fait le tour de la place deux fois, trois fois, avec l'impression que le cœur allait me sortir de la poitrine chaque fois que j'apercevais un homme en veston noir. Oh mon Dieu, me disais-je, oh mon Dieu, oh mon Dieu, oh mon Dieu – je crois même que j'ai prié, confusément ;

j'aurais été prête à invoquer n'importe quelle déité pour le retrouver, pour retourner quelques minutes en arrière, pour l'avoir devant moi, près de moi, que je puisse voir de nouveau et cesser d'avoir la sensation d'être en train de me noyer.

Mais Antoine n'était pas dans le bar, ni dans le lobby, et j'ai pensé qu'il devait être ailleurs, que nous étions dans une ville de dix millions d'habitants, qu'il était certainement avec une femme, sans doute avec la galeriste de 40 ans qui l'avait tant dragué deux jours plus tôt. Je me suis assise sur un des gros fauteuils du lobby, sans trop savoir pourquoi – j'étais tellement désemparée que j'arrivais à peine à réfléchir.

« O.K., O.K., O.K., O.K… », ai-je murmuré en essayant de respirer profondément. Je devais me calmer, c'était impératif. Mais j'étais assaillie par une foule d'images, de nous deux dans la rue quelques instants plus tôt, de l'atelier de Juliette, du *diner* près d'Albany, des images qui remontaient à plusieurs années – tous nos fous rires, toutes nos conversations, tous les regards que nous avions échangés, des images d'Antoine, qui n'était pas là, qui n'était plus là.

C'est tout ce que je mérite, me disais-je. C'est tout ce que je mérite. J'ai vaguement considéré l'idée de rester là jusqu'à ce qu'il revienne, mais j'ai imaginé la possibilité qu'il ne revienne pas, qu'il soit parti passer la nuit avec une autre femme, et j'ai presque eu mal au cœur. Le lobby était encore plein de gens qui allaient et venaient en souriant, et auxquels j'avais envie de hurler : « Mais pourquoi vous ne m'aidez pas ? Pourquoi ne sommes-nous pas tous en train d'organiser une battue pour le retrouver ? » J'ai pensé que si j'avais été dans un film comme *Notting Hill*, j'aurais été entourée d'un petit groupe d'amis excentriques et attachants qui m'auraient tous aidée frénétiquement à chercher Antoine. Mais je n'étais pas dans *Notting Hill*, j'étais toute seule, dans un lobby d'hôtel, et j'avais l'impression de sombrer, de m'enliser. C'est une catastrophe, me suis-je dit – je ne le retrouverai pas, il est trop tard, il est parti, j'ai tout gâché, il ne reviendra plus, et d'une minute à l'autre, un raz-de-marée va sûrement engloutir la ville, et ce sera tant mieux.

Je me suis finalement levée – je me sentais fatiguée et vide, et je suis allée au comptoir de la réception demander du papier et un crayon. Je suis montée ensuite jusqu'à l'étage où était la chambre d'Antoine, et je me suis plantée devant sa porte, en me demandant ce que je pouvais bien écrire. Tous les mots, toutes les phrases me semblaient d'une telle futilité que j'ai senti que j'allais me mettre à pleurer. Je suis restée là peut-être une minute, puis j'ai cogné – même s'il n'est pas là, me suis-je dit, j'aurai produit un son, dans sa chambre, là où il sera plus tard. C'était ridicule, et un peu enfantin, mais je ne pouvais m'en empêcher, et j'ai ensuite posé la paume de ma main sur la porte – qui s'est ouverte.

Je me suis entendue inspirer, puis Antoine était là, devant moi. Je ne me souviens plus si j'ai souri, ou même si j'ai parlé. Il me regardait, lui, en silence, une main tenant toujours la porte, et j'ai vu qu'il attendait. J'ai fermé les yeux, un moment, et quand je les ai rouverts, j'ai réalisé que je ne pouvais plus mentir, à qui que ce soit et surtout pas à moi.

« Il faut que tu comprennes quelque chose », lui ai-je dit. Je tremblais – j'étais hors de moi, suspendue, quelque part au-dessus de nous, avec cette idée et cette conviction que si je ne disais pas maintenant ces mots qui me hantaient depuis si longtemps j'allais le regretter pour toujours. « Ça fait huit ans que je t'aime. Que j'aime juste toi. Au complet. Et que je suis trop conne pour me l'admettre. Huit ans, Antoine. »

Je me suis arrêtée, un peu ébranlée d'avoir enfin admis cela, à moi autant qu'à lui. Antoine est resté impassible, à un tel point que je me suis demandé s'il m'avait entendue – il n'y avait que ses yeux qui brillaient et qui me semblaient pleins de paroles. J'ai attendu, à mon tour – j'aurais pu attendre des heures, des jours, j'étais clouée là, rivée à son regard. Puis il a parlé.

« Simon a ajouté une autre chose, tu sais.

— Ah oui ? » J'entendais à peine ma voix, on aurait dit un souffle.

« Il m'a dit qu'on était ridicules.

— Qu'on était ridicules ?

— Oui, toi et moi. Qu'on était ridicules parce qu'on faisait rien et qu'on se méritait bien tous les deux. »

Il a raison, ai-je pensé. J'ai baissé la tête – j'entendais mon cœur, et le rythme régulier de mon souffle. Encore une fois, j'ai senti que j'étais dans l'œil du cyclone, dans ce lieu parfaitement calme et immobile qui existe au centre des tempêtes. Mais je ne pouvais plus rester là, je le savais maintenant. J'ai levé le regard.

« Tu peux me briser le cœur, Antoine.

— Non. Non, je peux pas. Je t'aime. »

J'ai souri, et lui aussi, et enfin, enfin, j'ai pu me jeter dans ses bras. Il m'a serrée contre lui, si fort que j'ai cru perdre le peu de souffle qu'il me restait, puis ses mains sont remontées le long de mon dos, dans mes cheveux, et il m'a embrassée en tenant mon visage et encore une fois, j'ai pensé à de la porcelaine, tellement sa caresse était douce et délicate.

« Antoine, ai-je dit entre deux baisers. Si je tombe…

— Si tu tombes, je tombe avec toi. » Je n'ai pu retenir un petit sourire et il a dit : « Oui, moi non plus, je peux pas croire que je viens de dire ça. Mais c'est vrai, tu sais. C'est vrai. »

J'ai caressé légèrement sa joue et ses lèvres. J'avais l'impression, à la fois terrifiante et enivrante, d'être au bord d'une falaise. Et si je tombe ? ai-je pensé. Oui, et si je tombe ? J'ai revu Daphné me parler de raison et de regrets, j'ai entendu mon père me dire que j'avais peur de l'amour, me dire de «prendre une chance», j'ai pensé à la toile de Juliette, et à cet espoir que je tenais malgré moi et malgré tout, j'ai même vu ma mère, dans sa robe de chambre de soie, me chanter *Qué sera, sera*. J'ai vu tout cela et plus encore, avec une clarté pure et sereine : l'absurdité d'une vie sans Antoine, la beauté du risque, l'inéluctable désir, et j'ai vu dans le visage d'Antoine ce que j'avais si longtemps cherché sans le savoir – et joyeusement, voluptueusement, je me suis laissée tomber.

Épilogue

Juliette s'est penchée entre les deux sièges avant. «On sera jamais à l'heure, hein. Le mariage est à seize heures.» Elle s'est reculée, puis s'est avancée de nouveau. «En passant, je vous avais prévenus que ça prenait quasiment deux heures pour se rendre à Saint-Donat.

— Oui, mais Stéphanie a dit que ça prenait moins d'une heure et demie! a dit Antoine. Crisse, elle vient de là! Quel genre de personne sait pas combien de temps ça prend pour aller dans sa ville natale? Hé, ciboire... Regardez-moi ça, ces épais-là qui sortent tous à Saint-Sauveur.

— Tu peux pas aller plus vite? lui a demandé Juliette.

— Je peux quand même pas passer par-dessus les chars, Ju.»

Juliette a sorti la tête par la fenêtre et a crié: «HEY! On a un mariage dans une demi-heure!» puis elle s'est rassise.

« Très utile, a dit Antoine. Vraiment, très utile. »

Marcus, assis à côté de Juliette, s'est mis à rire : « *This is so much fun.* Une vraie aventure. » J'ai regardé Juliette dans le rétroviseur, et nous nous sommes souri. Marcus était son cavalier pour la soirée – Michel avait généreusement accepté de le lui prêter pour l'occasion, au grand bonheur de Marcus, qui « adoooooooorait » les mariages, et nous avait prévenus au moins cent fois qu'il allait pleurer comme une Madeleine.

« On aurait dû se changer à Montréal, ai-je dit. Pourquoi on s'est pas changés à Montréal ?

— T'avais peur de froisser ta robe, a répondu Antoine.

— Moi aussi, je te signale ! a crié Marcus, ce qui nous a tous fait rire. Hé, mais j'ai une idée ! Pourquoi on se change pas dans l'auto ?

— Dans l'auto ? ai-je répété en riant.

— On aurait dû l'accrocher sur le toit, a dit Antoine. Je vous avais dit qu'on aurait dû l'accrocher sur le toit ! » Marcus a ri et s'est penché pour embrasser Antoine sur la joue. « Essaie pas, Tony Boy. Je sais que tu m'aimes... Chloé, trouve-nous une bonne chanson. Quelque chose qui va nous donner du pep ! »

J'ai ouvert la radio, et la voix très radio-canadienne d'un lecteur de nouvelles s'est fait entendre. « Chloé ! a crié Marcus. J'ai dit du pep !

— Je vais mettre un CD.

— Non ! Change de poste ! »

Exaspérée, j'ai appuyé sur « tune », et *Like a Virgin* a éclaté dans les haut-parleurs, provoquant un concert de « Hiiii ! Laisse ça ! Change pas de poste ! Madonna ! » dans mon dos. Juliette et Marcus se sont mis à taper des mains en chantant à tue-tête « *yooooooou make me feeeeel shiny and neeeeew...* », et j'ai tout de suite embarqué, en jetant des petits regards amusés vers Antoine, qui hochait la tête d'un air découragé.

Nous étions rendus au deuxième couplet quand il a crié : « Enfin, câlisse ! » La voie s'était dégagée, et il a tout de suite commencé à accélérer. « Désolé, m'a-t-il dit, mais c'est un cas de force majeure.

— Woo hoo ! a crié Marcus, puis : Oh God ! Il va à 160 km/h. *We're gonna die.* »

Or, non seulement nous sommes arrivés dans le stationnement de l'hôtel toujours vivants, mais cela sans qu'Antoine ne reçoive de contravention, ce qui, selon Juliette et moi, relevait de l'intervention divine.

« Tu comprends ce que je voulais dire ? ai-je demandé à Marcus alors que nous sortions de la voiture. À propos de sa façon de conduire ?

— Hé, on est arrivés à bon port, non ? a dit Antoine.

— T'as été chanceux qu'on croise pas une police, quand même.

— Oui, bien, tu connais mon fameux sens de l'abnégation...

— On n'a pas le temps ! l'a interrompu Juliette. Il nous reste quinze minutes ! Alors on s'enregistre, on se change, et on se retrouve dans le stationnement, dans dix minutes. C'est clair ?

— *Sir, yes, sir !* » a dit Marcus.

Juliette lui a fait une grimace et a pointé un doigt autoritaire en direction d'Antoine et moi. « Est-ce que c'est clair ?

— Oui, oui, ça va ! » Et nous sommes partis vers nos chambres en courant et en riant.

« On sera jamais là à temps, ai-je dit en me débattant avec la fermeture éclair de ma robe. C'est ridicule. »

Antoine s'est mis à rire. « C'est complètement ridicule. Stéphanie va faire son entrée avec son bouquet, et on va probablement être juste derrière elle. Les gens vont se retourner vers les portes et il va y avoir Stéphanie et son père, deux petites bouquetières, et quatre imbéciles en retard. »

J'ai finalement réussi à remonter la fermeture éclair et j'ai regardé Antoine, qui était de dos à moi, en pantalon seulement, en train de défaire les boutons de la chemise qu'il allait mettre. Je me suis approchée de lui et je l'ai pris par la taille, pour l'embrasser en plein sur le tatouage qu'il avait sur l'omoplate droite – une croix celtique, qu'il s'était fait faire à 19 ans (« Je me pensais ben smatte à l'époque, maintenant on doit être 20 000 caves juste à Montréal avec le même maudit dessin ! »). Il s'est retourné et a passé ses bras autour de moi.

« T'es beau, mon amour. » Il a souri et m'a embrassée. Sa bouche, sa langue, le grain de sa peau – j'aimais tout de lui, et chaque jour de plus en plus.

« Mmm, a-t-il dit. On a vraiment juste dix minutes, hein ? »

J'ai ri et j'ai passé une main sur sa poitrine. Je l'ai embrassé entre les deux pectoraux – son parfum me faisait toujours chavirer. « En fait, ai-je dit, maintenant, il doit nous rester à peu près quatre minutes.

— C'est un peu court, a répondu Antoine en caressant à travers ma robe mon sein droit puis mon ventre.

— C'est vraiment très court », ai-je dit. Nous nous sommes embrassés de nouveau, puis je me suis sauvée en riant vers la salle de bain, pour essayer de me faire un chignon en un temps record.

Évidemment, malgré nos efforts héroïques, nous sommes arrivés à l'église en retard – nous avons eu le temps de voir Stéphanie entrer dans l'église, puis nous

nous sommes faufilés sur un des bancs arrière, en riant et en nous donnant des coups de coude, comme des collégiens. La cérémonie fut interminable, ponctuée de temps en temps par les larmes de Marcus et par nos fous rires (le curé, un homme fort sympathique, avait malheureusement des velléités de chanteur – sa version chantée de l'*Épître aux Corinthiens* nous avait plongés dans un abîme d'hilarité dont nous avions failli ne jamais sortir).

Le cortège klaxonnant des voitures est ensuite parti pour la maison des parents de Stéphanie, près d'un lac, où la réception avait lieu. Il faisait beau – on avait installé de petites tables blanches un peu partout sur le terrain et les troncs des arbres avaient été couverts de lumières de Noël blanches.

« C'est charmant, a dit Juliette en prenant la coupe de champagne que lui tendait un serveur.

— C'est émouvant », a dit Marcus.

Le soleil faisait scintiller la surface du lac et dessinait à travers les arbres de jolies taches de lumière mouvantes sur la pelouse. Je me suis approchée de la berge, en clignant des yeux, et je me suis perdue un moment dans la contemplation des petites vaguelettes.

« Quelle année, hein ? » a dit la voix de Juliette derrière moi. Je me suis retournée et j'ai tendu un bras que j'ai passé autour de ses épaules. « Quelle ostie d'année ! » Un an, jour pour jour, s'était écoulé depuis l'épluchette de blé d'Inde de Stéphanie.

« C'est quand même incroyable, non ? a insisté Juliette. Je veux dire... j'aurais jamais cru.

— Cru quoi ? a demandé Antoine, appuyé contre un arbre à quelques pas de nous.

— Mais tout ! Vous deux, Marcus qui est en amour, des toiles à moi qui se sont vendues à New York... » Seulement quatre toiles, mais ça avait été assez pour qu'une agente locale la contacte et prenne ses affaires en main. « Vraiment, a-t-elle répété, j'aurais jamais cru.

— Non, moi non plus », a dit Antoine. Il a secoué la tête en riant doucement. « C'est vrai que c'est incroyable. Vous vous imaginez, quand on va être vieux, combien d'anecdotes on va avoir au sujet de cette année ?

— Mon Dieu, ai-je dit. Si je suis comme ma mère avec ses anecdotes du temps où elle était actrice, nos enfants pourraient devenir fous à force d'entendre l'histoire de la fameuse année durant laquelle leurs parents sont tombés amoureux et matante Juliette est devenue une star...

— ... et a porté une robe », m'a interrompue Antoine. J'ai serré en riant l'épaule de Juliette, qui a grommelé quelque chose en tirant maladroitement sur le bas de sa jupe – en dix ans, c'était la première fois que je la voyais en robe. Elle avait insisté jusqu'à la fin pour porter un pantalon, mais Marcus et moi l'avions convaincue, et elle était toute mignonne, dans une petite robe bleue et blanche très simple qui lui allait à merveille.

« Ça va, a-t-elle dit, je suis déjà assez gênée comme ça...

— T'es super jolie », lui a dit Antoine, ce qui a fait rougir Juliette jusqu'à la racine des cheveux. « En tout cas, a-t-elle continué, je vais m'en souvenir, moi. L'année où j'ai porté une jupe... Ça va aller dans les annales. Et tu vas être mieux de le raconter à vos enfants, Chloé, parce qu'ils verront pas ça souvent. »

J'ai souri à Antoine, qui m'a fait un petit clin d'œil – nous parlions souvent de nos enfants, en blaguant un peu – ni lui ni moi n'étions prêts à en avoir tout de suite, mais je me voyais, avec lui, dans quelques années, un bébé dans les bras.

« Vous savez, a dit Marcus en s'approchant de Juliette et moi, et en nous prenant toutes les deux par la taille, pour moi, c'est la plus belle année de ma vie. Sans conteste.

— Aww... a dit Juliette, un peu moqueuse.

— Arrête, a répliqué Marcus. Je suis sérieux.

— Je sais, mon grand. » Elle lui a tapoté la main, et j'ai levé la tête pour lui donner un baiser – Juliette regardait vers le lac et Antoine, toujours contre son arbre, me souriait et j'ai bien vu que nous pensions tous la même chose. J'allais m'avancer pour aller rejoindre Antoine quand des applaudissements se sont fait entendre autour de nous – les mariés venaient d'arriver, marchant main dans la main entre les vieux érables.

La soirée a passé en un éclair – un méchoui, du bon vin, des couteaux frappés contre des verres et des baisers. Quand j'avais demandé à Charles comment il allait, il avait répondu : « Oh, je sais pas. J'"hyperventile", je fais de la tachycardie, j'ai chaud, je suis étourdi, et ça se pourrait que je m'évanouisse d'une minute à l'autre. Le bonheur. » Stéphanie, elle, voltigeait de table en table comme un beau papillon blanc. À la tombée de la nuit, on a allumé les lumières de Noël – le résultat était féerique et charmant. « Je vais totalement voler cette idée pour l'appart, a dit Marcus alors que nous finissions le dessert. Tu penses pas, Giulietta ? Autour des piliers dans le salon ?

— On verra », lui a répondu Juliette. Puis, se tournant vers moi : « Il a une idée comme ça chaque semaine. La dernière fois, il voulait accrocher des rideaux vaporeux après tous les tuyaux qui courent au plafond. Imagine comment ça aurait été laid... des rideaux vaporeux, câlisse. Veux-tu bien me dire c'est quoi, ça, des rideaux vaporeux ? » Marcus a ri et a fait un grand geste de la main. « Mais non, sweetie ! Les rideaux vaporeux sont totalement out. Non, non, maintenant, ce sont les lumières de Noël. *I'm all about them.* »

Nous étions assis à une des tables, avec Denis «Rimbaudelaire» et sa copine, une petite blonde un peu grassouillette qui riait tout le temps et semblait trouver que Marcus était la personne la plus drôle que la terre ait jamais portée. La nappe blanche était couverte de taches de vin et de gras, il y avait au moins six bouteilles vides, des serviettes froissées, des assiettes dans lesquelles traînaient encore des miettes de gâteau. Des gens dansaient sur le terrain, entre les tables qui avaient été sommairement repoussées – une piste de danse impromptue où s'agitaient jeunes et moins jeunes au rythme de la *Macarena*. J'ai aperçu Stéphanie, au milieu d'eux, esquisser quelques mouvements, puis se dégager et venir vers nous. «Elle est superbe», a dit Marcus. Il a porté une main à sa poitrine et a poussé un long soupir ému. «Oh, mon Dieu. Je pense que je vais me remettre à pleurer !

— Non ! ai-je dit. Pas pour vrai ? Ça va faire juste, quoi, douze fois ? »

Marcus m'a lancé un regard meurtri : «Ris tant que tu veux, espèce de cœur de pierre... Oh, Stéphanie, sweetie ! Tu es tellement belle ! » Et il a versé quelques larmes en l'étreignant, pendant que nous échangions des sourires autour de la table.

«Enfin ! a dit Stéphanie en s'assoyant lourdement juste derrière Antoine et moi. Je suis désolée, il y a tellement de monde à voir ! Ça arrête pas ! Vous vous amusez, au moins ?

— Super, lui a répondu Antoine, en l'embrassant. Et t'es magnifique.

— Oh, toi, a dit Stéphanie. Toi, toi, toi... Quand est-ce que vous aviez prévu m'annoncer que vous êtes ensemble ? Si c'était pas de Juliette que j'ai croisée le mois dernier, j'aurais fait une syncope le jour de mes noces. » Elle nous a regardés tour à tour. «Je peux pas le croire. Je peux absolument pas le croire. Ça vous jette pas à terre, vous ? » a-t-elle demandé à Juliette et Marcus, qui ont tous les deux fait « non » de la tête.

« Non ? a demandé Stéphanie. Mon Dieu, c'est vrai que vous les connaissez mieux que moi, mais moi... quand tu m'as dit ça, Juliette, j'ai sérieusement cru que j'allais tomber par terre.

— Je sais ! » a dit Juliette. Elle s'est retournée vers nous : « Crisse, elle criait tellement que les gens autour de nous avaient l'air de penser que j'étais en train de voler sa sacoche.

— Mais oui, mais, seigneur ! a dit Stéphanie. Déjà que tu te sois fait un chum, Chloé, c'était incroyable, mais Antoine ? Honnêtement, mon gars, je croyais que t'étais un cas désespéré. J'étais sûre que même si un jour l'amour te frappait en pleine face t'allais être trop tête de cochon ou trop orgueilleux pour faire quoi que ce soit.

— Ça a failli être le cas, lui a dit Antoine. Mais je suis pas le seul, tu sauras. Mademoiselle Chloé a pas exactement été facile à convaincre.

— Oui, bien sans vouloir te froisser, c'est pas difficile à comprendre.

— Bon, bon, bon... » Antoine a fait un petit sourire résigné. « En fait, tu sais quoi ? a-t-il précisé à Stéphanie. Tu m'as aidé à la convaincre. Tu as été citée à un moment très crucial de notre histoire.

— Comment ça ? » a demandé Stéphanie, visiblement ravie. Alors nous lui avons raconté – l'atelier de Juliette, les désirs enfouis, l'amour qui avait dormi si longtemps, les rues de New York, la brise d'avril et la chambre du Soho Grand Hotel dont nous n'étions pas sortis pendant quarante-huit heures, téléphonant à nos bureaux respectifs pour leur dire que nous avions d'« insurmontables empêchements » et appelant le service aux chambres vingt fois par jour pour avoir plus de champagne et de fruits frais.

« Finalement, a lancé Stéphanie, ça fait de toi un beau cave, Antoine. Il a fallu qu'elle se fasse un chum pour que tu te réveilles.

— Oui, bien... il a fallu que je me réveille pour qu'elle se réveille, alors...

— Hé ! me suis-je écriée. Je te signale qu'il y a huit ans j'étais très réveillée et TU ne voulais rien savoir. Alors, hein...

— Elle est pas adorable, quand elle prend son petit air indigné ? a demandé Antoine à Denis "Rimbaudelaire".

— Ils sont tellement mignons, a dit Marcus, une main sur la joue. Je les écouterais se chamailler toute la journée. »

Stéphanie nous regardait tour à tour, en riant. « Et ton ex ? m'a-t-elle demandé. Il est pas trop amer d'avoir eu à jouer le rôle de Cupidon entre vous deux ?

— Pardon ! a crié Marcus avant que j'aie eu le temps de répondre. Le rôle de Cupidon a été joué par une seule personne. Dans cette histoire, Stéphanie, Cupidon est noir.

— Comment ça ? » a demandé Stéphanie pendant que Juliette, Antoine et moi poussions de longs soupirs de lassitude – Marcus avait dû raconter cette histoire au moins vingt fois depuis quatre mois, et, généralement, toujours en notre présence. Il se targuait, d'abord, d'avoir été le seul à m'encourager à partir à la recherche de l'amour – que cet amour ait d'abord eu le visage de Simon ne semblait faire aucune différence pour lui. Il revendiquait ensuite un autre exploit, dont je n'avais été mise au courant que récemment : la veille de mon départ pour le Belize, quand nous avions soupé chez lui et Juliette, Antoine était resté très tard. Juliette était allée se coucher, et c'était Marcus (et une deuxième bouteille de rhum) qui avait fait comprendre à Antoine « certaines choses ».

« Peux-tu croire ? a dit Antoine à Stéphanie. Moi, *of all people*, je me suis fait donner une leçon sur l'amour par une drag queen. Il a commencé par me dire que j'étais amoureux de Chloé – je voulais pas le croire, je m'accrochais encore à l'idée que j'étais juste piqué parce qu'elle avait un chum... en fait, je pouvais même pas croire que j'étais en train d'avoir cette conversation-là. C'est pas comme si j'avais passé ma vie à discuter de mes sentiments, vous savez.

— Oui, on sait... a dit Juliette.

— Et là, a poursuivi Antoine, pendant des heures ! » Il s'est mis à rire. « Il a tout de même pas réussi à me faire admettre que j'étais en amour, c'était trop inconcevable pour moi, mais il m'a quand même fait réaliser que j'étais obsédé par elle. Il a dit, en fait, texto : Là, tu vois pas clair, Tony Boy. T'es juste obsédé par elle. Mais elle va bientôt laisser Simon, et tu vas voir.

— J'avais raison, a dit Marcus.

— T'avais raison sur toute la ligne, lui a répondu Antoine. Mais bon, Chloé avait l'air heureuse avec Simon et je voulais pas être le gars qui allait gâcher tout ça, tu sais ? » J'ai souri – cette ultime délicatesse d'Antoine avant que nous ne soyons ensemble m'attendrissait toujours. « Mais quand j'ai su qu'elle avait laissé Simon... my God. C'était tellement ridicule, Stéphanie, je suis sorti du resto de Simon et je me suis dit : O.K., qu'est-ce que Marcus me dirait de faire ? »

Marcus a tapé des mains, visiblement ravi. « Tu vois ? a-t-il dit. Tu vois ? *Black Cupid, baby ! Black Cupid !* »

Antoine a levé les yeux au ciel. « Bon, évidemment, maintenant ça fait à peu près quatre mois qu'il nous court après en hurlant *Black Cupid, baby !* mais je me dis que ça valait la peine. » Il m'a souri et a passé une main dans le creux de mon cou. J'aimais, moi, l'idée du Cupidon noir, ne serait-ce que parce qu'elle éloignait de moi celle du Cupidon croate, qui me faisait un peu mal au cœur. Je n'avais pas revu Simon depuis notre rupture – nous nous étions parlé au téléphone à deux reprises seulement, et il avait été froid et poli, m'expliquant qu'il avait besoin de temps et que, justement, il n'avait pas encore digéré le fait que c'était indirectement grâce à lui si Antoine et moi nous étions finalement trouvés. Mais Simon étant Simon, il avait tout de même pris la peine de me dire que personne n'était à blâmer, et j'avais raccroché en me sentant encore plus coupable, parce que j'aurais voulu au fond qu'il me blâme – c'était plus facile que de le faire moi-même.

Daphné l'avait revu une fois, par hasard, alors qu'elle faisait des courses dans le centre-ville. Il avait été gentil, évidemment, et ils étaient allés prendre un café dans un endroit complètement absurde, comme le sous-sol du Centre Eaton. Daphné l'avait fait parler un peu – elle ne m'avait pas tout dit, et je lui en étais reconnaissante. Mais elle m'avait tout de même répété qu'il avait été particulièrement blessé parce qu'il avait accepté, lui, de passer outre cette relation que j'avais avec Antoine et « qui aurait fait peur à n'importe quel autre gars ». Il s'en voulait et nous en voulait à nous d'avoir été, comme il l'avait dit à Antoine, trop ridicules pour faire quoi que ce soit plus tôt, à une époque où il n'était pas encore dans le décor.

Stéphanie a hoché la tête : « En fait, pour ce qui est de ton ex, je suis pas trop inquiète. Un beau gars comme ça...

— C'est ce que je me dis, lui ai-je répondu. Et puis, il est pas juste beau, il était parfait – littéralement.

— Et moi ? a demandé Antoine.

— Toi ? T'es bourré de défauts. Pourquoi tu penses que je t'aime ? »

C'était la première chose que ma mère m'avait dite. En fait, elle avait d'abord hurlé : « ENFIN ! »

Nous étions chez eux, avec Daphné et Stéphane, et je leur avais annoncé la nouvelle – je voulais attendre le moment propice, mais dès le premier martini, j'avais crié dans le salon « O.K., je suis en amour avec Antoine et c'est réciproque, ça fait cinq jours, on en a passé deux là-dessus à baiser à New York, maintenant on fait la même chose mais à Montréal, et je l'aime je l'aime je l'aime. » Puis, je m'étais tue et je les avais regardés tour à tour. « Oups ? » avais-je dit. Je m'attendais à quelques angoisses, plusieurs recommandations, au moins une dizaine de froncements de sourcils, mais je n'avais eu droit qu'au « enfin » de ma mère et à un grand éclat de rire de Daphné, qui m'avait dit : « C'est super ! C'est génial ! Et si ça peut te rassurer, absolument pas raisonnable. » Elle était de très bonne humeur, elle et Stéphane ayant décidé qu'ils se « réessayeraient » à l'automne.

Mon père, lui, avait exprimé quelques inquiétudes – il avait peur, évidemment, qu'Antoine me fasse de la peine, mais je n'avais pu que lui dire que moi je ne craignais rien, absolument rien, et que jamais dans ma vie je n'avais été aussi certaine de quelque chose. Il avait penché la tête, m'avait souri de son bon sourire et m'avait pris une main. « Ce qui compte, ma fille, c'est que tu sois heureuse. » Et je n'avais rien eu besoin de dire – il avait vu.

« Je me demandais tellement ce que vous attendiez, avait dit ma mère en ricanant. Je vous regardais aller et je me disais : Des enfants. Des vrais enfants qui sont trop bêtas ou trop orgueilleux pour se rendre compte que ce qu'ils cherchent est juste sous leur nez. Vous vous méritez bien, tous les deux, vous savez ? » J'avais fait oui de la tête, toute contente – rien au monde ne me faisait plus plaisir que de mériter quelqu'un comme Antoine et d'être méritée par lui.

« Antoine… avait ajouté ma mère. Il est pas parfait, celui-là, mais il est parfait pour toi. »

« Il faut quand même dire, a précisé Antoine, que sa mère m'a prévenu que si jamais je trompais Chloé, ou même si j'étais simplement un peu désagréable, elle allait m'émasculer avec une cuiller.

— En plastique, a ajouté Juliette.

— En plastique, ai-je répété. Mais c'était juste une façon de parler.

— Oh non, a dit Antoine, elle était tout à fait sérieuse. »

Stéphanie a ri : « T'as quand même une famille incroyable, Chloé.

— Oui, je sais. » Je n'ai pu m'empêcher de sourire – j'avais l'impression de l'avoir retrouvée depuis un an. Je m'étais rapprochée de Daphné, bien sûr, mais de mes parents aussi, que j'appréciais enfin, il me semblait, à leur juste valeur. « Je suis vraiment gâtée, ai-je ajouté. Et là, tu devrais voir ma mère, depuis qu'on est ensemble… elle est aux anges, Stéphanie. Elle arrête pas de répéter que de toute façon elle considère Antoine comme son gendre depuis des années et que c'est pas parce qu'on est ensemble qu'il ne pourra plus venir boire des martinis avec elle en tête-à-tête.

— En fait, a dit Juliette, je pense qu'elle a pas complètement oublié le projet de le séduire.

— *And here's to you, Mrs Robinson…* », a chantonné Marcus, et je me suis mise à rire.

Antoine allait ajouter quelque chose quand une jolie fille s'est penchée vers lui. « Salut ! lui a-t-elle dit joyeusement.

— Salut… »

Il avait l'air de travailler très fort à essayer de la reconnaître. Juliette m'a donné un petit coup de pied sous la table – nous nous sommes souri, et j'ai fait signe à Stéphanie de ne pas lui venir en aide.

« Regarde bien », ai-je murmuré à Stéphanie.

Antoine a posé une ou deux questions à la fille, et ils se sont mis à parler gentiment, échangeant des banalités, comme des gens qui se connaissent depuis toujours. « Il l'a reconnue ? m'a demandé Stéphanie.

— Pas du tout. Mais il a une espèce de théorie selon laquelle ce serait impoli de montrer à une fille qu'il ne la reconnaît pas.

— Alors il aime mieux leur faire accroire le contraire.

— Oui.

— Et ça marche ? a demandé Stéphanie.

— Toujours. Je sais pas, il a développé une technique à la longue qui est pas mal infaillible. Il dit que même si tu te rappelles pas du prénom de quelqu'un, tu peux le regarder de telle manière qu'il va être persuadé que tu l'as jamais oublié. »

Stéphanie a regardé par-dessus son épaule vers Antoine, qui continuait à discuter et à faire rire la fille.

« Et ça te dérange pas ? a-t-elle demandé en se tournant vers moi.

— Mais non, pas du tout. Écoute, c'est pas comme si je venais d'apprendre que mon chum a eu la cuisse légère pendant vingt ans. Je le connais, mon chéri.

— Et t'as pas peur ? Qu'il rechute ? »

J'ai souri. Tout le monde me posait cette question, évidemment. « J'ai eu peur jusqu'à la dernière seconde, ai-je dit. Mais dès que je me suis laissée aller… non. Je saurais pas comment te dire, mais je lui fais confiance comme à moi-même.

— Et toi, tu te fais confiance ?

— Mais oui, quelle drôle de question !?

— Quoi, je sais pas moi ! a dit Stéphanie en prenant un petit air futé. T'as signé le *Manifeste*, après tout...

— Non, ça va, ai-je dit en souriant. Honnêtement, je peux même pas imaginer ce qui pourrait me pousser à aller voir ailleurs. Lui, par contre... il est drôle, quand même. Il est un peu jaloux.

— Comment ça ?

— Quand je tombe sur d'anciens amants. Il est jaloux. Il se met à bouder.

— Il boude ? a demandé Stéphanie en riant.

— Oui, oui. Il prend un petit air bête et détaché... j'adore ça. »

La fille qui discutait avec Antoine s'est finalement levée et nous a salués d'un geste avant de quitter la table. Elle n'avait pas le dos tourné qu'Antoine se penchait vivement vers Stéphanie et moi.

« O.K., c'était qui, exactement ? » Juliette a pouffé dans son verre.

« C'était la petite rousse, lui ai-je dit. Avec qui t'es parti de l'épluchette de blé d'Inde l'an dernier.

— Mélanie, a dit Stéphanie.

— Oh ! » Antoine s'est pris le front. « Mais elle s'est teint les cheveux...

— En tout cas, ai-je soupiré. Moi, je l'avais reconnue.

— T'aurais pu m'aider, ciboire !

— Et nous priver du spectacle ? Oh, mon chéri. Tu me connais mal. »

Il a ri et il s'est penché vers moi, pour m'embrasser doucement, une main sur ma joue. Stéphanie nous observait en souriant, l'air de ne toujours pas y croire.

« Oui, bien, si on m'avait dit ça le soir de l'épluchette... a-t-elle commencé.

— ... tu l'aurais jamais cru, l'a interrompue Juliette, et nous avons échangé des petits sourires entendus.

— Non, en effet, a poursuivi Stéphanie. Quand même. Deux des signataires de votre super *Manifeste*...» Elle a appuyé sur le mot « manifeste », comme s'il s'agissait d'une blague.

« T'as jamais aimé le *Manifeste*, lui ai-je dit.

— Non, j'ai jamais aimé le *Manifeste*. Je le trouvais stupide. D'ailleurs, il a pris le bord, pas rien qu'un peu, on dirait ?

— Euh, pardon ! s'est écriée Juliette. Mais je suis maintenant l'incarnation du *Manifeste*. Célibataire et plus épanouie que jamais. Un peu de respect. Chloé me l'a donné, et il est joliment encadré dans mon atelier. »

Stéphanie s'est inclinée respectueusement, puis elle a levé la tête vers nous, d'un coup, comme si elle venait de recevoir une décharge électrique. « Oh mon Dieu ! a-t-elle dit. Allez-vous vous marier ? »

J'ai regardé Antoine. « Elle veut pas, a-t-il dit.

— Tu lui as demandé ? a couiné Stéphanie.

— Et j'ai essuyé un refus ca-té-go-rique.

— On était ensemble depuis cinq jours, ai-je dit. Franchement !

— Ah, come on, a dit Antoine en m'embrassant dans le cou. Ça fait huit ans qu'on est ensemble.

— Oui, puis pendant sept de ces huit années-là, tu t'es envoyé en l'air avec ce que la ville de Montréal avait de plus beau à offrir.

— Mais, dans le fond, j'étais un homme vide, a dit Antoine en feignant le désespoir. J'étais dans le noir loin de toi.

— J'haïrais pas ça, moi, être dans ce genre de noir là ! a lancé Denis Rimbaudelaire, ce qui nous a tous fait rire.

— Alors, vous allez pas vous marier ? a demandé Stéphanie.

— C'est pas mon genre, ai-je dit... L'église, l'hôtel de ville... nah. Honnêtement, je me verrais pas. On a pas besoin de ça, non ? » Antoine a pris un air impuissant, pendant que Marcus se prenait la tête à deux mains. « *You're crazy*, Chloécita. Il est beau, il est riche, il veut… Moi, a-t-il ajouté en prenant la main d'Antoine, je te dirais oui n'importe quand.

— Juste comme je me faisais la réflexion que je pouvais pas être plus chanceux, a dit Antoine en se levant. Si vous voulez bien m'excuser, nos verres sont vides. » Il m'a embrassée sur l'épaule et est parti vers le bar.

« Une bague ? lui a crié Marcus. Tu veux pas, au moins, m'acheter une bague ?

— Non ! Demande à Michel – les mariages gays sont légaux, non ?

— Mais il veut pas se marier, lui… a répondu Marcus sur un ton franchement piteux. Tu veux pas m'acheter une robe au moins ? Antoine ? Une belle robe blanche ?

— O.K., a dit Antoine en s'éloignant. Je vais y penser pour la robe.

— Quelque chose avec beaucoup de tulle !

— Toute la tulle que tu veux.

— Oh, il est tellement craquant… a soupiré Marcus en se retournant vers nous. Un vrai gentleman.

— Et il a vraiment l'air amoureux, m'a dit Stéphanie.

— Il l'est, est intervenue Juliette. Crois-moi.

— Oui, ça se voit, a dit Stéphanie. Et toi, tu l'aimes, Chloé ? »

J'ai fait un grand sourire involontaire – je n'avais jamais soupçonné, avais-je envie de lui dire, qu'on pouvait aimer autant, et aussi bien. Tout, depuis les quatre mois qui nous séparaient de New York, tout m'émerveillait. Cet amour que je découvrais, en moi comme en lui, la douceur enivrante de sa présence, la certitude chaque jour grandissante que tout était enfin à sa place. « Oh je l'aime, ai-je dit. Tellement, Stéphanie, t'as pas idée. J'ai l'impression que je suis enfin arrivée, tu comprends ? Là où je dois être. »

Stéphanie a hoché la tête en souriant. « Je suis contente pour toi.

— Moi aussi, lui ai-je dit. Je suis contente pour toi.

— C'est une belle soirée, hein ?

— C'est une super soirée. »

Stéphanie s'est retournée vers Charles qui était assis à une autre table avec des amis à lui, et elle lui a envoyé un petit baiser, qu'il a attrapé au vol. « C'est fou pareil, hein ? a-t-elle dit. *Love works in mysterious ways.* C'est extraordinaire.

— Assez oui », a répondu Antoine en posant sur la table deux bouteilles de vin. Il m'a fait un clin d'œil et a caressé doucement mon bras droit. Sur la piste de danse, devant nous, des gens riaient, formant avec leurs bras les lettres de YMCA, sur l'air de la chanson des Village People. C'était d'une rare inélégance, mais ils avaient l'air de s'amuser tellement que j'ai souri. La chanson s'est terminée, et le DJ a enchaîné immédiatement avec *Go West*, du même groupe. « Mais qu'est-ce que c'est ça ? a demandé Marcus. Un mariage gay ? » Il a regardé la foule de danseurs un bon moment puis a dit : « Ttt ttt ttt. Ces gens-là ne savent pas danser du tout. Je pense qu'ils ont besoin d'un vrai connaisseur.

— Oh boy... a soupiré Juliette.

— Oh boy ? a dit Marcus. Mais tu viens avec moi, Giulietta ! » Il l'a attrapée par un bras, la faisant pratiquement tomber en bas de sa chaise, et l'a entraînée avec lui jusqu'à la piste de danse, où il s'est mis à se déhancher avec une énergie sidérante. Les gens l'ont d'abord regardé, étonnés, puis ils ont formé un cercle dansant autour de lui – je voyais sa tête qui dépassait au-dessus des leurs, il riait et agitait les bras en l'air, et je devinais parfois, devant lui, les cheveux blonds de Juliette.

J'ai renversé la tête vers Antoine, qui riait devant le spectacle. Nos regards se sont croisés, et il a attrapé ma main gauche pour l'embrasser, puis il l'a gardée dans la sienne. « Je t'aime » a-t-il dit silencieusement, formant les mots avec ses lèvres. Je lui ai souri, et je nous ai vus, dans ce jardin de lumières, assis ensemble près d'une mariée, et j'ai vu Marcus et Juliette, qui dansaient maintenant collés l'un contre l'autre, Marcus qui avait enfin trouvé l'amour et Juliette qui ne le cherchait plus, et je me suis dit que nous étions peut-être effectivement arrivés quelque part. J'ai pensé à ce monde, autour de nous, à mes parents, à Daphné, à ces gens endimanchés qui dansaient au bord d'un lac au mois d'août et, encore une fois, j'ai vu dans tout cela un ordre, une drôle d'harmonie dont nous faisions tous partie. Je me suis levée – Antoine a passé une main sur ma jambe et je me suis assise sur lui, les bras autour de son cou et j'ai pensé en regardant son visage : c'est ici, et maintenant. Je suis arrivée.

Collection **10 SUR 10**

Cet ouvrage a été composé en Dolly 9,5/12
et achevé d'imprimer en mars 2015 sur les presses de
Marquis Imprimeur, Québec, Canada.